译文纪实

MY LIFE BETWEEN
JAPAN AND AMERICA

Edwin O. Reischauer

[美] 埃德温·O. 赖肖尔 著　　刘克申 译

我的两个祖国

上海译文出版社

埃德温·O. 赖肖尔（1981）

目　录

·第三部·
战争岁月（1938—1946）

·第四部·
哈佛黄金岁月（1946—1960）

·第五部·
出使日本（1961—1966）

·第六部·
踏上归途（1966— ）

谢　辞

首先我要向为本书出版作出宝贵贡献的编辑西蒙·麦克尔·贝西和他的助手布鲁克·德赖斯代尔·赛缪尔斯表达深切的谢意。我发觉一个作者要在其职业生涯中辨别重要而有意义的东西是很困难的。如果没有这两位编辑用斧子果断砍削和精心修剪，那么我的这部人生记录将仍在一片枝蔓繁杂的丛林之中，而不会成为一棵傲岸挺立的大树。

我还要在不同层面上向承担核对姓名、标题、日期以及繁重的打字工作的南希·戴普图拉、吉尔·康韦和埃拉·拉特利奇表示感谢之情，特别是要向担当繁杂、单调而又没完没了的秘书工作的吉尔·康韦表达发自内心的感激。

在我一生的事业中，有成百甚至上千的参与者，最后我要向他们表达崇高的敬意和感谢，其中有些人如叶理绥、费正清发挥了极为重要的作用，还有一些人一直在协助我的工作，直至我退休以后，这种协助还在持续着。除了我的家人外，我没有请他们中的任何人阅读原稿，摘讹纠谬，本书的所有舛误完全同他们无关。倘若没有他们的协助和支持，那么我一生所作的工作也许还在杂乱无章的状态之中。

序　言

我是一个在日本出生、长大的美国孩子，在东京一所招收外国籍学生的学校上学，那所学校后来被叫作日本美国人学校，是一所包括初等教育和高中教育的十二年制学校。我在读时，学生总数大约在一百三十人左右，如果学生人数由多至少排列的话，顺序应该是美国人、日本人、加拿大人、中国人、英国人、欧洲人、亚洲人和拉美人。

看到这么多不同种族的孩子聚集在一起，来学校访问的客人们都会不约而同地谈到国际理解的重要性，鼓励我们"要成为一座横跨太平洋的桥"。听到这番话，我的眼前仿佛出现一幅图景，一个个排列的桥墩从日本不断地向大海延伸出去，最终消失在遥远的大海尽头。当然听到更多的话是"隔海手牵手"。

这些话在我和我的伙伴中间并没有起到激励作用，只是引起一阵闹腾，或许是因为我们觉得国际理解这个说法听起来就像是天方夜谭。而后来我决心把推进国际理解和合作定为终生为之奋斗的目标，我想这一定是同自己出生在日本并度过的少年时期有关。

年轻时，当我看到其他国家的人们对日本一无所知或表现出丝毫不感兴趣时就会感到莫名的气愤。对绝大多数美国人来说，日本被当成是月球另一面的国家，极少有人了解日本，他们所知道的也只是图片上看到的樱花、艺伎和富士山，而且仅有的这些知识也是错的，他们不能正确地理解艺伎，富士山的称呼也会搞错（把 Fujisan 说成 Fujuyama）。我和我的伙伴们对那些来日本旅行只是加深他们先入之见的西方观光客是嗤之以鼻的，对生活在亚洲其他国家的西方人也抱有强烈的反感，他们往往把日本人视作暴发户，认为日本人傲慢无礼，只是像猴子一样模仿西方的技术和军事，对白种人恭恭敬敬，俯首帖耳。有时甚至我们的父母也会对日本的事物表现出不应该有的麻木和迟钝。在不知不觉中，我们养成了从两个不同的角度，即从日本人的角度和我们自己国家的角度去观察事物的习惯。这一点是决定我一生的关键，后来这种观察事物的视角扩展到世界范围，由此使我得以看到世界的和平和人类生存下去的希望所在。

在进入大学学习历史专业时，我选择了当时几乎无人问津的日本历史以及更广些的东亚研究领域是极其自然和顺理成章的，虽然东亚研究当时还不为人所认识。我曾经有一个奢望，要唤起美国对东亚这一地区更多的关注。东亚地区居住着占全球四分之一的人口，有着极其悠久的历史。依我看来，东亚是值得开展研究的，至少在大学课程里应该占有一席之地。但是，1930年代前期，当我在哈佛大学开始真正意义上的东亚研究时，这么一个小小的愿望竟然是无法实现的幻想。当时美国任何一所大学都鲜有为进入这一研究领域可资知识准备的课程，后来在欧洲游学的两年间，那儿的大学也几乎没有同日本和东亚研究有关的课程。

其间，太平洋上空的战争阴云密布，这是1930年代世界范围内大萧条的产物，不仅导致了德国纳粹的崛起，而且促使日本转向独裁统治和军事扩张。日本面临着日益严峻的欧洲帝国主义和太平洋的美国海军霸权的挑战。日本粗劣的廉价产品在亚洲各地泛滥，直接威胁了欧洲列强在亚洲殖民地的垄断和势力范围内的影响。日本和西方如同在同一条轨道上疾驰的列车，它们各自都确信自己行走的路线是正确的。

在东亚研究这个尚未被认可的领域里，像我这样稚嫩的研究者想要阻止这场日益迫近的悲剧是不自量力的。美国政府和它的国民对日本的情况一无所知，而且也不感兴趣，所以是不可能认真考虑日本的利益和态度的。我认识到，如果要避免正在临近的战争和未来的悲剧，人们必须学会各自从对方的角度思考问题。这是一件极具重大意义的事，虽然个人所能发挥的作用极其有限，但我已清醒地意识到，这将成为我一生为之献身的事业。

1941 年 12 月 7 日日本偷袭珍珠港，日美之间的战争风暴终于爆发并持续了将近四年，这场战争扩展到整个北太平洋地区直至印度边境。具有讽刺意味的是，当我们被卷入战争之后，美国才开始关注日本，美国的领导人痛感到更多地了解日本人和学习日本语的必要性，由此美国开始兴起对日本及其东亚邻国的研究。我们在哈佛大学以及其他美国大学极少数从事东亚研究的学者阵容迅速发展壮大。作为最早的东亚研究的专业学者，我感到自己像一个冲浪者踏在波涛汹涌向前的浪尖上。我同哈佛大学休戚与共长达半个世纪，目睹了日本及东亚研究犹如一个呱呱坠地的婴儿茁壮成长起来的过程，对此感到十分欣慰。同时我也目睹了美国从藐视日本及东亚其他各国转变为重视这些国家并深怀尊重的过程。

随着对日本的关注度的提高，在美国，我被当作一个日本通开始崭露头角，而在战后的日本，我则作为两国关系的沟通者被广为人知。事实上，我已把通过更多地传递双方的知识从而推进国际间的理解作为终生事业矢志不渝了。我始终小心翼翼，避免让人产生要成为"横跨太平洋的桥"和"隔海手牵手"的印象，但我所传递的信息与此无异。

战争爆发之初，美国从事日本研究的专业人才寥如晨星，当时我正专注于古代中国史与日本史的研究，后被调往华盛顿去从事更为紧迫而有现实意义的工作，并在战争的末期参与了规划日本未来的工作。这些经历无疑对我在 1960 年代被遴选为驻日大使起了重要作用。从一个专事古代史研究的学者转身成为在一个关键岗位上供职长达五年半的大使，使我想起一位中国古代哲人庄子所谈到的困惑，梦中化蝶的庄子不知自己是人化为蝶还是蝶化为人。带着巨大的惶恐和不安，我接受了大使这个职位，因为这给了我一个可以帮助加深日美两国相互理解和亲善友好的绝好机会。我决意要为日美两国结成真正的伙伴关系打下牢固的基础，这是迈向世界和平的最为重要的一步。

总而言之，这是一个在少年时代曾经嗤笑过"隔海手牵手"的人走过的人生历程。在这一时期内，日本实现了令人惊叹的发展，从一个落后的国家一跃而在世界领导者中占有一席之地。日本在精神上也从闭关锁国的状态逐步转为努力要在国际事务中发挥其相应的作用。而美国则在对这个超乎寻常的敌人的密切关注中，态度发生了根本变化，从不屑一顾转为赞赏和尊重，并把日本当作有可能成为世界上最重要的伙伴与盟友开始紧密的合作。这些正是构成我这部自传框架的主题，在这部自传中，我的整个人生经历只不过是一些附属的图解材料。

我的少年时代是在第一次世界大战期间度过的，当时浓厚的白人至上的气氛伴随19世纪西方列强的统治还笼罩着整个欧洲。我早期政治意识的萌发始于1920年代，这一时期日本正努力争取要同西方列强平起平坐，日本同美国在太平洋地区的对抗也正日益加剧。1930年代，当我开始东亚历史研究时，日本已经走上帝国征服的道路，并开始向美国和欧洲挑战，接着就是可怕的战争时期和美国对日本的占领。之后，日美双方之间还有一段并非一帆风顺的合作。1960年代，我有机会担任美国驻日本大使，为加强两国合作并建立内涵丰富、完全平等的伙伴关系竭尽绵薄。如今，当逐渐淡出自己曾经参与其中的活动舞台时，我欣喜地看到，自己曾经始终为之奋斗而建立起来的日美关系已成为对于双方来说都是至为重要的双边关系并充满勃勃生机。美国对日本的关注早已远远超出了我的预想。今天日美关系已是世界上两个最大的工业化贸易国之间的关系，是两大民主国家之间的关系，更具意义的是，这是西方最为强大的国家同非西方文化背景的发达国家之间的关系。

我在写作这部自传时，绝大部分内容没有可资参考的日记或其他文字材料，我不像嗜好写日记的日本人，从未想到要把自己日常的生活记录下来。只是在日本担任大使的那几年，每周会给我的家人写信。有一段时间，还为自己作了一些相对零散的备忘录。除此之外，这部自传的其余部分依靠的便是依稀朦胧的记忆，而这完全是靠不住的。

我可以举出 1947 年哈佛大学毕业典礼上发生的事作为对读者的一个提醒。当时我与同届的同学、现为普林斯顿大学名誉教授马里昂·利维（Marion Levy）比肩而坐，聆听国务卿乔治·C. 马歇尔①的纪念讲演。就在那次讲演中，马歇尔首次提出了改变历史进程的马歇尔计划②。在马歇尔的讲演过程中，我记得当时自己提醒利维说国务卿的讲话具有非等寻常的重大意义，而利维却说他记得当时我贴近他说了一句："你不觉得，马歇尔的讲演并不怎么地吗？"

---

① 乔治·C. 马歇尔（George C. Marshall，1880—1959），美国军事家、政治家、外交家、陆军五星上将。早年毕业于弗吉尼亚军事学院，参加过一次世界大战。1924 年夏到 1927 年春末，任美军驻天津第 15 兵团主任参谋，其间学习了汉语。第二次世界大战期间，任美国陆军参谋长，帮助富兰克林·D. 罗斯福总统出谋划策，为美国在二战的胜利做出了不可磨灭的贡献。1945 年退役后，曾作为杜鲁门总统特使来华，在国共之间主持军事调停以避免全面内战爆发，后军事调停失败。1947 年 1 月出任国务卿，后任国防部长。在国务卿任上提出了欧洲复兴计划即"马歇尔计划"，该计划的实施在战后欧洲的复兴中发挥了重要作用。1953 年获诺贝尔和平奖。——译者

② 马歇尔计划（The Marshall Plan），官方称为欧洲复兴计划，是第二次世界大战后美国援助欧洲的计划。1947 年 6 月 5 日，美国国务卿乔治·马歇尔在哈佛大学发表讲演首先提出援助欧洲经济复兴的方案，故名马歇尔计划。该计划于 1947 年 7 月正式启动，并整整持续了四个财政年度之久。在这段时期内，西欧各国通过参加经济合作发展组织（OECD）总共接受了美国包括金融、技术、设备等各种形式的援助合计 130 亿美元。马歇尔计划实施期间，西欧国家的国民生产总值增长 25%。马歇尔计划是战后美国对外经济技术援助最成功的计划，其为北大西洋公约组织和欧洲共同体的建立奠定了基础，对欧洲的经济发展和世界政治格局产生了深远的影响。——译者

第一部

生在日本（1910—1927）

我的父母与我们兄妹三人，左起：作者、费丽希亚和罗伯特（1917）。

1　身为比杰

在我的孩提时代，在日本出生的美国人，尤其是传教士的孩子被叫作比杰①。我们都以这个称呼为自豪，在不是比杰的孩子面前抱有一种优越感，我们比他们更熟悉日本的生活，日语也说得比他们好。在家里，我们使用筷子就如同使用刀叉一样熟练。在我的食谱中，米饭取代了马铃薯和面包。现在喜食米饭的习惯已经从我的儿子传到孙辈一代了。大人们也羡慕我们的日语发音漂亮纯正，将其归结于我们作为比杰所具有的神秘感——一种对东方事物与生俱来的敏锐感受力。

时至今日，日本人还这样认为，只有在日本出生的人才能真正理解日本人。1930 年代，日本警察对见到的所有外国人都会怀疑其是潜在的间谍。我们随便走到哪里，都经常会受到盘问，每到这种场合，"我出生在日本"就成了一张护身符。

警察把我叫住后，开始盘问我的身份、职业、要上哪儿，等等，实际上有关我们的情况他们的本子上都有记载。接着就开始提出一些很刁钻的问题，诸如"你觉得日本政府怎么样？""你如何看待日本在大陆上的进取？"，等等。我对日本的帝国主义没有任何好感，每遇到这种场合，我就会说："我出生在日本。"这么一来，警察准会点头，似乎那就是证明我是充分了解日本人的观点的证据了，接着就把话头转到一些无关紧要的问题上去。

比杰确实有些神秘之处。我没有必要去发现"日本"，没有什么日本的事物会让我觉得不可思议，会觉得异国风情，倒是回到祖国美国时会让我产生这样的感觉。五岁那年，当我在停靠于旧金山码头的轮船甲板上看到白人装卸工夹杂在黑人中干活时惊诧不已，那个情景至今记忆犹新。那时，在日本能看到的西方人多为传教士、教师、外交官、商人，有时也会有观光客。干体力活的白人也就是那些逃亡的白俄，他们经常形单影只，肩扛大包，步履沉重地行走在东京街头巷尾兜售衣物杂货。看到黑人就更令人吃惊了，因为当时在日本是没有黑人居住的。即使是现在，我仍然对各色人种混杂的美国感到不可思议，有一种异国他乡之感，而对日本人的奇特的单一性倒不觉得异样。我不能不感谢命运的垂青，使得理解、介绍日本而不是光怪陆离的美国成为我的职业。

我觉得对我而言，存在于日本的一切都是再正常不过的。四季的递嬗、暑往寒来、葱翠的田野、满目的绿荫、连绵起伏的群山、美丽如画的海岸……一切都是大自然的天造地设。以这些景致为基调的日本艺术，当然还有中国和朝鲜的艺术，常常会唤起我内心强烈的共鸣。我现在在马萨诸塞的住宅实际上是根据邻居的房子设计建造的。来访的日本客人看到都会说，这吸收了日本当代建筑的风格。如果是这样的话，那只能说这是从幼小时起在潜移默化中吸收了日本艺术美之精髓的结果，而非刻意的模仿。

从呱呱坠地的那一刻起，我就置身于日本的环境之中，日本的景色、日本的声音、日本的气息都是我自小所熟悉的。每到夜晚，耳畔就会响起木梆的敲打声，那是提醒人们注意防火，声音悠远、绵长，渐渐远去，消失在街巷的尽头。白天，门前传来的各种叫卖声、吹打声更是不绝于耳。最令人难忘的是小贩边吹着喇叭边呼唤"豆——腐"

---

① 比杰为 B. I. J. 的音译，B. I. J. 为 Born in Japan 三个词的开头字母。——译者

"豆——腐"的叫卖声。豆腐是一种鲜美而营养丰富的食品。殊为可喜的是，近年来很多美国人也开始喜欢起豆腐了。

今天的日本，再也听不到木屐声。行人三三两两脚穿木屐走在石板路上，足底发出的声音清脆悦耳。每当夏季临近尾声，我们从没有石板路的轻井泽度假回来，或是从美国旅行回来，当木屐声在耳际响起时，就会令我们真切地感到，"啊，又回到了东京"。如今，这木屐声已成为遥远的回响，只留存在记忆中，令人惆怅不已。

日本的气息也同样是独特的。面条店或其他吃食店铺，还有流动摊贩的车上飘出的香味总是那样诱人。当然也有令人厌恶的难闻气味，要在日本生活下去，你也得忍受。特别是近郊的农家用手拖车或赶着牛车来收集作为农肥的人粪尿，车上的大木桶散发出阵阵臭味。她们用长柄勺从厕所外的一个小洞掏出粪尿，熏鼻的臭味让人难以忍受。那些粪尿不久就被当做肥料施到农田里去了。即使是今天，没有抽水马桶的家庭甚至在城市里也还不少，但收集粪尿的工作已由装着吸管的卡车非常便捷地完成了。那股曾经很熟悉的难闻气味已经消失，粪尿带来的卫生问题也不复存在。使用粪尿当作施在蔬菜上的肥料成为最适合蛔虫传播的途径，也因为这个原因，我们要定期地服用驱除蛔虫药片，每次口中被迫吞下强效的驱虫药片，就仿佛觉得毒死的不是蛔虫而是我们自己。有时在肠内繁殖的蛔虫临死挣扎，会从人嘴中突然爬出，我的哥哥就有过一次这样可怕的经历。

除日本之外，在亚洲其他地区出生的西方人的孩子如 China Born（出生在中国的），Korea Kids（出生在朝鲜的）等，也各自抱有同比杰类似的对出生国家的亲切感。有很多人都听说过这么一件事，一个出生在英国统治下的印度的英国孩子把印度当作自己的故乡，当极不情愿地被送回祖国上学时，却把英国当成了异国他乡。但是出生在日本，有一点是不一样的。我孩提时代的日本是亚洲少数的独立国家之一，也是在政治上唯一与欧美关系对等的国家。《1894 年日英通商航海条约》规定五年之内废除领事裁判权。原有的领事裁判权可以让在日本居住的西方人根据他们国家的法律来裁决。这是率领黑船舰队的佩利提督凭靠军事力量叩开日本国门，并于 1854 年强迫幕府签订的所谓不平等条约中的重要条款。在 1894 年至 1895 年的战争①中，日本轻而易举地打败中国，迫使其割让台湾。后又在 1904 年至 1905 年打败了强大的沙俄②，让整个世界为之震惊。日本在"南满洲"③ 建立据点的同时，五年后又吞并了拥有皇族的整个朝鲜。在以军事力与殖民地衡量国力的时代，日本开始要同欧洲列强平起平坐。近代史上首次欧洲国家败于非欧洲国家的日俄战争震撼了整个世界，激发了亚洲各地的第一次民族主义高潮。

在亚洲其他地区，西方人的统治与优越性常常被认为是天经地义的，唯有日本是一个例外。日本是由日本人来管理日本人的国家，外国人不过是在日本人的许可之下居住在该国的外来客而已。许多生活在日本的西方人忘记了这一点，他们还未摆脱 19 世纪那种西方文化的优越感。时至今日，我还清晰地记得，他们往往会取笑日本人的独特之处，尤其是每当看到日本人模仿欧美而出现错误的时候就洋洋自得。西方人听到日本人的发音或语法出错就会嘲笑他们。西方人还会指着写错英语的招牌，如服装店的"女性缝制，请上二楼"误写成"Ladies Have Fits Upstairs（女士在二楼发作）"而笑个不停。而他们自己的日语却更为蹩脚，一开口就错误百出，有的人甚至自傲地拒绝学习日语。虽然生活在这样一种氛围中，我们家却对日本人怀有深深的敬意，大家都接受这一事实，即我们是在得到日本人的认可后才住在这里的。

---

① 即中日甲午战争。——译者
② 即日俄战争。——译者
③ 即今日中国东北地区。——译者

在我家不远处有一座很古老的宅邸，宅邸有扇巨大的门，大门是江户时代建造的。不幸的是，这座宅邸在 1923 年的关东大地震中毁坏了。在我的孩提时代，皇太子即现在的天皇在迁往东宫御所（即现在的迎宾馆）之前就居住在那里。东宫御所是仿照凡尔赛宫建造的。有一天我骑自行车去看一个朋友，正要往这座宅邸的大门前通过时，被一个警察拦住，他抓住我的衣领把我拉下车来，因为皇太子马上就要从里面出来了。这种事情在亚洲大部分国家是不可能发生的，但我觉得完全是正常的。在美国，美国人是主人，人们必须顺从美国的习惯生活。在日本，日本人是主人，我们必须顺从日本的习惯。我觉得，无论过去还是现在都应如此。

同所有的少年一样，在成长过程中，我也一直以我的故乡和我所居住的国家为荣。在某种意义上，我甚至还沾染了一种日本人的民族主义。当时我还是个孩子，并不知道日本所蒙受的屈辱。在终结第一次世界大战的《凡尔赛和约》中日本要求添加主张人种平等的条款，但遭到威尔逊总统的反对，并得到英国的支持。美国西海岸、加拿大、澳大利亚持续升温的对亚洲人的人种偏见后来发展成为美英无理拒绝移民这样一种事态。使我敏锐感受到的最早的政治事件是 1924 年美国议会通过的臭名昭著的排日移民法案。在此之前，根据"绅士协定"①，日本可以自主规定移民人数，而现在以人种为由宣布禁止日本移民，日本人感觉受到了极大的侮辱。当时我十三岁，对美国的措施感到无比愤慨，这种愤慨已不亚于任何一个日本的民族主义者。

我对日本民族主义的同情在不知不觉中扩展到整个亚洲范围内的民族主义。我认识到西欧列强的帝国主义行为是非正义的，并对那些生活

---

① 亦称绅士协议，指 1907 年间美国与日本之间的非正式协定。通过美方不限制日本移民，日方限制日本国民移民美国，进而缓和两个太平洋国家之间的紧张关系。此协定直至 1924 年终止前都未通过美国参议院认可。——译者

在亚洲各地的西方人蔑视"原住民"愤怒不已。我感到尤其气愤的是，日本人在自己的国家按照自己的方式行事被他们认为是自以为是，更难以容忍的是他们对日本希望参与帝国主义的游戏横加指责，欧洲人似乎认为这是只有他们才应该有的特权。

生在日本，使我在人生的最初阶段就同人种偏见无缘，而当时几乎所有的西方人都普遍存在着对日本人以及亚洲人的人种偏见。我至今还清晰地记得十三岁回到美国时的情景，船刚停靠旧金山码头，移民局的官员就上了船，他们让所有的乘客在甲板上排成一列，把容貌类似中国人的乘客从队伍中拉出来，以防止有的中国人会装扮成菲律宾移民混在其中。1930年代后半期我住在中国大陆的时候，对自己所享有治外法权与关税特权的身份特别反感。后来在香港，看到中国巡警的皮带扣上ER（伊丽莎白女王陛下）的符号心情就会顿时郁闷起来。1950年代，第一个妻子去世后，与日本女子松方春的再婚对我来说，完全是顺乎自然的选择。春同我一样，是在日美两种文化交杂的状况中长大的。为了实现这种国际通婚，我们两人都作出了努力。与春结婚后，我们带着家人去独立之前的新加坡旅行。新加坡的友人带我们去一家规模很大的俱乐部，那家俱乐部历史悠久，也是当地一个著名的景点。就在刚走到大门口时，那位朋友突然想到，因为春是东方女性，是不准入场的。这样的事太荒唐，我有点被激怒了，但春倒是显得一点儿也不介意。这次遭遇让我想到一件往事，在上海的公园门口曾经挂着"华人与狗不得入内"的牌子。

比杰是否真的具有神秘感，姑且不论，但出生在日本，使得我在成长过程中培育起一种完全不同于当时西方人的特有的观念，这种观念对我一生都极具价值。就如我前面写到的，我不会受到人种偏见的影响，极其厌恶西欧的帝国主义，而正因如此，对亚洲人的民族主义始终抱有一种热忱。这种观念在今天是习以为常、司空见惯的了，但当时一般的西方人与我不同，他们只有通过漫长而又充满痛苦的体验才能做到这一点，而对我来说，这种观念是与生俱来的。所以我感到，当时自己的观念超前于一代或两代人——面对一个瞬息万变的世界，这样的人生起步影响了我的一生。

2 幼年时代

1910 年 10 月 15 日我出生于东京，是得到当时离地球最近的哈雷彗星祝福的数百万婴儿中的一个。按照日本年号，这一年是明治四十三年，明治天皇是现代日本的第一个帝王。

1905 年我的父母作为传教士来到日本，当时正好是收拾日俄战争残局的《日俄和约》在新罕布什尔州的朴次茅斯签订之后。庞大的军费开支已使日本不堪重负，濒于崩溃，但对此一无所知的日本国民还在为赢得了战争却不能得到赔偿而愤愤不平。他们也对西奥多·罗斯福总统心怀抱怨，日本是出于其对日本的友好而接受调停的。同怨恨日本政府一样，他们也怨恨美国政府。但是，无论在当时，还是在第二次世界大战之前反美舆论高涨时期，居住在日本的美国人从未感到过任何威胁。

我的父母当时居住的是明治学院校园内的传教士住宅，位于东京芝区（现为港区）。明治学院是日本最早的现代意义上的私立学校之一，创办于 1863 年即明治维新之前，由美北长老会的两家传教组织共同管理，美北长老会是类似于荷兰加尔文教派的美国归正宗教派，我的父母都隶属于长老会。校园内的传教士住宅共有五幢，其中三幢在校内一角，中间的那幢是典型的明治时期的西方风格建筑，朝向很好，但显得有些破旧，我就出生在那幢房子里。当时日本的住宅无中央供暖设施，冬天冷得冻人，我们穿着厚厚的内衣，再套上好几件毛衣，靠着烧煤的火炉边取暖。与每日都泡澡暖身的日本人不同，我们家还是保持周六晚上入浴这种美国的生活方式。每周六的入浴是非常舒适的，日本式的木制浴桶很深，使用内置的木炭炉加热。不过，万一美国来的客人不了解情况，拔去浴桶的塞子，待水流出，木炭火就可能会引起火灾。

在我的孩提时代，明治学院的校园是非常美丽的。外国人的住宅与日本校长居住的日式住宅周围都有美丽的庭院，宽阔的校园树木环抱，满眼绿茵。在小孩子的眼里，如同置身于森林一般。今天的明治学院大学没有留下任何当年的陈影旧迹。古朴、美丽的校舍已被工厂似的高层建筑所取代，平均一百个学生才有一棵树。时光荏苒，物换星移，一切皆已面目全非，为了保留这些记忆深处的美好景象，我再也不想故地重游。

我在家里的男孩中排行老二。哥哥大我三岁半，他有一个男子汉的名字，罗伯特·卡尔，而我叫埃德温。我很讨厌这个有些娘娘腔的名字，所以常常自称埃迪或埃德。我的中间名字 O 是母亲的姓奥尔德法特（Oldfather）的第一个字母，这应该是一个很好的名字，但在一个少年看来，却成了难堪、说不出口的名字。

1914 年秋天，妹妹费丽希亚出生。不幸的是，妹妹出生就双耳失聪，因为母亲在怀孕期间患了风疹，当时还不知道其中的因果关系。费丽希亚从小就在美国聋哑学校上学，在家里，我的年纪与她相差最小，我们的关系很好，两人之间也比其他家庭成员更容易沟通。

在谈到我的家庭时，两个长年在我们家中的女佣是必不可少的重要人物。女佣在日语里写作"女中"。在今天，这个称谓已成蔑称，现在称作家政服务。在我们家，女佣的地位是和我们平等的，我们称呼她们"春姐""菊姐"，这种称呼即使在当时也带有几分古风。她们两人都是基督教徒家庭的女孩，前者与我现在的妻子同名。不久，菊姐结婚了，接替她来我家的是她的姐姐清姐。我不知她们的姓氏，在担任大使赴日之后不久，有家报纸寻找到了寡居的菊姐，带她来访大使馆并在媒体上作了报道。四十年的风霜岁月，各自经历迥异，此次相见，彼此形同陌路，令人唏嘘不已。

清姐是个聪明机灵的姑娘，我的父母在美国平等精神的驱使下把她送进女子学校学习。当时能把女孩送入女子学校学习的日本家庭都是上流或中流阶层。在阶层意识还很强烈的社会里，清姐在学校里受到同学的欺侮，被另眼相待，吃了不少苦，后来精神完全崩溃。这种事在当今平等的日本社会是匪夷所思的。

在我的幼年时期，春姐和菊姐对我的人格和价值观的形成无疑起了重要的作用。在我的心中，没有什么英语摇篮曲的印象，我能清晰记起的就是她们唱给我听的那首摇篮曲，开头的一句是"睡吧，小宝宝"。我的大部分时间都是绑在她们身上在厨房里度过的，似乎在那里开始了我的双语生活。对于一个幼小的孩子来说，说日语就如说英语一样是很自然的，尽管我所说的只能算是厨房日语。不过每次随父母回美国休假，这点厨房日语就会忘掉大部分，在入学前，我掌握的日语依然是儿时记住的那点东西。

从女佣那里学到的不仅仅是日语，桃太郎的故事，即一个从桃子里出生的男孩带着他信赖的猴子、狗以及野鸡去征服魔鬼的故事，如同《小红帽》一样熟悉。还有浦岛太郎①以及其他的故事，浦岛太郎探访海龙王宫的故事相当于日本版的《李伯大梦》。在早期只点煤气灯的时

---

① 浦岛太郎的传说流传在日本各地，丹后国（今京都府北部）的渔民浦岛太郎某日钓得一只乌龟后将其放生。翌日在海边遇到一只载着美女的小船，美女请求浦岛太郎送其回家，到了一看，竟然是龙宫。浦岛太郎与美女结为夫妇，在美轮美奂的龙宫居住了三年。后浦岛太郎思乡心切，请求还乡。临别之际，美女告诉浦岛太郎自己就是他放生的那只乌龟，同时还送给他一个盒子作为纪念品，嘱其千万不要打开。浦岛太郎回到故乡，发现故乡已发生沧桑巨变，才知道世间已经过去了七百年。无意之中浦岛太郎打开了盒子，一股青烟从中冒出，浦岛太郎瞬间变成老翁。后来浦岛太郎化身为鹤，在蓬莱山与神龟相会，现身成浦岛名神。浦岛太郎的故事流传很广，成为出现在各种作品中的文学形象，并被创作成能、狂言、净琉璃等艺术形式，人们耳熟能详，家喻户晓。——译者

代，在我们家昏暗房间的一角，住着的不是西方的哥布林，而是日本的妖怪。哥哥和我常常骑在木马上模仿美国牛仔和印第安人，但日本的游戏也完全成为我生活的一部分。

女佣们以她们的方式潜移默化地影响着我，这种影响是很难说清楚的。见到一个人，不是考虑对此人的印象如何，而是会先想到对方对自己的印象如何。这种典型的日本式思维方式也许就源自她们的影响。更为重要的是，我觉得正是从春姐那里我接触到了武士的价值观。春姐是土佐藩的一个武士的女儿。土佐藩在明治维新以及后来19世纪在民主改革基础上兴起的民众运动中涌现出很多领袖人物，发挥了巨大作用。她的家庭同大多数武士家庭一样，没有赶上从封建主义向明治时代更为平等的制度转变的时期。春姐没有接受过正规的教育，像我一样只认识假名，她是迫不得已才当了女佣。但她们都保留着武士的豪爽、诚实、忠诚和坚强的意志。春姐似乎是个多才多艺的人，往往在一些细微的小事上都会表现出她的艺术天赋和才能。烤制一只馅饼，她也会在馅饼上配上一朵用饼馅做成的美丽小花，至于厨艺就更不用说了。春姐以专业水平把厨房打理得井井有条。我很庆幸，在我身旁有这样一位意志与勇气丝毫不逊于我母亲的女性，对于她的奉献我始终心存感激。

女佣在我生活中的存在是极为重要、不可或缺的，这一时期，我几乎没有与年龄相仿的日本孩子接触过。在当时的日本，西方人的存在要远比现在引人注目。日本人似乎把我们所有人都看成红毛碧眼的外星人。红毛的意思就是同动物类似，至于碧眼，至今还有一句话叫"蓝眼睛看日本"，这是一句用于表现西方人看日本的常用语。今天在东京，西方人漫步街头，没有谁会回头张望，而在我的幼年时代，就连大人们都会瞪着大眼盯住我们看个不够。淘气的男孩还会跟随在后面边走边叫，"外国人、猫人"。我问过日本人，但没有人知道为什么要这么叫，大概在孩子们看来，西方人用英语说话就如同猫叫似的。很多日本孩子还对着我们叫"Good Bye"来嘲弄，但这种嘲弄在战后变成了"Hello"。我想这种变化是带有心理上的深层意义的。

　　在阶层意识还相当浓厚的时期，父母是不让我同周围的日本孩童一起玩耍的，而父母的日本同事的孩子都离得很远，散住在东京各处，我所能接触的年龄相仿的日本孩子只能是一些去英语学校学习英语会话的孩子。有一个是我们在轻井泽一起打过网球的上流阶层的孩子，还有一个曾跟我学了一阵子英语会话。当时我教英语会话时才十二岁，是一个很不称职的外语教师。对会话中谈什么内容，我自己心里都没有底。有时朝整个房间扫视一下，看到屋角有一个很大的玻璃盒，里面放置了一只鹤的剥制标本，于是就会说到鹤的颜色。毋庸赘言，这样的授课不会建立起友情，本身也无法持续长久。

　　因为没有年龄相仿的日本孩子，我只能与同为传教士的孩子一起玩。我的父母来日时，日本开国后的第一次传教高潮已经消退，第二次传教热则刚刚开始，所以家里有年龄合适的孩子当作玩耍伙伴的传教士还很少。明治学院只有一个孩子，就是比我年长的吉米·兰迪斯。吉米的父亲是个头脑敏捷、性格有些怪异的学者，他在德国留学取得博士学位后，同一位温柔、贤惠的女性结了婚。吉米有点像他的父亲，是个聪明但鲁莽的孩子。我的哥哥有次被他抓住双脚，倒吊在井中，哥哥又哭又叫。这件事后来发展成两家的争吵。吉米还同日本孩子吵架，互扔石子，惹出不少麻烦。吉米长大成人后，才华和性格上的缺陷愈加发展，在历任哈佛大学法学院院长和证券交易委员会主席之后，因逃税遭到起诉。后来吉米跌入自家泳池溺亡，很可能是自杀。

　　不知是不是因为吉米的关系，虽然我作了很多努力，但邻居的日本小孩都不同我一起玩，我交往的人只有哥哥。很多场合，除了我们兄弟俩以外，周围没有西方人的孩子，哥哥是我童年时期最重要的伙伴。当然，他年龄比我大，利用这一点，他常常对我态度很凶。哥哥是长子，长得英俊，性格又讨人喜爱，在他面前，我是相形见绌的。女佣们都叫他"少爷"，而为我还发明了一个称呼，叫"小少爷"。我们常常就两个人玩，一起度过漫长的周末。那时我们想出了一种复杂的打仗游戏。游戏时，我们占用了二楼的全部房间，感觉似乎是动员好几千人的士兵，打了整整一天的仗。战斗摹仿的是第一次世界大战的战壕战，军队的行动类似18世纪或中世纪的攻城，我们的将军是一个铜制小象和瓦格纳的胸像，各自有分明的个性和声望。最后战争无法分出胜负时，总是以扔骰子决定。

除了哥哥之外，我偶尔也会结识一些朋友，但在日本度过的少年时代，基本上是很孤独的，我把这漫长的孤独时光都花在了读书上。在我们家的书架上有一套英国出版的《少年阅读丛书》，我记不清这套书是谁送的，书目是按照适于阅读年龄分开来的，内容大多为英国的学校生活或第一次世界大战时西部战线的故事，也夹杂有美国西部及澳大利亚的冒险、布尔战争①的故事、印度东北部国境的殖民战争。一旦读厌了，我就看看《国家地理杂志》。但我的读书欲并不仅止于此。在我父母的藏书中有一套莎士比亚全集，每一部作品都是一册红色皮面的小书，我在十三岁那年，就把这套书从头到尾读了一遍。不过现在我怎么也想不起从那些书里获得了什么。

---

① 布尔战争（Boer War），19世纪后期英国人与布尔人之间为争夺南非殖民地而展开的战争。布尔人系指居住在南非的荷兰、法国和德国白人移民后裔形成的混合民族。——译者

"小少爷"（站立者）与家人们、春姐（左）、菊姐（中）、清姐（右）

奥伯林大学入学时留影

坐在人力车上的幼年赖肖尔，拉车者是哥哥罗伯特和小伙伴们

与父亲、哥哥在明治学院里，后站立者为日本学生

3 美国之根：传教士家谱

　　虽然我有在日本出生和生活经历的背景，但从孩提时代起就有我是美国人的强烈的自我意识。我也从未忘记，在日本我终究是个外国人，在某种意义上，这对我是非常有利的。我从未对自己的自我认同意识产生过怀疑。在国外长大的美国孩子同在美国出生的孩子相比，对美国国籍的意识更为强烈。在美国社会，对遥远的外国有一种漠然之感，种族意识往往混同于国别意识，我认识的许多美国人，他们第一次到海外旅行时才意识到"自己是美国人"。

　　但是，一旦追溯美国人的家谱，种族就成了无法回避的问题。我们家族的姓氏赖肖尔是典型的日耳曼姓氏。用我第一个妻子父母的话说，是"真正德国酸泡菜式的名字"。赖肖尔这个姓氏起源于上奥地利州，那里有一块很小的新教徒聚居地，位于萨尔兹卡默古特北部地区，毗邻萨尔茨堡东部。萨尔兹卡默古特有着美丽的湖泊和连绵的山峦。农家的院舍星星点点地散布在这片多彩的土地上。宽敞的农家院落、白色的墙壁，还有大片的苹果园。赖肖尔这一姓氏就起源于此，但今天在奥地利这一姓氏已不复存在。在学生时代，我曾去那里寻访，在邻近埃弗廷小镇的一个叫肖尔廷的新教教堂里找到了我祖父母的洗礼记录。

　　我的曾祖父马歇斯·赖肖尔于 1853 年举家离开奥地利，从新奥尔良进入美国。他们坐着船溯密西西比河而上，移民至伊利诺伊州南部。同其他奥地利系、日耳曼系的新教派家庭一起在一个叫科恩索尔或称

"谷物山谷"的地方落脚，他们组成了农业族群。马歇斯从家乡带出来的儿子，也就是我的祖父鲁帕特生于1841年，将这一名字英语化后的罗伯特后来成了我哥哥的名字被继承下来。

我的祖父在南北战争时参军，成为北方军队的一员，后来因战斗中负伤，1864年离开军队，1888年去世，当时我的父亲才九岁。丧父对我的父亲影响很大，也成了促使其选择传教这一圣职的重要因素。当然我没有见过祖父，与祖父同样出生在肖尔廷小教区的祖母玛丽亚·嘉特美尔生于1841年，祖母长寿，一直活到八十四岁。不过，她只会说德语，她的话我一句也听不懂。

我的父亲奥加斯特·卡尔出生于1879年9月4日，他是在典型的19世纪农村的环境中长大的。最初他接受的是德语教育，不久进入一个邻近安那小镇的联邦学院，在那里他受到长老会领导人的很大影响。在他们的建议下，父亲又进入长老会系统的汉诺威学院学习。汉诺威学院规模很小，位于印第安纳州南部美丽的山丘上，从那里远眺，宽阔的俄亥俄大河尽收眼底。此时，父亲觉得幼时信奉的路德会教派信仰已落伍于时代，他开始转向长老会教派，并进入了芝加哥的麦科密克神学院。1905年毕业后，如当时优秀的年轻教师都向往的那样，父亲志愿去外国传教。不过他期望的地方首选是巴西，日本是他的第二志愿。巴西并不是常有空缺的位置，当时明治学院又正在招聘教师，他就去了日本，于是我一生与日本的因缘也由此而产生了。

我的母亲婚前名叫海伦·希德韦尔·奥尔德法特，同我的父亲一样，她的祖上也参加过南北战争。她的父亲耶利米是德国路德教教徒弗里德里希·阿尔特法特的曾孙。1769年，阿尔特法特带领十九个同伴为寻求宗教自由举家从柏林迁往美国。他们在巴尔的摩登陆，然后到宾夕法尼亚州，1784年在该州西南部创建了一个叫巴林的小镇。1811年前后，弗里德里希的一个儿子亨利迁居至俄亥俄州西南部的蒙哥马利县，其姓改为英语化的奥尔德法特。我母亲的祖父于 1841 年出生在那里。

外祖父耶利米·奥尔德法特在整个南北战争时期一直在军队里，他属于俄亥俄州部队，几度生死，有过一段非常艰辛的经历。我想正是这段艰辛的经历促使他在俄亥俄州迈阿密大学毕业后选择去莱恩神学院当一名牧师。外祖父有志于传教，1872 年，他作为长老会的传教士去了当时极为危险的国家波斯，即今日的伊朗。

耶利米偕其新婚妻子费丽希亚·纳希莎·赖斯同行，妻子的娘家赖斯原本姓瑞斯，源自瑞士的德语圈或贵族阶层。赖斯家的土地首次出现在记录上是 1755 年，地点是匹兹堡南部。她们家在那里建起了著名的赖斯城堡，1782 年城堡曾遭受印第安人的袭击。从那时全家经由肯塔基迁往印第安纳，我的外祖母于 1848 年出生在那里。外祖母九岁时，曾担任联邦议会议员候补的父亲去世。我手头有张椭圆形相片。那是外祖母与曾外祖母的合影，曾外祖母手拿着《圣经》，脸上的表情看上去十分严肃。

外祖母费丽希亚·赖斯·奥尔德法特活到九十二岁，在她那一辈人中，她是我最熟悉的一个。事实上，在十三个孙辈中，我也是同她关系最密切的一个。在我很小的时候，母亲为送妹妹费丽希亚进聋哑学校必须回美国，所以外祖母替代母亲来日本待了一年。外祖母一生嗜好读书，无论什么事，她都有明确的主见。可能是属于长老会的缘故，虽然自己和丈夫都是日耳曼系，但她总是说她们家是源自苏格兰血统的。

在波斯，外祖父耶利米与外祖母费丽希亚·奥尔德法特在西北部阿塞拜疆的土耳其语圈，主要在大不里士①与乌尔米耶②（即现在的雷扎耶）的城镇生活了十八年。因为是边远地区，当地的生活十分艰苦，去

---

① 大不里士（Tabriz），伊朗西北部城市，东阿塞拜疆省省会。——译者
② 乌尔米耶（Urmieh），今名雷扎耶（Rezaiyeh）。伊朗西北部城市，西阿塞拜疆省省会。——译者

那里旅行也很危险，即使是基督教传教士，有时也会感受到生命的威胁。当地的人并不友好，传教士们孤独地过着寂寞单调的生活。有时库尔德人会从山上下来抢劫，卧室的拖鞋里会躲藏着蝎子，我们家有很多诸如此类的可怕故事。

外祖父母的孩子全都出生于波斯，随着他们一天天长大，必须要考虑他们的教育问题，于是 1890 年举家回到了美国。外祖父在印第安纳州南部汉诺威一个规模很小的教育机构里担任牧师。1910 年，六十九岁的外祖父在欢送他的仪式途中突然倒下，这也是他人生的戏剧性谢幕。我父母两人的相遇也是在汉诺威。由于母亲与她的姐姐一起同时修完了所有课程，十八岁时就已经大学毕业，这是出乎常例的。与父亲相遇时，母亲在大学的附属中学教授拉丁语。比母亲小几个月的父亲由于最初接受德语教育耽搁了入学，当时还只是一年级的学生。

母亲一家就这样很顺利地适应了在美国的生活，成功完成了一次生活的转型。我至今仍觉得不可思议的是，他们为何很少显露出波斯的影响？他们在波斯生活长达十八年，为何对那个国家的感情如此淡漠？这同我对度过幼年时代的日本所怀有的挚爱之情形成了鲜明的对照。

再回到传教士家庭背景的这一话题。我知道在今天的美国，不少人对自己有传教士家庭背景而感到羞愧并以此为耻。这些人在世界的某个角落、穷乡僻壤度过了童年时代，这一经历与后来在美国的生活之间形成了难以逾越的鸿沟，或许童年时代严格的宗教环境与放纵的现代美国社会之间形成的冲突使他们感到困惑。近年来，在某些学者圈内，传教士受到人们的蔑视，他们被视为一群冥顽不灵的人，在西方强大的军事力量保护下，向那些和平生活着的朴实的原住居民强行兜售枯燥乏味的教义，或通过微不足道的财政援助使那些穷困的受援者被迫成为"教徒"。传教工作常常被认为是"文化帝国主义"的典型，是西方进行侵略的殊为可恶的方式。

当然，这些议论也有一定的道理，尤其是在中国。但就整体来看，这些片面的批判从根本上导致了对传教运动的误解。大部分传教士有着高尚的信念支撑，他们要把自己所信奉的福音传布给其他人。我们从没有听说过对早先在北欧及东欧传布基督教的人们类似文化帝国主义之类的非难，佛教在南亚、中亚和北亚的传播也是通过传教的手段。从某种意义上来说，传教士与当今拥护、支持绿色革命或全球扫盲运动的人士并没有什么不同，实际上他们倒更像今天世界上随处可见的教师。在美国，我们这些从事东亚研究的教师也满怀着传教士般的热情推动着这门学科的发展。

韩国的基督教传教运动曾经与反对日本统治的民族主义运动，现在则是同军事独裁的对抗联系在一起的。在日本，基督教运动是以那些同政府的权威主义态势进行对抗、追求自主教育、社会和政治自由的青年士族知识分子为主体的。日本的基督教不仅在教育领域，也在社会服务领域、工会运动、佃农组合运动以及社会党的创建中起着重要作用，这绝非偶然。日本基督教徒的数量还不到总人口的百分之一，但他们被认为是一个富有教养的群体，得到了社会的尊重，对社会产生的影响力远远超过了其人数的规模。

我从未想过要继承父母亲的传教事业，对教会的看法也同他们完全不同，但我始终尊重他们的信仰，以他们的成就为自豪。毫无疑问，我的理想以及处世态度也都受到了这个传教士家庭的强烈影响。影响之一就是节俭，我们家非常节俭，这种节俭几乎到了吝啬的地步。不用说那些贸易商人、外交官，我们比那些有交往的日本上流阶层的人都要穷。传教士的收入微薄，为生来有缺陷的妹妹的教育和将来着想，就更得精打细算。哥哥和我无数次地听到父母唠叨，我们家的积蓄都是为了费丽希亚，别指望有什么遗产，而且教育我们用每一分钱都要好好考虑。在我的孩提时代，日本人吃饭时碗里一颗饭粒都不会剩下，时至今日，我吃米饭时也从不剩一颗饭粒。也就是说，我是受到了传教士家庭与日本社会的双重影响。实际上，同一般日本人相比，我们家根本不算穷，而且也不觉得穷。我们家有女佣，有房子和庭院。去轻井泽避暑对日本人来说，也只是上流阶层的特权。父母亲有着受人尊重的社会地位，虽然外出乘坐的是二等车船，但还是有能力去世界各地旅行的。

父亲和母亲对我们和蔼可亲，在我们身上倾注了他们的爱。有时晚饭后朗读，全家聚在一起，其乐融融。母亲教育哥哥和我，男女在社会上是平等的，如现在所提倡的。她还一直对我们说，为了社会的公正，要关爱那些生活在社会底层的人们。父母竭尽心力要把我们培养成正常的美国少年。尤其是母亲，总会吩咐哥哥和我去干那些里里外外的家务杂活，这常常让照顾"少爷"和"小少爷"的女佣感到很是为难。

对于我们来说，父亲是一个值得称道的楷模。他不像母亲那样善于交际，邀请客人共进晚餐时常常会打盹，但如通常所说的那样，父亲是个非常有风度的绅士，他始终恪守着自己的原则和信念。对我们来说，父亲是一个很好的伙伴。每到夏天或周末，我们经常同他一起徒步旅行，走很多山路，这些少年时期美好的经历至今还清晰地留在我的记忆之中。

父亲最初在明治学院神学部教授神学和希腊语，在其他系部教英语，他认为不理解日本人的宗教信仰就让他们改信基督教是毫无意义的。父亲的第一本著作是《日本佛教研究》，这本书多年来一直被当作有关佛教研究的经典，他因此被纽约大学授予了神学博士学位。哥哥和我都为父亲在学术上的成就感到自豪。父亲后来继续研究佛教，他翻译了佛教僧人源信①的《往生要集》，这是一部出现在 11 世纪日本的大众

① 源信（942—1017），天台宗僧人。曾从良源习显密教法，从兴揭寺清范习因明。1004 年任权大僧都，翌年辞去该职隐居在比叡山横川。著有《往生要集》《横川首楞严院二十五三昧式》等。——译者

信仰运动的重要著作。除此之外，父亲还写了好几本书。在精力充沛的壮年时期，父亲对日本亚洲协会的活动也非常热心。亚洲协会会长是一个名誉职位，按规矩最早是由英国公使，后由大使担任。还没有美国外交官担任过这一职位。美国人对这一职位不感兴趣，或许近年来由于太忙，我本人就是一个例子。协会会长下面通常有三个人担任副会长，分别指定英国人、美国人和日本人担任。有一段时期，担任副会长的是东京大学教授、梵学研究权威姊崎正治博士与英国人乔治·桑塞姆（George Sansom）博士，桑塞姆博士是一位极富才干的英国外交官，也是公认的西方日本研究的奠基人。还有一位副会长就是我父亲。所以哥哥和我成为日本研究领域内的学者绝不是偶然的。1936年，哥哥已经取得了博士学位，而我在亚洲协会第一次作学术讲演，当时桑塞姆先生对着我父亲微笑着调侃道："赖肖尔家族是不是打算打造一个日本研究的王朝？"

父亲还要做的一件事就是想创办一所很好的男子基督教大学。日本开国后不久，基督教学校招收男女学生，作为使用英语的重要培训机构在教育上发挥了巨大作用。但随着教育制度的完善，男子学校逐渐变为二流学校。按照父亲的想法，只要把各基督教学校的资金汇聚起来，共同协力，至少可以打造一所一流的基督教大学。但是各个主要教派都有自己的学校，教派之间的对立很难逾越，所以这件事无法办成。而此时基督教女子学校希望能够联合组建一所女子大学。1918年，父亲同著名的基督教领袖、外交家新渡户稻造①（现5 000日元纸币上的人物头

---

① 新渡户稻造（1862—1933），经济学家、教育家。早年在东京大学学习，后赴美留学，学习农业经济学。回国后，先后在京都大学、东京大学任教授。新渡户稻造信仰基督教，重视并提倡女子教育，曾参与创建东京女子大学并担任首任校长。著有《农业本论》《武士道》《修养》等。——译者

像）和女子教育家安井哲①一起创办了东京女子大学。该大学英文名为 Tokyo Woman's Christian College，如今东京女子大学无论在学术水平还是社会影响力上都堪称日本的一流大学。这所大学的创办一直使父亲倍感欣慰，心里充满着成就感。

母亲始终热心于 WCTN（即基督教禁酒联合会）这一组织的活动与济危纾困的慈善事业。她最大的成绩就是创办了日本第一所向耳聋者传授口语方法的学校。因为妹妹先天的缺陷，母亲对聋童教育非常关注，在送妹妹入美国学校时就开始学习如何培训聋童的课程，回来后在改革派教会的露易丝·克莱默以及日本的志同道合者的协力下创办了日本聋童学校。当时那还是一所很小的学校，我常常会想起小时候每到圣诞节那些孩子来我们家过节的情景。1960 年代，我和妻子到东京赴任，同当年一样，我们邀请聋童学校的孩子们参加美国大使馆的圣诞节活动，大使馆馆员的孩子们帮忙一起招待他们。现在这所学校是日本唯一的一所私立聋童学校，教育水平很高，是在东京可以参观访问的场所中最令人感到温馨的地方之一。

由于他们的奉献，我的父母亲受到很多日本人的尊重和爱戴，由此也惠泽于我，我有足够的理由为他们作为传教士所取得的成就而自豪。我能做的一切都无法同父母亲的成就同日而语，他们早年的努力与奉献都已凝缩在他们所创建的学校之中并将留存下去直至永远。

---

① 安井哲（1870—1945），教育家。1890 年毕业于东京女子高等师范学校后在母校任职。1897 年赴英国留学，攻读教育学，1900 年学成回国，在母校任教授兼学监。1918 年参与创建东京女子大学并任学监，1923 年至 1940 年任第二任校长。——译者

4　筑地学校

1912 年至 1913 年我的父亲利用第一次年假回国，后来他们取道欧洲，经由西伯利亚铁道回日本。1935 年，我再次取道西伯利亚铁道回日本，我应该是俄国革命前后极少数横穿西伯利亚的美国人。1915 年至 1916 年，身已患病的母亲病情恶化，因要送费丽希亚入聋哑学校读书，父亲又取得特别休假回国。因为这个缘故，六岁的我在 1916 年 9 月进入伊利诺伊州香槟市的一所公立小学，在那里学习了一段时候。我的姨母米丽亚姆与长老会教会的牧师查理士·瑞安·亚当斯结婚后住在伊利诺伊州。

这一年 12 月，父亲与我、哥哥，还有外祖母一行回到东京。我进了位于筑地的一所小学。我所在的班是人数很少的小班，不久老师就发现我已会读写，于是把我编入二年级，比同龄的孩子高了一级。跳级这件事对我后来的学校生活则是利弊兼而有之。

实际上我在筑地的学校只上了二年级和五年级。三四年级这一期间，从美国回来的母亲把我和哥哥留在身边，用所谓帕尔默教育法[①]进行教育。当时帕尔默教育法是一股风靡全球的教育界新风。

在筑地上学期间的事，除了二年级课上因一些算术定理与老师发生激烈争执外，现在什么也记不得了。老师中还记得的也只是那位高个的嗓音低沉的俄国人，他不会英语，但教育方法还是很有一套的，这从当时我们大家一起用俄语高声齐唱《伏尔加船夫曲》就可以看出来。

在筑地小学上学期间，最难忘的就是每次上学路上要花费一小时。先坐有轨电车，途中至少必须换一次车才能到筑地，而且两头都得走。到了终点筑地后，我们还得从现在人所皆知的银座商业区那里走过两三座桥才能到学校，途中经常可以看到坐在地上乞讨的麻风病人。那时的市内电车是车前车后两头都打铃的电车，站台也是露天的。售票员给的大张换乘车票上印有东京市内电车路线图，换乘地点与目的地都打上了孔。拿到车票后，我们喜爱玩"跳车"游戏。当电车降速行驶或被前面的车堵住时，我们就会一下子从车上跳下，又跳上前面的电车，大家比赛一路上能换乘几辆车。与管教严格的日本孩子相比，我们都是些淘气鬼，连电车售票员都睁大了眼睛看着我们这些外国小孩。

同当时的东京居民一样，我是通过市内电车和主要通勤电车线路（今山手线）熟悉东京地区的。如今交通线路系统完全改变了，东京也变得生疏了。随着战后地名的改变、地铁的发展和高架道路的修建，我孩提时代所熟悉的东京已经消失了。在我的经历中，东京遭受过两次毁灭性的打击。一次是1923年的关东大地震，还有一次就是1945年美国的空袭。在这个我出生于此的故乡，由于交通网络的变化和地名的更改，使我常常感到自己是一个陌生的来客。

1920年，我从五年级升六年级时，学校从筑地迁往芝浦，芝浦是一个新近围海填造的地区，学校原来叫东京外国人学校，迁往芝浦后改名为东京美国人学校。以这次迁往芝浦为始，学校先后五次不断向西迁移，最后才定于现在的多摩地区，从筑地到多摩地区的直线距离将近30公里。当时的芝浦没有像现在这样大工厂聚集，高楼林立，只是一

---

① 帕尔默（Harold E. Palmer）是近代英语语言学家。1890年代外语教育出现了一种直接法。所谓直接法是通过外语本身进行会话、交谈和阅读，完全排斥母语的翻译和语法教学，主张用外语与客观事物直接建立联系。第二次世界大战后，一些语言教育家开始对直接法进行改良，不完全排斥母语和语法教学，完善和发展了直接法的整个体系，其代表人物就是帕尔默。——译者

片孤寂的荒原，静静地裸露在阳光下，地表满是龟裂的缝隙。荒原上几乎没有任何建筑，学校新建的大楼每层分别涂上了白、红、绿色，远远望去就像化为了一面美国国旗。

迁到芝浦后不久，学校在课程中增添了日语，因为与成绩无关，我们（至少是我）并不很认真对待。但也正因为这个课程的学习，除在此前已经掌握的片假名和平假名之外，我掌握的汉字量增加了。我们使用的是国定教科书，但教科书一直不断地更换。学校的教科书是按年龄划分的系列教科书，我们当时的教科书里有一首诗，诗的开头一句是"乌鸦、乌鸦，一群乌鸦叫着飞走了"。1983 年我曾大病一场，有一个多星期丧失意识。当意识逐渐恢复，嘴里清楚说出的第一句话就是这句"乌鸦"的诗。

芝浦的三年对我来说是非常快乐的，学校的学生数也在增加，达到了我在学期间人数最多的一百八十六人。老师们个个都很好，和蔼可亲，每个老师担任两个年级的课，来自艾奥瓦州柏林顿的帕尔·金任课的是五六年级，来自华盛顿州斯波坎市的露丝·塞琳负责的是七八年级。在高年级男生组成的棒球队里，高个的四号戈登·鲍尔斯（Gordon Boweles）是引人注目的明星，他是接球手。戈登的父亲是教友会的传教士，个子很高，被日本人称作"三楼先生"，戈登的高个遗传自父亲。1921 年的毕业生中，他是唯一的美国人，其余有两人是英国少年，日本女孩一人，俄国人两人。在学校的年次相册里，两个俄国少年各自穿着白卫军和红军的军服拍摄。戈登后来成为著名的人类学家，专门研究喜马拉雅民族。他从纽约州雪城大学（即锡拉丘兹大学）退休后，积极参与日美友好活动，努力为改善日美关系贡献自己的力量。

学生时代的经历中还有一件难以忘怀的事就是在轻井泽度过的漫长暑假。轻井泽位于东京西北方向，距东京将近 130 公里，海拔 800 多米。轻井泽最早是19世纪末期外国传教士发现的避暑胜地。后来日本的有钱人、达官显贵和外交官就在那里建造度假的别墅。我的父母亲在我出生之前就跟很要好的同事、费城出生的玛蒂尔达·伦敦小姐共同在那里建造了一幢小别墅。与玛蒂尔达·伦敦同样从事传教事业的独身女性里拉·海尔希也经常去那里同我们一起避暑。她们俩都在女子学院教书，女子学院是东京著名的女校。我们孩子都管伦敦小姐叫"泰姨"，对女子学院校长三谷小姐仍叫"阿姨"，几十年后，我结识了三谷阿姨的弟弟三谷隆信，他在皇宫任侍从长。至于海尔希小姐，因为阿姨太多也容易搞错，所以就叫她"里拉表姐"。

我们的房子墙壁和屋顶是用杉树皮建造的，房子位于轻井泽幸福谷地区。19世纪英国人在亚洲各地都爱取这个名字。当时的轻井泽还只是一个小村子，是一处大路边的驿站。在距村子近2公里的地方有一个现代的火车站和几户人家，其余是星星点点的别墅。我们的小别墅在怀抱轻井泽的那座山的东侧，房子建造在微微倾斜的坡上。因为父亲每年夏天都会修剪房前的杉树枝，从房间里就可以清楚地俯瞰轻井泽的全景，在右面可以远眺西面呈紫色的浅间山雄浑壮阔的山景。浅间山是日本最为活跃的活火山，距我们的别墅只有6公里，喷发时烟雾可高达2 000多米。1783年（天明三年）浅间山火山大喷发，1米多厚的火山灰覆盖在浅间山周围一带，到处都是满是洞孔的火山石，分量极轻，可以浮在水面上。火山灰使轻井泽的农民遭受灭顶之灾，不过也增加了土地的透水性，尽管雨水尤其山地特有的雷雨很多，但不会发生水害。

浅间山喷出的烟雾几乎从未中断过，有时还会有稍大的喷火，我们家附近就曾落下过大如鸽蛋的石头。然而不论是否飘浮着烟雾，每当远眺轻井泽时，耸立在其后的浅间山映入眼帘，成为其雄奇壮阔的背景，尤其是夕阳西沉时绚烂无比。还有那从浅间山前飞划而过的闪电是连图画都无法绘出的美丽。我也曾目睹过横隔于我家与浅间山之间的山谷中瑰丽无比的闪电。时至今日，我依然非常喜欢电闪雷鸣，我想这同我幼时的这段经历有关。

在我的童年时期，我们家每年夏天都去轻井泽避暑度假。这一趟从东京出发的旅行充满着乐趣。路上要花费五个半小时。车厢里弥漫着一股煤烟味。几乎每次到站，都可以看到站台上来回走动的商贩吆喝着叫卖他们的货物，卖的都是些便当或其他日本的吃食，茶水则是装在一只灵巧可爱的小陶土瓶里。车到矶部，可以买到当地的名点矶部脆饼。在到达轻井泽之前有一站是横川，那里的荞麦面很有名。横川在山脚下，而山顶就是轻井泽了。

当关东平原走到尽头时，倾斜度增大了。在横川，电车的中央部与最后尾部联接上阿卜特式电气机车后爬上七度的陡坡，在穿过 26 座隧道后抵达轻井泽。我们站在第一节车厢前面的平台上，车前没有任何遮挡，凉风习习，美丽的景色一览无余地展现在眼前，等你还没回过神来，轻井泽已经到了。

轻井泽地区周边的山我们徒步旅行时都去过了，后来的几年，根据喷火的情况，每年我都会去爬浅间山。但是少年时期的我最活跃的地方仍是网球场。我打球的同伴是加拿大人 E. 赫伯特·诺曼（E. Herbert Norman）。诺曼（我称呼他赫勃）是一位优秀的研究日本现代史的学者、杰出的加拿大外交家，同时也是有争议的国际政治中的悲剧性人物，详情在后面我还会谈到。赫勃比我年长一岁，在少年组单打中常常胜我，在与我组成一对的双打中，我们从未输过。在我的记忆中，赫勃好像是我在轻井泽网球场上多年的同伴，实际上，我们最后一起打球是在 1923 年夏天，也就在我十二岁的生日之前。在那以后，直至我在欧洲留学期间，我们再也没见过面。在轻井泽度过的夏天不仅是一年间短暂的歇息，甚至令人觉得本身就是一种生活。虽然我在东京度过了一段漫长的岁月，但轻井泽的生活在许多细微之处留下的记忆远比东京多得多。十六岁以后，轻井泽我仅去过两三次，但那里的情景依然清晰地印刻在我心灵的深处。今天的轻井泽与当年已完全不同，群山环抱的轻井泽及其周边地区被人、房子、体育设施和汽车所埋没，我不愿意想到这些发生的变化，只要一想到，心情就会马上沉郁起来。直至今日，我再也没听到过比雨珠打在杉树皮屋顶上发出的声响更柔和的声音了。我们家的那幢陈旧的小别墅现在还在那里，对于我，轻井泽让我真切地感受到"我的故乡在远方"。

1923 年 9 月 1 日关东大地震发生时我正在轻井泽。在此之前，划分时代的尺度是以第一次世界大战为界的"战前"与"战后"。从那一天开始，对东京以及关东地区的人来说，就是"震前"与"震后"。在地震之后，紧接着是做饭的火盆引起一场大火，十万人被夺去了生命，东京、横滨以及邻近地区遭遇了一场巨大的劫难。除东京中心城区的一些钢筋混凝土大楼外，东京大部分城区和东部工人聚居地区、横滨及京滨地带都成了一片熊熊燃烧的火海。我们家住在东京的西面，通常称作山手地区，那里地势高，也有很多木造房屋，但幸免于这场大火。在相距震源 160 公里的轻井泽，地震引起的震动也相当强烈，有好几幢房屋倒塌，还死了一个人。

地震发生的 9 月 1 日那天，从一早上就开始下雨。我同几个伙伴一起在我们家的房间地板上玩牌时，地震发生了。最初的第一下晃动我就感觉到了，赶紧奔出屋外。我们眼看着前面房子上用石子和瓦片加固的烟囱拦腰折断，倒塌下来。我的朋友中有人的经历听了令人胆战心惊。其中有个人谈到，他在镰仓被震塌的房子压在下面，后来海啸来了，一个巨浪把压在身上的房梁抬起，他趁势游了出来捡了一条命。这件事是否真实可信不得而知。镰仓是东京边上一个海滨度假胜地，我后来的妻子春那时也正在镰仓避暑，海啸来时差点被卷走。

最初阶段由于通信线路全部毁坏，在轻井泽我们无法了解地震造成的损害程度，有传言说从碓冰峠可以看到东京方向的熊熊火光。碓冰峠在连绵起伏的群山中间，面对着的远方正是我们家所在的地区。一条蜿蜒的旧公路从碓冰峠一直通向古老的都城江户（即东京），是前日本（太平洋一侧）与后日本（日本海一侧）的主要分水岭。从碓冰峠开始地势陡然下倾，接着便是广阔的关东平原了。从轻井泽到碓冰峠的道路完好无损，但再往前道路就完全损毁了。父亲带着我和哥哥匆匆忙忙赶到碓冰峠，到那里后，因浓雾只能望见前面两三米远。但到第二天，仍可看到远离130公里之外的东京还是滚滚浓烟时，我们终于意识到事情的可怕。

父亲和泰姨、女佣们立即赶回东京，哥哥和我去轻井泽车站参加救助难民的活动。火车的每节车厢甚至车厢顶部都挤满了逃难的人。我们的工作是给怀抱吃奶婴儿的母亲发放牛奶，在车站我们干了两三个通宵。火车一列接一列地开来，挤得密不透风的人群中散发着臭气，遭受这场劫难的人们脸上神情茫然，目光呆滞，不知所措。

芝浦的那所学校原本基础就很脆弱，是建在泥地上的，所以完全毁坏了。少数学生暂时集中到轻井泽继续上课，到冬天临近时才回到东京。普连士女校位于三田，离庆应大学很近，恰好住在那里的戈登·鲍尔斯一家的房子空着，学校就把他家的房子临时当作教室继续开课。

学生人数减少到一百人以下，大地震后的最初几年间，美国学生的人数也锐减到以前人数的一半不到。困境之中，大家的精神依然很高昂。那一年棒球很流行，我们在寒冬腊月里也照常练习。我十三岁，在球队中是最年少的，担任左场手。在场上，我所在的位置身后堆满了煤包，守备范围狭小，但也只能将就了。哥哥是投手，这是一个引人注目的角色。二垒是个墨西哥男孩，其余的都是日本人，其中有一个队员的妹妹是我有生以来第一次激起对异性爱慕之念的人，但由于害羞，我甚至连跳舞都没邀请过她。赛季的最后是同神户加拿大人学校的对抗赛，结果我们完胜。

关东大地震给人们的心理打击是巨大而持久的。到处是一片废墟，持续不断的余震多达数百次，有的余震还相当大，脆弱易损的建筑物都已倒塌，所以余震造成的次生灾害并没有那么严重。尽管如此，我们还是做好了准备，睡觉前把过冬的衣服都放在床边，一旦半夜发生地震就可以立即带上向户外逃去。

我心中对地震的恐怖感后来多少年都没有消退。八年后，我住在哈佛大学研究生宿舍帕金斯楼，每次卡车在外面道路高低不平的坑洼处驶过时，砖瓦建造的宿舍大楼就会晃动，我立刻会想到该不会是地震，于是从床上一跃而起，这种恐怖感一直持续了将近三十年。东京的人们至今还在时刻提防着地震。据说东京每隔六十年就会发生一次大地震，现在关东大地震已经过去六十多年了，下一次大地震如果发生的话，居住在首都圈的两千万人将会怎样呢？

5　高中时代

1920 年初夏，我们家利用年假回到美国。当时的旅行对大人们来说是一个放松的好机会，对孩子们来说则是充满快乐的事。那时，既没有今天这样的喷气客机昼夜航行，把人们搞得精疲力竭，也没有环境的剧烈变化。坐轮船从日本到美国东海岸要用上三周时间，是一次从容轻松的海上旅行。

给予我父母亲资助的教会在芝加哥和底特律，父母亲先在芝加哥逗留数日，其间哥哥和我去了伊利诺伊州南部赖肖尔家早年的农场。当地话带有南方口音，语调稍稍拉长，农场雇工们所说的方言引起我们很大的兴趣，几天过后，父母亲来到这里时，看到我们也学着这样说话着实让他们大吃一惊。

过了一段日子，我们又在密歇根叔叔查理和婶婶迈拉的湖畔别墅住了几天。接着一家人坐车去了俄亥俄州斯普林菲尔德，那里有查理叔叔掌管的教堂。在斯普林菲尔德，哥哥同我们分手，他进了该州北部的奥伯林大学。父母亲由于要向长老会教会传教总部做汇报，同时还有几次讲演，去了纽约。他们把我寄放在叔叔家里。叔叔婶婶待我很好，和蔼可亲。那时叔叔家里还有两个最小的孩子，他们同我在一起就如同亲兄弟一般。不幸的是，这一年的冬天，我生了很长一段时间的病。斯普林菲尔德是极其普通的小城，人口七万，全城只有一所高中。离开了东京的生活和那所美国人学校规模不大但很温馨舒适的环境，突然一下子要去适应这里的环境，对一个十四岁的少年或许是很重的负担。学校的气氛就像一个大工厂让我无所适从。铃一响课就结束，每个人都有一个存物箱，跑到存物箱把用完的课本放好再掉换教室，一门课换一个教室。我对中国籍学生和人种的混杂早就习以为常，但对适应美国规模很大的公立高中那样智识的、社会性的氛围还没有足够的思想准备。我唯一感到开心的是可以打篮球，我还同邻居的一个男孩在当地的基督教男青年会（YMAC）组织了一支篮球队。

夏天终于来了，再次回到密歇根的别墅，经过了很长一段时间之后，为赶上 1925 年秋季开学，父母亲带我回到了日本。在度过了美国那段沉闷的生活之后，重新回到久已熟悉的东京的家，又能和往日的朋友们在一起了。在他们中间，那种愉快的感觉真是太妙不可言了，我立刻成为当时的美国流行歌曲及其他美国情况的权威。

其后的两年，也就是直到我高中毕业这一期间，是我青少年时代最为春风得意的时期。我已经是高中的高年级学生了，在此之前，我一直生活在哥哥的阴影下，现在我终于可以解脱了。我成了老大，感觉简直就是皇上了。毕业时，我们班的男生就两个，唯一的另一个男孩是个对体育以及其他课外活动都不感兴趣的人，这就给我一个求之不得的机会，使我成为各个项目的运动队及几乎所有俱乐部的领头人，简直可以说我就是学校的王者。

1925 年秋，我们家搬到在东京女子大学校园里新建的房子，东京女子大学在离东京 16 公里左右的郊外。因为这个缘故，去学校要坐电车和市内有轨电车，路上要花上一个多小时。东京的工薪阶层都是坐车上班，走这样远的路去上学对我来说反倒成了一件乐事。

在我的记忆中，学习课程方面倒是没什么可谈的，我都能应付裕如。我热衷的是棒球、篮球、网球、足球等体育活动。同其他许多学校一样，我们打棒球的场地是与美丽的明治神宫毗邻的陆军第一师团代代木练兵场。有时候因为有演习而不得不中断练习或比赛。这种时候，我们往往就可以看到，士兵们端着带利刃的枪匍匐在二垒附近打一阵空枪后齐声呐喊，然后占领本垒。练兵场离学校足有 3 公里多，我们大家走着去，打完棒球后在回去的路上吃上一碗或两碗荞麦面。到家时就已精疲力竭，根本无心再做拉丁语之类的家庭作业，母亲常常为此忧虑不已。

女孩也是我在学习上分心的一个原因。刚进学校那会，我常常被舞伴不够而犯愁的高年级女孩们邀去学跳舞，还被她们认为跳得不错。三四年级时，跳舞已经非常流行，午休时我们都会找时间在体操馆跳舞。每当有舞会，那就更起劲了，从开场一直跳到结束。挑选舞伴或与女孩约会，这些同国籍与人种全无关系，一切都是由个人喜好来决定的。

除体育运动和女孩之外，我还有两项喜爱的课外活动，其中一项是爵士乐。幼年时期我曾学过一点音乐，所以担任指挥和钢琴演奏。我们之中能够演奏出像样的音乐的也就是那个吹萨克斯管的少年，他叫牛岛。牛岛个子很高，人胖乎乎的，他有个绰号叫"胖墩"，这个绰号并非就是因为他的体重，而是同他的父亲有关。牛岛的父亲是 1888 年移民美国的，美国名字叫乔治·希马。他后来成为加利福尼亚州斯托克顿附近一个种植马铃薯的大农场主，很有名气。除了牛岛这一个有才能的成员，我们乐团的实力糟糕到了极点，能够演奏像样点的曲目也就是《娃娃脸》，这是一支当时非常流行的歌。歌词似乎有点有伤风化，"她粉嫩的皮肤，令你怦然心动"，听到这样的歌词，母亲似乎为我的将来感到非常悲观。

还有一个课外活动就是出版杂志《灯笼》。对美国人学校来说，这是第一次真正意义上的年刊。在此之前也有过一本名为《黑与黄》的年刊，黑色与黄色是我们学校建筑物的颜色。该杂志不定期刊行，并不是很吸引人。《灯笼》是借用俄亥俄州某大学校内杂志 *The Lantern* 的名字，但两者在内容上相去甚远。《灯笼》是我和菲尔·戈曼（Phil Garman）的大手笔，我担任总编辑，菲尔·戈曼负责发行。菲尔·戈曼后来成为著名的劳动问题专家。作为一本出自一所小学校学生之手的刊物，平心而论，《灯笼》编得还是不错的。直至今日，这本作为美国人学校的校内刊物以最初的刊名仍在发行，当然其豪华的版面远不是我们当年的《灯笼》可以相比的了。

我们班于1927年初夏毕业，当时同年级的学生在一两年前就已从十三人减至七人。无论从哪种意义上来说，在轻井泽度过的暑假都是一段最美好、难忘的经历。此时，我自己实实在在地感到童年时代已结束，胸中满怀着对新的生活的憧憬。夏季临近尾声时，我们这些毕业生乘坐日本邮船"大洋丸"开始了漫长的海上旅行，之后我们将进入美国各个大学学习。我们乘坐的这艘"大洋丸"曾在历史上两次登场。第二次是在1941年，因载日本间谍前往夏威夷而广为人知，日本间谍后来将有关珍珠港情况的机密情报传回了日本。更早的一次是第一次世界大战刚刚结束时，"大洋丸"作为德国赔偿的一部分转给了日本。这艘船最早在德国建造时，德国的工程师在计算上出了差错，他们不得不制作了一张用于修改的勘误表。也许正是这个原因，1920年代和1930年代，在西方人中普遍流传着一种说法，他们认为日本人除了像猴子一样模仿之外，没有能力作任何事情。据说日本人会精心仿制出模型在装运时不慎造成的凹陷裂痕，或是狡猾的欧洲人在晒制蓝图时故意留下的错误，而结果是，他们建造的轮船下水就颠覆，制造的飞机上天就坠落。诸如此类的故事完全是无中生有，没有一点真实性，但大多数西方人却对此信以为真，尤其是美国的军方人士，这也是他们矮化日本人的一个原因。

不难想象，1927年的初秋，我们在横越太平洋的"大洋丸"上度过了一段美好快乐的时光。在旧金山，我们受到了胖墩牛岛和其他朋友的迎接。在伯克利待了几天之后，我们坐上东行的列车，各自去了自己的大学。同当时的女友分手是在艾奥瓦州的某个地方，我还记得那晚正是满月，火车的车窗上一片融融的月光。从那以后，再也没见过她。在斯普林菲尔德的迈拉婶婶家住了几天后，我就去了哥哥所在的奥伯林大学。

我强烈地感到，日本的生活已成为过去，离我渐行渐远。同孩提时代相比，在此之前美国一年的生活以及在美国人学校度过的那些日子已经使我相当地美国化了。我决心要使自己成为典型的美国大学生。而在日本出生、长大这看似寻常的经历后来却在我的人生道路抉择上起了决定性的作用，这在当时是做梦都没有想到的。

第二部

游学世界（1927—1938）

与艾德丽娜在新婚后的京都家中（1936）

6 在奥伯林读大学

1927 年 9 月我进入奥伯林大学。在此之前，我在美国的生活时间总共只有三年，余下时间都在日本。接下来的六年——先是奥伯林大学的四年，后是哈佛大学研究生院的两年，这对我的民族自我认同意识的确立是非常重要的时期。我已强烈意识到我是个偶然出生在日本的美国人，更是一个偶然成为美国公民的日本居民。虽然这对我的人生来说也是关键性的六年，但日本这个我生于斯、长于斯的故乡在我的人生道路上还是起了决定性的作用。

在最初阶段，由于迫切期望融入美国的生活，我小心翼翼地对待每一件事，任何细微的小事我都努力做得与朋友们没有丝毫不同，当然这些并不是很困难。我非常注意在任何场合下都回避谈起自己的出生和成长经历，外出旅行时，我会删去自己的出生地以避免引起一些不必要的麻烦，这在通过边境去加拿大时尤为重要。通常在过边境时，边检人员要了解你的国籍，先问："你的出生地？"这时我就会随口举出诸如俄亥俄州的斯普林菲尔德、伊利诺伊州的琼斯博罗、加利福尼亚州的伯克利等地蒙混过去，这些地名我当然要比他们熟悉得多。

大学生活切断了把我同日本连结在一起的脐带。美国的大学城是一种很特殊的现象，学校远离城区，居住在学校附近的居民几乎都对外部的世界漠不关心，奥伯林大学也不例外。北俄亥俄州平淡无奇的景致没有任何一样可以令你想起日本。所有的美国孩子都知道，如果在地球上挖个洞，一直深挖下去，就会通到地球的另一端中国，但没有任何一个人会想到日本。即使是在大学里，你也不会接触到任何同日本有关的事物。同现在的大学一样，当时的大学生也不看报，即使看报，报纸也不刊载任何同日本相关的新闻。在奥伯林大学的四年间，我没有吃过一次日本饭菜。神学部有两三个日本留学生，除了同其中一个寒暄过几句，我再也没说过一句日本话。

同日本唯一有关联的就是父母亲的来信。一封信从日本寄出到收到要花近一个月的时间。离开家时我才十六岁，走时父母亲同我讲定，即使不写片语只字，每个星期也要互相通一次信。通信对于维持家庭成员之间的纽带关系是一种很好的方式，后来我们之间一直保持着这种信件往来的习惯，直至父母去世。除了父母亲的来信和数额不大的汇款外，这时可以说我已经完全自食其力了。父母亲把我送进地理上相距万里、连寄一封信都要旷费时日的大学，他们这样作是很明智的，因为他们认识到此时再在孩子的生活上管头管脚是愚蠢的。我在圣诞节休假时都会去斯普林菲尔德的姊姊家，在那里可以见到从克拉克聋哑学校回来的妹妹，所以并不寂寞。克拉克聋哑学校在马萨诸塞州，妹妹在那里读书期间，每逢假期都会到姊姊家。父母亲把传教会本部提供给我的奖学金再加上从每月工资中拿出的 25 美元汇给我，还说如果有其他需要的话，可同斯普林菲尔德的姊姊联系。但是在大学二年级以后，我除了奖学金外，还有平时勤工俭学以及暑假假期打工所获的报酬，所以一次也没有向家里要过多余的钱。父母亲那里每月汇 25 美元一直持续到我二十五岁，在考上哈佛大学研究生以后。

我之所以选择去奥伯林大学，唯一的理由就是哥哥在那所大学，事实证明这是一个最佳选择。奥伯林大学学术水平很高，但学校规模小，各个系每学年学生人数止于三百人，连同著名的音乐学院与神学院的研究生合在一起，学生数还不满两千人。倘若是规模很大、缺乏人性化的大学校园，我也许就不会很顺利地适应美国的生活。奥伯林大学创建于1833年，这所以其悠久的历史为豪的大学创建伊始就是男女同校，对黑人也敞开门户。可是尽管如此，其仍然是绝对以信奉新教的欧裔美国人为中心的大学，在对待种族问题上，其态度在全美也并非特别超前。1920年代是种族问题矛盾非常尖锐的时期。我在斯普林菲尔德期间，常常看到三K党①大规模示威游行。奥伯林大学的运动队到外面参加比赛时，竟还发生过把为数不多的黑人选手分开、安排到其他饭店住宿的事。

　　奥伯林大学的男生宿舍很少，很多人合伙到外面租房子，我也同另一个一年级学生到哥哥他们四年级学生租下的房子里与他们合住。这幢普通的房子被夸张地命名为"城堡"，我们租用了上面两层。在那幢房子里，我们的生活有类似英国作家托马斯·休斯在《汤姆求学记》中所描写的那些男孩们的生活情景。不过，同包括我哥哥在内的所谓"校园名士"一起生活自有很多乐趣。我们用餐的场所叫三角洲小屋，平时有五十来个学生在那里用餐，打工的活很少，前后两个学期我只能挣出一半的伙食费。起初的工作是洗锅碗盘勺、打扫厨房，都是粗活，我自小就有女佣照料，所以这些活对我来说都是挺费力的。但干了不久职务就提升了，专门负责洗玻璃杯具及刀叉之类，工作也比较轻松了。这主要得助于一起干活的托米·冲野（Tommy Okino）的帮忙。托米·冲野来自夏威夷希洛，有着日本血统，他能力很强，干什么都效率极高。就是这个托米·冲野，后来成了檀香山一位著名的法官，他的才干得到了充分的发挥。

　　随着时间的推移，"城堡"的成员结构也不断起着变化，到四年级

---

① 三K党（Ku Klux Klan，缩写 K. K. K.）。Ku、Klux 二字源于希腊文 Kukloo，意为集会。Klan 是种族。因三个字头都是 K，故称三K党。三K党是美国历史最悠久、最庞大的恐怖主义组织，其鼓吹白人至上主义，经常使用恐怖主义手段去达到自己的目的，是美国种族主义的代表性组织。——译者

时，我们决定重建一个由八个高年级学生组成的领导班子，其中包括棒球、田径、网球各队的队长、大学学报及年报的总编、男生风纪委员会的委员长，风纪委员会是学生会的中心组织。八人中有两人来自上海美国人学校。一个是 C. 马丁·韦尔伯（C. Martin Wilbar），他曾与我在轻井泽度过两个夏天，同坐"大洋丸"回到美国，后来韦尔伯成为哥伦比亚大学中国古代史的教授。还有一个约翰·S. 塞韦斯（John S. Service）也是中国通，他成为著名的外交官。后来塞韦斯由于被卷入战后麦卡锡风潮遭到迫害，但在其夫人也是我们的同学嘉丽·舒尔茨的支持和帮助下，塞韦斯鼓足勇气战胜了厄运，后来成了加利福尼亚大学伯克利分校的教授，开始了新的职业生涯。

我一年级的第一个暑假，父母亲为了参加哥哥的毕业典礼来到美国。毕业典礼结束后，哥哥和我开着那辆二手车载着父母亲去密歇根州，在查理叔叔的别墅住了一段日子后，又去了南伊利诺伊州他的哥哥也就是我的伯父艾德的农场。父母亲从那里带着哥哥鲍勃回日本。回到东京后，鲍勃教历史，同时还在美国人学校当体育教练。留在美国的我在艾德伯父的农场干了一个月的活。费力气的农活主要都让马干，当然这是很久以前的事了，但由此我得以窥见、了解到 19 世纪的生活情景。艾德伯父是个有着绅士风度的人，话很少，我非常敬重他。我并没有帮他干多少活，但他给了我 10 美元作为一个月的报酬，这让我吃了一惊。伯父去世时，留给我 2 000 美元的生命保险，这是我接受过的唯一的遗产。

在进入大学以后，最初的阶段，我仍热衷于体育运动远胜于学习。棒球还是在左场打一号，在一年级篮球队里总是确保自己主力队员的位置。到二年级上半学期，必须在网球与棒球之间选择一项，我选择了网球。在校最后的两年期间，我一直担任队长。篮球我没能进入大学校队，但属于年级队及三角洲小屋队，仍活跃在校内各种比赛中。到了秋天就踢足球，参加大学足球比赛。当时在美国，足球还是不太为人所知的竞技，像我这样在国外长大的学生就成了主力，所在的队也就成了强队。

奥伯林大学的校园生活是愉快的。最初时期，对于学习，无论如何也不会像体育运动或与女孩约会那样热心，开始认认真真地投入学习只是最后两年。一年级时的成绩居中，不好不坏。高年级作文枯燥无味，至于生物课更是觉得没意思，这或许是实验课时我常常最后一个进教室，最早一个出教室的原因。只有对历史课很有兴趣，我曾暗自下决心，要同哥哥一样专攻历史。随着年级逐渐升高，我觉得自己掌握了应对考试的技巧。我可以在很短的时间内熟记很多数据。所以不论哪个科目，临时抱佛脚，开一晚夜车就能满脑子装满人名、年号和数字，往往都能取得 A。考试前夜睡得很晚，考试当天再早起，死记硬背，只要考试时记住就行。不幸的是，记得快，忘得也快。但就是这样，在三年级下半学期，我取得了奥伯林大学有史以来的最高分，确保了我四年级学年的全额奖学金。

在奥伯林大学的教授中，给我留下印象的人很少。历史系一流的教授恐怕只有费列德里克·B. 阿兹（Frederick B. Artz）教授，我只听过他一学期的课。奥伯林大学在学期间，阿兹教授几乎都在，他是作为客座教授从哈佛大学过来的。对我影响最大的应该算是政治学系的奥斯卡·亚希（Oscar Jaszi）教授，政治学是我的第二专业。亚希教授是匈牙利血统的犹太人。第二次世界大战后，一度成为社会主义内阁成员，后被匈牙利独裁者霍尔蒂驱逐。奥斯卡·亚希教授仍然充满着追求世界和平的热情，我的思想当时受他的影响很深。在亚希所开的课里，有一门课他命名为"国际协调论"，当时令所有的人困惑不解，在这门课中，亚希教授回顾了欧美思想界形形色色的和平论与和平方策。

我在四年级时组织成立了奥伯林和平协会，很明显是受了亚希先生的影响。此时大萧条已经开始，身处遥远乡间的奥伯林，我们并没有怎么感受到大萧条的影响。与此相反，亚希的雄辩和他积极献身和平运动的言行举止深深地感染、激励了我们。相当多的学生参加了和平协会，在其他两三个大学还成立了分会。但是，置身在奥伯林这样的乡下，即使想要为世界和平有所作为，除了自己决意不去打仗之外，其他什么也干不了，甚至那种豪情壮志后来也随着国际形势的变化渐渐销蚀殆尽。

　　我原本对亚洲很感兴趣，希望在奥伯林大学也能学到这方面的课程，但这个愿望几乎落空。有一个政治学讲座名为"太平洋问题"，由一个对亚洲完全没有专业知识的教授担任，所讲的内容索然无味也就不言而喻了。那个教授谈了很多有关雅浦岛通信权的纷争问题，但对更基本的构成影响东亚问题的要素与动态变化的力量结构却压根没有谈到。还有一个有关亚洲的课程更是枯燥乏味，课程的名称是关于莫卧儿王朝的印度。任教这门课程的是神学院的一个英国人，他并不了解班上的学生没有一丁点有关亚洲的知识，所以其教授方法实在令人不敢恭维。这位教授不厌其烦地讲解伊斯兰教的逊尼派与什叶派的分裂，而学生们对此没有丝毫兴趣，整整一个学期就是这么在知识的荒原上徘徊度过的。

　　我所作的唯一同亚洲有关的重要事情就是归纳总结了一篇长达213页的报告，题目是《1860年前的日美关系》。历史系的主任摩尔（Moore）教授告诉我，当时正在有奖征求一篇有关日美关系的论文。他建议我可去一试，因为没有人会竞争，写一篇合乎其旨意的文章，获奖应该是不成问题的。我大受鼓舞，信心满满，在没有任何人指导的情况下完成了那篇文章。如果不细加研读，那篇文章看上去还是很不错的。但实际上内容不过是各种书的摘录而已。虽然如此，文章还是得了奖，我记得奖金是 200 美元，这在当时是很大一笔钱了。

奥伯林大学的四年是一段非常快乐的时光，为我提供了一个机会，使我童年时代的生活经历转化为一种对亚洲及国际关系的真正兴趣，但具体的目标依然朦胧，距离人生规划的定位还很遥远。

7 哈佛研究生生活

　　奥伯林大学毕业的日子日益临近，面临的紧迫问题是，下一步怎么办？我从未考虑过要到哪家公司就职从而进入商界，也没有想过怎样最能赚到钱而使自己的生活优裕舒适。凭靠一门专业技能立足于社会是我们家的传统，人生的目的就是尽其所能奉献社会，哪怕所做的贡献微不足道，我就是在这样的教育下长大的。在奥伯林大学学习期间，我日益浓厚的兴趣使我已经意识到，未来的职业将同亚洲乃至整个世界联系在一起。

　　1930 年秋，摩尔教授推荐我争取英国牛津大学著名的罗德奖学金（为期三年），而且已经成为俄亥俄州两名候选者之一，但是在后来从六个州选拔四人的竞争中我落选了。据摩尔教授判断，我的失利是在年龄上，二十岁似乎还太年轻了一点，实际上还有更大的缘由，就是我想专门研究日本以及东亚，但牛津大学在这方面没有很好的基础，还没有开展对日本的研究。那里只有一个有关中国的初级讲座，讲师是一个已退休的传教士。摩尔教授接着推荐我去做日内瓦国际联盟总部研修生，这次他认为是十拿九稳，绝对没有问题，但遗憾的是，这次也未能如愿，被对方挡在了门外。由于世界性大萧条，国际联盟必须裁减财政预算，研修生制度被废除了。

　　牛津大学和日内瓦这两条路都走不通，我作出了第三次选择，决定去哈佛大学读研究生，从事东亚研究。回想起来，这是一个相当轻率的选择。实际上当时东亚研究尚未建立起来，即使你想成为学者，也没有机会找到合适的工作。作出的这一选择不但需要有将自己的信念付诸行动的巨大勇气，而且朝这一方向发展还有影响生计之虞。不可思议的是，当时我没有丝毫的顾虑或迟疑不决，我想所谓初生牛犊不怕虎也就是这种状态吧。

当时在美国，有条件从事东亚研究的大学少得可怜。即使有条件的大学，也仅仅是开设两三门课程而已，还未到可以有组织地开展研究的程度。屈指可数的也就是哥伦比亚大学、哈佛大学、加利福尼亚大学伯克利分校这些大学。其中哈佛大学的优势是，旗下的燕京学社可以提供数个从事东亚研究访问学者的名额。我的哥哥当时是1930～1931年度的访问学者，待遇相当优厚，还可以延长到下一个年度。我刚从奥伯林大学毕业，也获得了1931～1932年度总额为600美元的奖学金，第二年又以同样的标准延长了一年。当时只要有这个数额，学生就足以维持生活了。

这里我应该谈一谈哈佛大学的燕京学社，因为这个机构同我的后大半生有着密切的关系。燕京学社原本是以约翰·M. 霍尔（John M. Hall）的资产为基础创设的机构。约翰·M. 霍尔发明了从铝土矿中提取铝的电气精炼法。在介绍他最早创办的铝业公司的小册子上有个印刷错误，aluminium一词被拼成了aluminum，后来将错就错，成了现在美国的拼法。霍尔于1914年去世，他是公理会虔诚的教徒，所以把相当的资产遗赠给了同公理会有关系的教育机构。他的母校奥伯林大学也获得了遗赠。一部分遗赠被指示用于"日本、亚洲大陆、土耳其、巴尔干各国"的教育。霍尔也许考虑的是京都的同志社大学、伊斯坦布尔的罗伯兹大学、贝鲁特的美洲大学以及中国和印度的各所教会学校，其所限定的"亚洲大陆"可能是要把当时成为美国殖民地的菲律宾排除在外。

霍尔的捐赠在1928年结出了果实，这就是哈佛燕京学社。创建哈佛燕京学社的计划从开始构想到付诸实施的是两位杰出的教育家，哈佛商学院院长华莱士·B. 唐哈姆（Wallace B. Donham）和北京教会系统的燕京大学校长、战后美国驻中国大使 J. 列顿·司徒雷登（J. Leighton Stuart）①。这一机构的名称把哈佛大学与燕京大学的校名联在了一起，目的是要通过哈佛大学与燕京大学的合作，协力推进中国教会系统大学的历史、文化研究，因为当时这些教会大学在历史、文化领域内的研究相当薄弱。为此进行了分工，燕京大学以培养这一领域的研究生为中心，哈佛大学则设立旨在提高整体研究水平的中国研究中心，共同培养学者和教师。根据这一构想，燕京大学在硕学洪业（William Hung）博士②的带领下开始编制中国主要古典索引这一具有里程碑意义的工程。洪业博士后来从中国来美国，在哈佛终其职业生涯。设立在哈佛大学的和汉图书馆则在裘开明（Alfred Kaiming）③的领导下逐渐成为世界上屈指可数的面向学术研究的中日文图书馆。燕京学社运行不久，就向数名在中国、中亚以及中南半岛地区开展考察活动的欧美著名学者提供了相

---

① 司徒雷登（John Leighton Stuart，1876—1962），美国基督教长老会传教士、外交家、教育家。1876 年生于杭州，父母均为在华传教士。1904 年开始在中国传教，曾参与创建杭州育英书院（即日后之江大学，后又并入浙江大学）。1908 年任南京金陵神学院教授，讲授希腊语。1919 年出任燕京大学首任校长，在任期间，同哈佛大学合作，创办了哈佛燕京学社，为中国科学文化事业培养了大批杰出人才。1945 年，任美国驻中国大使，为促进国共合作、实现和平竭尽心力，但其心愿最终未能实现。1962 年司徒雷登病逝美国。司徒雷登在华生活 45 年，其一生挚爱中国，把中国视为其故乡，期望中国和平与社会进步。2008 年，司徒雷登魂归故里，他的骨灰被迁回中国杭州安葬。著有《启示录注释》《司徒雷登日记》《在华五十年——司徒雷登回忆录》等。——译者
② 洪业，号煨莲（畏怜，1893—1980），名正继，字鹿岑，福建侯官（今闽侯）人。著名史学家，教育家。1915 年赴美留学，毕业于俄亥俄州米斯良大学，后又入哥伦比亚大学，获文学硕士学位。回国后执教于燕京大学，先后任历史系主任、图书馆馆长。沦陷时期，燕京大学被日军封闭，曾被捕入狱。出狱后拒绝与日伪合作。抗战胜利后，燕大复校后重回校工作。1964 年至 1968 年兼任哈佛大学东亚语文系研究员。著有《引得说》《勺园图录考》《洪业论学集》等。——译者
③ 裘开明（Alfred Kaiming，1898—1977），浙江镇海人。图书馆学家。早年就学于文华图书馆学专科学校。曾任厦门大学图书馆馆长。1924 年赴美留学，专攻图书馆学与经济学，获哈佛大学博士学位。1931 年至 1965 年任哈佛燕京图书馆首任馆长，后任该馆顾问。著有《中国图书馆编目法》（1931）、《汉和图书分类法》（1947，中英文对照本）、《哈佛燕京图书馆中文善本图书》（1976）等。其提出的汉和图书分类法比较适合于中国和日本的古典文献分类，为美国的一些东方文献的收藏机构所采用。——译者

当数额的赞助经费，还向在哈佛从事中国研究以及像我和我哥哥这样从事日本研究的欧美学生提供学者奖学金，尽管数额不大。令人不可思议的一点是，1986年前这所创办伊始就把重心放在中国研究上的机构的四任社长（包括我在内）竟无一例外都是日本研究的学者。

1931年秋，我进入哈佛大学文理学院读研究生。这一年夏天，哥哥鲍勃与她的同学琼·安德逊结婚。婚后他们搬到赫尔登·格林一所可以带家眷的学生公寓。我则搬入了研究生宿舍帕金斯楼，宿舍是座老房子，位于牛津大街。同屋住的是亚瑟·霍格，他是我奥伯林大学时代的同学，我同霍格后来结下了很深厚的友谊。霍格随和宽容，他甚至对我每晚8时至午夜0时打开收音机边放送爵士音乐节目边学习汉语的奇癖都从无怨言。琼和哥哥待我很好，每天晚上让我去他们那里吃晚饭，这样就保证我每天至少有一顿美食，同时还可以放飞心情，同鲍勃谈论许多感兴趣的话题。这么一来，对琼来说可能就不太舒服了。多一张嘴吃饭她倒不在意，但鲍勃和我一旦谈到研究的话题，尤其是关于汉语和日本历史就没完没了，这时就会忘记琼的存在，她只能落落寡合地坐在一边，一言不发。除了同鲍勃、琼以及霍格的接触之外，在哈佛大学读研究生期间，我就如一个苦学僧，每天除了学习，还是学习。

当时的哈佛大学正处于罗威尔（Lowell）校长任职的尾期，学校依然处在往昔新英格兰地区①大学的那种贵族化的偏狭而不开放的氛围之中。我的感觉是，学校把重点放在本科生教育上，本科生基本上都是预科毕业的男生，当时我们仍称他们为预科生，其中也有几个来自纽约的优秀的犹太人孩子和中西部的孩子，但他们似乎不太受欢迎。大学住宿制度在几年前就引进了，但学生依旧把俱乐部视作他们的生活重心所在。研究生院不

---

① 位于美国东北部的佛蒙特州（Vermont）、缅因州（Maine）、新罕布什尔州（New Hampshire）、马萨诸塞州（Massachnsetts）、康涅狄格州（Connecticnt）、罗得岛州（Rhode Island）等六州由于建筑风格、生活习惯、人文环境与传统的欧洲比较接近，特别是与英国比较接近，所以人们称之为新英格兰地区（New England）。哈佛大学位于马萨诸塞州。——译者

过是为回应国家的要求，作为接收外校生的点缀而已，其虽已为全国所知，但盛名之下，实际上仍被置于哈佛大学这一光环的阴影之下。与其关系密切的拉德克利夫学院甚至也成了一个可有可无的尴尬角色。在排他的气氛中，我自己感到有一种疏离感，但沉浸在学术氛围中的生活使我依然心情很好，而且当时自以为研究生就是学术精英。几十年后，当我作为教授从另一个角度观察哈佛的研究生时，不禁为年轻时的自以为是感到羞愧。

虽然哈佛是美国的三大东亚研究中心之一，但其开设的课程实在是乏善可陈，学生也很少，希望专门研究日本的学生除哥哥和我之外，再没有其他人了。由于没有独立的东亚学系，我的学籍放在历史学系，进研究生院的第二年 6 月，我就获得了硕士学位。当时有一门课程得到全体硕士研究生的高度评价，那就是查理斯·霍华德·麦克尔韦恩（Charles Howard McIlwain）先生的"治理 6：政治理论史"。这门课上得很有意思，而且先生的人品也很好。麦克尔韦恩先生有一个很古怪的习惯，讲课时一边寻思合适得体的话，一边把手从后面摸上来，一直摸到谢了顶的头部。不过，他是个完全没有时间观念的人，前期的课讲到古代结束，到后期的最后两次课就拼命跳着讲，最后才总算讲到 18 世纪与 19 世纪。

唯一的日语课程对我来说过于简单了，所以我的东亚研究是以汉语入门的课程和中国史讲读开始的，中国史讲读只上半学期。汉语中级课程是在第二学年的，当时教我哥哥的老师是梅光迪①，梅是一个很有教养的绅士。我被安排去跟魏楷②学习。魏楷是哈佛燕京的访问学者，一

---

① 梅光迪（1890—1945），字迪生、觐庄。安徽宣城人。1911 年赴美，先后在西北大学、哈佛师从白璧德，是中国首位留美文学博士。1920 年回国任南开大学英文系系主任。1921 年任国立东南大学洋文系主任。创办《学衡》杂志。1924 年去美国讲学。1927 年回国任中央大学代理文学院院长。后又赴美，在哈佛大学执教近十年。1936 年任浙江大学文理学院副院长兼外国文学系主任，1936 年任文学院院长。著有《梅光迪文录》等。——译者

② 魏楷（James R. Ware, 1901—1977），早年从学伯希和，致力研究《魏书释老志》，获哈佛大学博士学位。1929 年至 1932 年来华留学，是哈佛燕京学社派遣的第一位留学生，研究六朝历史。曾任哈佛大学东亚系主任。著有《公元 320 年中国的炼丹术、医学与宗教》（1967），译著《论语》《孟子》《庄子》等。——译者

个很有前瞻性意识的人。他是突然被从中国叫回来担当教职的。我是魏楷名下唯一的学生。魏楷的汉语尤其是发音知识极其缺乏，我是在不知四声的情况下开始学习汉语的，而四声对听说、区别汉语是必不可少的，这样的起步导致的后果是可怕的。这种情况在当时极少数要学习汉语的欧美人中却是常见的。他们学习汉语的目标只是要能阅读即可，认为没有必要去说。欧洲一流的汉学家中甚至还有人把没有去过中国反当作引以为豪的事。汉学研究是被与古代埃及研究等同对待的，于是汉语也就被当作了死语。

在第一学期，我们使用的课本是通俗的白话（口语体），这是当时中国标准的北方语言。到第二学期开学时，魏楷对我说他正忙于博士论文，不能给我上课了。他说给我选了一本适合我兴趣的书并让我自学。魏楷给我选的是中国 3 世纪的史书《魏志·倭人传》，这是一部记录远古时代生活在日本列岛上的居民生活情况的重要文献，当然是古代文言，而不是我在那之前所学的白话。内容也有晦涩暧昧之处，时至今日，专家的意见还不一致。但对我来说，这简直就像从初中三年级的英语一下就转到古英语的《贝奥武夫》① 一样。我手头仅有的一部辞典又把问题更复杂化了。辞典是 1874 年 S. 威尔兹·威廉编纂、1909 年改订的。辞典古色苍然，但却越看越让人搞不懂。即使极简单的汉字，附注有很多词义，却不注明哪一个是基本词义，不常用的词义又是哪一个。让人难以把握，琢磨不定。困惑之际，忽生一计，我制作了许多宽 3 英寸、长 5 英寸的卡片，用稚拙的笔画把一个个汉字写在卡片上，用打字机把威廉辞典上的众多词义打在卡片后面。然后把写着英语词义的那面按书上出现的顺序并排放在上面，从无数的可能性中选出符合文脉的词义。这样做虽然耗费时间，但勉勉强强地总算把《魏志·倭人传》译

---

① 《贝奥武夫》，英国文学中的第一部作品，是第一部英雄史诗，用古英语写成，也是继希腊、罗马史诗后欧洲最早的一部以英语写成的史诗。——译者

出，学期末送到了魏楷手头。关于中国古典的研究，我不知道是否有像这样事倍功半的方法，但这样做的结果是，我掌握了相当数量的汉字，这对阅读日语文章也帮助很大。我没有上过一次正规的日语课，由于日本文学是以汉字为基础的，用学到的汉字再结合在讲说日语中掌握的假名知识，也就逐渐能读日语文章了。

1932 年夏，我在哈佛研究生院的生活时间已经过半。此时，哈佛举办了一个中国研究研讨会。这个研讨会由美国学术团体联合会赞助并得到洛克菲勒基金会人文部的资金支持。举办这次研讨会是学术团体联合会的莫蒂默·格拉夫（Mortimer Graves）提出的，旨在促进全美各大学的非欧美地区的研究，洛克菲勒基金会人文部部长大卫·斯蒂文斯（David stevens）从财力上予以了大力支持。令人遗憾的是，莫蒂默·格拉夫的热情与斯蒂文斯的远见对东亚以及其他非欧美地区研究所起的重要作用时至今日尚未被人们充分认识。由于没有人告诉我这次夏季研讨会的消息，我听到消息时已经很晚了，错过了报名申请正式参加的日期，于是我自费参加，兴致勃勃地旁听了各个相关会议，这是我第一次真正接受东亚研究的洗礼。在这次研讨会上，也是第一次有机会见到兰登·沃纳[①]（Langdon Warner）。兰登·沃纳是美国首屈一指的日本美术研究的宗师，为人谦和，彬彬有礼。在这次研讨会上，我还结识了休·博顿（Hugh Borton）和查尔斯·伯顿·法思（Charles Burton Fahs）。法思获得了洛克菲勒基金会的资助，正在西北大学政治学系攻读博士学

[①] 兰登·沃纳（亦译华尔纳，Langdon Warner，1881—1955），考古学家、艺术史家。曾任哈佛大学福格艺术博物馆东方部主任。1924 年第一次去敦煌，在莫高窟剥离了唐代壁画精品 10 余幅，并盗走彩塑供养菩萨像等，其所作所为对敦煌历史文物造成了严重损害。1925 年沃纳组织考察队第二次去敦煌，由于当地的民众和官府的反对，收获寥寥。此次来华，沃纳受哈佛资金筹募会和霍尔遗产董事会的委托考察了中国的教育，其间沃纳与北京有关教育机构特别是燕京大学商谈，达成了合作协议，其成果就是后来的哈佛燕京学社。著有《在中国漫长的古道上》《万佛峡——一所九世纪石窟佛教壁画的研究》等。——译者

位。博顿和他的夫人巴蒂都是贵格会教徒，他们有在东京普连士女子学校从教的经历，还在日本美国人学校待过一段时间，在日本逗留期间，博顿夫妇接触了在英国驻日使馆供职的日本研究专家乔治·桑塞姆，受到其学识和魅力的感染，回到美国后在哥伦比亚大学开始了他们的日本研究。在1941年太平洋战争爆发之前，除外交官外，他们夫妇和我，另外还有两三个人是仅有的有关日本问题的专家。

在我研究生一年级结束时，我的哥哥带着琼回到了日本，他预定在东京完成他的博士论文，论文题目是《论日本的外国人土地保有权》，哥哥自己对这个题目没有任何兴趣，但只有这个题目在哈佛还能找到一个审核论文的人。如果能把没有修过一门日本研究课程的人称作这一领域研究者的话，那么哥哥走后，留下的我就成了哈佛唯一一名日本研究的学者了。

在哈佛的第一年，除了学习汉语外，我同其他专攻历史的研究生没有什么大的区别，自己的人生规划依然没有确定下来。我隐隐约约地抱有一种期待，如果获得博士学位，奥伯林大学会把我叫回去当一名教师，我可以在那里开设东亚史课程，但是在哈佛的第二年，一件意想不到的事使我明确了自己的人生目标，并开始胸怀远大的抱负向着这个目标发展。

这件意想不到的事就是叶理绥[①]的出现。叶理绥是当时欧美日本研

---

① 叶理绥（Serge Elisséeff, 1889—1975），法籍俄国人，著名汉学家，美国哈佛大学燕京学社首任社长。1889年出生于俄国圣彼得堡。早年在德国柏林洪堡大学学习日语和汉语。1908年至1914年在日本东京帝国大学师从芳贺矢一、藤村作等研究日本文学。俄国十月革命后定居法国巴黎，成为法国巴黎学派的汉学家伯希和的得意门生。精通日语、法语、英语、德语、俄语，并可阅读汉语古籍。1934年经伯希和推荐，赴美出任哈佛燕京学社首任社长。还同费正清合作，建立了历史系与东亚语言系联合设立博士学位的制度。1956年从社长任上退休，是哈佛燕京学社至今任期最长的社长。1957年返回法国，1975年去世。——译者

究领域内的顶级学者，他在巴黎大学任教，哈佛大学燕京学社理事会聘其担任一年客座教授，实际上带有试用的意思，理事会希望叶理绥担任哈佛燕京学社的社长。而对于我来说，这成了一个求之不得的机会。叶理绥的祖父早先是俄罗斯的农民，后来靠进口葡萄酒发了财，在彼得堡和莫斯科创办著名的百货公司成了富豪。但是年轻的叶理绥对家庭的经商传统与财富持逆反的态度，他有志于艺术和学问，走上了完全不同的道路。叶理绥反对把东亚的语言及文化当作僵死不变之物的汉学传统，为了要看看现实中的东亚，1908年他去了日本。叶理绥如愿以偿地进入了东京帝国大学即今日的东京大学。在教授们以及校内外教员的特别关照、帮助下，叶理绥克服了语言上的障碍，研究日本文学。1912年6月，他以接近第一名的优异成绩毕业。按照当时的成规，东京大学的毕业典礼有天皇出席，后来叶理绥半开玩笑地说，一个月后明治天皇驾崩同毕业典礼上第一次在毕业生中看到西方人的面孔而受到惊吓有关。

叶理绥回到俄罗斯不久，革命爆发了，他家的财富及所有一切顷刻之间化为乌有。1920年初秋，叶理绥带着妻子维拉和两个幼小的儿子逃到芬兰，后又去了法国。在法国他取得了公民权，又在索邦大学得到了教授的教职。当时的巴黎在欧美是公认的汉学研究中心，但事实上叶理绥还是愿意来到哈佛。

叶理绥全身心地投入到他的教学工作中去，他对于学生极富吸引力，在我所知的教师中，叶理绥是最具魅力的一个。在与叶理绥共事的二十五年中，他从未说过一句言辞激烈的话，也从未对我表露过不悦。叶理绥能言善辩，口才极好。他是讲故事的高手，只是偶尔会信马由缰，讲个没完没了。叶理绥最为杰出之处就是坚持高品位的学术研究，而且他为培养学生呕心沥血，倾注其全部心力。如果有人要寻找美国的日本研究之父，那只能是叶理绥，别无他选。

在哈佛的第三年，我选了魏楷的另一门汉语课程。由于叶理绥的到来，我终于可以开始在日本研究领域内的学习了。那一年我所修的课程中最重要的就是叶理绥开设的近代以前的日本历史。历史并非是叶理绥的强项，但他从日本人所写的论文及百科事典中遴选出数量庞大的确凿可信的材料。对这些材料他颇下功夫，精研细读，但把这些材料布置给学生时，却大致保持粗芜的原始面貌，并不做过多的分析解说。叶理绥的这种做法为我们日后的研究打下了一个获取原始信息的良好基础。

我还选修了一门日语精读课程，这门课程的指导教师也是叶理绥，还有一位年轻的日本学者岸本英夫。岸本是享有盛名的梵学家和日本宗教学家姉崎正治的女婿，姉崎正治也是父亲在日本亚洲协会的同事。从这时开始我同岸本建立起友谊，并成为终生的朋友。岸本后来成了东京大学的教授，讲授梵学。战后岸本担任图书馆馆长，致力那座著名图书馆的重建，在人生最后的十年，岸本同癌症进行抗争，并把抗病经历写成了一本书而广为人知。

1933 年春，发生了一件我意想不到的事，这件事源于叶理绥的一个建议，但却决定了我的一生。叶理绥为我设定了到海外学习五年的计划——两年在巴黎，三年在日本和中国——然后我进入他和魏楷计划成立的哈佛远东语言系（即今天的东亚语言与文明系），为此他征求我的意见。叶理绥以其与魏楷为中心在哈佛建立古代中国与日本研究的据点，计划中我承担东亚地区，其中包括横跨日中两国的研究。后来柯立夫①加入进来，他负责西部即中华文明在中亚地区的影响的研究，我同柯立夫第一次见面是在 1940 年，当时他刚结束在中国的学习回到哈佛。

当时哈佛的指导方针，尤其是叶理绥为我设定的未来计划使我大学时就抱有的对当时国际关系的兴趣一下子转向了古代史。具有嘲讽意味

---

① 柯立夫（Francis W. Cleaves，1911—1995），哈佛大学教授，美国蒙古学的开山之祖。早年从学伯希和，1938 年至 1941 年在北京居住学习，曾接受过比利时蒙古学学者田波清（Antoine Mostaert，1881—1971）以及方志彤等人的指导。著有《蒙古源流》，译著《元朝秘史》《源氏八邻部人伯颜传》等。——译者

的是，在我的研究焦点从现代世界转向古代的过程中，现实生活中发生的事件又一次次地把我的研究从古代拉回到现代。1927年我离开日本时，日本正处于所谓大正民主的高潮时期，已成为国际贸易共同体中恪守和平准则的一员，同时作为根据英国式议会制度建立起来的民主国家也有了牢固的基础。出乎意料的是，世界性大萧条的影响与近代日本缔造者的继承者中展开的权力争斗把这个国家引向了一条危险的歧路。在我进入哈佛大学攻读研究生的1931年9月，以所谓的"满洲事变"① 为起端，日本再次开始了对东亚主要地区的征服，最终导致了第二次世界大战。

---

① 即九一八事变。——译者

8　巴黎求学

1933 年 6 月初，我怀着满腔的热情与希冀前往巴黎。去欧洲作一次轻松愉快的旅行是每个美国青年人的梦想。此时巴黎正值初夏来临的时节。我是遵奉导师之命、身肩重大的学术使命去巴黎的，所以这次巴黎之旅并非轻松，尽管如此，欧洲和巴黎的魅力依然无比诱人。虽然蒙受了第一次世界大战的巨大灾难，当时的欧洲还没有遭到第二次世界大战带来的更大的惨祸。这是在均质文化受到破坏和发生变化之前，还没有战后物质生活的繁荣和大众媒体的发达，坐飞机旅行也尚未普及。英语还没有成为国际通用语言，除英国之外，到欧洲任何一个国家必须说法语或德语。

巴黎两年的生活对于我来说是黄金岁月，这倒并不是因为巴黎的教育水平很高。当时巴黎是汉学研究的圣地，但汉学研究并非很有体系，至于日本研究则更为薄弱。在我们着手研究时，欧美的日本研究还很落后，当时"日本学"（Japanology）这一用语尚未确立，而且近代以前与近代以后的日本研究还没有像古典汉学与现代中国研究那样截然分开，各有明确分担。两年欧洲的游学，我最大的收获就是在日本、中国的当代问题研究以及东亚的古典研究上获得了新的视角。大多数美国研究东亚的学者有一种倾向，即只是一味地固守着从美国的角度观察中国、日本的做法，而欧洲赋予了我新的视角，开阔了我的视野。相比美国，从面积及悠久的历史来看，北欧同日本更为相似。

从感受到传统的深刻影响这一点上来看，整个欧洲也同中国与日本相似。在我逗留期间的欧洲，国内纷争与各个国家之间的战争此起彼伏，这也同东亚极其相似，而同美国的情况完全不同。此时，经历过大萧条的美国又退回到第一次世界大战后的孤立状况中。我觉得自己比大多数同一时代的学者更为幸运的是，我可以从美国与欧洲两个完全不同的视角来观察东亚，这使我的眼光在对日本与中国的研究中变得更为犀利，而在这个日趋专业化的时代，对大多数学者来说这近乎是不可能的。

我是坐三等舱去法国的。6月中旬抵达巴黎后，我就徒步开始了对这座城市的探访，没过多久就走遍了巴黎中心城区的大街小巷。从那以后，我养成了一个习惯，每当到一个从未去过的城市，就凭靠自己的双脚踏访这座城市，穿街走巷，我认为这是去感知和贴近这个城市的最好的方式。我想使自己尽可能完全进入一种以欧洲方式生活的状态，但这并非按自己所想的那样轻而易举就可以做到。首先从衣着上看，任何人看到我一望即知是个美国人，而且对我更为不公的是，在欧洲人眼中，我是个"有钱的美国人"。当时作为访问学者，原以为这次游学领取的费用绰绰有余，但在出发前，美国脱离金本位制，美元的价值暴跌，在后来哈佛燕京学社补贴耗损的一部分之前，我是一个真正的美国穷人。但是，不管是富人还是穷人，我的衣着在服装平淡的法国人中特别扎眼。尤其糟糕的是色彩亮丽的短大衣和黑白相间的皮鞋。迫不得已，我把皮鞋涂成黑色，短大衣也染成了深藏青色。染色时短大衣收缩，穿在身上样子活像一个田间稻草人似的，但我很满足，再也不必担心被人背后指着脊梁说是美国人了。

更大的问题是语言问题。当时在哈佛博士论文审查时，必须要用法语与德语解读，所以我已具备了足以通过审查的水平。法语在高中学了三年，德语在奥伯林大学时也学过。德语是在大学四年级开始学的，当时认真选了德语的初级课程。后来又一直坚持自学这两门语言，所以还有一定的自信。但在到法国以后才认识到，无论哪一种语言我几乎都不会讲一句。

根据叶理绥的安排，我住进利尼耶家跟他学法语，利尼耶的家在距巴黎30英里的小镇埃坦波，他是退休的高中教师，由于痛风跛脚，给寄宿他家的外国人教法语用以贴补退休金的不足。利尼耶是一个很好的教师，除法语外绝对不使用其他语言。正是这样，在过了最艰苦的六周学习之后，我具备了一定的会话能力，使我得以继续在巴黎学习而不会感到特别困难。小个的利尼耶夫人是个性格开朗的人，她与她的丈夫同我成了很好的朋友。法国人自视清高，尤其对外国人常常表现出不屑一顾的样子，在法国的两年中，除叶理绥家外，我进入过的法国人家庭只有利尼耶家。

在欧洲的第一年对我来说是黄金岁月实际上还有个人的理由，那就是我恋爱了。对方就是埃莉诺·艾德丽娜·丹东。那一年她在巴黎大学的夏期课程学习结束后，作为交换生正准备去维也纳的大学。艾德丽娜的家庭背景同我相似。丹东虽然是法国的姓氏，但她家的祖籍是在德语圈阿尔萨斯与维也纳的交界之处。艾德丽娜的父亲出身贫寒，但在哥伦比亚大学取得了德国文学博士学位。母亲出身于新泽西州的一个名门，也是德国文学博士，这在当时是非常少见的。两人年轻时在俄勒冈州的大学里教德语，第一次世界大战临近，德语教育没有人气，后应北京的清华大学之邀去了中国，在北京一待就是十年，自1916年至1927年一直在那里从教。从五岁到十六岁这一段少女时期艾德丽娜是在北京度过的，她会说一口漂亮的北京官话。1927年，艾德丽娜一家离开中国回到奥伯林，父母担任教职。艾德丽娜进奥伯林大学晚我一年，当时我在学校里很少见到她。1932年她为取得艺术专业的美学硕士学位转到与哈佛相邻的拉德克利夫女子学校①，那时我们才初次相识。

艾德丽娜在巴黎时，每到周末我就会从埃坦波赶到巴黎。艾德丽娜陪着我去参观博物馆、画廊和有名的建筑物，我们一起去城外游览。在巴黎的节日里，我们相拥在巴黎的街头跳舞。有一天，我们坐在卢森堡公园里，两人发誓要结为夫妻。

艾德丽娜的夏期课程 7 月末结束，为准备在维也纳待一年，她要去海德堡学德语。临行前我邀她到埃坦波住一周。我事先告诉利尼耶夫人有个朋友要来，法语中女性朋友一词（mon amie）与男性朋友（mon ami）在发音上很难区别，利尼耶夫人原以为我说的朋友是个男性，不料见到艾德丽娜大吃一惊，但她还是为自己家的屋檐下爱情之花开放而充满喜悦。

一周很快过去了，这一周宛如一章优美的田园诗。艾德丽娜同我在埃坦波周围中世的古道和废墟的探访中度过了这段时光。我们俩去了最喜爱的沙特尔庄严的大教堂，有条从埃坦波直接通往沙特尔大教堂的小铁道，这条铁道很早以前就已废弃了。我永远忘不了我们沿着这条铁道在麦田中穿行，当教堂的美丽景色出现在眼前时欣喜若狂的情景。一周过后，艾德丽娜去了德国，她走后，我们互相通信，鱼雁往来持续了一年，没有一天中断过。恋爱兼学习，我总是用法语写，艾德丽娜用德语写。不言而喻，这些文字都很稚嫩，但又情意绵绵。二十年后，艾德丽娜去世，我决定将这些书信全部付之一炬。

艾德丽娜阳光、开朗，充分理解"生之欢乐"，她人品高尚，对所有的人都充满着爱心，所以不管是谁都会喜欢她。艾德丽娜又是一个信念坚定的人，尤其在面临巨大的肉体痛苦时，她表现出令人难以置信的勇敢。有时候我往往会只埋头于自己的研究，而对他人的事显得漠不关

---

① 即拉德克利夫学院，参见后注。——译者

心，艾德丽娜就会在适当的时候毫不留情地给我指出。也许正因为她的这种提醒，去掉了我身上那种令人厌恶的市俗气。能与这位不等寻常的女性共同生活二十春秋对我来说是一种至福。

1933 年夏，在对同哈佛大学燕京学社有协作关系的中国各教会大学考察之后叶理绥回到巴黎。我听从他们的建议，8 月初随他们去了法国西南一角的圣让德吕兹，加入了大批去海滩的法国人群中。在尽情享受海水浴的乐趣之后，9 月回到了巴黎。在沃日拉尔路上我找到一家简陋的小旅馆住下，旅馆正对着巴黎卢森堡公园。位于拉丁区中心区域的沃日拉尔路作为"巴黎最长的路"非常有名，但我所住的那家旅馆恐怕是巴黎最便宜也是最肮脏不堪的旅馆，房间逼仄，光线昏暗。我的房间在三楼，面对一个夹在房屋中间照不进阳光的院子，房间即使冬天也没有取暖器，只有一个冷水龙头。供应的饭食味道还不错，但食材很单调，菜单永远是一成不变的。投宿者中外国人居多，所幸的是说英语的除我之外，别无他人。

我在旅馆里过着接近最底层的生活，同时在大学里又同知识精英朝夕相处，对处于中层的法国中产阶级生活一无所知。社交界的妇女们建立了帮助美国学生的组织，邀请他们喝茶或安排他们参加富有意义的参观旅行，但未曾有过在真正意义上同法国人的接触。我非常理解外国留学生对留学所在国产生憎恨的心理。在美国留学的日本人也是同样的。外国留学生无论怎么寂寞，他们总是喜爱、崇仰美国的，这是绝大多数美国人以恩人自居、一厢情愿的想法，后来我一直努力尽量不使自己陷入这一种思维定势中去。

为了约会，我同艾德丽娜常常往来于巴黎与维也纳之间，除此之外，我在学期间几乎没有任何校外交往。星期六晚上，演出歌喜剧的剧场后排高座的票价 5 个法郎（电影 10 个法郎），因为便宜，我每场必看，后来成了一个歌剧行家。尽管很少同法国人进行有意义的交流，但我在巴黎的生活完全使用法语，潜移默化中我也浸染了一些法兰西的气质。我意识到这一点是在结束留学回东京途中经由意大利时，在意大利的火车中，不知因什么事同列车乘务员发生了口角。因为双方只能讲法语，在互相争辩中周围的人围了上来，以我在日本或美国接受的教育来说，这是不应该发生的。但一旦使用法语进行交锋，就觉得没了羞愧之感，而且争论最激烈时一下子意识到自己的不对，这时反而会把嗓门拉得更高，我的法兰西化已经连我自己都难以置信了。

在巴黎的两年中，与做学问相比，我是以了解欧洲为主，但学习还是在我的学术训练中占有重要的位置。最初的一年里，主要的事情是每周去叶理绥家里学习日语文言语法。同我一起学习的还有伯顿·法思，法思同他的夫人都得到了洛克菲勒基金会的资助，当时正在巴黎，第二年春天，他们又去了日本。索邦大学几乎没有任何关于日本语的课程。在这两年中，没有任何讨论会，也没有教授对我进行过论文指导，这在美国大学研究生培养中是必不可少的两个关键。在这种意义上说，我基本是靠自学开始了日本研究。在进入一个完全陌生的领域时，我成了一个冒险者，但这是我当时必须接受的现实。

日语和汉语是在国立现代东方语言学校（现在称国立东方语言和文明研究所）上课，那儿离索邦大学稍远一些。日语属"语言○"，由查理·黑格纳尔与一个日本助教担任，我常常去听黑格纳尔的中级课程，但不去听汉语课。在"语言○"中，我主要学的是俄语，叶理绥极力主张我选学这门课程。虽然我选修这门课程的热情不高，但还是获益匪浅。学到的程度大致可以阅读报纸，后来在去日本途中经过苏联时还派上了用场。

当时法国的汉学界有三硕学：保罗·伯希和①、马伯乐②和葛兰言③，我都听过他们的课。伯希和是个精力旺盛的人，他在索邦大学主讲的中国古典讲读使我获益良多。在第二年，我作为班上最好的学生被叫起做口头翻译，把一种外语译成另一种外语是桩很苦的差事。葛兰言想象力丰富，他会充满着热情对中国古代社会作解独到的讲解，我对他想象过多的结论并非完全信服，而且还听到他多次带着怨恨大骂马伯乐，令我目瞪口呆。马伯乐恰恰相反，他恬静、内向，像老鼠一样小心谨慎，因为是法兰西学院的教授，品位最高。我在巴黎的两年间，马伯乐讲中世纪初期的中国文学史以及对中世纪中国道教徒修行的研究，当

---

① 保罗·伯希和（Paul Pelliot, 1878—1945），世界著名的法国汉学家、探险家。早年就学于巴黎大学，学习英语。后先后入学法国汉学中心、国立现代东方语言学校专攻东方语言文化。曾师从法国汉学家沙畹致力汉学研究。1906 到中亚考察，于1906 年至 1908 年在中国甘肃、新疆一带古文化遗址进行广泛的考察和发掘。特别是在对敦煌莫高窟的考察中，其详细地查看所有的洞窟，留下了大量详尽的文字和图像记录，这也为奠定其在国际汉学界的地位起了重要作用。在对敦煌莫高窟的考察中，伯希和从那里劫走了上千种古代文书和大量古代绘画、织物、法器等文物，现这些文物均保存在法国巴黎，伯希和的此举也长期为中国学者所诟病。伯希和博闻强记，精通十三种语言，其汉学研究造诣精深、广博，涉版本目录学、语言文字学、考古学、文艺学、宗教文化、东西交通史等众多领域，是华风西被的领军人物、世界公认的汉学大师。伯希和同为数众多的中国几代主流学者皆有学术交往，1930 年代曾被聘为中国中央研究院历史语言研究所研究员，在促进国际汉学界与中国学术界的交流合作方面做出了重要贡献。著有《摩尼教流行中国考》（与沙畹共著）《伯希和敦煌石窟笔记》《敦煌千佛洞》等。——译者

② 马伯乐（Henri Maspero, 1883—1945），著名的法国汉学家、沙畹的学生。早年曾随父亲去埃及，在那里完成论文《托勒密时期埃及的财富》并获得历史学和地理学等学科的文凭。从埃及回法国后开始学习中文，1907 年毕业于巴黎东方语言学院。1908 年和 1914 年曾先后两次来中国学习考察。1921 年进法兰西学院担任中国语言和文学讲座主讲。1936 年任金石铭文与文艺学院院士，后任院长。1944 年任法兰西学院文学部会长。后因涉其子反对纳粹德国被关入德国布痕瓦尔德集中营，1945 年病逝于集中营。马伯乐汉学造诣极深，除中国历史特别是中国经济史外，还对中国的宗教作了大量研究，取得了丰硕成果。除汉学外，马伯乐对东亚其他地域如越南、日本的文化研究均有涉猎。著有《道教与中国宗教》《古代中国》等。——译者

③ 葛兰言（Marcel Granet, 1884—1940），法国著名的社会学家和汉学家。1904 年就学巴黎高等师范学校，师从著名社会学家迪尔凯姆。后从学著名汉学家沙畹研究汉学。1911 年曾来中国留学，两年后回国，任高等研究院东方宗教研究所所长，后转任东方学院教授。西方汉学界正统的研究方法是语言文学方法，而葛兰言倡导用社会学分析方法来研究中国社会，开创了西方汉学研究的社会学派。著有《古代中国的舞蹈和传说》《中国文明》《中国人的宗教》等。——译者

时他正在执笔一部与这一题目相关的新书。马伯乐上课时总是背对学生，用几乎听不到的声音读他的笔记，在黑板上写很小的字。很多时候听他课的学生就我一个人，也就不足为怪了。马伯乐的学识有令人钦佩之处，也很具有人格魅力。遗憾的是，在巴黎的大学里，教授与学生之间的交流极少，近乎没有。我同马伯乐也仅仅说过一次话，就是1935年在离开巴黎前去他那里辞行时。马伯乐由于二战中两个儿子参加抵抗运动而被逮捕，后来死于集中营。

1934年夏，我在巴黎的第一年结束时叶理绥正式去了哈佛，这样我向人求教请益的机会就更少了。在第二年中使我受益最大的是同前田阳一的交往，前田是为研究法国文学于1934年来巴黎的。他的父亲前田多门（后任文部省大臣）是我父亲的朋友，他原为东京市副市长，担任过多年的日本驻维也纳ILO（国际劳工组织）代表。前田阳一后来成为东大教授，他的女婿入江昭于1960年代末来哈佛，后取得博士学位，现已成为芝加哥大学的著名教授。

我得助于前田是缘于美国学术团体联合会莫蒂默·格拉夫筹划的一个项目。格拉夫要让年轻的美国学者把刊载在日本学术杂志上的学术论文梗概翻译出来，以小册子的形式编辑出版。我接受了这项工作，并从日本历史学界最具影响力的两大杂志《史学杂志》和《史林》开始着手这项工作。这项工作耗费了我大量的时间。那些论文是日本学者写给同为日本人的专业人士看的，他们在那些专业领域具有丰富的专业知识，而且能读古汉语和中世纪的日语文言文。我发觉那些论文的难度已超过了我的能力所及，所以这项工作绝非轻松，好多次在半途进行不下去，只能向前田求助。好像对格拉夫的这一提议做出回应的学者只有我一人，那本薄薄的油印小册子除了我自己手头之外再也没在其他地方见到过。在回到哈佛以后，我把后来编集的论文梗概合在一起付梓出版了。在巴黎所作的工作使我开始意识到在日本我可以作得更好，于是我又期待着重返东亚。

9 欧洲生活

　　除开在东亚研究方面尚有不足，对于了解当代政治与国际关系，欧洲是一个不可多得的学校。在美国被大萧条所导致的动荡不安的五年间，我离开了自己的祖国，先是在欧洲，后是在东亚，这样使我能够从更广阔的视角对灾难性的 1930 年代进行观察。1933 年至 1934 年，冬季的法国因一场政界全都卷入的丑闻即斯塔维斯基事件①陷入了极大的混乱，右翼势力发起的示威游行接连不断，尤其是在我居住的拉丁区发生了激烈的学生运动。学生们设置路障，警察把人行道两旁树木上的铁制围圈拆除以防止学生将其当作路障材料。因为要去听"语言○"的课程，我常常来往于国立现代东方语言学校与索邦大学之间，有时就会碰上警察队伍与学生游行队伍之间的冲突。每当看到骑着马刺刀出鞘的警察队伍朝自己这边奔来，就忙不迭地躲避到小巷里去，这种事情当然不会令人感到愉快。1934 年 2 月，政治上的紧张局势已经到了一触即发的程度，后来终于发生了戴高乐广场上的流血惨案。

　　圣诞节我去维也纳看望艾德丽娜，后来 6 月里我又去了一次。维也纳弥漫着黯淡、紧张的气氛，毗邻的德国也是如此。维也纳曾是充满荣光的奥匈帝国之都，仅仅过了二十年，如今成了一具令人可叹的形骸。壮丽巍峨的建筑一如往昔，但城市的空气沉闷压抑，全球性的萧条使人们的眼神布满了空虚和无望。除夕之夜，我和艾德丽娜去一家规模不大的夜总会，除了我们俩之外，别无他人，乐队毫无激情地只为我们俩演奏。有一天晚上去观看歌剧时，激进派的一伙人把烟雾弹投入剧场的乐池，受到惊吓的人们争先恐后跑到我们所在的五楼避难，当时的状况混乱不堪。事过仅仅两个月，奥地利的独裁者恩格尔伯特·多尔斐斯（Engelbert Dollfuss）首相对社会党的暴动进行了镇压，炮击了包围维也纳的社会党的大楼。因为交火，艾德丽娜甚至连着好几天都无法离开她的那所学校。1934 年 6 月我再访维也纳时，艾德丽娜住的那幢公寓大楼被炮击后留下的弹孔痕迹历然可见。到了 7 月，多尔斐斯被奥地利纳粹党暗杀。

这时如果我结婚，哈佛燕京学社的访问学者奖学金就要被取消。唯一的出路就是让艾德丽娜自己寻找维持生计的办法。正好此时哥哥鲍勃和琼夫妇俩结束了在东京两年的生活要回美国，琼执教的基督教会系立教女子学校（英文名为圣玛格丽特女子学校）的教职空出。艾德丽娜知道，此时赶紧去日本，生活就有着落。这件事很顺利地就办成了。就在办这件事的前后，魏楷还不无抱怨地说我是在断送自己的前程。

在艾德丽娜取道美国去日本之前，我们还去布达佩斯旅行了一次，那是一个十分美丽可爱的城市。然后我们去了布拉格和德国的德累斯顿。1933 年 1 月，希特勒已经掌握政权，德国即将面临的是动荡不安。1934 年 6 月下旬，我们抵达德累斯顿时正值希特勒清洗冲锋队队长罗姆的那晚，我们对罗姆事件的消息全然不知，当耳边传来街头上喧嚣的闹声时，还误以为德国是个充满生气的国家。我同艾德丽娜在柏林分手，分手后我还在那里待了一个月。在一个美国学生乔治·肯尼迪

---

① 斯塔维斯基事件（Stavisky Affair）是 1933 年法国发生的政治事件。S. K. 斯塔维斯基是法籍俄国人，因长期从事投机诈骗，发行大量的债券而暴富。1933 年底事情败露，翌年年初其诈骗和曾先后贿赂一千二百名政界人士的罪行被公之于世，成为轰动一时的丑闻。1 月 8 日，斯塔维斯基被发现"自杀"在瑞士边境山区的一个木屋中。尔后引起反政府示威游行，导致卷入丑闻的政府官员辞职，前后两届内阁倒台。此案调查结果于 1936 年 1 月公布，斯塔维斯基的二十个同伙受审，其中九人被判刑，包括两名议员。——译者

（George Kennedy）的帮助下，旁听了柏林大学的课程。乔治·肯尼迪后来成了耶鲁大学的汉语教授。在柏林大学最令我厌恶的一件事是，有一天党卫军的旗帜从窗外闪过，同时传来乐队演奏的曲子，班上的德国学生顿时一同起立，行纳粹礼。在柏林期间，我曾同许多不同类型的德国人进行过长时间的交谈，其中有对纳粹心怀不满的人，如我住宿的那家女主人，她原来是贵族，是个很有教养的妇人。也有一些追随纳粹的狂热的年轻人，他们经常光顾邻近的啤酒花园。

在法国，奥地利和德国的经历使我亲身感受和认识了欧洲的政治危机，也使我对不久后在日本发现的危机有了思想准备。对于东亚发生的事情，除了从父母亲以及后来艾德丽娜的来信中略有所知外，我没看到过任何相关的报道。对一般的欧洲人来说，日本和中国犹如是不存在的国家。

我同弗雷德里克·费肯（Frederick Ficken）的相遇也是在柏林，奥伯林大学时代，费肯与我同住"城堡"。我们一起去慕尼黑，当时我很专注于提高德语会话能力，但还是有充分的时间去参观教堂、博物馆和各种历史遗迹。当时我还去奥地利作了两个星期的自行车游。我骑自行车在萨尔茨堡附近越过国境，然后向东去了萨尔兹卡默古特。美丽的萨尔兹卡默古特，湖光山色令人流连忘返。游览了萨尔兹卡默古特之后，我向东北方向进发，去了毗邻威尔士的埃弗廷，听艾德伯父说过，那儿就是赖肖尔家族的故乡。在邻近斯卡尔汀村的新教教堂里请牧师查寻记录，找到了祖父出生和洗礼的记录。后来又过了二十年，二战结束后，我带着两个十多岁的孩子驱车再度去斯卡尔汀，教堂后来的牧师又一次为我们确认了这些历史记录。

在德国逗留期间，我通过黑市买卖外汇赚取了这个夏天的大部分生活费。当时德国为了吸引旅游观光客，实行了浮动马克（限旅行者使用）制度，在国外可以便宜 40％ 的价格兑换马克。兑换数额明确记在护照上，规定每天可兑换数额，这个规定的数额远远超过我的实际需用量。我在可容许的额度内最大限度地兑换后，把多余出来的部分藏在帽子里带出境，到奥地利、法国、比利时后以正常的汇率兑换成当地货币，然后再想法以低价位买入浮动汇率的马克。这么做在斯特拉斯堡和布鲁塞尔等地没有任何问题，但在奥地利亲纳粹色彩浓厚的茵斯布鲁克就不那么容易了。我到处寻找人少的地方，好不容易找到了一家专门兑换的店铺。那家店铺的人似乎满腹狐疑，以一种奇怪的眼光打量着我，拿出来的马克最后还是没有兑换给我。不言而喻，这样做是违法的，稍有不慎就可能会带来危险。这也是对纳粹的一个小小打击，我这样对自己说，让良心得到些许宽慰。

在巴黎的第二年是 1934 年 11 月开学，10 月我去了荷兰拉丁大学，休·博顿正在那里学习。在回法国的途中，顺道去了比利时观光。在法国的第二年比第一年更为无聊。盛开的玫瑰已经不再，艾德丽娜去了地球的另一端。北欧的冬天阴云惨淡，令人感到忧郁惆怅。在东京，冬天是一年中阳光最为灿烂的时节，让人心情舒畅。巴黎的白昼短得令人难以置信，懒洋洋的太阳透过城市的烟雾露出脸来，这样的时候一周也不过只有几次。

让人感到欢愉的欧洲的春天终于来了，我开始做旅行的准备，要去日本看望艾德丽娜。春假我先去了英国，到牛津拜访了正在那里留学的弗雷德里克·费肯。还去剑桥同赫勃·诺曼会了面。在伦敦稍作观光后开始了这次以巴黎为起点的两个月的日本之旅。最先去的是意大利，到卡普里后南下，再折回到斯堪的纳维亚半岛游览，从芬兰进入苏联，在壮观美丽的列宁格勒和充满魅力的莫斯科各逗留了一个星期，访问了两地的大学，拜访了从事日本研究的教授，参观了革命之后市民依然私下称作叶利谢耶夫的商场。除此之外，还参观了许多地方。无论在列宁格勒还是在莫斯科，你一声不吭地在一些公共建筑的台阶边一站，准会有一些看上去很粗俗的年轻人来同你打招呼。从他们手里可以很方便地以黑市价格买到卢布。警察当然是知道这种情况的，但这一时期苏联政府已开始缓和对外国人的监视，想搞到外汇的市民就从我们这些不想以官方的正规汇率兑换的穷旅行者手里以黑市价格暗地购买外汇。

纵横西伯利亚的铁路旅行需用一周的时间，我坐的是三等硬座车。长久以来，我一直觉得西伯利亚荒原上的针叶树林充满着浪漫的情调，在我的想象中，那里的枞树和其他常绿树林也是无比的曼妙和美丽，但透过车窗映入眼帘的只是一些零零落落的白杨和很不起眼的白桦树丛。孤零零的小村落兀自在荒原上，大多数村舍似乎都陷在泥中，屋顶上长满了杂草。虽然已是5月中旬，但大地的低洼地还残留着没有融化的积雪。火车向前慢慢地爬行，每行驶数英里就会停下来，停停走走，反反复复，而且停车的时间特别长。很难想象，这是一次极其枯燥乏味、单调的旅行。但是车到贝加尔湖，眼睛一亮，景色突然发生了变化。火车开始沿着群山环绕的贝加尔湖南岸行驶，隔湖远眺，山峦连绵起伏，广袤无垠的大草原使人陡然感到已进入了东亚。

在西伯利亚与中国东北的满洲里，火车进入临战地带。苏联一侧最后的据点同日本一侧最前方的哨所之间相隔3公里，这是一块无人地带，有一辆小火车载着换乘的旅客在其间运行。我们在那里换乘上从满洲里一侧开来的小火车，在满洲里，从日本的官员那里了解到紧靠着贝加尔湖俄国人正在修建铁路复线和两个隧道。日本人对从苏联一侧开来的客车有一节车厢的玻璃窗被打碎了两块很感兴趣，他们认为一定是途中发生了暴乱。

从满洲里开始火车的速度加快了，第二天就抵达了哈尔滨。令我震惊的是，哈尔滨车站中央候车室的一角有俄国东正教的祭坛，有一些人正在那里做祷告。火车沿南满铁路南下直达奉天（今沈阳）。这座大城市是被城墙围起来的，这是我有生以来第一次看到的壮观的中国城墙。第二天火车到达平壤，我是为探寻公元前 108 年汉代高句丽遗址而在这里下车的。正当我在乡间农田小路上行走，饶有兴味地寻找着古墓时，突然被一个日本警官叫住，随后被带到一个看似当地政府机关的场所，在那里我遭到平生第一次也是唯一一次日本官员粗暴无礼的对待。一个下级官员坐在椅子上一边啜饮着茶一边开始对我没完没了的盘问，我直直地站立在那儿，当然也没人会给我送一杯茶来。实际上这个官员是朝鲜人，他表现出的粗暴无礼或许就是对迫不得已效力日本人而产生的自我厌恶的投影。

接下来的一站就是汉城（今首尔），1392 年以来汉城一直是李氏王朝的都城。在汉城换乘了火车去釜山，再从釜山坐一晚的轮渡就到了下关。接着是一段漫长的火车旅行，乘坐火车穿越日本美丽的田野乡村，最后到达东京。暌别八年的东京，所有的一切都似曾相识，令我有一种回家的感觉。但不久我就觉察到生活中弥漫着的气氛隐隐出现细微的变化，而这种细微的变化正是一个不祥的征兆。

10　回到东京

　　1935 年 5 月底我回到东京。八年过去了，东京这座城市对我来说发生了巨大的变化。如前面所提到的，大正时期的民主已经褪色，被军国主义和正在兴起的法西斯主义所取代。根据明治二十二年（1889 年）大日本帝国宪法产生的帝国议会是由公选制的众议院与贵族院构成的两院制，贵族院由皇族、华族①和敕任议员组成。议员的被选举权与议会的权限大幅度地受到限制，但他们的存在对于审议、决定预算案、税法以及一般法案仍是不可或缺的。政府接受了德国顾问的建议，为抓住编制预算的实权，根据宪法规定，采取了议会如无法通过政府提出的预算案即沿用前一年预算的做法，但是这样作常常会使年度预算不足。不久，政府被迫同议会达成妥协。而最终许多高层人士认识到政府首相一职必须由政党的领袖担任，从而组成开放的政党内阁。1918 年从原敬②的政友会内阁开始，日本进入政党内阁时代。1925 年，原先有种种限制的参政权改为凡二十五岁以上男性皆有参政权。在伴随第一次世界大战而全面高涨的自由主义的强烈影响下，日本在政治上的改革将欧洲花费数十年乃至一个世纪才得以实行的英国式议会制度一举变为现实。随着战争的胜利出现了民主，而欧洲的三大极权统治分崩离析，民主和自由主义必然会成为历史的潮流，绝大多数日本人欢欣鼓舞，他们顺应了这股历史的潮流。

　　但是，在我回到日本的这一年，日本出现了不寻常的变化。随着工业化的发展，日本迫切需要广阔的海外市场和原料供应地，而 1920

年代经济发展的停滞却使其堕入岌岌可危的境地。军部与保守派政治家看到欧洲列强及美国、苏联等大国拥有广大海外领土，感到日本已落伍于世界潮流，认为日本也必须建立庞大的帝国。一旦日本舍弃建立帝国之梦，这些人就会有一种重大的挫折感，而 1889 年的大日本帝国宪法恰恰使武装力量独立于政府，陆军利用了这一点开始他们的独立行动。最初的一步就是始于 1931 年 9 月对中国东北的征服。紧接着就是夺取中国内蒙古东部地区以及北部边境地区。在轻而易举地完成了对中国东北的占领之后，日本的民族主义顿时高涨起来，军部以及保守的军部支持者的政治话语权愈发强硬起来，与此相反，政党的力量变得更为软弱。包括陆海军将校在内的年轻人以爱国者姿态实行的暗杀震慑了政界、财界一贯谨慎行事的领导人，反对日本调转方向的人们此时也噤若寒蝉，不再作声。1920 年代自由的风潮开始日渐消退，出现了主张恢复日本传统精神的呼声，奢靡的生活方式被认为是受到西方颓败的影响的结果。议会制政府、资本主义、现代自由观念都同"颓败的"西方影响联系在一起，被视作是对日本精神的威胁。

在 1935 年夏，这一风潮是否仅仅是日本在走向现代化的进程中出现的暂时的曲折尚不得而知。数百万的日本人，甚至可能是绝大多数的日本人对日本所发生的事并不赞同，当然我的父母通过教育工作和教会活动所接触的人们以及我所交往的知识分子中大多数人虽然不愿意谈论

---

① 明治维新后的第二年即 1869 年（明治二年）设立的特权阶层的称呼，使天皇之下的宫廷公卿与各藩主一体化。1884 年，明治政府颁布华族令，把华族分为公、侯、伯、子、男五个爵位，其可以授予明治维新的功臣，其中包括实业家。1947 年，随着新宪法的实施，这一制度被废除。——译者

② 原敬（1856—1921），日本明治、大正时期政治家，盛冈人。青年时代曾在新闻界供职，后进入外交界，1896 年任驻朝鲜公事。后又任《大阪每日新闻》社长。1900 年参与组建政友会，任干事长。先后在伊藤博文内阁、西园寺公望内阁、山内权兵卫内阁任大臣。1914 年就任政友会总裁。1918 年夏组成以政友会成员为主的日本首届政党内阁。由于是众议院中第一个没有爵位的众议院议员当选为首相，被称为平民首相。1921 年 11 月 4 日在东京站遭遇暗杀。著有《原敬日记》。——译者

眼下的局势，但也都深深地担忧着。每次选举表明，政党政治获得强有力的支持，席位正在持续增加的左翼态度更加鲜明地反对军国主义。在1936年2月20日的总选举中，两大政党民政党和政友会赢得了78%的选票，左翼政党获得的支持率高出6个百分点。但是，就在这次选举之后发生的"二二六事件"使天平最终倒向了军国主义。2月26日清晨，以第一师团青年将校为主的叛乱军人杀死了数名政府要人，占领了首相官邸和警视厅，并在东京各区域积雪的街道上布阵。在最初的几天里，我目睹了这些在雪中发生的情景。但日本的国民并不知道到底发生了什么事，一时各种传言风起。最终天皇被激怒了，在天皇的支持下政府的立场变得强硬起来，叛军也没有能够得到陆军主要力量的支持，双方力量对比悬殊，叛乱的将领最后只能投降。但是这次事件大大强化了军部对政治的话语权，在人们不知不觉之中，日本已走上了发动全面战争的道路。我还记得在1936年的选举中左翼获得的结果令人深受鼓舞，继而在1937年的选举中左翼又获得了满意的结果，当时两大政党之一的民政党打出了"是议会政治？还是法西斯主义？"的口号，这一举措获得了极大的成功。但是在"二二六事件"之后，军队整饬了军纪，抑制了青年将校过激的自主行为方式，加强了其内部的团结。1932年的"五一五事件"中，犬养毅首相成为激进派将校的牺牲品①。在犬养毅被暗杀事件之后，历任首相中再无一人为政党成员，而且随着每次内阁的改组，入阁的政党成员人数递减，到1937年2月的林铣十郎内阁时，

---

① "五一五事件"亦称昭和维新事件，是1932年（昭和七年）5月15日以海军少壮军人为主发动的法西斯政变。当时政变者袭击了首相官邸、警视厅、内大臣牧野伸显邸宅、三菱银行、政友会总部以及东京周围变电所，首相犬养毅被杀。犬养毅政权2月才赢得大选，其同军方关系也不错，但犬养毅不但主张继续缩减军备，而且长久以来同中国人有友善往来，加上反对建立"满洲国"，这些都同军方主战派的立场以及财团（急欲开发满洲的）利益相违背，因此成了政变的牺牲品。"五一五事件"的结果就是同年5月26日成立了以海军大将斋藤实为首的所谓"举国一致"的内阁，标志着日本政党内阁时代的结束，促进了日本军国主义的发展。——译者

其内阁成员已无一人为政党成员。这一年的7月7日，卢沟桥事变爆发，由此揭开了第二次世界大战的序幕。

日本正在发生的变化同我在欧洲看到的情况极其相似。日本在一天天背离我的父母一生致力培育的价值观。随着在中国的战争不断扩大，日本越陷越深。美国也被日本视为终极敌人，美国支持中国政府的抵抗并在太平洋具有唯一可以同日本对抗的海军力量。日本曾经对美国怀有的亲近感变成了敌意，很显然，一场大的灾难眼看就要降临。人们同我们一样束手无策，只能袖手旁观，恐惧、不安，甚至还带有几分绝望。事实上美国和日本双方既不了解对方抱有的疑虑和担忧所在，又都无意作出努力去沟通，而沟通是消解这场灾难唯一可选择的手段。不过我要说的是，就个人而言，我和我的家人从未成为过日本人敌视的对象，我们同那些日本朋友一如往昔依然保持着令人感到温暖的友情。

阔别八年，尽管日本无论从外部还是内部都经历了巨大的变化，但我还是很顺利地回归到东京的生活。7月5日，艾德丽娜与我结婚，我们住在父母家那间我高中毕业那年住的屋子。我们去区政府机关办理结婚手续，美国大使馆工作人员陪同我们前往，为我们的结婚和居住地在该区管辖之内作证，而实际上情况并非如此，说居住该地区只是图手续上的便利而已。一切手续办完之后，工作人员望着我们，我满以为他会微笑着说一声"恭喜你们"，但听到的却是"请交20分"，这是办理结婚手续必须要交的印花税。这天下午，稍稍带有浪漫色彩的婚礼在我们家举行。艾德丽娜身着我母亲的婚纱，司仪是我的父亲，参加者只有我的家人和两位帮佣。艾德丽娜在学校里要上课，所以婚礼结束后，我父母去了轻井泽，新郎新娘留在家里。与通常的蜜月相反，对这两个月一直在旅途中的这对新人来说，这倒是一个非常好的安排。

在东京期间，艾德丽娜和我都全身心地投入到日语学习中去。除了家人和法思夫妇、博顿夫妇等少数朋友外，我们几乎同在东京的西方人士没有接触。艾德丽娜对在女子学校教英语这份工作非常喜爱，她也热切希望能了解更多有关日本的知识。在此之前，艾德丽娜曾跟家庭教师学了一年日语，但没有什么长进，我教她之后，进步非常快，尤其是会话能力提高显著。由于她掌握了汉字，阅读方面更不成问题。艾德丽娜对日本的美术很感兴趣，结合学习日语，在我的帮助下，她开始翻译1933年出版的《图说日本美术史》。遗憾的是，等我们回到美国时，人们关注的是军事而不是美术，我们翻译的这本书最终没有能够出版。

回到东京后，我很快就继续开始自己的日本研究。与此同时，跟一位年轻的日本教授的太太继续学习日语会话，还花费很多时间去神田书店街淘书，但最主要的工作是去东京帝大上课。叶理绥为我写了封给辻善之助教授的介绍信，辻善之助是文学部史学科主任，是个保守的、带有民族主义色彩的人，他把我作为特别研究生收了下来。据我所知，在当时的东京帝大，我是唯一来自西方的学生。此时我开始全力以赴作博士论文，首先集中在圆仁①日记翻译上，这是一部篇幅很长的日记。圆仁是位僧人，去世后追谥为慈觉大师，他留下了公元838年至847年在中国留学期间的旅行和生活的记录。在巴黎时，向我提议研究圆仁的是法语圈瑞士出生的年轻学者保罗·戴密微②，他后来成为法国汉学的权

① 圆仁（794—864），平安时代前期天台宗僧人。俗姓壬生。曾先后为广智、最澄的弟子。816年（弘仁七年）在东大寺受戒，翌年接受最澄佛法灌顶。838年（承和五年）作为天台请益僧随遣唐使来中国。在巡礼五台山之后到长安，在长安居住达六年（840—845），其间以密教为中心倾心学习唐文化。后逢会昌灭法，逃出长安，847年（承和十四年）回到日本。圆仁为日本天台宗的发展打下了基础，并开创了日本的天台密教。著有《入唐求法巡礼行记》《显扬大戒论》等，谥号慈觉大师。——译者
② 戴密微（Paul Demiéville，1894—1979），法国著名汉学家和敦煌学家，法兰西学院院士。1894年出生于瑞士洛桑，青年时代曾游学欧洲各地，后开始研究汉学并获巴黎大学博士学位。曾任法国远东学院研究员、厦门大学教授、日本东京日法会馆研究员、馆长等职。戴密微学识渊博，治学严谨，精通汉、日、梵、藏等多种语言，在中国思想文化的诸多领域如佛学、道教、敦煌学、语言文字学、古典文学等都有杰出成就，著述极为丰富，在西方汉学界享有盛誉。著有《吐蕃僧诤记》《按照真谛解释的佛教宗派的起源：中国学和佛学杂集》等。——译者

威。作为论文题目，这是一个不错的选择。叶理绥和魏楷都主张我把圆仁日记的翻译作为博士论文的主体，而这样做也同时满足了我对日本和中国的兴趣。圆仁日记是一部非常重要的历史文献，只有日本学者作过一些零星的研究，而在中国和西方则完全忽视了它的存在。在我动手开始研究之前，这部书在日本已经出版过四次，最古老的写本也出了影印本。但是，除了著名的汉学家冈田正之从圆仁对 845 年会昌灭佛的详述中寻找出同中国政治史相关的资料加以研究外，很少有人关注这部书。只是在我完成了这部日记的翻译并出了英译本之后，日本学者开始关注圆仁，并出版了日语的全译本。

圆仁日记《入唐求法巡礼行记》的英文书名很长（*The Record of a Pilgrimage to China in Search of the Law*），其中的"法"，指的是佛教的生活之道，在我翻译完成后编成了一部长达 409 页的厚书。这是历史上第一部出自非中国人之手的中国观察记，或许也是世界上第一部逐日记载的日记。在公元 7 世纪至 9 世纪日本朝廷派往中国的遣唐使的相关资料中，这是最为详尽的一部文本材料，在向孤岛日本介绍中华文明方面发挥了巨大作用。根据这部日记，我们可以在当代中国的版图上一步一步追寻当年圆仁的踪迹，由此可见其记载是多么精准。这部日记同更为著名的马可·波罗的《东方见闻录》也有很大的不同。马可·波罗访问中国晚于圆仁四个世纪，在回到意大利之后又经过几年才大致粗略地口述了在中国的经历。圆仁不是作为他者的"狄夷"，而是作为一个佛教徒深入内部去观察中国，而且是用中文把自己的所见所闻记录下来，在这一点上圆仁与马可·波罗是完全不同的。

圆仁的文本并不易读，虽然日记是以正统的文言体写成的，但其中包括了很多同中国官员来往的文书，当时官员的文书用词同当今美国官员的文辞一样晦涩难懂。已不为今人所知的各种繁缛的佛教礼仪和民间祭典更增加了阅读的难度。活字版本有无数的误植，草书体的写本也不时出现笔误，两种版本还把原典的顺序搞错了。在日记的前面部分，当时圆仁的汉语尚不准确、流畅，这原本就是一部难读的文本，其难解之处远非我所能解决。为此，辻教授建议我向僧人胜野隆信求教。胜野隆信与圆仁同属天台宗，他学识渊博，人品高尚，在他的倾力帮助下，我很快就能够通读这部艰涩难懂的原典。

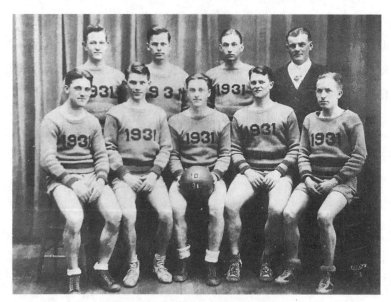

在奥伯林大学篮球队里（前排左二为作者）

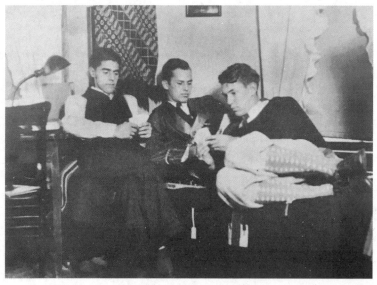

与朋友们在"城堡"里（1930）

在即将离法赴日之前于
巴黎卢森堡公园留影
（1935）

京都的家（1936—1937）

在北京的留影（1937）

循循善诱、具有献身精神的
导师叶理绥和夫人维拉

与艾德丽娜在一起（1938，
北京）

11　京都一年

　　1936 年初夏，按照叶理绥教授最初安排的计划，艾德丽娜与我迁往京都。京都是世界历史名城，在公元 794 年以后是日本新的都城。京都是模仿当年的中国都城长安（今西安）营造的。在漫长的岁月里，洛中洛外，尤其在东山山麓建造了无数的寺院，京都是一座堪与北京、巴黎、罗马、维也纳、华盛顿媲美的世界第一流的都城。在这些都城中，大多数的城市我都居住过，这不能不说是我的幸运。在经历了第二次世界大战以后，京都的美几乎消失殆尽，但我在那座城市居住的时候，京都仍保留着她典雅、古朴的历史遗韵。我们到了京都后，在这座城市的北面一个叫鞍马口的地方租了一幢两层楼的日式小房子，我们夫妇第一次住进了自己的家。我们对这幢小房子很中意，尤其是四面围起的空间，其中两面可以打开，一面毗邻着墓地，我们称其为"安静的邻居"，那里的阳光和静寂着实让我们喜爱。另一面是一块不大的农地，我们一直纳闷为何闲置着而不作宅地，后来才知道邻近所谓的"部落民"族群，"部落民"在日本是被歧视的贱民。歧视已被定为有违法律的行为，但依然存在，成了日本社会一个很大的污点。我的日本朋友中也有人对我选择邻近"部落民"族群的房子觉得不快，他们推说房子朝向不好而加以反对，"夏天一定热得要死"，但我们看中的就是冬天能晒到太阳才决定租下来的。京都的冬天阴冷，在使用电和煤气取暖之前，一年有三四个月冷得让人难以忍受，即使用两个火盆都很难把手焐热，所以冬日里的阳光成了最好的取暖工具。因为火盆不解决问题，我们在屋里又放了一个烧柴的火炉，但大部分的热都从薄薄的隔扇拉门中散发掉了。最后我们迫不得已在火炉上又放上一只烧着热水的铁皮澡桶，总算在睡觉前保住了那点热气，但这总会让我们不由得联想起那些为了信念而被活活扔进开水里的早期基督教殉道者。

天气渐渐转暖后，住在通风很好的屋子里就会十分舒适惬意。在家的时候，我常常会穿着夏天的单和服。楼下的两间屋子住的是一对年轻的日本夫妇，那位太太就像我们的侄女一样把厨房的活全部包揽下来，这样就把艾德丽娜从家务中解放了出来。我们日常的生活以及饮食完全采用日本方式，除了烧柴的火炉外，只有把两人使用的西式桌椅搬进房内是个例外。我们睡觉是在榻榻米上，吃饭用的也是搁在榻榻米上的矮桌。这种东西合璧的生活方式或许比今日日本城市里人们的生活更为日本化。

盛夏时节，我们用了一个月的时间顶着酷暑骑自行车跑遍了京都的城里城外，然后定下心来在这座古都开始我们的学习。一个名叫黑羽的中年妇女指导我的日语学习，她把日语文法中的细微之处一一讲到，是个很不错的语言教师。我还跟加藤先生学习书法，加藤先生蓄着胡须，一副老夫子模样。我怀疑或许他再也没遇到过比我更差的学生了。但在同毛笔与墨汁打交道的过程中，我日语文字的书写达到了至少不亚于英文书写的水平。多年来我一直用很快的速度记笔记，所以字有时写得龙飞凤舞，字体会显得很怪异。我甚至还学过茶道。艾德丽娜也学过茶道，由茶道开始接触到插花，从舒缓、典雅的茶道艺术中她领悟到的日本传统文化也许远远胜过我从万卷书中所学到的。

我在京都重要的学习任务就是作为京都帝国大学文学部国史学科的特别研究生。京都帝大即今日的京都大学，是日本第二个久孚声望的大学，指导我的是文学部主任西田直二郎教授。西田直二郎教授的专业是文化史，他是一个非常爽朗活泼的人。京都帝国大学的规模远小于东京帝大，但我在那里同专业学生交往的圈子要比在东大时大得多。我去学校时常常戴一顶学生们通常戴的黑色角帽。到了秋天，在西田教授的带领下，毕业班的学生和研究生会有一次去西日本的研修旅行，我当然也加入其中。那是一次难得的旅行，非常快乐，从学问上也得到很多启发。我们去了长崎，参观了浦上天主教堂，行程结束后回到京都。八年后，浦上天主教堂成了遭受第二颗原子弹爆炸的中心地区。我非常敬重西田教授，后来同他一直保持着联系。1964 年在他因癌症去世前，我到京大医院去探望他，那成了我们最后一次见面。

由于找不到合适的人帮助我的圆仁研究，我不得不暂时中断了圆仁日记的翻译，开始翻译一些日本中世的文学作品，后来回到哈佛后还发表了几篇。在京都给予我帮助的人中有一位叫稻叶庆信，我们是非常好的朋友。稻叶是个快乐、开朗的人，也是一个优秀的学者。我到后来才听说，在战争尾期，他随日本军队从缅甸撤退时死在海上。稻叶的死令我痛惜不已。

我的研究从一开始就没有找到重心，一直游离于专业之外，但失之东隅，收之桑榆，由此我却获得了可以开拓新的领域的自由。在哈佛和欧洲，我阅读了凡是可以搞到手的资料。在东京，我通过圆仁日记研究了 9 世纪中国与日本的历史。在京都，我主要研究了 11 世纪至 13 世纪的日本文学。尽管艾德丽娜在大阪郊区的梅花女子学校教英语，并且在家教了几个学生，我们还是抽出时间继续翻译她那本关于日本美术的书，并在空暇时观赏了京都地区的很多艺术珍品。后来在朝鲜和中国，我继续又作了一些自己感兴趣的事情。这种自由也潜伏着一种危险，无论哪一个专业都欲涉足，面面俱到就会对其研究失之深度。但是利终究大于弊，尤其是对那些想广泛了解日本及东亚的人来说更是如此。我在学生时代享受到的那种无羁的自由在日趋专业化和专业训练时间缩减的今天已成为遥不可及的奢望。

在京都与艾德丽娜共同度过的一年是我一生中最美好的一段时光。我们没有任何压力，京都又是一个如此美妙的城市。在京都我们结识了许多很好的日本朋友，也同生活在这个城市的西方人圈子内的大部分人有密切的交往。这个圈子是由像我这样的学生和少数传教士构成的。在传教士中，有同我父母很熟悉、同一时期来日的夏夫利夫妇，夏夫利年轻时是网球明星。当时，夏夫利的小儿子唐纳德（Donald Shively）常常同我一起打网球。唐纳德是神户的加拿大学院四年级学生，后来他进了哈佛，先读本科，接着读研究生，是战后涌现出来的新一代日本研究的专家，现在已成为这一领域内的元老级人物。唐纳德还多次成为我曾任职位的继任者。

有一次母亲陪初次来日本的姊姊迈拉从东京来京都，在我们家，身躯肥胖的姊姊在榻榻米上费好大的劲才坐下来。后来她又费力地爬上又窄又陡的楼梯到我们二楼的房间，看到艾德丽娜花费不少心思插好的花，"怎么插得这么难看"，说着把花推到一边，然后一屁股坐到了专门摆放艺术品的壁龛里。迈拉姊姊的这一举动实际上反映了当时西方人对于日本文化的认识水平。

万万没想到，田园牧歌般的京都生活以一场悲剧而告终。当时我的哥哥罗伯特是普林斯顿大学的讲师。作为一名优秀的教师，罗伯特在大学里有了很好的声誉。1937 年夏，罗伯特组织了由十五名青年组成的研修团访问东亚，他们先到东京，然后访问了京都，艾德丽娜和我担当了他们的向导。7 月 7 日中日战争爆发，那天晚上，研修团全体人员聚在我家的那间小屋里举行宴会，当时正巧是防空演习，虽然还不至于想到中国的空军会不远千里来轰炸京都，但还是不能露出一丝亮光，所以大家用厚厚的帘子把窗户遮挡得严严实实，屋里的闷热让人都喘不过气来。

战争是在邻近北京的地区爆发的，一时还不会向南边扩展。罗伯特决定在行程中取消去北京的计划，直接从日本去上海。后来我们才知道，哥哥他们是8月14日到达上海的。当时他们团的其他成员各自去了自己的房间，罗伯特留在饭店前台登记团队成员的姓名，正在这时，中国空军的飞机空袭停泊在黄浦江上的日本军舰。也许是没有经验，机上的人员完全搞错了目标，把炸弹投到上海的马路上，其中一颗炸弹正巧在哥哥他们下榻的饭店门口爆炸，窗子被震碎了，碎片击中哥哥的一只脚的后跟。团中有一个成员是原海军陆战队队员，当时他立即用边三轮摩托车把罗伯特送往医院，在送往医院的途中罗伯特甚至还开玩笑地说，即使少了一条腿，当个学者还是没有问题的。但送到医院时罗伯特因失血过多而休克，再也没醒过来。我后来在一本自己的著作上写上了"献给我的哥哥"，在某种意义上说，哥哥是第二次世界大战中第一个牺牲的美国人。

接到罗伯特的讣报后，艾德丽娜和我急忙赶往轻井泽的父母那里，这对他们来说是一个巨大的打击。我们给予他们很多安慰，同时也帮助接待了接连不断前来吊唁的人们。我记得有一个前来吊唁的日本牧师，他在表达真诚哀悼的同时，丝毫没有掩饰对他的祖国正在侵略战争中不断取得胜利而感到的喜悦。当然这是一个心地善良的人，但对战争的感情可以使一个人忘乎所以。

日本政府对于罗伯特的死似乎感到有一定的责任，委派了一个年轻士官护送罗伯特的骨灰回日本，悲痛欲绝的父母已无力去东京车站，只能由我代表家属去迎接。到车站迎接骨灰盒的人超过百名，所有认识我们家的日本人都去了。在东京站站台上，全体人员肃立，一个士官手捧用白布包着的遗骨从一等车厢上走下来，静静地将其递交到我的手上。当时特快列车挂一等车厢的情况极其罕见，我想对于罗伯特，坐一等车厢是第一次也是最后一次了。

约瑟夫·格鲁（Joseph Grew）大使托人带话要见我，于是在向迎接骨灰的人们表达了谢意之后我去了美国大使馆。这是我平生第一次去大使官邸，也是唯一一次见到这位真正意义上的伟大的外交家。三十年后，当我作为他的后任也成为大使时，尽管格鲁还健在，为回报他当年的好意，我坚持新建的大使馆馆舍以他的名字命名。

罗伯特的骨灰被安葬在东京西郊的多摩墓园，从那时至今，其间虽然历经战争，几十年来一直得到日本友人们的照看。罗伯特的去世使当时的美国失去了一位优秀的当代日本研究的年轻专家。他在两个月前刚刚过完三十岁生日，但已出版了上下两卷本的《日本古代史（公元前40年至1167年）》，这部著作得到了很高的评价，被认为是完成了一件最具参考价值的工作。罗伯特还写了另外一本书《日本政府与政治》，他的妻子琼后来在友人的帮助下出版了这本书。这本书简明扼要地论述了1930年代的日本，在相当长的一段时期内被当作最佳参考书。罗伯特出乎意料的去世在很大程度上对我的将来产生了影响。他的专业研究的重心更多的是放在现代日本，而我则是古代日本与中国。倘若美国对日开战时哥哥还活着的话，那么他一定会多角度地比我更深入地去思考包括当今在内的许多问题。

哥哥罗伯特的死使我对严酷的现实有了更为深切的感受，世界正沦入战争纷乱不断的状态中，美国与日本即将陷入无法摆脱的互为仇敌的命运。我始终在幻想着，日本这块我出生的土地同我的研究对象中国能够和平友好地相处，我对中国一直怀有深深的敬意，她也是艾德丽娜度过童年岁月的地方。我也热切地祈望，美国与日本能够避免兵戎相见，对我而言，这两个国家都是至关重要的。然而前景一片黯淡，夺取我哥哥生命的炸弹给我和我的家庭带来了一场巨大的灾难，时隔不久，整个世界又将陷入一场更大的劫难之中。

12　朝　鲜

　　哥哥罗伯特的离世和中国大陆燃起的战火并没有影响艾德丽娜和我的研究，我们仍按照叶理绥为我们制订的计划继续我们的研究。1937年夏末，我们准备去中国时遇到了意想不到的麻烦。当时美国发放的护照期限只有两年，到期后可以更新一次，再延长两年。我们在海外已经四年，无法再延长了。在新领取的护照上"前往国家"一栏中盖有"不含中国"的印章，因为中国是战争地区。当时朝鲜已处于日本统治之下，在领到可以去中国的护照之前，我们决定去朝鲜半岛。

　　我们计划中出现的这个意外的波折实际上对我整个学习阶段来说是一件幸事。两个月的逗留给了我"发现"朝鲜的机会。在此之前，我曾经有一次途经朝鲜，但这次朝鲜之旅却使我真正认识了朝鲜人，通过从朝鲜内部观察，了解了日本殖民主义的压迫和朝鲜民族高度发达的文化与民族自尊。公元668年就已实现统一的朝鲜半岛是当今世界上仅次于中国的古老国家，其地位同日本难分伯仲。我出生在日本吞并朝鲜之后，本来单纯地以为日本的所有做法都适合于朝鲜，但到了这个国家之后才知道，朝鲜是一个完全不同于日本的国家，有着自己的传统文化和悠久历史。日本的殖民主义没有堂而皇之地使用粗暴手段，在经济开发以及其他方面作了很多事情也是不容置疑的。日本只是一个小小的帝国，对朝鲜的投资按比例要远远超过有着广大殖民地的欧洲国家。但日本在精神上的统治是非常残酷的，日本人妄图使朝鲜人消解他们的民族自我认同意识从而成为日本人。他们强行规定日本语为唯一的公用语言，甚至到后来强制朝鲜人把名字改为日本名字。当时只有没受过教育的平民和上了年纪的老年人不会说日语，很显然这是极其荒唐而且是丧失人道的政策。

当时朝鲜半岛是被世界所遗忘的地方。1910年，日本没有遇到任何阻力就吞并了这个古老的、有着高度发达文化的国家。只有一些外国传教士，其中主要是美国人意识到这个问题，所以当实地目睹了这些情况后，我才感到自己"发现"了朝鲜。尔后我始终一贯地坚决支持朝鲜人的民族愿望，并对这几十年间他们所经历的南北分离、战争和统治寄予深切的同情。

艾德丽娜和我于1937年9月开始动身去朝鲜。我们打算坐船从尾道到广岛，这样可以观赏到沿途的风光，那是濑户内海景色最美的一段。没想到的是，在码头上我们被拒绝登船。广岛一带的港湾地区是对华战争的后方基地，日本人不希望有西方人出入。我们费尽口舌，再三交涉，但还是没有被接受，最后只能改坐火车继续这次旅行。

抵达广岛火车站时，一个身着便衣的特高警察已在检票口等着我们了。我们打算坐市内公共汽车到一家私铁车站，从那儿再去宫岛①。宫岛是日本最美丽的历史圣地之一。那个警察装出偶然相遇的样子紧粘着我搭讪，问这问那，一切都是赤裸裸的，毫无掩饰，事情发生得有点荒唐可笑。我开始戏弄他，令他非常尴尬，惹得周围的乘客哄笑起来。我发现来自日本西部的他，还没去过宫岛。于是我极力撺掇他陪我们一起去宫岛，他说自己的职责只是到私铁车站。话语中带有几分歉意，我相信这是出自内心的。后来我们坐上了去宫岛的私铁。

---

① 宫岛位于广岛西南部，亦称严岛。岛上有著名的严岛神社，景色秀美，是日本著名的三景之一，1997年被列入世界文化遗产名录。——译者

到朝鲜后，日本政府的监视更加严密，每当火车经过县境，就会有便衣上车，重复盘问那些同样的问题。警察掌握了我们的资料，似乎知道我们会作怎样的回答。许多操着日本话的警察实际是朝鲜人，一开始听他们的发音语调还听不太懂。

在汉城，我们找到了一个落脚的小房子，经营出租房的是一个很令人同情但也很勇敢的美国女性。她同日本人结了婚，在超级民族主义甚器尘上的时期，丈夫看不起她，即使在大庭广众前，态度也极其粗鲁。10 月中旬，枫叶如丹的时节，我们去金刚山作了一次心旷神怡、美妙无比的旅行。金刚山的美丽景色难以形容，现在有一部分不属于韩国，成了美国人不能去的地方。

日本警察一直跟随着我们，有一个每周固定来访的警察后来同我们成了十分要好的朋友。最后在安排从汉城经东北去北京的旅行时他给予了我们许多帮助。乘坐从汉城到奉天的夜车时，有一个警察整夜在我们的车厢外站着值班，我不知道这个人是为保护一般人而防备我们，还是为保护我们而防备一般人。午夜时分火车穿越国境进入东北，倒还是因为他的帮忙一切都很顺利。在奉天同他告别后，直到一年后回到日本，我们再也没同警察打过交道。在关东军统治下的东北，我们觉得不是因为有了更为高级的监视技术，就是由于忙于打仗已无暇顾及我们这种毫无威胁的外国人了。

在朝鲜逗留期间，我希望学习掌握把朝鲜语单词转换成拉丁字母的方式。圆仁在唐朝期间曾在新罗僧人的寺中生活过，回国时与新罗商人同船，新罗商人当时掌握着东中国海贸易的支配权。在翻译这些人名时，我想用正规的标注方式。但使我大失所望的是，我发现标准的形式并不存在，所有人都是随心所欲按自己的想法标注。朝鲜语已被禁止使用，官方正式使用的是日语发音，如所有的地图标注的都是日语发音。

每个朝鲜人都是按个人喜好用罗马字母标注自己的名字，有些英语书中的朝鲜名字采用汉语发音标注或是著者独特的拼法。针对这个问题，我向乔治·马科恩（George McCune）建议，想办法创立一套至少我们俩可以使用的标注法。乔治与他的太太伊芙琳的父母都是朝鲜著名的传教士，乔治立志毕生做一个学者，他有很广博的知识，在我的热情的感染下，乔治同意了我的建议。乔治的交际很广，由于他的关系，我们得到了许多朝鲜语音韵学专家的帮助。令我诧异的是，在音韵学领域朝鲜的专门人才之多出人意料。后来我才明白，在朝鲜的学术界，音韵学是极少没有政治色彩的领域之一，因而对朝鲜学者而言也是安全的领域。

问题的相当部分可以得助于朝鲜语的谚文（即朝鲜语字母）获得解决。谚文是 15 世纪初李氏王朝创立的朝鲜语汉字字母体系。我们从未想到不久以后朝鲜半岛作为一个独立的国家需要标准的罗马字母标注方式，当时只是考虑可供极少数欧美学者使用的方式。结果是，我们因过多地注重发音的准确而大量使用了区别发音的符号，远超过对拼写方式的考虑。如同我们在那本书里所忽视的那样，在用罗马字母标注时，报纸和一般书籍通常都不使用区别音韵的符号，如果有先见之明的话，我们或许可以创建一种更为简便的标注形式。

这项工作尚未完成我就离开朝鲜去了北京，后来通过北京与汉城之间的信件往来继续这项工作，工作的成果最终发表在 1939 年《皇家亚洲协会朝鲜支部会报》第 29 卷上。由于乔治倾力宣传推广这项成果，这种标注法被称为马科恩-赖肖尔标注法而广为人知。乔治还说服了美国陆军的陆地测量部采用这种标注法，在整个朝鲜战争期间，成了使用罗马字母标注朝鲜地名的基础。朝鲜固有名词的罗马字母标注如今仍然很混乱，大多数朝鲜人依旧按照自己的意愿随意标注自己的名字，但马科恩-赖肖尔标注法依然是优点最多的罗马字母标注法。我的名字与这种罗马字母标注法联系在一起，由此与中国汉字罗马字母标注法的威妥玛和翟理斯①、日本语罗马字母标注法的黑本②同为东亚标准罗马字母标注法之父，对此我感到非常荣幸。

---

① 威妥玛（Thomas Franis Wade，1818—1895），英国人，自 1841 年起在英国驻华使馆任职，1871 年升任公使。1883 年回国后任剑桥大学教授，讲授汉语。翟里斯（H. A. Giles，1845—1935），英国驻华外交官，历任英国驻汕头、厦门、宁波、上海等地英国领事馆领事。曾主编《华英字典》，另著有《语学举隅》（1873）、《字学举隅》（1874）等。威妥玛在华任职期间，以罗马字母为汉字注音，创立了威氏拼音法。后翟里斯又对其稍加修改，合称为 WG 威氏拼音法。WG 威氏拼音法在 1958 年中国大陆推广汉语拼音方案以前广泛被用于人名、地名拼音，历时一百多年，影响很大。中国台湾地区在 2000 年改用通用拼音，2008 年改用大陆使用的汉语拼音。1958 年后逐渐停止使用，但尚有一些地名、人名、学校名出于传统习惯仍使用 WG 威氏拼音法，如青岛（Tsingtao）啤酒、南京（Naking）、清华（Tsinghua）大学等。——译者
② 黑本（James Curtis Hepburn，1815—1911），美国传教医。先后毕业于普林斯顿大学、宾夕法尼亚大学。以医为业，后有志于赴亚洲传教，曾来中国厦门。1859 年去日本。黑本在其所著的《和英语林集成》（1867 年刊行）中使用罗马字母标注日语单词，其标注方法产生很大影响，被称为黑本或罗马字母标注法。——译者

13　中　国

　　1937 年 11 月末，我们总算拿到了可以在中国通用的护照。艾德丽娜和我立即动身前往北京。如果说四年前见到的维也纳是奥匈帝国首都的形骸，那么如今的北京就是曾经的大清帝国更为虚空的躯壳。整座城市已近半瘫痪，昔日的领导人作鸟兽散，都已从前台消失。经济上还在苦苦挣扎着，偌大一个北京城，热闹的处所只是日本军队驻扎地一带，他们的卡车在市内的街道上横冲直撞，完全不在乎路上行人的安全。街头上只能看到少数的市内电车、私家车和自行车。不时还可以看到装载着煤袋的骆驼长队在街上缓缓走过，煤炭被碾成粉末后与泥糅杂在一起制成煤球。再就是无数的人力车成群地在西方人可能经过的地方等候着。人力车脏兮兮的，拉车的车夫更脏，他们骨瘦如柴，似乎马上就会死去的样子，实际上他们中的很多人已是苟延残喘，与死神毗邻。那些人大都患的是肺痨，为了生计，只能拼着最后一点力气去拉车。据说这些人当人力车夫后的平均剩余寿命只有两年，拒绝他们提出的服务要求是很不好受的，但我无论如何不能忍心让人拉着自己往前奔走。中国以及外国的客人如一些文字所描述的那样，倨傲地坐在车上望着一边咳血一边奔跑的车夫背影，样子实在令人作呕。我买了一辆自行车，冒着北京冬天刺骨的寒风以车代步。

　　北京在丧失了作为都城的机能之后，在某种意义上，伴随着日本军的占领，其作为中国知识文化中心的作用也宣告终结。中国首屈一指的北京大学和艾德丽娜曾经学习、成长的清华大学已经关闭，很多教授和学生逃亡到西部。艾德丽娜同我去清华大学，那里已变为日本军的营地。我们把艾德丽娜曾在那里度过童年的情况渲染了一番之后，终于说服大门的卫兵准许我们进去看一下她昔日的居所。我们从居所的窗子往房子里面张望，房内一片狼藉。由于水管破裂，无人居住的房子里积水已经到窗，而且冻成了厚厚的冰。还在开课的只有基督教会系统的燕京大学，因为其得到了欧美各国在中国持有的治外法权的保护。

中国革命前的这种极度贫困和深重苦难对我是一个启示。19世纪中叶以后，国内的混乱和革命，加上外国列强的掠夺，时乖命蹇，中华帝国每况愈下。当时哀鸿遍野，民不聊生，在城市的街头，每晚都有人冻死饿死。我们家的帮佣不止一次地告诉我清晨开门时看到有人冻死在门前。大多数中国人居住在如同猪圈般的小房子里，衣衫褴褛，乞丐随处可见。严冬时节站在城墙上朝城外一眼望去，展现在眼前的几乎是一片荒漠。同当时这种情景相比，没有人不会对今日中华人民共和国的北京所发生的变化产生由衷的赞叹。纵然存在某些缺点，1981年我在战后首次造访的北京与四十三年前的北京有着天壤之别。今日的北京再次成为中国的首都，活力与生气在那里复苏。街上是无数的自行车。尤为重要的是，尽管还很简朴，但人们衣食无虞。仅此一点，就足可以说是巨大的成功。

不过另一方面，北京失去了往昔的美丽和威容。在1937年，虽然一片荒芜景象，但北京依然保留着泱泱帝国的风采。这座13世纪蒙古帝国的都城从15世纪明代开始逐渐向近代迈进，当时的北京大致还可以窥见被其现代化所遮掩的历史面影。四周是壮观的城墙和塔楼般的城门，紫禁城巍峨的宫殿雄踞在这座都城之中。当时没有今日那些缺乏生气、千篇一律的政府机构建筑群和楼房，联成一片的房顶形成的线条一直延伸到天际，绵延起伏，将其从中截断的只有一座多层的楼房，那是北京饭店的旧馆建筑。春天来了，从戈壁沙漠吹来的沙尘使整个城市变成灰蒙蒙的一片，房屋内部会积上厚厚的一层尘土。除了这段时间，整个冬天空气清冽澄净，没有像今天这样飘浮着污染的烟雾。

到达北京后，当务之急就是要找落脚的房子。由于很多西方人为躲避战火逃离城区，我们没费多大劲就找到了房子。最初是在东城找到了一个相当宽敞的四合院，第二年春天搬到了城北，也是一套中式房子，带一个很漂亮的院子。在北京，除了早饭外，几乎完全都是中餐，对此我们感到十分满足。冬天的取暖是个问题，我们在屋内放了几个烧煤的炉子，再穿上棉大衣，就这么应付过去了。外出时就戴上做工的人们用的那种狗皮帽子，帽子两边有很大的耳套。

没有一个中文名字在中国社会是不会被认可的，所以取名字与找房子是同样重要的事。考虑到兼顾自己名字的日语发音，我决定叫"赖世和"，这个名字的姓借用了赖山阳①的姓，赖山阳是 19 世纪早期日本著名的历史学家，名则有祈祷世界和平之意。

在中国这段时期，我的研究没有太大的进展。在北京找不到可以帮助我进行圆仁研究的人，这样我就把时间几乎都花费在会话学习上了，这对我来说是非常必要的。在汉语环境中长大的艾德丽娜在会话学习上给了我很多帮助，她还承担了家务及其他日常的杂事。我发觉虽然花费了好几年时间学习读写汉语，但自己的听说能力完全不行，在哈佛以及巴黎所学的发音同北京话差别太大。

起初我进了 W. B. 佩塔斯（W. B. Pettns）博士主办的中国文化学院，这是一所旨在培养传教士的学校。这所学校很适宜于学习会话，本应该

---

① 赖山阳（1780—1832），日本江户时代后期的儒学家、诗人。信奉朱子学，并重视实用之学，诗文俱佳，在当时享有很高声誉。所著《日本外史》《日本政记》对近代学术思想家产生重要影响。——译者

继续学下去，但课程的进度太慢，而且只教授对传教方面有用的东西，根本不涉及学术，所以我决定改弦更张，请私人教师。遗憾的是，请的私人教师并不理想，但他们还是帮助我掌握了魏楷关照我作为教员必须要掌握的一些材料，因为我秋天回哈佛后要作为第二年的汉语教材使用。课本是胡适的一本书，胡适是中国著名的学者，白话文即汉语口语体的积极倡导者。我觉得胡适的白话文风格受到英语的影响很大，比较容易读懂。但最终到春天我离开中国时，我的汉语水平还远没有达到最初期望达到的水平。

语言学习姑且不论，在北京七个月的生活最大的收获就是了解了战争与革命之前的中国，目睹了西欧帝国主义最后一代人的生活状态。那时居住在北京的西方人是各色人等的聚合体。除了传教士之外，还有几个同我一样的留学生。令人奇怪的是，有很多从苏联逃来的白俄，他们中的女性都在夜总会或是名声更不好的场所挣钱。还有投机者、怪异者和冒险家，鱼龙混杂。他们发现北京是一块得天独厚的文化真空地带，社会的规则在这里不起作用，对他们中的大多数人来说，东方的魅力就是社会明显缺乏制约力以及劳动力的低廉。他们可以与众不同，花费很少的钱过着贵族般的生活。物价特别低，由于战争导致汇率混乱，甚至穷学生在北京都可俨然像外国阔佬一样生活。

还保留在北京的各国公使馆都集中在一个区域，与城区之间有一个空出的缓冲地带，那里可供外国军队演习或在紧急事态出现时作防备之用。我们有一位朋友是美国外交使节，还认识了一位彬彬有礼的日本海军官员和他的妻子，除此之外，我们同那些被历史淘汰的人没有任何往来。1938年春，美国海军部队撤离北京时举行最后的列队阅兵，出于对这种已落伍于时代的帝国主义典仪的厌恶，我寻故缺席了。

我们努力融入中国人的生活中去，但与我们有共同文化知识兴趣的人们几乎都逃离了北京。燕京大学离市内太远，不能经常去，我至今手头还保存着当时在燕京大学所作的讲演底稿，那次讲演的题目是《从中国的视点看日本史研究》。我最要好的一个朋友是水天同①，他是我奥伯林大学时代的同学，也是艾德丽娜多年来最为敬重的一个人。艾德丽娜和我在北京城内城外把该看的都看了，在文物古董市场也消磨了许多时间。通过好心的福开森②博士的关系，我们还参观了故宫。福开森久居北京，在北京的美国人中属元老级的人物。故宫当时不对任何人开放，里面没有造访来客。这座古老宫殿承载的昔日王朝荣光已经悄然消退。我们观赏了喧闹非凡的京剧，京剧多为古代战争题材，舞台上军旗挥舞，演员们不停地翻着筋斗。即便在演出中间，观众席上的看客也吃喝谈笑，旁若无人。有时也会突然肃静下来，这是台上演戏出了差错。去城外远游就有点麻烦了。我坐在从朝鲜始发的火车上朝车窗外眺望时就曾看到过这种景象，临近城市时，所有的桥梁和涵洞都有日本兵在把守。如果出了他们的射程，就会有遭到土匪袭击的危险。但是清王朝的离宫颐和园可以去，颐和园在燕京大学后面，紧邻着西山。万里长城因

---

① 水天同（1909—1988），甘肃兰州人。自幼聪慧，1923 年进清华学校学习，时年十四。在学期间，已发表小说、诗歌等作品并参与《清华周刊》编辑工作。1929 年赴美，先后就读于奥伯林大学、康奈尔大学和哈佛大学，专攻英国中世纪文学，是我国知名的莎士比亚学专家。精通英、法、德、日、意大利及拉丁语，曾先后任山东大学、兰州大学、西北大学、北京外国语大学等多所大学教授。译著有《培根论说文集》《英语语法要点》等。——译者

② 福开森（John Calvin Ferguson, 1866—1945），教育家、文物专家、慈善家、社会活动家，生于加拿大，后移居美国，毕业于波士顿大学。1887 年以传教士身份来华，先后在镇江、南京学习、工作。1888 年美国美以美会创办江文学院（1910 年与宏育书院合并为金陵大学，后又并入今南京大学），任首位院长。1896 年应盛宣怀之聘，参与创建南洋大学（今交通大学），任监院。1899 年办《新闻报》，该报后成为以经济新闻为主要内容、面向工商界发行的报纸，发行量居全国前列。1900 年兼任湖广总督张之洞幕僚，曾参与修订中国对美条约。1908 年到北京任邮传部顾问，曾出任华洋义赈会会长，1910 年中原大旱，募得赈灾金约 100 万美元。1921 年作为中国代表团成员与顾问参加以遏制日本在华扩张为重要议题的华盛顿会议。福开森在华五十七年，其以研究中国文化为己任，博学多才，尤精古代书画及文物鉴定，是故宫博物院文物鉴定委员会中唯一的一位外籍委员。1934 年福开森将自己数十年收藏的文物字画全部捐献给自己所创办的金陵大学（即江文学院的后身），今收藏在南京大学。福开森为促进中西文化交流做出了重要贡献。——译者

通往内蒙古的铁道经过，驻有日本军队，所以是安全的。与今日长城游人如织的景象不同，当时的长城上除了我们和驻守的日本兵外，看不到一个游客的身影。巨大的明代十三陵静卧在峡谷之中，距铁道线只有几英里，因为有土匪出没，那里是不能去的。

1938 年，刚刚开春，巴黎时代的友人亚瑟·比林斯（Arthur Billings）来北京看我们，逗留了约一个月。比林斯与我同在"语言〇"选修俄语，但他对俄语的兴趣远比我浓厚，学得也非常好。后来比林斯作为法国青年友好使节团的成员去苏联，不料莫斯科政府中发生突变，邀请他们访苏的官员下台，使节团进退两难，不知如何是好。后来在法国大使馆的帮助下，这批法国年轻人得以平安回国，但团内唯一的外国人比林斯被撂在了一边。比林斯去美国大使馆，他流利的俄语被大使馆看中，于是成了威廉·布利特（William Bullitt）大使的翻译。在莫斯科供职两年后，比林斯坐火车沿西伯利亚铁道来到北京。比林斯出现在我们面前时，身穿俄式短袍，头戴中亚地区的无边便帽，我想他这身装束是很容易引起那些肆无忌惮的日本兵的怀疑的。就在第二年即 1939 年，日本兵在满蒙境内的诺门罕与苏联军队发生了冲突①。曾是社会主义者的比林斯也是热诚的和平主义者，他为人宽厚仁慈。因为思想上很左，所以比林斯所谈论的苏联的现实更具有可信度。比林斯在苏联生活了两年多，能说一口流利的俄语，他对苏联社会作了深刻透彻的观察。1930 年代，很多美国自由派知识分子从反法西斯、反纳粹、反战转向亲苏，而我之所以没有，很大程度上缘于比林斯所谈的苏联情况的影响。

1938 年 6 月，艾德丽娜和我开始做回国准备，我们将重回哈佛。五年的海外游学计划终将告一段落。这五年的海外生活使我们每当在电

---

① 即诺门罕战役，蒙古称哈拉哈河战役。1939 年 5 月在内蒙古诺门罕及蒙古境内的哈拉哈河两岸地区爆发了一场震惊世界的日本和"伪满洲国"对苏联及蒙古的大规模边境战争。这场战争从 5 月 4 日开始至 9 月 16 日停战，共计 135 天。双方投入战场兵员 20 余万，死伤 6 万余人，最后以日本关东军的战败而告终。——译者

影中看到美国事物就感觉宛如异国他乡之物，美国成了一个极其遥远、失去现实感的国度。我们强烈地感到，是应该回到祖国、重新根植于祖国的时候了。随着回国日期的临近，我们加紧回国准备，由于买了大量的地毯以及其他必需物品，行李增加了很多。就在这时，哈佛燕京学社又来了指示，要我们把藏文版《大藏经》带回，仅此一项就需数个木箱。我们还受人之托，要照看一个在中国长大的女孩珍妮·史密斯，她是去拉德克利夫学院上学的。

我们乘坐的船在下关接受海关检查。那里的海关官员以对西方人特别严厉的"下关之龙"而闻名。实际上到船上来检查的海关官员起初表情冷淡，态度十分傲慢，当我一用日语同他交谈，态度顿时大变，前后判若两人。那个海关官员告诉我说，自己原本期望成为英国文学的教授，考试落榜才不得已当了海关职员，好像是要把他的失望怨恨全都迁怒于无助的旅客身上。但那个海关官员对我们的态度十分和蔼，而我对这条可怜的"下关之龙"的境遇也很是同情。

在东京靠港做短暂停留后，我们坐上日本的丝绸运输船经由巴拿马运河向纽约进发。我们即将回到美国，这让我们感到欣喜，同动荡不安的世界相比，富裕、和平的美国真的太好了。在这么多年的准备之后，一种对即将开始的职业生活的期待也令我兴奋不已。漫长的海上旅行一切顺利，只是苦了艾德丽娜。我满以为她是晕船，在洛杉矶外港佩德罗停泊时，伯顿和吉米·法思夫妇专程从克莱尔蒙特大学前来迎接，吉米一看到艾德丽娜柔弱的样子就觉得似乎不像是晕船，马上去医院就诊，结果果然是怀孕了。从种种意义上来说，我们的生活又将进入一个新的阶段。

第三部

战争岁月（1938—1946）

在哈佛大学教授日语课，黑板上的句子是："日语并非如想象得那样简单。"（1942）

14　起步哈佛

1938 年初秋，艾德丽娜和我回到了美国。表面上看，美国似乎没有什么变化，但其下涌动着一股新的潮流。1937 年的经济衰退令人想起前些年大萧条时期的经济恐慌。欧洲上空战争乌云密布，还有东亚燃起的战火，这些都引起了人们极大的不安。美国是否应该介入，舆论众说纷纭。不久，随着第二年欧洲战争的爆发，终于引发了一场大争论。

我对海外的危险局势比任何人都感到忧心忡忡。虽然如此，我只不过是作为第三者旁观而已，并非置身其中。美国以及亚洲、欧洲，各国之间缺乏理解所导致的后果是灾难性的。为克服相互理解、沟通的不足和欠缺，个人的能力虽然有限，但并非是无所作为的。我果敢地立下了要在哈佛大学建立东亚研究的长远目标，第一步就是要增进西方与亚洲之间的了解。虽然世界大战的足音隐约可闻，但哈佛大学日常生活中的氛围一如往常，并没有受到多少干扰，叶理绥和魏楷都认为没有必要修改早在五年前制订的计划。随着新校长詹姆斯·B. 柯南特（James B. Conant）的就任，哈佛大学的眼光也由以往狭隘的新英格兰地区开始转向全美甚至整个世界。东亚研究相比以往逐渐开始被认可，尽管如此，还是被当作大学正业之外的"摆饰"，在其他学科的教授中间有一种风习，看不起只有综合大学才有的"摆饰"。偶尔会有本科生选修东亚这门课程，但他们还都得为自己不合常规的举动作出辩解，"只是选着玩玩的"。

我带着艾德丽娜先在她父亲执教的联合学院呆了一阵子，但时间不长，我们很快就回到了哈佛。我们已为孩子的出生和家庭生活作了充分的准备，但艾德丽娜的父母好像觉得，以我的收入是难以养育孩子的，所以一直为艾德丽娜的怀孕感叹。在这样的家庭氛围中十分压抑，我们像出逃似的回到了坎布里奇①，在霍桑大道找到了一所舒适的公寓安了家。

我的研究室在博尔斯顿楼内，房间光线昏暗，有些陈旧，哈佛燕京学社本部也在那幢大楼内。大楼位于威德纳图书馆西面，四壁是黑色的巨石，这是一座古老的建筑。1938年9月21日，百年一遇的飓风袭击波士顿地区，我就在那幢大楼里亲身经历了那场飓风。飓风让我想起几度在东京遭遇过的台风。顶着暴风雨步行回家精神一直很亢奋，只是霍桑大道有一段路，堆积了被飓风刮倒折断的树木树枝让人无法通行，后来工人们花费了将近一周的时间才把道路打通。

回到哈佛的第一年，我把时间都花费在博士论文的写作上，还有就是代替魏楷讲授中级汉语课程。关于博士论文，我重点集中在圆仁日记的介绍和《入唐求法巡礼行记》四卷中第一卷的翻译，花费了很长时间才把这一工作完成。论文答辩时，没有人提出问题，因为哈佛还没有具有这方面专业知识的教授，答辩也就是摆个样子走过场而已。

1939年6月我获得了博士学位，这一年秋天开始就被指名担任新学年的讲师，签约一年，这是大学教师中最低的教职。按照当时的惯

---

① 此地名亦译作剑桥，哈佛大学所在地，位于马萨诸塞州。15世纪末，哥伦布开辟了由欧洲通往美洲的大西方航道，17世纪初，首批美国移民到达北美，移民中有许多人曾在剑桥大学受过古典式的高等教育，为了让他们的子孙后代能在新的家园受到这种教育，他们于1636年在马萨诸塞州的查尔斯河畔建立了美国历史上第一所学府哈佛学院，即后来的哈佛大学。这座学校的所在地被称为坎布里奇即剑桥。——译者

例，之后可以续签一次担任三年讲师，再分别签约若干次担任副教授和终身副教授，最终才可以晋升为教授。晋升为正教授需花费几十年，所以这条路能走到头的人极少。哈佛许多有才华的教师都倾向于跻身非长期任职的副教授行列，因为这样比较方便，所以无终身任职的副教授很多。这个问题在战后导致了制度上的改革，变为了要么晋升要么走人的模式。到 1960 年代，教授数量不够，晋升的速度更加快了，研究生院里攻读学位的大学助教可直接升为副教授，数年后即可晋升为终身教授。但是在 1939 年，对于讲师而言，还是前程未卜，路途漫漫。

对于我所教的汉语课程，我并没有太大的热情，因为学生只有三个，其中一个就是我从北京带回来的女孩珍妮·史密斯。当时不允许哈佛与拉德克利夫学院①的学生在同一教室上课，所以必须分成两个班。我是在男女同校的大学里学习过的，在我看来，这实在是一个荒唐的规定。分成两个班上课，我的工资可以增加，但工资是按学生人数发放的，实际上并没有增加多少。可幸的是，战后这种毫无意义的规则被取消了。

珍妮的汉语会话当然要比我好得多，但因为教的是阅读课程，所以我还能够应付。其余的两个大学前半期都是在中国度过的，其中一人后来在纽约州北部当了医生，还有一人就是专门研究东南亚的肯尼斯·T. 杨（Kenneth T. Young）。我被肯尼迪总统派往日本担任大使时，他被总统任命为驻泰国大使，后来还就任纽约亚洲协会会长。为悼念杨的早逝，哈佛大学一个关于越南研究的讲座是以他的名字命名的。

---

① 拉德克利夫学院是位于马萨诸塞州坎布里奇的一个女子文理学院，创建于 1879 年。当时哈佛学院和拉德克利夫学院分别是只招男生和女生的本科院校，两个学院的课程设置基本相同，学生的质量和水平也不相上下。1963 年开始授予其毕业生哈佛—拉德克利夫联合文凭，1999 年拉德克利夫学院合并入哈佛大学。——译者

对于艾德丽娜和我来说，这一年最大的一件事就是 2 月 23 日大女儿安的出生。两年后，1941 年 1 月 18 日大儿子罗伯特·丹东（鲍勃）出生，我和艾德丽娜都为当上了爸爸妈妈而欣喜不已。因为年轻，精力充沛，所以对生活中这个巨大的变化并不在意，我的研究也几乎没有受到影响。只是人口增加了一倍，我们家不得不搬迁到朗费罗大道一幢更大一点的房子。

哈佛的生活是很惬意的，对于我们来说，每天都有难以言说的快乐。对东亚研究感兴趣的人渐渐多了起来，但还没有形成可以组织学术团体的氛围。除叶理绥和魏楷外，还有艺术系的兰登·沃纳和本杰明·罗兰德（Benjamin Rowland）在执教。我不在校期间，又增加了两名教中国史的讲师。查理士·S. 嘉德纳（Charles Sidney Gardner）在哈佛待的时间不长。费正清[①] 1928 年哈佛毕业后获得了罗德奖学金去牛津学习，那期间，他对研究 19 世纪中英贸易产生了兴趣。在离开牛津之后，费正清和妻子费慰梅（Wilma）在北京生活了数年，1936 年回到哈佛，在历史系任教。费正清长我三岁半，是我亲密的同事和终生挚友。

---

① 费正清（John King Fairbank，1907—1991），美国著名的汉学家、历史学家、哈佛大学教授。出生于美国南达科他州胡龙镇，早年先后就读于威斯康星大学和哈佛大学，后留学英国牛津大学，获博士学位。1931 年来中国，从蒋廷黻并任教清华大学，与中国学者胡适、陶孟和、丁文江、梁思成、金岳霖、钱瑞升、周培源等交往甚密。1936 年回哈佛大学历史系任教，1939 年起与赖肖尔共同在哈佛大学开设东亚文明课程。二战期间，受美国政府派遣来华工作，1945 年再度来华，任美国新闻署驻华分署主任。1946 年回哈佛大学工作。1955 年主持创建东亚问题中心（后更名为东亚研究中心，现为费正清中心）。在他主持哈佛大学东亚研究中心的几十年中，该中心成为美国研究东亚问题的学术重镇，其本人也成为美国汉学界的领军人物。费正清以研究中国近、现代史和美中关系史闻名，著作等身。他主张，为了美国的未来和世界的发展，必须重新认识中国。在中美国家关系正常化的过程中，费正清作出了不懈的努力，他的学术思想影响了几代美国人和战后美国政府的对华政策。著有《美国与中国》《剑桥中国史》《东亚文明史》（与赖肖尔、克雷格合著）等。——译者

有志于东亚研究的研究生也比我在学时有所增加。这些人中，有芮沃寿①、海陶玮②和约翰·佩泽尔③。芮沃寿和他的妻子玛丽不久就成了耶鲁大学中国史研究的中坚。海陶玮是哈佛大学第一个中国文学教授，约翰·佩泽尔一直在哈佛继续他的人类学研究，成了一位人类学家，后来他担任哈佛燕京学社社长，成了我的后任。

在我们的朋友圈内，还包括许多东亚研究以外的人士。我已经记不起是如何同英国著名哲学家阿尔弗雷德·怀海德④相识的，我不时应邀参加傍晚在他家举办的聚会，怀海德常常妙语连珠，同他交谈是一种享受。当时波士顿美术馆收藏的日本美术作品除日本本国外，在世界上首屈一指，其中国美术作品收藏也堪称世界一流。日本美术品部主任富田幸次郎是博物馆的元老，也是位学者。富田先生看上去显得年轻，蔼然可亲，我们同富田先生和他那位举止优雅的美国太太关系很好。波士顿交响乐团每个季节都会在哈佛的桑德斯剧院举办系列音乐会，桑德斯剧院在哈佛那座巨大的有着哥特式穹顶的纪念堂里。我们的交际圈子很

---

① 芮沃寿（Arthur F. Wright，1913—1976），美国著名汉学家、历史学家、耶鲁大学教授。早年先后就读于斯坦福大学、英国牛津大学，1947年至1948年间曾以哈佛燕京学社研究生资格来中国留学。主要研究领域为佛教，旁及美学、社会学、历史学等诸多领域。著有《中国历史中的佛教》《行动中的儒教》《儒家与中国文明》等。——译者

② 海陶玮（James Robert Hightower，1915—2006），美国著名汉学家、哈佛大学教授。早年就读科罗拉多大学，1940年进哈佛大学，先后获文学硕士、哲学博士。1946年起在哈佛大学任教，直至1981年退休。研究领域是中国诗歌与文学批评。著有《中国文学流派和题材》《中国文学论题：概览与书目》《陶潜赋》，译注《韩诗外传：韩婴对〈诗经〉教化性应用的范说》等。——译者

③ 约翰·佩泽尔（John Pelzel，1904—1975），哈佛大学教授，哈佛燕京学社第三任社长，著有《哈佛日本史》等。——译者

④ 阿尔弗雷德·N. 怀海德（Alfred North whitehead，1861—1947），英国哲学家、数学家和教育学家。出生于英国，早年任教伦敦大学，1885年起任教剑桥大学长达二十余年，1924年起任教哈佛大学直至退休，退休后任哈佛大学名誉教授。他与伯特兰·罗素（Bertrand Russell）合著的《数学原理》被誉为"标志着人类逻辑思维的巨大进步"，是一部学术史上里程碑式的学术著作。怀海德是"过程哲学"的创始人，其所创立的20世纪最庞大的形而上学体系对现代哲学思想的研究产生重大影响。著有《自然之概念》《历程与实在》《观念之历险》等。——译者

小，但丰富多彩的美术和音乐把大家紧密地联系在一起。当时几乎所有人都居住在坎布里奇，离大学很近。而现在人们的居所散布在波士顿全城，哈佛大学的人情味也日益淡薄了。

在完成博士论文之后，我开始定下心来过着平静的书斋生活。这一时期，我一面继续进行圆仁日记余下三卷的翻译，同时担任了繁重的教学任务，我担任的是汉语中级课程，这门课程直至1940年柯立夫回国后才由他接手。除此之外，1939年我和叶理绥共同开设了日语课程。与此同时，我还承担了另一门课程，课程名为"汉语10"。"汉语10"取代了魏楷自1932年以来一直担任的一个课程，后者名为"中国文学的文化背景"。选修这个课程很轻松，但学分很高，所以被当作最容易混的课程，学生们趋之若鹜。开设新课程的一个问题就是自愿担其责者甚少，而正因为人少，选择后继者就愈加困难，可以说魏楷的课程就是一个失败的典型例子。叶理绥和文理学院院长保罗·布克（Paul Buck）认为必须停止魏楷的课程，开设新的课程取而代之。第一年由我担纲，似乎由于担心我一个人难以胜任，名义上是费正清与我共同担任新的课程，但实际上任务的分配是不平均的。在我的记忆中，在这门课程中费正清担任的工作并不是很多，但从那时开始，我与费正清成了互相到对方班级上课的伙伴。"汉语10"第一年的题目为我主讲的"从古代至1500年的东亚史"和费正清主讲的"从1500年到现代的东亚史"，"东亚"取代"远东"作为地域名使用以此为嚆矢。"远东"这一名称带有欧洲中心主义的意味，所以费正清和我决心要把这一名称废弃，我们为使"东亚"这一名称在战后全面使用所作的努力获得了成功。

为课程"汉语10"（后改为"汉语11"）的开设作准备，我在1939年夏季讲习班主讲了"中国文明的历史背景"等。我基本上依据京都大学内藤湖南教授①的汉学研究的做法，从历史角度所作的阐释着眼于经济、社会的进步，这种经济、社会的进步推动了8世纪和9世纪中国文明的发展，使中国从古代飞跃性跨入所谓的前现代时期。从那以后，我一直是以这种方式来阐释中国历史的。当时参加夏季讲习班的学生只有六人，而到第二年春天，选修这一课程的学生竟达到了三十六人，还不包括那些目的是要拿学分的棒球队的学生。选修这一课程的学生中就有后来成为杰出的中国历史研究学者、最近引退的哈佛教授杨联陞②。

杨回忆说，这是一个很有意思的课程，但我想与其说是课程的内容，他更多是为了学习英语而来的。也就是在这一时期，我最敬重的也同我最为意气相投的兰格（W. L. Langen）教授来找我，征询我能否编写《世界历史百科全书》中日本与朝鲜的条项，兰格教授是研究欧洲现代史的。这部书相当于普勒茨（Ploetz）的经典名著的当代改订版，原著已于1883年用德文出版。但在1940年，我与叶理绥以及已去哥伦比亚大学的伯顿·法思正在编著《简明英·法·德·日文献目录》，这部

---

① 内藤湖南（1866—1934），本名虎次郎，字炳卿，号湖南。日本秋田县人，著名汉学家。早年供职新闻界，作为新闻评论家，其对1890年代以后的重大历史事件如甲午战争、日俄战争、辛亥革命等都作过深刻观察和敏锐评说，他的观点对当时日本人的中国观乃至日本对华外交政策都产生过影响。后从新闻界转入京都大学担任教职，成了闻名遐迩的京都学派的代表人物。内藤湖南在中国史学研究上继承了中国乾嘉学派经世致用的治学特点，注重原典阅读，考辨实证，其所提出的"宋代近世论"等理论不仅在日本的中国史学研究领域，也在中国史学界产生重要影响。内藤湖南的史学研究自成体系，被称为内藤史学，其本人也被誉为日本东洋史学研究的巨擘。内藤湖南治学严谨，广闻博洽，学殖深厚，其以史学最为专精，亦旁及考古、甲骨文学、金石学、文字学、敦煌学、民族学、目录学、艺术学等众多领域，且皆有建树。在汉学之外，其在日本文化史领域亦造诣深厚，所著《日本文化史研究》已成为日本文化研究的经典之作。内藤湖南著作丰赡，有《内藤湖南全卷》十四卷（筑摩书房）。——译者
② 杨联陞（1914—1990），字莲生，原籍浙江绍兴，出生于河北清苑（保定）。历史学家，哈佛大学教授。早年曾从学陶希圣、陈寅恪，毕业于清华大学经济系。1940年赴美就读哈佛大学，获得博士学位。其学养深厚，博学多识，主治经济史，更广涉考古、地理、科技、官制、文学、哲学、书画等诸多领域，且成就斐然，在西方汉学界产生重大影响。著有《中国货币与信贷简史》《国史探微》等。——译者

书是应美国学术团体联合会之约而编的。兰格所说的工作在当时还是很有用的，但为一部别人已出版的书作补充和拾遗补缺的琐碎工作同我的性格不太相符，所以我还是拒绝了。

1940年夏，哈佛大学举办东亚研究特别讲座，讲座包括中国与日本的美术和中日文明史的课程，伯顿·法思和我讲授日本史。当时太平洋上空战争乌云密布，但我们的讲座似乎没有受到什么影响，同1932年的讲座一样充满活跃的气氛。

在这一期间，叶理绥和我为改进日语课程使用的教材作出了很多努力。当时叶理绥一直使用的是日本小学的初级读本，而我觉得那种读本里缺少适于求知的大学生的词汇，对系统了解日语的语言结构也不合适。于是我说服叶理绥，决定共同编写一套全新的教科书。我拟定了教科书的整体编写规划，全书每篇课文内容各具特色，而且在书中有机地形成一个系统，我还为课文写了语法注释。叶理绥则充分发挥其丰富的想象力和文学才华，编写了与全书课文内容相匹配的例句。这是一次我们互相都感到十分愉快的合作。当然，叶理绥和我都没有接受过外语训练，今天看来，那本教科书也完全落后于时代了。但是，当时懂得所谓小语种的教师在做研究之余去上课是理所当然的。那时大部分学生的目的是能够阅读日文书就行，至于会话被认为是去日本很快就能会的，所以日语会话和听力训练完全不在考虑之中，而这种观念在今天是完全行不通的。叶理绥和我编的教科书比之前的教科书要好得多，之后使用了将近二十年。

我们的教科书《大学日语入门》上下两册出版于1940年。第二年由于太平洋战争爆发，我们对教科书作紧急增补修订后，又附加了照相版中级补充阅读教材两册。战后的1947年，随着学术兴趣回归现象的出现，我们又编写收录了同文学、历史相关例句的第三册。初版的内容有点偏难，叶理绥所选的许多文章虽然很有意思，但不实用，我记得当时他把"粗茶新沏也好喝，丑女十八也好看"这句话当作例句收录了进去，这是一句日本的俗语。1944年该教科书改名为《大学初级日语》，在竹彦君的协助下出版了改订第三版。竹彦君是美籍第三代日本人，后来他成了我最亲密的朋友之一。

在大学的教师圈子里，外语教师是二等公民，通常是被人轻视的，尤其是教亚洲国家语言的教师，在同事的眼中更显得可怜。但我倒是在教学过程中领略到只有外语教师才能得到的乐趣。我有机会了解自己所教的每一位学生，并为他们取得的进步而感到欣慰。相形之下，在学生座无虚席的大讲堂里讲课，气氛虽然热烈，而且使你的精神始终处于亢奋之中，但完全没有与学生之间的个人沟通。到考试时，研究生帮你批改卷子打分，组织讨论时助手会帮你主持，这样就更拉开了与学生的距离。你教的学生只是考试成绩记录表上的一串名字而已，你不过就是在上面签了个名。一直到我在1961年离开哈佛之前，我始终很喜欢上外语课，在教授日语的过程中，我感受到了人生的价值。

15 日美开战

1939 年夏，父母利用惯例的休假从日本回来，我们一家照例去了密歇根叔叔的别墅团聚。在那里听到了 9 月 1 日纳粹德国进攻波兰——第二次世界大战爆发的消息。我的堂兄们都很平静，看到他们这种样子我感到很吃惊。对于大多数美国人来说，欧洲是个遥远的世界。我已清楚地看到一场改变我们人生的世界性灾难已经降临，如同与德国的关系一样美国将被卷入同日本的对抗中。

但是眼下的生活没有任何改变。美国是否应该参战，舆论对这个问题的争论日趋激烈，但在哈佛大学，在我们所进行的东亚研究这一领域，工作一如往常，好像什么也没有发生似的。最初闻到战争硝烟的气味是在 1941 年春天海军陆战队来找我，他们请我帮助组建随军日语译员培训班，我记得当时给我的军衔是少校。因为此事同我的研究目标完全风马牛不相及，所以我很干脆地拒绝了。感到战争的危机临近的另一个标志是日本强化了宣传活动。日本国内成立了国际文化振兴会，在纽约设立了日本文化中心，前田多门先生就任中心主任，他是我巴黎留学时代的朋友的父亲。1942 年 2 月，前田先生邀请我去纽约作了一次关于日语的讲演，这也是平生第一次在公众面前讲演，我得到了 100 美元酬金，另外还有交通费，这是个当时令我惊呆了的数字。讲演前我非常紧张，事先写了详尽周密的讲稿，最后成了一次只读讲稿的讲演。我现在还记得当时用了"如果不想被杀死的话"这样的句子作为日语词形变化的例子，这本来不是一个常用的表现，但在场的一百多位听众都觉得很有趣，反应极好。讲演这件事如果进行顺利的话，就会增加自信，从而越讲越好。在此之前，我一站到众人面前讲话就会怯场，而后来在不知不觉间喜欢起讲演，而且再怎么讲也不感到疲劳。

1941年夏，战争的脚步声愈来愈近，已经清晰可闻了。这年夏季，美国学术团体联合会在康奈尔大学举办暑期日本研究专题研讨班，国家的危机迫在眉睫，我预定要在这次专题研讨班上担任主讲，但就在开讲前，国务院发来邀请，希望我在这个夏季到远东科去工作。因为是参加为避免战争的工作，其吸引力要远远超过研讨班。此时，叶理绥很宽容地同意从第三周开始代我在研讨班的课，这样，我在康奈尔大学只讲了两周后就去了华盛顿。当时，我只是一个初出茅庐的研究中国史与日本史的学者，而且还是专攻古代史的，就被国务院邀请去，由此可见当时美国在日本研究方面的专业人才是何等缺乏。在那之前，我并没有想过要当一名公务员，起初也没有觉得国务院的工作多么有意思，工作的场所是在华盛顿北部的一所民居，那年夏天大部分时间都是在那里度过的。在逼仄、闷热的房间里挥汗如雨，每夜给艾德丽娜写信，汗滴在信纸上湿漉漉的，以致信都无法阅读。在华盛顿我没有熟人，以友人相待、常陪我出去的只有同科的阿尔杰·希斯①，他后来因成为著名的间

---

① 1940年代，美国国务院官员阿尔杰·希斯（Alger Hiss）是当时美国政坛上冉冉升起的新星，他是国务卿艾奇逊的密友，曾以罗斯福总统顾问的身份出席雅尔塔会议，还担任卡内基国际和平基金会主席。1948年8月，《时代》周刊编辑、前美国共产党员钱伯斯向当局举报希斯是一名共产党员，称希斯和他的同伙企图在政府机构内安插共产党员及其同情者。钱伯斯的这一大胆"举证"在美国引起轩然大波。希斯立刻被推上风口浪尖，他不得不出来在法庭上与钱伯斯对质，双方激辩多次，吸引了全美国人的眼球。随着两人争执的尖锐化，钱伯斯开始宣称希斯是间谍，曾盗取国务院密件叫自己传送给莫斯科。钱伯斯交出了希斯亲笔写的笔记和国务院密件，还带人到自己的农庄，找出藏在挖空的南瓜中的几卷间谍照片底片，称照片是希斯所摄，内容全是国务院密件。尽管希斯极力辩解，但最终以伪（转下页）

谍事件的中心人物而轰动全美。

当时的国务院在原陆海军部大楼里，与现为行政大楼的白宫毗邻。那是一座古朴风格的建筑，大理石的地面带有贝壳化石般的纹路，门是西部影片里常看到的那种弹簧门，可以里外开启。应召去华盛顿委实是件令人兴奋的事，而实际上在那里我没有太多的工作可干。后来经历一些事情后我才明白，政府机关希望你来华盛顿，你踌躇满志而去，而政府的目的首先是确保人才而并非有许多工作要你去干。我每天百无聊赖，靠着阅读报纸打发大部分时间，后来我受命为驻东京的格鲁大使编送每周美国报纸上有关日本的简讯，这件工作干了不久，很快就收到了大使的感谢信，对我所提供的有价值的资料表示谢意。在日美关系如此紧张的关键时刻，东京的美国大使对我每周提供的报告殊感可贵，他们竟然没有这样的信息，着实让人难以置信。

远东科科长马克斯韦尔·M. 汉密尔顿（Maxwell M. Hamilton）很有绅士风度，但身体不好，难以掌控全局的工作。国务卿特别助理斯坦利·K. 霍恩贝克（Stanley K. Hornbeck）掌握着远东科的实权。1920 年代霍恩贝克在哈佛任教，在费正清之前任教现代远东论的课程。霍恩贝克的助手阿尔杰·希斯开朗随和，精明能干，而霍恩贝克是个刚愎自用的人，他毫不掩饰对日本的偏见，且自以为只有他有资格决定美国的对华对日外交。当时远东科有十五个人，我是资格最嫩的新手，年纪最轻，地位也最低。每天我依然是阅览几乎所有的文件，有时会被汉密尔

（接上页）证罪在 1950 年 1 月被法庭判处五年徒刑。四十四个月之后，希斯提前出狱，由于没有工作，妻子离他而去，希斯只好以推销文具为生，并出了两本回忆录。在书中，希斯始终坚持他的清白与无辜。希斯在服刑期间以及出狱之后，多次要求重审，但一直未获批准。尼克松的"水门事件"以后，政府对希斯作了政治上的补偿，宣布恢复他的联邦养老金，律师协会也公布恢复其会员资格。至于希斯是不是共产党员、是不是间谍，至今还是一个谜。这起间谍案被列为美国最大的疑案之一。——译者

顿叫去，就一些重要问题征询意见。我记得最清楚的就是对日本的石油禁运问题（1941 年 8 月）。我是反对禁运的，理由是这么做会在美国尚未准备就绪之前就迫使日本开战，而其他人则认为这样做日本会作出让步。霍恩贝克以及他上面的那些人对远东科的意见全然不加理会，一意孤行，决定实行禁运，就如历史证实的那样，由于这一措施，日本因石油供给日益短缺，决意孤注一掷，对美开战。

到了秋天，国务院希望我长期留在远东科，但我在学校还有教学工作，所以回到了哈佛。在哈佛，叶理绥和我还接受了海军特别计划的工作。海军特别计划就是培训日语人才计划，海军要在加利福尼亚大学伯克利分校和哈佛大学分设两所培训学校培训海军的情报工作人员。现在回想起来，那个日美开战迫在眉睫的夏天是我的兴趣转向现代问题的转折点。在回哈佛之前，我自发地写了一份长达 18 页的报告，题为《关于美国在太平洋地区积极的综合性和平政策的实施》。我把这份报告送交了上去，报告没在任何地方发表，也没有保存在国务院的档案里，但其真实地反映了我当时的想法，不妨在此作一说明。报告书中，在表示坚决支持阻止日本在东亚的侵略这一美国的大政方针之后，我这样写道："我们（美国）要求日本放弃其既定的计划……但作为回报，我们又给以它什么呢？美国仅仅暗示日本倘若放弃其扩张主义，则可以考虑日本的合理要求和愿望，但除此之外，并没有提出任何具体的、建设性的东西。没有整体性的、具体的、公正的方案，我们怎么能对眼下远东形势的问题在和平中解决寄予希望呢？"美国坚持要求日本"恢复到战前状态"，与欧洲不同，这在东亚意味着继续保持着广大的殖民帝国与一系列不平等条约。我诘问道："难道我们准备在容忍 19 世纪（西欧的）帝国主义的非正义存在的同时，再去反对 20 世纪（日本的）帝国主义并同其开战吗？"在我的论述中，还进一步引用了罗斯福总统与英国首相丘吉尔新近发表的《大西洋宪章》。如果宪章的精神适用于东亚，那么其"应该纳入为实现该地区的重组和未来和平的整体计划中去"，这是因为，今天欧洲的殖民主义国家依赖美国，这使美国处于一个特别有利的位置，可以利用这一优势推进正当、合理的政策。

这篇报告的主要部分是《美国在太平洋地区的和平目标》这一章。在这一章里，我提出了旨在创建国际合作与共同繁荣的太平洋地区的四项主要原则：

● "太平洋地区所有的国家、民族和个人与生俱来是平等的"。这个原则也适用于欧洲列强在亚洲的殖民地，其目标包括消除所有的种族偏见，最具代表性的例子就是 1942 年的排日移民法。

● 必须保证太平洋地区的所有国家"享有完全的主权与领土完整"，其旨在要求日本军队从除满洲以外地区撤离的同时，放弃列强在中国的租界、治外法权和在中国驻军的特权等。

● 所有的国家对太平洋地区的资源、物产享有同等的权利，当地居民的利益优先于遥远的宗主国利益。

● "太平洋地区现殖民地的施政应将该地永久居民的利益放在优先地位，应该准备使殖民地向独立以及居民自治方向发展。"

不过，在"应该实现独立的殖民地"中遗漏了朝鲜和中国台湾，还把满洲作为独立于中国的地区，必须承认，这是一个令我感到羞愧的错误。这个错误或许源于我内心对日本的偏爱以及当时的判断，认为若非如此，正陶醉于在中国大陆的胜利之中的日本人是不予认可的。

时光荏苒，四十年过去了，今天回首再看，除去对朝鲜、中国台湾和满洲的误读，我所提出的这些见解在今天来看都被认为是天经地义、不言自明的。消除殖民帝国以及其他大部分主张在二十年里几乎都变为了现实，可是在当时，这些主张都是相当超前的。其时，有谁曾预想得到英国、法国、荷兰等殖民帝国的分崩离析？可以想见，当时国务院的那帮人看了我的报告只会嗤之以鼻，不屑一顾，把它扔到一旁。我甚至怀疑报告只是搁放在汉密尔顿的办公桌一角，根本就没有往上传到那些有实权的人手里。在那种战争一触即发的紧迫阶段，人们对任何新的观念都已无暇顾及。

　　1941年秋是一个异常忙碌的时期。除了大学的教学外，来自校外希望评述东亚局势的邀请接连不断，还有海军语言培训学校的工作。叶理绥和我请了三名非常不错的教师帮助我们工作，又招了二十多名学生。学生都是有以不同形式接触过日语经历的人，他们年龄不同，个人能力和关于日本的知识也参差不齐。其中的佼佼者是出生于日本的约翰·W. 霍尔（John W. Hall，即杰克）。霍尔是传教士的儿子，他很快就成了我最亲密的朋友。霍尔后来成为日本史研究的核心人物，他先执教于密歇根大学，后去了耶鲁大学。我们担当教学工作的教师都很好，学生中也有不少优秀人才，但海军要求一切工作甚至细枝末节都必须按照他们的要求执行，这让我们感到为难。最终到这一学年结束时，在哈佛和伯克利的语言培训计划中止，日语的培训后来于科罗拉多大学在海军的直接控制下继续进行，我们也得到了解脱。

　　虽然开战在即的征兆已经出现，但12月7日的消息仍令人感到震惊。在那个星期天下午，我和艾德丽娜如同往常一样收听收音机里纽约爱乐交响曲乐团的演奏，突然偷袭珍珠港的消息打断了演出。我立即给我的朋友打电话，就在前一天晚上，我同这个朋友在吃饭时还在议论东亚的局势，"太好了，这样我们就可以帮助中国人了"，他的回答着实让我吃了一惊。对日本的力量一无所知，作出类似反应的美国人并不在少数，但我清楚地知道日美开战的严重性。大部分美国人普遍认为，日本人擅长的只是像猴子一样模仿，他们或许能战胜中国或其他亚洲国家，可是绝无能力同西方人抗衡，但我认为这种想法只不过是种族偏见而已。开战后时隔一天，12月9日波士顿《环球报》发表了我和另一位名叫约翰·C.古德鲍迪的记者的文章，指出低估日本实力之愚，警告太平洋战争前途并非坦途。1942年3月30日，同样在这张报纸上，我举出了当局强行收容西海岸日裔美国人士这一事件并予以谴责。我明确指出，日裔美国人同样对美国心怀忠诚。

日美开战使我的归属心也经受了一次考验。事实上，我生在日本，长在日本，日本就如同是我的故乡。在此之前，我的人生一半时光是在日本度过的。我喜爱并尊重每一个日本人，对日本这个国家以及她的文化心怀挚爱之情。不过，我也从未丧失过自己是百分之百的美国人这种自觉。即使在战争期间，我也深信不疑日本人从根本上说就是错的。我尤其痛恨军部，他们扼杀了民主的萌芽，导致野蛮地向海外扩张。日本人对西欧帝国主义在亚洲的行径和对在美日本人的种族歧视予以谴责，毫无疑问都是理所当然的，但并不因为如此就可以把在中国本土的侵略与偷袭珍珠港予以正当化。我认为，为了世界的和平，必须制止日本这部战争机器，从长远的眼光看，这么做也是为了日本。所有这一切都是天经地义的，我从未对此有过丝毫的怀疑。

最初的阶段，战争给我们生活带来的变化并不大。也许是因为在日本的传教已经难以为继，这是父亲一生为之奋斗的事业，一年前父亲的胃溃疡开始恶化，1941年2月因急需做手术回国。开战时，父亲与母亲及妹妹居住在洛杉矶附近。汽油和肉等食品的配给是以极缓慢的速度逐渐实行的。在哈佛周围地区，住在那里的日本人的生活也一如战前，都留重人①是因为逃避军国主义独裁来到美国的，他在哈佛担任经济学

---

① 都留重人（1912—2006），著名经济学家。早年留学美国，在哈佛大学获博士学位，后在哈佛任教。1942年回国，在外务省任职。1947年在片山内阁时期任经济安定本部综合调整委员会（即后来的日本经济企划厅）副委员长，主持起草了日本第一部《经济白皮书》。1948年起任教一桥大学，任教授、经济研究所所长，1972年起任一桥大学校长，直至1975年退休。1975年以后，先后任《朝日新闻》社评论顾问，明治学院大学教授、哈佛大学客座研究员等。1980年代都留重人曾访问过中国，同我国学术界进行交流。其关注中国的改革开放，并对我国经济发展提出过颇有见地的建议。著有《美国的经济发展》《国民的所得与再生产》《公害的政治经济》等。——译者

讲师。都留重人常常同夫人坐在桑德斯剧场的最前排听波士顿交响乐团的演奏。后来他作了一桥大学的校长，1985年哈佛大学授予其名誉博士称号。著名的公共知识分子鹤见祐辅[①]的儿子俊辅[②]面对宪兵的审问，回答说自己"理论上是无政府主义者"，由此而被投入监狱。俊辅是个性格有点古怪的年轻人，他也曾听过我的课。在拘留期间，俊辅一如平时正常地吃饭睡觉，由于他的朋友给他带书进来，虽然身陷囹圄，仍于哈佛大学毕了业。鹤见与都留都于1942年乘坐遣返日侨的船回到日本，鹤见后来成为著名的评论家，但他始终怀有强烈的反美偏见。

伴随着战争的爆发，我们这些从事日本研究的人员受到了同事们的关注，成了所谓的名士。我并非学生的指导教师，因为这个缘由，还得到了亚当斯楼（Adams House）给予的指导教师的待遇。亚当斯楼是本科生所住的宿舍楼，我同该楼的关系保持至今。虽然只有几个月，在那里我体验到战前优雅的生活，那种情调令人怀念不已。学生和教师都身着正装，在铺着洁白桌布的餐厅里会面，在印制精美的菜单上点自己喜爱的菜点，这是今天都难以想象的事。我有时甚至会怀疑自己的记忆，这是不是在做梦？

---

① 鹤见祐辅（1886—1973），昭和时期政治家、学者。冈山县人，早年毕业于东京帝国大学，曾任参议院议员，鸠山一郎内阁厚生大臣。著有《自由人之旅日记》、《后藤新平》（4卷）、《英雄待望论》等。——译者

② 即鹤见俊辅（1922—2015），哲学家、评论家、社会活动家。出生于东京，家世显赫，父亲鹤见祐辅、外祖父后藤新平皆为日本著名政治家。1938年十五岁时去美国，翌年进入哈佛大学哲学系学习，1942年毕业。后因无政府主义倾向遭联邦调查局逮捕，于拘留所中完成毕业论文。1943年志愿去印度尼西亚担当美军英语广播翻译及制作相关的信息资料。战后，1946年与都留重人、丸山真男及姐姐鹤见和子（著名社会学家、上智大学名誉教授）组成"思想之科学研究会"，并创办刊物《思想之科学》。作为一名社会活动家，鹤见俊辅抱着"思想·良心的自由"这一信念，积极参与1960年代的反对越战的活动、声援朝鲜反体制作家金芝河的活动、1990年代的支持慰安妇求偿活动，2004年9月与大江健三郎等组成反对修改和平宪法的"九条会"。曾先后任教京都大学、东京工业大学、同志社大学。著有《战争时期日本的精神史》（获大佛次郎奖）、《梦野久作》（获日本推理作家协会奖）等，另有著作全集《鹤见俊辅集》（17卷）。——译者

随着战争的继续，我被邀请去讲演的次数越来越多。有一次在北安普顿的史密斯学院讲演，那天晚上正巧遇上防空演习。当时我已很擅于一面看着听众，一面打手势作演讲，但是那天幽暗的讲堂里看不清人脸，我的手势听众们也看不到，简直就像在一个关上门的漆黑一团的壁橱里一样。我无法集中精神，迫不得已在讲坛上踱着步子说着，心里一直忐忑不安，生怕会从讲坛上掉下去。最后索性在讲坛的桌子上盘腿坐下，这样终于把精神集中在讲演上了。

叶理绥和我受到陆军邀请去纽约，帮助他们编辑一本《和英科学用语辞典》。我们花费了一周多的时间来做这份工作，搜集了数千个单词，对于科学，我们两个人都是外行。所以这项工作成果极其粗陋，但这足可以佐证，在开战当时美国对有关日本的知识是何等的贫乏。还有一件稍有意义的辞典编辑工作就是我参与的《和英辞典》的盗版制作。这部辞典原是在日本出版的，当时对这部辞典的需求急剧增大。因为是战争期间，所有商业上的法律约束都不复存在，这部辞典与其称为"盗版"，不如称"劫版"更为准确。为制作这部辞典，叶理绥和我得到洛克菲勒基金会1万美元的资助，燕京学社用照相版出版了这部辞典，我们毫无顾忌地把它标上了"美国编著"的字样。这部辞典出版后很畅销，收益丰厚。所获利润后成为燕京学社的出版基金直至今日。倘若我们再有些商才的话，把那些钱用于投资，或许早就成为战争的暴发户了。

到开战后的第二年，1942年2月第二学期开学时，叶理绥和我总算都意识到战争带来的巨大变化。正常情况下，初级日本语课程应该在9月新学年开课，但我们看到局势的急剧变化，认识到已经不能等到新学年了，必须马上开课。原以为听这个课的学生像往常一样只有五到十人，再多也不会多到哪去，但没想到开课时博尔斯顿楼的小教室涌入上百人，其中有本科生、研究生，甚至还有已经毕业的学生。他们都认为，一旦应征入伍的话，事先掌握些语言知识比单靠臂力对国家更为有用。当时全国开设日语课程的大学很少，在这些开设日语课程的大学里，选修日语的学生都急剧增加，更多的大学也都准备要开设日语课程。我们通过增加学习的难度，总算把人数减少到六十人左右，留下的都是那些真正想学好日语的学生。显而易见，战争使日语学习受到了出乎意料的关注。

16　阿林顿的陆军培训班

1942年夏，我应陆军通信部队的请求去华盛顿帮助开设一个培训班，该培训班专门培训翻译和破解日军密码人员，这样我就以比以往更为直接的形式参与了对日作战。为了使哈佛对此事不提出异议，陆军的第二号人物、陆军部长助理约翰·麦克洛伊（John Micloy）事先会见了哈佛校长柯南特，得到了他的理解。因为密码工作至关重要，我接受了这个任务。事关密码工作的一切都是机密，甚至扔在字纸篓的纸片都会被当作军事机密，所以这项工作被列为"极密"等级。也正因为这件工作高度机密的性质，我接受了极为严密的身份审查。审查旷费时日，一旦通过，接下来就万事顺利了。

这一年初秋，我们一家四口迁往华盛顿地区，在弗吉尼亚州的阿林顿租到了一间小的砖瓦房，房子是新的，但极其简陋，周围几乎连一棵树也没有，夏天更是酷热难熬。新的职场在通信队接管的一幢大楼里，大楼就叫阿林顿大楼，原来是一所女子学校，通信队接收下来后交密码解读班使用。当时已经实行汽油配给，从我家经格雷勃大道去阿林顿大楼大约只有两三英里，所以骑自行车还是很方便的。但一到冬天，骑车上班不但寒冷，还很危险。战争期间，一年四季实行夏时制，上午8时上班，冬季的话，天还没有亮。后来，我有时还得去五角大楼，在没有窗子的办公室里工作，下班回家时天已经黑了，生活中整整一天见不到阳光。

那是战争中一段很黯淡的时期。美军对日第一次反攻始于8月攻占所罗门群岛的瓜达卡纳尔，该岛位于澳大利亚东北部。美军好不容易才攻下瓜达卡纳尔岛，后来9月至10月，双方对峙，呈胶着状态。我记得当时一个陆军上校对我说："我们反攻有点操之过急了。"说话时，他的脸色有点阴沉。但情报机构这边却迥然不同，展现出一幅明朗的景象，我们已经破解了日本方面一些最重要的密码。

第一次世界大战以后，美国在破解日本人的密码方面取得相当大的进展。1929年，国务卿亨利·L. 史汀生①（Herry L. Stimson）中止了密码破解，他认为"绅士不可以截取对方的邮件"。但是，在密码天才威廉·F. 弗里德曼（William F. Freidman）的指挥下，经过不懈的努力，在1940年9月终于破解了日本外交电码"紫号"，在战争爆发前，美国陆军和海军是分担"紫号"破解任务的。但对日宣战后，海军把所有的努力都集中在对日本海军密码的破解上，而把破解"紫号"的工作完全交给了陆军。"紫号"破解的成功在1942年6月的中途岛战役中得到了巨大的回报，中途岛战役是美国在这次战争中取得的第一次重大胜利。

美国陆军持续不断地破解日本的外交密码，获取了许多珍贵的情报，尤其是关于欧洲战场的情报，例如有关盟军轰炸德国情况的最准确的情报就在驻柏林的日本大使发送给东京的公务电报中。相对比较简单的日本陆军运输情况的密码破解作业也在持续进行，这项工作同样很重要，提供了运送军队以及物资的船只离港、到港时间和航行路线的情报。因为这个缘故，许多诸如比亚克、威瓦克、卡维恩②等这些从未听说过的地名变得熟悉起来，这些情报对破坏日军海上运输线所发挥的作

---

① 亨利·L. 史汀生，美国政治家。第一次世界大战期间曾赴法参战，后任驻菲律宾总督。第二次世界大战期间，主张支持反法西斯国家，先后任国务卿和陆军部长。——译者
② 比亚克（Biak）属今印度尼西亚，威瓦克（Wewak）、卡维恩（Kavieng）属今巴布亚新几内亚。——译者

用是不可估量的，是赢得战争胜利的关键因素。随着船只被不断击沉，日军的兵员与物资的运送、往本土军需产业原材料的运输变得极为困难起来。但是，对日本陆军的主要密码的破解工作却迟迟没有进展。这项工作必须要有更多的日语专家，我所开设的培训班把培养、输送日语专门人才作为当务之急。跟随我的有三个助手，其中两人原来就是传教士，余下一人是传教士的儿子，三人都比我年长。培训班使用的教科书是叶理绥和我在哈佛所编的基础教材，这本教材非常实用，书中有关语法的分析十分适合有一定语言基础的学生，而且在不需要的会话和听力方面也不浪费时间。在实际教学中，我还增添了一些根据截获的日方电报编写的新教材。

　　培训班一开始学生有二十人左右，一半来自哈佛，是我从 2 月份选修日语的学生中挑选出来的，余下的是哥伦比亚大学日语专业的学生。在哈佛的学生中，有霍华德·希贝特①和史华慈②。希贝特作为叶理绥的后任，担任了哈佛的日本文学教授。史华慈进了哈佛研究生院，专攻中国思想史，后成为哈佛著名的中国思想史研究专家。1943 年初，培训班招收第二期学员，这一期学生比第一期多，大多来自耶鲁大学新开设的日语班。在耶鲁大学任教的是我曾在柏林见到过的乔治·肯尼迪。由于面试的时间很短，无法判断学生潜质的优劣，于是我建议乔治在其

---

① 霍华德·希贝特（Howard Hibbett, 1920—　），哈佛大学名誉教授，翻译家。1942年起开始研究日本学，二战期间曾在美国陆军服役，从事同日本相关的工作。1947年哈佛大学毕业后继续深造，1950年获哈佛大学博士学位。曾在加州大学洛杉矶分校任教，1958年回哈佛任教，1985—1988年任赖肖尔日本学研究所所长。著有：《日本小说中的浮动世界》《菊花与鱼：日本幕府时代以来的幽默》等。——译者
② 即本杰明·史华慈（Benjamin I. Schwartz, 1916—1999），美国当代著名中国学家、人类文明比较研究专家，哈佛大学教授。早年师从费正清，获哈佛大学博士学位。史华慈语言造诣深厚，其掌握印欧语系及日语、汉语等12种语言。史华慈主攻思想史研究，其学术视阈宽阔，研究领域涵括先秦思想史、中国近现代思想史，旁涉政治、宗教、道德、文化等众多领域。史华慈一直是哈佛大学东亚和中国问题研究的领军人物，也是世界公认的中国学研究大师，曾任美国亚洲研究学会主席。著有《史华慈论中国》《古代中国的思想世界》《寻求富强：严复与西方》等。——译者

所站立的位置上，以脚是否踩在地板的缝上暗示我决定候选者的录取与否，结果所有的被录取者还是很令人满意的。后来我才知道，当时乔治有点酒精中毒，实际上对每个学生的能力一无所知。培训班并非整日工作，偶尔也有放松的片刻。学生们组织了棒球队，我在队里担任守二垒。我比他们大约十岁，是队中最年长的。三年的朝夕相处，大家相互之间产生了一种深厚的手足之情。多少年过去了，时至今日，还经常不断会有人乐滋滋地向我提起，说他们的父亲、伯伯或表哥表弟在培训班同我一起工作过。

在培训班工作期间，出自兴趣我写了许多有关时局、政策的备忘录。现在我的手头上还保存有当时对日进行心理战和劝降宣传的传单，日期是 1942 年 12 月 12 日和 14 日。为了挫伤日本人的斗志，当时动用了一切可以想到的手段，在瓜达卡纳尔，把印刷有劝降词句的宣传品像雨点一样朝密林中的日本兵头上撒下。在积满落叶、光线昏暗的密林里要捡拾到一张纸片几乎是不可能的，即使被日本兵捡到，他们也不会轻而易举地投降。一计不成，又生一计，于是又想出一个奇特的策略，利用日本人的稻荷信仰①，这是一种对狐狸的民间信仰，在几只狐狸身上涂上白色荧光涂料，用潜水艇载到日本海岸附近后放生，期望狐狸游到岸上后造成迷信的日本民众心理恐慌。据说被放生出去的狐狸全都头向大海外游去，计划告吹。我很怀疑这件事的真实性，但我们永远都不会了解这件事的真相。

---

① 稻荷神是日本神道中主要的神之一，亦称稻荷大明神，早在《古事记》《日本书纪》中就有记载。稻荷神主司水稻，故被与宇迦之御魂神（亦写作仓稻魂命）等食物神等同看待，后同其他食物神合为一体。日本中世以后，手工业、商业日渐兴盛，稻荷神逐渐被民众视为能给各行各业带来福运的万能之神。宇迦之御魂神的别名为御馔津神，此名亦可用汉字"三狐神"表记，由此狐狸就同稻荷神产生了关联，狐狸成了稻荷神的使者。狐狸自古以来就被日本人视为神圣。江户时代，稻荷神被尊为商业之神，极有人气，就在这一时期，稻荷狐开始被同稻荷神混为一谈，并流布开来，故今遍布日本全国各地的稻荷神社多祭有狐狸。——译者

我写的传单上有些文字是足可以令阅者振聋发聩的。传单是对已处于包围、面临全面毁灭的日本士兵进行劝降宣传的，但实际上完全是针对指挥官的。我不是苦口婆心地劝说他们应该如何珍惜生命，而是强调他们应该对部下的生命负责，战后那些士兵还要在他们的领导下为国家的复兴尽力。我也竭力主张，应该利用所有的短波广播展开宣传攻势，报道最新的战况、美国政府发表的文告全文、严肃的文化新闻，面对的对象集中于日本国内数百个明智的、了解内情的领袖人物。这些人已经理性地认识到日本要取得胜利是不可能的了，他们也正在思考战后国际的新秩序。我手头还有一份报告，在这份报告中，我主张要避免羞辱贬低天皇，天皇的作用在战后得到日本的合作和实现民主化的过程中是不可或缺的。这份报告没有注明日期，但很明显是在战争初期写的。其中我还建议，组建一支日裔美国人的部队，给予他们证明忠诚于美国的机会，这样可以稀释战争中种族之间相斗的习性，同时还可以表明，我们不是在同日本国民而是在同日本的军国主义作战。实际上，不久就组建了一支日裔人的部队，他们活跃在比利时、意大利战线上，战功卓著，在美国军队中获得了殊荣。战争尾期，我曾亲眼看到他们为接受总统表彰而行进在宾夕法尼亚大道上，当时的那种兴奋时至今日记忆犹新。参议员丹尼尔·井上①和斯帕卡·松永正幸②都是那支部队的老兵。

---

①　丹尼尔·井上（Daniel Ken Inone, 1924—2012），日本名为井上健。丹尼尔·井上是美国参议院任期最长的议员，他在美国继任总统的排名中名列第三位。井上是荣获过战功的二战老兵。1959 年，夏威夷成为美国一个州时，井上被选为夏威夷首任众议员。1960 年竞选连任一个完整的任期。1962 年首次当选参议员，直至去世时连任第九个任期。井上曾任美国参议院临时议长，是美国历史上官阶最高的亚裔政治家，也是民主党员中最有影响力的参议员之一。2012 年 12 月 17 日井上因病去世。对于井上的去世，奥巴马总统称美国"失去了一位真正的美国英雄"。——译者

②　斯帕卡·松永正幸（Spark Masayuki Matsunaga, 1916—1990），日本名松永正幸，从小在夏威夷长大，高中毕业后进夏威夷大学，1941 年本科毕业后入伍，两次在战场上受伤，以上尉军衔退役后进哈佛大学法学院就读，1951 年毕业。作过公诉人、律师，是夏威夷国会代表及当地州立法委成员。之后接任丹尼尔·井上被选为美国众议院议员。1976 年任民主党参议员，任期直至 1990 年去世。——译者

我在阿林顿大楼开设的培训班一直持续到大战结束，培训班汇聚了各方才俊。许多人成了优秀的学者和各个领域的精英，还有几个后来成了在我属下的美国驻东京大使馆的馆员。培训班培训的学生总数达数百人之多，据我所知，他们中没有一个人仇恨日本，通过研究日本，他们全都热爱日本、理解日本，这一点时至今日我仍引以为豪。根据当初的约定，我在培训班只待了一年，1943 年初夏就离开培训班回到哈佛。当时已安排我协助叶理绥及其他人创设一个陆军特别培训班（亦称陆军特别培训计划即 ASTP），在哈佛为军队培训更为广泛领域内的日语人才。阿林顿大楼培训班的负责人听到我离去的消息非常生气，但他无法让我改变自己的想法，因为我不是军人。

陆军中将霍伊特·S. 范登堡授勋（1946）

17　穿上军装

在离开华盛顿前，陆军参谋部的 G2（情报处）希望我加入分析截取的电报部门工作，并授予我少校军衔。这是一个绝密部门，被称为"特别支部"。出自特别支部的情报被称作"魔术"，由专人从五角大楼送到总统以及为数不多的几个高层人士手中，在迅速阅读完后又随即带回。因为要防止稍有不慎泄露内容，有时候甚至连总统也看不到原件。特别支部的成员基本上都身着军装，其中大多数人是年轻气锐的律师，他们常常会说"如此重要的工作不可交给陆军"。

这一年我三十二岁，已经是两个孩子的父亲，被征召入伍没有什么可担心的。这项工作如此重要，而且又很有意思，我决定接受下来，哪怕牺牲作为公民的个人自由。但我同叶理绥事先已有约定，幸好特别支部的聘请在阿林顿所租房子的合同到期之前，所以我把艾德丽娜和两个孩子留了阿林顿，整个夏天她们是在阿林顿和新泽西州的文特诺海岸度过的，当时我的父母住在那里。我一个人回到了哈佛。在哈佛，我在亚当斯楼的一个特别区域安顿下来，那个区域富兰克林·D. 罗斯福总统曾经下榻过。整个夏天我都是与叶理绥一起作陆军特训班的筹划工作。暌别一年，哈佛的模样完全变了，除了尚未到征兵年龄的一年级学生，几乎见不到其他在校学生。从会计学专业到日语专业，看到的全都是军队委托培训的学生，看着他们列队唱着军歌从营地前往教室，我不由得想起在柏林看到那些纳粹学生时的情景，心不免沉郁起来。

授予少校军衔的仪式在 1943 年 8 月 31 日举行。我在哈佛大学的店里购买了军人制服、金叶军衔章和有着枪支交叉图样的步兵兵种章，很不自信地把兵种章别在了军服上。情报部也有自己的兵种章，但战时不使用，所以我自作主张地挑选了步兵。当我坐火车去华盛顿时，仿佛自己就是一个骗子似的一路上忐忑不安，还生怕碰上一些士兵向我敬礼，那样的话我还得回礼。不久，我在阿林顿培训班教过的学生教给我在军中致礼的标准方式，这也是我在军队中所接受过的全部军事训练，至于武器，一直到最后我连一支枪都不曾碰过。在我走后，据说叶理绥在教室里说："赖肖尔能做少校的话，我就能当大主教了。"叶理绥的话没说错，我确实是个不称职的军人，只有肚子没有凸出这一点还像点军人的样子。从那以后过了两年，我在任何场合都身着军装轻松自在，对穿着笔挺的军装习以为常了。

　　虽然有时也要值夜班，晚上就睡在五角大楼最里面的一间房的简易床铺上，但特别支部的工作最初还是很清闲的。不久我才知道自己的职责是负责特别支部与数英里之外的阿林顿大楼的联系，这样我就把自己的主要工作转到了后者。我相信由于我的出现使阿林顿大楼的负责人多少会感到不悦，因为这么一来，我过去的学生又开始把我视作他们的领导，但我有特别支部这一强有力的后台，总管道格拉斯·W. 欧弗顿（Donglas W. Overton）上尉也非常帮忙。战后欧弗顿上尉担任了数年纽约日本协会理事长，发挥了非凡的管理才能。1944 年 12 月，我由少校晋升为陆军上校。后来，每当那些很在乎头衔的人问我，大使、教授或博士，喜欢哪一个称呼时，我总是回答说就用先生吧，要不就叫我上校。

　　我的工作是对已破解的密码迅速进行选择分类，特别支部的领导对这一工作特别重视，给了我优先挑选助手的权利，我挑选了一些自己熟悉的人，其中有鲍勃·海陶玮，他刚从中国的俘虏生活中解脱出来，回国不久。其余的是我从陆军对日情报学校的毕业生中挑选出来的，这些人组成了我的班子。陆军对日情报学校后称萨维奇营地，在福特·斯内灵堡，邻近明尼阿波利斯。在后者的人选中，有一个名叫理查德·麦金农（Richard Mckinnon）的，其父亲在日本教英语，母亲是日本人。我指名麦金农与另一个阿林顿培训班的毕业生担任负责人，在我不在期间，他们可以从截取的密报中选择决定哪件是重要程度高的，并在译完后用保密电话报告特别支部。战后，麦金农在哈佛取得博士学位后在西雅图的华盛顿大学担任日本文学教授。

正当我们费尽心机要努力破解日本陆军主要密码并获取一些有价值的信息时，意想不到的幸运从天而降。1944 年 1 月，一支从新几内亚北部海岸向西进发的美军部队获取了一部完整的日军密码册，由此再也不必为破解密码而煞费苦心了。从那以后，我们的解读机就像瀑布一样输出破解的情报，这样一来，如何判断和翻译最有价值的情报便成了紧迫的问题。在此之前，已有一个情报初选小组负责检查是否有译码差错，保证将情报准确地译出，负责这项工作的是年轻的泽弗·斯图尔特（Zeph Stewart）。斯图尔特现在是哈佛教授，我对斯图尔特把他的班子工作重点转向寻找某些关键性情报的做法是认同的。我特别关注那些有关作战的命令、日本军队的兵员和武器装备的情报，这些都事关美军下一步作战计划的安排。斯图尔特的上司命令其继续按原计划执行任务，但斯图尔特无视命令，坚持己见，在我所领导的班子配合下，斯图尔特小组的这项工作完成得相当完美。后来斯图尔特无视命令的行为暴露了，但因为其工作卓有成效，最终我和他都没有受到追究。

在战争的最后一年半的时间里，我很难想象还会有哪个战争期间的工作会比我所做的更令人着迷。所有关于日军及其配置的情报皆经由我手，外交电报也几乎都由我过目。虽然情报主要来自日方，但我由此得以观察到整个战局。最令我兴奋的就是发现了日本新组编的部队，当然也有令人懊丧不已的失手，其中之一就是遗漏了日军第二机甲师团从中国东北调往菲律宾林加延湾的情报。具有讽刺意味的是美军实现了在林加延岛的登陆，两天后发现了那份情报。

日本人满以为日语很难，对美国的情报工作来说是一个不可逾越的障碍。他们做梦也不会想到我们在破解他们的密码、情报方面会如此成功。他们深信诸如老虎、拂晓这类部队名称和数字番号是无法破解的。这类部队的代称虽然没有规则，但部队番号是根据兵种而归类的，所以我们只要看密码的数字就可大致推测出是哪支部队。而且通过阅读日本方面的电讯，我们还可以大致了解他们在破解我们的密码方面进展的速度。关于日本方面的密码破解，他们运用通信量分析的手段，即先截取从特定的美军信号发射站发出的信息，然后根据信息中出现的单词反复次数与信息长短来推测美军的特点和活动情况，在这方面他们干得非常出色。我记得有一次在日本人的情报中提到了对美国海军的集结要地乌利西礁岛的美军航母、战舰、巡洋舰乃至小舰艇数量的估算，当我将其所作估算同美军的作战地图做比对时，其估算数字是如此地精确令人大吃一惊。

我作为所谓"坐办公室的部队"中的一员在波托马克①阵地作战期间，艾德丽娜带着两个幼小的孩子在战时物质极其匮乏的状况下苦苦地挨着。当时找不到人帮忙，我又很长时间工作在外，虽然我们在华盛顿地区有很多朋友，但根本没有时间同朋友们交往。更糟糕的是，1944年6月9日第三个孩子琼出生后不久，房子的主人回来了，房子必须让出来，那时要在华盛顿找房子近乎不可能，后来总算在被称作"乡下贫民窟"的切斯特找到一间简陋的房子。切斯特远离市区，房子是平房，

---

① 波托马克是流经华盛顿的一条河，作者所在的工作部门在该地区。——译者

屋内老鼠四窜，炉子在地下室，只有一个送气孔供暖。我们在那里一直住到1945年6月，后来才在一个叫费厄灵顿的新开发的地区找到了一套舒适的公寓。

随着太平洋战争日益逼近日本本土，日本国内的兵力配置成为愈来愈受关注的情报，但这些情报都是通过陆上联络渠道传送的，由于美国在日本国内没有谍报系统，对此我们束手无策，一筹莫展。就在此时，我们发现日本的电讯部门在国内开始用无线电发送不用密码的文字电报，这令我们喜出望外。也许是线路太忙，或是因为轰炸，线路常常不通。发送的都是一些机密度很低的私用电报，如通知驻南九州的"熊712部队"某二等兵其亲戚去世、某部队某下士父亲葬礼速由九州回北海道，等等。日本人满以为这么做是不会出问题的，但根据以往推测日方密码和军队番号的经验，我们分析这些电文，轻而易举就掌握到日方的动态。冲绳一战之后，在美军选择的登陆地点长崎县海岸线一带正在不断地集结着日方新的部队，因为新组编的部队数量太多，我终于被G2的最高领导人叫去，问询情报的可信度。我的回答是，一点没错。但新的部队是否全是少年兵？是否武器装备匮乏，缺少训练？这些情况不得而知。因为毕竟是大部队，形势严峻，陆军首脑决定跳过九州，立即从东京东面的千叶、茨木海岸登陆作战，这是美方的终极目标。最终，新的作战计划尚在筹划中，形势急转直下，战争于1945年8月15日突然结束，九州登陆没能付诸实践，转向东京一带的计划也只是停留在纸面上。

导致战争突然结束的主要因素就是两颗原子弹的爆炸。这两颗原子弹原本计划用于对德作战，但尚未完工欧洲的战争就已结束。8月8日早上，我与五名将校一起被叫到特别支部的中央办公室，在那里听到了在广岛投下原子弹的消息，因为要观察日本方面的反应，所以才必须要告知我们这一消息。当时还给了我们一本有关下一步可能要攻击的目标的手册。看到手册中京都的名字也赫然列在其中我不禁吓了一跳，虽然其幸运地排在靠近最后。美国为了避免文化遗址遭到毁坏作出了很大的努力，京都在没有遭受轰炸的城市中是最大的，而且还是铁道交通的枢纽。特别支部的那些人听到投下原子弹的消息后都惊呆了，一脸茫然。通过破译的军事、外交电报，我们都清楚日本的战败已经临近，日本方面高层中也有部分人士希望结束战争。1945年初在商船队被全歼之后，日本经济已濒临崩溃，关于结束战争的交涉和外交努力也正在进行之中。我们面面相觑，这时不知谁嘟囔了一句，"对方眼看要垮了，还来这么一下子"，我身体内瞬间涌起一股冲动，心里装的那么多秘密几乎令我感觉自己就要爆炸了。几个小时后，当杜鲁门总统宣布投下原子弹的消息时，心里的一块石头才落了地，顿时感到如释重负。

当时我认为，投下原子弹是一个严重的错误。我估计日本将会在11月稍前一些时候投降。日本人以为我们不会在台风季节发动进攻，他们还期望1281年神风大破蒙古来犯军队的历史重演①。基于这一原因，我以为日本还会有将近三个月的时间，这样可以完成结束战争的工作。然而后来我对历史的研究使我对自己当时的判断失去了足够的自信。有人认为，即使不把原子弹投向大城市，也应该有发挥其震慑力的其他方法，但我认为那是不会奏效的。正因为在广岛、长崎投下的两颗原子弹再加上苏联的参战才迫使军部允许政府投降。苏联的参战恰巧在两颗原子弹先后投下的时间之间，这是一个巧合。如果没有投下这两颗原子弹，日本的军部会继续对抗，美军就可能死伤数十万人，日本的数

---

① 公元1274年（文永十一年），忽必烈对日本发动过征战，但以失败告终，史称文永之役。1279年忽必烈在灭南宋后，决定对日本发动第二次征战。1281年（弘安四年）5月，元与高丽的东路军从合浦出发，对对马、壹岐发动袭击，企图占领博多（今福冈），但遭到日军阻击，没能成功。7月，元军从庆元出发，准备在平户（今属长崎）附近同东路军会合。7月30日，元军船队在转移途中遇上暴风雨，船队遭到毁灭性打击，致使第二次征战日本不战而败，史称弘安之役。这次暴风雨被日本人称为神风。——译者

百万非战斗人员即使不死于战火也会死于饥饿，日本这个国家将毁于一旦。根据 2 月签订的《雅尔塔协定》，苏联在德国投降后九十天内将对日宣战，这样其就会占领整个朝鲜半岛与部分或整个日本，从而将日朝两国纳入其势力范围，如同今日的波兰或分裂的德国。我还怀疑，如果在战争中没有使用原子弹的话，当今世界上的人们果真能认识到核武器可怕的破坏力吗？我们也许就没有现在这种对世界性核战争的恐惧。实际上这种恐惧正是使文明与人类避免灭绝的最大希望。但是，如果说投下的第一颗原子弹有其使用正当化的理由，那么 8 月 9 日投在长崎的第二颗原子弹则完全是多余的。美国政府的首脑们或许在做出投下第一颗原子弹的决断时几番踌躇，苦虑再三，而在决定投下第二颗原子弹时就没有仔细斟酌了。长崎的七万生灵在他人的轻率与随意中命归黄泉。

战后，日本人普遍把京都能幸免于原子弹和燃烧弹归功于哈佛大学艺术系的兰登·沃纳，我视为畏友的沃纳为人谦恭、低调，他一再否定人们对他的溢美之辞，认为是受之有愧，并推辞了为他建立铜像的建议。今天，在奈良的法隆寺这座建造于 7 世纪的美丽寺庙门前还竖着一盏为纪念沃纳的雅致的石灯笼。在日本人中，也有人把我误认为拯救京都的有功之臣。在德国的一本题为《比一千个太阳更灿烂》的书中，出现了我在司令官面前流泪请求救救京都的场面。如果有机会的话，我也许会那样作，但事实上那是一个完全没有真实性的故事。事实的真相如同我的朋友、京都同志社大学的奥蒂斯·卡里（Otis Cary）所考证的，唯一值得赞赏的人是当时的陆军部长亨利·L. 史汀生，是他力挽京都于毁灭之灾。1920 年代，史汀生曾两次访问京都，并在那里度过蜜月，他了解京都，喜爱京都的古朴和典雅。

18 筹划日本的未来

由于战争突然结束，情报工作失去了意义。我开始寻找是否有更有意思的工作。我的朋友休·博顿是贵格会①教徒，没有直接服兵役，战争期间他大部分时间都在国务院供职，参与筹划日本未来的设计，这类工作对我也是极富吸引力的。早在 1942 年 2 月，当时还是战争初期，就已成立了战后外交政策咨询委员会。这是一个级别很高的机构，其下有很多分支机构。博顿在远东司际委员会任秘书，在主席乔治·H. 布莱克斯利（George H. Blakeslee）手下工作，布莱克斯利是克拉克大学的国际关系学教授，该校在马萨诸塞州的伍斯特。战争期间，我应国务院邀请曾参加过几次这个远东司际委员会的审议会。战后，我希望作为正式成员到国务院所属的这个远东分委员会工作，但这件事进行得并不顺利。我是穿军装的在籍军人，所以必须接受军队管理。陆军有一个分数制退伍规定，该规定以服役时间和海外勤务时间长短为基准，到可以脱离军队之前我还有很长一段时间。

到国务院工作没有希望了，但我还可以考虑其他的地方。这时东京麦克阿瑟的司令部需要人，去的话就会被派进 CIC（反谍报部队），对此我毫无兴趣。CIC 的工作本质是间谍活动，而我打算在一生余下的时间里继续日本研究，不希望自己身上打下间谍的烙印。此时，奥伯林大学时代的朋友杰克·瑟维斯（Jack Service）带来话说，国务院问我能否随占领军最高司令官麦克阿瑟的政治顾问乔治·阿齐森（George

Atcheson）去一趟东京？这件事倒是很有意思，但事实上麦克阿瑟是不会给他的政治顾问任何授权的，所以我谢绝了邀请，由此也躲过了一场劫难。阿齐森一行在从日本回国途中，因飞机油料耗尽，全团人员消失在浩瀚的太平洋上。后来还有一个机会，麦克阿瑟将军的占领军司令部邀请我去东京担任占领史研究室主任，谈这件事时我已经离开陆军，可以为自己的事做主，所以拒绝了。这件事一点也没让我动心，我预想过，像麦克阿瑟这样刚愎自用的人是不可能让人客观地去描述历史的。想来应该会有人接受这项工作，但占领史后来并没有写成，或许就是因为我所预想的理由。

虽然人还在军队，但我不必再为破译那些已投降的日本军队和政府的情报耗费时间了，时过境迁，那些情报早已分文不值。留在军队最后的这段时期，我所要履行的唯一的军人职责就是为报请上级表彰我的部下而写书面推荐材料。我自己也于 1946 年 2 月被国防部情报部长霍伊特·S. 范登堡（Hoyt S. Vandenberg）授予功勋勋章。

在这一段时间里百无聊赖，我忽发奇想要写一本书。战争期间，我曾应国防部之邀给即将去前线的情报人员开设过三四次日本史课程，当时的讲义自有其价值。讲课对我来说是一种享受，我的课得到了好评，这也是促使我想把当时的讲义转化成一本书的缘由。当时那些热心的年轻人在课上听到的有关日本军队的情况，其中有些是故意弄错的（出于他们一旦成为俘虏，也不会泄露情报来源的考虑）。纠正这些错误也是我要编这本书的一个原因。美国现在负有占领日本和规划其未来的责任，所以也应该有更多了解这个国家的必要。我手头没有参考资料，过去的三年里也没有碰过日本历史书，一些历史的枝末细节已经淡忘，但整个日本历史的轮廓反倒更清晰了。

① 贵格会（Quaker）是基督教新派的一个派别，亦称教友派或公谊会。该派成立于 17 世纪，创始人为乔治·福布斯。——译者

我花了9月、10月这两个月写这本书，整个日本历史一直写到战争结束，后来又增写了一点战后形势。这本以1930年代日本向军国主义与独裁政权倾斜为重点的书题为《日本的过去与现在》（*Japan Past and Present*），这是我的第一本书，我把它献给我死去的哥哥。当时为筹划有关日本投降后的事宜已调往华盛顿英国大使馆的乔治·桑塞姆先生为这本书作了序，这对我来说是一件很荣幸的事，对这位日本史研究的大家我始终心存感激。

出版社是享有盛誉的克诺夫出版社，编辑罗杰·舒格对全书作了很大的修改，当时我对此很是不满，因为这样一来就失去了一些我煞费苦心的意韵，但幸亏如此，这本书才成为一本更具可读性的作品。1953年再版时我增添了有关美国占领时期的篇章。1964年又对该书加以充实后出版了第三版。就像我后来的著作一样，三个版本在日本都是由查理斯·E. 塔特尔公司出版的，而且被译成了日文及其他几种文字。这家公司在东京和佛蒙特州拉特兰都设有机构。

1945年11月12日我获准可以提前退役。因为当初是陆军部长助理约翰·麦克洛伊同哈佛校长柯南特直接交涉后说服我加入陆军的。现在我说服哈佛同样使用这一方式，这个策略很成功，我提前离开了军队，于是立即去了国务院。

在战争时期我就同远东司际委员会的布莱克斯利与博顿一直有着联系。这个委员会权力极其有限，各种对其持反对立场的人都可以干预，其中首当其冲的就是霍恩贝克，他是立场鲜明的反日派。霍恩贝克是我在国务院最早认识的人。对日持友好态度的是前驻日大使格鲁，他在担任远东事务部长后晋升为副国务卿。由于格鲁的支持，远东司际委员会的成员才能够提出一些有关开明政策的建议，以求在1930年代大正民主时期的议会制政治不断发展的基础上实现民主日本的重建。从本质上看，格鲁是一个相当保守的人，委员会的一些更为开明的建议被他拒绝了，其中之一就是农地改革。改变土地所有制，解放佃农，这一建议被美国政府否定了。但实行占领后，麦克阿瑟将军偶尔从原远东司际委员会成员罗伯特·A. 费尔利（Robert A. Fearey）那里听到这一建议，他满怀热情采纳了这一建议。麦克阿瑟全面实行了农地改革，结果大获成功，成为最受日本人欢迎的占领政策之一。

三院部协调委员会简称 SWNCC（State-War-Navy Coordinating Committee），由国务院、陆军部、海军部三院部的部长助理组成，其主要任务是负责 1944 年 12 月以后的战后政策协调。1945 年 1 月，该委员会设立远东小组委员会，如同 SWNCC 一样，该小组委员会隶属国务院领导。布莱克斯利和博顿都是这个小组委员会的成员。在这个新的小组委员会里，布莱克斯利、博顿以及他们的同事继续着以前在远东司际委员会里所做的工作。他们的各种提案呈送给 SWNCC，这样就使对日的战后占领政策比当时德国接受的政策更为开明。小组委员会的提案后来被归纳为一个政策文件，《美国关于日本投降后初期对日方针》。1945 年 8 月 29 日，这份文件作为杜鲁门总统的指令送达麦克阿瑟将军。这份文件也成了对日本的最为重要的一个政策文件。麦克阿瑟将军由于得到了陆军的支持，声称这份"初期"文件已足以满足他的需求，于是就随心所欲，对后来的一切指令都视而不见了。

1945 年 7 月 26 日《波茨坦公告》发表，《波茨坦公告》是在仓促中起草的，《公告》中要求日本"无条件投降"。远东小组委员会与SWNCC 的工作要为盟军的"条件"作出明确定义，《波茨坦公告》用"一切武装力量无条件投降"这一措辞淡化了罗斯福总统提出的日本"无条件投降"这一有失明智的主张，并允诺如果日本国民希望的话，可以以合适的形式继续保留天皇制。

日本投降后，国务院的领导层也发生了变化，那里的环境比以前更为宽松了。格鲁和他那个班子里的老一辈日本通们都已退休，国务院了解日本的年轻外交官员散布在世界各地。战争期间，有关的对日政策都是由那些同日本关系密切、了解日本的人提出的，但战后这些事交给了以远东部长约翰·卡特·文森特（John Carter Vincent）为首的国务院官员，这些人都是中国通，他们当然也都是反日的。但文森特很有绅士风度，至少他承认自己应该更多地了解日本，当我还在军队时，就曾被文森特邀请去国务院，征询我对局势以及天皇制的看法，围绕天皇的去留也是当时美国以及整个世界激烈争论的焦点。我竭力说服他美国应该避免废除天皇制及对天皇个人的惩罚。文森特对我的这一观点表示理解，并对我不能来国务院协助他推进这一政策感到遗憾。1945 年秋天，我终于进入国务院并成了文森特的特别助理。当时国务院只有我与博顿两个资深日本问题专家，这种状况一直持续到艾利森（John Allison）加入之前，艾利森后来任驻日大使，他是 1946 年才回到美国加入我们团队的。

在国务院，我接到的第一个工作就是调整远东小组委员会的日常工作安排。由于对之前的情况一无所知，所以这对我来说是一件难以胜任的苦差，我是硬着头皮把它应付过去的。我接受的另一项工作就是要事先制定出如何同苏联及其同盟国分配日本海军留下的驱逐舰的规划。我当时对这项工作想不出任何办法，一筹莫展。我总不能就写一封信，"尊敬的斯大林阁下，我们碰巧手上有一些日本驱逐舰……"，这也是一件很棘手的事。后来我才渐渐地熟悉了远东小组委员会的工作，应付国际谈判也变得得心应手了。

12 月，美英苏同盟国外长会议在莫斯科举行，决定在东京设置由十一国组成的远东委员会（Far Eastern Commission）作为监督对日占领的最高国际机构，同时设立由美国、英国、苏联、中国组成的盟国对日委员会（Allied Council For Japan）[1]。盟国对日委员会的职责是在驻日盟军总司令麦克阿瑟执行远东委员会对日本投降条款、占领与管制日本的政策决定时提供咨询与建议。但是由于美国持有否决权和临时发布指令的权力，最终远东委员会所能做的只是对美国已经付诸实施的行动予以认可，而盟国对日委员会也因麦克阿瑟完全不把其放在眼里而成了美苏代表互相对骂的战场。

最初完全没有料想到远东委员会和盟国对日委员会那样无能，布莱克斯利和博顿把工作的重心全转到远东委员会的业务上去，留下我应对小组委员会的事务。名义上文森特担任主席，但他忙于其他事务无法分身，许多会议只能由我代劳，于是我顺理成章地成了执行主席，在一些麦克阿瑟偶尔允许做出决策的问题上做些指导。在以三部院（国务院、陆军部、海军部）意见一致为原则的远东小组委员会里，秉承麦克阿瑟旨意的陆军部常常是无所顾忌的，但在一些尚存争议的问题上，表现出来的态度远比海军部开明。在占领问题上，海军部似乎是事不关己，没有兴趣，而陆军部的态度相对要积极得多，而且同国务院的主张是一致的。起初，这一直令我困惑不解，因为在任何时候，海军总是比陆军更为自由开放，但不久我找到了答案，因为陆军有大量兵员将要驻扎在日本的国土上，这使他们对国家政策走向的态度远比那些海军的精英要积极和敏感。在日本，随着军国主义的强化，陆军比掌握高科技的、具有国际视野的、精英化的海军更趋向反动。与此相对，陆军拥有广大的来自民间的服役者，这倒使陆军的民主意识变得更为浓厚。这是一个很有趣的现象。

在国务院供职期间，最有价值也最有意义的工作就是制定对天皇与

① 亦称盟国对日管制委员会。1945 年 12 月，在莫斯科举行的苏、美、英三国外长会议上决定战后对日本实行管制。据此，由苏联、美国、中国三国代表各一人和英国、澳大利亚、新西兰、印度四国联合代表一人组成的盟国对日委员会于 1946 年 4 月 3 日在东京成立，由盟军最高统帅（或其代表）任主席。——译者

天皇制未来的政策方案。事实上,《波茨坦公告》中已列入允许继续保留天皇制的相关政策,而且麦克阿瑟也坚持认为,如果天皇退位或废除天皇制,占领军的数量要增加数倍。但正式的政策尚未确定。我于1945 年 12 月 11 日起草了有关这个问题的草案,同月 18 日又提出了稍作修改的第二稿。随后其就被正式采纳,成为美国政策的基础,而且在过了一段时间之后,没有作本质上的改动就成为远东委员会的政策。

在这个方案中我指出一点,《波茨坦公告》以及在围绕该公告的内容同日本政府的沟通中,美国已经默认继续保留日本的天皇制,这是日本国民所企求的。如果不妨碍一个倾向于和平、负责任的政府的建立,那么就应该认可天皇制。细想的话,我们的盟国也正是一个君主立宪制的国家。但是,为了使天皇制不妨碍民主政府的建立和发展,要使天皇的地位只是作为一种象征,必须对宪法的部分内容加以修改。天皇的资产也应公开,天皇要以更为平等的立场更自由地与国民交流。公立学校不可进行有关天皇家的神性与对天皇的盲目忠诚的教育。有必要让天皇明言其与一般国民同为凡人,不可再有独立于政府政策的"圣旨"。事实上,上面所说的一切最终全部得以实现,这是缘于日本国内发生的变化的必然归结,而并非我等局外人所制定的政策的结果。

我所提出的第一方案与第二方案之间主要不同点是,在第二方案中没有涉及任何有关天皇个人的事项。在第一方案中,我反对把天皇作为战犯追诉。我认为,对于政府的战争决定,虽不出自天皇本意,其仍予以允准,作为立宪君主,这是理所当然的行为。而且大多数日本人并不把追诉天皇视为正当审判,而是作为报复行为来接受的。我还主张在皇太子成年之前继续让裕仁天皇在位,这样可以展示天皇地位及其立场的变化,天皇的确也有继续在位的必要。但是,很多美国人以及我们大多数的盟国仍坚持要把天皇作为战犯惩治,天皇依然是一个引起激烈争议的问题。许多具体的细节我现在已记不清了,后来一些有关人士还是明智地没有把这一极易引起争议的问题同总的占领政策混同在一起。

还有一个引起关注的问题就是日本周边一些小岛的归属问题。关于这个问题，我现在手头上还保存有1946年3月6日起草的最初方案。在日本投降前的方案中所划出的界线与投降后大体接受的方案不同之处只有千岛群岛与琉球群岛。关于千岛群岛，我主张应该使苏联同意允许日本保留齿舞、色丹两岛，说服苏联将其有可能交出的其他岛屿也归还日本。关于琉球群岛——广为人知的是其主要岛屿冲绳——我主张应该尽可能全部归还日本。如果美国坚决认为必须要建立基地的话，那么奄美大岛以北的诸岛应该归还日本，琉球群岛中部以及南部除保留尽可能小的区域作为美国战略性托管以外皆作为非战略性托管地区。在我的记忆中，我最初就是主张把奄美大岛在内的这些岛屿立即归还给日本的，在3月6日起草这个方案之前被人劝说才放弃了这一主张。众所周知，包括齿舞、色丹两岛在内的"北方领土"现在仍是日苏之间争论不休的悬案，而美国已于1953年把包括奄美大岛在内的琉球群岛北部岛屿以及1972年把余下的琉球群岛都归还给了日本。

我是作为日本问题专家进入国务院的，但实际上在朝鲜问题上用去了我相当多的时间。因为要对欧洲与东亚两方的占领政策进行调整，1946年2月，约翰·H. 希尔德林（John H. Hilldring）少将被任命负责占领区域的副国务卿，在其下面设立德国与奥地利班子和日本与朝鲜班子，我成为后者的负责人。我走马上任后，立即着手解决12月莫斯科三国外长会议的决定如何落实的问题。该会议上确定，在朝鲜成为完全统一、独立的国家之前，由四个国家对其实行五年的托管。

第二次世界大战之后一直持续至今的一大悲剧就是朝鲜的分裂。自17世纪以来，朝鲜始终保持着它的统一。由于当时日本的投降事出突然，令人措手不及，美国的两名上校不得不匆忙应付风云突变的形势，他们划定出各盟国接受日本军队投降的区域。两名上校中的一人就是后来的国务卿狄恩·腊斯克（Dean Rusk）。当时苏联军队已经越过国境线进入朝鲜北部，而美军的登陆尚需数周时间，虑及此点，腊斯克和他的同事决定使用半岛的中央 38 度纬线划分美苏各自负责的受降区域。腊斯克和他的同事绝对没有想到，这条线成了一条永久的分界线。在美国军队到达时，他们发现苏联军队已经沿着 38 度线确立了其防线。此时，美国急忙把已在冲绳准备率军登陆日本本土作战的约翰·R. 霍奇（John R. Hodge）调往朝鲜。霍奇对当地的政治局势并不熟悉，华盛顿也没有相关的具有指导意义的方针，而且其部下中又没有朝鲜问题专家，美国对其敌对国日本的战后复兴已在积极着手准备，而对从长达三十五年的日本统治下解放出来的友好国家朝鲜却全无准备，也是极具讽刺意味的现象。

　　1954 年 12 月在莫斯科签订的多国共同托管的五年协定，"要在同朝鲜的民主分子协商的基础上实现"，这是对以往疏忽了朝鲜这一不足之处加以弥补所作的最初努力，但这一努力完全失败了。我们亟须一个能够知道我们同苏联谈判的周详的计划，但国务院唯一的负责朝鲜问题的官员连一篇像样的文章也写不出，我拿到的方案就是这么一篇让人不敢恭维的东西。制定方案的工作最终又转到我手上，为了制定这个方案我拼命工作，我记得方案中设定了一个程序，分了六个主要阶段。而实际上的谈判在"同朝鲜的民主团体组织协商"这第一阶段就僵持住了，无法再进行下去。五年托管方案一发表，几乎所有的朝鲜人都发出抗议之声。他们认为那样的话，到实现独立的时间过于漫长。这么一来，苏联就提出，反对托管方案的人以他们的行为证明他们并不是"民主的"，所以也就没有必要邀请他们来共同协商了。双方在谈判中讨价还价，谈判反反复复进行了几个月毫无成效，1946 年夏，谈判终于破裂，因此我的方案最终没能付诸实施。苏联继续推进"北方"政权的强化，美国虽然下手晚了，但也赶忙加紧筹划"南方"的政权，在这一过程中，就形成了南北双方的政治两极化。其结果，温和派被排除出去，权力集中在极右的李承晚一派手里。在这种不幸的状况中，最终朝鲜战争（1950—1953）爆发了，后来朝鲜南部的军事独裁政权就一直延续了这么多年。

我对在国务院的工作感到非常的快乐和满足，就在对同日本的和约开始予以关注时，如果没有哈佛大学发出严厉命令的话，我可以无限期地继续我的工作。然而就在此时哈佛要求我回去，如果我还希望在哈佛保住职位的话。柯南特校长不在时，教务长兼文理学院院长保罗·巴克（Paul Buck）执掌大权，他认为，学校的职员不可遥遥无期地被政府借用，于是开始召回在外面的借用人员。巴克的想法并不是没有道理。1942年我离开哈佛时还是一个二级讲师，巴克把我提拔到在普通副教授职位之上的终身副教授，但当时的附带条件是，如果想保留哈佛这个职位的话，在1946年秋新学期开学前必须回来。是重归学者生活，还是做官从政？面临这一抉择，我毫不踌躇地选择了前者。我已认识到，学者、教师远比活动要受到上司和政策制约的官僚更适合自己，这是毫无疑义的。但我并不认为，因为如此，在华盛顿的四年时光就白白浪费了。在这四年中，我的视野与知识积累从古代史扩展到包括现代国际关系在内的更为广阔的领域。我学习到许多有关政府工作和国际关系的东西，这些东西对于我的将来都是极为有益的。

第四部

哈佛黄金岁月（1946—1960）

以哈佛燕京学社社长的身份在日美协会讲演（1960，东京）

19 重归学者生活

战后的十五年对于哈佛大学东亚研究来说是一个黄金时期，也是我学者生活的顶峰时期。在这一时期，我出版了很多著作，实现了在哈佛确立东亚研究这样一个预期目标。这一时期足以令我心满意足，我成为历史学系与远东语学系的正式教师，1950 年晋升为远东语学教授，这个职称后改为日本史教授。

1945 年至 1946 年期间，我们这些战前在这一领域从教的人员在各自积累了宝贵的经验后又满怀着新的热情回到了大学。大体上每个人都是重操旧业，做的是 1942 年分散时放下的工作，但所有的工作规模都比原来大得多。我又重新开讲中国古代史课程，并同叶理绥分担各类日语课程。1947 年又新开了日本文学、历史高级讲读课。叶理绥同我曾在 1941 年约定，我们分担日本史的高级课程，他似乎忘了我们之间的约定，直到引退，他一个人独自包揽了这门课程，令我感到十分尴尬。我们之间的关系带有日本、欧洲式师徒关系的浓厚色彩，所以我始终没有提这件事。1958 年，总算轮到我主讲这门课程时，我的兴趣和活动已扩展到更广阔的领域，这使我不能集中心思上课，授课的技巧也显得不足。

回到哈佛的第二年，通识教育进行改革，费正清与我得以把各自的历史课程合并为"远东文明史"，我承担 1 200 年以前的中国历史和整个日本史，余下的部分由费正清承担。课程程序号为"社会科学II"（后改为Ⅲ），是有志于东亚研究的本科生、研究生的共同基础课，成为常设课程，也是哈佛大学核心课程的组成部分。现在的"历史研究 13""历史研究 14"已不再根据年代划分而是改为了国别。

因为战争，对亚洲的关注度越来越高，我们的这个入门课程从一开始就人气很旺，平常情况下人数都在两百人以上，到朝鲜战争的危机出现时，到场的学生有数百人。根据其影响很大的特点，该课程被取了个别号，"稻田讲座"。我们的本科生从听"稻田讲座"起步成为助教，后逐步发展，直到取得博士学位。他们分布到各个大学任教后也纷纷开设类似的课程，到后来全美所有地方的东亚史入门课程都被称作"稻田讲座"。

除费正清与我之外，还有一些人也参与了"稻田讲座"的教学，其中主要有阿林顿培训班时代就在一起的史华慈和阿尔伯特·克雷格①，史华慈开始任教是在 1951 年，克雷格当时还协助历史学系负责日本现代史的教学。教学的核心当然还是费正清与我，这种状况一直持续到我们两人退休。学生们似乎很喜欢我们两人迥然不同的教学风格。费正清讲课时慢条斯理，富有幽默感，他总是冷嘲热讽，讲些冷笑话。而我讲课时就像机关枪扫射似的说得很快，充满着激情。到讨论的时候，我们俩事先商量好，故意强调见解的不同，这样一来，学生们自然很高兴。

----

① 阿尔伯特·M. 克雷格（Albert Morton Craig, 1927— ），历史学家，作家，哈佛大学东亚语言文化学院名誉教授。第二次世界大战后开始对日本的文化研究产生兴趣。1947 年在美军服役期间，随军驻扎在宫崎和京都。1949 年克雷格在西北大学获得哲学学士学位。之后获富布赖特奖学金前往法国斯特拉斯堡大学学习历史经济学。1951—1953 年在日本京都大学学习，获得硕士学位。1959 年，获得哈佛大学历史学博士学位。1959 年起，克雷格教授开始在哈佛任教，教学长达五十年，其间担任过东京大学、京都大学、庆应大学客座教授。先后担任哈佛燕京学社社长、赖肖尔日本研究所主席、哈佛大学东亚研究中心副主任。1988 年被日本政府授予旭日章。他的研究方向为从江户时代到明治时期的过渡。主要著作有《明治维新的中枢》(1961)、《日本历史上的人物性格》(1971)、《日本文化的遗产》(2003)、《中国文化的遗产》(2001)、《哈佛日本史》、《文明和启蒙运动：福泽谕吉的早期思想》(2009) 等。曾先后获得古根海姆学术奖、富布赖特奖、日本国际交流基金会奖、日出学术奖等。

关于我与费正清积怨很深，如同仇敌之类的传言也流布开来。事实上，我们的合作关系是极为融洽的。虽然"稻田讲座"是费正清与我共同开设的，但哈佛战后有关东亚研究的大部分改革主要都是他设计的。1946年，在费正清回到哈佛的第一年，他为希望尽早取得硕士学位的研究生开设了长年研究课程"地域研究：中国"，不久这个研究课程就扩展到日本以及东亚其他地区。我也参与了这个项目，1952年至1953年费正清休年假时，我代他主持其事。后来这个项目成为为专攻东亚研究的硕士研究生开设的基础课程。研究东亚取得博士学位可以有很多途径，其中具影响力的学位课程就是"历史及东亚语学共同学位"课程，这是费正清所倡导的另一项改革成果，费正清聚集并组织了一支研究团队，并于1955年创建了东亚研究中心。1977年该中心为纪念他的退休而更名为费正清东亚研究中心。

费正清在其《费正清中国回忆录》（1982）中写到我同他的关系，称之为有着友情的竞争，但我一点也没有这样的感觉。在哈佛大学里，我们是学术上的同行和朋友，为充实东亚研究而齐心协力、紧密合作，我们的许多同事和学生也与我们一样满怀热情，对这个尚未开拓的学术领域的美好前景抱有坚定的信念，为了使其得到学术界的认同而作着不懈的努力。我从未认为我们是在竞争。我为自己能有费正清这样一个坚定可靠的同伴而感到高兴，他有着一流企业家的才干，而这正是我所缺乏的。费正清是一个不知困倦的著述家，更是一个可以独揽报告文书的善书者，他善于筹措资金，开辟财源，精于学界政治。费正清在哈佛大学人脉甚广，对权力阶层的情况了若指掌。同他相比，我更像一个智识的孤独者，喜欢独自行动。对于我来说，学界生活最殊为难得之处就是对每一个人都是根据其作为学者、教师的自身价值作出个体评价的，而不是根据其掌控的学术"帝国"的规模。所有的人都是平等地站在地上，而不是站在学界下属的肩上。我热爱教学工作，喜欢自己所作的研究和著述，厌恶忙碌于诸如写信、电话、开会之类的事务，过多的这类事务会使我感到在徒然耗费自己的生命，每当我想到大多数行政人员和官员就是整天干这类事务时则会不寒而栗。我深信不疑，费正清的这种行政才干乃是天惠，正是得助于他的才干，东亚研究才得以蓬勃地开展，从而惠泽于我们每一个人。

不过我们在两件事上发生过摩擦。一件事是叶理绥批评费正清缺乏对古代中国的了解，同时他嫉妒费正清在学生中很有人气并且在哈佛发挥着重要作用。费正清倒是对叶理绥心无芥蒂，但他羡慕叶理绥掌控着燕京学社相当大的财权。结果是，叶理绥的古典主义与费正清的现代主义之间会产生抵牾，我觉得尽可能消除双方的不合成了我的责任。还有一件事就是费正清过于强悍的领导才干使得不少人觉得他是独裁。各种项目计划费正清都是指派我作他的助理，而我在很多场合同他配合得很默契，鲜有异议。但是一些对校内政治缺乏顺应性的同事对费正清那种个人热情凌驾于他人兴趣之上、强加于人的做法感到愤愤不平。此时费正清正不自觉地使东亚研究偏向于狭窄的中国专题研究，而且主要集中在 19 世纪，这正是他自己的主要研究领域。那些对费正清"不民主"的指责过于苛刻，事实上费正清退休离去之后，再也没有人能够在中国研究上发挥像他那样强有力的领导作用了。

在这一时期，东亚研究增添了新的教师、课程和研究计划，迎来了它的兴旺时期。这是一段黄金岁月，其主要原因就是学生们非常优秀。战争期间在陆海军接受日语以及东亚语言教育培训的数千名年轻人中成为学者的是极少数，但在这极少数的人群中有众多富有才华的人才，而且在这几年间，学校最优秀的学生也都集中在我们这里。如果要列出我们所培养的获得博士学位者的名单，完全可以成为一部东亚研究名人录，囊括今后几十年所有主要的东亚研究学者。有些人前面已经提到，这里还可以举出一些人的名字。例如，战争期间曾在哈佛陆军特训班

（ASTP）学习过的马里厄斯·詹森（Marius Jansen）现已成为普林斯顿大学日本史研究的中坚。还有亨利·罗索夫斯基（Henry Rosovsky），他在朝鲜战争期间利用间歇时间专注于日本研究，战后由于担任文理学院院长长达十年，放下了日本研究，但后来成为著名的经济学家。

除了这些在战后最初几年与我们共同学习研究的优秀人才外，选择费正清的地域研究的学生中也有很多在政界取得成功，后来我在东京当大使时，还有人与我一起共事。尼曼基金会（Nieman Foundation）从当时在太平洋和朝鲜进行战地采访的记者中挑选出对东亚感兴趣的人，让他们到哈佛接受为期一年的培训，更新知识。还有一个特殊的群体，那就是加拿大法语圈的研究生，在他们去日本担当重要学术研究工作之前，受耶稣会指派来到哈佛学习博士课程。甚至叶理绥的小儿子、现任巴黎塞努奇博物馆馆长瓦迪姆（Vadim）以及一些欧洲学生都来到哈佛学习，今非昔比，同我的学生时代不同，东亚研究的麦加已从巴黎转移到了哈佛。国务院也在其培训机构设立之前，把预定派往日本工作的人员送到哈佛，在我的指导下接受培训。爱德华·塞登斯蒂克（Edward Seidensticker）来哈佛也缘于此，尽管他在国务院工作的时间很短。塞登斯蒂克与同在哈佛学过一年的唐纳德·金（Donald Keene）一样，都是从战争期间以及战后的日语学习开始，而后成为日本文学翻译与研究之双璧。

战后，不仅仅是哈佛，国内其他大学也加强了东亚研究。随着这一形势的发展，东亚研究有必要成立一个独立的学会，而不再像以往那样在以古代中东研究为主体的美国东方学会中的地位如同后娘养的孩子。早在 1941 年，休·博顿和一些人就发行了《远东季刊》，并成立了远东学会作为其后援机构，但实际上其哥伦比亚大学内部组织的色彩十分浓厚。战后，杂志为了维持下去必须广泛筹集资金，与此同时，学会也觉得有必要将其扩展为这一领域的全国性组织，于是在 1948 年 1 月 3 日举行了一个非正式会议讨论相关事项，包括我在内的三人被委以组织全国规模的学会。在会议过程中，与会者分成两派，一派认为应优先考虑《远东季刊》的财政问题，另一派则担心这样做有违建立学会的初衷而将其引向一个狭窄的方向。会议的最终结果是不属于任何一派的我被选为主席，并被授予召集新的远东学会筹建会议的特权。

最初，学会的会长全都是年长者，1954 年我被选为副会长，翌年顺理成章地成了史上最年轻的会长，这使我意识到自己已成为这一领域的"元老"。太平洋战争把东亚研究者清楚地划分为战前派与战后派。同开战时期已经有一定地位的人相比，我们是在战争进行期间或战争结束后不久开始从事东亚研究的。随着时代的发展，我们这一代人成为学界的主流派，但在新一代年轻学者面前，现在我们也老了，像我这样战前出生的人都已全部退出一线，成了"元老"和年轻学者眼里的古董或恐龙化石。

1955 年春，在我就任会长后召开的远东学会理事会上作出一个重要决定，将南亚与东南亚即巴基斯坦以东的整个亚洲地区都纳入研究对象区域内。担任会长期间，我因海外出差经常不在，这个重要决定是在我出发前作出的。从事东南亚研究的学者们一直期望有独立的学会，而致力南亚研究的学者也似乎有意步其后尘，但倘若如此，两者将会更趋弱势，所以我们才会牺牲东亚研究的独立性而把这两个团队接纳过来，除去中东地区从而把亚洲各地域研究整合为一体。1956 年 11 月，《远东季刊》改名为《亚洲研究》，翌年 5 月，学会名也改为亚洲研究学会。

战后哈佛大学的东亚研究急速发展，教职人员的数量依然很少，但保持着很强的凝聚力。尤其令人高兴的是，学生的素质很好，他们有着旺盛的求知欲，充满热情，这个领域的发展前景近乎是无限的。那时没有现在那种互相间勾心斗角的现象以致影响学术风气。我们培养的博士研究生很受欢迎，没等毕业就已经被一些大的机构一抢而光。

　　研究的课题可以不拘一格，每个人都可以自选所爱。虽然日本与中国是美国最为关注的地区，但在那里很少有人接受现代学术方法的训练并将其用于研究。正因如此，我们的学生在写博士论文时，可以任意选择新颖别致的题目，而最终的结论都有不乏新意的发现和阐释。我每天晚上没完没了地修改外国学生（主要是中国学生）的论文，尤其在修改英文上耗费大量时间，不需要修改英文的美国学生的论文则是读完草稿稍许提出建议即可。不过那些建议大多是我在边收听波士顿红袜队棒球比赛的实况转播边写成的，这已成了习惯。学生中也有抱怨，说他们没有完全明白我所写的意思，除非读我写的东西时也在收听棒球比赛的转播。这姑且不论，值得一提的是，我从学生们的研究中学到的东西要远胜过他们从我这里学到的。结果是，我对日本现代史的看法由此发生了根本的改变。

　　关于欧美学者研究东亚的作用，我的观念也有了很大的变化。战前，我把他们只看作单纯的知识传递者，对于我来说，他们的研究也只要能够对日本和中国学者所做的研究的价值作出判断就可以了。而现在我承认，一些成功的西方学者的水平已达到足可以独自作出重大的原创性的贡献。美国的现代中国研究，特别是在哈佛，业已成为现代中国研究的学术研究中心。同样，在美国进入专业化阶段的日本研究已被日本同行视作具有竞争力的一个学派。我自身并不属于任何学派，我认为每一个学者都应该是独立的，而且学生的研究越多样化，就越能激发我的学术兴趣。不过，日本的学者开始带着诘难的语气称我是美国学派，因为我们的学生经常对战后日本的理论发起挑战。

　　使我改变作为学者对东亚认识的另一个因素是与费正清两人主持"稻田讲座"的经历。费正清认为，对于19世纪来自欧洲的影响中国没有能够作出有效的回应，那完全是自然的、不可避免的。而我认为，面对相似的情况，日本却作出了与中国完全不同的、更为有效的回应，那同样也是理所当然的。很明显，在此之前，19世纪的日本与中国之间存在着的根本性差异被我们疏忽了。日本成功地抵御了来自西方的压力，随后又成功地建立了现实可行的宪政制和议会政体，对于这些，都有必要作出明确的解释。学者们往往倾向于把日本同西方更发达的国家相比，用马克思主义观点解释日本的现代化问题和不完美的民主，将其作为一个失败的或不完全革命的例子。但如果不是以欧美，而是以19世纪的中国为尺度的话，相比其微不足道的失败，日本的社会、经济的现代化以及民主的巨大进步是一个令人惊叹不已的成功故事，有必要对其作更多的研究。

战后不久，我在撰写《日本的过去与现在》时，相当大程度上受到了当时曾为主流的马克思主义观点的影响。随着观察与了解的深入，我开始着重强调日本德川时代后期的智识多样化与旺盛的企业精神远胜其刻板呆滞的社会分层与政治颓废，明治新政府的积极面远胜其改革的消极面，议会政治与政党政治的发展和成功建立远胜其失败之处。我把这种诠释一点一点地不断充实，日积月累，最终编成了《日本的过去与现在》，后来在1970年又改订为《日本，一个民族的物语》，该书在1976年与1981年两次再版。1981年版的《日本，一个民族的物语》集中了我对日本近代历史最为明确的诠释，同1945年的那本书相比，我的观点已经发生了很大的改变。

在强调德川时代后期这一时代背景对于日本现代化的成功与议会制民主因素的自发性发展的意义时，我开始被一个现象所吸引，那就是在民主作为一种治理形式成功确立的主要地区如欧洲（包括地理意义上的旁支如美国）和日本，也只有在这些地区，封建制度曾经历过充分的发展。我推断，社会的多元化与封建制度下地区性的多元自治之间必定存在某种联系，所以在民主国家才得以发见多元化社会。我是在《历史中的封建制度》一书论及日本的章节中首次介绍了我的这个发现。这本书由拉什顿·库尔博恩（Rushton Coulborn）编集，于 1956 年出版。1950年秋拉什顿·库尔博恩在普林斯顿大学组织召开了一次很有意义的会议，这本书是在那次会议基础上的一个成果。在这一章里，我还从土著部落、贵族社会对先进文明的法的观念都存在相似的混淆这一现象，探讨了西欧与日本的封建制度的发展。我认为，日耳曼与大和民族的部落制度提供了一种要素，不同于古代罗马与古代中国的律令制度所提供的。后来我始终没有机会把这种平行的现象深入研究下去。这个问题虽然一直不断地有人提及，但时至今日，还没有人作过寻根刨底的研究。

战后数年间，我与柯立夫一直担任专业学术刊物《哈佛亚洲研究月刊》的编辑。这个工作使我可以配备一个秘书。那时起，我的工作就一直没有断过秘书，因为这个缘故，我的打字能力逐渐退化了。这些秘书都很忠诚，工作勤奋，全力以赴地支持我，有些人成了我至今难以忘怀的朋友。那些年，在繁重的行政工作与教学之余，我挤出时间致力学术研究与著述。1950 年在我四十岁生日时，我突然意识到自己的人生已经过了大半，但早年定下的学术规划尚一事无成，不禁感到惶惶不安起来。

战后早期，我的代表作是 1950 年出版的《美国与日本》，这是战后哈佛大学出版社出的《美国外交丛书》中的一卷，最初的编辑是原副国务卿萨姆纳·韦尔斯（Sumner Welles），历史学系的唐纳德·C. 麦凯（Donald C. Mckay）教授予以协助。这是当时出版协会鼎力相助的事业，我应邀承担了关于日本的一卷，让我极有一种荣誉感。在这本书里，我在概述了日美关系、谈及日本的自然环境和经济之后，以日本人的特性分析与美国占领时期为中心进行了论述。令人高兴的是，这本书出版后反响很好。1957 年与 1965 年又相继出了第二版和第三版。在改订后的书中，与当时几乎所有的学者和评论家不同，我对日本的政治未来非常乐观，如此乐观的根据是在 1931 年以前日本的自发性民主发展的过程中找到的。我对日本的经济也同样非常关注。对于日本经济，我也不像大多数人那么悲观，几乎所有有关这本著作的评论都指出我"过度的乐观主义"。但是每次在重版这本书时，我都会使自己的预言比之前更为乐观。人们当然可以对我的观点做出种种批评，不过我发觉悲观主义的看法似乎比乐观主义更易于带有学术色彩。

从学术意义的角度来看，这些年来我最大的业绩就是完成了对圆仁的研究。由于战争，《圆仁日记》四卷中的第一卷才译出一点就中断了，摆在我面前还有大量的工作。这桩译事极其艰难，困难重重。书中每个疑点都得一一查寻，需要耗费大量功夫。在对许多暧昧不清、令人费解的章节进行解读方面，哈佛的两位汉学研究学者杨联陞和阿基雷斯·方[1]给予了我极其宝贵的帮助。当最后完成这部日记的翻译时，我发觉自己竟作了 1 550 多个脚注。接下来的工作就是统一全书的译文。这是一部大书，所以工作极其繁重。在付梓之前，还要对校样一字一句反复校正。

《圆仁日记》包含有丰富的素材，我决定利用这些素材并与其他的历史资料结合起来，写一部以圆仁旅行为主题的更具可读性和趣味性的书。换句话说，我要采用法语中所谓市俗的（vulgarisation）令人愉悦的手法写一个故事。在这本书里，我不仅谈到圆仁和他日记里的事情，还描述了当时的遣唐使及其唐代市民的生活、845 年的会昌灭法、新罗人

---

[1] 即方志彤（Achilles Fang, 1910—1995），朝鲜族。青年时代得到美国传教士资助，在上海读高中，后入清华大学哲学系，1932 年毕业。1935 年参与编辑西文东方学刊物《华裔学志》（Monumenta Serica），任编委达十余年之久。1947 年应哈佛燕京学社之邀，赴美参加《汉英词典》编纂工作，后留校任教，同时攻读比较文学，获博士学位。其学识渊博，学贯中西，是百科全书式的学者。在哈佛大学从教近三十年，哈佛教授柯立夫、海陶玮等都是他的学生。——译者

对东中国海的占领及其在中国沿岸贸易中发挥的作用。两本书的不同之处是后者只有 346 个脚注。不言而喻，第二本书得到了更为广泛的欢迎。这两本书的书名分别为《圆仁日记——入唐求法巡礼行记》和《圆仁唐代中国之旅》。两本书的精美装帧分别由 W. A. 威金斯和多罗西·阿贝设计，1955 年 1 月由罗纳尔多出版社出版。

从 1935 年秋天着手到 1955 年书的问世，关于圆仁的研究历经二十个春秋寒暑，在这一过程中，我感受到这项研究的无穷乐趣。今后我再也不可能有机会作类似这样旷费时日而又从容不迫的研究了。怀着人生一个阶段的结束和同老友道别的心情，我恋恋不舍地放下了圆仁研究。

与艾德丽娜和孩子们，
左起：安、鲍勃和琼
（1947）

最喜爱的日本食物
荞麦面（1948）

在朝鲜海印寺与僧人就 13 世纪
佛教经典的雕版交谈（1955）

与好友三笠宫殿下在交谈（1956）

与松方春、安、琼在东京女大举办的婚礼上。左为前田阳一（1956.2）

与松方春、鲍勃、安和琼去赤仓山滑雪时合影（1955 年圣诞节）

在三崎为《外交》杂志撰写"被中断的对话"（1960）

共同开设"稻田讲座"的费正清（1959）

在哈佛燕京学社门前（1959）

在贝尔蒙特，左起鲍勃、安，右为琼（1956）

20　同政府的联系

回到哈佛后，慢慢又习惯了学者的生活，但我并没有中断同政府的联系，也没有失去对时事问题的兴趣。战争后期，我拒绝去日本出差，因为那种出差同我的职务工作没有任何关联。尽管如此，我还是十分渴望去亲眼看看战后日本发生的变化，所以1948年夏当我接到作为人文社会科学顾问团成员出访日本的邀请时非常高兴。这是一个由来自五所大学、不同专业领域的教授组成的代表团。我们在日本逗留了四个月，这样使我们有足够的机会观察日本。虽然战后已经过去了三年，日本还普遍处在一种悲惨的状况中。但是日本在社会和政治制度方面的巨大变化还是令我感到欣喜不已，日本人正在以他们的勤奋和勇敢解决他们的问题。日本从战争毁坏中的恢复要比其他遭受战争蹂躏的国家缓慢得多，但在化为一片废墟的东京和其他城市已建起简陋的房子。几乎没有暖气，食品和衣物的供应还很匮乏，大部分较好的房子和劫后尚存的楼房都被美国占领军接管了。汽车和像样一点的国铁列车都为美国占领军专用，日本人只能挤在超载的破旧电车上，从窗子里爬进爬出。还有人如同苍蝇一样紧紧贴靠在行驶中的市内电车外，十分危险。在铁道两旁是尚未重建的宅地，哪怕有一点空地都被用于种植，解决食粮不足的问题。城里人开始到乡下去，用多余的衣服和财物换取粮食，他们诙谐但又不无伤感地称这种方式为"竹笋生活"①。

这次日本之行让我看到了日本人饥寒交迫的现状，而此时美国人却衣食无忧，过着奢华的生活，这使我心里非常纠结。大多数美国人并不把日本的事放在心上，也许他们认为，战败国的国民受点罪是理所应当的。但对于我来说，日本人是我的故友，我无法正视在美国人饱食无忧、享受富裕生活时数百万日本人正在饥饿中挣扎的现状。我要帮助他们，哪怕这种帮助是微不足道的。我通过父亲把美国的二手服装、袜子用船运寄往父亲执教过的东京女子大学。据说袜子在重织过后卖得很好，举办无成本服装的跳蚤市场也大获成功。

日本人的苦难像针刺一样扎在我心上，但同时我又抱着很大的希望，因为在我所到之处都能感受得到日本人的奋发精神和热情，他们要建设一个更加美好、更为公正、和平的新日本。我曾注意到，战后不久那些初次踏上日本土地的美国人会把那段日子当作"美国的往昔时光"，因为当时的农村和诸如京都一些没有遭到战火毁坏的城市依然或多或少保留着战前日本的风韵和魅力。但对我来说，那只是我原先所熟知的整个日本印象中的碎片而已。在我眼里，战后最初的几年是一段"美丽而崭新的时光"，日本人以令世人震惊的干劲为建设一个和平、民主的日本做出前所未有的努力并取得了巨大成果。根据这次旅行的见闻，1950年我写了一本书《美国与日本》，在这本书里，我描绘了日本充满光明的未来。

在东京，我们顾问团多次会见了日本方面的学者。日本方面团长级别的人士是东京大学校长南原繁。东京大学是日本最具声望的大学。南原繁是一个基督教徒、和平主义者。战前，南原繁为了逃避警察的迫害和舆论的压力，只能把自己关在家中，与世隔绝，写俳句以寄托其反战之情。我们还非正式地会见了左翼学生运动的领导人，对于他们过激而

---

① 意为如剥竹笋壳一样，为了生活变卖身上所有之物。——译者

背离现实的思想我们难以理解。除了东京大学，我们还访问了其他地区的几所大学。在广岛，我们目睹了原子弹爆炸所造成的巨大破坏，又一次感到震撼。但当时很少有人谈起原子弹之事，广岛还没有成为反美的象征，也没有成为世界范围内反对核武器的象征。倒是几乎所有的日本人都会主动地谈起美国对东京以及其他各城市的轰炸，那是他们亲身经历过的。仅仅是东京，死于轰炸的人数就远远超过了广岛。据说死于燃烧弹的人在死去时非常痛苦，而燃烧弹远没有原子弹那样的杀伤力。

对于我们顾问团，这次访日活动的最高潮终于来到了，那就是谒见天皇和麦克阿瑟，"谒见"这个词用在这个场合是相当合适的。我在写给家中的信里描述了在皇居谒见的情景，同后来我作为大使十次以上面见天皇时的情景完全一模一样。天皇给人的感觉似乎有些紧张、不安。他如例行公事般地向我们每一个人得体地问一些问题，交谈中常会夹杂着"啊，是吗?"，声音很大而且有点尖，同时态度里表现出一种毫无矫饰的亲切与友好。天皇对我的情况很了解，知道我是在日本出生的，父亲参与过东京女子大学的创建，在同我交谈时，他谈到了这些情况并表示感谢。同天皇相比，我们五个极其平凡的大学教授倒反而显得轻松自在。对这样一个从出生开始就孤独地在礼节繁冗、与世隔绝的环境中长大的人也许在这方面不能苛求。在破例的长达一小时的谒见之后，我们又荣幸地在天皇的陪同下去皇居的花园，观赏了美丽的盆景。十五年后，当我作为大使重回日本时，在谒见活动的安排中，这个待遇已经取消了。

谒见麦克阿瑟是在他居住的大使官邸的午餐席上。他的典仪官是位上校，那位典仪官小心地对准时间，以便我们乘坐的大型豪华轿车恰好在正午前一分钟到达大门口。午餐席上的谈话气氛很活跃，麦克阿瑟的头不停地摇摆，其频率之快令我感到吃惊。席上的交谈时间几乎全是他一个人独白，我们中的哪个人刚要谈点感想之类的话，麦克阿瑟夫人就会不失时机地接过话头，"将军的意见如何？"，这样又把谈话的球抛回给了麦克阿瑟。

麦克阿瑟说话喜欢夸大其辞，让人听得云山雾罩。当时中共军队正在奉天附近迂回前进，迫近北京，麦克阿瑟已准备彻底抛弃蒋介石。他用犀利的目光盯住我们，双手像表演似的叉在前胸，大声地说："如果现在我在指挥中共军队的话，我的目标应该是……（这时他的动作像演员，停顿了一下）是印度洋吧。"麦克阿瑟又在想当然了，错误判断了他们当前的目标。接着麦克阿瑟话锋一转，他预测说，他坚信日本不久就会成为一个基督教国家。这又是一个远比对中国形势分析更大的错误。我在一封信中引用了他所说的话之后写道："从现在开始，一千年以后，历史书可以只用一行字来书写最近的这场战争，但要用一整章的篇幅来书写民主与基督教由美国传入日本并成为日本未来一切文明的基础。"日本民主的发展确实令人惊叹，但日本今天基督教徒的人数尚未超过总人口的1%。

下午3时30分，规定的时间到了，谒见结束。阿瑟王傲慢地踏上美丽的弧形大理石台阶，他要去午睡了，那是他每日必作的功课。我们又被匆匆地带出他的官邸。在完成了访日期间最重要的活动之后，顾问团剩下的工作除了写报告和准备打道回府外，再没有其他事了。我于1949年1月末回到坎布里奇，正好赶上哈佛大学第二学期开学。

战争结束的第二年，1946年我结束华盛顿的公务回到哈佛，国务院似乎仍把我视作其成员，一直保持着联系。除了送来新的外交官培训外，有事还常常向我咨询。到对日媾和会议阶段，博顿与我也被任命为代表与会。随着媾和条约方案的逐渐具体化，我也定期去华盛顿，提出各种修改意见。去华盛顿来回坐的是卧铺列车，往往要在那里待上两三天，或是参与条约的起草，或是赶写相关条约的报告，总是行色匆匆。在我的印象中，初期的条约草案主要特点就是限制的色彩浓厚。因为他们预想要尽早缔结条约，占领军从日本撤出，所以在条约中对长期禁止日本重新武装作了严格的限制。但到1951年条约最终签订时，这一条已经失去了它的必要性。世界局势发生了剧变。美国军事力量需要继续驻留，这样最初提出的有关限制的内容都没有写入最后的文本里。

美国军队对日本的占领进展非常顺利，但日本周边的局势发生了急剧的变化。1949年中国共产党把国民党赶出了中国大陆。1950年6月，美国同中国卷入了朝鲜半岛上的一场战争。以欧洲为主要舞台的同苏联的冷战使所有的国际关系冷却下来。麦克阿瑟最初设想占领日本三年，我也认为那么长时间是合适的。但莫斯科与北京逐渐地明显表现出不同意美国已接受的对日媾和条约的条款。此时美国的关注也从日本转向朝鲜战争，对日媾和条约被搁置了起来。

就在这一过程中，1950年早春的某一天，我接到在国务院负责日本及远东事务的约翰·艾利森打来的电话，说是第二天有一个国务卿迪安·艾奇逊①出席的重要会议，要我马上去华盛顿。第二天是星期日，我赶到华盛顿。刚到国务院，就从艾利森那里听到已放弃对日媾和条约的消息，取而代之的是预先制定一个过渡协定，要给予日本完全自治，不过主权由以美国为中心的占领军掌握。对于这样一个过渡协定，我明确表示反对。我认为这样作日本国民从感情上是难以接受的。倘若过渡协定不可行的话，剩下的唯一选择就是和约把苏联与中国排除在外。这是一个仍存在很多问题的解决方策，但比美军持续占领、无法满足日本人独立愿望的暧昧状况要好得多。我把自己的意见对艾利森说了并得到

---

① 艾奇逊（Dean Acheson，1893—1971），美国外交家。毕业于耶鲁大学和哈佛大学法学院。在第二次世界大战结束后的冷战时期任美国国务卿（1949—1953），是当时美国外交政策的主要制定者，其所著在国务院供职时代的回忆录《参与创造世界》获普利策奖。——译者

了他的理解，之后我们俩去见艾奇逊，向他表达了强烈反对的意见。艾奇逊对我们的意见不置可否，但答应予以认真考虑，我的使命也就到此结束。后来的情况如何不得而知，只说是全面媾和，但没有听到过任何有关解决的官方消息。国务院不要说来电话，就连一张明信片也没寄来过。两年后，共和党在大选中获胜，开始执政。1950 年 4 月 6 日约翰·福斯特·杜勒斯（John Foster Dulles）受命负责对日媾和条约的准备工作，之后他担任了共和党执政的国务卿一职。而仅仅过了两个月，臭名昭著的参议员约瑟夫·麦卡锡①发表讲话，开始发动那场极不负责的"排赤"运动，对象是政府内被指控为共产党员和所有被怀疑为左翼的人士。哈佛大学的教授成了最令国务院尴尬的一群人。事实上，我所熟悉的同国务院有密切往来的教授都同国务院断绝了联系，我是最后的一个还同其保持联系的人，所以我对在后来的十年间自己突然被撂在一旁、无人搭理并不感到奇怪。

杜勒斯与他的特别助理艾利森开始忙于同与媾和条约有关的各国就条款分别进行磋商。他们很快就访问了日本和朝鲜，而访问时间恰巧是在 6 月 25 日朝鲜战争爆发的前几天。1951 年 9 月 8 日，对日媾和条约在旧金山签署，博顿和我都没有出席签字仪式。1952 年 4 月 28 日，条约正式生效。条约结束了美国的占领，但其军事基础依然在日本保留下去。由于苏联和中国拒绝签字，所以当时日本人称其为单方面和约，国内反对呼声极其强烈。但我认为其解决了和约的一些难点，远胜过两年前我所反对的过渡协定。

---

① 约瑟夫·R. 麦卡锡（Joseph R. McCarthy，1908—1957），美国政治家。毕业于马凯特大学法学系，曾作过律师。二战时期服役，加入海军陆战队。战后当选为共和党议员，后任政府活动委员会主席。麦卡锡是个狂热的反共产主义分子，1950 年代初期，冷战的气氛日益浓厚，在美国与苏联的对抗加剧的背景下，麦卡锡到处发表反共演说，掀起了以"麦卡锡主义"为代表的反共、排外运动，大量政府工作人员遭到清洗，受到迫害的人士涉及政治、文化以及教育等各个领域。参见前注。——译者

参议员麦卡锡猖獗的"排赤"浪潮开始转向政府，极其荒唐地指控那些所谓的共产党同情者，是他们"丢失"了中国。关于中国，尽管国务卿乔治·C. 马歇尔做出了英雄般的努力，由于中国内部巨大的历史力量和蒋介石的国民党政府腐败无能，使"天命"从国民党转移到了毛泽东的共产党。这是美国无论如何也无可奈何的事。参议员麦卡锡和他那帮既无良知又无常识的同伙却利用中共的胜利来攻击民主党政权，寻找替罪羊。

我的周围也笼罩在恐怖之中，但我没有成为麦卡锡主义的牺牲品。或许是因为我主要参与的是美国对日政策的制定，也由于麦克阿瑟的关系，日本被排除在"排赤"的旋风之外。麦克阿瑟被当作共和党保守派的英雄，同时他又是被民主党政府任命为司令官的。为数不多的从事日本研究的学者几乎都没有受到影响，专攻中国问题研究的学者就没这么幸运了。我的好友中也有不少人受到了打击。如前面提到的大学时代与我同级的杰克·瑟维斯因为准确地预见到国民党的败北和共产党的胜利而被赶出了国务院。1945 年至 1946 年我在国务院工作期间的上司约翰·卡特·文森特也被调往瑞士担任闲职，后来又调到丹吉尔①，年纪不那么大就被迫退休。

最惨的莫过于被迫自杀的加拿大驻埃及大使 E. 赫伯特·诺曼。诺曼是我少年时代一起打网球的伙伴，1935 年我们在坎布里奇见面时，我对他作为加拿大（英联邦）人能涉身英国政治非常钦羡。当时我以为他是在为工党工作，而看来他实际上更为左翼。1979 年 10 月在加拿大哈利法克斯举行的追思诺曼的会上，据诺曼在剑桥大学的友人透露，诺曼在剑桥要组织在学中的亚洲学生建立共产党。在我去亚洲期间，诺曼先后在哥伦比亚大学、哈佛大学研究日本近代史，后来同我一起于1939 年在哈佛获得博士学位。诺曼的论文广征博引，是在日本马克思

①　丹吉尔（Tangier），摩洛哥北部的港口城市。——译者

主义学者的研究成果的基础上写成的，后来成为一本在美国极有影响的书。除此之外，他还有好几部优秀的著作。我对诺曼的业绩极为赞赏，有一段时期还深受其对日本近代史诠释的影响。但是大学毕业后只见过他一次面。1948 年秋我去日本时，诺曼已是加拿大驻日本的首席代表，他在豪华的加拿大大使馆请我吃了饭。诺曼在进加拿大外交部时，加拿大权威部门对他进行了严格审查，但参议院中狂热的"排赤"分子连这样的人也不放过。诺曼的死不仅对他个人是个悲剧，也是日本研究的重大损失，因为他是连结欧美学界与战后马克思主义色彩浓厚的日本学界的桥梁。在 1979 年加拿大哈利法克斯会议上所作的基调讲演中，我也强调了这一点。

诺曼、瑟维斯、文森特的事已广为人知，关于我哈佛时代的朋友都留重人的事美国人就很少知道了。战后最初的几年，都留重人作为日本社会党员非常活跃，后来他应邀来哈佛，在经济系担任客座讲师，为期一年。在这一期间，都留重人被麦卡锡委员会①传讯，叫到了华盛顿。他当时以为对 1930 年代学生时期的活动有所怀疑的话，那么现在可以一下子澄清了。都留重人自信满满地去了华盛顿，但他万没有想到落入了麦卡锡设下的圈套。麦卡锡给都留重人看了一份长长的"共产党员"名单，问他"里面有认识的人吗?"，都留对名单上的人几乎都不认识。但后来麦卡锡在不知内情的日本记者团面前，挥动着手里的那份名单，宣称这是传讯都留重人得到的上百名共产党员的名单，日本的媒体对此深信不疑。在后来的几个月里，都留重人犹如被钉在十字架上，被攻击为出卖昔日战友的背叛者。

费正清对中国的现实政治大胆发表看法，很早就认识到国民党已陷入绝望的境地，他也被卷入了麦卡锡主义的旋风。费正清坚持请求国际

---

① 即麦卡锡负责的众议院永久调查委员会，当时已被用作针对共产党人和左翼人士的调查机构。——译者

安全保障小组委员会主席帕特·麦卡伦（Pat McCarran）参议员作证，由此得以摆脱了对他的指控。总之，美国研究中国问题的学者围绕对华政策分裂成两派，人数极少的一派以多数派为对手，猛烈攻击他们应对共产党心慈手软，后来这种分裂的愈合花费了数十年。

我同日本与朝鲜事务一直有着密切的关系，此姑且不论，在麦卡锡时期，唯一给我带来麻烦的是我同对华政策一些有限的联系。1949 年 10 月，此时共产党已经在中国大陆取得胜利，而朝鲜战争尚未爆发，国务院召集专题会议，讨论应对中国新政权的政策。我收到了会议邀请，并且还希望我在会上能就我们的对华政策涉及的日本关系作一个报告。非政府人员应邀与会并作报告的仅我一人，看来我还是被当作国务院的一员来看待的。我满以为这个会议一如往常，所以十分轻松。我是赶坐夜车去华盛顿的，但还是晚到了几分钟。到达现场时，看到国务卿马歇尔等已经入座大吃一惊，当时真的有点不知所措，但还是鼓足勇气履行了自己的职责，顺利地作了报告。在讨论中，我提出建议，认为应该针对中国以及其他的大国如印度，协调我们的行动。我的主张是，在加强同印度密切合作的同时，制定对华关系的方案，这样的话可以一举两得。这个会议除了我之外几乎没有学者参加，西北大学的肯尼斯·W. 科格罗夫（Kenneth W. Colegrove）教授后来抓住我在这次会议上的讲话，公开指责我是同情共产主义分子。

伴随 1950 年的麦卡锡旋风而兴起的国务院放逐闹剧，并没有使我同政府的关系以及各种社会活动中断。随着时间的推移，各种会议和讲演的邀请越来越多。每年一次去华盛顿国防大学作有关日本问题的讲演也是从这时开始的。这所学校的学生非同一般，大部分人毕业后成为陆军上校或海军舰长，顺着这条路发展下去，最后会成为将军或舰队司令。听我讲演的学生素质都很好，有很强的感悟力。有时即使我的意见明显与政府的政策相悖，也可以毫无拘束地表达出来。一直到 1975 年，我每年都要去国防大学做讲演，几乎没有中断过，也创造了一个在该校讲演次数无人超过的纪录。

1948 年至 1949 年那次在日本的旅行期间，我发觉自己在日本已渐渐被人们所熟悉，回到美国后，收到不少来自日本的稿约。在我所写的稿件中，最重要的是发表在《每日新闻》上的连载，那些文章都刊登在该报的头版。在我所写的文章里，我强调日本应该克服其悲观主义情绪，认为日本一定会成为亚洲发展的领头羊。我还指出，日本的民主有其独特的性质，已经成为日本不断发展的源泉。当时的日本人非常需要得到激励，我的那些文章在给予日本人以希望、重拾自信方面发挥了作用，得到了好评。

1953 年杜勒斯担任国务卿以后，我对美国的亚洲政策渐渐失去了兴趣，我在讲演中常常会夹带着不满。仅止于此似乎还不满足，1954 年我写了一本书，于 1955 年 1 月由克诺夫出版社出版。我起了一个引人注目的书名，《我们希冀的亚洲政策》。我强烈地感到，我们尚没有一个能够涵括美国基本理念和国家利益的政策。这本书以美国与苏联的对峙为前提，不言而喻，带有强烈的冷战气息，但我的主要观点是，我们正在以错误的方式对待这种对峙，至少在亚洲。

杜勒斯犯的重大错误是，他要把在朝鲜的对决态势扩大到整个亚洲。杜勒斯的想法是，在共产圈与非共产圈之间有一道堤坝，这道堤坝一旦哪儿破裂，共产主义的洪水就会滔滔涌入，把整个世界淹没。我在书中论述道，大部分亚洲国家不希望自己归属于苏美阵营中的任何一方，它们只期望能够保持中立，自己处理自己的问题。杜勒斯想当然地认为，一切不明确站在我们一边的就是反对我们的。而我觉得，现实的形势恰恰相反，那些不明确反对我们的恰恰是真正站在我们这一边的，如那些正在争取民族自由和自决的国家。我还指出，面对如何应对苏联的威胁，美国本末倒置，把优先要作的事颠倒了。我们做出很大的努力帮助亚洲大多数弱小国家增强它们的军事防卫力量，而东南亚条约组织（SEATO）糊弄美国国民，它只是承诺对一些东南亚弱国集团的防卫责任。中央条约组织（CENTO）还稍许好一些。所幸的是，这两个组织都没有维持很久，几年前就已经解散了。在书中我还写道，为了对抗共产主义而动用武力，这种在朝鲜使用的方式不应在越南以及广大的法属印度支那（当时称呼）地区重复。具有讽刺意味的是，当我正在写这本书的时候，美国刚好取代从越南撤回的法国，开始了愚蠢的介入，这种介入不久导致我们陷入了一场灾难。

我在书中主要论述的是，对亚洲各国的经济援助和支持民族自决与独立远比军事同盟与军事援助重要，民族主义使亚洲国家摆脱大国的控制，让他们享有自己的自由。我觉得美国对民族主义的推行做得不够，对民主的宣传亦是如此。在这些问题背后，是美国人对亚洲的可怕的无知。当务之急是必须更多地了解亚洲，这样才能寻找到一种可以维持同这块极其多样性的地区的关系的更为明智的方式。对亚洲的无知和杜勒斯把世界分为共产国家与"民主"国家的做法则给美国的外交带来灾难性的后果。果然在十年后，对越南现实可怕的误读和要在既无必要也无可能的地区划出对共产主义的防线的杜勒斯外交遗产，终于引导美国深深陷入越南战争的泥沼之中。

《我们希冀的亚洲政策》在评论界得到了好评，但对一般公众舆论并没有产生很大的影响。在杜勒斯愚蠢的引导下，国家正在逆向而行。但我也颇感欣慰地看到，从那时起情况已在慢慢地发生变化，三十年后，美国的亚洲政策已经同我在 1955 年提出的主张相当接近了。面对这一期间错误政策导致的民族悲剧和令人震撼的巨大损失，这是不幸中的万幸。有迹象表明，现在在拉丁美洲及其他发展中国家的政策将会导致美国重蹈覆辙，继续在越南犯下的错误。美国应该懂得，经济援助和支持民族自决与民主远比军事援助重要得多。

21　家庭生活

　　1946 年，我们全家五口从华盛顿搬回坎布里奇，我找到了一处很大的房子，同另一家人分租。房子在神学大道西面最顶头，过去哈佛大学神学院就在那里。房子位于哈佛大学与坎布里奇人流不断的大道之间，宽阔的草坪、高大的树木，还有一个不太正规的停车场，把房子远远隔了开来，使其成了一个宁静的小岛。那个停车场很少使用。房子是19 世纪中期的哥特风格建筑，有贴着金箔的装饰图案。进门的地方就像一个后殿，房间内有美丽的百叶窗，整个房子设计宛如教堂的布局。这所房子曾是哈佛大学校长的官邸，当时是大学校园的一部分。后来几经变迁，房子遭受损坏，到处都是裂缝，房子的供暖是与大学供暖系统相通的。当时的燃料很便宜，但我们支付的取暖费比房租还贵。

　　与我们同住这所房子的起先是威廉·G. 佩利斯（William G. Perrys），后来是鲍勃·海陶玮。因为两家房子的分界线是连结前后走廊的一条极其模糊的线，通常这种情况会成为双方纠纷的导火索，但我们都相安无事，孩子们就像兄弟姐妹一样来来往往。后来我们搬走之后，还保持着友好的关系。毗邻的一幢房子住的是研究文艺复兴史的麦罗·吉尔摩（Myron Gilmore）教授与他善于交际的希拉夫人及四个孩子。历史学系的阿瑟·施莱辛格（Arthur Schlesinger）也住在附近，他是同费慰梅的妹妹结婚的。我们这幢房子的孩子与神学大道两幢房子里的孩子年龄都差不多大，他们成了伙伴。我的大部分空暇时间都是在同他们玩耍中度过的。我的大儿子鲍勃如今是个非常健谈的人，他想象力丰富，谈吐风趣，经常说起话来滔滔不绝。他写过一篇描写当时那段生活情景的作文，题目是《赖肖尔先生和他的"哥们"》，据我所知，这是当代唯一一篇关于我的传记文学，所以请原谅我不嫌厌烦，在这里引用其中的一部分：

> "在我的印象中，'赖肖尔先生'不折不扣是我们的一个'哥们'……他最令人称道的一件事就是在停车场组织了棒球比赛……在神学大道的榆树树荫下，他凭靠其神奇的判断力把一群水平参差不齐的孩子分成实力不相上下的两支球队……在球区内，'赖肖尔先生'身兼两职，既是裁判又是投手，'赖肖尔先生'稍不留神时，就会有一只急速转动的网球从投手那里越过栏板飞来……更令人称奇的是，比赛总是以平局或一比零的比分结束。
>
> 还有一件在大人中只有'赖肖尔先生'敢做的事，那就是带我们到海滩上去玩。在新英格兰炎热的夏季，赖肖尔家的老爷车无数次载满了皮肤晒得黝黑、身穿泳衣的孩子去海滩边。车上还有大堆海滩上要用的器具和准备野餐的食物。到海边约有一个小时的车程，那段时间总是过得很快，一路上'赖肖尔先生'带我们做各种游戏或唱歌，车上充满了欢笑。我们打闹嬉笑，洗海水浴，一天下来，个个精疲力竭。我们的专用司机又把我们送回家，交到心怀感激的家长手里。
>
> 每当我回想到当时的情景……我很难分清是'赖肖尔先生'还是我们更快乐，但有一点是确定无疑的，我们在分享着快乐。"

从 1950 年到 1953 年，我们家每年夏天都要去鳕鱼角①的特鲁托待

---

① 亦称科德角（Cape Cod），位于马萨诸塞州东南部，向大西洋突出的科德角半岛的顶端。——译者

上一个月。特鲁托在鳕鱼角的顶端，鲜有人往，是一块保留着原生态的美丽的土地。我们借住的是朋友的别墅，那也是一所远离人群的舒适的房子。镇上有一个邮局和一两家店铺，离得稍远一点还有两个教堂。每到周六的晚上，镇上的广场上就会有舞会，我常常陪大女儿安去参加，妻子艾德丽娜舞跳得很好，那时因病已经不能参加了。星期日的早上有全镇的棒球比赛，我是新加入进去的，被安排担任投手，这是我最不喜欢的一个位置。

神学大道的生活于 1952 年 4 月结束，因为哈佛大学决定要拆除我们居住的房子。而且安与鲍勃已经要上高中了，从上学方便这一点来考虑也必须得搬家了。当地的阿加西学校初等教育早期还是相当不错的，但再往上去，坎布里奇地区的教育还是有许多不令人满意之处。于是我们决定搬到坎布里奇西面的贝尔蒙特，当时那里的公立学校教育被认为是最好的。贝尔蒙特毗邻坎布里奇的郊外地区，有很多哈佛大学和麻省理工学院的教授住在那里。据称，以人口比例计算，那一地区诺贝尔奖获得者与上《名人录》的比例最高，故该地区也以此为荣，我不知是否还有可与其匹敌者。前些年我还碰到过这样一件事，在贝尔蒙特网球俱乐部打双打时，四人中间只有我一个人没有获得过诺贝尔奖。

那年夏天，就在搬往贝尔蒙特前后，在纽约联邦神学院教国际宗教学的父亲要退休了，当时还有几天就是他七十三岁的生日。父亲提出想同母亲和妹妹住在我家附近，因为他们三人都不会开车，我在朗大道三号地为他们找到了一所两户一栋的房子，房子就在汽车站附近，到我们家步行只需五分钟。

那一时期对我们家来说也是多事之秋。有一段时候我的身体状况不太好。从在日本留学时起，几乎每年都会患上流感或病毒性肺炎。1955年前后发病次数就更为频繁，病情也愈加严重。我曾在把阳光遮住的房间里整整地睡了两天，不吃任何东西。医生还告知严禁吃巧克力和其他食品，有时因甲状腺异常等原因用激素之类的药物也丝毫不奏效。病中给我安慰的是叶理绥，他告诉我自己在和我差不多的年纪时患过类似的偏头痛，但很快就好了。实际上后来的情况也正如他所说的，我的头痛进入 1960 年代就逐渐痊愈了。1966 年春有过一次短暂的发作，那是最后的一次例外，从那以后，我再也没头痛过。

艾德丽娜的情况比我严重得多。她十岁那年在中国传染上白喉以后心脏就一直不太好，常常会出现骤停的现象。身体本来就不好，在生了琼之后病情就恶化了，1951 年 1 月出现了更为严重的情况。一次在午饭的餐桌上，孩子们都在，她突然倒在地上，让孩子们吓了一跳。她心跳骤然停止后又马上恢复了。这种危机的情况反复了多次。后来病情更加严重了，就是上二楼也直气喘，而且这种病况成了常态。大约过了六个月，在第二次发作后，心脏会完全停止跳动的情况时常出现，发作的次数也增多了。在看护她时，我偶然发现了一种很好的人工呼吸法，在后来的几年里用这种方法总共大约几百次让艾德丽娜又苏醒过来。但是，每次发作都会接连几个小时呈半昏睡状态，有时会拖上两三天。住了好几次医院，但毫无效果。如果有当时已在实验室阶段完成的起搏器就好了，但医生和我都不知道这种新兵器的存在。艾德丽娜的病一直发作，后来她的身边已经不能片刻离开人了。因为不能远离医生与医院，1954 年我们取消了去特鲁托的旅行。我的生活逐渐地集中到保住艾德丽娜的生命这一件事情上。在哈佛的授课及其他工作我都尽早结束，然后回到家里，一天中大半时间都是在家里的餐桌上写书稿。孩子们不得不自己照顾自己，因为我已经完全顾不上他们了。

帮我家里打扫的女佣换了几个，最后来的是莱纳德夫人，她在我家里呆的时间最长，帮助我们做饭，我外出时，她就帮我照看艾德丽娜。多亏莱纳德夫人的帮忙，使我总算可以腾开手来办一些事，但在家时，做饭仍然是我的事。我常常烧上一大锅米饭，然后胡乱地把蔬菜和肉放进去，像大杂烩似的混在一起。那是一段昏暗、郁闷的日子，我的耳朵整天一直保持警觉，关注着艾德丽娜的动静，甚至在夜里也总是留意她的呼吸。但那也是一段美好的时光，使我们俩更紧密地联在了一起。艾德丽娜直到生命最后都不可思议地保持着乐观的状态，她每进一家医院都立即会成为病房生活的焦点人物。在家里，几乎每个晚上孩子们和他们的朋友都会在床边围着我们俩玩纸牌游戏。

不可避免的事最后还是发生了。1955年1月17日，就在我去哈佛的时候，艾德丽娜的心脏永远停止了跳动。后期，她的病的发作一次比一次严重，艾德丽娜承受的痛苦难以忍受，甚至她自己都说活着没什么意思。对于艾德丽娜的死我们并非没有思想准备，但打击仍然很大。孩子们和我都尽最大的努力使生活一如往常地进行下去。艾德丽娜去世的第二天正好是鲍勃十四岁的生日，我和孩子们用蛋糕和蜡烛搞了一个派对，为鲍勃庆贺了他的生日。我还是同往常一样去哈佛上班，继续工作，家务事则由莱纳德夫人承担下来。常听人说遭到不幸时就拼命工作，这样可以忘却不幸，而我的状况只能用体内的线路系统完全烧坏了这句话来形容。我能够继续那些已经熟悉的固定工作，但完全没有心思去作任何新的工作。艾德丽娜去世的那个月里，别具意味的一件事是我的三册著作（关于圆仁研究的著作上下两卷和《我们希冀的亚洲政策》）同时问世了，但我再也无心回到研究和著述上去，已经动笔的书也中途搁置了下来。

艾德丽娜去世不久，我的生活中出现了一个重大变化，那就是我被指名担任燕京学社社长。哈佛燕京学社评议会主席多哈姆（Donham）去世后，以廉洁著称的波士顿财界人士格雷格·贝米斯（Gregg Bemis）成为继任主席。他决意要更新学社的领导层，因叶理绥已临近退休，所以指名了我，这是我一生中唯一希冀得到的职位。当时在哈佛的东亚研究中，燕京学社几乎得到全部的预算，所以社长的权力很大，但我并不是因为这个职位带来的权力，而是不希望受制于任何其他觊觎这个位置的人。但是在会见贝米斯时我提出，现在就任有些仓促，我还没有足够的准备，现在非常疲劳，而且 1948 年至 1949 年以后因为艾德丽娜生病的缘故，我一次也没去东亚访问。如果就任这个职位，有必要再访一次东亚。最终我的要求被接受了，先休假去东亚访问，回国后就任社长。

这样，6 月我用艾德丽娜父亲的车带上三个孩子先作了一次横越美国大陆的长途旅行。我认为，如果是美国人，每个人在一生中都应该做一次那样的旅行。但这次旅行，开车的就我一个人，一边手握方向盘，一边听着背后三个十多岁的孩子嬉笑打闹，绝不是轻松的。

到东京后，最令我高兴的是，日本已经变得相当富裕。同我离开前的 1948 年至 1949 年时的情景无法相比。我知道，这次来日之后，因哈佛燕京学社的工作，我可能会很长一段时间不能来日本，考虑到孩子们要有一个安全的环境，我事先预订了东京女子大学内那所曾经属于我们的房子。房子大门前的铜质饰品在战争中被捐出，早已不复存在。母亲曾精心照拂的庭院也一片荒芜，四周冷冷清清。由于房子已作为大学的宾馆使用，家具很少。学校方面只从 12 月至 2 月供应暖气，水泥地面冰冷冰冷的。但不管怎么，这个地方对孩子们来说，还是很合适的。我到了之后，也有许多老朋友常来看我，坐在一起聊天叙旧，那一段生活还是挺惬意的。

我们到达东京是在 8 月初，我很快就承担了在国际基督教大学（ICU）的夏期特别讲座讲课的任务，为期三周。到了秋季，我把孩子送入当时在上目黑的美国人学校。从我们家坐两站电车，再换公共汽车，上学要花费一个小时。但孩子们很高兴，虽然上学路途遥远，还有语言上的障碍，但他们很快就适应了这种新的生活和环境上的巨大变化。不久，他们都掌握了一些日语，尤其是琼，她人最小，进步最快。我倒是没有像孩子那样很快就融入生活。我在东京有很多朋友，其中有日本人，也有美国人，他们对我都非常热情友好。我在国务院共事多年的同事约翰·艾利森当时任美国驻日大使，他邀我去他大使官邸同埃莉诺·罗斯福①共进晚餐，使我有机会见到了这位伟大的女性，并同她进行了长时间的交谈。我购买并阅读了大量日文的学术著作，但仍然觉得身体内的能量已燃烧殆尽，无法作具有开创意义的学术工作。我向东京女子大学提出为学校的教师举办一周的讲座，讲座上我谈到了我在《我们希冀的亚洲政策》那本书中提出的关于外交政策的看法。但讲座并不是很成功，我总觉得参加讲座的人中有些只是出于对赖肖尔家族的敬意而来。

那时我仍身心俱疲，还没有恢复元气。当时帮助打理家务的是桑原素子，如果没有她的帮助和鼓励，我一定会就那样彻底垮下去的。素子最早是作为女佣的帮手来我家的，那一年是 1937 年，正好是艾德丽娜与我从中国经由日本回美国。从那时起她就一直管理着我们住的那所房子。在毗邻的那间为管理人搭建的房子里住着素子一家四口，她的丈夫在一家小工厂里上班，还有两个儿子。我的孩子担任她儿子的家庭英语教师，而素子则成了我生活上的顾问，我们之间是各取所长，相得益彰。我们常常会坐在那里谈上一个小时，我真不知在最初的几个月里，如果没有素子的那些帮助我自己能干点什么。第二年夏天，当我们离开日本时，为了表示感谢，我给了素子一点钱，她没有像我建议的那样把钱存起来，而是很智慧地用钱买了土地。不久，伴随着日本经济的高速发展，不动产的价格暴涨，桑原夫妇建造了自己的住宅。两个儿子大学毕业，找到称心的对象结了婚，随着国家的发展而日益富裕，最终成为占国

---

① 即安娜·埃莉诺·罗斯福（Anna Eleanor Roosevelt, 1884—1962），美国著名活动家，美国第 32 任总统富兰克林·德拉诺·罗斯福的妻子，曾为美国第一夫人长达十二年。第二次世界大战结束后出任美国首任驻联合国大使，并主导起草了《世界人权宣言》。——译者

民 90%的日本中产阶层中的一员，素子的一家也许可以说是个典型。

在日本的第一年秋天，我访问了韩国，接着又去了中国的香港和台湾，目的是考察同哈佛燕京学社有关系的大学。我不久将就任燕京学社社长的消息已走漏了风声，因为这个缘故，在所去的大学受到了山吃海喝般的轮番进攻，委实有点招架不住。在韩国，我几乎在所有的著名大学都作了讲演，并结识了身为高丽大学校长又以政界自由派形象著称的俞镇午和汉城国立博物馆馆长金载元。金载元在朝鲜战争中用他的智谋成功地使国宝保留在了汉城。在香港，我住在香港大学副校长的公邸，房子简素，但可以眺望到美丽的景色。副校长是原英国准将，根据英国职制就是实质上的校长。在香港逗留期间的大部分时间都花费在考察新亚大学和两个基督教系统的大学，也就是联合书院与忠义·崇记学院。后者提议将新校区设在靠近大陆一侧的新界地区，后来在 1963 年上述三所大学合并，迁到那里并改称为香港中文大学。

在台湾逗留期间，我也访问了几所有名的大学并作了讲演。在同学生交谈时，间或说几句日语就可以马上判断出多少人是台湾本地人而不是最近从大陆过去的。当时的台湾本地人日语还不错，听众中大约有一半人会对我说的日语作出反应，并忍不住笑出声来。搭乘出租车时，我也会尝试用日语同司机攀谈，有反应的肯定是台湾本地人，而且他们通常会大骂国民党。

从台湾回到东京，大儿子鲍勃已经从美国人学校退学。原因是一个朋友偷了别人的手表，鲍勃知晓此事但拒绝揭发这个朋友。手表后来归还了失主，但东京的生活好像对鲍勃没有意思了。我一直努力使鲍勃从这个事件的阴影中走出来，但这一年他过得很煎熬。其中还有一个原因，就是他不能练习他所喜欢的冰球。当时冰球这个运动在东京很少开展，有时候他会加入庆应大学队半夜里练习。这一段时期，我时常会有一种悲催之感，觉得整个家庭濒临崩溃的危机。

22　新的开始

在东京度过了一年，我并没有怎么得到休息，最初期待的自我充电也没有如愿以偿，但就在前景一片黯淡之时，突然间闪现出一道光明，这就是同我现在的妻子松方春以结婚为前提的交往。松方家的事我并不是不了解，而且我对现代日本建国之父、明治元勋松方正义①公爵的后裔竟然是基督教徒一事也很感兴趣。但是对松方春这个女性事先一无所知。事情还得从 1955 年 8 月说起。当时我在东京的外国记者俱乐部同记者朋友用午餐，那个朋友发现邻桌作家詹姆斯·米切纳②也在，就问我："你认识米切纳吗？"因为我不认识，于是那位朋友要给我介绍，当带我过去打招呼时，同米切纳一起吃饭的一个女性站了起来，说："我是松方春，我记得你是美国人学校毕业的。"我在美国人学校高中部最后一年时，春还在小学部六年级，所以我作为篮球队员的形象便留在她的记忆中，而像她那样的小女孩我自然不会有任何印象了。

我从最初就打算妻子去世后再婚。因为曾经的婚姻很幸福，所以孤独一人的生活就更难以忍受。艾德丽娜也在卧病在床之后一再说起要我在她去世之后再婚，还好几次问过我想要找什么类型的女性。不过艾德丽娜和我都没有想过一个日本女性会成为第二个赖肖尔夫人。春和我都有着日美两种文化背景，在致力于日美友好这一点上也有许多共同之处。除了娘家是贵族、相当富裕之外，春对于我来说就像一个邻家女孩，是一个再合适不过的对象。春的曾祖父前后担任十五年藏相，是日

本现代财政制度的创立者，1890 年代两度出任首相。母亲的祖父在
1876 年渡美，当时只有二十七岁，其时正值明治维新后不久，后来成
为对美丝绸贸易界的领军人物，当时对美丝绸贸易是日本最大的外汇收
入。春在她的近著《丝绸与武士》中描述了她的两位先祖的传奇故事。
春的母亲同美国人一样是在康涅狄格州长大的，相比日本，她更是以美
国的精神和教育方式培育了六个孩子。春在日本的美国人学校毕业后又
去伊利诺伊州圣刘易斯附近的普林希匹亚学院学习，普林希匹亚学院是
一所隶属于教会的文理学院。1937 年，春毕业后怀抱着对促进日美理
解做点贡献的美好愿望回到了日本。恰在那时，中日战争爆发，后来日
本由于偷袭珍珠港又陷入同美国的完全对抗中，她的梦想破灭了。战后
春担任了《基督教科学箴言报》和《星期六晚邮报》特派员的助手，因
为这个关系，她成了外国记者俱乐部第一个日籍会员，后来又成为该俱
乐部理事，也是第一位女性管理层人员。

　　春一直认为，她是不可能同一个日本男性结婚的，因为日本普遍存
在着大男子主义。但她又对美国的男性感到失望，因为他们对日本的事
情一无所知。见到我后，她似乎发现了一个没有这两种缺憾的对象，她
和我都丝毫不在意互相的国籍与肤色差异。我的父亲常常会私下问我夫
妇之间有没有障碍，我只能如实告诉他真的没有任何障碍。在他人看
来，我们之间的种族差异也许很显眼，但我们之间除了开玩笑时会谈到
这个问题，从来就没放在心上。

---

① 松方正义（1835—1924），日本明治时期政治家。曾先后担任明治政府的藏相、首
　相。在克服明治时期的财政困难、建立现代纸币制度、创建日本银行、确立金本位
　制等方面均有建树，为日本现代财政制度的建立发挥了重要作用。曾两次组阁，晚
　年被封为公爵。——译者
② 詹姆斯·米切纳（James Michener, 1907—1997），美国当代著名作家。作品《南太
　平洋的故事》曾获普利策奖。1959 年出版历史小说《夏威夷》，畅销不衰，因这部
　小说而被誉为美国 20 世纪历史的编年史者、史诗作家。一生出版近 50 部著作，其
　中许多作品被译为多种文字。——译者

我们俩真正开始交往是在我去香港、台湾旅行回来之后。一天晚上，我试探性地提起，"我希望你不要完全不考虑我们结婚的可能"，话一说完，春的脸色就变得有点可怕，她回答道："如果打算不结婚的话，我就不会第二次同你见面了。"春有她的一个美国朋友圈子，有男性也有女性，这些人都是在东京呆上两三年后就各自东西了。

圣诞节放假，我带孩子们去赤仓滑雪回来后，等待日本政府婚姻手续办理机构新年假期结束，我们就结婚了。这一天是1956年1月6日。虑及艾德丽娜的朋友和家人的感受，我们决定在艾德丽娜一年忌之前将这一消息对外保密，作为美国大使的约翰·艾利森在这方面也为我们提供了协助。但为了使邻近传教士家庭的妇女理解我们不是罪孽深重的同居，还是向她们作了解释。与最初同艾德丽娜结婚时一样，这次结婚也是在东京平民聚居区的区政府机关窗口办理手续的。结婚手续只是例行公事，工作人员连声"恭喜"的话都没说，只是默默地让我们交了印纸费。2月4日，我们举行了结婚仪式，只邀请了双方的家人和最亲近的朋友，从一开始就赞同我结婚的素子也在受邀的客人之中。

日美之间的国际通婚那时还不多见，所以那天日美双方的宾客中很多人脸色都不好看。当时社会上无教养的美军下等士兵与同样无教养的非正规职业的日本女性的结合很多也是一个原因。但我们的情况截然不同，我多少也算是个为公众所知的人物，春不言而喻是出自名门的大家闺秀。我们俩都觉得哪怕是为了那些国际通婚的人们，也一定要使我们的婚姻成为一个成功的范例。日本的报纸对我们的结婚作了相当多的报道，我记得有一个报道绘声绘色地描述了春和我在美国人学校读书时是"同桌"。如果读了报道的前面部分，知道我比春年长五岁，细心的读者说不定就会怀疑我是一个老留级生了。

从世俗的眼光来看，结婚时我是一个四十五岁的鳏夫，艾德丽娜患病以后长时期顾不上孩子的教育，因此看来应该是一个拖着三个越来越难以调教的十多岁孩子的不堪生活重负的男人。而春则是一个四十岁的老姑娘。这看上去也许是一桩轻率的婚姻，但事实并非如此。我们之间的爱是很深的。春在某些方面与艾德丽娜很相似，某些方面则不同，是个无可挑剔的妻子。同艾德丽娜一样，她极富爱心和准确的判断力。不过她欠缺艾德丽娜那种社交能力和爱情表达能力。时至今日，春也是一个典型的日本妻子，她从不直率地对我表示爱情，除称呼我"you"之外，再也没有叫过其他的昵称。但春给予我的支持和帮助是巨大的，尤其是结婚后最初几个月，在我身心交瘁、处于绝望状态渴求援助之时。

　　春还是一个被三个孩子深深爱着的好母亲，不久后她又成了被他们的孩子所爱戴的祖母。即便在今天，成为全家核心的不是我，而是春。孩子们只要同春一见面，就会立刻敞开心扉。喜爱新奇的安有了这个日本妈妈快乐无比，琼则是只要是母亲谁都行。只有艾德丽娜最疼爱的鲍勃有点问题。一开始他非常怨恨我的再婚，但即使对我表示他的反感，在春面前仍是彬彬有礼。不久鲍勃对我的反感也完全消解了。希望成为真正的母亲而不是继母，这是我们全家人的愿望，所以我们全家回到美国后就以一种非常独特的方式改变了我们的家庭关系。我以把三个孩子送出作养子的形式断绝了他们同我的父子父女关系，同时，春和我又把他们收为养子。法庭在花费极短时间的审理之后就办完了手续。我们一家五口身着盛装端坐在法庭的最前一排，只看见律师走上前去同法官小声说了什么之后，法官在必要的文件上签字后就一切结束，对这个把放手送出的孩子又收为养子的不可思议的一家人看都没看一眼。但是，由于采取了这个正确的法律手续，我们家的孩子有了以艾德丽娜为母亲、春为养母的两个生日。我在想，将来研究我们家谱的人一定会对这份矛盾的文件感到困惑不解。

春在东京麻布的娘家附近有一所日本和西方风格兼而有之的小房子，由于地处东京市区中心，大小适中，于是成了我们夫妇在东京工作时的办公室。春还有一辆菲亚特小汽车，她知道这辆车坐不下我们一家五口，于是自作主张把它卖了，换了一辆当时很流行的丰田车，买车的差额当然是由我负担。为了这件事，我还对她说教了一番，说这么大的事应该事先同老公商量一下，但事实证明她换车的举动是正确的。那时美国人在日本买日本车是很少见的。当时的道路状况还很糟糕，后来开了这辆车我们全家才得以去京都作了一次旅行。

在日本逗留的一年中，学术上我没有完成太多的业绩，但仍然非常忙。我作了无数次的讲演，还同春的表兄松本重治多次会面，就设立ELEC（财团法人英语教育协会）以及如何进一步加强新设的国际文化会馆机能等问题交换意见，松本重治是国际文化会馆的专职理事。所幸的是，洛克菲勒三世对这两项事业都非常关心，他委任我代表他处理各种相关事务。洛克菲勒三世很久以前就关注日本，早在对日媾和条约谈判时他就担任杜勒斯的文化事务顾问，后来又担任了纽约日本协会理事长。他几次约我商谈，听取意见。1952年洛克菲勒三世指名我担任日本协会的理事。后来我也劝说他，请他担任了哈佛燕京学社的理事。我在日本期间，洛克菲勒三世一次也没来过日本。我就ELEC与国际文化会馆的问题同松元重治商谈时，高木八尺博士也经常参加。高木博士举止优雅，一派绅士风度，他是在东京大学第一位讲授美国宪法的教授。

也是在这一时期，天皇最小的弟弟三笠宫殿下在东京女子大学讲授希伯来古代史。午饭时间，他同教授们一起在食堂里吃面条。三笠宫殿下为人随和，当时在东京女大极有人气。我同三笠宫殿下也成了很好的朋友。东京女大还安排我们之间就有关的学术问题进行了公开的讨论。三笠宫殿下后来邀请春和我到他家里做客，同其家人共进晚餐。他家居住的地方邻近目黑，令我们惊奇不已的是他们的家朴实无华，同普通日本中产阶级家庭没有什么不同。我们去时，孩子们正在隔壁的房间里打闹，听到叫唤，立刻肃静下来，被带出来向我们问好，这种情景同所有日本或美国的家庭都是一样的。

那年春天最令我悲痛的就是母亲的去世。母亲已有过几次轻度脑出血，1952年搬到贝尔蒙特后，神志开始有些不清，到后来能够微微一笑已经很不容易了。我每个星期都会开车带着她和父亲、妹妹去乡间，那是让她最为开心的事。3月22日母亲停止了呼吸，再过几天就将迎来她七十七岁的生日。东京女子大学举办了规模很大的追思会。我们全家五口都参加在那个让人感到寒冷而又美丽的小教堂里举行的追思会。那个教堂曾使父辈们引以为豪。

6月1日，在日本为期一年的休假宣告结束，我们登上了一尘不染的新造千吨货轮"佐渡丸"的甲板，随着它处女航的启航，我们离开了神户。春以移民的资格渡美，根据规定可以带大量随身行李，这是求之不得的。除了行李，我们还带上了一副套牛的轭，它令我想起了一个多世纪前我的先祖在拓荒时代的情景。

新"佐渡丸"预定五十三天后到达鹿特丹，我们曾预想这是一次非常单调乏味的航程，但实际上倒成了我们一行五人非常愉快的一次蜜月旅行，简直就像包租了一艘万吨的私家游艇，尽情地享受着海上旅行的快乐。按规定，搭乘货轮的乘客人数限为十二人，但期间船上就剩下我们一家的时候居多，春与我有充足的时间看书写字。船要在亚洲、北非、欧洲的各个港口停靠，每当平静的时光被中途停泊打断时，我们每个人都会略微地感到几丝遗憾。在鹿特丹下船后，我们租了一辆车到比利时、法国、意大利、奥地利、西德等国作了一次观光旅游，然后换坐上大西方航路上的客船驶向美国。这是我最后一次乘船旅行，不言而喻，这是一种最为惬意也最富有情趣的旅行方式。我也为孩子们高兴，他们能够领略到日渐消失的乘船旅行的乐趣是很幸运的。船平安地抵达纽约，时隔一年，重归故国，我们的心头洋溢着幸福之感。前面，新的生活等待着我们——对春来说，她是一个母亲，一个家庭主妇，而对我来说，将成为哈佛燕京学社的社长。

23 哈佛燕京学社

　　我的父亲和妹妹张开双臂迎接了春，同事和朋友们也热情地欢迎她的到来。艾德丽娜的父亲特地从西海岸开车过来，在我们家住了一段时候。对这位女儿的后继者，艾德丽娜的父亲似乎也完全满意。令人惊讶的是春很快就顺利地融入美国的新生活。孩子们毫无困难地又一次适应了贝尔蒙特小镇的生活。那一年的 5 月 5 日是日本的男孩节，我们家的后院竖起了高高的竹竿，上面系了三条纸制的鲤鱼旗，这是日本的风俗，贝尔蒙特小镇飘起鲤鱼旗还是史上第一次。

　　我的身体状况依然不好，一时很难调整过来。燕京学社的工作面临许多棘手的问题，所以每天并不轻松。身体上的问题可能是心律不齐，常常会跳得很快，说话说到最起劲时突然喘不过气来，话就中断了。在主持重要会议时，途中发生这样的事是非常尴尬的。燕京学社的问题是很严重的，但并不是新问题。本来燕京学社研究的中心是中国，但中国内战以后，中美关系断绝，研究重心放在中国事实上已不可能，燕京学社的收入大部分被调拨到哈佛大学去了，这样是违背提供资金的霍尔家族的初衷的。从法律层面上看也是有问题的，法律顾问已提醒过多次。燕京学社副理事长埃里克·诺斯（Eric North）在理事会上还非常严肃地提到这一问题，埃里克·诺斯是代表最初同燕京学社有关的中国各教会大学利益的。虽然预算的相当一部分划给了访问学者这一项目，而且其中大部分是给了东亚，但接受资助的学生不回国，所以对亚洲的教育没有直接产生作用。

进入 1950 年代以后，这个问题再也不能放任自流了，我开始探寻对策。此时，本来就比我更讨厌事务性工作的叶理绥把预算的工作也推给了我。出席理事会时也让我陪着去。我首先建议在日本、韩国、中国香港和台湾地区设立研究评议会以支持促进当地的研究。这一提案于 1955 年我去东亚时已顺利启动。还有一个就是在哈佛设立访问学者制度，从东亚特定的大学邀请人文社会科学方面少数年轻并已取得业绩的学者。成为哈佛客座教授的人其职位及家属都留在国内，这样他们期满回国就不会有什么问题。担任推进这次计划的是约翰·佩泽尔，燕京学社负担他从哈佛人类学系得到的终生职位工资的一半。随着东亚各国经济的发展，各自负担经费成为可能，研究评议会后来逐步停止了运作。但访问学者制度至今仍是燕京学社的重要活动内容，被邀请的学者中有相当数量来自中国大陆。有趣的是，日本人首先开始带家属，后来就是韩国人，中国大陆的学者至今还都是单身来到这里。

由于导入了以上两项制度，用于亚洲以及亚洲学者的资金同调拨到哈佛大学的资金比例稍稍纠正了过来。尽管如此，资金仍然显得不足。这样在燕京学社和哈佛大学之间必须要划出一条线。燕京学社对哈佛新的教员职位的资金援助和耗钱大户如中日图书馆的资金投入进行了削减，对中日图书馆提供资金主要有利于哈佛，像所有的图书馆一样，其对资金的需求是永远无法满足的。燕京学社在哈佛大学的其他活动也遭到了大刀阔斧的削减。

在削减的对象中，汉语辞典的编纂计划也列入其中。魏楷和叶理绥抱有集所有古典汉语辞典与相关著作之大成的宏大愿望要编一部大辞典。这件工作已经开始进行，他们把数部汉语辞典中的古典用例分成细条一一贴在大卡片上，然后让几位学者分别译成英语，这样下来，可以编集成一部几十卷的辞典。在中国内战持续不断的混乱时期，这个项目变为对逃亡的中国学者的救助计划。但同投入的资金相比，成果很少。一个汉字就有多个义项，如"子"字，在"儿童"一词中也可捡出"子"的含义。辞典卷帙浩繁，很显然，把燕京学社的全部预算投入进去也不够，而且这项工程旷日持久，以现在的进度，至少要花几个世纪的时间才能完成，所以我不得不砍掉这个计划。

这样对预算作大幅度的削减当然伴随着痛楚，我也同由于削减而直接遭受打击的人一样痛苦。当我去找文理学院院长麦克乔治·邦迪（McGeorge Bundy）商量时，同为燕京学社理事的麦克连一句宽慰的话都没有。麦克很年轻，处事果断，有着钻石般闪光的智识，他只说了一句话，那就是杜鲁门总统的名言："如果你忍受不了热，就别在厨房呆着了。"

我逐步地掌控了燕京学社，特别是弄清了学社作为使用哈佛大学设施和名义的补偿所支付的费用在总收入中的比例，这在以前一直是笔糊涂账。再者，我明确了远东语学系是哈佛大学所属的一个系部，并不是燕京学社的分支机构，尽管其接受燕京学社的财政资助，而且我也兼任该系的系主任。在我之后继任燕京学社社长的佩泽尔则进一步将哈佛大学同燕京学社的关系明确化，从法律、财务的角度签订了确定其关系的协定。我制定的规划不但限制了资金向哈佛大学方面流出，同时在某些领域增加了资金的投入。我对亚洲其他地区开展对东亚的研究非常关注，因为我认为南亚和东南亚各国理应向日本和中国学习的东西很多。但这些国家对日本和中国完全没有兴趣，唯一的例外是印度尼西亚的华裔学者李德清（Lie Tek Tjeng），他是现代日本研究的专家，曾在哈佛做过研究，后来成为印度尼西亚学界和外交界的知名人士。

在我经手的工作中最重要的一个举措就是在哈佛建立了朝鲜研究。我很早以前就考虑过，朝鲜半岛位于中国与日本之间，历史上也同两者有着密切的关系，应该将其纳入我们研究的领域。朝鲜在政治与社会形态上最接近于古代中国，同日本在古代就已有密切的文化交流。朝鲜自身的历史可以追溯到 7 世纪，人口与西欧传统的大国不相上下。刚刚结束的朝鲜战争自不必说，从日清、日俄两场战争①都是为争夺朝鲜半岛的霸权这一点上来看也可知晓其在战略上的重要性。遗憾的是，朝鲜是个小国，不像中国、日本、印度那样能引起西方的关注。在美国很少有像其他发达国家那样的国立大学和国立研究机构，也缺乏条件开展对大国以外国家的研究。州立大学和私立大学对研究这些国家的学术"点缀"既没有专项的财政基金，也缺乏责任感。我决意无论如何要在哈佛把朝鲜研究开展起来，几年来我到处游说，鼓吹在中国研究、日本研究领域力量都很强的哈佛大学是最适合开展朝鲜研究的。但要使人们专攻诸如朝鲜这样一个地区确实并非易事，其必须掌握三种难度很大的语言，汉语、日语再加上韩语，而且日后能否找到工作也不得而知。后来终于成功地说服了爱德华·瓦格纳（Edward Wagner）进入这个领域。1958 年 1 月，在洛克菲勒基金会的资助下，燕京学社在哈佛开设了朝鲜研究讲座。当时一个讲座总经费 40 万美元，而不是现在的 100 万美元。已经修完博士课程的爱德华·瓦格纳在那年秋天开讲，不久又配备了语言方面的助手。再后来依靠韩国方面的资金又开设了第二个讲座。

在这以后，我还尝试过在哈佛开展越南的研究。越南也同属中国政治文化圈，在哈佛开展越南研究的理由也同开设朝鲜研究没有大的差别。费正清率先努力从外面筹集开设讲座所需的资金。等到必要的资金筹集到了，万事俱备，却找不到可以长期固定担任这个讲座的合适人选。

回到哈佛后，我发觉自己还面临着一件必须要做的事，那就是要为

---

① 日清战争即中日甲午战争，其以 1894 年 7 月 25 日丰岛海战的爆发为开端，至 1895 年 4 月 17 日《马关条约》签订结束。日俄战争爆发于 1904 年 2 月 8 日，至 1905 年 9 月 5 日《朴次茅斯条约》签订结束。——译者

燕京学社寻找新址，当时的博尔斯顿楼里还有中国善本图书室，里面收藏了包括比《古滕堡圣经》①还要早几个世纪的古籍，都是无价之宝。如果一场大火，就会顷刻化为乌有。最后我们成功地将博尔斯顿楼的空间同神学大道 2 号地理学系那幢漂亮房子的地下室与一楼进行了置换，之后对地下室与一楼重新进行了装修。另外又增建了一幢四层楼的新馆，其中三楼全部摆放书架，存放藏书，这样我就有了一个既便利清洁又防火的新家，其兼容了燕京学社、图书馆和远东语学系。1958 年 9 月我们搬迁到新址，1973 年大楼的其余部分也归属了燕京学社。

在担任燕京学社社长期间，我主要的精力仍放在教学和著述上。我十分清楚什么是自己的本分工作。有一天，老朋友欧文·格里斯沃尔德（Erwin Griswold）打来电话，动员我参加奥伯林大学的校长竞选。格里斯沃尔德是哈佛法学院院长，也是奥伯林大学的理事长。接到电话后，我没有丝毫犹豫就明确拒绝了。在我看来，大学校长不过是一个不胜繁琐的行政职位，对于我没有任何吸引力。但就在这件事前后，奥伯林大学决定授予我名誉博士学位，这是我生平第一次得到这样的荣誉。奥伯林大学固定每年会授予一位毕业离校二十五年的校友名誉学位，我那一年因人在地球的另一侧，所以改为在第二年即 1957 年 6 月授予。

这几年我主要的著述工作就是为"稻田讲座"编撰一部教材，这是我同费正清筹划已久的事。1956 年秋，我全身心地投入到这本书的编写，最终完成了一部上下两卷、总计超过 1 800 页的著作。该书由霍顿·米夫林出版社刊行，书印刷得十分精美，附有大量图片。上卷《东亚：伟大的传统》于 1960 年，下卷《东亚：现代的转型》于 1965 年出

---

① 古滕堡即约翰内斯·古滕堡（Johannes Gensfleisch zur Ladden Zum Gutenberg, 1400—1468），德国发明家，西方活字印刷术的发明人。古滕堡的活字印刷术的发明奠定了欧洲现代文明发展的基石，是欧洲文艺复兴和宗教改革的先声，在世界的文明进程中也产生了巨大的影响。古滕堡用活字印刷术印刷的《圣经》被称为《古滕堡圣经》，存世极少，已为印刷艺术的珍品。——译者

版。上下两卷的时间划分在 18 世纪末，大致与一学年的上下两学期对应。我担任执笔的部分是 1279 年以前的中国、18 世纪前的朝鲜、19 世纪前的日本。越南、中亚地区、朝鲜的近代、1279 年至现代的中国由费正清承担。因我已被任命为驻日大使，赴任在即，20 世纪的日本这一部分由阿尔伯特·克雷格承担。在这部书的编撰过程中，同费正清的合作一如往常非常顺利，我们互相评改对方承担的部分，对基本的结构也会互相提出建议，有时甚至会把整个一章全部改写。对克雷格承担的日本历史那一部分我同样也会毫无保留地提出自己的意见。

编写教科书这类工作有人也许会觉得枯燥无味，但对我来说是一件非常有意思的工作。关于日本的历史，当代历史学家已经作了相当透彻、合理的研究分析。十多年前，我在《日本的过去与现在》那本书里也开始阐述自己对日本历史的看法。但是当时在西方还没有周详地论述中国、朝鲜和越南的著作，更没有开展把包括日本在内的这四个国家的历史有机联系到一起的研究。日本的这一部分对我来说实际上已无大兴趣，因为只要在广泛阅读当代历史学家的相关著作的基础上，把自己以往缩写的东西做一些扩充即可大功告成。而中国和朝鲜倒是一块充满神奇的未知领域。

关于朝鲜，欧美也有关于其历代王朝、帝王以及宫廷政治的传统历史书，但还没有记录其国家发展进程的著作，最终我只能根据日本历史学家旗田巍所写的一本朝鲜简史作一些泛泛而论的阐述。关于中国，当时已有肯尼思·司各特·拉图雷特（Kenneth Scott Latourette）的大部头著作。这是一部用英文写成的权威性史书，但书中每一个朝代似乎都是简单的历史过程的重复，很少谈及历史环境、社会、经济、思想和文化的变化。其他的著作也通常是偏重强调中国历史的某一部分和某一时期，视野狭窄而且显得松散。在我看来，还没有哪一部著作能够综合、全面地论述中国历史的流动，在把握其时代文化特征的同时，清晰地揭示其发展的过程。尝试把我们所知晓的大量中国历史的细节归纳、汇总为历史变化的要素和潮流是一个巨大的挑战。

《东亚》上下两卷的编撰是我承担的最为满意的一件工作，也是我关于中国、朝鲜研究的一个顶点。这本书里所使用的"东亚"一词也开始取代了"远东"并被广为使用。众所周知，美国国务院远东部如今已改称为东亚·太平洋局了。最为重要的是，对于后来几代东亚历史研究者来说，我们编撰的这部教科书成了他们学术研究的出发点。当时我带着发现的喜悦在书中提出的尚未成熟的论点和观念被当作历来的定论影响至今，这着实令我感到欣慰。如果将来我的论点和观念受到批判，书中所写的内容根据新的材料被修正，对此也许一般人会感到不快，但我不会，我会因东亚研究以自己的工作为基础得到进一步发展而感到欣慰。

除著述、教学以及燕京学社的工作外，当时我非常忙。也有学生受我的影响希望去日本留学，在我的帮助下从哈佛到日本留学的约翰·D. 洛克菲勒的儿子即洛克菲勒三世（通称杰伊）就是其中的一个。杰伊的留学在日本影响很大，他通过对日本以及日本人的研究极大地增长了自己的才干，从担任弗吉尼亚州长到今日成为该州选出来的参议员，杰伊在他的政治生活中充分发挥了他的这种才干。

我的社会活动也很多。波士顿的日本协会是美国最早的日本协会，创建于 1904 年，但在 1960 年代之前，很少开展活动。在我们的帮助下，协会逐渐恢复了活动。当时规模最大的一次与日本相关的文化活动就是 1959 年夏日本雅乐乐团在波士顿的访问演出。这次演出得到了波士顿暑期文化节主办方的赞助。雅乐是一种非常注重形式的宫廷舞乐，自 8、9 世纪以来始终保持了原有的风格，是当今世界上最古老也最具代表性的传统音乐。演出在波士顿广场连续进行了两晚。我作为主持人在开场时就雅乐作了简短的介绍，然后又对各个曲目作了解说。虽然天气不好，但第一晚来了一万多人。第二晚听众更多，广场上挤得水泄不通，雅乐在如此之多的大众面前演奏也许是史无前例的。

分内工作之外花费时间最多的就是出席会议和到全美各地讲演。由于积累了经验，我对讲演已经相当在行。我通常只是在前往目的地的航行途中，在飞机里草草写下讲演的要点，凭靠这些就足以吸引听众，并在这一过程中享受掌控听众的乐趣。我最大的毛病就是在讲演中过于投入以致经常超过预定的时间。这样是非常不明智的，因为那就会占去听众提问和答问的时间，实际上回答听众提问远比讲演更有意思。在讲演中，如果可能的话，我常常是不读讲稿的，我觉得读和讲根本就是两码事。但是一旦被索要讲稿，准备出版，那就不得不重新从写稿开始作起。每到夏天，我常常会被邀请到一些大学夏季培训班或会议讲一个星期左右的课。有一年夏天，在参加了在多伦多北面库契欣湖举办的培训班后又接着去纽约州北面的肖托夸应付另一个培训班。五十多年前，肖托夸开创的暑期培训曾风行一时，但如今一切都已化为过眼云烟，想到这我不由得感慨万千。

无论在哈佛大学校内校外，我的生活都是非常充实而富有价值的。我所定下的人生目标使我自己不断地关注东亚，丰富有关东亚的知识，进而努力促进东西方的互相了解，在这方面是大有可为的。这一年我五十岁，就在我满怀信心朝这个目标继续前进时，一个意外的事件打乱了我的生活。

24　中断的对话

　　1960 年夏，我以哈佛燕京学社社长的身份出访东亚。当时还不能按出差天数免除相应的授课时数（现在已有出差一天作半天授课的制度），但因为到东亚出差是工作需要，秋季学期就当作休假处理。这样在 6 月末春和我开始了预期为六个月的海外旅行。

　　孩子们都长大了，没有必要带他们一起去。安在过了一年单调的大学生活之后，1959 年为了在加州理工学院的男朋友斯蒂芬·海涅曼去了西海岸。1960 年这一年，他们都刚刚二十一岁，带着我们的祝福，在一个圣公会牧师的主持下于加利福尼亚举行了简朴的婚礼。对于新婚的父母来说，这是一个很不错的安排，因为没有金钱上的困扰。鲍勃在 1959 年秋天进了哈佛大学，过寄宿生活。只有高中四年级的琼是个问题，我把人不在空出来的房子借给了一对年轻夫妇，同时委托他们照管琼，于是解决了这个问题。

　　这是在阔别二十年之后，不带孩子，与春两个人的一次愉快的日本之旅。当时的日本在我们 1956 年见访之后，经济上取得了惊人的发展，从战时到战后那一段时期满目疮痍、一片凋敝的景象荡然无存。后来被称为"日本的奇迹"已初露端倪。我开始改变早先对战后日本的看法，觉得相比经济，日本社会的政治层面更值得关注。5 月至 6 月期间，围绕《日美安全保障条约》即后来所说的安保条约的修订引起了一场大骚动，这场骚动的影响尚未完全消失。所谓安保斗争对战后日本的政治和日美关系是最大的危机。危机的深层是久已存在且日渐扩大的政治裂痕。当时右翼是战前体制的残余，包括官僚、大企业和战前议会中主要的政党，战前政党获得了作为其地盘的农村和中小城镇有选举权者的支持。尽管这些政党和许多大企业战前是倾向自由派的，但清除军部、放逐战争领导者使他们都变为了保守势力。取代他们曾经占据的左派位置的是共产主义运动者。日本的共产主义运动自 1920 年代至 1930 年代以知识分子与工人组织为主导，主要在大城市居民和大学生中间发展。这些战后的新左翼在军国主义时期遭受到镇压，所以这些人对战争时期畏惧军部、无所作为的老自由派抱有很深的疑虑，他们担心旧体制的残余势力会使日本再次重蹈战前体制的旧辙。

战后最初的几年，政治局势混乱，日本人对美国的态度也不明确，模棱两可。保守势力清楚地认识到在经济与防卫方面依赖美国的必要性，对美国进行的大部分改革是以"并非全都可取但也没有办法"的态度接受的。这些人是美国对日政策的主要批判者，他们对美国的独断专横感到愤怒，认为破坏日本社会的就是美国。相形之下，自诩为进步派的左翼以极大的热情欢迎美国式的改革，并呼唤要进行更为彻底的改革。但到占领后期，两者对美国的态度发生了逆转。左翼看到美国完成的改造日本计划与社会主义相差甚远，对其将中心转移到经济复兴上感到失望。当冷战正慢慢地从欧洲扩展到日本，到 1950 年美国在朝鲜半岛上把日本左翼所赞赏的共产国家当作敌人时，他们便对美国抱有强烈的敌意。1952 年的对日媾和条约以在日本保留多数美军基地的形式缔结后，他们更是把美国看成战争贩子，企图把日本绑在它的战车上，而把苏联和中国视为和平阵营。

1955 年因围绕对日和约意见不同而分裂的两派合并为社会党，另外两个历史很久的政党联合组成自民党，并且从那时起就掌握政权，由此左右两派的对立日趋严重。左翼要求确立社会主义体制并撤除美军基地，右翼则主张通过社会、经济的继续改革优先发展经济，并认为包括继续保留美军基地在内的日美防卫合作是必不可少的。经济的高速发展已使左翼不太有批评的余地。但因美军基地和日美安保条约而使日本被卷入冷战是自民党的软肋，左翼巧妙地利用这一点对自民党集中进行攻击。

在这种状况下，岸信介首相同美国就修改日美安保条约中最有异议的部分达成一致。根据 1960 年 1 月签订的新安保条约，美国不可为"维护远东的和平及安全"就如朝鲜战争时期那样任意使用日本国内的基地，也不能应日本政府的请求"镇压日本国内大规模的内乱及骚动"（旧安保条约第一条），其还规定可以应任何一方政府要求，在十年期满后终止条约。这些修改在左翼看来也只是改进，除民社党外，所有在野党都表示反对，认为条约是根据美国旨意修改的，日本政府应该对新的安保条约分担责任。因为自民党在众议院占有 60% 的席位，新条约得到批准是毫无疑问的。但围绕条约修订的纷争因外部因素导致了巨大危机，最主要的因素就是艾森豪威尔总统预定于 6 月 19 日访日。尽管修订的条约还要在参议院审议，但也许岸信介首相想要在总统访日之前使新安保条约自然生效，于是在没有经过参议员审议的情况下，在众议院"强行表决"使条约获得通过。由于岸信介的"非民主行为"与美国对日本政治的"干涉"，反对势力的愤怒爆发了，大规模的示威游行，尤其在东京转为骚乱，几十万人走上街头反对岸信介、艾森豪威尔访日和安保条约。日本政府不得不取消总统的访日安排。尽管 6 月 19 日新安保条约生效，骚乱还是迅速平息了下去。7 月，岸信介被迫下台。在 11 月的总选举中，自民党的得票率大体与上次相似，议席还稍稍增加了。可是从 5 月到 6 月袭击日本的政治混乱大大地损害了日本以及美国对日本的信赖感。

在出发去日本之前，著名的季刊《外交事务》向我约稿，要我写一篇关于这次骚乱的稿件，我讲定在实地考察日本之后写稿。所以 7 月份的大部分时间我都花在对各界人士的采访上。后来我以这些采访的素材作为参考写了一篇文章《中断的对话》，实际上我所说的对话在骚乱之前也从未存在过。在这篇文章中，我用了大半的篇幅论述了日本的保守派以及各在野党同美国政府在对局势的观察和判断上存在的差异。日本的左翼对美国外交政策和世界形势的看法是不准确的，他们唯恐日本在美国的默认下重新回到战前军国主义和压制民主的状态。而在保守派看来，左翼无视现实，有时甚至将他们视作跳梁小丑。美国人认为，日本的领导层谨小慎微，但他们是忠诚的同盟者，应该予以大力支持，而左派的观点是不足为虑的。我的结论是，整个安保骚乱暴露了"美国同日本政府的反对势力之间沟通不够的弱点"，我目睹了这种互相理解中的隔阂已达到"令人战栗的程度"。我指出，对于美国同日本社会的各个阶层开展对话已成为最为紧迫的事。《外交事务》10 月号刊载的这篇文章出乎意料得到广泛的关注，在日本也获得好评。当时极有人气的左翼月刊《世界》还要求刊载这篇论文的译文。东京的美国大使馆以带有批评的语气也作出了反应。大使道格拉斯·麦克阿瑟二世（伟大的麦克阿瑟总督的侄子）对文章中写到的"从 5 月至 6 月间美国政府与美国大使馆令人吃惊的形势判断错误说明我们同（日本的）反政府势力的接触是何等缺乏"一处似乎感到不快。我被叫到大使馆，麦克阿瑟大使一边给我看大量的公务电文一边极力说大使馆没有犯"令人吃惊的错误"。麦克阿瑟大使的解释也有一定的道理，我答应在译成日文时把辞句的语气改得缓和一些。但是后来《世界》杂志看到我的修改吃了一惊，他们把这解释为美国政府对美国知识分子自由表达的"法西斯式"的干涉。

那年夏天最重要的工作就是为《外交事务》写稿，在这期间还有一件不能不提的事就是出席箱根会议，这是日美双方日本现代史研究学者参加的一次会议。会议在箱根附近的宫之下温泉举行，那是一个旅游胜地，距富士山很近。会议是由杰克·霍尔（Jack Hall）、马里厄斯·詹森、唐·夏夫利以及其他几个他们同一代的人组织的，那是一个规划庞大的项目。在那之后，每年都以对过去一个世纪的日本现代化历史评价为题举行会议并出版相关论文，最终编集成六卷本的系列图书由普林斯顿大学出版社出版。后来这个会议就被称为箱根会议。欧美学者与日本学者同席开会，不用翻译，日语作为会议共用语言而英语只作为辅助语言，这是前所未有的（或许是唯一一次）。箱根会议后来成为一次很著名的会议，因为其点燃了日本学术界的所谓"现代化"争论之火。

战后在哈佛以及美国其他大学学习过的人在他们的研究中，对以往曾一度强有力的马克思主义的现代日本史观进行过修正。这种修正主义观点后来被称为"现代化理论"而广为人知，通常还将其归于日本史的"哈佛学派"。但是在日本研究领域的各种专业现代化理论中从未有过哈佛学派。"现代化"一词是有些美国社会学家在表达严密的概念时的用例，而在日本研究领域，它是一个简单而模糊的概念，用以涵盖19世纪中叶以来日本发生的所有变化。围绕对现代日本史的解释，参加箱根会议的美国青年学者与日本享有盛名的学者之间产生了激烈的对立，其结果则是激起了日本一方相当强烈的学术兴趣。美国学者对过去百年席卷日本的各种变化是基本肯定的。对于美方的这种态度，日本学者认为这好似对他们信奉的马克思主义史观的严重挑战。对于日本的学者，所谓现代化是为达到社会主义与民主这一特定目标的一个特定的过程。他们深信自己同美国学者一样抱有严密的历史观，因而断定反对自己的历史观就是反社会主义、反民主的。

箱根会议我只是一个普通的与会者，会议的组织者大都是我教过的学生，但我却不知什么时候在日本被当成了可恶的"现代化理论"之父，甚至是祖父，所以在此我也稍稍阐明一下自己的观点。我所说的现代化是一个完全中立的概念，其所指的是进步观念的接受、科学的手段、能源的广泛使用等所谓产业革命以及随之而起的通讯的高速、权力的集中化、社会的城市化，伴随着这些情况而在世界范围内发生了种种社会结构变革，其结果出现了经济、社会、政治上的本质性变化。我把极权主义与今天的城市公害同大众民主及物质繁荣一样看作是现代化的产物。我坚定不渝地信奉，民主与人权、社会及经济的平等是价值判断，其同有关世界现代化如何、又是为何产生的这一理论完全不是一回事。我实在很难理解日本学者攻击的所谓"现代化理论"究竟为何物，而且他们竟会如此地不遗余力。对于1960年代后期美国青年学者中兴起的新修正主义潮流也同样如此。据我观察到的，他们所主张的学说丝毫没有新意，不过是陈旧的教条式史观的重归而已，其早已被否定，如今不仅在美国，即使在日本也再一次遭到否定。

1960年初秋，我在日本以哈佛燕京学社社长的身份同我们所设立的研究评议会进行了接触，去了同燕京学社有关的大学及其他大学，同来过哈佛的原访问学者以及许多同行、朋友见了面。10月，为了同韩国的大学和学者交流，在春的陪伴下去了韩国两周。同上一次1955年访问韩国时相比，韩国的复兴同日本一样令人感到惊叹。我尤为高兴的是，韩国总算有了民主领导人。但当时绝没有想到，不到一年他们就垮台了。

在筹划这次访韩时，我们曾担心，对过去日本的残酷统治怀恨在心的韩国人会不会对春产生抵触情绪，作为应对准备，春上一个学年在哈佛学习了初级朝鲜语课程。她十分刻苦，努力跟上那些学习一门新的语言并非难事的年轻学子。幸好作了这个准备，韩国朋友很高兴，他们非常热情地欢迎春的到来。春也对目睹的韩国留下了深刻的印象。大多数日本人都把韩国人看作令人生厌的邻人，或是日本社会最底层的没有教养的少数民族，春也是在这种思想熏陶下长大的。这次旅行让她感到吃惊的是，韩国的国民有着很高的文化素养，他们以拥有可以与日本媲美的文化遗产而自豪。日韩两国在文化上有着远胜于世界任何地方的密切关系。看到春的吃惊，我又一次不由得对这两个国家的人们互相怀着敌视和仇恨的现状感到担忧。这次旅行之后，春和我一起尽我们所能，努力要把这种关系改变成充满敬意和友情的关系。

10月末，我们去台湾，在那里也是访问大学和研究机构。因为美国总统大选临近，每次同中国朋友会面时，我都会问他们喜欢哪一方的候选人。从大陆来的人一致支持共和党（候选人尼克松），他们相信共和党在防卫中国大陆时会采取坚决的态度，而相反台湾本地出生的人普遍对民主党（候选人肯尼迪）抱有好感。11月8日，我们从台湾到香港。在香港也是访问大学，拜访学者。然后预定先是经由西贡，访问被称为小北京的古都顺化，再飞往柬埔寨，参观吴哥窟。没想到西贡突然发生第一次军事政变，计划全部取消。在观察了一两天后，我们不得不放弃越南去了泰国和缅甸。后来顺化在越南战争中遭到破坏，在我们后来的旅行中再也没能走近吴哥窟。我们在泰国和缅甸参观访问了大学，寻找东亚研究的题目，但收获很少。缅甸看上去就如同进入冬眠的状态，这种状态持续至今。

我们从仰光飞往加尔各答，到达后立刻被印度可怕的贫困所震慑住了。同缅甸以东的蒙古系人种的脸型明显不同，印度人的印度—欧洲系人种的脸型特征也给我们留下了强烈的印象。姑且勿论眼睛、下颚等表面特征还是更具文化意义的事物，在东亚、东南亚所到之处看到的洋溢着灿烂笑容的脸与众多印度人悲哀的眼睛、忧郁的表情形成了巨大的反差。成群的乞丐、伸手讨钱的可怜的孩子使我们感受到的文化冲击更加强烈了。去印度的主要目的是促进印度的大学开展对中国和日本的研究，建立同哈佛燕京学社的学术交流关系。当时中印边境纷争（1962

年）还没有发生，在日本的"经济奇迹"引起世界关注之前，除了新德里国际关系学院的学者外，他们对中国、日本丝毫不感兴趣，事实上我们还遇到过近乎失礼的事情。这次访问印度在建立东亚研究的学术交流这一点上是失败的，但作为观光旅游却是完美无缺的。从皓月当空的泰姬陵到美轮美奂的阿旃陀石窟寺院，都是平生所未见的奇景，我们被深深地打动了。我学习过很长时间以印度为起源的佛教，但很快我就意识到自己对这个国家依然一无所知。我有很多印度朋友，印度的历史和艺术是灿烂的，具有无穷的魅力，但现在以自己的智识和悟性理解东亚、北美和西欧已经远非我的能力所及，再要去理解印度就更超出了我的能力，面对中东或世界其他地域，情况亦是同样。我为理解异质文化奉献了半生，当意识到对需理解的事物不得不设置界限时，我的心顿时沉重起来。可正是由于知道了界限所在，我可以更好地为促进美国对东亚的了解，加强美国与东亚地区的智识纽带而尽己所能。生活还在继续，到退休前留给我只有十五年的时间，在未来的岁月里，我不知道将会发生什么，但我不会也不期望改变我前行的目标。

第五部

出使日本（1961—1966）

在去皇宫向天皇递交国书前与随行者合影。前排右一为使馆次官威廉·莱昂哈特，后排左一为经济参赞菲利普·特雷齐斯，以及另外三位参赞和武官（1961.4.27）

25　天降大任

1960 年年末临近，春与我从印度经由欧洲回到哈佛。学校和家里风平浪静，一如往常。在 2 月份新学期开始之前有些必须要做的事，买新车就是其中之一。放心不下的还有好几个新的项目。在 10 月去日本之前就已谈好与东京大学井上光贞、东北大学丰田武两位教授共同用日英两种语言写一部《16 世纪前的日本》，章节的划分、各章的篇幅长短以及分担者都已定下来了，约定在 1964 年前完成。如果实现的话，我的人生道路也会由此改变，但这个项目中实现的只是 1961 年至 1962 年井上教授来哈佛大学替换我上课而已。

在回国途中经由韩国，我会见了张勉总理。他委托我回国后去华盛顿见一些有影响力的人，告诉他们韩国新政权处于危机的状况。张勉总理所担心的事不幸发生了，几个月后他的民主政权被一场军事政变推翻。在此之前，已经回国的我为了践约，同詹姆斯·C. 汤姆森（James C. Thomson）取得了联系。汤姆森在我们的"稻田讲座"担任过几年首席讲师，最近刚刚担任肯尼迪的副国务卿切斯特·鲍尔斯（Chester Bowles）的私人助手，几年后他担任了哈佛尼曼基金的主管。在同肯尼迪政府接触、反映韩国情况方面，通过汤姆森是一个最为合适的渠道。汤姆森是个热心肠的人，具有开阔的国际视野，1957 年我们一同获得奥伯林大学的名誉学位（后来我发现他完全不记得此事了）。汤姆森同我约好，1 月 26 日同鲍尔斯会面。这一天我还预定要同参议院外交关系委员会的约翰·纽豪斯（John Newhouse）见面，纽豪斯提过，如果去华盛顿的话，想就《外交事务》上的那篇文章同我谈谈。

就在 1 月 26 日到来之前，意想不到的事发生了。当我人还在日本时，报纸上就隐隐约约传出消息，说如果肯尼迪当选的话，他会任命赖肖尔担任驻日大使。在日本人看来，我与肯尼迪同为哈佛出来的，所以是顺理成章的事。但我从没有见过肯尼迪兄弟，也从没有介入过政治，至于作驻日大使的事更是连做梦都没想过。1 月中旬，最先打来电话的是一个华盛顿的记者，告诉我说我的名字已被列入担任美国驻日本大使的人选中。接着日本的报纸也开始传开，并且对这个传言深信不疑。在这样一个微妙时期，如果再去华盛顿，就容易会被误解成谋求职位，但只因自己的感觉就取消这次去华盛顿也不合适，实在令人左右为难，最后我还是去了华盛顿。

1 月 26 日是个不同寻常的日子。当我被引领走近鲍尔斯的办公室时，顿时预感到将有什么事要发生。进屋后，鲍尔斯让我坐下，说了句"你稍等一下"就又去处理一些高度机密的事务了。在战后时隔这么多年之后，我似乎突然觉得自己又回到了国务院工作人员的团队里。鲍尔斯处理完手中的事后转向我，他一开口就说："韩国的事待会儿说，你可不可以担任下一任驻日大使？"他还希望我兼任监管东亚地区全体大使的工作。鲍尔斯提出的要求很符合他那种雷厉风行、不拘泥细枝末节的性格，但第二个要求太难以从命了。世上没有哪种动物对维护自己领地的强烈意识会胜过大使的。如果我在日本之外努力行使监管权力的话，将会处于被同事们撕成碎片的境地，何况想到要在日本担任大使的这份工作已经令我惶恐不安了。我对鲍尔斯讲了一大堆自己不适合这个工作的理由，但全被他挡了回去，最后他同意我再考虑几天，同妻子春商量商量。

同纽豪斯约定好的会面后来也变成同他上司参议院外交关系委员会

主席威廉·富布赖特（William Fulbright）议员的面谈。对富布赖特在听了我对韩国问题的介绍后，问我可以不可以担任驻日本大使，我回答他说先前鲍尔斯已经提出这个要求了。富布赖特以为我领会了他的意思非常高兴。在这之后，我又回到国务院，在那里同刚刚就任国务卿的狄恩·腊斯克会面。在我当时所作的笔记中，记下了对他的印象，腊斯克"冷静、圆滑、谨小慎微"，后来的每次会面证实了我最初的判断。腊斯克对我远没有鲍尔斯那样热情，他在仔细地听了我报告的韩国情况后，甚至说了一句"汉城比东京更适合你吧"，腊斯克的话让人觉得驻日大使已有了意中人选。那天夜里，因暴风雪航班取消，我住在华盛顿。在国务院附近的一家小餐馆同汤姆森一起吃晚饭时，在谈话中才知道鲍尔斯指名我大半是因为汤姆森做了工作。起先鲍尔斯连我的名字都记不住，汤姆森始终坚持把我的名字放在驻日大使候选人名单的第一位。我在《外交事务》上那篇文章引起反响之后汤姆森就提到过我，这同日本人所说的"哈佛的人脉"并没有关系。肯尼迪总统已经起用了很多哈佛的人，这时候，他的班子里又冒出一个哈佛的人，我想他一定会很为难吧。

回到贝尔蒙特的家里，谈起华盛顿发生的事，春当场怔住了。春虽出自公爵之门，但记者经历使她有一种体制批判者的矜持，对围着外交官的社交界抱有不屑的态度。在占领时期，春曾被以美国记者同日本政治家接触为由一度上过麦克阿瑟的黑名单。学者呆板，而外交官自以为是，所以她曾想过决不同这两种人结婚。后来学者这一条被打破了，但外交官这一条她决意坚持到底。更主要的是，大使馆人员和日本实业界，尤其是当时还有很多与军界有关的美国人，不会认可她为大使夫人，日本各界的知名人士也会瞧不起她，视其为叛变者。虽然春极力反对，但我从一开始就意识到对这项任命我别无选择，只有接受。这些年来，我在自己所写的书、论文以及讲演中批评了美国的亚洲政策，现在我绝不能让这个刚刚可以得到改善的机会与自己失之交臂。现在面临的是"奋起,还是退缩"的抉择。可以在我为之贡献了半生的日美关系的关键职位上工作,是我一生中不可再得的一次机会。想到将放弃在哈佛舒适而满意的职位,特别是中止与费正清共同执笔的《东亚》,我又感到十分惋惜。但大任之前,我绝不能畏缩退却,躲进自己的象牙塔中去。我别无选择,只能接受。与此同时,我对即将承担的重任并非没有担忧。但我所担忧的两点很快就消散了。我的担忧之一就是身体,而刚刚结束的东亚之旅证明我的身体状况已经恢复到完全可以胜任大使这一工作非常繁重的职位。我更为担忧的一点是自己对日本的深厚感情会使我不适宜作为美国在日本的代表。在经过慎重考虑之后,我得出的结论是这也不会成为问题。因为美国和日本的根本利益与目标是一致的。我对日本的爱不会同对美国的忠诚发生冲突,通过我的工作增进日美两国的共同利益特别是双方更多的理解正是我的忠诚于美国之道。

大使这一职务毕竟是非常重要而又异常艰巨的,是不辱使命、做出成绩,还是滥竽充数最后以失败告终,我完全没有把握。人们当时对离去不久的麦克阿瑟还记忆犹新,那是一个高高在上、极具威严的位置,元帅的余威仍笼罩着它,我不是那种英雄式的人物,我不懂外交,也未曾期望过成为外交官。当然我有在国务院工作的经验,但那是同外交性质完全不同的职务。我总是避免同政治接触,我认为政治与学术是不能混为一谈的。至于被授权履行职责时,在处理职责范围内例行的公务杂务外,能否得到华盛顿的允许做自己认为有必要做的事,也是一个问题。在通讯手段极度发达的今天,大使成了一条被链子拴住的狗,完全变为跑腿职务的例子并不少见。倘若如此,即使大使是个极富诱惑力的职位,我也不愿意为了那些毫无意义的职务内容而把有意义的工作舍弃。华盛顿是否会给予我一定的自由度,而我是否有能力去做那些我认为必须要做的事?唯一的答案就是尝试去做,不下水是不知道会不会游泳的。但我有理由相信华盛顿会给予我一定的自由度。既然我被提名与批评同日本的"中断的对话"有关，那么肯尼迪总统及其华盛顿的我的支持者们就理应期待我使"中断的对话"恢复。那样的话，我就会得到把对日美关系的想法付诸实践的机会，而不会在伴随着大使职务而来的杂务的大海里溺死。然而我也认识到自己担负的是一件艰巨的任务，从最近的安保条约引起的骚动就可以清楚地看到这一点。主要的问题不在于日美政府之间，而是在于两国国民之间的误解。种族偏见的残余、战争期间的敌意以及文化背景的差异还存在于双方之间。更为严重的是日本人有着一种强烈的不平等感，很多日本人对日本的战败、战后的贫困和占领军重建日本时一些有违日本人意志的做法耿耿于怀，他们对依存美国的现实表现出绝望和愤恨。而且日本人对美国冒险的外交政策感到恐惧，并将其与核战争能力联系到一起，由此而担忧其会使日本再次陷入悲剧之中。他们在承认日本在经济上除了依靠对美贸易外别无他术的同时，主张在政治上尽可能同美国的外交政策保持一定距离。

另一方面，美国人毫不虑及日本人的感受，他们认为日本这种国家除了依赖美国无路可走，尤其是在看到没有迫切的对日问题时，就将其关注转向更远的纷争地区比如老挝。举例来说，在阿瑟·施莱辛格所写回忆肯尼迪政府的《一千天》的索引中压根就没有日本，书中提到的也只有两处，而且都是同我的任命有关。相比之下，老挝对于美国的重要性还不及日本的1%，但在索引中竟有25行，书中有关记述达50页之多。甚至担任总统安全事务助理的麦克乔治·邦迪都不觉得有增进了解日本的必要性。我一直邀请邦迪来日本，希望他能实地感受一下日本，后来邦迪总算在1966年来了，但那已是在他离开白宫的职位之后了。在美国人所能了解日本的范围内，日本人对于同美国的关系中所获得的好处没有感激之意，甚至很多人对两国之间的军事联盟公然表示敌意，这使美国人感到愤怒。在美国人眼中，日本人对在防卫上搭美国的车"不花钱买票"非常满意，他们不愿意在国际事务中分担任何义务。

日本人有必要知道，美国是一个本质上不爱侵略和军备的国家，只是为了维持世界上纷争地区的安定，给予像日本这样几乎没有防卫能力的国家安全保障，才必须在西太平洋地区维持一定的军事力量。他们还有必要知道，美军的驻守是远比其他任何手段都省钱的防卫形式，也是防止日本重新过度武装的最好保证。日本人应该认识到，已变得具有财富与力量的日本应该依靠经济手段为国际形势的安定做出贡献。但是这种思维方式距离当时日本人的意识还相当遥远。大多数日本人认为，只要日本不打扰其他国家，其他国家就会尊重日本的和平，他们只要能尽情享受新创造的富裕生活的果实就行了。

我感到，要从根本上纠正这些错误的观念，使日美两国国民互相认识到对方是与自己平等的伙伴，正是我的使命。日本人觉得美国人傲慢和跋扈，这种感觉超过了实际，美国人对同日本合作的重要性认识不足，也远远脱离了实际。用一个经常使用的比喻就是，日美双方用一副双筒望远镜越过太平洋眺望对方，但把望远镜拿反了。对日本人，我要说美国没有他们想象的那么强大，这样可以增强他们的自信。对美国人，我要告诉他们，日本比他们想象的要重要得多，这正是我的责任。作为美国大使，他的工作所发挥的作用是妙不可言的。既然华盛顿还没有意识到这一点，那我就先干起来再说。即使从两国人口上考虑，我也感到自己的责任重大。1960年代后期，日本的人口达到一亿，同一时期美国的人口是两亿。两国的合作关系有广阔前景并可以是多样化的。日本与美国这两座巨大冰山正在互相靠近，而我手握一根脆弱的竹竿拼命地阻止它们发生两败俱伤的碰撞。这一场景已成为一个永恒不变的图像定格在我的脑海里。

"你无论如何要去的话就一个人去，我不想跟你去东京。"一直坚持了三天之后，春同我一样抱着不安，但终于让步了。导致她改变想法的就是肯尼迪总统在就职演讲中那句感人的话，"不要问国家为你做了什么，而要问你应该为国家做些什么"。如今，这一呼喊早已魅力减退，但在当时振聋发聩，令懦夫听了都会奋起。鲍勃和琼在同我谈到担负起对国家的责任、接受这项任命时都提到了这句话，安从加利福尼亚寄来的信也同样如此。

春和我互相劝慰，我们设想了最坏的情况，如果失败的话，不就是回哈佛嘛。反正回哈佛也正是我们所求之不得的。不管怎么，虽然我有一个日本人的妻子，但还是成了大使，这就向日本以及全世界展示了美国人宽广的胸襟，他们是把其他民族平等看待的。事实上，鲍尔斯在会见我时就随口问过我春是否取得了美国公民权，之后又说了一句，"不，没有也没关系"。大使不得派遣到其配偶的祖国，这是国务院早已有之的规矩，现在显然打破了这个规矩。实际上春在1959年12月就已经取得了美国公民权。

决心一旦定下来，春和我的心情就畅快了。我同哈佛大学的内森·普西（Nathan Pusey）校长、哈佛燕京学社格雷格·贝米斯理事长商量，得到了两年的休假。我们夫妇俩设想过，在两年里如果失败就回哈佛，我还想过如果两年后一切顺利，认为留在东京是有意义的，那时就把哈佛的职位辞去。在那几天里，精神上的苦闷令我们感觉度日如年，在去华盛顿后的第五天，1月31日我打电话给鲍尔斯，告诉他我答应了。

春和我都以为挨过了最难的一关，但我们大错特错了。从那时到正式对外宣布是我整个大使职务期间最难熬的一段日子。首先联邦调查局（FBI）要对我们进行安全审查。在新政府开始期间，成为审查对象的人很多，比预想花费的时间要长得多。这一期间，《纽约时报》公开了对我的提名，消息很快传到日本，媒体大肆进行了报道。顷刻之间，信件、电话和报社记者潮水般地涌来，我只能坚称在公布之前无可奉告。日本电视台竞相派摄影记者到坎布里奇，拍摄我在教室讲授日语课的场景和我家的房子，并称我家属于中产阶级下层。《生活》杂志派出著名的艾森斯塔德（Eisenstadt）给我们一家摄影，有些不宜公开的东西也全收入他的镜头，对此我毫无办法。《时代》杂志报道说，如果我担任大使的话，就会推动美国把韩国纳入日本势力范围这一政策。实际上再没有比这更愚蠢的政策了，所以我在接受韩国记者采访时努力打消韩国人的不安。这一期间，国务院每星期都会来电话，告诉我下周一就要正式宣布，但到了那天肯定又是延期。这让我们一直心神不定，我们无法回答任何问题，对于提到什么都能谈出点看法的大学教授来说，那样困窘的事是从来没有过的。

　　由于对外宣布一再推迟，给了各种传言以可乘之机。例如有人说，前首相吉田茂反对对我的大使任命。还有报道说，日本的保守派政治家及财界、官僚阶层都对没有外交职业经历的学者担任大使感到失望。这或许是事实，因为在日本，学者被当作不了解社会的左翼幻想家。还有传言说，国务院内对我的任命反对的呼声很高，这或许也是事实。驻日本大使从其重要程度与荣誉度来说，也许在美国职业外交官中地位是最高的，这个职位被局外人占去，许多人不高兴也在情理之中。传言越来越离奇，甚至有人还报道说，围绕对我的任命，东京与华盛顿发生激烈的争执。一些朋友出于好意把这些信息告诉我们，其中有个人还预言，以我学者的单纯和对政治的一无所知，最终会被华盛顿政界碾成齑粉。报纸和杂志上围绕我的任命的传言继续在发酵，我被当作了一个"有争议"的人物，这使我受到了深深的伤害。我不由得感到埋头于学者生活使我在面对公职生活时脸皮变薄了。在这一时刻，哈佛以及各地的朋友给予我很大的鼓励和支持。其中就有原高丽大学校长俞镇午先生，他在困难极大的驻日首席代表这一位置上就任不久，在给我的信中他这样写道，"您的赴任对我来说犹如空谷足音"。

被指名任驻印度大使、同为哈佛出来的约翰·肯尼思·加尔布雷斯（John Kenneth Galbraith）也与我情况相似，所以春和我经常同他与他的夫人恺蒂商量，向他们请教。由于这种机缘，我们之间产生了深厚的友情，我们得到了他们的很多帮助。不过，加尔布雷斯对他的任命极为自得，同我和春的那种惶恐不安截然相反。我从加尔布雷斯的言谈举止就能感受到他的欣然之情。加尔布雷斯早已涉足政界，同民主党关系很深，有时我问他驻印度大使这个职位是他自己争取来的还是别人请他去的。加尔布雷斯总是微笑着回答，"两者都有一点"。恺蒂同我们一样，并没有完全打消不安。但在赴任后，似乎比她的丈夫更开心地享受在印度的生活。

春和我尽量努力回到此前平静的生活中去，在 2 月开始的第二个学期，我还同往常一样上课，但是精神仍然无法集中，其他学术活动也不能回到原来的状态，已经动手在写的《东亚：现代的转型》中的 20 世纪部分也不得不搁笔。为了消散、化解心中郁闷，我开始记日记。现在重读这些日记，可以了解我们计划到日本后所要做的各种事情，后来这些计划都付诸实行了。

在日本，这一期间人们对"赖肖尔大使"的期待日渐迫切，支持的呼声也愈来愈高。事情发展到这个地步，华盛顿取消对我的任命或东京反对任命都已经不可能了。日本的报纸早早就刊载了欢迎我的社论，还出现了无数的政治漫画。看到有一幅漫画画的是池田勇人首相头上缠着头巾在学古文，图边还有一行文字"赖肖尔就要来了"，令我不禁莞尔。

联邦调查局的审查总算结束了。白宫最早打来电话的是特别助理阿瑟·施莱辛格。美国政府在向东京征求对我的任命意见时，日本政府迅速作出了回应。在华盛顿正式宣布之前，日本政府打破惯例，在东京把对于我的任命公布了。顷刻之间，我们就被电报和电话的洪水淹没了。

来电中有这么一封电报："祝贺您，久等了。总算跨进大门了。"现在看来，对我的大使任命竟会引起如此大的反响似乎有点不可思议。当时驻日美国大使的位置上还漂浮着麦克阿瑟的余光。那一年在美国，大使任命引起广泛的关注。肯尼迪总统的政策是要尽最大努力同世界各国人民建立起更良好的关系，谁被选上被视为总统意志的体现。如同起用加尔布雷斯与我一样，还产生了几位打破常规的大使，作为驻苏联大使已创造卓越业绩的乔治·凯南（Georgy Kennan）被任命为驻南斯拉夫大使，我在哈佛最早的学生肯尼斯·T. 杨担任了驻泰国大使。1961 年在某种意义上可以称作大使之年。1962 年 1 月 12 日的《时代》杂志刊出"新大使"特集，杂志封面上按加尔布雷斯、我、肯尼斯的顺序刊登了三张大幅照片。

华盛顿正式宣布对我的任命是在 3 月 14 日，从事东亚研究的同事举办了宴会欢送我们，之后我们整理了行李后去埃莉诺·乔丹家，埃莉诺·乔丹的家在乔治镇，她是春大学时代的室友。埃莉诺的丈夫是退役的海军上校，我们即将卷入繁重工作的漩涡，她的家成了我们在华盛顿可以得到片刻宁静的场所。在国务院负责日本方面工作的理查德·L. 斯奈德（Richard L. Sneider）的指点下，我了解到同东京的工作有关的很多情况，斯奈德后来担任了驻韩国大使。同时我还会见了参谋长联席会议主席等多名高官。我的一些著作，已在美国各图书馆中被列入了"黑名单"，当时很快从"黑名单"中被删除了。春也收集了一些有关大使馆官邸生活方面的信息，她很希望了解大使夫人具体应该干些什么，可是对使馆馆员夫人的职责以及大使夫人的待遇都有规定，但没有提到大使夫人的。

参议院外交委员会的资格审查听证会是在 3 月 23 日。那天参加听证会的有四位新任命的大使，我排在最前面，花费的时间也最长，俨然成了那天的明星。唯一被纠缠的问题是一个参议员提出的，"你赞成承认中华人民共和国吗?",我正要回答时,富布赖特主席抢先开口说我主张承认中国是在朝鲜战争爆发之前,尽管我心里想,美国应该向这方面转变,但沉默是金,当时我一句话也没说。听证会临近结束时,平素寡言少语的麦克·曼斯菲尔德副主席要求发言,他说:"春作为大使夫人去日本对美国来说是件值得高兴的事,就像我们派出了两位大使。"听证结束后,他还和富布赖特一起会见了春,两位参议员的友好表示使我们深受感动,也极大地增强了春的信心。3月25日,我同其他两位新任大使第一次见到了肯尼迪总统,这次会面纯粹就是一个仪式,我们每个人得到了一枚有总统签名的照片。为了显示同总统的密切关系,我把这张照片放在了大使办公室桌上一个显著的位置。3月29日,任命正式下达。赴任日益临近,还有好几次宴会。纽约和华盛顿的日本协会都为我们举行了盛大的招待会,参加这些招待会使我们知道同几百个人握手也是大使的主要工作之一。宴请中最有趣的一次是朝海浩一郎大使为我们举行的宴会。据说朝海大使是最先反对对我的任命的,但在那天的宴会上一点也看不出那种意思。对于我们来说,这是有生以来第一次正式的外交场合,没有人向我们传授外交礼仪,一切都得见机行事,照着人家做。我察觉到,面前有三个葡萄酒杯,吃鱼时用白葡萄酒,吃肉时用红葡萄酒,最后在致辞时主宾用香槟酒碰杯。宴会临近结束时,朝海大使站起举杯致辞,我想接下来该轮到我了,于是也站了起来。因为那天很累,所以打了招呼就先走了。事后听说,在主宾离去之前,出席宴会者即使是议员、大臣、大使,也不可提前离席。晚宴意想不到提早结束,大家都很高兴,邻座的一个经验老到的华盛顿贵妇人贴近我轻轻地说了一句:"你还年轻,一定会成为一个成功的外交官。"

　　驻华盛顿的日本记者比任何国家都多,因为都希望同我见面,于是在国务院的安排下,举行了赴任前的记者招待会,这是没有先例的。记者招待会以我作为嘉宾的形式举行,同记者会见时我作了简要的情况介绍。

因为参加日美协会为我们举行的招待会，我们在洛杉矶逗留了两天。之后又在檀香山休息了几天。在檀香山我们同琼会合，琼在贝尔蒙特就读的高中已同意她在日本通过函授教育完成学业。在夏威夷，我们听取了美军太平洋地区司令部总司令哈里·费尔特（Harry Felt）详细的情况介绍，并出席了他主持的盛大晚宴。在去往东京的飞机里，面临即将承担的重大使命，春和我都激动不已，同时又有种像被拖进屠宰场的羔羊的感觉。我几乎一夜无眠，4 月 19 日早 6 点 40 分，飞机在略显陈旧的羽田机场着陆。着陆时我正在驾驶舱内（当时是允许的），看到飞机笔直地进入航道，缓缓降落在羽田机场，机长说这种情况是从来没有过的。我赶紧回到自己的座位上，急急忙忙穿上鞋子，打好领带，转瞬间就被引领着走出机舱。大使馆馆员和他们的夫人、日本政府有关方面人士已经列着长队在等候了，我同他们一一握手，到场的记者至少有百人之多。虽然还是清晨，到机场欢迎的还有许多老朋友，我在哈佛教过的印度学生也来了很多，他们打出了横幅，"哈佛毕业生热烈欢迎赖肖尔大使"。

到了候机大厅，在闪光灯的闪烁之中，我读了简短致辞。致辞中我谈到，日美双方"富有成果的伙伴关系将有助于世界的和平与繁荣"。这是我在五年半任期中的主题，也是后来一以贯之的主题。在用英语读完之后，我又用日语读了一遍致辞。我的日语虽然不如英语那样流利，但付出的努力得到了回报。因为飞机着陆非常顺利，赶在了电视早上 7 点的新闻节目之前，电视台对我们一行的到达作了现场直播。据说外国大使用日语致辞给日本人留下了深刻的印象。

致辞刚一结束，车头两面插着星条旗和大使旗的专用凯迪拉克车载着我们从机场向着如同宫殿似的大使官邸进发。6 英里的路程一路上实行交通管制，每个路口都站立着警察。据说这是国家元首级的待遇，这样接待大使是没有先例的。很显然，我们已经远离悠然自得的学者生活而走进了完全不同的新生活。

驻日美国大使馆（右上）与大使馆官邸

玄关前厅（上）与休息处（下）

大餐厅，正面墙上挂的是从纽约现代美术馆借来的克莱恩的画作

举办招待会的会场，在这里使馆经常举办羽毛球比赛

在大使馆办公室里（《每日新闻》社提供）

在日本民众中（1961年下田"黑船祭"）

华盛顿日美会谈，前列左起：肯尼迪总统、池田首相，后列左起：朝海浩一郎驻美大使、腊斯克国务卿、小坂善太郎外相、作者（1961）

与池田首相在一起（1961）

美国大使馆与日本外务省棒球队友谊比赛，驻日大使与外务相任各方队长（1961）

夫妇之间的比赛（《文艺春秋》提供）

在三崎（1962）

司法部长罗伯特·肯尼迪在日本大学被授予名誉学位，其身后为夫人埃塞尔（1962.2）

春被称为华盛顿派来的"另一位大使"（1962）

与夫人春参观江户时代封建领主的城堡

与莱昂哈特及其后任爱默森在一次正式谈判中，最左边为经济参赞嘉德纳（1962）

侃侃而谈

访问佐渡航空自卫队基地，与驻日美军总司令斯麦特在和式旅馆里（1963.6）

参加京都比叡山延暦寺圆仁大师 1 500 年忌活动（1963）

26 东京大使馆

从踏上日本的土地那一刻起，我就承担了驻日美国大使馆的全部责任。电文和照会文件全都以我的名义发出，其中大部分与使馆日常业务相关的，实际上我并不过目。只有重要的事项我会亲自动笔，但修改原稿的比自己动笔的要多。到真正掌管使馆业务，能够同日本政府进行必要的接触当然还需要一定的时日。在向天皇递交国书之前，其他的一切工作都无法开展。在这一段时间里，外交处于真空状态，不用说同日本政府官员，同其他国家外交使团的交流也不可能。

然而这样也使我们得以有机会熟悉周围的环境。春的父母和她的妹妹种，就住在大使馆附近，她的父母出身显贵但和蔼可亲，他们家的房子虽然不大却很舒适。大使馆如同恢宏的宫殿，他们家的房子连大使馆的十分之一都不到，大使馆的日本馆员们都称其为"娘家"。春的妹妹创办了一所规模不大但很不错的学校，名为西町国际学校。

我们很快就进入了状态，大使馆的情况逐渐熟悉起来，我早先教过的一些学生对我的到任由衷地表示欢迎，使馆的日本馆员也都很友好。此姑且不论，但我得承认，在日本已驻很长时间的人们中，有一些人对我的到任并不乐意，这可能受到了前任大使的影响，前任大使曾对我在《外交事务》上的那篇文章颇为愠怒。我们尤其感到忐忑的是公使、大使馆次长威廉·莱昂哈特（William Leonhart）和他的夫人"皮金"，因为很大程度上我们要依靠他们教我们使馆内的行规。但我们的担忧显然是多余的，虽然不知道威廉·莱昂哈特对我的任职最初是什么想法，但事实上对于我们所希望的事他们总是竭尽全力予以帮助，表现出他们的忠心耿耿。

在五年半的任期中，大使馆的馆员中，无论是美国人还是日本人，对于我们的工作都给予了全力以赴的支持和协助，那些职业外交官和他们的夫人恪尽职守的工作态度时至今日依然深深地印在我们的记忆之中。

大使馆内工作大体上分四部分，首先是政治事务部分，这一部分由大使馆次长与政治参赞统管，他们负责同日本政府的交涉与日本国内美军基地的大部分联络工作。大使馆次长辅助我工作，我离开日本时其代理大使行使职权。接下来是经济参赞与其统管的经济部，其下还有商务参赞的商务处，主要为在日本的美国企业活动提供服务，但没有既懂经济又日语好的人员是大使馆的一个弱点。第三是领事部，负责对美国人发放护照，外国人签证，对遭遇各种意外情况的美国人提供帮助。在日本各地有总领事两人，领事数人。为外交官开设的日本语学校设在横滨，是领事部的附属机构，为了增强毕业于这所学校的人员的语言能力，他们中大多数人先被分配到领事馆工作，再就是总务参赞所管的总务部。在参赞排序中，总务参赞位列最后，以上是大使馆内部的基本机制。除国务院外，还有各种美国政府派出的机构，其中最大的是美国新闻署（USIA）的派出机构美国新闻处（USIS），其分担大使馆的重要工作之一就是根据公共事务官的指示，发布有关美国的信息，塑造美国的良好形象。美国新闻处在日本各地设有美国文化中心。我认为，USIS应该更紧密地同大使馆连为一体，所以我鼓励那些工作人员不要仅仅是发布信息、让日本报纸登几行新闻的公共事务人员，而要成为使美国同日本能够相互理解、彼此欣赏并开展智识文化交流的推动者。但是尽管拥有非常优秀的日本职员，美国新闻处在大使馆中仍是一个最为薄弱的部门，而且规模过于庞大，我根本无法有效地管理。几经考虑，我最后决定设立文化参赞一职，由稳妥可靠的人担任，其级别与政治、经济参赞相同。通过这一举措，提高了美国新闻处的级别，置于文化参赞的管辖之下，有了一个正确的方向。文化专员以前就有，但文化参赞没有先例。此时恰好洛克菲勒基金会的人文部长伯顿·法思即将任职期满，我首先就想到了他，起先伯顿·法思还犹豫不决，几个月后，终于在1962年末到任。当时美国的在外领事馆中，我们大使馆是唯一有参赞三人、保持三驾马车态势的使馆。法思的工作非常出色，他同日本知识分子阶层建立了广泛的密切联系，做出了出色的成绩。在一个阶段的试运行之后，美国新闻处最终在机构设置上还是被置于公共事务官管辖之下。

文化参赞的职位在我离开东京后不久就被废止了。外交预算的分配是我一直感到不快之处，外交及文化活动的成果很多，但划拨给外交及文化活动的预算少之又少，远无法与同军事有关的预算相比，即便如此，削减预算时还是会首当其冲。在我的任期过半时，华盛顿下令关闭数个领事馆及美国文化活动中心。同样，文化参赞这一职位也因没必要、不急需而被降格，最终废止。大使馆附属机构中排在美国新闻处之后的大机构就是综合军事援助事务所（MAAG），该事务所在一位少将领导下，有六七十名人员，任务是负责为日本提供重型武器装备，其同大使馆没有太多的接触。接触稍密切一点的是陆海空三军武官，他们手下各自都有接受过专业培训、能够独当一面的工作人员。我一直没有搞清楚他们与人员众多的综合军事援助事务所以及驻日美军是如何职责分工的。我同大使馆政治部军事业务部门接触的对象主要是驻日美军。只要看看武官处的职员就可以清楚了解到美国政府在军事与外交上的用力分配是如何的不同。大使馆经常人员不足，许多外交人员几乎没有经过事先培训接到任命后就赶赴任地。与此相比，武官处的职员除两至三年的语言教育外，还要在华盛顿接受赴任前的培训，而他们履行的公务远没有外交官重要。当然我不应该对此作比较，事实上军方对我一直是很关照的，提供了诸多便利。空军武官有一架专机，每当我到日本各地考察时，常常会使用他的专机。附属机构中还有中央情报局（CIA），我在任的那个时期，中央情报局在日本的活动主要是收集有关中国的情报以及半公开地协助亚洲基金会，亚洲基金会是一个促进日美两国工会领导人交流的组织。实际上这是美国新闻处应该承担的业务，但由于连一个普通的国会议员都不把国务院尤其是美国新闻处放在眼里，一些意义重大而国会又不予以认可的活动只能仰仗蒙着一层神秘面纱的中央情报局来取得财政预算。从近年来中央情报局在世界其他地区因有恃无恐、为所欲为而被曝光的情况来看，在担任大使期间，我所收到的有关其活动的报告是否完整也颇值得怀疑。在任期间的大多数时间里，中央情报局在东京的领导人是我以前教过的一个学生，对于他我是完全信任的。不管怎样，当时中央情报局在日本的活动相当有限，同大使馆的关系也不过是停留在名义上而已。

同大使馆有着更为密切关系的是劳工部派遣的两个专员，他们作为政治部门的成员或多或少参与其中的工作。财政部派遣的专员则同经济部有着密切的关系。除此之外，财政部还派驻有一个很大的团队，其成员大多数长驻日本，为阻止来自中国、缅甸、泰国边境交界之处即所谓的金三角的毒品而配合日本有关机构工作，日本本身并不存在毒品问题。除了这些人以外，大使馆还有很多来自不同部门的专员，整个使馆机构组织庞大，这些来自不同部门的人员以及文件管理，工作量极大，我自己尽量不介入这些事务与人事中去，所以我非常感谢大使馆次长以及行政管理人员卓有成效的工作，我所能做的也仅此而已。

大使官邸矗立在大使馆后面的小山丘上，是一座优雅的建筑。隔着一条道路，对面是大仓饭店，大仓饭店建成后，看上去官邸一下子小了许多。从正门进去是一个宽敞的大厅，一面是弧形的宽阔台阶，地面和台阶都是美丽华贵的大理石。顺着走道前行，与前厅相连的是一间小餐厅，可以容纳二十人左右在里面舒适地用餐，除此之外，还有一个可以容纳五十多人的大餐厅。再径直往里走约 30 米就是客厅。这间客厅很有名，当年不打领带、一身便装的麦克阿瑟与身着正装的天皇就是在厅内最里面的柱子前拍下了那张著名的合影。一楼还有一间小书房，大小如普通家庭的起居室，任何时间都可以使用。除这间小书房外，所有房间厅室的天花板都高得令人难以置信，可以证实这点的是，在离任前我们招待一些国家的大使在客厅里打羽毛球时，球一次也没碰到过天花板。整个一楼缺少家的感觉，仿佛生活在国家美术馆里，就是在这种状态中我们度过了好几年。直到我们自己坐在小的用餐间吃饭或独自坐在客厅的火炉前才找到家的感觉。二楼没有一楼那样气势张扬，其中一点就是天花板不是高得离谱。最顶头的一套房间原来打算安排 1960 年 6 月艾森豪威尔总统来访时使用的。艾森豪威尔总统夫人玛米喜爱粉红色，为了迎合玛米的喜好，麦克阿瑟夫妇下令，不仅是他们下榻的房间，而且把大使馆的其他大部分区域甚至是壁纸和用具全都换成粉红色，这个景象真令人感到惊悚。二楼的另一头还有一个套房，是麦克阿瑟的起居间。在整个任期内，我们一直使用这套房间，感到十分的舒适惬意，即使在梦中也从未受到过这位英雄的干扰。不久后，春让人把通往房间的走廊隔了开来，安装了门，这样就更有了家的感觉，我们大部分休息时间都是在那里度过的。

官邸整体的装饰沉闷呆滞，已经过时。春为了改变这些房间的装饰费了不少心思。首先要做的事就是要更换绝大部分窗子的窗帘，那种粉红色巴里纱窗帘是玛米夫人所喜爱的。我们得到了纽约现代美术馆的大力协助，我在 6 月就任后第一次回国时就去美术馆挑选画，他们拿出了代表美国现代美术的出色作品，我特别看中的是克莱恩（Kline）的优秀作品，它令人联想到日本的书法，还有一幅是冈田谦三的美丽的抽象画，我们把两幅画挂在大餐厅的两面墙上。这两幅画都为约翰·洛克菲勒的夫人布兰切特所有。她第一次访问东京时，走进公邸的大餐厅看到克莱恩的画大声叫了起来，"啊，太高兴了，这里挂着我喜爱的克莱恩呢"，看到冈田的作品时她一声没吭。看到这位美丽贤淑的夫人竟忘了属于自己的财产，我觉得十分有趣。

一楼前厅外是一个斜坡，正前方是一个大喷水池和开阔的大草坪，很适于打槌球，作为其他活动的空间也是很大的。就在我们就任之前，大仓饭店开始在这里建造，后来又建起了更高的分馆，这样美国大使夫妇在庭院里的活动都暴露在数百人的眼皮底下。从官邸到下面大使馆所在地，顺着小丘有一条小路，小路两旁古木蓊郁，是东京最美的坡道之一。那些年里，还没有谁能像我这样每天走过那段令人心旷神怡的小路去上班的。小丘的下面有一个游泳池，春和我将游泳池向所有的使馆工作人员和居住在这里的美国人开放。大使馆及其附属的两幢楼同大使公邸一样是仿西班牙风格的建筑，但同大使馆工作所需要的空间相差太大，业务的大半是在稍远一点的一幢六层楼里进行，只有少数的主要官员在大使馆内有办公室。我的办公室是一间宽敞、很有气派的房间。宽大的办公桌后，左右两边是美国国旗和同总统旗大小相似的大使旗，墙上是一幅立体的日本地图。大使馆职位稍高的馆员都在东京各地区购置了舒适的房子。其余的人由于经济上的原因住在两幢很大的公寓里，公寓属一家称作三井物业的公司，距大使馆很近。

大使馆的总人数是美国人三百人左右，日本人是这个数字的两倍还多。其包括一部分专员、东京之外的领事馆和文化中心的人员、海军陆战队的警卫人员、司机及其他服务人员。我最初的工作之一就是同全体在东京的工作人员见面，逐一握手并对他们作一次简短的激励性的讲话。这是一支人数众多的团队，这样做是非常有必要的。我特别谈到那些日本的职员，他们同美国人不同，美国人在东京待上两年至四年就会调转工作，而他们将长期在大使馆工作下去。我着重强调了他们在我们同日本广大民众不断地交流沟通中发挥的重要作用，这有助于推动我所期望的日美之间平等的伙伴关系。春比我花费更长的时间开始了其雄心勃勃的计划，她要会见使馆内的全体女性。春把女馆员、秘书、美国馆员夫人、日本女职员等分成若干个小组，邀请她们到官邸喝早茶，总人数达六百五十人之多。有位日本女性说，在此之前，不要说同大使夫人会面，连官邸里面是什么样子都没见过。除此之外，不久我们还每月举办一次茶会，邀请的对象是新到任的馆员和他们的夫人。如果不搞这样的活动，我们同他们一次都不会见面。包括附属机构的人员在内，新赴任者每月有三十人。

春从一开始就监管起官邸内的工作，官邸的勤务人员有三十人，负责人是精明能干而又忠诚的山县信。除此之外，还有园艺师数人，锅炉工一人和司机三人。司机中两人专属于我，这样我专用的凯迪拉克就可以随时出行。还有一个司机专为春开车，以便她参加各种繁忙的公务活动。她的公务活动之多，这在以往的大使夫人中是没有的。春还配有一个全职的日本秘书，后来又增加了一个美国秘书。

在日常生活中，有二十多个人为我们服务，再加上大量的办公室工作人员帮助我们处理同工作相关的各种事务，这样大大地增加了我们工作的效率，如此大的工作量竟能应付裕如，这连我们自己都感到有点不可思议。我们看上去似乎有"以一当十"的力量，实际上并非我们具有超人的力量，而正是这么多的人在支持着我们，他们承担了大量的工作。但是家大有家大的难处，人多支出的成本也高，勤务人员的工资和官邸的经费根据复杂的计算方法分为大使馆公费支出部分和我个人支出部分。接连不断的美国要人来访，在官邸下榻，政府大型代表团来访招待用餐，这些开销都是由我个人支付。因为我个人资产没有支出这些费用的能力，只能在增加官方招待费的同时，从机密费用中拿出部分作为补贴。结果是，在五年半的任期结束时，我们的资产状况同赴任前相比几乎没有变化。

在任期间，家庭的支出皆由春负责安排，我从不过问金钱的事。到大使馆外面，如不是坐公务车，肯定会有人陪同，陪同的人会给我买票或支付其他费用，我不必随身带钱。从金钱中完全解脱出来是我在东京那些年生活中最为轻松愉快的事之一。我所经手的钱只是每隔一两周给我一次的理发费用五百日元。理发师来到办公室给我理发，在这一时间我就读一些无关紧要的文件。在我们结束任期离开东京之前的那段时期，我想这个价格大概要比外面普通价格便宜，但理发师很高兴为我提供这个服务，因为这项工作使他觉得很有面子。让我感到意外的是，他也给麦克阿瑟理过发，是我所见到的极少数同麦克阿瑟说过话的日本人之一。

每个大使都希望按照自己的想法营造大使馆的氛围。我们很自然地选择追求宽松、和谐的气氛。但是，这并不能改变大使馆工作人员称呼我"大使"或"阁下"的习惯。一个人当你发觉突然失去自己的名字时是相当惶恐的。在大使馆欢迎新任者的宴会上，我的坐席上的姓名卡上也是"大使"。我还发现可以对任何一位大使同事都称呼"阁下"，对于像我这种老爱把人家名字忘掉的人来说，在任何场合不假思索就能以"阁下"相称倒也有便利之处。

我们随和、平易近人的作风得到了使馆人员的赞赏，春也受到了大家的欢迎。以前的大使夫人不是因脾气变得乖张，就是暴君似的盛气凌人，现在终于得以解脱了。当时他们被要求无报酬地为使馆工作，像奴仆一样被大使夫人使唤。大使夫人托付的事绝对不可拒绝，有时要你去官邸你就得去，不管你在此前已有约会。在官邸的活动中，规定必须要比客人先到，等到最后的客人走完才能离开。我们认为这种习惯性的做法在大规模的招待会上是脱离实际的。客人中有的人看到这么多的使馆人员在场，还误以为是高潮，一直呆着不走。我们想出了一个办法，决定把酒吧的门关闭作为信号，此时使馆人员就可悄悄地离开了，这也就告诉大家招待会接近尾声了。在其他的活动中，使馆人员在大使和夫人离去之前绝对不可以离席，通往大门的走道必须让他们先走。这种形式上的外交礼仪虽然依旧保留着，但我们已经在大使馆内营造了一种更为友好、宽松、融洽的气氛。我到任后，恰逢巡回大使弗拉克（Flake）对在外使领馆进行两个月的考察和评估，在临走前弗拉克对我说，在他长达三十五年的外交经历中，还从未见过像我这样到任后大使馆的士气和作风迅速振奋起来的情况。

27　新雨旧知

1962 年 4 月 27 日，我向天皇递交国书，由此正式成为大使。递交国书仪式允许使馆人员六人随行，这六人是使馆次长莱昂哈特、经济参赞菲利普·特雷齐斯（Philip Trezise，后其多次担任大使一职）、参赞三人以及武官，武官当时是空军两星中将。除中将以外，全体人员皆按宫中礼节，头戴大礼帽，身着晨礼服和条纹西裤。观看当时的纪念照片，照片上每个人都是一副洋洋得意的神态，就像刚刚吃了一只金丝雀的猫。

在皇居，我一个人率先进入谒见的房间，随行的六人留在屏风前。我脚踩着红色地毯向前走去，走到天皇面前，在表示最高敬意之后，我告知我的前任已经离任，随后递交总统的国书，一切都是按照常规的固定形式进行。天皇身后站立着两个人，侍从长三谷隆信和译员。三谷隆信是三谷阿姨的弟弟，孩提时代我一直管三谷阿姨叫"阿姨"。译员把天皇的话译成英语，由于我在天皇的话刚一落音就紧接着回答，把程序的节奏完全打乱，译员脸上的表情都变了，他只得把我已作答的天皇的话再慎重地译成英语后，又接着把我的话译成日语。天皇比我十三年前第一次见到时似乎显得更年轻了，也更有精神。我们之间进行的谈话都是一些刻板的套话，事后听三谷侍从长说，天皇那天特别轻松，非常友善。后来每次去皇居，我们都会通过三谷或春在宫内的关系让他们把天皇、宫廷对我们拜访的反应传递给我们。

我看准了时机，就开始把六位随行人员逐一向天皇介绍。每一个被叫到者从屏风后走出来，走到红地毯右转角处深深地鞠躬后走向前去，在天皇面前再度行礼。在我介绍完之后，他们又如进来时一样，退回到红地毯转弯处第三次行礼，然后才走出去。望着他们的远去的背影和拘谨的步子，我当时想的是，这种早已过时的迂腐的规矩应该尽早取消了。最后又轮到我了，在深深地鞠躬之后，我转过身向前走，在红地毯转角处又鞠了一躬后退出。事后并没有听到对这次谒见的谈论，由此可见这次皇居的递交国书仪式没有被认为有失礼之处。

　　递交国书并不意味着在东京就任的开场仪式就已经结束，这只是一个开始，更多类似的活动如潮水一般接踵而至。两天后是天皇生日，因为已经正式成为大使，所以应邀去皇居参加大型招待会。在那种场合，天皇和皇后走到各个房间，同站立成一圈的各国大使和大使夫人一一握手，不过同日本人在任何场合是不握手的。这样问题就来了，在日本出生的春是该鞠躬呢，还是握手？我们甚至也考虑过或者像美国外交官的妻子经常做的那样，左脚退后弯膝行礼。权衡再三，我们决定不论同怎么样的日本人就只是握手，正因为是美国大使的妻子，就应该按纯美国式的做法行事。看来这么做还不错，没有招致任何的非议和误解。天皇在挨个对每个来宾说一句"欢迎"的单调的作业中神色已略显疲劳，但他一看到我就脸上浮出了笑容，握住我的手说"真的欢迎你"，这是一个坦荡无邪、具有纯粹人格的人所作出的举动，所幸的是站在两旁的大使们都不懂日语。后来在这种场合，握手之后，侍从们通常会把我们安排到我与天皇、春与皇后交谈的场所。这也许是因为只有我们会说日语。正因为如此，我们比任何大使都更熟悉天皇、皇后陛下。我还陪同许多人去谒见过天皇，帮助介绍并努力活跃会话的气氛。天皇远不是一个健谈的人，但在我陪同去谒见天皇的人中，没有一个人不为天皇的真诚和善意留下深刻的印象。

除此之外，我还去东宫御所礼节性拜访高松宫、三笠宫、秩父宫等皇族成员，并出席他们各自为我们举办的宴会。不久，我们同皇太子及美智子皇妃也建立了亲密的关系，美智子皇妃很有教养，极富魅力。令人欣喜的是皇太子为将肩负起的重任正在刻苦努力。在大使的职务工作不是那么繁忙的时期，每年都会举办招待皇族的宴会，这已经似乎是例行公事了，但在我的任期内只举办过一次。因为皇族各自有要参加的各种各样的活动，也非常繁忙，我想减少我们这样的礼仪活动对他们来说也是求之不得的。对内阁成员和其他政府高官的拜访也列入了最初的礼仪活动计划，春和我还打算对在东京的各国大使夫妇进行礼节性拜访，当时驻东京的各国大使有六十多人。

我在东京的熟人都是学者、知识分子以及家人的朋友，其中大部分人从事教育。我继续保持着同这些人的交往，但现在有必要也同政、官、财界的高层人士交往。我不知道这些人对学者大使是如何作想的，但至少在表面上竞相想同我会面，对我的拜访都热情地欢迎。我通过他们得以从新的角度观察日本，全方位地了解日本社会实际上是如何运行的。

在递交国书的第二天，我拜访了池田勇人首相，这是一个见面给人留下深刻印象的人。初次见面就令我加深了对他的敬重，随着时间的推移，我们之间建立起了牢固的友谊。拜访池田首相的第二天，我拜访了外务省，小坂善太郎外相是我的老朋友。接着又到各省拜访。日本内阁大体上每年都会调整一次阁员，所以我同自民党高层的许多人都建立了亲密的关系。在后来的历届首相中，只有渔业专家铃木善幸很少接触外，其余人都同我关系很密切。1964 年在池田勇人首相之后，继任首相是佐藤荣作，他成功地保持了执政七年半的纪录。佐藤荣作为人开朗直爽，但似乎缺少池田勇人那样的气概。1972 年继任佐藤荣作的田中角荣苦学力行，聚积了实力，在担任过首相的人中是独一无二的。田中角荣是个勤奋的领导人，因为勤奋，被人称作"装计算机的推土机"。1974年因金钱丑闻离开首相和自民党总裁的宝座，后因职务犯罪被判有罪（现正在上诉），目前在党内仍有很大的势力。我觉得田中对我一直非常友好，但因两人的经历相差太大，所以关系没有达到很亲密的程度。在池田以后担任首相的人中，三木武夫作为老自由派，是唯一在战前就担任议员的人。三木当然是一个很容易与我产生共鸣的人，但我对他的了解远没有达到我所期望的程度。福田赳夫对我也是非常友好的，但他的经历、性格使他彻底官僚化了，我们的交往当然就有了一定的限度。1962年在小坂善太郎之后担任外相、1978年担任首相、两年后去世的大平正芳是我最亲密的朋友中的一个。我与大平正芳同是1910年出生的，所以我们互相之间常开玩笑。大平被日本公众认为是谜一样的政治家，但我总感觉他是个坦荡直爽、可以信赖的人。大平是个无教会派的基督教徒，这也许同他的性格有关。大平曾当过英语教师，尽管当选为首相时英语还不错，但已看不出英语教师的痕迹。在我看来，大平是最富有才干的政治家。他敢于以其智慧和魄力引导国民向着虽还不被广泛认同但又是必然的目标逐步前进。大平和池田都具有广阔的视野，他们认为日本以其经济力应该在国际事务中发挥更大的作用。

同现任首相中曾根康弘的相识是最早的了。1950年代，亨利·基辛格（Henry Kissinger）曾以世界范围内的青年政治家为对象在哈佛大学举办过夏期研讨班，我一直协助他从日本的候选者中挑选人选。当时已为年轻议员的中曾根作为最早选中者中的一员于1953年参加了研讨班。中曾根康弘和其他参加研讨班的日本人曾经有一个晚上聚集在我家里进行研讨。1961年我到任时，中曾根已是自民党内派阀领袖，成为首相后，他比他的大多数前任更明识时代潮流，在国际舞台上发挥着重要作用。我也会见过比池田更老的仍在政界活跃的政治家，但不可思议的是同他们很难建立起有意义的关系。我曾同池田的前任岸信介交流过好多次，但从未有过同他很亲近的感觉。岸信介是宣布太平洋战争开战的东条内阁中的一员，对于我来说，他似乎是另一个时代的人。战前作为政党人士已为人所知，觊觎首相宝座的大野伴睦、河野一郎两人也是如此。

通过官方正式接触而结识的人中有很多没有成为首相的政治家，其中有的现在还是在作首相的候补人选，宫泽喜一就是一个很好的例子。宫泽思维极其清晰，为人随和，英语娴熟，是自民党中少有的能够驾驭重要谈判的人。更难能可贵的是他能够理解西方的思维方式，具备参与国际会议所必需的智性。我在离开大使一职之后，通过一些国际会议对宫泽有了更进一步的了解。

除自民党领导人和高层官僚外，我同财界核心人物和在野党领袖也很熟悉。财界里关系特别密切的是石坂泰三，他是最大也最具实力的经团联会长，是日本经济界公认的长老。在野党中我视之如同瘟神、避之唯恐不及的就是爱国党。他们的成员在市街上到处张贴言辞激烈的反共标语，开着卡车播放刺耳的音乐，挥动着大幅的日美两国国旗在街头上到处乱转。我曾在噩梦中梦到过爱国党首领赤敏尾搞错了对象，要同我握手照相的情景。但是同第一在野大党社会党几任委员长倒是经常会面，虽然他们在反美和信奉教条主义方面毫不逊色。1961 年夏，我曾邀请几个社会党领袖到我办公室进行讨论，这是美国大使馆同社会党时隔一年后的正式接触。我始终没有能见到江田三郎，虽然我非常希望能见到他。江田三郎观点稳健温和，并不像其他社会党领袖那样反美态度强烈。我担心同江田三郎的会面会影响到他在党内的地位，所以一直没能会面。民社党人的观点同我相当接近，容易沟通，尤其是同西尾末广、曾祢益两人经常会面。创价学会的池田大作会长也经常会面。创价学会是一个非常大众化的宗教组织，该会在 1960 年代前期成立了在野党公明党。最为频繁会见的是两大工会组织的领导人，同稳健的全劳（后来改为同盟）领导人会面常常话很投机，同近于极左的总评岩井章、太田薰两人的讨论也有很多乐趣，但经常会发生激烈的争辩，他们两人都丝毫不掩饰他们的反美情绪，但两人为人温和，同他们的争辩常常会令人有一种快感。

为我们举办的欢迎会开了无数次，绝大多数的欢迎会是出自真心实意的，如日本基督教界同仁举办的招待会。当然也有纯属流于形式的，如正式访问自卫队时，我检阅了仪仗队，会见了全体干部。在演奏日美两国国歌时，必须把帽子放在胸前，我把其称为"帽子礼仪"。但一想到自己是在场的美国的代表，只是因为我才演奏美国国歌、升星条旗的，这时不禁感到背上发麻，惶恐不安。最极尽奢华的一次是日本产业巨头堤康次郎举办的宴会。内阁阁僚以及所有外交使团人员都出席了这次宴会。在外相致欢迎辞后，苏联大使当场以还没接受我的拜访为由婉拒了致辞，他还认为，任何情况下，这都是外交使节团团长的任务。后来由锡兰（今斯里兰卡）大使致辞。但是苏联大使的举动非常惹人注目，让人联想到刚刚在维也纳举行的肯尼迪-赫鲁晓夫会谈。堤把这次宴会称为远东峰会，由于无视正常的外交礼仪，宴会的程序完全被打乱了，甚至还稍稍出现了一点混乱，但也很有意思。

还有一次重大的正规活动就是日美协会为我们举办的盛大午宴，因为我被推举为该会的名誉会长，所以那天还作了主题讲话。为了参加这次活动，日本政界元老吉田茂专程从大矶赶来。吉田茂自1946年5月至1954年12月期间几乎一直担任首相。此时他年事已高，有点昏聩，所以我一直没能够同他进行一次从容的交谈。当时的吉田茂在宴会或其他公共场合一旦被邀请作简短介绍时，就会口无遮拦，对敏感的政局问题说一些令当局难堪的话，这种情况时常发生。所幸的是，出于对吉田茂的尊重，政治家和报纸只当作没有听见。

对各国大使礼节性拜访没有必要像拜访日本各界领导人那样急迫，可以把时间稍稍拉后一些。东京有六十多位大使，我们打算每次花上十五分钟到二十分钟同大使及他们的夫人会面，而现在大使的数量比当时增加了一倍，我觉得这种习惯上的做法应该进行一些简化了。我发觉在会面时，几乎所有的大使都想谈一些自己国家的情况。不久，新任大使也开始到我们这里做礼节性拜访，很多人在会面谈话时都超过二十分钟的时间限制，例如在会见希腊、南斯拉夫、保加利亚大使时，当我问及对马其顿问题的看法时，他们都会一下子兴奋起来，在谈话中不知不觉忘记了时间。捷克斯洛伐克的年轻大使赫德利克卡（Hrdlicka）夫妇战后不久曾在哈佛大学学习过，而且他们是在坎布里奇相识、结婚的。所以我每次到捷克大使馆拜访时，都会被当作"大使的老师"受到特别接待。每个大使馆在该国国庆日都会举办招待会，在条件许可的情况下，我们都一定会去参加。在当时的东京，美国大使是超一流的名士，缺席的话就会伤害对方的感情。去印度的肯·加尔布雷斯大使不把这类活动当回事，他总是找些托辞，说是美国大使太忙，而我们既非职业外交家，也非美国政治家，反而认真地恪守着外交上的礼仪。每次赴宴都要占去我们大量时间，尤其是东京交通拥挤，来回路上要花去很多时间，除了这些外交招待会外，还有政府方面以及大企业的招待宴请，我们始终忙于这些应酬，一个下午要赶三个场子也不稀见，有时接下来还有晚宴。春和我对鸡尾酒会、招待会都已感到厌倦，我们知道在东京的这类活动中要完全建立起有意义的关系是不可能的。所以我们一直寻思不论什么招待会要尽可能地缩短逗留时间。要做到这一点，关键的就是要让在场的报社记者和我们的同事看到就行。于是我们在到达现场后，迅速地逐个与出席者握手，转了一圈后就马上撤离，这样大体上花上十五分钟，有时花费的时间更短就把一个招待会应付过去了。

大型招待会我们还是以职业精神认真对待的，那种场合会得到人数众多的出席者的关注。我们把外交宴会与外交使团同事的私下会面是严格区分开来的，没有哪个大使馆工作人员可以同我们使馆相比，我们外交使节团的同事中也没有哪个人像我一样有如此丰富的在日本的经历，所以在同其他大使一对一会面交谈中，就如家庭教师上课，我教他学。我发觉在这上面花费时间还不如自己用日语同日本人交谈或是向访问东京的在美国有影响力的人们介绍日本。在外交场合的晚宴上，同他们也不可能进行具有实质内容的谈话，而且每次拖到很晚，人被搞得精疲力竭，不得不把工作留到第二天。所以后来我们公开言明不再进行同他国大使的私下会谈或出席他们的晚宴。尽管如此，在使节团里我们还是结交了一些很好的朋友。我在任的后半期，一些大使和他们的夫人发起组织了一个舞会俱乐部。天皇最小的弟弟三笠宫殿下很喜欢跳舞，他常常来参加舞会。我同三笠宫殿下自 1955 年至 1956 年间在东京女子大学有过接触，尔后成为知己。荷兰大使高罗佩[①]毕业于莱顿大学，我在学生时代就与他相识。高罗佩因创作系列推理小说而成名，侦破谋杀案件的主角是一位狄姓的判官，实际上事件的发生是在 7 世纪至 10 世纪的唐

---

① 即罗伯特·范·古利克（Rebert Van Gulik, 1910—1967），字芝台，荷兰汉学家、东方学家、翻译家、小说家和外交家。作为荷兰职业外交家，高罗佩除荷兰语外，通晓 14 种语言，曾出使多个国家和地区。早年在重庆荷兰使馆任职时结识清代名臣张之洞外孙女水世芳，两人结为秦晋之好。二战结束后高罗佩先后任荷兰驻美国大使馆参赞、驻日本军事代表团政治顾问、驻印度大使馆参赞和驻马来西亚大使，1965 年出任荷兰驻日本兼驻韩国大使，1967 年病逝于海牙。高罗佩在世界汉学界有"奇人"之称，其汉语水平极高，不但能以白话和文言文写作，且诗书琴画无一不精。高罗佩一生著作等身，尤其是其创作的中国公案小说《大唐狄公案》（即《大唐狄仁杰断案传奇》）使其誉满西方世界。《大唐狄公案》是以唐代社会为背景，以当时的名臣狄仁杰为主人公创作的作品，全书洋洋 130 万言，包括 16 个中篇和 1 个短篇集，分则单株，合则全璧。全书以仿宋元话本体裁写成，这在世界汉学界是独无仅有的。《大唐狄公案》被译成多种文字出版，其使唐代狄仁杰成为欧洲家喻户晓的人物、东方的福尔摩斯，许多西方人了解中国就是从读高罗佩的狄公小说开始的。除《大唐狄公案》外，著有《明末义僧东皋心越禅师传》《长臂猿考》《中国琴道》《中国古代房内考》等。高罗佩所著的大量极富独创性的研究专著中大部分至今还在印行。进入 21 世纪以后，在上海、重庆等地曾先后举办过以高罗佩研究为主题的国际学术研讨会。高罗佩的汉学研究对增进荷兰以及欧洲对中国文化的了解做出了重要贡献。——译者

朝。小说中有一篇借用了我的一本关于圆仁的书中的材料。

因为美苏两国的紧张关系我同苏联大使的关系一直受到广泛关注。我们个人之间始终保持着友好的关系，我们彼此都很注意，必须出席对方的招待会。在苏联大使馆的招待会上我们同首个宇宙航天员加加林在一起的情景被拍下了大量的相片。我到东京就任时，当时在任的苏联大使是尼古拉·T. 费德连科博士（Dr. Nikolai T. Federnko），他是一个以研究中国古代诗歌而闻名的学者，费德连科在这个领域内的见识和造诣广博深厚，会面时这成了我们交谈中的主要话题。共产圈国家的大使几乎都是喜好学问的人，这是一个十分有趣的现象。我不知其纯属偶然，还是他们国家有相关的政策。在费德连科之后是维诺格拉多夫（Vinogradov）大使，他的小女儿在春的妹妹经营的西町国际学校学习，因这一层关系，我们曾邀请他们夫妇共进午餐。我问维诺格拉多夫夫人"喜欢学校的什么？"时，她回答说"自由"，我很想问她所说的自由是什么意思，但觉得还是不问为好，也就没往下说。奥列格·托洛亚诺夫斯基（Oleg Troyanofsky）大使到任时在我们刚离任之后，他曾在日本美国人学校学习过，晚春两届，算来是她的学弟。

年长的厄瓜多尔大使有着一副贵族气派，他盛情邀请我们加入他们非正式的"美洲大使俱乐部"。所有的成员都是拉丁美洲国家的大使，他们只会说一点英语，而我对西班牙语一窍不通。春也只会一丁点西班牙语，怎么办呢？既不能有拂对方美意，而且此举也有裨益于美国与拉丁美洲的团结。当时厄瓜多尔经济正处于因石油而高速增长之前。我记得有次在某中东产油国举办的豪华宴会上厄瓜多尔大使私下小声对我说："光卖香蕉，这是不行的。"

大使的位序排列是根据国书递交时间的前后而严格规定的。随着老大使的离任，新面孔的增多，我的排位从最后一位开始逐渐上升。在皇宫举办的活动中，因为是按前后顺序排列，所以我同排在前一位的大使和后一位的大使就很熟悉了。任期最长的大使任外交使节团团长，要承担各种礼仪工作，诸如在欢送即将离任的大使的送别招待会上致辞等。按照顺序，我的前面还只有两位大使，就在即将轮到我担任外交使节团团长、承担那些杂事时，1966 年我卸任离开了东京。

我们必须同在日美国人，尤其是商界有关人士建立起友好的关系。驻日美军人数达四万五千人，另外还有他们的家属。令我们意想不到的是，我们在日本受到的热烈欢迎还有助于增进我们同军方的关系。军方期望能同日本保持友好的关系，他们认为在这一点上我们是能够给他们以帮助的，美军同我们的关系有了一个良好的开端。实际上，春一直担心军方的态度，但同她的预想相反，军方坚决地支持我们，对春也表示出最大的敬意。春应邀去过绝大多数美军驻日基地，在妇女俱乐部作演讲，在听到介绍"在日美国第一女性"时，那些军官和他们的妻子都拍手喝彩。

我到任后最初的工作之一就是坐直升机去东京西郊府中的驻日美军司令部，在那里视察设施、听取情况汇报、会见驻日美军的陆海空将官。在这次视察中有好几个第一次。检阅仪仗队是我平生第一次。当时我不知道怎么作才好，但我觉得仪式进行得还很顺利，如同电视里文职高官所作的那样。坐直升机也是第一次，直升机离陆时急速转换角度上升让我吃了一惊，螺杆不时发出的咔嗒咔嗒的响声令人心里发颤，担心飞机会不会坠落下来。但飞机在低空飞行时，从飞机上往下俯视地面非常快乐。一周后，为出席为我们举办的盛大招待会和宴会，我和春又一次坐直升机去了府中，美军的全体军官和日方自卫队官员以及他们的夫人出席了招待会和宴会。到任后的几个月里，我们几乎走访了东京周边地区所有的美军基地。大使馆附近有我们专用直升机场，我们基本上使用直升机，这样可以节省一个小时的时间。乘坐直升机很危险，所以美军严禁女性和军人家属搭乘。由于我的许可，春被视作例外，作为非军人的女性，她是唯一乘坐美国直升机在日本上空飞行的女性。

我赴任时，驻日美军是在三星空军中将罗伯特·W. 彭斯（Robert W. Burns）的指挥之下，彭斯同时兼任驻守日本、韩国、冲绳第五空军司令。春在重新装修大使官邸时，彭斯帮了很大的忙。春发现直接给彭斯打电话就可以把许多事搞定，而不必去办大使馆内那些没完没了的繁琐手续。例如她需要新的电动扫除机，一个电话东西就马上送来了。大部分美军基地集中在东京西郊，还有一些外围基地，如在本州北部三泽与九州福冈板付的空军基地、本州西部岩国的海军陆战队基地、九州佐世保的海军基地。在东京附近，第五空军在立川和横田有军用机场和规模很大的住宅设施。陆军的主要设施在座间，海军在横须贺有同日本海上自卫队共有的基地，从那里经横滨到东京湾只有很近的一段距离，其在厚木还有一些辅助的航空设施。西太平洋所有的美国舰队所属的第七舰队把横须贺作为基地，该基地在一位三星海军中将指挥之下。

在同美国军界的交往中，我注意到了一个不可思议的现象，一般的美国人也是如此，他们通常称我为"提督"（Admiral）而不是"将军"（General），甚至在 1966 年军方为我举办的正式欢送宴会上的致辞中也是这样称呼我。这个错误并非有特别的含义，只是人们要称呼"大使"（Ambassador）时，同样是首个字母 A 导致发音成了"提督"而已。

同驻日美国商界人士建立联系并不存在特别的困难，我同驻日美国商会的管理层人员大约每月会一次面。他们觉得大使馆工作不是那么努力，没有尽到应尽的责任。在后来的几年里，我们设定了"大使馆参观日"，邀请所有美国商会的成员和他们的夫人来大使馆做客，我不能肯定这么作就能奏效，但在那一期间举办的各种讲演、研讨会和招待会都获得了好评，取得了很大的成功。

我为商界做的另一项工作就是参加他们的贸易样品展销活动，站在参展美国企业的展台让媒体记者照相。大使馆附近也有一个贸易中心，那里每月都会展示美国的新产品。举办这类活动时我都会去剪彩，因此也会吸引一些报社记者前来，制作一些小的新闻报道，实际上这算不得是什么新闻。驻日商界团体和各种俱乐部经常举办舞会，我们常被邀请担当嘉宾主持，这种场合，往往会请我讲几句礼节性的话，之后就同春领头跳起舞来。在订婚时期以后，我们几乎就没有跳过舞，大使时期的生活也是我们在进入平静的老年阶段前最后的余晖。

同普通的日本人会面、交谈要远比同美国人、外交官和日本的高官交往困难得多。因为从到达日本的那一刻起我们就成了名人。这个问题在我到任后就显然存在了。春和我想悄悄地去东京女子大学同一些过去的朋友会面，还想看看自己昔日的房子，这个消息不知怎地透露了出去，于是我们就被电视摄像、摄影记者包围了。10月我们去长崎正式访问时，难得有一个晚上可以自由活动，与同行的大使馆人员去了一家海鲜料理店，我们立刻被人认出来了。料理店挤得水泄不通，一片喧哗。我们回宾馆，在邻近的一条狭窄的路上被几百个人围着动弹不得。因为这个缘故，在日本这一期间，轻松自在的外出成了一种奢望，我们被警官、贴身警卫和使馆人员守护着，完全成了失去自由的人。

从一开始，似乎我们无论做什么都会成为新闻，我们的照片经常登在报纸、杂志上，我们也常常在电视里亮相。要制作向全国播放的电视节目时，我们会事先做好充分的准备，然后慎重地用日语作答。有时候，面对即兴采访，我们也会轻松地应对。通过媒体，我们的面孔已被日本全国所熟悉。偶尔空闲时到街上走走，就会立刻被人认出，被围着要求签名合影，尤其是带着春外出时特别显眼。即使在时过三十多年后的今天，我们两人在一起比各自分开更容易被人认出来。春不像我那样引人注目，她经常一个人外出。我也只能是在清晨从大使馆出来散一会步，走到皇居一带转一圈后又赶在人们起床之前往回走。我们发觉对待摄像和摄影的记者最好的办法就是完全不加理会，当然对于那些要求握手合影的人们我们还是很高兴地满足他们的要求。

女儿琼也开始在新闻中频频露面，她已像一个老手能够沉着地应对采访和电视摄像镜头。琼在一家电视台和两个广播台的英语教育节目里担任教师助手。有一天，一家英文报纸的头版以"赖肖尔，让记者团着迷"的标题刊载了对我的采访，翻阅这张报纸，第五版上又有一个标题，"琼，电视明星的魅力"。日本公众表现出的这种异乎寻常的热情让我们感到犯难，当然这也有好处，我的谈话会引起特别的关注，这有助于我们的信息传布。很多美国大使害怕公众的关注和媒体采访，唯恐在任职地的敏感问题与华盛顿的方针之间弄出差错难以处理，而我却喜欢这样做，把其视作同公众沟通的手段。我第一次举行记者会的消息在第二天就上了各家报纸的头条，这次记者会是由他们选出代表，再由这些代表从大家的问题中遴选出所要提出的问题，提出的问题都是直截了当的，而他们的报道也都非常直率，从不遮遮掩掩，即使有时我的回答有些信马由缰，他们也会突出那些我希望被理解的主要观点。但美国记者就不会这样了。他们有些人为了要写一篇吸引人眼球的报道，就故意设下圈套让我失言，如此不择手段，而完全不在乎对日美关系的伤害。在第一次接受记者采访时，令我感到可怕的是一个过去很好的美国朋友当场提出了一个令我猝不及防的刁钻问题。朋友尚且如此，我不知道敌人的话会成什么样子。当然最后的结果却是我同日美双方的媒体关系都非常融洽，包括现在已担任《纽约时报》总编辑的阿贝·罗森塔尔（Abe Rosenthal）。罗森塔尔现在会经常邀我去吃中国菜，私下交流一些有意思的信息。

春和我得到了媒体和广大的日本民众如同电影明星、歌星或是像访日的皇族成员一般的对待。春不久就广泛被称作"春夫人"，只有她和美智子皇妃被这样称呼，这种称呼在日本是相当罕见的。我们感到有点猝不及防，有一种相当大的压力。没有任何心理准备的人突然为万人瞩目的事是很少发生的。一个平民百姓不可能会在某一天突然成为站立在战舰甲板上的舰长或军事指挥部的将军的。政治家的成功虽然有时会不可预料，但其成功的背后必定付出过艰辛的努力。即便是年轻的运动员，也是要经过长年累月的刻苦训练才能走向冠军的领奖台。我们的情况恰似一个在餐馆里打工的女侍被电影公司的老板发现，一下子成为明星（如果这种情况是有的话）。我们从大学的教室和郊外家中的厨房里突然被人一下子拉出来，置于外交界的高层圈子里，这当然是件好事，但也很可怕。在官邸二楼我们的房间里，挂着一幅我从《纽约客》杂志上剪下放入镜框内的漫画，画中两只蹲在笼内的大猩猩惊恐地望着笼前的人们，一只猩猩对另一只猩猩哀叹"大家对我们的期待这么多，我们所能给予的只有这么一点"。

我们的一举一动都在公众视野中，住在宫殿般的官邸里，接触的是世界上最古老的宫廷刻板的礼仪，这一切都给我们一种远离浮世之感。许多外交官生活的规则和习惯早在18世纪就以今天的形式固定下来了，所以我有时会觉得仿佛时光倒流，产生回到一百年或两百年前的错觉。我们似乎是正在排演一场大戏，自己正在散步时被人抓住，给了你甲胄和刀剑后，被押上正在上演中的瓦格纳歌剧舞台，命令你唱歌，看，你刚一张口，歌声就从你口中飘了出来，观众里爆发出一片欢呼。不知不觉中金色的马车又变成了南瓜，我自己又好像在蒙特利特家中的床上醒来。很长时间，这种感觉一直萦绕着我，似有若无，挥之不去。

28　大使工作

我们很快就习惯了外交官的生活，也了解了各种规则，但这些同我要在东京完成的事没有太大的关系。我常常被人问起，"大使到底是干什么的？"，在这一章，我就扯远一点，来回答这个问题，并谈一下我们是如何看待大使的工作又是如何去作的。从理论上说，美国大使应该担负起如下的职能：

● 在任地代表美国政府。

● 对该地的个体美国人提供一定的服务，特别是在发生意外事件、危机的场合。监督同欲与美国保持关系的任地国居民的接触。

● 作为美国与任地国之间的正式渠道，经常向美国政府通报任地国的状况和态度。参与华盛顿同其他国家政府之间的交涉。

● 管理为履行以上职能的大使馆的日常运作。

在以上各项职能外，我还加上了一项职能，那就是要在任地国政府与国民中间培育对美国友好与亲善的情感，加深两国之间的相互理解。

不言而喻，理想中的大使的职能并不是常常可以实现的。为了实现这一目标，必须要具有非同一般的多种资质，尤其是要有对任地国的深度的知识和了解、充分理解美国的政策与把握国际形势以便准确地观察对方国家、在对方国家作为美国见解的真正代表者被接受、在美国得到足以在华盛顿施加影响的尊重等。经常有太多的大使对任地国一无所知，甚至对任地国的语言也无任何预备知识，具有以上资质的大使更是凤毛麟角。其结果是，很多大使只是在很低的层次上履行作为政府代表的职责而已。他们当然必须维持大使馆的运作，但他们是当一天和尚撞一天钟，能够做的事微乎其微。他们对个人可以提供一些必需的服务，而且像邮递员一样保持着两国政府之间的沟通，向华盛顿报告赴任国的情况和态度，但报告的价值却因知识水平与信息源的可靠性而大打折扣。只有很少的大使能够在构筑理解或进行重要谈判中发挥重要作用。至于因无知乃至胆怯而缺乏决断力的大使比比皆是。

华盛顿方面也忽视了对让大使能够发挥更加宝贵作用的培训。一个很大的问题就是带有政治意义的任命制度，这个制度的影响浸透了整个美国外交部门。大约半数以上众所希冀的一流大使职位以及大部分国务院高层职位都是被不懂外交的人所占据，其中多为对总统选举时的政治献金的回报或是对选举中失败者安抚的一种形式。所以有时会有新任大使连对其赴任国首相的名字都不知道这类荒唐的事情发生。成为大使的职业外交官通常在相关知识方面是很优秀的，但他们的工作依然会有很大的障碍。因为他们不太被华盛顿政界领导人所知，也被那些盘根错节地占据着国务院高层的人们所遮掩了，那些人缺乏必要的知识，但都是因政治关系而身居高位。过度地专注于特定的国家与地区是犯忌的。国务院有一种风气，认为没有比"当地通"更可恶的了。在国务院，多面手与地区专家（"当地通"）的斗争很早开始就反反复复，绝大多数都是以多面手的胜利而告终。年轻的职业外交官为了特定地区做了全身心的努力，深化专门领域内的知识，但他们汲取了前人的教训，没有人愿意成为失败者，所以他们也不会喜欢过多地表达其创见和勇气。因为受制于位以及你上头那些无知的政治人物，如果你充分显露你的专业知识或任何源自专业知识的不同主张，那就会灾祸临头。

无论职业外交官出身的大使还是业外的大使，在履行职责时都会受到很大的限制。这是因为国防、商务、财政等各部以及国际开发总署

（AID）、中央情报局等国务院以外的机构尽管视野狭窄、知识缺乏，但都会抢先夺取大使的部分职能。美军司令官、经济援助机构的负责人、中央情报局负责人被当地政府和国民视作美国政府真正代表的例子是屡见不鲜的。基于以上理由，一般美国大使得不到应有的尊重也就不足为奇了。大使中一半为外行，余下一半中的大多数人在机能上也被阉割了。但在这两部分人中，也有些人不辱使命，在外交活动中体现了他们可贵的价值。无论在世界上哪个发达国家，都不会看到在大使的人选问题上如此地随意，外交活动的作用也不会如此低下和不稳定。在这种状况下，许多外交官也只能苦苦忍耐着。

制定正确的美国外交政策并付诸实行必须要有一个能够汇聚具有真正专业知识和责任感的领导者的机制。正确的美国外交政策的确立与执行不仅对美国，对整个世界也日益重要。我认为，除国务卿外，几乎所有的大使职位和国务院高层领导职位应该如其他发达国家那样由职业外交官担任，像我这样的非职业外交官出身的大使和在国务院以及派出机构工作的非专业人员应该只是极少的例外，这些人必须具有非同一般的专业知识，或由于在华盛顿具有特殊的政治影响力，需要执行一些特殊的使命。

大使在实际外交活动中所发挥的作用取决于个人的素质以及其与白宫及华盛顿高层的关系，当然也受到任地国的国情影响。在西方发达的民主国家，如加拿大和西欧国家，政策问题和外交谈判多如牛毛，还包括同大量与大使馆无关人员的来往。因为报道自由，在信息收集方面大使馆也相形见绌。由于没有语言和文化上的障碍，内阁成员或其他高管可以直接交谈，大使及其工作人员最终只是成了安排会议、提供服务的人员。大使这一职位不需要专业的知识与经验，即使是外行人也能胜任。大使的优劣取决于你作为外交活动的代表能否把客人招待好，让客人满意。当然，西欧各国的大使也并非全都如此，但对方国从最初就知道美国大使是个外行，有些国家如澳大利亚有时就会抱怨华盛顿所做的不合适的选择，表示不满，但美国完全不在乎谁担任大使会不会恶化对澳关系。

社会主义国家就完全不同了。在那些国家里社交极其有限，同当地一般人的接触近乎零，喜好奢华、爱摆派头的政治人物都不愿意去那里担任大使。由于对大众媒体及个人接触受到严格限制，地下情报活动比大使馆公开收集情报更为重要。外交交涉很少，由于这种微妙的关系，大使的活动必须严格遵从华盛顿的指令。也就是说，派往社会主义国家的大使同送信的邮差没有什么大的差别。余下的大部分是小的发展中国家，即便收集情报也无价值，外交交涉对美国来说没有特别大的意义。因为很难单独以一个国家为单位制定政策，华盛顿必须观察整个地区情况来决定，所以大使一职既不荣耀，也没有那么重要。许多发展中国家其政策往往看重于经济、军事援助，甚至是以左右当地政治局势为目的的秘密活动，所以与大使相比，经济、军事援助机构的负责人，中央情报局派出机构的领导人倒是被看作美国的代表。例如在韩国，同美国的军事联盟具有极为重要的意义，这就使驻韩美军司令成了至高无上的美国代表。

以上的分类实际上是极其宽泛的，许多国家并不属于上述范围。我任大使期间的日本，甚至今日的日本都不能列入其中。日本同美国的关系类型是多样化的，外交方面的交涉也是形形色色的，在这一点上同欧洲大部分国家相似。但是日本与美国之间存在着语言障碍和不同的文化背景，美国人关于日本以及日本人的知识相对比较缺乏，所以华盛顿需要在这方面具有丰富知识的大使和大使馆工作人员，并充分发挥他们的作用。我在东京任职期间，大使已经没有要争当美国在日本的代表的竞争对手了。经济援助方面只有一个面向他国的细小渠道，中央情报局的活动也很微弱，只有驻日美军最为人们关注，防卫问题是日美关系中最微妙的领域，所以其尽可能地被置于政治管控之下。尽管对不久前离去的麦克阿瑟将军的军事权势记忆犹新，美国大使的地位明显处于驻日美军司令之上。

我的地位大大得到了加强，这也得助于大使馆工作人员这一优秀的团队、日本国民和政府对我充满善意的欢迎与关注以及在获得任命后很快就得到了华盛顿的信任。也正因如此，在制定有关日美关系的政策、方针时我才得以发挥重要的作用。如果这一点都做不到的话，我也许早就辞去大使一职了。有些使馆人员在发给国务院的电报中，几乎在所有的判断之后都会加上一句"另一方面……"，措辞四平八稳，借此淡化自己的结论。每遇到这种场合，我就感到很不舒服。看到重要的电报结尾处总是一成不变的词句"乞请指示"，我就气不打一处来。不言而喻，这也是出自外交官的自我防卫本能，谁也不会甘愿冒风险承担责任，但就如我写到的，除了我们这些在驻外使馆工作的人，再也没有哪个岗位上的人能够对日本的情况作出合适评价并带有自信地提出建议。对要求政府作出行动决策的重要电报不做直率的行动建议而是用不得要领的"乞请指示"逃脱责任，这样的电报我好几次拒绝签发。

我认为使大使馆能够高效、顺利地运行是大使的职责，对于这一职责不得有任何疏忽。但是决不能在繁杂的行政事务以及外交官的社交生活中耗费大量精力，以至于影响自己的本分工作即致力于全面改善日美关系。在我成为大使之前，加强两国之间的理解是我的工作核心，而出使日本对我来说就是找到了推进这项工作的最佳位置。日美关系作为超越文化与人种差异的关系，在某种意义上是具有国际意义的范例。它是民主圈内最为产业化的通商国之间的关系，是一个西方国家与一个具有非西方文化背景的主要国家之间的历史上前所未有的紧密关系。日美关系作为面向世界未来的一个范例，可以说反映了人类应该克服语言、文化的差异，推进相互理解、信赖以及在所有领域内的合作，我想献身于这样的日美关系才是我作为大使的工作核心。

　　1960 年代前半期，日美互相理解的问题相比于两国政府，更多是存在于两国的国民之间，这个问题今天依然如此。我觉得两国政府之间的接触、沟通可以说是高效的，而且一直是顺畅的，政府间的谈判波折很少，虽然也有艰难的讨价还价，但不存在敌意。在我的任期前半段，主要的谈判有对美纤维制品的出口、在公海上日本对阿拉斯加湾及美国河川产的鲑鱼的捕捞、驻日美军问题等。谈判主要由使馆人员及华盛顿派出的代表团承担，我只是出席一些自己认为如果去可以强调问题重要性的场合及签字仪式。两国的国民则不一样，他们之间存在着误解、猜疑与根深蒂固的偏见。纠正这些问题远比两国政府在事务上的分歧达成谅解要难得多，所以我认为同在哈佛一样，自己的工作从本质上来看应放在教育上。日本人对同美国的关系感到不平等，他们认为美国基本上是个有侵略倾向的国家，其制定的是军事冒险的政策。我极力进行解释，美国的战后政策贯穿着维护和平和恢复世界繁荣的意志。美国国民同战后日本的国民一样衷心地希冀和平，美国在东亚维持强有力的军事基地的唯一理由是保障本国的安全以及防止针对包括日本在内的各国的外来战争危险。我还努力纠正日本人的一个观念，他们认为日美关系相比共同的经济利益追求，更多以军事为主体。很多日本人觉得，比起哈佛的教授，陆海军的将官更是具有代表性的美国人。为了颠覆他们的这一观念，表示一介学者大使也可成为美国政府在日本的最高代表者，我在就任伊始就显示出自己优于驻日美军的地位。例如在按惯例每年举行的日美防卫协商会议上，我与日本外务大臣共同担任会议主席。当然这只是一种形式，但有着重要的象征含义。每次出席，我总是明白无误地让驻日美军司令，甚至是据称指挥着世界最大兵力的太平洋舰队司令费尔特将军在席上仅仅充当我的助手的角色。在日本人面前，同任何美军高官在一起时，我总是首先走过大门，诸如这些细枝末节之处我也十分地注意。

我确信日美两国国民之间存在的误解是源于互相缺乏对对方的了解。我知道两国国民对日美关系及国际问题有显著不同的看法，但日美两国共有民主、人权、平等这些基本理念，都希望真正的独立国家尽可能地通过自由、开放的贸易从而形成和平的世界秩序，这是毋庸置疑的。我看到日本在很多方面正在快速追赶美国，完全的平等是面向未来绝对不可或缺的。所以我把这个观念名之为"平等的伙伴关系"（equal partnership），并将其作为我工作的关键词。因为日本人对军事事务非常敏感，同含有军事意味的"同盟"（alliance）相比，"伙伴关系"一词更容易被接受，而"平等"是我的观念的实质所在，"平等的伙伴关系"在此之前并不是完全没使用过，但我要努力使其成为日美双方完全应该接受的核心观念。但是当时日美之间的不平等感与目的意识的差距过大，这一观念一时很难被接受。日本人将我的话理解为单纯的恭维，而在美国人中，即使意识到这一点的人也将其看作是我对日本使用的灵活的外交辞令。但我是出于内心的坚定信念而使用这句话的，尽管面对现实，似乎有些超前。今天，看到同样的这句话已可以用以简洁地概括现实中的日美关系真是令人感到欣喜。

我的对日观被一些日本人称为"肯尼迪—赖肖尔路线"，或就直接称作"赖肖尔路线"，这些人反对紧密的日美关系，所以这种称呼带有诘难的语气。起先我对自己的观点被说成是"路线"感到吃惊，似乎成了一种谋略，后来不久觉得倒也挺有意思的，甚至还觉得有点抬举我了。华盛顿对大使的行动是严密监管的，在工作的职位上有一条自己的所谓"赖肖尔路线"是不可能的，但这恰恰说明我作为大使的这个职位的不等寻常。不言而喻，我的行动始终在华盛顿制定的美国政府政策的界限之内，具体的事项都忠实地遵照政府的指示。但另一方面，我又可以自由地去努力营造一种日美关系独特的氛围，以自己的方式去接触日本各界知名人士和公众。看到我在东京大使馆富有成效的工作和对日关系上正在不断取得成果，华盛顿也开始把注意力转到其他方面去了。如同我对局势的观察，安保骚动以后，华盛顿同意我努力同日本建立相互更为理解的关系。此时已无再去探讨这项工作的必要性以及应该如何工作的问题了。我没有同任何人商量就提出了"平等的伙伴关系"以及其他关键性的观念，华盛顿也没有人要求我对此作出解释。

当然，对很多大使来说是不可能作出这样的行动的，也不应该这样作。这只是在特例的情况下一个特例的大使的作为。华盛顿通常对大使的行动进行严格的管控。几乎所有的大使都对自己在政府内的那份职位小心谨慎，唯恐出错，即使对他们所任职的国家情况一无所知，也不可能像我这样无所顾忌地采取行动。我对自己有关日本的知识有足够的自信，而且完全不在乎职位的去留和升迁，如果华盛顿要处罚我，撤销我的大使职务，那就可以让我重回哈佛，这正是我求之不得的。当然，我们无法衡量我们所做的工作，充其量只是把两座即将碰撞的公众舆论的冰山稍稍移开了一点，尽管我们还肩负着外交官的其他繁重的职责，但我们尽了全力。几年过去了，在工作岗位上我们渐入佳境。我们始终感恩命运之神的垂青，她赐予我们这样一个机会，使我们在这个岗位上能够为我们终生奉为至为重要的事业做出最大的贡献。这是一个千人难遇的机会，对此我们心怀感激。

无论我们怀有什么抱负，工作必须每天得干。日本通常上班时间是9时，也有不到10时不开始工作的，但按照世界范围内的美国公务员规则，大使馆每天早上8时上班，在配有酱汤（其是前一晚丰盛的外交晚宴最好的解药）的营养丰富的日式早餐后，我开始浏览早上的报纸，一份英文报纸和《朝日新闻》《每日新闻》《读卖新闻》三份日文报纸，这三份日文报纸总共拥有一千五百万至两千万读者。阅读这些报纸大致可以了解那天早上日本人在思考什么。接着是三十分钟或更长一些时间的日语会话课。我原以为只要在日本住几个星期，我的日语发音的错误就会改掉，会话能力在原有的基础上得到提高。但是我身处使馆的核心地位，必须要接触、处理在此之前没有关注过的众多领域内的问题，于是就有必要进行更多的会话实践以便更准确地表达自己的观点。在家庭教师的指导下，我把英文报纸上的社论译成日语。会话课结束后，我快速地把头天夜里华盛顿同东京之间交换的主要信息看一遍，这些信息都是为我这一天的工作准备的。如果没有特别的活动，我会召集使馆主要工作人员开个短会，会上不是按照惯例只限于报告眼前的情况，也鼓励大家就长期性的问题展开讨论，广泛地提出意见。有一些外交官常常会说，我们只要把发生的问题处理了就行。但我却认为，面临危机采取的行动正是建立在长期以来的观念之上，在危机袭来之前就应该有应急的预案了。这些讨论也给我一个可以向部下灌输自己主要观念的机会。有时候工作人员会议也让使馆高层人员、参赞、驻日美军代表等参加，变为扩大会议。召集第一次会议时，四十六个与会者把会议室坐得满满的，我作了所谓的就职讲演。在讲演中，我谈到了自己对日美关系的理想，展望了预期努力要达到的目标。

上午的工作人员会议后，通常我会去拜访日本方面的领导人或同他们举行会谈，但更多的时候是接待日本各方面的领导人和正在日本访问的美国人的来访。我忠诚的秘书爱丽丝·塞科尔精明能干，每天早上都为我准备好一天的工作日程表，使我对一天的活动内容一目了然。因为事先做了充分的准备，所以常常使到访的客人感到惊喜。我的午饭大部分都是在大使馆外同日本人会面后，或是在讲演后的会餐。有时我们会在官邸举行小型午餐会，招待日本方面的领导人，或是来访的美国人。午餐会我通常把人数限定在十二人或者更少，人数过多就不能进行有意义的交谈。下午时间有余裕的话，我回到办公室会见到访客人，这段时间我会花些功夫同几个人进行会谈。但更多的是外出拜访、讲演或参加其他活动。晚上如果有必须出席的晚宴或招待会的话，那就是最忙的。为欢迎美国著名人士访日，或国际会议，还有各种日本团体，最多的时候，我们一周要举行三次宴会。官邸的小招待会厅可以容纳一百人以下，大的一个约两百五十人至三百五十人。举办宴会时，春和我作为主人并列站在门口迎接到来的客人，最后又站在同样的位置把客人送走。因为这个缘故，我们只能同客人作简短的交谈，来客中断时，我会忙里偷闲，抓紧机会读一些发给华盛顿的电稿，修改、签字。因为时差的关系，从东京夜里发出的电讯在次日早上对方上班前就能送到，对方的回电在第二天我们上班前也到了我们这里。春和我都曾经觉得同这么多人握手是很够呛的，但实际上除了遇到人高马大的美国人会像柔道家一样紧握你的手之外，握手并非如想象的那样累人。疲累的倒是两只脚，尤其是脚后跟，我常开玩笑说，外交官头不累脚累。后来我们解决这个问题的对策是在我们站立的位置铺上两层厚厚的绒毯。

大多数晚上我们都是在官邸举办招待会、舞会和晚宴招待日本、美国的领导人和各方来客。细数一下，除去早餐和周末，我们夫妇俩在一起吃饭的次数每周只有一次。但是晚上应邀参加音乐会及其他文化活动，能够坐在皇宫成员旁边观赏演出也是最为愉快的一刻。在那些时候，我们聆听着沁人心田的美好音乐，也有幸目睹一流的艺术家和时代名人的风采。最初来访的是伦纳德·伯恩斯坦①率领的纽约的交响乐团，后来我们成了很好的朋友。我们宴请阿图尔·鲁宾斯坦②与范·克

----

① 伦纳德·伯恩斯坦（Leonard Bernstein, 1918—1990），美国著名指挥家、作曲家，曾担任纽约爱乐乐团音乐总监。——译者
② 阿图尔·鲁宾斯坦（Arthur Rubinstein, 1887—1983），美籍波兰钢琴家，被称为20世纪最杰出也是艺术生命最长的钢琴家之一。——译者

莱本①时，他们很高兴地即兴为客人们弹了一曲。杜克·埃灵顿②在大庭广众前拥抱了我们。丹尼·凯耶③满怀着要帮助那些不幸的人们的热情。大明星女演员海伦·海伊斯④如想象中那样雍容优雅。同这些人一样极孚人气、才华横溢的客人先后来了几十位。能够有机会见到这些人是担任大使一职意想不到的收获。

我们主要的努力都倾注在富有意义的事业上去了，但我们的职务使我们身不由己地被置于众人的关注之下。我发觉几乎在所有的场合我都会被请上台去讲几句简短的致辞。因为这个缘故，我已养成习惯在进入会场之前就事先想好自己要讲的话。外交官生活中最为公众所瞩目的就是自 18 世纪至 19 世纪在外交官之间发展起来的奢华铺张的外交礼仪，美国外交官被民众所蔑视的缘由也正在于此。其实那只是一层炫目的漂亮外表而已，被遮掩在后面的是一般人无法窥视到的工作的艰辛和每天为外交事务作出的默默奉献。我们已经置身于这种外交官的生活，所以对投来的冷嘲热讽也只能带着微笑面对。事实上我们总是尽可能回避这些礼仪和社交。在此之前，哈佛大学浮华的仪式和坎布里奇令人压抑的社交活动都在我们的兴趣之外。我们觉得现在既然已经进入外交界这个圈子，就必须要适应这个环境，尽自己所能来享受其中的乐趣。我们对新生活的这种姿态博得了人们的好感，使我们与他们建立起融洽而时时感到温暖的朋友关系。

在社交场合尽可能引人注目，这也是对我的职务要求。我在日本是

---

① 范·克莱本（Van Cliburn, 1934—2013），美国著名钢琴家，被称为世界古典音乐界的巨匠之一。——译者
② 杜克·埃灵顿（Duke Ellington, 1899—1974），美国著名作曲家、钢琴家，是爵士音乐史上最具影响力的人物之一。——译者
③ 丹尼·凯耶（Danny Kaye, 1913—1987），美国著名演员，曾先后获得过奥斯卡金像奖、终身成就奖。——译者
④ 海伦·海伊斯（Hellen Hayes, 1900—1993），美国著名演员，在美国剧坛享有"第一夫人"美誉，曾先后两次获奥斯卡金像奖。——译者

作为总统的代表，从理论上说，再了不起的美国人访问日本，我也在其之上。当然理论同现实是有巨大差距的，国务卿来访我就是在下位。如果回到美国，我的地位更是骤然下跌，白宫有宴请时，春坐在主桌，因其有能力同正在访美的日本首相夫人以及阁僚夫人交谈，我却被勉强安排在通往厨房过道的末座。在东京，我是坐在皇室成员与内阁大臣中间的。

社交界之星、富有责任感的政府官员、自诩为日美新关系的倡导者，如果要把这三个角色都扮演得完美无缺的话，理所当然日程会变得极其繁忙，甚至连续数月一小时休息的时间都没有。这对我们来说是一副沉重的担子，我们满怀着喜悦和热情承担起了这副担子。

29 进入角色

着手开始东京的工作似乎要花费相当长的时间，现在回想起来，实际上我以异乎寻常的速度就进入了角色。我到任之后首先面临的一个外交课题就是围绕占领期间美国贷给日本援助资金的返还问题的交涉。这就是所谓的 GARIOA（Goverment and Relief in Occupied Areas）问题。就这个问题，我同小坂善太郎外相举行了多次正式会谈，按照重要会谈的惯例，在会谈之后联合举行记者会，介绍会谈情况。这样做效果很好，可以使媒体了解问题朝着正在解决的方向发展，给我们的继续谈判也留下了余地。有时我同外相也会避开媒体，在完全保密的情况下举行会谈。GARIOA 问题达成协议是在 1961 年 6 月 10 日，我在当时给家里的信中这样写道："这个星期我为美国赚了一把。"两天前的 6 月 8 日，我交给外相一张 800 万美元的支票，作为对当时还在美军海军占领下的小笠原群岛的岛民的动迁补偿。两天后的 6 月 10 日，就偿还 GARIOA 的 4.9 亿美元同外相达成协议。可是就在交换备忘录时，被要求只签上名字开头的大写字母即可，这让我大吃一惊。以前的历史书上协议的签订常有简略的写法，我一直以为那仅仅是字体优雅的变换而已。当然后来在 1962 年正式签订协议时，还是签上了自己的全名。4.9 亿美元的偿还接近与西德达成的协议的限度，以 1 比 3 的比率支付的全额相当于实际花费的三分之一。我认为不强逼日本人偿还超过此限度的债款是贤明之举，因为我们的宽宏大量大大有助于培育日本人的亲美感情。我特别高兴的是，在偿还的金额中有2 500万美元被指定用于日美文化交流，此举也受到日本国民的欢迎。后来华盛顿破坏了已达成的谅解，将其充作大使馆正规的有关文化支出的预算，这让我感到十分气愤。所幸的是，几年后由于纽约选出的参议员雅各布·贾维兹（Jacob Javits）的努力，这2 500万美元的剩余部分与1972年归还冲绳时从日本方面收取的2 500万美元一起同正规预算分开，充作了开展文化活动的日美友好基金。

就任后的八周不到，1961年6月11日夜，我为接待池田勇人首相初次访美飞往华盛顿。在首相出访前，我事先把活动内容程序乃至细节都已安排妥当，同日本外务省也作了充分的协调。因为池田夫人同行，所以我请示华盛顿允许春与我同行，由于无知，华盛顿没有同意。但后来他们在了解到春对那些来访的日本夫人们的价值所在之后，就没有再犯同样的错误。

在数次往返于东京与华盛顿之间后，我把这类旅行当作一种休息的机会。哪怕仅仅只有几个小时，既没有电话，也没有部下拿来重要文件或有紧急事务，人处于一种精神放松的状态之中。第一次旅行时，因为要在西雅图转机，当在西雅图机场大厅里散步时，我突然意识到此刻没有任何人会认出我，顿时过去八个星期始终贴在脸上的笑容消失了，我表情看似深沉、忧郁地在机场大厅来回走动，实际上的感觉是轻松愉快的。

抵达华盛顿不久，肯尼迪总统召我去见他，要就池田首相来访之事商讨。在这之后，每次休假或因其他原由回国，总统知道我在华盛顿就会邀我去白宫，私下同我进行长时间的交谈。很显然，肯尼迪总统不可能有余裕同每个大使都以这样的方式交谈。他对同日本的关系抱有强烈的关注，总统始终热切希望自己能亲眼看看日本，我们每次会面都会谈到他的访日。在华盛顿，我还会见了其他的政府和军队要人，其中有内阁成员、参谋长联席会议成员，如果往返途经夏威夷的话，还要会见美军太平洋地区司令部总司令（CINCPAC）。

三天的日美会谈中，腊斯克国务卿和我一直陪在肯尼迪总统身旁，一切进行得都很顺利。花费多日完成的共同声明顺利发表，两国领导人都对对方留下了深刻的印象，建立起了良好的关系。日本方面也非常满意，池田首相把这次访美的成功归结到我在华盛顿的影响力。实际上，如果说我有什么功劳的话，那就是在池田同肯尼迪打交道时我给了他信心。令我感到高兴的是，总统和首相在会谈时好几次采用了我所说的"平等的伙伴关系"。这次日美首脑会谈产生的最大的实质性成果就是为了加强、扩大两国关系，决定成立三个联合委员会，其中最重要的就是以日美双方外长为首的、由双方有关的内阁成员组成的日美贸易经济联合委员会。有关这个委员会的设想是在我就任大使前华盛顿提出来的，对于这个设想我极力赞同。我相信这样可以确保美国的大部分内阁成员一年中至少有几天可以集中精神认真地思考同日本的关系。

使馆次长莱昂哈特向我建议，大使馆对于池田—肯尼迪会谈也应该做点贡献。他的建议使我想到，从学者大使的角度考虑，可以在智识文化方面有所作为。于是我提出，为开展教育、文化交流而设立的日美委员会在自然科学方面也可举办同样的会议，这个建议被采纳了，决定仿效贸易经济联合委员会，每年轮流在日美两国举办会议。贸易经济联合委员会持续了数年，科学委员会在得到相关人士的赞同后也很快启动，随后还产生了各个门类的小委员会。文化小委员会起步较晚，但至今还在发挥着重要作用。

池田首相访美期间，在白宫的午餐会上还发生了一件有趣的事。典仪长安吉尔·比德尔·杜克走到坐在末座的我那里，拍了一下我的肩，下令说："主桌的财政部长道格拉斯·狄龙还没到，位置空出来了，你坐过去。"我到那个座位坐下后一看，旁边是玛米·艾森豪威尔夫人。

夫人的风趣和健谈远远超乎我的想象，她以嘲讽的语调谈论白宫在她离去之后发生的变化，这是艾克和她在离任之后第一次访问白宫。玛米夫人严厉地指责那天出现的这种插曲，说他们在白宫时，主桌上出现空位的事是不可想象的。遗憾的是，当一道鱼菜端上桌时狄龙到场了，遵照杜克的指令，我又不得不再次回到末席。

6月28日回到东京，春和我都疲惫不堪。现在重读当时给家人的信，在信中我这样写道："大使这个工作不是轻而易举就可以做好的，除非你全力以赴，不遗余力。在过去的两个月里，我们竭尽全力，现在已经是精疲力竭了。"但是不管怎么，工作还得继续干下去，不可临阵怯逃。7月4日是独立纪念日，美国的国定节日，已经迫在眼前。因为是到任后的第一次，招待会的规模必须搞得大一些，我们邀请了一千四百人参加，其中包括日本政府及政界的高层人物、四十六都道府县的知事、商界领袖、学界名流、各国大使以及美国商界、军界的代表。池田首相打破了不参加国家节庆宴会的惯例，在夫人的陪同下也出席了招待会。大使官邸与大仓饭店之间只有一条道路，所以发生了严重的堵塞。后来听说总算得以进入官邸的客人有七百人，无可奈何只能打道回府的有两百多人。官邸一楼没有空调，室内闷热得令人难以忍受，稍有处理不当就会引起混乱，招待会彻底砸锅。这天正在访日的哈佛欢乐合唱团在场救了急。合唱团六十多人，在演出的最后他们单膝着地为春献演了小夜曲，此时全场一片欢呼喝彩。隔着欢乐合唱团，我远远看到池田首相也难以遏制他的兴奋。

招待会总算圆满地结束了。但这次教训使我做出了三个决定。一个就是为整个官邸的每个房间安装空调，在此之前只是在卧室里安装空调。正好这一时期东京主要的大楼也都开始安装空调，我们这么做也是顺应了时代的潮流。春承担了这个重任，每当国务院官员、参议员、众议员途经东京时，她都会抓住机会，向他们诉苦，恳切请求，直到最终

达到目的。其余的两个是以后再也不举办规模过大的招待会以及 7 月 4
日的美国独立纪念日不举办活动，当然这也是为了避开炎热的盛夏。当
我们通知日本外务省今后把美国国家节日改为 2 月 22 日华盛顿生日时，
他们大吃一惊，但还是极不情愿地应允了。起初感到惊讶的外交使团不
久也习惯了。

1961 年夏天最主要的工作是 8 月上旬对冲绳的访问。当时的冲绳
除领事馆属我管辖外，都在美国高级专员波尔·卡拉韦（Paul Caraway）
中将的管辖之下。卡拉韦的父母都是阿肯色州选出来的参议员。卡拉韦
是个刚愎自用的人，他同我就冲绳的现状和未来深入地进行了交谈，其
间让身为陆军准将的琉球民政官员在隔壁房间足足苦等了两个小时，表
现出专横独断的作风。但他也是个风趣的人，我们个人之间一直保持着
很好的关系。

卡拉韦同东京的美国大使馆是一种非常微妙的关系。美军认为，驻
冲绳基地对保持美国在西太平洋未来的军事地位是必不可少的，他们唯
恐在将来的某个时候会失去在日本本土上的基地。他们敌视要求返还冲
绳的日本政府，把美国大使馆也视作日本政府的同谋。然而卡拉韦同日
本政府的交涉只有通过美国大使馆进行。当时的日本政府为了提高冲绳
居民的生活水平，使其稍稍接近日本全国的平均水平，热切希望增加对
冲绳的经济援助，结果是，在每年东京举行的有关日美定期磋商中，我
处于一个非常尴尬的立场。因为日本的援助超过美国的话，美国就会没
有面子，所以必须要求日本政府尽可能控制对冲绳的援助，不要超过美
国。所幸的是，后来这个荒唐的要求被我们放弃了。

还有一个争论的问题就是冲绳日益高涨的行政领导人公选运动，在
此之前冲绳的地方行政领导人一直是卡拉韦任命的。我在拜访卡拉韦
时，他一直用猜疑的眼光望着我这个学者大使。同样因为是学者大使，

正在为扩大自治权、最终把冲绳归还日本而斗争的冲绳岛民希望我能够站在他们一边。仅此一点也让我极其为难，如果让一方高兴，那势必要得罪另一方。为了哪一方都不得罪，我只能选择走中间道路。

因为是第一次去冲绳，我对冲绳的情况所知甚少。美国军方对我解释说，要求扩大自治权的只是一些反美分子，大多数冲绳人比日本本土的人要温和得多，比起要回归到从战前到战争期间一直残酷剥削冲绳的日本，他们更希望留在美国的军政之下。对军方的解释我也只能将信将疑地听着。战争刚结束后不久，那种状况也许存在过。但在会见一些冲绳人士后，我就意识到美军所说的都是错误的，在方言和文化上冲绳同本土稍有不同，但冲绳人完全具有日本人的自觉。事实上冲绳人作为一个整体，他们最终期望能回归日本。当我看到冲绳人所使用的日本学校教科书中"我国"明确意指日本时，我当即明白事情已有定论。美军也许能够继续将冲绳置于其掌控之下，但日本人强烈要求归还其"固有领土"的日子迟早会到来，那样就会全面损害日美关系。冲绳问题目前还没有引起大众的关注，但日本的经济基础正在增强，开始怀有一种民族的自豪感，要求归还冲绳的运动必然会兴起。我很快得出了结论，冲绳应该在将来某一天归还日本，在此之前给予其更大的自治权是理所当然的。

据我所见，美军关于冲绳的观点是有自己的理由的。他们的主张是，日本是个不讲信用的同盟国，驻日本基地难以保证不会丢失，所以冲绳的基地无论如何不能放手。我每次有机会就会向夏威夷美军太平洋司令部和华盛顿参谋长联席会议进言，我认为若是事态到了美国失去日本国内基地的程度，那就是由于美国紧抓住冲绳不放而迫使日本人转为反对美国，那样的话，处在冲绳人与日本人的敌意之中，冲绳的基地也就毫无价值了。也就是说，只有一种选择，是在日本本土与冲绳都有基地？还是都没有基地？问题的关键就在归还冲绳。

我同军方的争论持续了几年。1961年夏,我面临一个更为现实的问题,就是在不能逾越美国政府现有的冲绳政策的前提下,既要得到卡拉韦的信任,但又不能挫伤抱有合理要求的冲绳人民。在对冲绳当地人的讲演中,我对他们作出了一个表示,这个表示是意味深长的。我不把他们归为琉球人或冲绳人,而是说"你们这些居住在冲绳的日本人"。日本在冲绳有着"残余主权",这是早些时候杜勒斯也承认的,但这是一个含义暧昧不清的概念。我相信自己的讲演是有责任感的美国官员第一次承认接受冲绳人是日本人这一事实。卡拉韦对我的话中意思似乎没有留意,我们在友好的气氛中就扩大冲绳的自治权互相都作了小小的让步。也许是两人联名发往华盛顿的电报起了作用,到了10月,肯尼迪总统派卡尔·凯森(Carl Kaysen)率领的调查团来到冲绳。凯森是我哈佛的老朋友,他在白宫麦克乔治·邦迪手下工作。凯森的报告富有成果,第二年春美国宣布有关冲绳行政实行多项自由化改革。

虽然微妙的政治上的讨价还价非常辛苦,但第一次的冲绳之旅是很愉快的经历。我在南部考察了冲绳岛的三分之二的地区,那儿曾是二战时期发生激战的主战场,在那里看到了许多有趣的事物。我还坐直升机视察了主要的美军基地。在海军陆战队司令部,当时在演奏国歌后,排列在身旁的礼炮十九响着实让我吓了一跳。更让我吃惊的是两个美国彪形大汉始终在我身边形影不离,在空中航行时,他们也乘坐另一架直升机随行,这是我平生第一次体验到的贴身警卫。后来我到日本各地旅行,同众多的日本人接触,对日本方面的贴身警卫也习以为常了,而且不论到哪里,在众多的人群中我都能够把他们从围在我身旁的人群中区别出来,他们共同的标志就是在西装领边插有一个不引人注目的小别针头,而且在宾馆走廊转弯处从他们疾速横扫的眼神里就可以透露出来。

冲绳问题之后,最为重要而且是长期悬而未决的问题就是日韩的邦交正常化。关于这个问题,我同池田首相以及许多日本人以各种方式谈过无数次，也同许多韩国人谈过，特别是会见过俞镇午的首席代表裴义焕。裴自称叫裴江户，他同在美国出生的妻子结婚，所以有美国、韩国双重国籍，裴成为我一个很好的朋友。邦交正常化有益于韩国经济的复兴，对日本来说，对扩大其贸易地区和国家安全也是必不可缺的。但由于韩国方面不现实的赔偿要求与要在公海海域谋求渔业专属区域，邦交正常化很难取得进展。从第三者美国的角度来看，日韩双方都极其希望邦交正常化，双方之间的问题由美国引导解决，如果无法取得满意的结果反而会招致双方的怨恨，所以美国插手其中实在不是明智之举。因为我在韩国小有名气，也有人希望我发挥中间人的作用，但我特别谨慎，从不介入双方的谈判磋商。我在东京担任大使期间从未去过韩国也是出自这个理由。我有很多同双方交谈的机会，我总是小心不让人注意，而且对任何一方都表达我相同的意见。我认为从长远来看，促进贸易发展对韩国来说，比取得高额赔偿有利。即使不设置渔业专属区域，如果依靠日本经济援助，韩国的渔业实现现代化，加上韩国的人工费低廉，大部分的渔获最终还是归于韩国。

新任驻韩大使山姆·伯格（Sam Berger）和夫人玛尔吉是春的老朋友，在来往于华盛顿的途中几次在东京逗留，我们就日韩关系问题进行过长时间的交谈。山姆的意见是我们应该对日本施加强大的压力，让日本完全接受韩国一方的要求。但我知道，日本政府是不会屈服于压力的。我建议从长远来看，美国能够做到的就是给双方一些实际利益从而加速问题的解决，而对美国来说这是值得的投资，但这个建议被华盛顿弃之一旁。最终这个问题又拖了好几年，直至 1965 年 6 月才实现了两国关系正常化。韩国在经济上追赶日本是在那以后的事了。

30 顺风满帆

夏天来了，我们的工作还没有一点可以稍稍放松的迹象，工作日程排得满满的，每周工作六天或七天，每天都得十六个小时。我们需要歇息一下了。东京高温多湿，还有污染的空气，我们必须逃离这个地方。我的任期内是东京大气污染最为严重的时期。晚上习惯性地把窗子打开，一股难闻的气味扑鼻而来，只得又把窗子关上。美国大使馆不像英国或其他大使馆那样有度夏的公邸，但春的家人在三崎有一所不大的房子，三崎在东京湾西面三浦半岛的顶端，房子邻近一个小渔港。1960年夏我们曾去过那里。那是一所纯粹的日本风格的房子，很早以前房子的主人是一个很有名的歌人。房子在两个海湾之间 30 多米的海边悬崖上，面对大海，房后弯弯曲曲的小道通往美丽的海湾，海湾名为油壶，意为其状如油壶。这是一个宛如田园诗般的地方，三面临海，有茂密的森林，西面隔着相模湾可以眺望富士山。现在三崎已并入三浦市，成为东京的远郊，曾经以农业和渔业为主打的产业日渐衰落。到处都建起了房子，"油壶"里游艇的嘈杂声喧闹不停，邻近还建造起游乐园。沿岸澄净的水中曾经生活着色彩艳丽的亚热带鱼，如今也因东京湾流来的污水而变得混沌不清。但是 1961 年夏天，那种对环境的破坏刚刚开始，我们在三崎的隐居之处还一如往昔，依然美丽而恬静。

我们生活在村里的渔民和农人中间，那些人都是春在几十年前就认识的，平时见不到外来的人，当然我们也不再是名人了。三崎的房子需要修缮一下，为了冬天防寒和夏天下暴雨时屋内更亮一些，我们在木窗和纸拉门外装上了玻璃。在房子边上又盖了一间，供给我们做饭的女佣居住。女佣是个寡妇，有两个可爱的孩子。房子第一次装上了电灯，当然也安装了同大使馆联络的电话。附近有供直升飞机起落的机场，有紧急情况时，可以坐美国海军的直升机马上回到东京。担任警卫的人员并不引人注目，事实上每次我们划完船回来，就会有一个警官从隐蔽处走出来，帮我们把小船拖上岸。

我们在三崎时，生活方式完全是日本式的。在这幢建造得很单薄的房子里，冬天只靠着一只石油炉子取暖。我们没有摩托艇，只有一条小船，我有时会划上几个小时再往回划，回到岩石嶙峋的海岸。虽然日常承担大量繁重的工作，但我们一回到三崎度周末，人就感到像是获得了新生。我们平均每六个星期就会去三崎度一次周末，如果没有这些去海边香格里拉的定期休息、放飞心情，我真怀疑我们是否能够把在东京长达五年半的工作坚持下来。

那年夏天，已经是哈佛两年级学生的鲍勃来日，外交官的未成年子女可以允许公费去一次父母的赴任地，他是利用这个机会来到日本的。鲍勃的到来使我们的生活增添了生气。一天，鲍勃没有打招呼就来到官邸，他带着大学生的那种天之骄子的傲气开始对外交官的生活品头评足，把我们这儿说得几乎一无是处。为了表现他对大使馆的种种不满，鲍勃身穿破了的蓝色牛仔服，脚跋拉着一双日本式橡胶凉鞋从大使馆走出去。我们对他说这身打扮在东京闹市不适合，但他声称这样可以使他不惹人注意，而实际上身高一米九五的鲍勃没有办法不惹人注意。一天早上，春发现放置来访客人名片的一只银盘上有鲍勃写的一行字，说是再没有必要保存这种维也纳会议①时代的遗物了。在这个夏季，鲍勃很

---

① 维也纳会议是 1814 年 9 月 18 日至 1815 年 6 月 9 日之间在奥地利维也纳召开的一次欧洲列强的外交会议，其目的在于重新划分拿破仑战败后的欧洲政治版图。——译者

放松，当时我这样写道，最终他成了一个"与大使馆格格不入的人"，但鲍勃后来也开始认识到"我们是极力要把第七任总统杰克逊时代的革命思想引入使馆，并非是他一开始指责的只注重刻板、呆滞的外交礼仪"。鲍勃度过了一个很愉快的假期，他先是同哈佛欢乐合唱团、后来又同琼到日本各地旅行，琼已经退出了在电视台和电台的工作，明智地选择了不为人注目的平静生活。

琼和鲍勃在京都观光时还有一个小插曲。他们在得到了宫内厅的许可后去桂离宫参观。桂离宫的事务管理所在知道琼不满二十岁后以相关规定为由不许琼进入。琼在鲍勃进去参观时就在外面看自己的书，静心等待。后来被报纸知道了，他们开始渲染这件事，说一开始琼愤愤不平，坚决要求进去。事情的真相很快就弄清楚了，问题得到解决，但似乎引起了很大的反响。二十一年后，春和我去参观桂离宫，当时桂离宫在我很熟悉的朋友、建筑家安井清的主持下刚刚完成了大修。为我们开车的出租车司机还提起当年发生的事，说当时的出租车司机都知道这件事，称尽管琼是"赖肖尔大使的千金"，却能如此冷静、淡定地对待这件事很了不起，但我发觉琼自己已经记不清当时的情景了。

8月下旬，琼和鲍勃一同回国，琼进入奥伯林大学学习。9月，我的父亲来日本，预定要待两个月。父亲受到了昔日的朋友和我的新同事们的热情欢迎，这一段日子他非常愉快。父亲成为东京历史上第二十九位名誉都民。每天排得满满的活动日程即使比他年轻二十岁的人都会招架不住，但父亲却应付裕如。我们为父亲举办了招待会，父亲昔日旧友也举办了很多次招待会和宴请。父亲从来没有在这么多的公共场合讲过话，我在当时的笔记上写道："他富有幽默感的话让众人捧腹大笑，八十二岁的人成了桌上的明星。"父亲造访了东京女子大学、日本聋哑学校，这些学校同他的一生密不可分，访问深深打动了他，关于他的访问经报道也传布开来。这是父亲1941年以后的第一次访日，目睹战后日本的复兴，同二十年前的战前相比，父亲更是感慨万千。父亲的访问对我们来说是一件大喜事，他自己也感到心满意足。但是，对父亲来说，这是最后一次，回国后不久，他就身体日渐衰弱，再也没能第二次来到日本。

秋天的来临，我们的工作更加繁忙了。围绕纺织品的谈判进入紧张阶段，我同日本外相以及其他政府高层官员反复磋商。经济参赞特雷齐斯等几位精明能干的使馆人员去了新的岗位。春被邀请去参加联合募捐的首日活动，站在涩谷车站著名的八公犬像前广场上分发红羽毛①，据说她比那些并排而站的内阁大臣夫人们更有人气，但仍赶不上参加活动的相扑力士横纲大鹏。春还作为唯一的女性在联合国保护妇女组织的成立仪式上作了讲演。有天夜里，我回到官邸，春正在打电话，那是池田首相打来的，告知韩国总统朴正熙访美途中要在东京停留，我当即接过了电话。这件事很有意思，春竟被当成了政府高级官员对待。

池田首相常常不通过外务省直接给我打电话。例如他从印度访问回来，会详尽地谈在访问中发生的事情。他告诉我说，他发现尼赫鲁是个傲慢的家伙。有很多当时拍摄的照片可以说明问题。有张照片上池田同尼赫鲁并排坐在中央，两人都凝视对方所对着的空间，面无表情。

大使馆的来访客人络绎不绝，其中包括许多老朋友。毕业于斯沃斯摩尔学院的松冈洋子是其中一位，她是一个过激的反美评论家。松冈对我说自己所写的东西渐渐不受欢迎了，她似乎没有意识到自己的立场是自相矛盾的。

还有一个不断遇到的问题，那就是日本人送给我们的大量的礼物。有些是寓意深厚远胜于实用价值的，如用细密的中国汉字写成的万字佛

---

① 日本在举办社会公益事业的募捐活动时，举办者会向每一位募捐者赠送一根红色羽毛，募捐者将其插在胸前。——译者

典、千羽纸鹤，这些都是作为健康的护身符或美好祝愿的象征物，但有些就是高价之物了。一些可以作装饰物用的就在使馆里使用，我注意到有的现在还摆放在使馆，但有的个人礼品价值远远超过规定的美国政府官员可接受的 10 美元，处理起来很棘手。退还的话，有违日本的礼仪，还礼的话，我们的钱包又承受不起。我们曾经把横滨一个女士赠送的项链退还给她，这个有悖常情的举动导致对方极大的不快，好意变为怨恨，所以退礼绝非是有益于日美关系之举。后来我们决定还是对朋友们所送的礼品一概收下。这一做法是明智的，打破美国的规矩总比招致国际间的怨恨要好。收下之后，我们再把贵重的礼品转送给慈善机构。

在赠送的礼品中，有一件很奇特的礼品，那就是航空自卫队幕僚长源田实夫妇送的一条达克斯小猎狗。他们夫妇俩好像知道我曾在贝尔蒙特养过一只达克斯小猎狗。源田实夫妇送的那条狗似乎有点过度的神经质，除了我之外，对任何西方人都表现出极度凶猛的样子，所以我们只能把它养在二楼的居住区内。写到这条狗，就必须提一提源田将军。1941 年作为空军参谋的源田中佐参与了袭击珍珠港的作战计划。战争结束几年后，源田访问伦敦时，有记者问："在袭击珍珠港后还有什么打算？"源田是个诚实的军人，他稍作思考后回答说："我们应该做好准备，扩大战果，占领夏威夷。"英国的媒体对此反应极其强烈，日本大使馆不得不匆忙召源田回国。

在繁忙的工作中，时间悄悄流逝，圣诞节临近了。突然之间，把我们的时间全占去了。日本的基督教徒占总人口的百分之一还不到，但每年的圣诞节气氛浓烈，热闹非常。我们在官邸前厅大理石台阶转角处竖起了一棵六米多高的圣诞树，按照春的指示，以擅长布置的大卫·奥斯本（David Osborn）的夫人海伦卡为核心、使馆工作人员夫人组成的志愿者团队开始布置官邸一楼。大卫是战后国务院送到我那里参加过培训的人员之一。海伦卡的团队只用了一些空罐和旧包装纸之类的废旧之物把整个一楼布置装饰得富丽堂皇。据春的估算，来官邸看圣诞树的人就有三千，到第二年圣诞节时，来的人就更多了。

圣诞节前后，我们到使馆各部门参加他们举办的宴会，我们也举办了四十多人参加的宴会，其中包括官邸日常维护管理的人员。我们还招待了使馆的适龄孩子们，使馆工作人员的孩子总数有两百三十人，其中一百九十人参加了宴请。我总有一种奇妙的感觉，觉得宴会大厅的大理石地坪在诱惑我们在其上面跳舞，所以我们举办了一次由使馆全体美方人员参加的舞会。我最耗费精力投入的活动是招待日本聋哑学校的教师和孩子们的宴会，那所学校是我母亲创办的，这次活动使我想起了我的童年时代。这一年我们邀请了学校教师二十人和学生一百人，占学校总人数的一半，余下的一半安排在第二年邀请。使馆工作人员的孩子中年龄稍大一些的作为东道主也参加了活动，他们帮助我们做了很多事。电视台和报社的记者闻讯也赶来了，当时的会场显得有些乱。后来我们收到几百张圣诞节贺卡，作为答谢，我们给了学校一笔可观的捐款，而这件我们希望做些宣传报道的事记者们恰恰给遗漏了。

途经东京或做短期访问的美国要人几乎没有中断过，其中有些人就在我们官邸下榻。我们的官邸成了美国官员的高级宾馆，我们必须热情招待每一位客人，不断地举行招待会和宴请。大多数客人都希望听听我亲自介绍日本的情况，或至少作礼节性的拜访。身担要职的官员还必须让他们会见首相或其他政府高官，其中有的人还要拜谒天皇，这些活动我都得陪同。

1961 年 7 月，我到任后第一次招待的是国务卿下面负责经济事务的乔治·W. 波尔（George W. Ball）和他的夫人露丝。波尔后来作为鲍尔斯的后任担任了国务院的第二把手。当时波尔来日本是为参加发达国家对欠发达国家援助的开发援助集团（DAG）会议。对欧洲事务非常熟悉的波尔对日本也抱有强烈的兴趣，他准确地预见到，不久日本就会作为经合组织（OECD）的正式成员跻身发达的工业化国家行列。后来到1964年4月，这一预见变为现实。尽管欧洲强烈反对，但是在美国的支持下，日本成为经合组织的正式成员。1961年11月，波尔和我就创建日本、美国、加拿大（可能的话加上澳大利亚）太平洋共同体的构想开始交换意见，只要不使日本的经合组织的加盟有名无实，对这一构想我是极力赞同的。但这一构想最终没有能够实现。时至今日，这一构想还依然存在，只是不断地变换形式而已。不管怎么说，波尔夫妇都是让人能够感到愉悦的人，我想如果波尔能成为国务卿的话，他一定会有卓越建树的。

一到秋天，联邦议会休会期间有很多的议员访问日本。1961年是个没有选举的年份，来访的议员更多。那年秋天最令我们感到畏惧的来访客人就是众议院的约翰·鲁尼（John Rooney）议员，他是国务院预算小委员会主席，国务院的财政预算就握在他的手里。国务院对鲁尼的访日极其重视，小心翼翼，事先告知了我们许多需加注意的事项，还派了担当行政事务的副国务卿助理威廉·科罗克特（William Crockett）陪同。鲁尼是第一次来日本，这次旅行对他极富吸引力。整个旅行进行得很顺利，我们了解到他们夫妇都喜爱吃肉和土豆，所以在为他们举办的宴会上准备了他们喜爱的菜肴。按照鲁尼的要求，不要一个"当地人"参加，春显然不在其列。鲁尼对我们的招待非常满意，席间他情绪很好，高谈阔论，突然间不知怎地让他想起了不愉快的往事，他发起火来，说："不知怎么搞的，有的大使馆居然还端出竖着一只小鸡的菜！"鲁尼的兴致很好，他说行程中的香港、马尼拉不去了，想在日本多待几天。听他这么一说，我们都心里害怕，暗暗叫苦不迭。所幸的是，后来还是按照事先定下的行程安排。鲁尼走后，我们因为高超的"训狮"技艺得到了华盛顿方面的称赞，这也为我们的面子增光不少。

1961 年秋天的来客中，规模最大的是 11 月 1 日至 4 日参加日美贸易经济联合委员会首次磋商的美国政府代表团。这是 6 月在华盛顿池田—肯尼迪会谈中达成的协议。这次磋商将要开创日美关系新的阶段，所以日本政府和国民都高度关注，美国方面也极其重视，代表团以国务卿腊斯克为团长，四位内阁成员同行，如此庞大阵容的代表团去国外参加会议在历史上还是第一次。除此之外，代表团成员还有经济咨询委员会主席沃尔特·赫勒（Walter Heller）以及政府其他部门的代表，沃尔特·赫勒是我奥伯林大学时代的同窗。三十九人的代表团以及几位陪访的夫人乘坐总统专机抵达。我们动员了使馆人员总计达一百八十人，其中包括担任护卫的十名海军陆战队员。日本方面出动的人数更多，等待采访的记者也多达三百名。

代表团抵达后，立即坐上汽车向箱根进发，箱根是邻近富士山的一个休养胜地。腊斯克和我坐在第一辆车上，从车上可以看到沿途人们站在道路两旁不断地挥舞着小旗，腊斯克掩饰不住他的吃惊。会议以及会议以外的活动一切都进行得非常顺利，但会议没有决定任何一项重要事项，这是事先约定好的，媒体记者们对此似乎很失望。这次会议日本方面派出了内阁中最具实力的政治家与会，而美国方面则因从未有过由如此众多的内阁成员组成的代表团而给人留下了深刻的印象。全体会议之后是内阁成员之间的分组会谈，由于进行了充分的沟通交流，日美双方相互加深了了解，产生了亲近感。从各种意义上来说，我感到很满意。首先是公众关注的日美关系的焦点一下子从军事转移到经济事务上。平等的伙伴关系这一精神显著地得到了强化。还有如此众多的美国政府高层官员开始强烈地意识到了日本，增加了对日本的了解。

从华盛顿迢迢万里一下子来了这么多重量级人物，相形之下，我只是一个小卒子，毫不起眼。但会前的准备和会议期间的工作都极其繁重，而且还不得不担任最不愿意干的角色。除会议结束后最后一次记者会由腊斯克和小坂外相主持外，日常的新闻发布会由我和日方外务次官共同主持，我们不得不用给我们的那点可怜的面包碎屑去想方设法满足记者们的旺盛食欲。会议期间，春也为接待那些内阁部长的夫人们而忙得不可开交。

会议结束后代表团主要成员回华盛顿，但工作还没有结束。劳工部长亚瑟·戈德博格（Arthur Goldberg）和夫人多萝西还要住在官邸数日，他要同日方工会界领导人会谈。内政部长斯图尔特·尤德尔（Stewart Udall）要登富士山也留了下来，后来他同春的小叔松方三郎一起去爬了富士山，松方三郎是日本登山协会会长。这个会议之后，紧接着召开北太平洋渔业会议，我们的忙碌仍在继续。

12月中旬，日美科学委员会会议召开，这也是6月的日美首脑会谈商定的。我并非科学家，所以可干的事不多，除了在开幕式与闭幕式上致辞外，就是在官邸为与会代表举行招待会。日本人中最初有人怀疑这个会议暗中带有军事目的，但疑问很快就消除了。会议产生了广阔领域内的众多专业研究团体，取得了圆满的成功。日美首脑会谈决定的第三个项目是文化方面的项目，这个会议在1962年1月下旬举行，作家罗伯特·佩恩·沃伦（Robert Penn Warren）、作曲家亚伦·科普兰（Aaron Copland）等著名人士都来到日本。原来预定阿瑟·施莱辛格担任美方团长，但其晚到，我只能请我的老友、当时任哈佛大学校长的休·博顿代任美国代表团团长。博顿和我的另一位老友伯顿·法思都下榻在我们官邸。会议在东京举行，周末休假去箱根旅行，那天正好下雪，休·博顿同我还在雪里打了一场雪仗，让沉稳、斯文的日方与会者惊讶不已，但摄影记者们却大喜过望。会议在智识文化方面并没有取得可值一提的成果，但奠定了后来蓬勃发展的日美文化联合委员会的基础。

1961年的夏天和秋天见证了春和我的微妙变化，我们从刚上路的新手日渐变为充满自信的行家里手。大使馆次长莱昂哈特夫妇大半个夏天回美国休假，我们发觉即使没有他们的帮助，我们也能够熟练地管理着大使馆的运营。春天我在给家里的信中或在笔记里提到的那种焦虑和忐忑的感觉到秋天就要过完时已经消散得无影无踪。我当时这样写道："同外务大臣谈判磋商与同费正清交谈没有两样。举办三百四十人的招待会就如同周末外出购物。"唯一令人嗟叹的就是时间和精力的不够。如果除去对独立活动的宣传、文化这一系统（USIS）掌控较晚，其机能没有得到充分发挥外，我已经可以完全驾驭整个大使馆的运作。我们对外交活动的套路不仅驾轻就熟，而且正在投入到对来日目的的追求之中。我们克服了迄今遇到的所有困难，也有能力面对将会出现的一切挑战。短短的七个月间，当初的一切不安都已烟消云散，我们建立起了足够的自信。

31　恢复对话

打开同日本人的对话之路，加深日美两国国民之间的理解，就任伊始，我们就将其作为最主要的目标。但在最初阶段，工作繁多，我们并不能全力以赴地作这件事。不言而喻，最优先考虑的是同日本的领导层及大众媒体的接触。我在办公室同不计其数的日本各界领导人举行会谈，在午餐会和晚宴上同他们沟通交流，接受过无数次的媒体采访，还连续多次出现在电视节目里。我们对美国人同对日本人一样采取教育的方式。过去有很多大使总是抱怨在接待到访的美国客人上花费了太多时间，但我很高兴有这样的机会会见参众两院议员、政府和军界高层官员、商界和知识界精英。这些人来到日本，在实地感受到了日本的重要性之后想听听我的看法，这本身就是一个使他们接受教育的机会。

大使馆的工作人员都支持我们在教育上所做出的努力。我觉得我们需要更多的会说日语的使馆官员。横滨的大使馆日本语学校正在培养一批批通晓日语的年轻外交官，但遗憾的是许多日语水平高的外交官在培训完后被分散派遣到世界各地，在那些岗位上他们所掌握的有关日本的知识并不能体现出特别的价值。我最先是把大卫·奥斯本、把欧文·泽赫伦（Owen Zurhellen）从慕尼黑总领事的位置调到了东京，欧文·泽赫伦是我在哈佛大学的学生。大卫后来作了驻缅甸大使，欧文作了驻苏里南大使。我还把约翰·斯蒂格梅厄（John Stegmeier）从特里尼达调来担任驻大阪神户总领事，斯蒂格梅厄的妻子出生在日本。同约翰·K.

爱默森（John K. Emmerson）是 1937 年在京都相识的，当时他是参加日语培训的年轻外交官，而我那时还是一个初出茅庐的学者。1962 年夏，我把约翰从非洲调来担任大使馆次长。大使馆日语高手济济一堂，应邀来大使馆参加招待会的日本人发现有近三十位使馆人员和他们的夫人都能操着流利的日语同他们交谈惊诧不已，类似这样的事发生过好多起。有次在为妇女界领导人举办的午餐会上，一个女议员（我想应该是社会党议员）兴奋地说，去年此刻她还在大使馆门前参加反美示威，而现在坐在大使馆里吃着午餐，用日语同大家交流，简直有点不可思议。

以往许多保守的大使有一种倾向，就是把宣传、文化交流机构的工作以及所有的文化、智识活动视作累赘，是无关紧要的"软"领域，事实上智识一词在美国政府中甚至成为类似禁忌的词语。但是我认为，建立在智识基础之上的理解对经济、政治、防卫等"硬"领域内的充分合作是不可或缺的，所以我决心要让宣传、文化交流机构和大使馆全体人员齐心协力，为智识文化的交流做出最大限度的努力。起用伯顿·法思担任文化参赞也正是我这个战略的重要组成部分。

1961 年秋天，我开始了对日本全国四十六个都道府县（后来由于冲绳的回归增加至四十七个）的正式访问。那一年 7 月，为出席在京都召开的一次会议我第一次去了东京以外的地方。当时春没有同行，让我感到这是一个很大的失策。日本人期望见到她远胜于我，他们对春没有出现明显地表露出失望。决不能再犯这样的错误，从那以后我就决定不管到哪儿肯定要带着她。

对地方进行正式访问的活动安排主要有对知事和主要城市的市长礼节性拜访、在警车护卫下由知事或市长以及其他政府官员陪同参观名胜古迹、视察美国领事馆及文化中心等其他美国政府机构、出席当地日美协会和商工会议所举办的午餐会或晚宴并致辞、在主要的大学讲演、同地方媒体见面以及上电视节目等。我所到之处，当地都作了大量的报道。当地的人们对我如此熟悉他们地方的历史和地理情况感到惊讶和高兴，每个县都向我赠送了记录我旅行情景的漂亮相册。相册后来多得堆起来犹如一座小山，成了我们在日本期间的图片记录。访问期间，也有感到不自在的时候。在车站等处，大批的警官和官员簇拥着我，把我等同王侯、贵族对待，看到有些人正在驱赶还不知发生什么事的老人、妇女为我开道时，我的心不由得阵阵悸痛。

9月，我们去了北海道的函馆。在函馆我们第一次遇上了示威队伍。日本人对核问题特别敏感，我想当时也是反对美国在此之前宣布恢复核试验的示威。在小仓（今北九州市），也许是发泄当局不允许中共代表团在当地大学讲演的不满，左翼学生到处张贴反对赖肖尔的标语，在数百名充满热情的学生正在倾听我所作讲演的礼堂外面，一小撮示威者声嘶力竭地叫喊着，他们这样反而令人觉得有点值得同情。在福冈，气氛依然有些冰冷，缺少热情，人们对美军基地的飞机怨声载道，因为风向的关系，板付空军基地起降的飞机在邻近的九州大学上面低空盘旋，轰鸣声淹没了一切。关于这个问题，美国大使馆遭遇第一次抗议是在1948年，而如今，1961年当我在大学里作讲演时才有了切身的体验。在拜访福冈县知事时，一百多人的左翼示威队伍在外面高举着标语牌，其中一个人手举的标语牌上用英文写着："赖肖尔滚回去！"

在第一次对大阪的访问期间，我作了一次同经济相关的重要讲演，讲稿是我的助手为我准备的。与很多大使不同，我很少使用别人起草的稿子进行讲演。只有极个别的情况下，根据华盛顿的指令，必须强调某些问题时才会这样作，我们把这种讲演称作"照本宣科"。不过我还是喜欢自己动手写稿或是作即席讲演。这次大阪之行，我们在同工会界领袖共进午餐后进行了恳谈，春也会见了工会界的女性领导人，这样的日程安排是没有先例的。

在广岛，使馆陪同人员希望我能仿效此前各国大使来广岛时的做法，一大清早悄悄地向原爆慰灵碑献上花圈，这样可以避开围观的人群和摄影记者，但这样作对我来说是荒唐的。我认为应该使自己的慰灵之举成为美国对原子弹爆炸牺牲者悼念的象征，所以同其他活动一样，在公众和摄影记者的包围之下我在原爆慰灵碑前肃立默哀。后来去长崎时，我也是这样做的。

我在各地访问期间作了多次讲演，但我大部分的讲演还是在东京。讲演多以学生为对象，除了一些特殊的场合，我会用日文事先写好讲稿外，基本上都是用英语讲演。在有过一两次失败的教训之后，我决定每次外出讲演都带一名优秀的译员同行。我在使馆人员中物色合适的人选，最后发现了西山千。西山年纪与我差不多大，在我所知道的真正堪称精通日英两种语言的三四个人中，西山是其中的一个。西山人品很好，我们之间保持多年深厚的友谊。西山出生在犹他州，英语是他的母语。大萧条时期，西山回到日本，成为日本公民，他在政府里谋到了一个职位，后来大半生都是在日本度过的。西山的日语完美无缺，阿波罗号月球登陆实况转播时，他在电视台担任同声翻译，后被人称为"阿波罗先生"，一举成名。

在过去的几年里，西山与我同台共演，如果没有上百次，也至少有几十次了。我讲演时，他只是在一个小本子上零碎地记点什么，然后就把我所说的话译出来，英语的语感把握得相当准确。偶尔也会有误译，那是由于对历史知识稍嫌不足而把我的意思搞错了。我很仔细地听他的翻译，每出现细微的差错或不译我夸他他的话时都会提醒他。我用日语纠正西山的差错时，所有的日本听众都会高兴得乐不可支。在以学生为对象的讲演中，我们有时还会互换角色。我首先用日语讲一会，西山神情认真地把它译成英语，瞬间听众目瞪口呆，不知所以然，随即醒悟过来，开心地鼓起掌来。赖肖尔—西山组合一下子出了名。也正因为如此，其他的译员对同我的合作都感到害怕，敬而远之。

日本大多数的大学生是支持在野党的，所以他们反对政府的亲美路线，但对我个人表现出敌意的几乎没有。大多数听讲演的学生或一些民间团体都称呼我为赖肖尔博士或教授，在他们看来，博士或教授比大使更能表达敬意。我的讲演尤其是以学生为对象的讲演接受提问也成了一个惯例。据我所知，大多数美国大使都尽可能回避在公开场合的提问。如果回避提问，或以"无可奉告"这类词语来搪塞，我又如何去恢复同日本的对话？当然会有很多不能谈的问题，但在我的记忆中，我从没有说过假话，也没有以"无可奉告"一类遁词搪塞过。不过对日美之间正在进行谈判、需要小心对待的问题以及一些敏感的问题我有时也会使用暧昧的外交辞令。在关于核武器这类特殊的问题上，我总是按照标准的美国政府的回应模式作答，既不肯定也不否定这类武器的存在。事实上，除了知道我们之间已达成的协议，允诺不在日本保有核武器或引入美军基地外，我并不知晓核武器究竟在哪里。

最常被问到的问题似乎是关于美中关系的问题。我也支持日本同中华人民共和国发展关系的愿望，对华盛顿反对承认中国的强硬态度持批评立场，所以这是一个很难回答的问题。在被问及有关中国的问题时，我往往会解释日本和美国的立场，谈其背景情况，而回避谈及我个人的态度。后来在越南战争成为争论焦点时，我也采取相同的做法，我发觉这种应对方法很有效果。

在听众多为学生时，常常会提出有关日本以及日本历史的问题。"你觉得日本人怎么样？""日本应该采取什么样的政策？"我经常会被问到诸如此类的问题。对于我来说，作为一个外国的大使，面对日本人谈论涉及日本政治和外交政策的问题是不合时宜的。每碰到这种场合，我首先强调的就是这一点。然后我会在假设我不是大使而是一个学者的前提下谈自己的看法。当然这种假设是不存在的，但这种做法却非常管用，由此我可以毫无拘束地表达自己的观点。在公开的场合，我谈论日本的历史、社会、政治甚至涉及日本的外交政策，从未受到来自日本政府以及报纸的批评。当然在公开的场合这样毫无顾忌地谈论是有风险的，但是能够允许这样作也就是我能轻松地谈论而不必担心后果的一个理由。

对于春与我的结合感兴趣的人们还会经常提出一些有关个人的问题，尤其是年轻人喜爱问的问题是为什么我要同我的妻子结婚，这种场合，他们往往不用"妻子"而是用"日本女性"这个词，提问者期待的也许是日本女性贤惠、温良之类的回答，但我总是简单地回答说"因为我爱她"。日本的现实是，年轻人并非都是因为爱才结合在一起的，尽管如此，我的回答常常激起全场不断的掌声。

在我的讲演中或听众的提问中会反复谈及的一个问题就是日本英语教育落后的现状。战后日本没有得到显著改变的领域很少，英语教育和大学便在其中。日本要跻身国际社会，英语无论如何是必不可少的。小学一年级是孩子们轻松而且最容易掌握外语的时期，我建议从这个阶段就开始进行外语教育，在培养阅读能力的同时加强会话教育。我还提出应该把大量以英语为母语者作为教师录用，事实上有许多年轻的美国人或以英语为母语者即使工资报酬低也希望有机会来日本教英语。日本的学生对我提出的建议很感兴趣，年长者则明确表示反对，当时日本大约有五万名英语教师，其中大部分人的英语口语能力实在是不敢恭维，我的建议使这些人感到了威胁。我在日本所作的讲演中，最令人感到沉闷无趣的莫过于在英语教师大会上的那次讲演。他们出于自尊拒绝翻译，但大多数人显然并没有听懂我所讲的内容。日本官僚的态度也是不希望打破他们的规矩，他们觉得我的想法"和平队"的气味过于浓厚，适合于落后国家，但对日本这样的发达国家并不合适。我也不止一次地同美国参众两院的议员们谈起过，同样遭到激烈的反对，他们担心那样的话，就要变成美国的援助项目了，所以没有人能听得进去。同当时相比，现在的状况已经大大改善了，但我的那些想法即使到现在也没有过时。

我的即席讲演可以得助于西山千，但准备日文的讲演草稿以及要在杂志、小册子上发表的讲演稿就要花一番功夫了。这种时候，我总是先用英文拟了草稿，大使馆翻译部译成日文，然后我再花上几个小时同译者仔细核对，检查是否有错误或是失去、歪曲了原文的语感。如果原是意在赞扬的话不经意中带有了侮辱之意，那倒不如没有的好。我的很多讲演稿和文章都是在美国新闻处的刊物上发表的，该刊物用日英两种文字出版。几乎所有刊出文章的题目都是司空见惯、了无新意的，只有两篇文章的题目颇为新颖别致，其中一篇的题目是《世界的新地图》，文章中有两张地图，用以表示世界各国人口之比和 1964 年国民生产总值（GNP）之比。两张地图是一个很好的对照，在人口比的地图上可以看出，中国和印度是两个特大国家，然后顺次是东南亚、非洲和拉丁美洲。在 GNP 比的地图上，美国、苏联、日本与欧洲各国非常突出，与此相反，拉丁美洲、非洲、东南亚很小，印度与中国萎缩得如同产业发达国家的附属地。今天这种反差就更大了，尤其是与日本相比。对比两张地图就能清楚地了解世界的问题，可以帮助日本人理解日本所发挥的作用的重要性，这也是制作这两张地图的理由所在。这个创意不出所料引起了广泛关注，许多参考文献都作了转载。

另一篇别致的文章题目是《现代史的新视点》，也附有图表。图表的纵轴是民主与独裁专制，民主置于纵轴顶部。横轴是自由经济与管制经济，自由经济置于右部。在那张图表上，世界各国用点表示，这样欠发达的前现代化国家大体都集中在中央区域，中央区域周围的现代化国家明显地分为两组，一组是民主与经济发展得都很好的国家，大致属第一象限。另一组是独裁专制和管制经济的国家，集中在第三象限。根据这张图表，我论述了在实现现代化的国家中出现这种鲜明对照的原因和将来发展的趋势。

我们竭尽全力通过各种途径同日本人，尤其是青年一代开展对话，这对我来说也是最快乐的事。毫无疑问，犹如对全世界的人们一样，肯尼迪总统对日本人所具有的不等寻常的感召力对增强两国之间的互相理解和友谊产生了不可估量的作用。但我相信，我们所付出的努力也做出了小小的贡献。

32　罗伯特·肯尼迪访日

1962 年 2 月上旬，罗伯特·肯尼迪和夫人埃塞尔的访日是我们任期内最为荣耀的事，在某种意义上说也是一个转折点。罗伯特是肯尼迪总统的弟弟，是总统最为信赖的人。他当时担任司法部长，也是华盛顿手握重权的人物。罗伯特是赴印度尼西亚进行外交谈判途中到日本访问的，他的访日是日本方面非常期待的事，但对大使馆来说却引起了不少的担忧。罗伯特有非常严厉的一面，甚至有传闻说，他在非洲访问时因对大使馆不满还炒了几个人的鱿鱼。

6 月我去华盛顿时，就已经同司法部长讨论过其访问日本的事项（罗伯特·肯尼迪在公众场合常称其兄为"总统"，所以我们也称其为"司法部长"）。对他访日的想法我当然极力赞成，但关于这次访日的商谈在后来的六个月中迟迟没有进展。最终日本政府作出了决断，但在计划安排上出现了不同的意见。12 月 1 日，中曾根康弘和五岛升前来大使馆，五岛升是企业集团东急即东京高速铁路公司的年轻掌门人（现为日本商工会议所主席、中曾根智囊团成员之一）。他们希望把罗伯特访日的主题放在青年领袖的作用这一点上，打算作为青年领袖组织的客人邀请罗伯特。然而日本政府坚持要把罗伯特作为国宾，丝毫不肯让步。我记得最后的结果是以双方的名义发出邀请。12 月与 1 月，围绕罗伯特的访日日程安排召开了无数次的会议。1 月 5 日，约翰·席根泰勒（John Seigenthaler）与另一位罗伯特的亲信来日。同月 18 日，我们为邀请方即青年委员会的一百个人举行了招待会，他们自己称这个委员会为 RK 委员会，RK 是司法部长这一词的两个开头字母。为了淡化领导人的政治色彩，小坂德三郎取代中曾根康弘担任了领导，小坂德三郎是外务大臣的弟弟，也是春的远亲。

罗伯特的访日定在 2 月上旬，预定他们下榻在大使官邸。富豪家庭长大的埃塞尔夫人要求很多，而她自己完全没有意识到这一点。我们为了她在官邸特为辟出一间美容室。而罗伯特对衣着打扮毫不在意，漫不经心，据官邸勤务人员说，他只有四件穿旧的衣服，熨烫得也马马虎虎。但罗伯特有他自己的要求，我们根据他的指示制定了一张超密集的"富有意义的"日程表，活动从早上 8 点到夜里 11 点，有时还要到 12 点。这张日程表发往华盛顿后，回复的电报上说："大体可以，但我早上 6 点到 8 点之间干什么呢？"于是又是一阵忙乱，加上了早上同工作人员滑冰等活动。

罗伯特和埃塞尔夫妇带着大批随行人员于 2 月 4 日夜抵达东京。在机场上匆忙的寒暄之后，他们又接受了几家报社记者的采访。为了消除长途旅行的疲劳和应付第二天开始的紧张的日程安排，当天夜里回到官邸就休息了。罗伯特的随行人员我们也尽可能安排住在官邸二楼的客房。那天恺蒂·加尔布雷斯也忙中添乱，她在回印度途中经由东京，也要在官邸下榻。一切正常的秩序全被打乱了，按陪同埃塞尔的美国新闻署副主任苏西·威尔逊（Suzie Wilson）的说法："简直就像回到了大学时代。"有天早上，为了寻找被女勤务工拿去擦的皮鞋，罗伯特竟没穿裤子就出现在了二楼早餐厅。埃塞尔夫人则全然不遵守日程安排，所以春得比实际时间提早三十分钟催她。也许嫌春太烦的缘故，埃塞尔称春为女修道院长，还开玩笑地说要求周五允许吃肉。官邸一楼满是报社的记者、便衣警察和等着换班的使馆人员，那种难以描述的混乱使官邸工作人员承受着巨大的压力，但他们完成了这一艰巨任务。

罗伯特第一天的活动安排主要是同池田首相以及其他领导人长时间的会谈，由于预定送达的肯尼迪总统的私人信件还没有到，罗伯特和我伪造了一封，还作得非常不错。这天还安排了几次并无实质内容的礼仪活动，罗伯特有些不耐烦，对这一类事情他极易发火。访日的最后一天，东道主 RK 委员会举办送别宴会时，我也是苦口婆心劝说他不要提前离场以免失礼。

在见到罗伯特之前，我对他的经历及声望总抱有些许疑问，但见面之后，完全被他的真诚所征服。罗伯特很健谈，但也善于倾听，总是保持着淡定、冷静和理智。在当时的笔记里我这样写道："罗伯特是个思维明晰、注重实际的理想主义者，有着天赋的精力和才能，他从心底里信仰美国的民主的理想，同时关注着百姓大众。"罗伯特的嗓音低沉浑厚，得到了日本人的喜爱，给人们留下了很深的印象。在此之前，日本人已听惯了许多美国人那种粗放、气势夺人的声音。我觉得罗伯特所作的一切都完美得无以复加，他的所作所为强化了我在日本所努力要去作的事。罗伯特充满朝气和活力，这对日本人毫无疑问是一种巨大的感召力。罗伯特似乎对我也有好感，虽然起初因为其他工作，一些不太重要的活动我没有参加，但在第二天他就坚持要求我一直陪在他身旁，除了早晨滑冰和深夜在酒吧同工会领导人会面。据说在酒吧罗伯特演唱的《爱尔兰的眼睛在微笑》引起一片欢腾。春同样自始至终陪伴着埃塞尔。

罗伯特的日本之行顺利开始，到 6 日结束，取得了圆满的成功。这一天中午过后，罗伯特去日本大学讲演，接受被授予的名誉学位，这一切都是走个形式，很快就结束了。紧接着他要去早稻田大学讲演。此时有消息说，左翼学生竭力要阻止这次活动。这次活动埃塞尔和春也随同前往。罗伯特和我坐在汽车的弹簧椅上，我们就在车中开了一个临时"作战会议"。如果发生难以预测的事态，就会伤及日美关系。但打退堂鼓往回撤的话，就同罗伯特作为"新边界"实践者的身份不相匹配了。

这时，厄涅斯特·杨（Ernest Young）告知我们，根据警察方面的报告和他自己的观察，前面不会有什么危险。杨是哈佛的研究生，日语很好，我把他带到大使馆作了我的私人助理，所有的工作他都完成得很出色。我们研究下来，决定还是一切按原计划进行。

当到达早稻田大学大隈讲堂前面的广场时，我们才知道形势远比预料的险恶得多。广场上已经挤满了三千个学生，这些学生还都是很友好的，但整个广场的秩序混乱不堪，我们费了好大的劲才从人群中穿了过去。讲堂里面的状况也是一样，满场的学生都在大声地呼喊着、喧闹着。讲坛被人数众多的摄影记者占据着，抢占了前排座位的学生如果加大声音妨碍议事的话，后排的两千多名学生就会狂喊着作出回应，人声鼎沸，一片混乱，讲演根本是不可能了。罗伯特邀了一个左翼学生到台上想与其辩论，那个学生只是一个劲地乱喊，简直就不成体统。最后罗伯特总算说了点什么，但扩音系统显然被破坏了，他的声音没能传到全场。有人找来了手提扩音器，但无法正常使用。不久又上来了第二个学生，结果同最初的那个没有什么两样。

混乱的局面已经不可收拾，我知道此刻保护司法部长的人身安全是我作为大使义不容辞的职责。如果听任这样下去，我作为大使的职业生涯也许就此会突然戏剧性地终结，我必须尽己所能做点什么来扭转局面。我站起身来，先把台上日美双方的记者赶走，然后用严厉的目光对着人群，双手高举，瞬间讲堂一片寂静，连我自己也吃惊了。这样罗伯特能够继续同学生进行辩论了，他的声音至少前几排可以听到。每当喧闹声再起时，我都举起双臂并不费多大力气就把声音压了下去。后来第三个学生跳上台来，这是学生组织的领导人，在他的指挥下，全体学生齐声高唱早稻田的校歌。我走到罗伯特身边，悄声对他说了一句"我们最好趁早撤"。讲坛后面有一个出口，那是我们唯一可以脱身的通道。我们一行人没受到任何阻拦从那儿走出，转眼就被带到了一个静谧的日本庭院，那里有一个教员俱乐部。

当时我们并没有意识到我们已经取得了一个巨大的胜利。讲堂里的扩音器虽然失灵，但我们的一言一行都被电视台摄像机的镜头记录了下来。这个历史上最为戏剧性的实况电视转播节目使整个日本就像被电击中了似的。罗伯特冷静、理性甚至带有幽默感的谈吐与学生的粗鲁、张扬形成鲜明的对照，他立刻成了日本众所公认的青年英雄。在余下的行程中，罗伯特一行就如同一个凯旋的队伍。左翼学生继续举着"肯尼迪滚回去"的标语牌，但参加示威的人数锐减，只剩下一些偏激分子了。为了纪念这一难忘的经历，罗伯特他们都学会了早稻田大学的校歌《西北之都》，只要一有合适的机会，他们就会唱这支歌。

整个日本的人们都被罗伯特和埃塞尔所倾倒，我们离他们距离最近，自然更是如此。罗伯特朝气蓬勃，在他身上燃烧着一种理想主义的火焰，这一点完全征服了我。肯尼迪总统也许有着他独特的风采和魅力，而罗伯特则更充满着能够为坚定不移的理想献身的精神。为了和平和国际友谊，为了强大而充满希望和活力的美国，没有人能像罗伯特那样雄辩地发出声音，也没有人能像罗伯特那样准确无误地表现出美国的姿态，这就是把日本作为完全平等的对手而与其结成伙伴关系。

2月10日早上，罗伯特和埃塞尔一行出发去香港，在出发去机场之前，我请求罗伯特给我十五分钟时间同他进行单独的谈话，谈一些我一直想谈但在其逗留期间没有机会谈的重要问题，其中就有日韩关系正常化与冲绳问题。罗伯特对冲绳问题也表示出强烈的关注。我力说尽早实现冲绳的自治和将来归还日本的必要性，他认真地作着记录。毫无疑问，罗伯特把我的意图传递给了总统。总统根据凯森有关冲绳的报告而采取的行动恐怕是受到了罗伯特的影响。我认为正是如此，才打通了最终归还冲绳的道路。临上飞机前，罗伯特与春、埃塞尔与我吻别，在场的日本政府官员都大吃一惊。望着两人登上飞机离开日本，我们才如释重负地喘了一口气。总之，我们已经人困马乏，精疲力竭了。罗伯特和埃塞尔似乎也疲惫不堪，听说他们在香港取消了日程安排，休息了好几天，我们禁不住笑了。

罗伯特·肯尼迪的访日明显地改变了我在华盛顿的地位。从那以后，我在华盛顿有了一个具有实力的朋友。在盘根错节、错综复杂的政府官僚机构里，当有的事遇到瓶颈、无法取得进展时，我有了一条可以直接通往总统的渠道。1962 年 12 月，我们第二次去华盛顿时，罗伯特邀请春和我去他家参加一个晚宴和舞会，他的家在隔着波托马克河的弗吉尼亚州麦克莱恩市。在他家看到晚宴的餐桌是一个圆桌时，我们得到了一个创意。在外交场合，按照礼仪序列就座时，长条方桌上往往会出现不会英语的日本人夹在两个不会日语的美国人中间的情况，而圆桌不分上座，也就不会出现这种尴尬了。

1964 年 1 月，罗伯特夫妇为在东京会见印度尼西亚总统苏加诺再次来日。此时距其哥哥被暗杀还不到两个月。据传由于这场悲剧罗伯特陷入神情恍惚的状态，这次日本之旅成为他摆脱这种状态、重新振作起来的一个契机。由于气象的原因，我们同华盛顿的联络中断了一个星期。最先是 1 月 13 日驻印度尼西亚大使霍华德·琼斯（Howard Jones）来了一封电报。说是罗伯特·肯尼迪翌日晚抵达，至于为何来日，电报一字没提。同是 13 日这一天，印度尼西亚驻日大使来访，说是 1 月 15 日至 19 日苏加诺总统将在东京访问，之后顺便随意添了一句，说预定那期间还要会见罗伯特·肯尼迪。苏加诺同罗伯特的会谈早已开始准备，很显然这是苏加诺的正式答复。美国政府希望罗伯特向苏加诺表明其对印度尼西亚与马来西亚的军事对峙的深切关注。英国驻日大使为了通过我转达英国政府的态度也拜访了我。

15 日，琼斯大使和我与池田首相及外相去帝国饭店会见了苏加诺总统和他的 12 名随员。在这次会见中，安排了 17 日与 18 日在帝国饭店其同罗伯特的会谈。第二天即 16 日夜，春和我去横田美军空军基地迎接罗伯特和埃塞尔的到来。横田基地很远，在东京的西郊。他们乘坐的是一架没有窗户的军用喷气飞机，虽然如同坐在高速的潜水艇里绕了大半个地球，两人都精神饱满，罗伯特比上一次见到时稍显憔悴，但依然精力充沛，埃塞尔仍是充满着魅力。

罗伯特同苏加诺的会谈进行得很顺利。苏加诺显然被罗伯特耐心细致的说服与温和的态度所打动了，他爽快地同意如果英国方面采取同样步调的话，就结束正规军同游击队的对峙，还可同马来西亚的领导人会面（实际上两国敌对状态一直持续到 1965 年苏加诺失去政权）。在同苏加诺会谈结束后，罗伯特还会见了英国大使与从新加坡来的英国主要情报官员，通报了同苏加诺会谈的成果。有意思的是，同英国人会见时，罗伯特表情冷峻，甚至带有挑衅的意味，这同他在会见日本人和印度尼西亚人时表现出十分体谅的态度有着天壤之别。罗伯特走后，我和琼斯为消除误解还花费了不少力气。

在离开东京前，罗伯特提出要再一次去早稻田大学，同学生们见面，感谢他们为追悼他的哥哥特为举行了悼念仪式。但一些日本政府领导人极力劝阻，他们认为，这次访问会成为对左翼势力的公然挑战，也有可能会被当作企图重演上次早稻田演说胜利的挑衅行为。这次只要引起一点骚动就会演变成大问题。但我的特别助理乔治·P. 帕卡德三世（George R. Packard，Ⅲ）坚持认为没有问题。乔治是前年夏天接替厄涅斯特·杨的，他是负责同青年接触的。（乔治日语相当好，他后来写了一本很好的关于 1960 年安保运动的书。乔治现为约翰·霍普金斯大学高级国际关系学院院长。）我们听从乔治的意见，一行人包括埃塞尔、春和乔治同坐一辆车出发了。我们原来打算让罗伯特稍讲几句话表示感谢，再与同学们握手后就回来的。但到了之后看到大隈讲堂里三层外三层挤满了学生，这种情况使我们不得不临时改变预定计划。讲堂里面有两千人，外面至少有五千人在雨中站立着。在电视台摄影机炫目的灯光下，罗伯特又作了一次讲演。讲堂外的人群后面还有两块写着"滚回去"的标语牌，讲堂内也有几个学生举着"归还冲绳"的大幅标语牌，但很快就被周围的学生扯下，撕得粉碎，之后再也没出现过任何敌对行为。罗伯特的每一句话都会激起全场学生热烈的掌声。讲演结束后，上一次的那个学生领袖再次登上讲坛，于是又是一场早稻田大学校歌的大合唱。罗伯特和埃塞尔也同大家一起唱。我们从正面大门走出去，学生们都留在讲堂。在讲堂外，罗伯特面对学生简短地讲了几句话后，歌声又一次响起。学生们满心喜悦，一扫 1962 年那次事件令人羞愧的记忆。在同早稻田大学的师生们告别后，我们驱车前往横田，随行的美国记者团对参加集会的学生之多和那种狂热的场面都感到吃惊，表现出难以置信的神情。

　　春和我对这次经历感到很高兴，这件事可以反映出在罗伯特和埃塞尔第一次访问日本后的两年间，日本人的精神发生的巨大变化。翻看当时的笔记，关于罗伯特我这样写道："他不能不让人觉得是一个注定要步其兄后尘的人。"

33 不平凡的航程

到就任第一年年末时，我们对大使馆的工作已经驾轻就熟，对日美关系发展的现状也感到满意，但此时人身心俱疲，大使馆的许多高层人员也是如此。精悍的商务参赞爱德华·道赫蒂（Edward Dougherty）在一次讲演中突然倒下，给我作健康检查的横须贺海军军医对我的健康也颇为担忧。罗伯特的初次访日使我们承受了巨大的压力，从秋天到冬天的工作安排依然非常繁忙。日美关系发展到了更为紧密的新阶段，其结果是，大使馆现有人员已经无法承担剧增的工作量，而华盛顿不可能轻而易举地满足增员的需求。唯一的办法只有改变工作的节奏，从最初的几个月那种全速奔跑转变为艰苦的马拉松。春开始希望我们会因什么失误而被炒鱿鱼，或是以"已完成重任"为借口辞职，但我却觉得在我们的前面还有一段很长的更为艰难的路要走。

毫无疑问，气氛已经明显地改善了许多。依然有很多反对美国政策的抗议者，但这些抗议者很高兴以前被挡在使馆大门之外而现在可以派出代表用日语同使馆高级官员讨论他们的诉求。常常有人因受到礼貌的接待高高兴兴地走后就不再出现了。我的前任曾以同左翼知识分子接触为由把温良敦厚的松本重治从国际文化会馆馆长的位置上撤下。莱昂哈特提及这件事时，描述当时的大使馆就像一座受到围攻的城堡，可以信赖的朋友寥寥无几。谈到春和我的到来，他调换了一个讲法，形容"恰似把手套里面翻了出来"。

矫枉过正也是危险的。塚平利夫（Tuskey）原是美国陆军上尉，他在哈佛取得了哲学博士学位，为解决使馆翻译困难我把他调来的。有一天他给我看一份《图书新闻》上的报道，报道的题目是《赖肖尔的礼物：智识文化的 NEATO》，NEATO 意为东北亚条约组织，似乎是与SEATO（东南亚条约组织）并列的军事同盟，但完全是日本人的空想之物。当国务卿腊斯克听到这个词时，他贴近我身边问道："NEATO 是什么？"当时这个词在日本频繁地使用，经常可以听到。《图书新闻》的文章把我的活动同洛克菲勒基金会访问学者规划这类事情联系到了一起，描绘出要把在日本的文化攻势转换为对抗左翼"意识形态"堡垒的图景。

　　左翼在日本同美国的政治、军事关系上神经极其敏感。5 月，根据应对老挝内战的政策要把部分驻日美军转移到泰国基地，这一消息在华盛顿透露出来立即引起了一阵骚动，日本的媒体对此强烈抨击，认为美国没有履行驻日美军大规模移动要同日本协商的义务。事实上只有四架飞机移驻，而且这完全是在日美协议的范围之内。类似这样的问题不断发生，耗费了我许多时间。

　　美国决定恢复核试验时同日本方面协商，但遭到日本政府以及国民的抗议并引起了骚动。宣布恢复核试验是在 1962 年 4 月初，当时的反应还比较温和，并没有如我们预想的那么严重。4 月 15 日核试验实际恢复时，很不凑巧我们正在对三个县的访问途中，离开了宁静而又安全的大使馆。在邻近日本海一侧的金泽，我们遭遇到的事件令我想起罗伯特·肯尼迪访问早稻田大学时的情景。金泽大学出于为我考虑，在讲演的礼堂里安排的都是反美色彩并不浓厚的学生，礼堂外聚集了大批的人群，有些人情绪激动，还同警察发生了摩擦。我仿效罗伯特的做法，也把那些主要的人物请入礼堂，虽然自始至终受到他们的责难，但我还是按照自己的计划结束了讲演，并回答了学生们的提问，其中包括相当尖锐的问题。

在名古屋，反对美国核政策的示威更加激烈，但活动日程的大半还是进行得很顺利，其中包括一场对两千名妇女团体代表的讲演。日程中的最后一项活动是同名古屋大学的教员会面，有消息说学生们要组织声势浩大的示威队伍阻止这项活动，我想起1960年春自己曾提出劝告，如果广大日本国民强烈反对的话，美国政府应该当机立断取消艾森豪威尔总统访日，此时我想到自己也应该这样作，于是我允诺日后有合适的机会我会再来，取消了这项活动后回到东京。有关方面似乎也松了一口气，并表示感谢。在东京，也有数百人的示威队伍涌到大使馆，示威的队伍被警察驱散了，没有导致发生严重的事件，我们也没有受到影响。

大使的工作总是麻烦多多，很难左右逢源。外务次官武内龙次掌控下的保守的外务省对我频繁地同首相及外相直接接触开始显露出不快。华盛顿的日本大使即使发生相当重大的事件，不用说总统，要会见国务卿也不容易，作为相当于国务卿助理一级的大使只得忍耐，所以差别是很大的。日本方面将其视为不平等说起来也是有道理的。我自己一向主张平等，所以对他们提出的希望通过外务次官的要求压根没想到过反对，甚至将其旨在降低美国大使级别的做法理解为是正当的。但实际上情况并没有任何变化。因为首相和外相已经是我很熟的朋友，而且是他们经常越过相关的人来同我接触的。

更麻烦的问题发生在1962年夏约翰·爱默森接替莱昂哈特担任大使馆次长一职上。爱默森作为懂日语的外交官在二战期间被派往中国共产党的根据地延安采访在延安的日本共产党人士。因为这段经历，战后他被任命为麦克阿瑟的政治顾问，担任同日本共产党的联络。爱默森的这段经历成了艾奥瓦州选出的参议员希肯罗波（Hickenlooper）盯住不放的原因。爱默森实际上是个很稳重的人，政治观点温和，但希肯罗波却把他当作受指责的"丢失中国"者中的一员，宣称今后凡需参议院建议和同意的职位决不让他担任。因为这个缘故，爱默森曾经有两次被选为驻非洲大使时被位于其下者所取代。作为对爱默森的补偿，国务卿腊斯克才要把实际上更重要的东京大使馆次长的位置给他。我当然非常欢迎爱默森这样经验丰富的助手，而且又是我的老友，但有个如何安排我就任初期给予许多可贵帮助的莱昂哈特的问题。于是我向国务卿表示，如果莱昂哈特作大使的话，就接受爱默森。不久，莱昂哈特作为大使赴坦桑尼亚，极富才干的爱默森则作为大使馆次长在我整个任期内成了我的左右手。

然而，就在1962年7月5日爱默森赴任前，日本的右翼活动家不知从哪儿听到了希肯罗波对他的指控，于是开始反对对他的任命。我对政界、商界那些本应具有责任感的领导人轻率地听信这些不负责的议论感到十分气愤。我分别会见了许多人，包括个人和团体，指出他们的担忧是毫无根据的。在有些场合，我明确地表示了我的愤怒，日本整个国家对共产主义表现出的态度是懦弱和畏惧，对社会主义国家小心翼翼，还有什么资格批评一个出色的美国外交官不是彻底的反共？尽管如此，我也开始思考"爱默森事件"（我是这样称呼的）背后的问题。应该看到，在年长的保守的日本人中，还广泛存在着对麦克阿瑟占领时期自由主义改革的不满，这种倾向很难纠正。他们对肯尼迪政权自由主义政策还心存疑惑，对我谋求同保守色彩淡薄的日本人接触的方策不信任。我甚至还听到批评我要拉拢大使馆内的自由派结成"赖肖尔帮"。这种批评显然也有反池田的因素，因为保守派似乎可以通过这一方式来打击池田首相。

整个事件例证了日本人对美国人思维方式的理解是多么肤浅，我们旨在同左翼展开对话的努力如何轻易地使右翼产生不安和敌意。这件始于夏天的事件到秋天就逐渐平息了。这主要得归结于爱默森高尚的人格，再就是得助于莱昂哈特所作的可贵的努力。莱昂哈特来往于华盛顿与坦桑尼亚途中，多次在东京停留。莱昂哈特曾委婉地向我指出，或许我忽视了同日本保守阶层与商界团体的接触，我听取了他的意见，立即采取步骤努力改变了这一状况。

在"爱默森事件"甚嚣尘上之时，保守势力中的进步派开始以相应的形式表现出其姿态。自民党首脑中以最为亲苏一派而知名的河野一郎为了表示自己是真正反共的，要求同我进行长时间的会谈，这或许是为对抗池田首相而采取的策略的一部分。安排即将访苏的商界高级贸易使节团的来访其根本目的也在于表示他们是反苏的。在一次午餐会上，我遇到刚从北京回来的松村谦三，松村谦三以自民党中的亲华派著称，松村暗示我，日本可以在美国与中华人民共和国之间发挥桥梁的作用。总之，日本人对最近的将来同中国与苏联的贸易抱有过高的期待，所以每次在这些场合时，我都会对他们的期待泼上一盆冷水。

爱默森事件以及类似的种种经历坚定了我的一个信念，那就是出色的外交需要的是绝对的诚实。如同我当时所写下的："坊间有句话说，外交官就是那些诚实的人被派往国外为国家吹牛。这句背时的老话同我的信条格格不入。"如果我对自民党各派与在野党分别谈着不同的观点，那么我早就使自己堕入谎言的罗网里动弹不得了。

政治上的暴风骤雨之后，1962 年大体上是在晴天丽日中度过的。罗伯特·肯尼迪访日之后，我们最大的一次活动就是出席在菲律宾碧瑶召开的美国大使地区会议。碧瑶在吕宋岛的山中，是一个景色美丽的避暑胜地，但会议枯燥无聊得让人难以忍受。来自东亚及东南亚各地的美国大使带着夫人及部下聚集一堂，国务院也由鲍尔斯率领大批官员参加，其中有埃夫瑞尔·哈里曼（Averell Harriman）。尽管哈里曼曾经是罗斯福总统的密友，有过直接面对斯大林交涉的辉煌经历，不久前才就任负责远东事务的助理国务卿这样一个并不重要的职位。我们全体与会人员被关进一间闷热无比的会议室，洗耳恭听鲍尔斯长篇累牍的精神训导和哈里曼鼓吹只对总统一人尽忠的讲话。从碧瑶回来，鲍尔斯、哈里曼两对夫妇在东京的大使官邸住了数日。当时在国务院女性中职位最高的国务卿副助理凯蒂·洛凯姆（Katie Louchheim）也正住在官邸，她在国务院负责妇女问题。凯蒂似乎厌倦了住宾馆，她坚持要住在官邸，还说如果实在没办法安排住浴室也行。我们只得同意了。这件事从长远看，我们得到了很大的好处。因为以此为契机，我们同她及她的丈夫、投资顾问沃尔特成了很好的朋友。我们每次回国就把他们在乔治镇上的漂亮房子当成我们在华盛顿的家一样使用。凯蒂热心于妇女问题，她建议东京的大使馆也应设置妇女问题担当官员。对于她的建议我们表示赞同，经过共同努力终于有了成果，1963 年 10 月，多萝蒂·罗宾斯（Doroty Robins）到任，她在这个领域的工作得到了人们的赞誉。

　　1962 年的夏天比前一年稍稍有些空闲的时间，我们甚至还到隐居之处三崎度过了九天的假期。我花费了大半的假期时间写了一份关于日本形势的长篇报告。为了能让这篇报告广泛地发挥作用，我把机密序位压得很低后发出，后来知道这份机密度很低的报告出乎意料被许多高层官员阅读，这让我感到吃惊。那年夏天，两个孩子也来了，生活增添了许多乐趣。安同她的丈夫斯蒂芬于 6 月 12 日先到，琼是 7 月 29 日抵达的。斯蒂芬刚从加州理工学院毕业，9 月将去哈佛研究生院攻读分子生物学，他们住在我们家里。回国时，安的肚子已经相当引人注目了，12 月 31 日他们夫妇五个孩子中的长男内森降生人世。

　　春天，从奥伯林大学退学的琼来到日本，她预定要在日本待一段时间，我们赴任时受到的媒体干扰以及因驻日与家庭的完全分离，这些都使琼承受了超乎我们想象的沉重压力。秋天，琼在春的妹妹经营的西町国际学校里当了一年级学生的助理教员，在那里她干得很好。1963 年夏琼回国，在哈佛大学作了一段时间秘书，后来进了塔夫茨的一所大学。

鲍勃好像一直有各种事要做，没有时间来日本。订婚后，1962 年 10 月 26 日他同夏洛蒂·斯坎内尔结婚。夏洛蒂·斯坎内尔是他哈佛的同年级同学，也是我们在贝尔蒙特的邻居。新娘的父亲戈登·斯坎内尔博士是马萨诸塞州中央医院著名的外科医生，哈佛大学医学院的教授。第二年春天，鲍勃哈佛毕业后去了哥伦比亚大学研究生院，最初做的是拉丁美洲研究，后来获得的是经济学博士学位。

大使官邸的客人几乎没有中断过，其中最多的是途经东京的大使以及政府的高官显要。罗伯特·墨菲（Robert Murphy）曾带着当演员的女儿露丝玛莉在官邸住了十天。罗伯特·墨菲二战期间曾以其在北非及欧洲战场上的战绩而为人熟知，他也是战后 1952 年派驻日本的第一位美国大使。约翰·艾利森来官邸住过三周。除此之外，在我们宴请或举行招待会接待的客人中有刚刚就任参谋长联席会议主席的麦克斯韦尔·泰勒（Maxwell Taylor）将军、第一次世界大战期间的王牌飞行员后成为顽固右翼的艾迪·里肯巴克（Eddie Rickenbacker）、出生在东亚父母都是俄国人的演员尤·伯连纳（Yul Brynner）、全美联合汽车工人工会主席沃尔特·鲁瑟（Walter Reuther）。我们同雪莉·麦克雷恩（Shirley Maclaine）也非常熟悉，她同丈夫、实业家斯蒂夫·帕克（Steve Parker）每年圣诞节必来东京探望女儿幸子，幸子是琼教过的学生。雪莉如人们所熟悉的那样，热情奔放，充满魅力，但又带有几分拘谨，至少在我这位大使面前。

6 月，三岛由纪夫邀请我们去他家吃晚饭。三岛的家在东京的郊外，是一幢意大利风格的建筑。屋里摆放的是 18 世纪的欧洲家具，庭院里竖立着古罗马风格的雕塑，那天晚上恰好似乎满月，一切都笼罩在朦胧的月色之中，给人以如梦如幻的感觉。这种梦幻之感是否导致了八年后三岛令世人震惊的剖腹自杀？我读过我的学生约翰·内森（John Nathan）所写的一部出色的三岛由纪夫传记，我至今觉得三岛是个令人琢磨不透的人。

1962 年 10 月的古巴导弹危机、同月又发生了中印边界战争，这些事件都没有在日本引起很大的骚动。但我们自己却遇到了一些小事件。6 月，我们接待了梵蒂冈驻日大使的来访，经其介绍，使馆对来自古巴大使馆的一位要求政治避难者提供了帮助。后来又接受了苏联的政治避难者。大使馆之所以揽下这些事物，是因为在日本即使有要求政治避难者，日本政府也会装聋作哑，做出全然不知的样子。

11 月 24 日，为出席日美贸易经济联合委员会第二次会议春和我离开东京，这次会议将于 12 月 3 日至 5 日在华盛顿举行。由于这一年里已经形成了真正的伙伴之间的气氛，所以这次会议远远胜过了前一年的箱根会议。日本方面派出了六位内阁大臣出席，美国方面加上经济咨询委员会主席赫勒，会议期间几乎一直是七位内阁成员出席。这七位内阁成员每个人都同我谈起过明年的东京会议上要作的事，对这个委员会表现出极大的热情。

但是在首日白宫举行的午餐会上肯尼迪总统的致辞引起了麻烦。总统刚刚参加了讨论中南半岛问题的国家安全保障会议，他似乎满脑子装的都是防卫问题，他说，日美双边经济关系与"遏制侵略"是这次会议面临的两个主要问题。设置联合委员会本来就是要淡化日美关系的军事色彩，因为这一点特别容易触动日本人的神经，所以只能说这是一个很不幸的发言。总统意识到了自己的失言。午餐会结束后他约我谈话，说希望我在尽可能的范围内修正发言，但午餐会时采访日美双方代表的记者已经进场，我力所能及的事自然就很有限了。我从官方要发表的文本中删去了提及日美构建"防卫链"之处，也没有把"侵略"等部分内容作为联合委员会讨论的事项，而改为考虑"在未来时期"讨论的问题。出席午餐会的日本政府内阁成员并没有因总统的讲话感到不安，但在日本国内却引起了巨大的反响。报纸上尤其对"在未来时期"一语强烈要求作出解释，我以强调这一表述的暧昧性而应付了过去。后来池田首相对我处理这一事件所作的努力还有一番感谢之辞。

华盛顿的正式磋商严格按照限定于经济的预定议题顺利进行，但实际上也谈到了相关联的防卫问题。在我先于日方代表团抵达华盛顿的那一周里，国务院同国防、财政两部的矛盾已经激化。作为阻止美元外流的对策，国防、财政两部门都要求希望日本也同西德与意大利一样购买美国制造的武器。在这一点上我认为，这是一个错误的方策，如果这样做的话，那只会在日本植下深深的怨恨与敌意。我说服了国务卿腊斯克，后终于通过同大平外相秘密协商就此问题达成谅解。后来在东京池田首相约我就防卫问题以及相互关心的问题充分交换了意见。

如同当时我所记录的，春"在华盛顿刮起了一股旋风"，"日本阁僚访美期间，最惹人注目的也许就是春"，参加这种会议，日本内阁大臣的夫人同行是没有先例的。日方的夫人和维吉尼亚·腊斯克等美方内阁成员的夫人们都希望得到春的指导。春还接受了电视台的采访。《华盛顿邮报》甚至把夫人们参加的社交比会议本身看得更为重要。在赴美前，那些即将去华盛顿的日本太太们都很紧张，所以我们两次邀请她们来使馆官邸，帮助她们放松心情。整个旅行她们都非常愉快，对我谈起春时，称她是"日本的骄傲"。

在华盛顿期间，我也得到了机会讨论大使馆面临的堆积如山的问题，其中之一就是租借上地费用暴涨以及使馆日方工作人员工资支付体系的欠缺已严重影响了使馆的运作。我还见到了总统，总统希望访问日本，我们就这个问题进行了交谈，他让我就他的访日同池田首相进一步探讨。

还有一个我自己特别关注的问题就是是否要辞去大使一职。哈佛大学校长普西已经在 9 月来信告知，我的休假到 1963 年 3 月 16 日到期。明确终止日期似乎带有威胁性的意味。这次华盛顿之行在弄清华盛顿对我的态度之后必须做出决断。如果我作为大使继续留任，那哈佛大学的职位必须辞去，我留下的职位空缺将会被其他人填补，在我的专业领域很少有空缺着的职位，其也意味着我同哈佛长久以来的缘分就此终告结束。但是，如果美国政府真正希望我继续驻在东京的话，我打算高兴地继续留任。同我一样，从哈佛进入肯尼迪政权的教授们大多数人也面临选择，是在几个月内重返教坛还是离开政坛后再另谋高就？我同总统、腊斯克、哈里曼、邦迪都交谈过，他们每个人都强烈要求我不要作辞职之想。总统甚至对我说要给普西校长写封信，请求延长我的休假，但被我劝阻了。这些人的态度以及华盛顿对我关于日本的判断力的明确信赖，同时也考虑到自己可以继续发挥的影响力，最终促使我下定决心，不管结果如何，我要继续大使这个工作。我把这个决定通知了普西校长，他对我这个决断表示赞同，还补充了一句，说哈佛将一直为我保留一个职位。

34　同军方的关系

　　大使馆同驻日美军与西太平洋军队的关系和同日本政府的关系相似，微妙而且复杂，由来已久的互不信任和对抗是主要原因。最早莱昂哈特一旦发现军方有什么过错就会大做文章，如同抓住了狮子尾巴一般。可是我期望的是一种和谐、融洽的关系。所幸的是，1961 年夏，继彭斯将军之后担任驻日美军司令的雅各布·斯麦特（Jacob Smart）空军中将的想法与我相同。

　　春和我都很喜欢杰克（即雅各布·斯麦特），同他很合得来。杰克去日本各地的美军基地视察总是会邀请我们同行，努力沟通双方的想法。想来像我这样对任何事都有自己想法的人他还未碰到过，所以杰克就任后一直努力了解我在对日关系上的态度。他几乎每周都来大使馆，我们会作长时间的交谈。我从不要求日本在国际问题上应该更积极地支持美国，也不促使他们增强自己的防卫力量。我的这种"低姿态"似乎有时会惹得杰克怒火中烧。我对杰克说，日本国民在这些问题上是极为敏感的，还解释说，日美两国经济利益和政治理想是一致的，即使没有我们刺激，日美关系也必然顺利向前发展。后来杰克真正相信了我所说的一切，我们之间的友好关系不断地加深。华盛顿看到出自大使馆与驻日美军的见解如此一致，把我们当作派出地合作的楷模。因为这个缘故，我得到了华盛顿文职机构和军方的双方首脑高度赞赏，而实际上真正值得称赞的倒应该是杰克。

1963 年夏，杰克调任美军太平洋地区司令部任空军司令，军方同我们的融洽关系被他的后任莫里斯·普雷斯顿（Maurice Preston）中将和夫人多萝西继承了下来。以豪胆著称的空军参谋长柯蒂斯·李梅①1963 年 4 月来日本时同我讲好，杰克的后任一定会派个优秀者，如不满意的话同他联系，立即更换。我在当时的笔记上写道："这也是张常见的空头支票"，但已没有必要去试一下李梅的支票能否兑现了。普雷斯顿是个无可挑剔的人，我们同他们夫妇成了非常亲密的朋友。杰克和普雷斯顿后来都晋升为四星上将，达到了他们事业的顶峰。

对我来说还有一位重要的军方人物，那就是美军西太平洋第七舰队司令托马斯·H. 穆勒（Thomas H. Moorer）。穆勒是 1962 年就任的，后来他担任参谋长联席会议主席。穆勒是个非常果断的人，他对我说，他的舰队在横须贺进港后务必正式去拜访他，共进午餐。当我前去拜访时，人刚登上旗舰，耳畔管乐齐鸣，把我吓了一跳，我原来一直以为这种仪式早在很早以前就已消失了。1963 年 5 月，我应邀参加航空母舰"星座号"的出海，我乘坐的小型飞机在正在公海中航行的舰上着落时，刚从飞机上走下，我站立着的脚底甲板突然开始下沉，让我魂飞胆破。甲板降到下面的机库前停住，那里已经有海军陆战队员列队等待着我的检阅。他们按照穆勒的命令表演了离舰、轰炸、着舰，晚上还为我表演了夜间训练。夜间训练表演结束后，航空母舰向西南方向航行，我们再次乘坐小型飞机离舰，飞往岩国的海军陆战队基地。

---

① 柯蒂斯·李梅（Curtis Emerson LeMay），美国四星上将，被称为"冷战之鹰"。出生于俄亥俄州哥伦布市，毕业于俄亥俄州立大学。1928 年参军，二战期间，曾组织著名的"雷根斯堡空袭"，对纳粹德国腹地实施轰炸。二战结束前，组织了对东京及其他地区的大规模轰炸，将近五十万日本人在美军空袭中丧生。曾先后任美国太平洋战区战略空军总参谋长、美国空军总参谋长。李梅被公认为国家英雄，一生获得无数的荣誉勋章和奖章。1964 年，曾经的敌国日本授予其日本最高级别的一等旭日大绶章。——译者

还有一位比第七舰队司令更为重要的人物是统辖整个太平洋地区的美军太平洋地区司令部司令费尔特将军。费尔特对第二次世界大战有着刻骨铭心的记忆，对日本抱有明显的敌意。我对他进行过多次的劝说，后来费尔特的态度逐渐地转变，变得比较配合了。我常常在夏威夷停留，到珍珠港费尔特的司令部里同他交谈。费尔特来日本时，我有时会让日美安保协商委员会的成员同他会面。这个协商委员会由日本外相和我共同担任主席。费尔特作为我的助理之一也是参加会议的成员。1962年8月1日，已担任外相的大平正芳出席了时隔两年召开的第二次日美安保协商会议。在这次会议上，决定每年举行两次定期协商。我一直努力要让日本知道，美国希望日本增强自己的防卫力量，但又要避免对其施加压力的做法。大平外相也明确地指出，自卫队的增强是要根据日本独自的意愿，不是回应美国的要求的。当时日本的军费预算急速增长，但还是赶不上预算整体的增长，而且还一直停留在一成不变的GNP的百分之一的框架之内。当时正在欧洲访问的池田首相宣称，"日本现在已是支撑自由世界的三大支柱之一"，虽然有些人对池田首相的这一说法百般揶揄，实际上这句话雄辩地反映出日本领导人采取的新的态度。

为了填补美国在日本防卫上支出的3亿美元，财政、国防两部仍然坚持应该要让日本购买美制武器。1963年2月，国防部副部长罗斯维尔·吉尔帕特里克（Roswell Gilpatric）带着这个谈判方案来到日本。我们大使馆认为，这种谈判会收到适得其反的效果，斯麦特中将也支持我们的看法。我们修改了罗斯维尔·吉尔帕特里克为谈判准备的文件，只是表明了支持日本在防卫问题上采取更为现实的态度，并在这类问题上同美国保持更紧密协商。因为财政、国防两部后来仍不断反复想要使原方案生效，大使馆还不得不细心地做了预案。

同军方人士的接触一切都很顺利，只有冲绳的卡拉韦是个例外。

1961年8月我访问冲绳，同年秋天，卡尔·凯森向总统提出了报告。从那以后，日本政府对这个岛屿的关注急剧升温。各种代表团从冲绳来拜访我，表达他们的观点。长期担任早稻田大学校长、冲绳出生者中地位最高的著名人士大浜信泉多次率领冲绳人组成的团队来访。冲绳地区行政最高长官只要来东京也常会来大使馆。

1962年4月，肯尼迪总统公开宣布，冲绳将在未来某一时间归还日本，并在此之前公选行政机构主席，美方将设置文职施政长官而不是军人。这样乔治·马科恩的弟弟、地理学教授香农（Shannon）被选为施政长官赴任，但由于高级事务官卡拉韦完全无视他的存在，结果是香农一事无成，以失败告终。卡拉韦把日本对冲绳的援助压缩到最终限度，即使有协议的也尽可能限制在诸如港口建设之类的项目上，对社会问题放任不管。1963年，在预算问题上的公开冲突终于发生了。为了解决争执，华盛顿与东京、冲绳之间的电报在午夜来往不断。在华盛顿的支持下，我们很快就解决了这个问题。当然卡拉韦依然尽其所能继续不断地设置障碍。

由于卡拉韦如此明目张胆无视总统制定的冲绳政策，大使馆和华盛顿有关人士终于考虑是否要更换他的问题，陆军方面解释说这是单纯的个人之间的恩怨，但事实上我们个人之间的关系还是很友好的。不过只要卡拉韦还在高级事务官的位置上，仍在冲绳的话，日美之间就会不断发生问题，卡拉韦在那不大的管辖范围内采取的高压态势产生的作用却会给重要的日美关系带来极大伤害。就在这时我犯了一个严重的错误。1963年9月，途经日本的陆军部长赛勒斯·R. 万斯（Cyrus R. Vance）请求我同意将卡拉韦的任期比正规期限延长半年至1964年退役时止，因为那样的话，退役以后他仍可保留三星军衔的地位，我慨然允诺了。但是在最后的六个月中卡拉韦依然我行我素、随心所欲，不配合的态度没有任何改观，这令我对自己当初的懦弱感到后悔。

这一时期发生的最为棘手的军事问题就是美国海军核动力潜艇（非核武器）进入日本港口停泊的问题。从法理上讲，这应该与守卫日本的第七舰队普通舰艇等同对待。但日本国民对带核字的东西，不管何物都会激起感情上的波动。所以日本政府只要一想到核动力潜艇要来日本港口这件事就会惶恐不安。美国海军虑及这一点，对核潜艇进港停泊一直是自我约束的。但现在形势发生了变化，资源缺乏的日本为了应对将来的需要，已经开始了独自的原子能发电的试验，据说现正筹划制造核动力船（后来他们这样作了，但是失败了）。1962 年晚秋，我回到华盛顿后同海军当局谈起，提出这个问题的时机差不多成熟了。回到东京后，在同大平外相会面时我提出了核潜艇的问题。大平没有表现出特别的惊讶，只是简单地说了一句，"让我考虑考虑"，这样我也就安心了。显然他也感到日本人差不多度过了所谓的核敏感时期，核潜艇进港停泊应该是合情合理的第一步。翌年 1 月末，大平突然宣布美国要求准许核潜艇进港停泊的消息。严格地讲，当时没有说要求准许的必要。

大平这个消息的宣布引发了日本一场大辩论。执政党同在野党发生激烈的对立，还导致了难以计数的示威游行。在基地横须贺，一次示威游行的人数就达到 4.5 万人，横须贺距学生人数众多的东京、横滨只有咫尺之遥。核潜艇的进港停泊竟然导致如此大的政治风波实在是得不偿失的，但此时事态我们已经完全无法控制了。池田首相和大平外相清醒地认识到，即便发生一些政治上的混乱，使日本人能够接受核能源的时期已经到来。日本政府以极其慎重的态度用了几个月的时间调查研究了核泄漏的危险性，在充分听取各方意见之后，第一艘核潜艇总算得以进入横须贺港停泊。

早在 1963 年 4 月 4 日，还发生过一件更为重大但几乎无人知晓的有关核问题的事件。因为其关系到日美关系非常微妙的问题，我在1966 年离任时，从个人笔记中把相关的部分删除了，现只能依靠回忆记录下来。问题是这样的，美国已同日本政府达成协议，美国在没有同日本政府事先协商的情况下不得在日本配置、储存乃至引进核武器。但是对于载有作为正规装备一部分的核武器的美国舰艇没有做出任何规定。按照我的理解，1960 年修改《日美安保条约》时有一个口头达成的协议，按这个协议，搭载有核武器的美国舰船来往于日本不等同于"带入"，因为在进入日本港口之前，要拆除这些装备事实上是完全不可能做到的。最近，一些当时日美安保协商会议的参与者在回忆录中也披露，因为问题过于敏感，所以避免讨论这个问题。日美双方达成谅解，同意只限于核武器搭载在舰艇上带入就不视作问题。不管怎么，美国方面解释是，只要核武器作为正规装备的组成部分搭载在船舰上带入就是安保条约规定的权利范围内，但日本的大部分国民则视其为违反条约。

在这样一种状况下，国会答辩时，内阁官房长官回答有关搭载核武器的美国舰艇在日本港口停泊的问题时说，日本政府"信赖美国"。对这样的回答，包括我在内的好几个使馆人员都感到困惑不解。众所周知，关于是否有核武器，美国一贯采取的态度是既不肯定，也不否定。我自己也从不知道哪艘舰艇上是否搭载有核武器。但是日本人深信不疑地认为，根据安保条约，美国负有不把舰艇上搭载的核武器带入日本的义务。对他们来说，政府的答辩意味着任何核武器都不带入，如果被带入的话，那就是美国违反了条约。我觉得这种情况很不正常，于是邀请大平外相到官邸来，见面后我根据奥斯本为我准备的日文文件很谨慎地提到这个问题，大平马上就明白是怎么回事，他说了句"这件事交给我吧"，还添了一句话说此事不要对任何人说。这件事大平是如何处理的，我并不清楚，但在我的任期内，后来这样的问题再也没发生过。

遗憾的是，这件事被后来的日本领导人忘却了，我的后任大使们也忽视了。佐藤荣作以及其后任首相执政期间，日本政府就美国舰艇搭载核武器的问题作答时，还是把"我们信赖美国"这句话抬出来，而美国大使馆也不像我们在 1963 年 4 月所做的那样竭力阻止日本政府这种做法。这个问题不久就引发了感情上的迸发，在后来的近二十年中，其余波一直在影响着我，使我处于极度的郁闷和痛苦之中。

35 轻车熟路

1963 年，我们对大使馆的工作已是驾轻就熟，感觉就像在自己家里工作一样，工作的节奏也掌握得很好。虽然同军方的关系仍是我最放心不下的问题，但时间还是都被外交上的日常业务、社交活动以及其他事情占去了。两年前迎接我的使馆高层人员中有 15 人在这一年夏天离开了东京，我们夫妇成了大使馆内最熟知外交礼仪的行家。

遵照 1962 年 12 月会见肯尼迪总统时其表达的意图，我同池田首相会面，商讨肯尼迪总统访日的问题。池田首相也认为，1960 年以后形势发生了很大的变化，总统访日已经没有障碍，不过他建议，或许应该先邀请艾森豪威尔，把"没做完的事先了结"。池田还提出，在成为总统之前，艾森豪威尔还做过一段时间哥伦比亚大学的校长，可以以同窗会的形式邀请。于是我们先暂时把艾森豪威尔访日定在 1963 年 6 月，肯尼迪总统访日定在 10 月。后来艾森豪威尔取消了访日，但我们一直期待着 10 月总统的访日。

由于朴正熙总统的高压军事统治，日韩邦交正常化变得愈来愈困难。日本人似乎以为，同军事政权交涉要比文职政治家容易得多，但令人震惊的是，1963 年 2 月朴正熙最亲近的同僚，也是对日交涉的中心人物金钟泌倒台了。伯格试图要施加强大压力使军事政权结束，尽快恢复政府民主化的模式。但据我从韩国领导人以及我个人的朋友那里了解到的，那种蛮干反而会招致怨恨。我自己认为，韩国的民主化只能循序渐进，或许应从地方政权的民主化起步，其类似于 1880 年地方议会开始完善到 1918 年日本民主发展的最初时期，两者所处的状况也很相似。这样的看法即使传递给伯格，他也不会赞同，说给韩国政治家听，他们会表示赞同，但实际上不会有任何作为。在那一期间，日韩交涉几乎停滞不前，只出现了一个亮点。因为韩国农业歉收，伯格建议我能否同日本政府商量，赠送 5 000 吨至 10 000 吨的谷物。我同大平外相会面，建议赠送 10 000 吨，日本政府立即通过红十字会赠送了 40 000 吨大米、小麦和大麦。

我依然经常做讲演和忙于著述。在当时我所作的讲演中，有一次讲演不同于往常。那是在庆贺民社党委员长西尾末广议员生活二十五年的席上，除了我之外，讲话的还有总理大臣和各在野党的党首，当时我有一种奇妙的感觉，好像自己进入了日本政界似的。此时，春开始每周在《朝日新闻》刊载她的专栏《五彩玻璃》，《朝日新闻》是日本的主流媒体，这个专栏是为配合 1964 年东京奥林匹克运动会所开设的。

这一年，春和我仍到日本各地旅行。在京都，我们应邀参加了为圆仁（慈觉大师）一千五百年忌举行的法事活动。对于圆仁，我进行了多年的研究。法事活动在圆仁任第三代座主的比叡山的天台宗延历寺举行。当我看到法事的场景酷似圆仁在他的日记里所描绘的唐代中国的法事时感到十分震撼。当时我同春的唯一不同之处就是她献上的是鲜花，而我献上了两册自己关于圆仁的著作，并在法事结束后作了一场讲演。这次活动之后，6 月，祝贺我的日文版《圆仁入唐巡礼行记》出版发行的午餐会在东京举行，令我感到意外的是有三百多人出席了这次午餐会，其中包括我的许多老朋友。

我们亲历的同以往完全不同的事件发生在 5 月末印尼总统苏加诺访日之际。当时苏加诺同国际石油公司的关系日趋紧张，华盛顿希望安排一次苏加诺总统同肯尼迪总统的特别使节团的会谈。使节团中包括我熟知的艾贝·谢伊斯（Abe Chayes）。艾贝·谢伊斯毕业于哈佛法学院，现任国务院法律顾问。我安排了这次会谈，一切都进行得很顺利。苏加诺这次是带着他第三任妻子黛薇一起来的。美丽的黛薇夫人原来是一名日本歌舞表演艺人，黛薇是她的印尼名字。黛薇夫人对春和我很感兴趣，后来苏加诺也开始对我们产生好感，在东京期间，我们应邀同他们共进早餐。苏加诺每次来日本都要包下老帝国大厦的前楼二层，那一层很易于安全保卫，因为只有一条走廊，沿走廊布满了警卫人员。在早餐席上，苏加诺总是情绪很好，毫无顾忌地揶揄席上的那些内阁部长们，部长们只能规规矩矩地听着，报以温顺的微笑。这种时候，我总感到有一种错觉，仿佛时光倒流，又回到了 17 世纪，在法国的宫殿里同国王一起在用早餐。

"赖肖尔饭店"也就是大使官邸仍然是千客万来，这一时期最为繁忙。客人中最有人气的是美国第一个宇航员约翰·格伦（John Glenn）上校，他现在是俄亥俄州选出的参议员。5 月，我们同格伦及他的全家在官邸度过了愉快的两周。为欢迎格伦，我们举行了盛大招待会，四百五十位客人出席了这次招待会。临走的那天，格伦上校作了一件以前我也曾想过但不敢做的事，他优雅地蜷曲着身子坐在楼梯扶手上，顺着长长的弯曲的扶手从二楼滑到了一楼。

在那些年里，经济问题变得愈来愈重要而且复杂。哥伦比亚大学社会学教授哈伯特·帕辛（Herbert Passin）给我来信，提到仓敷纺织设备公司大原总一郎社长要以延期付款形式向中国出口聚乙烯设备，但受到大阪-神户地区总领事的威胁。大原先生是我的好友，我打电话给他，要他今后直接同我联系，并表示我们做梦都不会想到要阻碍他的计划，希望他能够放心。阻止来自社会主义国家日益强化的威胁同阻止日本想与世界各国开展贸易的正常愿望之间的差别十分微妙，但仍必须清楚地区别开来。这一时期，日本的军费负担很少，所以我开始劝说日本人，希望日本通过增加对落后国家的经济援助对世界和平做出贡献。我认为，发达国家把援助比例定为 GNP 的百分之一，日本把目标定在百分之二并不是做不到的。这纯粹是我个人的观点，并没有得到华盛顿的授权，但不久就有一些美国权威人士也提出类似的意见，但收效甚微。即使在今天，美国和日本在发达国家中仍是非军事援助占 GDP 比例最低的两个国家。

1963 年上半年最大的问题是棉纺织品问题。美国方面认为占日本对美棉纺织品出口百分之九十三的三十六个品目阻碍了日美贸易，应该对其加以限制。但日本已经设定了自我约束的框架并严格执行，所以理所当然地极力反对。这个问题相比经济，倒是政治上的色彩更为浓厚。棉纺织品在我们同日本的贸易中已不占主要位置，棉纺织品产业在日美两国都已变为夕阳产业，正因如此，日美两国政府反而从各自的棉纺织品产地受到压力。尽管如此，美国的做法并不妥当，我觉得其应该更具有灵活性。幸运的是，美国从最初的立场稍作了让步，从而解决了问题，后来又扩大到整个贸易。4 月，前国务卿、负责贸易的总统特别代表克里斯坦·A. 赫特（Christian A. Herter）来日，下榻公邸。赫特同日本方面举行了双边会谈，这次会谈是为即将在日内瓦举行的所谓肯尼迪降低关税谈判做准备的。赫特的来访引起了媒体的极大关注，对他来访的报道使同在此时法国外交部长默维尔（Maurice Couve de Murville）的访日黯然失色，这是战后法国外长第一次访日。

赫特的访日促使我向华盛顿提出，彻底抛弃日本纺织品出口"自我限制"是自主行动这样一种似是而非的论调，应该把限制作为 OM（有秩序的市场政策）的一环来考虑。我还对日美两国高层人士建言，重点加强美国农产品以及工业品如飞机的对日出口、实现日本人海外旅行自由化，这些远比对纺织品加以限制在增加美元收入方面更有实效。在会见大平外相时，我提到如果日本能更多地购买美国的小麦，对美国来说是求之不得的，大平外相对我说这件事不要对任何人提。后来我注意到，第二年美国出产的小麦对日出口增加了 5 亿美元。

1963 年夏，春和我在东京工作已整整两年，我们得到了盼望已久的回国休假。我们在从东京撤回的琼陪伴下于 7 月 20 日坐飞机回到美国。重返东京任上已是 8 月末了。

在贝尔蒙特期间，我们办完了卖房的手续，我做得最多的工作就是对 1964 年版《日本的过去与现在》一书的修订并添写了当代的部分。其间我去了三次华盛顿，每次都面见了肯尼迪总统，就他的访日计划进行商谈。我们基本上把时间定在了 12 月 6 日至 8 日，由于忘了 12 月 7 日是偷袭珍珠港的日子，所以这个时间定得极不妥当。回到日本后，了解到池田首相在此前后计划要参加总选举，所以这个时间怎么定都不合适。我同池田首相最后商定把时间大致定为 1964 年 2 月。

在华盛顿办的其他公干就是就因削减经费而要缩减驻日美军的问题进行的交涉。在会见国防部副部长吉尔帕特里克时，财政部长狄龙在一旁帮忙，终于说服吉尔帕特里克允诺大平外相驻日美军决定采取任何行动都要事先告知日方。还有一件事就是要更改驻日空军基地的使用计划。按照这个计划，把三泽降格为辅助基地，而邻近福冈的板付基地将作为主要基地。强化板付基地的作用将会在政治上产生极大的负面影响，而三泽基地位于经济相当落后的地区，如果强化其作用的话，将会在经济上带来收益。现在的情况是恰恰相反。我对此提出强烈的反对，但无济于事。这件事已经得到总统认可，一切都已为时太晚，我只能收回自己的意见。几年后，随着越南战争的升级，重新使用板付基地终于带来了灾难性的后果，一架美国军用飞机撞上九州大学一幢大楼，由此爆发公众的强烈抗议活动，最后基地不得不关闭。

在华盛顿期间，我还到以参议员亨利·M. 杰克逊（Henry

M. Jakson）为主席的参议院委员会作证，在作答时我就美国同苏联、中国的关系坦率地谈了自己的看法，这些问题同当时的议题并没有什么关联。我想当时并没有录音，但讲话的内容还是被详细地报道了。在日美两国很多人对我的大胆和直率感到吃惊，甚至在日本还引起了不小的轰动。所幸的是，在日本的这些反应都是善意的，在美国也没听到批评，所以没有受到任何伤害。

回到东京的任上，我立即感到日美之间的气氛有点异样。原因是日本人担心美国对进口商品课以"收益平衡税"和对有关棉纺织品协定的内容不满。大使馆在我不在期间准备对大原对华出口聚乙烯设备采取强硬态度也让我吃惊，我立即进行了阻止。我对阻碍日中贸易的发展不仅给日本，也给美国带来利益的观点是抱有疑问的。

耗费我最多时间的也是最大问题的就是裁减驻日美军的问题，其中主要的是飞机转移的问题，这还涉及日本政府的预算。我多次私下邀请大平外相到官邸共进早餐，告知他美国有关 1964 年与 1965 年的裁减计划。五角大楼坚持在 1 月 1 日开始重新安排兵力的意向，我主张在此之前应该详细地通报日方，公开计划。所有的工作都在匆忙中进行，但最终还是在我定的最后期限之前完成，并于 12 月 31 日与日方发表了共同声明。

社交活动还是占去了相当的时间。我决定每月举办官邸开放日招待会，居住在东京的美国人只要想参加都可以参加。第一次招待会来了二百五十多人。1963 年秋天，在来客中最令人难忘的客人是著名演员雷蒙德·伯尔（Raymond Burr），伯尔别名佩利·梅森（Perry Mason），他把出借给纽约现代美术馆的私人藏品于 1964 年到期后慷慨地借给了我们。

在内外形势调查会（相当于外交关系委员会）举办的午餐会上，面对六百三十位出席者我用日语作了讲演。在这次讲演中，我指出中苏论战的背景中存在着人种的偏见，并谈到美国在南越和朝鲜正处在进退两难的境地，在这个问题上，美国是有一定责任的，因此为两国的政权也要分担罪责。这一时期我有机会同私铁总联委员长堀井利胜进行了一次长时间的会谈。虽然堀井的组织归属于执行极左方针的总评，但他温和的态度令我感到惊讶。

从左转向右的评论家福田恒在主流杂志《文艺春秋》连续六期发表文章，第一篇是《赖肖尔的攻势》。在文章中福田指出，对于日本的进步文化人来说，在我的有关现代化的论文中一以贯之的实用主义是无法反击的，他们始终保持沉默就是因为这个原因。福田的文章带有挑衅性，我担心这会给我带来麻烦。果然后来同经济学家中山伊知郎会面时，他谈到了福田的文章，说最近还没有看到过像我的"现代化"理论那样让日本知识分子感到震撼的东西。《消息报》也发表文章，以相当严厉的调子对我进行了批评。那一年预定要去讲演的三所大学，其中包括我父亲参与创建的东京女子大学，由于担心左翼学生骚动而取消了对我讲演的邀请。这意味着，极左势力已经感到日益孤立，企图通过反对"赖肖尔路线"重振旗鼓，不久事实就证实了这一点。

1963 年秋，我的任期过半。在当时的记录中，有我在 1964 年 1 月12 日对前一年回顾时所作的口述，其是对我们当时的想法和实感很好的概括，不妨摘录如下：

> （日本）对美关系明显改善……我到任时提出的"伙伴关系"这一概念现在也完全被接受了……更重要的是，我们明智地使美国解脱了同日本国内政治的牵连。在没有美国的影响下，把韩国问题纯粹如同日本的问题一样来对待了。甚至同中国大陆的贸易也希望开展下去……我不禁感到我们在这里所作的是一件很值得作的工作。只要华盛顿希望我们在这里，我们就准备在这里干下去……

在过去的两年零九个月里，我对自己这个职位的态度也发生了有趣的变化。起初我们好像置身于一个巨大而神奇的舞台，在莱昂哈特夫妇具体指导下扮演了我们的角色并取得了显而易见的成功。日本国民的大力支持帮助我们顺利地度过了风急浪高的困难时期。大使馆权力集中的组织结构和大使这一职位所具有的拿破仑式的传统意味着我的一言一行都可使整个大使馆变为我意志的体现……事实上我已注意到我们必须出言谨慎，因为一句漫不经心的话就可能被当作一道铁的命令。

到1961年秋，最初几个月的兴奋感已经消退，我渐渐能够沉稳地处理各种应该作的工作。到爱默森夫妇到来时，我们已经可以关注使馆业务上的各个细节……

春和我都发觉我们已经成为"老手"，我们比任何一位使馆人员都更了解大使馆应该如何运转，在礼仪上哪些该做，哪些不该做。

结果是，我们在舞台上演戏的感觉已经完全消失，随之而去的是那种过剩的自我意识。我们在这里找到了自我。我们所作的各种事情，还有人们对我们的态度都成了我们日常生活的组成部分。

这段1963年秋天所作的回顾可以说是在我担任大使的顶峰时期的记录。在这之后的几个月内发生的两起事件给我造成了重大影响。后来，越南战争乌云密布，日美关系笼罩上了一层浓浓的阴影。

36　从肯尼迪到约翰逊

　　1963 年 11 月 23 日这一天春和我的工作日程都排得满满的，但是后来发生的事情完全出乎我们的意料。我们预定上午 8 时上电视，那是第一次使用太平洋国际通信卫星进行的日美电视直播节目。然后去机场迎接来日参加日美第三次贸易经济联合委员会部长级会议的美国代表团。凌晨 4 时 30 分，我在睡梦中被法思打来的电话唤醒，"一个坏消息。"他说道。我顿时想到，该不是代表团搭乘的飞机在夏威夷离陆时坠落？但听到的却是一小时之前即当地时间 11 月 22 日肯尼迪总统在达拉斯遭到暗杀的消息。当时搭载着美国代表团的飞机从夏威夷出发刚刚一小时三十分钟，国务卿腊斯克命令掉转机头，直飞华盛顿。

　　不久，电话和人们就如同潮水般地涌来。一个日本报社记者 5 时不到就设法进入了官邸。7 时不到，为出席贸易经济联合委员会会议回国的驻美大使武内来了。8 时不到，大平外相来到。上午 6 点，我召集大使馆主要官员开会，下达了几项临时决定。然后用英语和日语向日本国民广播，内容主要是强调美国的政策不会改变，在林登·B. 约翰逊（Lyndon B. Johnson）总统的领导下继续朝着世界和平的目标前进，这样反复广播了多次。十二小时后，华盛顿才发来指示，要我作这些我已完成的工作。日本人把美国政策中最好的部分同肯尼迪总统联系在一起，他们几乎不知道约翰逊。所以总统的死会有导致日本人对美国人的好感一下子冷却的危险。因此在肯尼迪死后以及 1964 年新年前后的许多次讲演和许多文章中我反复强调美国政策的连续性。

对总统遭到暗杀日本人的反应极其强烈。无数哀悼的信件、千羽鹤以及大量慰问肯尼迪家人的礼物涌向大使馆。千羽鹤通常是用纸折成的一千只鹤，用来表示祈祷健康、和平与希望的护身驱邪之物。一些社会主义国家的大使发来的信言辞温暖真挚，令人感动不已。在华盛顿举行葬礼的第二天，在东京的教堂举行了追悼弥撒，可容纳五百人的教堂水泄不通，教堂外站了三千多人。12 月 17 日日比谷会堂举行肯尼迪追思会，有两千三百人参加。吉田茂前首相、三大政党的代表以及各界知名人士讲了话，我出席了追思会并在会上致辞。最使我感动的是在早稻田大学大隈讲堂举行的仪式，罗伯特·肯尼迪曾在那里作过讲演，两千多名学生又一次挤满了讲堂内外，但这次没有一个趁机捣乱者。在我结束讲演后，通常只是出于礼貌鼓掌的日本人为了表示对肯尼迪的怀念持续鼓掌长达八分钟之久。

国务院下达指示，在华盛顿举行的葬礼不邀请政府首脑参加。但是我深知日本人的心情，他们无论如何是要派人参加表示哀悼之意的。在同大平外相商讨了多次之后，最后还是同意了日方的要求。此时戴高乐无视美国政府的意向，宣布亲自参加葬礼。大平于 11 月 24 日上午 5 时打来电话，告知池田首相也希望参加，我当场同意了。我给华盛顿发去电报，希望尽最大可能接待好池田，给予同西方盟国元首同等的规格，以表示正日益紧密化的日美关系并没有改变。我们的电报不知是否对华盛顿产生了作用，但约翰逊总统与腊斯克国务卿后来所作的确实如同我进言的那样。同对待戴高乐与加拿大总理皮尔松一样，总统同池田首相也举行了特别会谈，会谈还约定尽早恢复举行贸易经济联合委员会会议。不仅因为肯尼迪的死，也为自己在华盛顿受到的礼遇，池田首相感慨万千，回国后，他在同我会面时还很动感情地谈到当时的情景。在电视里谈到肯尼迪的死时，池田的脸上很难抑制自己的感情，这在日本政治家中是极少见到的。他还鼓励日本国民要以"肯尼迪精神"继续前进。

按照惯例，新总统一旦就任，全体大使都应提出辞呈。但强调继承肯尼迪政权的约翰逊总统作出指示，不接受辞呈。这一指示很快送达东京。可是从个人角度来说，春和我都因肯尼迪的死几乎被击垮了。我们同日本国民一样，对粗放而缺乏国际视角的约翰逊政权没有感到丝毫的魅力。春认为起用我的肯尼迪现在去世了，我们已经没有在东京努力奋斗的义务了。但我反驳说，正因为现在肯尼迪离去了，我们更有必要留在东京。可是我们对工作的乐趣本已开始减退，现在就更越来越淡薄了。

1964 年 1 月中旬，罗伯特·肯尼迪再次访日，这次访日使重新安排的第三次日美贸易经济联合委员会部长级会议黯然失色。这次会议在 1 月 27 日、28 日举行两天，美方委员会主要成员中只有四人出席。会场设在东京，日本方面的工作人员，警察以及我大使馆的工作人员以他们高效率的工作把一切事务处理得井井有条。如我当时记录的，"讨论畅所欲言，紧扣主题，这是从来未有的。而在仅仅只过去两年的第一次会议上，为能坦率地交换意见，双方都谨慎地作出了极大的努力。而这次会议开诚布公交换意见已成为理所当然的共识了。当时还不得不尽力向日本国民说明讨论的只是经济问题，而没有政治、军事方面的背后交易。但这次日本国民的关注主要在政治方面……一旦听说没有谈及政治就会感到失望"，差别就是如此之大。

其他的公务活动一如以往，我们仍同大平外相以及其他日本领导人保持着密切的联系。同池田首相的接触主要是他那里打电话过来。池田首相似乎认为，通过电话同我交换意见是最好的方式。如果会面的话，报纸上就会有种种臆测。

同样令人高兴的是，日本表现出期望在解决印度尼西亚与马来西亚的冲突中发挥有益的作用。实际上，在罗伯特·肯尼迪访日之后，日本曾表示希望参与肯尼迪与马来西亚领导人的会谈，但没有能够实现。这标志着同在此之前的消极的孤立主义相比，日本已发生了巨大变化。另一方面，日韩关系此时反而更加恶化。裴义焕大使以及韩国其他官员多次来访，同我交换意见，但此时我已开始认识到在1965年之前无法期待日韩关系实现正常化（事实也完全如我所料）。冲绳的卡拉韦依然我行我素，很不配合，但日本政府对此表现出的是理解和宽容。当时正值修改选举法，国会中有人提出要为冲绳设置空缺席位，但应我的请求阻止了这一做法。

我们的社交活动又一如以往那样开始变得忙碌起来。我们先后访问了东京邻近的三个县，访问栃木县时，还去了圆仁的出生地。据称是圆仁的出生地在栃木县就有两处。比利时国王夫妇来日时，在皇居和比利时大使馆分别举行了两场流行电子音乐会，演出的是来自芝加哥的乐队。我略带不满地记下了当时的情景："多么无聊的外交官生活！"这一年冬天是相对比较平静的一段时期，据春的统计，仅1964年2月官邸就接待了一千五百多位客人。在那之后的十周里，我们一直忙忙碌碌，连周末都不得消停，更没有去三崎的空暇了。

虽然约翰逊总统向全体大使发出不接受辞职的指示，但他还是在1月解除了驻马来西亚和菲律宾的大使职务。此前不久，驻越南、缅甸、泰国的大使也被命令解职，后两位大使都是我关系很好的朋友。这些人事的变动使我悟到，大使这一职位是极不稳定、朝不虑夕的，一连几个晚上我做梦都梦到了自己被炒了鱿鱼。不久，驻印度尼西亚的琼斯和韩国的伯格又相继离去，东亚只有我是硕果仅存，成了1961年以来任职期最长的大使。我是1966年离任的，在当时现职美国大使中应该是资格最老的了。负责远东事务的国务卿助理的职位更不稳定。3月上旬，当时我在东京，麦克乔治·邦迪的哥哥威廉·邦迪（William Bundy）担任第五任负责远东事务的国务卿助理，在当时的笔记中我是这样描述的，"这不是一个像他弟弟那样具有灵活性的人物"。邦迪在约翰逊政权任期内一直干到最后，所以他成了美国民众反对越南政策的主要靶子。

37　成名之累

横须贺海军医院给我作健康检查的军医拉尔夫·E. 福赛特上校多次对我发出警告，如果再不放慢工作节奏寿命就会缩短。每次我都回答他，我对全力以赴作自己工作的兴趣远胜于延长自己的寿命。此刻我正在写这本书时，我依然抱着这么一个想法。但是缩短我寿命的并非是在东京过度的操劳，而是发生在 1964 年 3 月 24 日的一个事件，这个事件完全是猝不及防的。

那天中午时分，我走出使馆大楼，要去参加在官邸举办的同已经下野的韩国总理金钟泌的午餐会。通常负责警备的海军陆战队士兵会在大楼门口摆放桌子处立正行礼，但就在那时有电话打进来。我正要通过大门时，碰上了一个瘦小的日本人，他穿着一件脏兮兮的雨衣，一眼望去就不像是大使馆内的人。我转过头对大厅里的人说了句"这个人要上哪里去？"这个人抬起头望着我，脸上亮光光的，手里拿着一把厨用长柄菜刀就向我冲过来。但是由于距离过近，他个子又矮小，没有来得及举起刀来，如果举起来的话，我的这本书也就写不成了。刀笔直地刺入我的右腿直到大腿骨，刀尖断了，骨头挡住了刀没有伤到神经，幸亏如此才使我得以没有瘸着腿走完余生。"抓住他！"我大声呼叫，年轻的大使馆员约翰·弗凯克飞奔过来，他一把擒住这个男子并把他摁倒在地。眼睛向下面看，脚下的血已经在大理石地面上积成一摊，向四周漫开。我想起二十七年前死于上海的哥哥罗伯特，当时也是由于腿上失血过多。

我叫道"绷带"，正在大厅的一个女性赶紧拿来了一条薄丝巾，但根本无济于事。我在长椅上躺了一会，弗凯克、海军陆战队中士麦克和经济参赞亚瑟·嘉德纳担着我上了已在大使馆门口等候的汽车。三个人和我在汽车里，车内到处是血迹，一幅血淋淋的情景。所幸的是，东京最好的医院虎之门医院就隔两条马路，兴奋的司机开足马力一路飞驰，我不停地叫："慢一点！慢一点！"

我在医院急救室里迅速作完检查后立刻被推进手术室。在此之前，走廊上已挤满了人，人群中看到了春，我用手指对她作了一个 OK 的手势。手术大约进行了四个小时，当我意识清醒过来发觉自己在病房时已经是下午 4 时半了。外科医生修复了神经和动脉，但是没有找到断了的刀尖。后来我才知道，腿上的伤口长达 50 厘米，呈一条曲线，从腰部开始一直延长到膝部。

当时外交官遭到袭击，大使馆发生爆炸事件还没有成为家常便饭。暗杀未遂的消息传出，立即轰动整个日本，传遍世界。在我之前遭到日本人袭击的外国要人是俄国皇太子，他在 1891 年 5 月访问日本时在大津被日本的警察用刀砍伤，侥幸地保住了一条命，后来成为尼古拉二世，在 1917 年的俄国革命中被行刑队处决。

慰问信、花束和礼物源源不断地送来，横须贺基地还送来了适于美国人的加长的床。天皇和皇后送来了水果篮，皇太子、皇妃和他们的儿子浩宫送来了花束，花是当时还很幼小的浩宫亲自手摘的。大平外相在出事不到一个小时就赶到了医院。韩国大使裴义焕和许多日本的知名人士都来到医院探视。因国会审议而晚来的池田首相到医院时，一楼的人群挤得已是水泄不通，根本就无法进去，首相不得不去官邸请爱默森转达慰问。礼物中有一些千羽鹤。有一个女性花费不少工夫用线把红色、白色、蓝色的纸鹤穿连起来排列在纸板上，横着就像一幅美国的国旗。

三名美国海军军医坐直升机从横须贺赶了过来，后来又加上了一个会说日语的美国医生作翻译。治疗是在著名医生冲中重雄院长指挥下，由一个高水平的日本医师团队承担的，负责护理的护士们也可说是完美无缺。在我口述的家信中，我这样谈道："当一个人的病患一旦成为国际性的问题时，对患者而言，也就不可思议地成为沉重的负担。"不管怎么，读到报纸上刊载自己的体温以及能喝100cc汤之类的报道时，我心里总是觉得怪怪的。

春听到我遇刺的消息时正在官邸接待美军人家属学校高中生及女童子军访日团，他们是利用春假来东京旅游的。春立刻赶到医院，在后来的三周里，除了睡觉时间外，她几乎所有的时间都泡在医院里。幸运的是，医院为我安排了一间宽敞的病房。同样碰巧的是，病房对面还有一间闲置的贮藏室，春可以把其当作前线基地使用。装上了电话，摆放了打字机，还准备了咖啡和小食品柜，角上搁了一个简易床。最初的七天，乔治·帕卡德在那里值了夜班。每天早上春由官邸勤务山县女士陪着从官邸过来。8点，三个使馆日本工作人员来到医院，其中一人在大厅负责接待，接待工作还有使馆美国工作人员和秘书各一人协助。他们接待前来医院的慰问者，接收赠花和礼物并表示感谢，还要处理大量琐碎的杂事。春每天晚上要呆到10时半才走，精疲力竭地回到官邸稍许睡上一会。这起暗杀未遂引起的事件也许会引起头脑不正常的人的关注，为了防止再出意外，医院里布满了穿制服和便服的警察，据说还拘留了七八个企图走近我病房的人。

事实上我当时处于谢绝一切会面的状态。除了第二天的大平外相、第三天的池田首相外，几乎不会见任何来客。在身体稍稍恢复之后会见的来客中有理查德·尼克松（Richard Nixon）。当时尼克松常来东京，名义上他是百事可乐的律师，实际上他的目的是向世人展现他作为国际政治家的形象和才能。在此之前，我一直很讨厌尼克松的，但在面对面的交谈之后，感觉他远比在电视里看到的要高大得多，英俊潇洒，说起话来令人感到愉快。后来尼克松往我办公室打过好几次电话，电话里谈到他希望美国承认中国的强烈愿望，其语气就跟费正清一模一样。我在几年前就看出美国公众接受承认中国的时机已经到来，所以当尼克松就任总统后将其愿望付诸实行时我并不感到惊讶。

在我收到的无数慰问信中，印象最为深刻的是来自苏加诺的亲笔信，那封信令人从心底里感到温暖，即使在约翰逊总统或腊斯克国务卿的个人信件中也感受不到那种关怀。当然，我也没被授予紫心勋章，尽管我是冒着生命的危险为我的祖国尽力，我自己觉得是受之无愧的。

依靠大量的输血我度过了最初几个小时的危险时期。后来的几天里，一切情况都很平稳。似乎是因为突然的震惊或神经断离，在遇刺后的最初几个小时里我完全感受不到疼痛。但躺到病房的病床上后就开始感到剧烈的疼痛。受伤的脚一点也动弹不得。两只手腕也因插入输血和打点滴的管子几乎不能动弹，只有剩下的那只没受伤的脚可以摆动一下脚趾。最初的几天几乎彻夜难眠。如果没有年轻、和蔼的值夜班医生高柳先生连着几个小时坐在病床边同我说话，那种痛苦应该是非常难挨的。

3 月 28 日突然出现异常内出血，病情恶化，似乎必须要进行大手术，当时身体十分虚弱，我估计自己已经承受不了。所幸的是后来弄清了是自然可愈的溃疡，依靠大量输血渡过了难关。不过我还是不得不放弃原先想继续处理大使馆工作的努力，也中止了对重要电文的审阅。我最担忧的是自己的住院会给日美关系带来损害。虽然犯人完全没有任何政治动机，但日本政府和国民都因这一事件丢尽了颜面。据说那是个有精神障碍的青年，他翻过大使馆低矮的围墙，恰巧同我相遇。因为判定为行为辨认和控制能力减弱，所以刑期较短，在我大使馆任期结束之前就已出狱。罪犯的问题源于严重的短见，他认为美国占领军和日本政府对一些问题处理不当，希望通过一些惊人之举引起世人关注。日本的首相及一些知名人士姑且不论，他把暗杀计划的对象选择为我，我总觉得是抬举了我。

就在住院的第一个晚上，我想应该打消因这次事件给日本人带来的疑虑，我发表了一个声明，表明这次事件丝毫也没影响我以及其他美国人对日本的态度。约翰逊总统和腊斯克国务卿也各自发表了同样旨趣的声明。所幸的是，在美国，完全没因这件事出现反日的现象。日本政府负担了我在日本的所有医疗费用。国家公安委员长早川崇引咎辞职。对此我提出抗议并指出，早川崇还比较年轻，不应因为此次事件影响其政治生命。池田首相还通过电视通信卫星直接向美国国民表示歉意，对此他自己也感到欣慰。在第二次输血之后，我再次发表声明，在声明中我说自己现在已是日美的"混血"，对日本更加抱有亲近之感。这个表态受到了日本公众的欢迎，我曾经担心这个事件会产生反作用力，导致怨恨情绪，甚至使一些日本人认为我是麻烦的制造者，现在这些都成了杞人之忧。法思夫人吉米当时在给我父亲和孩子的信中这样写道：

"这里所有的报纸都说：'埃德温在历任大使中是最好的也是最得到日本人爱戴的一位……这次发生的事件不能不更增添了人们对他的敬重。'"

现实生活中更为可怕的是个人自由受到了限制，我再也不能在星期天早上独自去皇居周围散步，或无拘无束地漫步在东京街头了。事实上后来无论到东京任何地方我都带有贴身警卫人员，我不想让别人为自己而耽误一天的休息，所以我取消了周日去皇居的散步。起先我也担心过会不会去三崎的度假也因此被取消，但幸运的是还是被允许了，但无论是在三崎或去其他任何地方都增加了大批的警卫人员，一天到晚贴身警卫人员都跟在边上，一出大使馆就前后左右都有人守护着，让人感到不快。但我不得不承认，几个月里，一旦有穿旧一点的雨衣的男子走近时我就会本能地浑身发抖，一直盯着他看，直到其走到无法攻击自己的距离之外。

　　在虎之门医院住了三个星期后，总算得到医生允许可以下床走动了。医师团主张直接去同公务没有关系的地方疗养，考虑再三，最后决定去夏威夷。4 月 15 日，春和我乘坐军用飞机去夏威夷希凯姆基地，我们住在驻日美军司令杰克·斯麦特的家里，他的房子宽敞舒适，那段时间斯麦特恰巧去南太平洋视察。出院就像百老汇歌剧开幕一样盛大隆重。大约一百名警官站满了医院大厅，我同挽救我生命的人们一一握手，在成群的报社记者和摄影记者面前从轮椅上站起，用日语和英语宣读感谢辞，然后坐上汽车由鸣着警笛的警车开道向立川基地进发。由于我们的车途经的路段实行交通管制，所以只花费了平时的一半时间。去夏威夷的飞机是在夜间飞行，福赛特博士和乔治·帕卡德与我们同行。

　　在夏威夷的最初几天一切都很顺利。我的右腿除下半部处于麻痹状态，因为血行不畅非常疼痛。尽管如此，但已经可以借助手杖行走，所以我在特里波勒陆军医院开始机能恢复训练。特里波勒陆军医院建在山的斜坡上，是一幢巨大的粉红色建筑，从那里可以俯瞰希凯姆基地。4 月 21 日我开始发热，两天后转院到特里波勒，后来在那里度过了将近两个月的住院生活。医院住院部大楼的最高一层 VIP 房间就我一个病人，进入恢复期后我常常到阳台上一呆就是几个小时，从那里眺望希凯姆基地和毗邻的檀香山国际机场。从那以后，每当想起特里波勒就会有一种"我的医院"的感觉，飞机在檀香山着陆时，我必定会从远处眺望特里波勒陆军医院的那幢大楼，油然想起在那里住院时的情景。

　　医师们对于我的病情已束手无策，看来在日本输血时混入了受污染的血而引起了传染性肝炎，这种病潜伏期很短。为了对付传染性肝炎，减轻症状，我被注射了大量伽马球蛋白。在日本，围绕我的感染，解决"污染血"的问题引起社会巨大反响，后来不久就平息下去了。1983年我再次在日本由于输血而获得新生，由此我也得知，问题已经解决，用血的安全已得到了保证。虽然肝功能明显下降，但我的病最终还是无法确定。每天早上，那些专业医生围在我病床前，对所作的各种病因的揣测被检查化验所否定而失望，面现困窘。被否定的揣测之一是怀疑是否患上骨髓瘤，这个检查让我一想起就毛骨悚然。我对使专家们失望而觉得自己也有什么责任似的，甚至觉得有点对不住他们。

在相当长的一段时间里，我都感觉是站在死亡地狱的入口处，而此时给我强有力支持的就是春。她每天做了远比医院伙食要好的可口菜肴给我送来，在我精神好的时候就给我读上一个小时的书。我的身体慢慢在恢复，5月下旬我回到斯麦特中将的那幢房子，在那里同春度过了两个星期。但是血液检查全身状况再次恶化，6月4日我再次回到特里波勒住院。曾经预料到的肝炎症状果然如期而至。肝脏状态再次恶化，但同在此之前的痛苦相比就不算什么了。在住院生活的后半期，我开始着手校订1965年版的《美国与日本》，还同费正清一起作了一些有关《日本现代的变革》的工作，当时费正清和夫人正在檀香山。

6月23日我第二次出院。春和我在怀基基饭店度过了六月里的最后一周。7月1日，我们去拜访了美军太平洋地区总司令费尔特将军。两小时后，费尔特辞去了世界上规模最大的军事力量的总司令一职而成了普通公民，在指挥官交接仪式结束后，他驾着自己的一辆小车离开了基地。费尔特在很多地方专横武断，刚愎自用，但我们同他夫妇两人的关系很好，对他经历如此梦魇般的大起大落我们从心底里很同情他。

回到立川基地是在7月7日清晨，从那里直接被接往大使馆。在经验丰富而又认真负责的爱默森的指挥下，大使馆一切工作运转正常。我还不能马上恢复日常工作，福赛特博士坚持要我在最初阶段只工作半天。我的胃口恢复得很慢，实际上还不能马上工作。右腿的疼痛虽然已经消失，但整条腿感觉麻木，起初为了不使脚跛着走路，还在鞋里放置了弹簧。在这种状态下我仍没有考虑辞职。如果我辞职的话，会使日本人更加感到自责。我们决定至少还要在东京待一年。

在肯尼迪总统的追思会上与皇太子（即现明仁天皇）在一起（1963. 12. 7）

在缅怀已故肯尼迪总统的纪录片首映式上（1964.12.2）

与春在虎之门医院的病房里，手中拿的是日本人表达美好祝愿的千羽鹤（1964 年春）

与佐藤首相、美国海军司令夏普在一起（1965）

与伯顿·法思夫妇拜访古寺僧人

在日本的"雪国"(《山形新闻》提供，1965)

在印度访问（1966）

日本大学生在美驻日大使馆外静坐示威，反对美国的越南政策（1966 年春）

难得的闲暇（摄于三崎）

在越南前线部队考察（1966）

与约翰逊总统交谈（1967.7）

在日美协会举办的欢送午宴前与吉田茂前首相在一起（1966）

38 重新上岗

幸运的是，1964年夏对我们来说是一段相对平静的时期，起先对于所有的招待会和晚上活动我们都不参加，后来公务和社交活动慢慢地恢复了常态。7月中旬，日本内阁重新改组，池田首相更换了大平外相。我感到遗憾的是，我同大平的后任没有能够建立起如同大平那样的亲密关系。新外相椎名悦三郎缺少大平那样的影响力和感召力，他起初似乎对自己的能力也缺乏自信。在最初阶段，每次同我会谈时，他总是看着拿在手上的纸片从头到尾地照念。

8月1日，卡拉韦终于退役，这弥补了失去大平的遗憾。后任阿尔伯特·沃森二世（Albert Watson, Ⅱ）的上任带来了巨大变化。沃森是在人事方面经过慎重考虑后最终挑选出来的人选，在此之前他是驻柏林的美军司令，柏林是政治上问题错综复杂的一个地方。在赴冲绳途中，沃森夫妇打破了在此之前所有前任的先例，他们先到东京并在东京逗留之后前往冲绳。沃森夫妇下榻在官邸。在东京期间，我带他去拜访了池田首相及其他日本领导人。日本方面对以这种形式认可了对冲绳的权益感到非常高兴。他们认为沃森是迄今为止最令他们满意、通情达理、精明能干的高等事务官，也是致力于实行1962年3月肯尼迪总统关于冲绳新政策（承认日本潜在主权）的人。在9月16日的有关琉球群岛问题日美协商委员会会议上，日本方面提出要求，希望增加对冲绳援助700万美元以上，我们一方第一次能在没有遭到高等事务官反对的情况下接受了他们的要求。

我在恢复工作后最先遇到的问题之一就是日本政府要求开辟至纽约以及纽约更远至欧洲乃至全球的航线。对这一要求我给予了支持，最终日本方面的要求得到了满足。经由阿拉斯加至纽约的航线取得了很大成功，大西方的那条航线只是短期试航，后来就中止了。更为严重的一个问题就是由于日本政府宣布同意核动力潜艇进入日本港口停泊引起的骚动。各地爆发了大规模的示威，后来得知核动力潜艇用的导弹装置了核弹头，示威运动更加激化了。这个有关核动力潜艇的消息在九个月前华盛顿就已作了通报，同核动力潜艇进港停泊毫无关系，但激起的反应还是如此强烈。在冲绳，美国的士兵把日本国旗撕成碎片后扔弃。之后美军飞机在四十分钟内接连坠落两架，导致日本市民五人死亡，而美国人只有飞行员一人死亡。这一连串的事件更是火上浇油。在我当时所写的信中有以下的一节：

> 春有时觉得这些事件已经让人受不了了……反对核动力潜艇进港停泊和美国东南亚政策……对美国经济政策如利息平衡税、北太平洋渔业这类问题的不满，还有左翼知识分子和共产党出版物对我个人以及"荒谬的"历史观没完没了的攻击，诸如此类，春说她已经无法再忍耐了。

我安慰春说，为了日美关系的顺利发展，承受一些对美批判带来的委屈也是我们工作的一部分。按照惯例，日美安保协商会议于 8 月 1 日举行，费尔特的后任、担任美军太平洋地区司令的格兰特·夏普（Grant Sharp）将军以我的首席助理的身份第一次出席会议。紧接着召开的是国际货币基金组织成员国会议。率领庞大的美国代表团的团长是财政部长道格拉斯·狄龙，狄龙带着夫人、女儿同行。除代表团外，还有一百五十位大银行家也随同来日，其中八十五人由夫人陪同。当时正是总统大选之年，一位戈德华特派的银行家似乎有点担心地试探我，如果秋天超保守派戈德华特当选为总统的话，春和我能否继续留驻在东京？这个问题当然是令我很感快意的。在这次会议期间，还有一件同样令我感到快意的事。日本的大藏大臣私下同我商量，第二天会见狄龙部长，有些问题不知如何提出为妥，最后他把要谈的事情先告诉了我，请我事先对狄龙作一说明。

亚瑟·戈德伯格（Arthur Goldberg）夫妇9月底来日，在官邸下榻。我陪同戈德伯格分别会见了各个工会的领导人并举行会谈，所有活动都是他三年前来访时活动的重复。唯一不同的就是戈德伯格三年前是劳工部长，而现在是最高法院的大法官。就如我在家信中谈到这两次同工会界对话之间的变化时用了一个词就是"令人震惊"。在信中我这样写道：

> 1961年美国人同那些顽固的左翼举行会谈还只是试探性的，互相充满着敌对情绪。而这次的会谈有着老友重逢般的亲近感。双方都认为，在广泛的领域内我们有着共同的利益。

在这封信我还提到了威廉·邦迪的访日。邦迪的访日是在戈德伯格访日后过了一周。在邦迪同日本三个主要政党的领导人会面时也能感受到同样的变化。三年前哈里曼来日时，会谈中至少有四分之三时间集中在日美关系上，相比之下，现在日本方面希望讨论的几乎全是在韩国、越南等地区内日美双方共同的利益问题。

我们举办了答谢自助晚餐会，邀请了虎之门医院三十五名医生、护士以及二十五名使馆工作人员，向他们表示感谢，我们一起度过了一个令人愉快的夜晚。我还向擒住罪犯的约翰·弗凯克赠送了特别的纪念牌。在我们不在使馆这一期间，有一百六十名新的使馆工作人员到任。

7月我们为他们举办了欢迎招待会。我们还举办招待会，邀请了六十位画家和美术家，招待会上展示了雷蒙德·伯尔借给大使馆的画作。为经济参赞嘉德纳送行，我们也举办了招待会，有五百多名客人出席了招待会。根据春的记录，在前些年，我们平均每月要在官邸接待一千位客人，而现在每周差不多就要达到这个数字。在外国记者俱乐部举办的一次午餐会上竟来了个破纪录的三百人，从人数上讲都是很成功的，但效果却是令人沮丧的。有些记者为了要制造轰动效应，歪曲了我的讲话，把我所要讲的内容几乎作了完全颠倒的报道。

我们还在日本政府的大力协助下，顺利、妥善地解决了两位来自苏联的要求政治避难者（两人均为莫斯科大彼得罗夫大剧院综艺节目的爵士音乐家）的事件。来访的客人和在官邸下榻的客人依然络绎不绝，从昔日广播、电视明星阿瑟·格弗雷（Arthur Godfrey）、海军部长保罗·尼采（Paul Nitze）到"美国小姐"和"环球小姐"，一位美丽的希腊姑娘。

直到10月2日我们才总算得以去三崎度周末并在那里休息了一个星期。大使馆围墙周边增设了一些新的警察岗亭，平时来往于官邸与使馆之间都有海军陆战队员护送，到使馆外面时还得带贴身警卫，我们已经被禁锢在东京大使馆这样一个封闭的环境里喘不过气来，实在需要短暂的休息了。增强安全保卫显然是必要的。我的遇刺刺激了一些头脑有问题的人，警卫已经逮捕了几个在使馆大门来回走动的可疑分子。在三崎警察也增添了八人，每隔一个小时左右就会有警察到我们住的那座小房子来，我去划船时，警察也会在岸上警惕地张望着，我们仅有的一点属于我们私人的自由空间也没有了。

一旦成为众人关注的焦点，当然会带来许多便利，但有得也有失。10月10日至24日举办的东京奥林匹克运动会使1964年秋天的东京充满着生气和活力。大使的身份使我们有机会轻而易举地去观看各种比赛。日本人把奥运会的举办视作同国家的荣誉休戚相关的头等大事，倾力将其办得精彩纷呈，人们无不交口称赞这届东京奥运会是有史以来最为完美、最为成功的一届。奥运会的准备工作早在几年前就已经紧锣密鼓地进行了，完成了好几条新的地铁线路和高架道路网的建设。建设工程夜以继日地进行，因为工程的关系，东京中心地区有两三次甚至出现方圆几英里数小时汽车堵塞、交通完全瘫痪的情况。迫不得已，只能出动警察从外围耐心地对汽车一辆一辆地疏导。但就在奥运会开幕前的一两天，所有的工程建设都奇迹般地完成了，我们经历过的那种交通混乱的情况也在一夜之间突然消失。

早在我到东京赴任不久，就参与了东京奥运会的筹划，因为日方同美方协商要使用在东京西北郊一部分美国驻军生活区建设奥运村，那个生活区我们称呼为公鸭营地，还要使用华盛顿山庄的部分土地，华盛顿山庄也是美军的生活区，邻近明治神宫，是东京的中心区域。在那里要建设新的 NHK（国家电视台）大楼和奥运会游泳馆，那座美轮美奂的游泳馆是由我的朋友、世界著名建筑家丹下健三①设计的。华盛顿山庄就是我高中时代常去那打棒球的代代木练兵场。我对把公鸭营地与华盛顿山庄同时分作奥运场馆设施与美军驻地使用的方案表示强烈的反对，因为这样做会唤起到访日本的客人对美国在日本驻军这一问题的关注，容易产生不良的社会影响。

1961 年 9 月我拜访东京都知事东龙太郎，表明了强硬的立场，日方只能从两处美军驻地中取一处完全收回，否则问题到此作罢。在我看

① 丹下健三（1913—2005），日本著名建筑大师，普利兹克建筑奖获得者。早年毕业于东京大学。曾先后获得包括哈佛大学和麻省理工学院在内的多个博士学位和名誉博士学位。1980 年获得日本天皇亲自授予的日本文化艺术最高奖日本文化勋章。其代表作是为 1964 年东京奥运会设计的主会场代代木国立综合体育馆，也是其结构表现主义时期的顶峰之作，具有原始的想象力，达到了材料、功能、结构、比例乃至历史观的高度统一，被称为 20 世纪世界最美的建筑之一。——译者

来，将公鸭营地作为美军设施继续保留，而把华盛顿山庄归还日方作为奥运村以及其他奥运设施建设使用是最为合适的。按照最初的计划，公鸭营地周边的道路已开始动工建设，地价上涨，所以我的方案遭到一些人的强烈反对。但显而易见这是一个相当不错的方案，其可以使运动员大大节省去大多数比赛场馆的路上花费的时间。最终日本政府更改了最初的计划，采纳了我的方案，这一方案后来在奥运会中有效地发挥了作用。

日本政府慷慨地向所有的大使及他们的夫人提供奥运会入场券，他们可以去观看自己想看的比赛，但提供的入场券不得转让。得益于这个待遇，我们观看了各种比赛，大开眼界。我们去看了好几场游泳和跳水比赛，在这两项比赛中，美国队独揽了全部金牌。在篮球决赛中，当美国队完胜苏联队的那一刻，我们激动不已。当时出场的运动员比尔·布拉德利（Bill Bradley）身手不凡，展示了他明星的风采。那时布拉德利刚刚从普林斯顿大学毕业，如今已是新泽西州选出的参议院议员了。我们去各种比赛的场馆时，总会被安全保卫人员安排在专供皇族使用的包厢里。这样做当然是出于安全的考虑，但反而使我们更加引人注目。尤其是游泳馆的包厢正对着电视台的主要摄像机，比赛的间歇，随着现场播音员的解说，我们常常被摄入镜头，直到春的妹妹提醒她不要在摄影机镜头前打哈欠以及大使馆的工作人员到使馆门口迎接我们时才注意到，因为他们在电视里看到了我们已离开了比赛场馆。

奥运会以及与其相关的各种活动并没有打乱我们正常的外交业务以及大使馆的工作，而且使我们在时间上有些宽余去处理一些突发事件，如两个苏联运动员要求政治避难的事件，那是我们事先早就预料到的。东京奥运会使我们度过了愉悦快乐的两周，其也标志着早春遭遇那场不幸事件后的恢复期的结束。

奥林匹克运动会之后，等待我们的是一个忙得不可开交的秋天和冬天，尤其是11月爱默森夫妇要回国休假两个月，他们走后我更是忙得苦不堪言。虽然人还感到身体有些虚弱，但工作已一如既往，日程排得满满的。就在此时，池田首相患喉癌，而且已到晚期，不久就去世了。池田首相的去世，不仅对我们，对日本也是一个重大损失，我们深感悲痛。

11月9日，佐藤荣作就任首相，第二天，按照惯例在新宿御苑举行游园会。佐藤邀我和他就各种问题进行了长时间的交谈，其间我明确告诉他就在那个星期内核潜艇有可能进港停泊。自从大平外相告知美国核潜艇进日本港口停泊之事正在考虑之中后，时间已过去了将近两年。在这一期间，对有关核事故的所有问题都做了慎重细致的研究，我们还从美国邀请了被尊为"核潜艇之父"的海曼·G. 里科弗（Hyman G. Rickover）[①] 来东京同日本的专家共同探讨相关的问题。里科弗的来日对日本公众是保密的，他在日本逗留的那几天都在官邸下榻，这位海军上将同我们谈起当年在海军时的许多趣事，谈到起初他非常厌恶海军时引得我们捧腹大笑。听说里科弗是个脾气暴躁的人，但与我们在一起时他非常和蔼可亲。

核潜艇进港停泊的日期要根据海军的日程安排。但具体的时间完全由我来定，日本政府担心过早走漏风声会导致极左分子组织举行大规模示威，希望在核潜艇进港停泊后的二十四小时之内对外宣布，这样，在核潜艇进港停泊的二十四小时之前，我还可以根据政治局势的变化作出判断，随时取消进港停泊。11月12日核潜艇首次进日本港口（佐世保）停泊，果然不出所料引起了相当大的骚动，但并没有像我们预想的

---

① 海曼·G. 里科弗（Hyman George Rickover，1900—1986），美国海军上将，世界著名核物理学家。里科弗曾主持了1980年代以前美国海军所有的核动力潜艇的建造，被誉为美国"核动力海军之父"。里科弗被选为美国《时代》杂志封面人物，1982年访问过中国。——译者

那么严重。随着进港停泊的次数增多，日本公众的反应也逐渐地平静下去。池田首相和大平外相希望核潜艇进港停泊这一举措有助于日本民众对核动力这一事物逐渐习惯，他们的这一带有风险的举措获得了成功。反对越南战争的浪潮持续高涨以及在不合适的时机让核动力航空母舰进港停泊导致抗议，甚至后来发展到危险的地步，那都是在我离任很久之后的事了。

　　1964 年秋，我们只作了一次日本国内的旅行。11 月初，春和我去了京都和大阪地区，行期将近一个星期，这是我第七次对关西地区的访问，距上一次访问也已一年有半。按照惯例，我们拜访了各个府县的政府，其中包括滋贺县，那是一个环绕琵琶湖的县。11 月 11 日，我应邀在日本大学用日语做了一场讲演。那天，在日本大学我被授予了名誉学位，这在日本的大学传统中是很少有的做法。除此之外，我还获得了两三个日本的名誉学位。我在日本记者协会（报业协会）也做过讲演。另外还有两所大学原预定也要去做讲演，但后来由于左翼学生的威胁被迫取消了。对付软弱的学校当局，左翼学生依然采用他们一贯的伎俩。

　　也是在 11 月，韩国的驻日大使①更换，履新的后任大使能力很强，远胜过其前任裴，也更具影响力。他一直向我提供有关汉城局势的信息，所做的工作远远超过美国驻韩大使馆。12 月，担任外务审议官的牛场信彦就任日韩谈判的日方首席代表代理，牛场信彦是春的表哥。牛场精力充沛，极富才干，后担任外务次官，再后来又担任了数年日本驻美大使。我期待着这个新的精悍的团队能为日韩关系正常化作出努力，也多次分别会见其中的许多成员，他们都表示决意要为彻底解决日韩问题竭尽全力。

---

　　① 此时日韩尚未建交，应为驻日首席代表。下同。——译者

已经就任首相的佐藤荣作希望尽早同约翰逊总统举行会谈，但华盛顿回应说是在 1965 年 6 月之前日程已经排满，无法安排他的访美。我在 11 月发了一封措辞强硬的电报，要求时间定得更早一些。或许是这封电报起了作用，回复说是访问可以安排在 1 月 12 日。为了作前期准备我必须先行回国。我说服了华盛顿同意春与我同行。这不仅是因为佐藤首相夫人来华盛顿时她将有陪同的任务，而且她实在需要休息一段时间。

　　现在回想起当时的情景，在肯尼迪之死与我的遇刺这两起事件的双重打击之下，春似乎逐渐陷入忧郁的状态之中。从最初她就对大使夫人这个地位感受到了远比我大得多的精神压力。春还不习惯在公众场合下说话或被众人所关注，当然还有作为日本人这么一个背景，她觉得自己是一个难以把握的尴尬角色。面对危机和自己并不喜欢的工作，春依然鼓足勇气，全力以赴，但这么做不能不使她精神上更为疲劳。从夏威夷疗养回来后，春就不停地坚持主张辞职，虽然在后来的两年里一直坚持了下来，但她所作的努力还是给她自身造成了巨大的伤害。

　　在动身去华盛顿之前，我同佐藤首相进行了两个小时的会谈，会谈中决定把安保协商会议讨论的事项扩大到包括所有有关防卫的问题。在此之后，我还会见了韩国大使和自民党干事长三木武夫，三木预定将陪同佐藤首相访美。我还把高级事务官沃森从冲绳请来，同他以及普雷斯顿等美国驻日陆海军的首脑交换意见。1965 年元旦，在出席了按照惯例举行的宫中招待会之后，春和我出发去华盛顿。在洛凯姆的一次午餐会上，我第一次见到了沃尔特·蒙代尔（Walter Mondale），那时他刚刚在明尼苏达州当选为参议院议员，后来又成为副总统及总统候选人。蒙代尔是我大表姐女儿琼的丈夫。

　　佐藤首相的访美取得了圆满成功，他非常感谢我为他这次访问成功所做出的努力。在白宫的晚宴开始前，约翰逊总统陪同佐藤夫妇、腊斯克夫妇和我们到三楼生活区，在那里两国首脑互赠了礼物。然后在军乐队演奏的《向总统致敬》的乐曲声中，我们一同从正面台阶庄重地缓缓走下。盛大隆重的仪式结束后，身居要职的来宾在主桌就座，我被安排在五号桌，在华盛顿我不过是个身份卑微的大使而已。晚宴后举行了舞会，总统遵循礼仪先后同几位女宾跳了舞，春也成为他的舞伴。春同身高马大的约翰逊一起跳舞并不是理想的组合，在拘谨地跳了一圈之后，总统又把春抛回到我的臂内。春觉得我们在东京官邸举办的宴会气氛要舒缓、优雅得多，而宴席上的菜肴更远远胜于白宫。

从华盛顿回到东京后，最初的几周因为一连串的出差非常繁忙。有关琉球问题的日美协商委员会在经济以外的问题上已达成广泛共识，所以在协商会议开始之前，我觉得有必要同沃森充分地交换意见，于是2月18日在春的陪同下飞往冲绳，在那里度过了繁忙的四天。同沃森的会谈进行得很顺利，但冲绳当地居民听说协商委员会的作用增大后，希望尽早归还冲绳的要求更为强烈。这样我在公共场合下的谈话和接受采访时就必须更加慎重。如我在当时笔记上所写的："这是在鸡蛋上行走。"后来围绕协商委员会新的使命这一问题同日本政府的谈判进行得很顺利，5月16日，委员会在新的授权下举行了第一次会议。

3月2日，春和我赴福岛、山形和秋田三县，开始了为期六天的雪国之旅。这是我们第一次对这一雪国腹地的访问。这次旅行之所以选择冬天，是因为在此之前我们访问各地时听到了许多有关西海岸雪国严冬和冰雪的描述，想亲身体验一下那里冬天的生活。在积雪深达两米的雪国，田园风光是那样地美丽迷人，我们觉得环境给生活在那里的人们带来的欢快远胜于沉郁。那个地区极少有外国的大使到访，我们的到来引起了极大的关注。

雪国之旅归来两天后，我飞往马尼拉参加美国驻东亚及东南亚大使会议，讨论美国进一步介入越南战争及其对亚洲的影响。华盛顿方面出席会议的有埃夫瑞尔·哈里曼和比尔·邦迪（Bill Bundy）。只有从原参谋长联席会议主席调任驻西贡大使的麦克斯韦尔·泰勒没有出席，作为泰勒的代表，尤·艾利克西斯·约翰逊（U. Alexis Johnson）出席了这次会议。尤·艾利克西斯·约翰逊是我的老朋友，后来担任负责政治事务的副国务卿。在我离任后，他又继任驻日大使。这是一次很有意思的会议，但会上讨论的问题过于浮浅，只是泛泛而论眼前的局势，而没有从更长远的眼光瞻望未来，我认为这正是典型的美国外交政策的缺陷。在几个来自华盛顿的年轻随员的鼓动下，我力图促使会议花些时间能从更广阔的视角展开讨论，但邦迪还是固执地把讨论限定在其狭窄的范围之内。

6月5日，春去神户，在那里作了一次最为令人难忘的讲演。讲演会规模空前，讲演对象是兵库县各妇女团体的代表，人数一万人。兵库县各妇女团体拥有会员总数达四十万人，将这些团体整合为一体的是年近八旬的广濑女士，她担任会长长达二十年之久。在这同一段时期，我在共立女子大学面对三百人作了一次讲演。在我以往所做的讲演中，这是女性听众最多的一次，但同春讲演的规模相比则是小巫见大巫了。她前往神户时与我外出时相同，日方采取了严密的安全保卫措施，她乘坐的列车每次停靠，隔着车窗都可看到站台上警官数人站立着。

外交谈判方面进展迅速。日本的外务大臣访问了韩国，并在访问结束时发表了一个声明，声明中对日本在过去对韩国实行的殖民统治表示了道歉，由此终于清除了一直阻碍两国邦交正常化的障碍。以此为契机，日韩两国间开始了一系列的会谈，我同日本政府领导人和来东京的韩国外长以及其他内阁成员会面商议的机会也随之增加了很多。我对他们双方采取的态度只是鼓励促进和善意的倾听，而小心翼翼地避免介入日韩之间的谈判。4月上旬，双方就日韩条约的大纲基本达成意向。6月末，条约签订，而条约获得批准则更晚了。日韩条约的签订对促进东亚地区的安定以及使日后韩国经济快速增长成为可能是极其重要的一步。

然而，一个问题的解决往往会引发新问题的出现，在 2 月的笔记中，我写了这么一段话：

> 外交领域总是麻烦的问题接二连三，从不会风平浪静的。刚解决了一个难题，如两周前解决的利息平衡税问题，马上又冒出了渔业问题。渔业问题平息了，又出现了冲绳问题、纺织品问题、倾销诉讼、基地事件、核武器引起的骚动……诸如此类的问题接连不断，你就犹如走在烧红的煤炭上，为避免烫伤你的双脚，必须快速前行，但接着踩着的地方仍是在炽热的煤炭上。唯一的可略感慰藉的就是这次踩到的煤炭不像刚才的那块那样灼热。

39　越南战争

在 1965 年 2 月的记录中，最为奇怪的是没有把越南当作问题列入进去。1964 年 8 月围绕"北部湾事件"东京第一次爆发了反对美国介入越南的示威。所谓北部湾事件是在北部湾美国与北越的舰艇发生的交战，这一事件很快引起了日本对越南问题的深切关注。1965 年 2 月 17 日，日本长老会教会系的领导人植树环、东京女子大学学生部长光明照子、日本基督教女青年会（YWCA）会长渡边道子来访，就有关越南局势同我讨论，三人都是我家的老朋友。在 3 月 1 日的笔记中，我写道，"越南问题让我感到十分忧虑"，"日本人中由于美国的介入而产生的抵触情绪日益强烈"。4 月 1 日，妇女参政权运动领导人，也是我的老朋友市川房枝率九位妇女运动领导人来访，带来了呼吁世界和平的请愿书。4 月 23 日，植村环同被称作七人委员会的成员茅诚司等来访，递交了给约翰逊总统的反对美国介入越南的抗议书。茅诚司新近刚从东京大学校长一职上退下，他也是我的老朋友。

美国介入越南已成为日本报纸的头条，这也是日本国民对美国抱有反感的主要原因。大部分日本人支持北越，他们把美国对北越的轰炸与二十年前他们亲身经历的美国空袭等同看待。在我同日本人谈话时，话题总会集中到越南问题上，做讲演也是如此。讲演中即使不涉及越南问题，在提问时，必定会出现有关越南的问题。我不断地接待报纸编辑、记者、政治家以及各行各业的人士，同他们沟通。还有好几拨美国人来访，就如何应对日本友人、同事提出的问题和批评要求我给予他们指导。

如我稍早一些时候的著作《寻求：亚洲政策》中所明确表示的那样，我从一开始就反对美国介入越南问题，但此时美国已深深陷入进去。我也认同美国政府的主张，从越南脱身最迅速而有效的方法就是使用军事力量迫使北越停止妄图对南越的征服。在同日本人讨论越南问题时，我并不强辩美国的行动一切都是正确的，因为我自己私下也有批评的时候。我尽量通过如何寻找最好的解决办法为话题，促使日本人更为现实地认识局势，思考日本在解决越南问题上应该如何发挥建设性作用。但令我诧异的是他们对有关越南的基本情况缺乏了解，对具有现实意义的方案也无能力作出判断。要求越南人选择和平地进行民族自决的道路是很容易的，但没有办法取得和平的结果。尽管美国尝试通过各种途径，但事实上除了依靠武力解决以外别无其他可能的方法，这也就最后导致了现在这样一个结果。

这一时期，由于我们的努力，日本民众同美国的关系已有了很大的改善，但因为美国卷入越南战争而又受到损伤，看到这种情况最令人感到痛心，仅此一点就足以说明美国绝不应该陷入越南战争中去。到了 4月，时隔三年示威队伍第一次涌向大使馆，日本警方不得不加强了警力。6 月，沿我们使馆围墙增设了好几个警察岗哨，还有满载着防暴警察的卡车都停在四周街道的转角处，整个大使馆宛如一座孤城。无论公务活动还是在私下，我和我的同事都竭尽全力维护着日美关系，唯恐其受到损伤，但这是一场异常艰难的斗争。

当时我会见了社会党委员长、具有左翼倾向的佐佐木更三以及其他在野党领导人，当然同自民党也一直保持着联系。佐藤首相通过电话一直同我保持着联系，或是利用一些社会活动的场合把我叫到身边进行交谈。他认为这样做是策略的，其远胜过正式的会谈，正式会谈是要向媒体说明情况的。美国方面要人访日也为我提供了同佐藤首相以及其他领导人交谈的机会而不为他人所注意。4月末，曾是1960年共和党副总统候选人的亨利·卡伯特·洛奇（Henry Cabot Lodge）夫妇再度作为驻西贡大使于赴任途中在东京停留。那段时期，还有国务院政策规划部门的负责人沃尔特·罗斯托（Walt Rostow）也来日本，在官邸住了十天。沃尔特·罗斯托曾担任麦克乔治·邦迪的首席助理在白宫工作过，在日逗留期间，他会见了日本方面的领导人并主要就越南问题举行会谈或做讲演。罗斯托原先预定要在三所大学讲演，后来因担心学生抗议而被取消了。

在这一时期，有报纸报道，说在美国国会参议院委员会副国务卿鲍尔（Ball）与助理国务卿麦克阿瑟（前驻日大使、我的前任）作为证人发表证言，指出日本主要报纸批评美国的越南政策是因为已有共产党员渗透进去，所以反映了共产党的路线。此言论一经报道，日本报纸哗然，引起轩然大波。麦克阿瑟前大使显然是把1960年的安保骚乱同当前的局势混为一谈了。他们谴责美国又倒退到了把持批评态度者都称作共产主义者的麦卡锡时期。日本报纸的主张也并非没有道理，如果我们对日本的情况无知到如此地步的话，那么他们又怎么能相信美国所断言的，越共是共产主义者而不是仅仅与我们的观点相异者。

由于大使馆同日本的媒体建立了良好的关系，所以我们成功地阻止了各家报纸在他们的晚刊上刊载对华盛顿发生的事件的报道。这一期间，我邀请了报社编辑们来官邸，向他们解释华盛顿发生的事情并不代表大使馆的观点，并让他们在日本报纸刊载事件报道的同时，刊载我们同事件无关的声明。起草这份声明令人非常为难，因为声明又不能意指副国务卿是在胡说八道，其时正是华盛顿的子夜时分，人们都在睡梦之中，当时只能根据自己的判断独自采取行动。尽管如此，我们还是给华盛顿发了数封态度强硬的电报。清晨之前，大量否认同事件相关或道歉的电文不断地送达，我们又把这些电文转给了报社。

我们大使馆以敏捷而果断的行动使日美关系得以避免遭受巨大的损害。这次事件的发生使我觉得自己留在日本是值得的。但事件也很令人信心受挫，其反映出华盛顿在对日关系上是多么地麻木不仁。美国的媒体对相关的报道漠不关心，同样也反映出其对日本的关注是何等的欠缺。《纽约时报》的阿贝·罗森塔尔和作家弗兰克·基尼（Frank Gibney）在这次事件之后来访东京并逗留了两周，他们都发现日本人对越南有很深的感情并对此惊讶不已。弗兰克·基尼很有才华，他对日本的情况非常熟悉。他们都认为，美国的报道完全是不合适的。他们的话促使我又给国务院发了一封措辞强硬的电报，报告美国对北越的轰炸在日本人中引起极为强烈反感的情况。

越南的局势给我们后来的九州旅行也投下了阴影。5月11日至15日我们去九州四县访问，其中佐贺、宫崎、大分三县都是第一次访问，按照惯例都举行了仪式，我们所到之处，都受到了数千人的欢迎。但左翼为了破坏我们的访问也是不遗余力，因为这个缘故，原来预定邀我去做讲演的大学都取消了安排。我们在各地都遇到过左翼分子声势浩大的示威游行，他们动用了装有高音喇叭的卡车，有时人数多达数百人。我记得有一次，一个女性面对我的微笑却报以唾沫，这种事发生在日本是匪夷所思的。当局十分紧张，大批的警察贴身护卫着我们，还有大量的警察封住了我们要途经的路口。我提出不必如此兴师动众时，得到的回答是，"哦，这还赶不上米高扬①来的时候"，这句话一下子把我的心情弄得很糟，显然这次旨在增进亲善的访问时机不对，于是我决定中止旅行。事实上，后来我们就再也没有机会外出旅行，原计划要遍访日本四十六个都道府县的愿望最终没有能够实现，只去了七个县

---

① 米高扬（1895—1978），苏联政治家。曾担任苏联部长会议副主席，最高苏维埃主席团主席等职。——译者

就终告结束。

因为越南问题引发的骚动带来种种不愉快，春越发盼望能早点辞职回国，安和琼也开始站在春一边与其遥相呼应，她们的态度反应出渗入美国大学中的反政府情绪。我告诉她们，在对日本人的理解以及同日本人沟通的能力变得至关重要的时刻，我无法临阵怯逃。与此同时，我们也不由得意识到离开东京的时刻日益临近。我们的激情正在渐渐地消融，也感受不到工作给我们带来的愉悦和乐趣。这种状态也影响着我们的工作效率。更大的问题是我在日本的作用的不协调性正在日益增大。上任伊始我就一直强调期望建立日美平等的伙伴关系，对日本公众强调这一点的行为本身就是不平等的佐证。日本的驻美大使绝对不会想到要对美国公众宣扬类似的这些东西。日本早已不是当初我赴任时那样需要外国人的指导、鼓励的缺乏自信的国家。作为一个普通人，我当然可以对日本人谈我的期望，但大使作为先生发挥指导作用的时期已经过去了。日本人依然希望我一如既往继续发挥作用，但我们唯一可做的就是选择离开日本。我们开始制订在一年内辞职的计划，把做出最后决定的时间拖延到秋天，即在夏天第二次回国休假结束以后。

5月初，佐藤首相和我一致同意自7月12日至14日在华盛顿举行第四次日美贸易经济联合委员会部长级会议。春和我决定会议结束后开始两年一次的回国休假。会议的准备工作一如往常，我同佐藤首相以及其他日本领导人多次举行会谈，向华盛顿发送了详尽的政策报告。同时邀请了普雷斯顿司令以及其他驻日美军首脑围绕日本的军事形势进行研究。春和我还举行宴会招待了赴华盛顿与会的七位日本政府阁僚和他们的夫人。7月1日，我们踏上了回国的旅途。途中，我们在夏威夷逗留了两天，会见了夏普将军夫妇。在华盛顿，我会见了腊斯克、哈里曼、麦克纳马拉及其他许多人士。其间，为会议做准备，春还一一拜访了腊斯克夫人维吉尼亚以及美方阁僚的夫人们。

7月8日，我们乘坐总统的专机飞往旧金山，同已从日本抵达的日方代表团会面。第二天陪同代表团去怀俄明州大提顿公园做短暂休息，然后乘坐巨大的橡皮筏子沿着蛇河（亦称斯内克河）顺流而下，观光游览。之后全体人员飞抵华盛顿。12日联合委员会会议开始，一切都进行得很顺利，无论会议还是白宫的宴会都一如惯例，没有给我们留下任何新鲜之感。留在记忆中值得一提的只有一件事，那就是在白宫的午餐会进行过程中，约翰逊总统突然命人取来宽檐牛仔帽，然后一顶一顶地戴到每位日方内阁成员的头上。面对眼前发生的一切，举座目瞪口呆，按照惯例坐在主桌的春也惊呆了。约翰逊曾把他在南亚徒步旅行时在巴基斯坦为其牵骆驼的雇工邀请到白宫做客。目睹他这种奇异举动，我心里在想，为阻止约翰逊访问日本，如果有必要的话，我倒是愿意把自己的头放到断头台上。所幸的是，此时总统正深陷在越战的泥沼里，根本就无暇顾及外交出访，当然我也就没必要做出牺牲了。

7月17日，华盛顿的工作全部结束，我们终于得以解脱了。我们去了新泽西州拉瓦莱特海岸，休·博顿把那里的海边别墅借给了我们。在那里，我见到了我的父亲、安和她的丈夫斯蒂芬以及他们两个儿子。7月末，我们一同转移到马萨诸塞州，春和我以及琼住到了肯尼思·加尔布雷斯和恺蒂他们宽敞、舒适的房子里，房子的主人不在，房子在法兰西大街，距哈佛大学很近。每次回坎布里奇，我们都把加尔布雷斯的房子当作歇脚处，十分方便，这使我们非常感激。这次回国休假很愉快，唯一美中不足的是没能见到鲍勃和他的妻子夏洛蒂，那时他们正在中美洲旅行。在哈佛大学，我同校长普西及其他相关人员会了面，同他们的交谈使我坚定了坚持到明年夏天再回哈佛的想法。

我们回到东京已经是8月22日了。在回东京之前，我先后在波士顿、芝加哥、洛杉矶做了讲演，又在夏威夷停留了一天，会见了夏普司令。在会见夏普时，他已经看到了有关我讲演的报告。夏普要求我对讲演中所谈到的日本反对越战的态度以及日美关系正在不断受到损害这一点作出解释。我发觉自己的讲演在日本已被大肆报道，反应强烈，并得到广泛支持。日本人对于他们的观点被介绍到美国并受到美国政府与公众的关注感到高兴。随之说我会因抗议而辞职的传言也传布开来。我一回到东京就举行了大规模的记者会见，并通过电视节目来平息这些传言，但心里很清楚我们已开始踏上回家之路。

回到东京后，我经历了任期中最为繁忙的一个时期。我决意要让日本人从整体上更深刻地思考日美关系和世界的未来，从而使目前日美之间的对话超越越南问题，在更广泛的领域内展开。我希望能使他们更清楚地认识到日美之间的共同利益，更多地思考实现我们目标的方法。为此我花费了大量时间分别同岸、福田、田中、三木等日本政界领导人会谈。我会见了经团联的石坂泰三、住友的岩佐凯实等财界人士，还会见了创价学会会长池田大作。创价学会是一个在日本有很强政治影响力的宗教团体，但在对待国际问题上非常幼稚。我甚至坐了五个小时的车去大矶会见前首相吉田茂。佐藤首相当时正将全部精力扑在有关批准日韩条约的事情上，无暇顾及其他，所以很少有机会见面。我在夏季休假期间曾经多次谈到，建议要重新认识并深化日美关系，此时从华盛顿传来消息，说我的这一建议得到了高层的支持。

9月中旬，驻越南副大使艾利克西斯·约翰逊回国途中在我们官邸逗留两天，其间他对七百位日本的领导层人士作了一场精彩的讲演，对此英文报纸作了详实的报道，而日文报纸却没有予以应有的重视，只是刊载了佐藤首相在讲演开始前对艾利克西斯·约翰逊所作的简单而含糊不清的介绍。事实上当天的讲演会佐藤首相只是露了一下脸就走了。一周后，南越前外交部长到访日本，他对局势所做的精彩讲演也同样遭到了冷遇。与此同时，报纸对北越政权散布的用作宣传的东西却当作真的似的原封不动加以刊载，而且他们驻西贡的记者发掘的全是有关越南局势的负面报道。很明显，有关西贡的负面报道等同于河内的宣传，日本公众关于越南所得到的全都是有倾向性的信息。对于不明真相的读者，没有人做出任何努力指出两种对比鲜明的"新闻"之间存在的差别。因此，我决定要利用预定 10 月 5 日在大阪日美协会讲演的机会，使用自己很少使用的强硬措辞强调我们为了和平所做出的积极努力而不是被动地空想和平，同时我还要寻找机会指出日本有关越南的报道的偏向。

为了这次在大阪的讲演我作了细致充分的准备，起草了讲稿，听众的反应很好。同关西地区领导人的会谈也很顺利。但在后来的记者会上，我犯了在任期间最大的一个错误。当时《每日新闻》把完全按照北越的宣传写成的报道在河内发行的报纸上连载，我对其内容的偏颇早已是满腹按捺不住的怒火。到现场确认实际情况既不现实也无可能，我觉得执笔者大森应该对报道的出处所存在的疑点向读者解释清楚。在回答记者提问时，我举出了《每日新闻》和大森的名字，如果没记错的话，当时我还提到了《朝日新闻》的秦正流，说他对待报道的素材是非常谨慎的。作为一个大使，举出一家报纸和记者的名字并加以批评的做法是不可原谅的，话一出口，瞬间我就意识到自己的失言。现在回想起来，只能说是当时忘了自己的大使身份，过于自信因而言语有失谨慎。

我的讲演以及在记者会上的谈话引起了日本报界的轰动，其反响持续了一个多月。大森也因这一事件出了名。在以后的几年里，很多书和文章都写到这件事。我的讲演和谈话被广泛说成是华盛顿同我决定了新的对日强硬路线，而实际上华盛顿同此事件毫无瓜葛。与此同时还有一种推测，说我的态度骤变是因为考虑要尽早辞职。总的说来，虽然日本报界对这个事件表示出不快，但对待我的态度还是很公正平和的。《每日新闻》在一篇阐明自己立场的长篇社论的结尾把我的谈话称作是"好朋友的警告"，应该利用这个契机进行"自我反省"。

后来在这一年 10 月举行的报业协会年会上，我的谈话成为热议的话题之一，虽然也有人提出要对我进行谴责的动议，但绝大多数与会者把我的谈话理解为"善意的批评"，最后事情不了了之。也就在这一周里，《每日新闻》社总编辑前来拜访我，在作了事实上的道歉之后，表示希望继续保持我们之间的友好关系。在新闻界之外，反应当然很好。很多人表示支持我的谈话。佐藤首相在外国记者俱乐部的一次讲演中赞扬了我的"勇气"。11 月 9 日，我应九大报纸的高层之邀，在晚餐会上就大阪的谈话同他们交换了意见，后来又有同样的机会同广播电视界的三十五位高层人物进行了沟通。美国的报业媒体对这一件事一如往常反应迟钝，但总的说来对我所作的是赞同的，华盛顿的态度明显也是感到满意的。

12 月 5 日，我出发去越南考察。军方很感谢我在日本的谈话，他们希望能提供一个机会让我实地考察越南的局势。陪同我去考察的是负责政治事务的参赞欧文·佐海伦（Owen Zurhelen）和负责公关的官员爱德华·J. 尼克尔（Edward J. Nickel）。我们乘坐空军的小型四座喷气飞机经由冲绳、菲律宾前往越南。普雷斯顿显然给予了我 VIP 待遇，途经之地都受到了驻地空军指挥官以及少量的仪仗队的迎接。

在西贡的第一天晚上，驻越南美军司令威廉·C. 韦斯特莫尔兰德（William C. Westmoreland）为我们举行了欢迎宴会，美国驻越的主要文职官员都出席了宴会，其中有我高中时代的老朋友戈登·乔根森（Gordon Jorgensen），我猜想当时他已是中央情报局驻当地的负责官员了。当晚下榻在新任副大使威廉·波特（William porter）的家里，波特出生在英国，他所住的那幢房子原来是大使官邸，大使洛奇已搬到更为安全的地方。房子内外都有全副武装的海军陆战队士兵守卫，窗户上有铁罩遮护，周围布满路障。西贡整个城市到处都有各种武装到牙齿的军人在巡逻。为了提防恐怖分子往车里投掷手榴弹，尽管天气炎热，我们的汽车在市区行使一直是车窗紧闭的。首都西贡就宛如一个战场，所幸的是我们逗留期间没有出大的事故。

12月6日，我们飞往美军给养基地金兰湾。金兰湾是世界最大的天然良港之一。基地周围的守卫由韩国军队担任。直升机从跑道起飞到飞往基地途中，虽然始终在基地内航行，但我注意到机舱两侧的门边站立着士兵，每个士兵的枪口始终对着地面。从金兰湾再往北飞就是岘港，那里有一个很大的空军基地，基地周围的小片地区都配备有海军陆战队守卫。从空中就可以清晰地看到周边地区炸弹爆炸后留下的痕迹。我们乘坐的直升机在飞往一些前沿阵地时，有一架配备有机枪的重型武装直升机出现在我们的上方护航。在一个前沿阵地，我碰到了一个年轻的军官，他告诉我说在1959年至1960年间曾选修过我的"稻田讲座"。这个几年前的学生现在是一名少校，负责同当地居民的联系。傍晚我们返回西贡，出席由副大使波特为我们举办的盛大招待会。

第二天早上，我们飞往邻近西贡的海边城市头顿，在那里观摩了南越干部培训计划的实施现场，具体实施培训的是一个充满朝气的越南青年军官，培训的目的是使参加培训者支持他们自己家乡的政府。这也是我在越南所看到的最富有意义、最令人感到有希望的事物，但最终这一切都归于徒然。我们在越南最后的日程是去西宁，那里有高台教的圣殿。西宁是一个亲政府的小岛，一面是柬埔寨的共产党军队给养基地，另两面是越共基地，余下的一面是游击队出没的地域，四面临敌，很不安全。这个被称作"解放了的地区"太小，为了避免在相距只有数百米的敌方占领区低空飞行，我们乘坐的小型飞机起飞和降落都一直在盘旋。

从前线考察回来后，我在西贡听取了详细的情况介绍，接受了驻在当地的十三位日本特派员的采访，从国别看，这是一个人数仅次于美国的大记者团。飞回日本的路线与去时相同，我们在冲绳作了二十四小时的停留。由于飞机的缘故，比预定时间提前了一个小时抵达，报纸上报道说是"潜入冲绳"，为此在第二天的记者会上还不得不做了解释。回到东京是 10 日下午 5 时。7 时，我已打上黑色领结同春站在门口迎接出席在日美国商会年会的客人。年会结束后是晚餐会和舞会，席间按照惯例我介绍了下一年度的新任主席。

这次对越南的考察我得到了很多启发，虽然如此，但很不乐观。我仍然坚持自己当初的观点，即美国对越南的介入从一开始就是一个可怕的错误，当然我也依然接受华盛顿的主张，从越南尽早解脱出来的方法就是通过军事上的胜利。在每周给家里的信中，对这次越南之行的印象，我这样写道：

> 我不得不相信，越南问题已经是如同一团乱麻。很幸运的是，我从形形色色的人们那里所了解到的情况，尤其是亨利·基辛格所说的情况同我亲眼所见到的情况一模一样。在一些欠发达国家，特别是经历了六年的战争之后，问题堆积如山。任何方面的发展都十分缓慢，如同蜗牛，而且有些方面遭受打击的危险是难以预料的。任何急于求成的念头都是不现实的……我对占世界一半的欠发达国家的未来基本上是持悲观态度的。第二次世界大战以后，人们对他们的发展都同样地过于乐观，这是我们时代最大的失算。

对我来说，1965 年最重大的事件就是日本民众反对美国对越南战争的介入。除此之外，日常的活动也使我应接不暇。9 月，夏普司令从夏威夷来日参加日美安保协商委员会会议，我以助理的身份与会。冲绳的高级事务官沃森将军曾对我夏天在美国的讲演中涉及冲绳一些问题的看法表示不安。9月底他来东京，我们进行了长时间的心平气和的交谈，消除了他的误解。我还得面对同沃森相关联的一个问题，那就是国务院在有关冲绳行政的具体事务上常常会征求我的意见，这是我最不愿意过问的事。我不希望干预沃森所管辖的事物，我觉得我们之间的相互信赖和友情远比我在这些细枝末节的小事上的看法重要得多。12月2日，有关琉球问题的日美协商委员会举行会议，会上很快就决定了日本政府对冲绳的援助定为1 600万美元，这同曾为200万美元还是300万美元争论不休的卡拉韦时期形成鲜明对照。11月12日，有关日韩关系正常化的条约方案总算在日本国会审议通过。一直没有进展的日美间有关民间航线的谈判仍在进行，这一年秋天为这个谈判我花费了大量时间。12月28日，双方终于达成协议，条约签署。

同以往一样，我继续写了一些文章。但在这一段时期最有意义的文章就是女作家秋元柳子以春的名义写的一本"自传"，书名为《我走过的路》。文章在杂志《妇女之友》连载后出了单行本。我们俩都觉得这本书写得非常好。作者是一个很有情趣的人，几年后，她的丈夫作为交换学者来美，在俄亥俄州生活一年，我们很高兴有机会款待他们。

9月，按照惯例举行欢迎新馆员的招待会，出席招待会的新馆员的人数达到百人。客人中有相当一部分人是我们上任时在东京工作，后来又调往其他地区工作两年，这次是回国途中经由东京前来参加招待会的。看到他们，不由得感到我们在东京工作的时间已经很长了。1965年的秋天，不知何故，访日的参众两院的议员也特别多，我估算一下，人数至少超过百人。在给我们留下深刻印象的客人中有参议员爱德华·肯尼迪（Edward Kennedy）夫妇。他们在11月来日，在官邸住了数日。起初在一个公开的场合，爱德华·肯尼迪竟谈起他大学时代恶作剧的往事，这让我感到很不舒服。但后来我发觉这位马萨诸塞州新当选的年轻参议员在同日本领导人会面时不仅举止得体，而且谦虚好学。他的夫人琼十分腼腆，但优雅妩媚。她对春说自己不像埃塞尔·肯尼迪①那样充满精力，而倒是更同前总统夫人杰奎琳相似。我们看得出，对琼来说，参议员夫人的紧张生活似乎成了她的沉重的负担，后来两人终于劳燕分飞。我们对两人的这个结局深表同情。我陪同肯尼迪会见了日本领导人，并同知识界人士、工会领导人、自民党和社会党的议员，同他们交换意见。我还为肯尼迪夫妇举办了欢迎午宴和招待会。在招待会上意想不到加里·格兰特②也来了，他如同银幕上所见到的那样，英俊潇洒，具有独特的魅力，喧宾夺主，抢了肯尼迪的风头。

12月刚从越南回来，参议员曼斯菲尔德（后任驻日大使）率参议院外交委员会的五位议员来日。曼斯菲尔德的率团来访是不等寻常的。当我刚刚在会议室桌子的上座坐下开始要向代表团作简短的情况介绍时，我发觉曼斯菲尔德坐在桌子的另一头，他完全把会议的程序倒了过来，仿佛使我成了出席参议院听证会的证人。曼斯菲尔德详细地询问了我对越南问题的看法，包括许多细节的问题，并让人作了完整的会议记录。而我也果断、坦率地谈了对越南问题悲观的见解和基本上予以否定的态度。我的这一举动令在场的大使馆员们十分惊愕，他们显然担心在参议院议员面前谈同政府路线相左的意见会带来可怕的后果。但曼斯菲尔德明确表示基本赞同我的观点。这件事不但没有带来可怕的后果，我的"证言"反而使我在一部分议员中得到了更高的评价。

1965年圣诞节对我们来说是在大使馆度过的最后一个圣诞节，也是最忙碌、最盛大、最隆重的一次。且不说日本人寄来的贺年卡，我们收到了八百多张圣诞卡，其中大多数卡都是精心制作的。而在这五年中

---

① 埃塞尔·肯尼迪（Ethel Kennedy，1928—　　），参议员罗伯特·肯尼迪遗孀。——译者

② 加里·格兰特（Cary Grant，1904—1986），美国著名英国裔影星。——译者

我们没有寄出过一张圣诞卡。除了通常的宴会外，春连续数日将官邸开放，时间是从上午10时至下午4时，允许想参观圣诞节布景的人们自由进入，春亲自在场接待客人。来官邸参观的人数有一天是一千五百人，还有一天是一千三百人，几天下来总数达到五六千人。

我们最难忘的客人是副总统休伯特·汉弗莱（Hubert Humphrey）夫妇。我们是突然接到他们来访的通知的。汉弗莱夫妇是12月28日夜抵达的。在从华盛顿启程、经过二十七个小时的空中飞行后，到达官邸时正赶上使馆惯例的圣诞舞会，两人立即兴致勃勃地加入进去。汉弗莱饶有风趣的讲话引得满场的客人哄堂大笑。在挨个同客人握手之后，夫妇俩一直跳到午夜时分。我在自己的笔记里这样写道：这就是一种能量，是一个成功的政治家所必需的。第二天我陪汉弗莱副总统夫妇乘坐天皇的专用轿车去皇居会见天皇和皇后。据我所知，作为美国副总统访日，这种安排是没有先例的。由于汉弗莱还有接下来的访问日程，我们没有能够作更多的类似这样的活动安排。汉弗莱善于同日本人交谈，在思考问题的方法上同我有很多共同点，我曾想过让他何时再来日本多呆一些时间，这个想法后来由于他的去世终于没能实现。

在元旦皇宫的庆贺新年招待会之前，年末的活动日程一直排得满满的。我原来打算在这之后，趁日本人的新年休假好好休息一下，但1月6日哈里曼来日，要同日本方面进行一系列的协商，我在三崎的休假只能缩短到两天。本来这次协商是我建议的，所以也无话可说。哈里曼带着两名年轻的助理是坐着总统的专机来的。偌大的一架飞机坐进百人也绰绰有余，机内只坐了三个人。哈里曼同佐藤首相、椎名外相的会谈进行得很顺利，之后又同四大政党（除共产党外）的主要领导人、工会团体（除极左的总评外）的领导人举行了会谈。会谈都是在公邸进行的，不同政治派别的日本领导人能坐下一起开会，畅所欲言，而且规模如此之大，都是前所未有的。哈里曼有直接同罗斯福和斯大林打过交道的经历，他的权威、诚意和坦率给日方留下了深刻的印象。在汉弗莱访日之后，我曾说服日本政府发表一个在越南问题上明确支持美国的声明，而在哈里曼来日后，日本方面主动地发表了一个调子更为强烈的支持美国的声明。哈里曼曾给华盛顿发去好几份很长的电文，主要谈越南问题以及日本人对越战的看法，他写稿很慢，其中相当一部分是我代劳的，这是一个很好的机会，让我掺入了一些自己的观点。

40 告别日本

1966 年年初，萦绕在我们脑际的想法就是离开日本回国。春和我都觉得当初制订的计划都已完成。同日本的会话早已恢复，日美双方政府与国民之间的紧张也都已经消除，双方关系融洽。对等的意识与伙伴关系正在建立，日本人已经开始醒悟到他们应该在国际事务中发挥更积极的作用。在这种情况下，我作为大使继续承担重任已经是弊大于利了。我感到应该让通常的职业外交官担任大使，承担更多事务上的责任的时候已经到来。

我们决定把回哈佛的时间定在 6 月，哈佛方面已经为我安排好了职位。约翰逊总统在人事上非常执拗，事关人事的决定一定要他自己在第一时间亲自宣布，所以一切都必须保密。我决定暂时停止外出讲演、写稿和同日方要人的各种意见交换，有一些事情一直要等到我离日之前才能进行。

最主要的问题是如何让总统和国务院接受我的辞职。白宫和国务院的年轻人中有人希望我就任负责对中国政策或对亚洲政策的无任所大使。这是一个极有吸引力的主意，但我已相当疲惫，更主要的是由于在同总统的沟通上存在欠缺以及与国务卿的见解不同，即使就任也不可能有所作为，所以对这些建议我都拒绝甚至想都没想过。腊斯克是一个强悍而有才干的国务卿，在许多问题上我是赞同他的观点的，但是在处理事务上他过于倾向采取军队的做法，我也不喜欢其在处理个人关系上那种类似军队论资排辈的作风。我感觉到我们之间是无法和谐共事的，而他甚至在国务院给我安排一个重要职位的姿态都没有，这也印证了我的感觉。4月初，腊斯克给我发来一封写有"阅毕销毁"的电报，意为此电报他人不可阅读。电报中同意我9月底以前回哈佛，但电报中又说，在这一微妙时期，总统不愿意在我这个重要职位上换人。

3月末，华盛顿走漏了我打算辞职的消息，传到日本成为报纸的头条新闻。到了4月下半月，又出现了类似的传言，约翰逊总统不得不发表声明予以否定，春和我也被迫推说大使的人事安排只能总统说了算。这种情况让我们联想起在我的正式任命之前的那种不正常状态。有关我辞职的传言流传开来后，不仅仅在日本，美国也出现了反对的呼声，这让我暗暗地得到一种满足。曼斯菲尔德特别为此事发表了要求我留任的声明。6月，他同佛蒙特州的参议员乔治·D. 艾肯（George D. Aiken）在参议院讲话时，称我是"不可或缺的人物"。一个美国传教士组织也在介绍我时称是"杰出的公众人物"，这使我感到高兴。但我们去意已定。我在4月9日给家人的信中这样写道：

> 我们为这项工作所开创的独特的方式现在这里已不再需要了。事实上在现阶段继续努力反而会带来负面效应。我们已经成功地使日本人对美国的成见降到可以不与其计较的程度，我们帮助了日本政府和公众，使他们转为能够在自身利益的基础上观察世界，而不是简单地对美国的政策作出反应……正因如此，我们对这项工作不但无怨无悔，反而始终是抱有一种要完美收场的自信。随着我们的去意已定，眼前工作上的所有问题和困扰都将会使我们日益不堪重负，我们期盼着这次艰难的转折，回到更为正常的生活气氛中去。

在这一期间，我总是按部就班继续着作为大使的工作。我经常同许多日本领导人会面，如佐藤、椎名、中曾根等自民党首脑、在野党领导人，还会见了创价学会会长池田大作。池田大作相比我以前见到时变得更为现实，我对他赞成日本重新大规模武装感到吃惊。在同椎名会面时，他详细地给我介绍了日本为解决越南问题独自所作的种种努力。此外，我还会见了众多新闻界人士、知识界人士以及中山伊知郎、大来佐武郎等主流经济学家。同自己的初衷相违，我作了多次讲演，其中有一次是对四百位自民党的优秀政治家所作的讲演。与此同时，我还写了不少文章，甚至接受采访的次数也比以往增加了很多。

哈佛、耶鲁、普林斯顿三所大学提出要授予我名誉学位，我均予以拒绝了，使得常青藤联盟①的三巨头自讨无趣，而这么作让我自己觉得有点好玩。东京的哈佛俱乐部又重新建立，我的老朋友都留重人担任了会长。4月下旬，里科弗司令为继续协商核潜艇问题来日。里科弗一如往昔，威武、刚愎自用而又极富魅力，他在官邸下榻的这段时间让我们感到非常愉快。里科弗的这次访日完全在秘密的状况下进行，没有透露给日本公众。当时《华盛顿邮报》的理查德·哈洛兰（Richard Halloran）给我画了一幅肖像漫画，调侃说我是一个"伟大的'骗子'"，以"低姿态"获取了日本和美国两国国民的信任。而实际上我从一开始就"说了世界上任何国家的大使不可能说的话，表现出强硬的立场"。

5月7日至21日，麦克乔治·邦迪夫妇来日本访问，下榻官邸。邦迪此时已经辞去白宫的职务，担任了福特基金会会长，他是多次邀请之后才来日本的。他们夫妇到达东京时，春恰巧去了神户，同前一年一样，对人数多达一万人的妇女团体代表发表讲演。春同邦迪夫妇在京都会了面。邦迪坚定地认为日本是个非常重要的国家，所以我对他的"洗

---

① 常青藤联盟（The Ivy League）是指美国东北部八所院校组成的体育赛事联盟。这八所院校包括布朗大学、哥伦比亚大学、康奈尔大学、达特第斯学院、哈佛大学、宾夕法尼亚大学、普林斯顿大学及耶鲁大学。——译者

脑"没有任何困难。邦迪夫妇的来访使我们非常高兴，他们也在我们这里度过了一段美好的时光。在官邸的花园里，我们还进行了一场槌球比赛。夫妇两人赞扬春是他们所见到的最好的一位大使夫人。

1966 年初最值得一提的就是 1 月 26 日至 30 日的印度之旅。这次访问印度是应驻印大使鲍尔斯的邀请，目的是商讨如何加强日印关系。鲍尔斯是加尔布雷斯之后继任驻印大使的。我住在鲍尔斯的家里。鲍尔斯的家很小，只有一间客用房间，但十分舒适。鲍尔斯不喜欢豪华的大使官邸。所以才住到这样的房子里。鲍尔斯为我安排了一次很有意义的旅行。我去了从未去过的旁遮普和哈利亚纳邦。我飞到锡克教的圣都阿密萨，那儿邻近巴基斯坦边境，坐汽车去参观据说是世界最大的巴克拉坝。然后去昌迪加尔，参观了勒·柯布西耶①设计的州府大楼。那幢高大的建筑突兀地耸立在沙漠中间，似乎与周围的景致很不协调。回到新德里后，印度外交部副部长和驻日本大使为我举行了欢迎午餐会。鲍尔斯夫妇为我举办了招待会，招待会是在散落着莫卧儿王朝②残损墓石的花园里举办的，还点了烛灯，这令我感到很不自在。新德里的生活远比东京悠闲，新德里的大使馆周围的氛围就是一个放大了的美国城镇。

在新德里我没有见到英迪拉·甘地，当时她不在首都。我会见了总统、外交部长以及其他政府高官、学者。同 1960 年我上一次访问印度不同，印度的领导人对中国抱有强烈的敌意，迫切希望同日本建立紧密的关系，但是同日本人一样，印度人总是认为对方国家傲慢和冷漠，这

---

① 勒·柯布西耶（Le Corbusier, 1887—1965），20 世纪最著名的建筑大师、城市规划师和作家。出生于瑞士，是现代建筑运动的主要人物，被誉为"现代建筑的旗手"。主要建筑作品有萨伏伊别墅（法国巴黎）、马塞公寓（德国斯图加特）、朗香圣母院教堂（法国）等。——译者
② 莫卧儿王朝，1526 年至 1857 年统治南亚次大陆绝大部分地区的伊斯兰教封建王朝，又名蒙兀尔王朝、莫卧儿帝国，是巴卑尔建立的印度朝代。——译者

成了一个障碍。鲍尔斯倒是很乐观，但我觉得日印之间卓有成效的合作还有很长的路要走。我还发现，政府的大楼和各种项目都极其宏伟巨大，这与国民生活贫困形成强烈的反差，这个现实让人感到痛心。我参观了三所大学，其校园之美丽是在日本的任何一所大学里看不到的，但在其周围却是贫困的海洋。在农村，如果没有无数的自行车，那就等于回到了远古时代。这种官民之间巨大的差距恐怕源自印度自古以来存在的社会结构性问题。从英国殖民地时代的拉其普特人①和在其之前的莫卧儿人②的情况可以判断过去的差距更大。

回到东京后不久，我乘坐空军飞机又去了菲律宾，东亚和东南亚的大使再次聚集在碧瑶开会，会期从 2 月 25 日至 3 月 2 日。或许是我上一次努力的结果，这次会议的内容远比上一年充实，威廉·邦迪按照我的建议把长期性的问题也列入了会议的议题。当会议结束后回到东京时，第二次日美文化会议已经开始，休·博顿和霍华德·琼斯（Howard Jones）成了我们公邸的客人，霍华德·琼斯已从驻印度尼西亚大使的任上退休，后来任檀香山东西中心主任。

这一年春天，围绕核问题发生了一件极为严重的事情。一个偶然的机会，我得知了归属岩国海军基地的舰艇搭载有核武器。这同装备有核武器的船只通过日本领海有本质上的区别，也有悖同日本政府达成的谅解事项。我感到非常气愤，决定如果不立即改变这一状况就辞职以示抗议。腊斯克国务卿对我解释说，关于那艘舰艇搭载导弹的事他们以为我已知道，并同意把核武器立即从日本撤回。这件在 1966 年之前日本已有核武器的事到 1981 年被美国方面的原有关人员和退役军人揭露出来，但其时已为往事，并没有引起很大的骚动。但如果在 1966 年泄漏出来

---

① 英国统治印度时期对分布在印度中部、北部以及西部与巴基斯坦交界地区（主要集中在拉贾斯坦、旁遮普与古吉拉特）的居民的称呼。——译者
② 印度的穆斯林，尤指 16 世纪初期征服印度半岛的蒙古人等及其后裔，亦称蒙兀尔人。——译者

的话，也许就会成为引发政治上地震的大事件。

5月中旬，我去冲绳同高级事务官沃森将军商讨，统一意见，为参加有关琉球问题协商委员会会议做准备，该会议如同歌舞伎演出，必须忠实地按照事先作好的剧本进行讨论。不料到6月中旬，在沃森回华盛顿时，其部下忽视了在他不在时必须要把重要事情通报大使馆，造成了我们之间很大的矛盾。为此事我不得不给五角大楼发了一封措辞强硬的电报，沃森看到了电报勃然大怒。当时我对军方的态度渐渐强硬起来，有时候觉得要教训他们一下也是理所应当的。不管怎么说，统治冲绳的美国陆军同东京美国大使馆的关系很微妙，就像卡拉韦时期那样，高级事务官同大使的反目是不可避免的。但仔细想来，事实上我同沃森的关系却是好得令人吃惊。这段时期特别值得一提的是"政策规划会议"，会议在箱根举行。参加会议者是日本外务省官员和美国国务院派来的六个官员。议长是亨利·欧文（Henry Owen），他继沃尔特·罗斯托之后担任国务院政策规划主任，战前欧文曾在哈佛听过我的中国历史课。这次会议会期两天，6月18日和19日，正值周末，是一次高效、务实的会议。

此时，我的脑海里考虑的全是辞职的事情。会不会约翰逊总统不同意我辞职？我有点焦灼不安。我甚至考虑作好总统发怒的准备，自己宣布辞职后立即走人。但是现实的情况是，至少在预定的6月底前我无法辞职。腊斯克国务卿已发来指示，务必参加7月5日至7日在京都举行的第五次日美贸易经济联合委员会部长级会议。虽然出席这次会议的高层官员很多，但前四次会议全都参加的只有腊斯克夫妇和我们夫妇俩。华盛顿派出了三十六人与会，大使馆派出助理一百零六人，前来采访会议的记者达到五百多人。会场设在刚刚完工的国际会议大厦。大厦建在京都北面的山丘上，远远望去就会令人奇妙地联想到一艘战舰。就在这一期间，爆发了抗议美国对北越轰炸的示威游行。在关西（京都、大阪、神户地区）举办大规模日美政府间的会议还是第一次，这对关西地区的左翼分子来说正是求之不得的机会。7月4日晚，腊斯克夫妇和我们抵达大阪机场时，大约有三千人的示威队伍抗议我们的到来。在京都，示威队伍的人数竟达到七千人。由于现场有数百名警察，所以示威者并没有做出出格的举动。

这次会议取得了前所未有的巨大成果，引起了日本各界广泛的关注。每次会议结束后，我和春的表兄牛场信彦都要担当会见记者的苦差事，当时牛场是外务省次长。最后会议结束那天的记者会是由腊斯克和椎名外相主持的。

在腊斯克访日期间，我趁此机会向其表明无论形势发生什么变化，在这个夏天要离开东京。腊斯克答应下周回华盛顿后向约翰逊总统转达我的请求。会议结束后，美方一行回国。春和我开始处理身边的杂事，整理文件，开始为离去作准备，那些天我几乎不去大使馆。过了半个星期，我们去三崎，打算在那里休息一段时间，但是这次休假被7月17日一封来自华盛顿的电报打断了。华盛顿命令我立即回国，说总统有要事商量。

这完全是一次没有必要的回国，白白浪费了我几乎一周的时间，让我疲惫不堪。我是7月19日抵达华盛顿的，国务院却把同约翰逊总统的见面安排在22日，到了那天，总统同我在白宫的一间小房间谈了一个多小时，其间有一个日裔美国摄影师进来，不停地为我们两人拍照。我试图利用这个机会同总统谈一下对中国的政策，但几乎所有的时间都是总统在讲，他喋喋不休地抱怨参议院对他的批评。最终这次谈话完全成了总统一人独白。但摄影师却抓拍到了我竖起手指像是对总统讲课似的一个瞬间，后来总统还把那张照片送给了我。总统同在此之前的腊斯克国务卿一样对我挽留，说如果一定要辞职的话，回华盛顿担任负责远东事务的国务卿助理或副国务卿，但我很清楚，总统并不是真正想把我留在政府内，而是生怕让我离职会招致一部分参议员的批评。我同总统的谈话正在进行中，参议员曼斯菲尔德打来电话询问我的意向，我想这也绝不是偶然的。约翰逊在电话里同他交谈了一会儿后把话筒递给了我，说："埃德，你自己对曼斯菲尔德说，我是要挽留你的。"同总统的谈话以及这次在华盛顿的经历过程只是愈加使我觉得我必须离开政府里的职位了。我能够作为大使恪尽职守正是其让我可以全身心地投入自己最为关注的领域中去。如果再去当国务卿助理或副国务卿的话，我将会发现自己的活动中心扩大而常处于变化不定之中，而且也只能去应付一些无聊的事务工作。

在华盛顿期间，我还参加了一次小规模的记者会，同副总统汉弗莱进行了一次长时间的愉快的谈话。曼斯菲尔德再度召集了一次参议院外交委员会的小委员会会议，并要求我出席作证。这个小委员会的存在当时已经被人遗忘了。曼斯菲尔德把富布赖特、艾肯、马斯基（Muskie）、井上、摩斯（Morse）和罗得岛州的克莱本·佩尔（Claiborne Pell）都叫来了，还有几个不是属于委员会的成员。曼斯菲尔德一开始就断然把随同我来的国务院官员从会议室赶了出去，然后大家坐下来一边喝咖啡，一边畅所欲言地谈论对中国的政策和对亚洲的政策，其间我也坦率地把自己的观点谈了出来。参议员们全都极力主张我继续留任。此外，我还同里科弗司令在电话里做了长时间的交谈，他也是竭力主张我继续留在这个位子上，对我的辞职他无论如何也难以理解。

7月25日早上我回到东京，所有的报纸都已刊登了华盛顿发表的有关我辞职和艾利克西斯·约翰逊继任的消息。第二天报上又刊登了有关我的讨论以及关于春与我的生活趣闻之类的文章。由于报道的声势太大，以致有人出来攻击美国，说这是一个阴谋，是为了转移对当时苏联外长安德列·A. 葛罗米柯访日的关注。当然，实际上是没有这种意图的。后来所有的报纸都刊载了苏联大使馆为葛罗米柯举行盛大招待会时这位苏联外长同春握手的照片。

春和我都没有丝毫怀疑过我们在辞职问题上所作的一切是正确的。当几乎所有的人都希望我们留下时，对我们来说这是选择离开的最好时机。但是，在这五年半的时间里，我们已在大使馆里深深地扎下了根，此刻要抽身离去并不是一件容易的事。我们突然觉得感情的潮水波澜起伏，要拉上我们人生中最为重要的一段历程的帷幕是那样的困难。我们所期望要做的事都已如愿以偿，甚至远远超过了我们的期许，也获得了无数的赞扬，我们人生的这一篇章怎一个"完"字可以了得？伦敦的《泰晤士报》为我的离任还发表了一篇社论，我在英国的朋友说这是一个异例，该社论评价我说"是美国历史上最有效率的大使"，还说"他有一个日本妻子，对日本历史造诣深厚……在电讯发达、首相可以方便地空中旅行的时代，大使的作用并没有因此而减弱，赖肖尔就是一个明证"。

我从华盛顿回到东京后，日美贸易经济联合委员会已暂告中断的活动又如同一阵旋风似的开始运作了。我们预定 8 月 19 日回国，距动身已经不到一个月的时间了。春开始忙着整理行李，这是一件非常繁杂的工作。我则忙于上电视台做节目、接受报社采访、拜访辞行，搞一些必要的宴请。还有无数的欢送会和应酬，我的方针是，除了绝对必须要参加的外，一切予以谢绝，因为我们已经没有时间了。

我完成了要发表的最后一篇稿子，接受了数不清的采访，作了好多档电视节目，有些是同春一起作的。我还开车去大矶赴吉田茂前首相为我们举办的送别宴会，我同吉田进行了长时间的谈话，因为电视台要进行录像，所以这次谈话让我提心吊胆。吉田前首相毕竟已经是八十多岁的耄耋老人了，很难预料在镜头前他会说些什么，最终吉田还是在一个问题上大骂日本人是"傻瓜"，在这种场合下，我不得不要为日本人辩解。电视里，一个美国大使在日本最著名的首相批评日本人时竟然竭力为日本人辩解似乎显得有些荒唐。

我们收到了各阶层的人士赠送的大量礼品，其中有一个中世纪的漂亮的海船模型，长达8英尺，回国后我们把它赠送给了马萨诸塞州塞勒姆的皮博迪博物馆了。佐藤首相非常周到地为我们寻觅到一幅春的祖父松方正义公爵所写的精美挂轴。琉球群岛的行政主席特为赶到东京转达冲绳人们的感激之情和惜别之意。经团联和财界四团体联合会举办了规模盛大的欢送会。二十六个妇女团体联合在大仓饭店为春举行了送别茶话会，春同五百名参加者一一握手。执政党、在野党的女议员也为春举行了午餐会。毫无疑义，春在日本妇女界产生的影响力是我们在东京生活期间最大的成果之一。许多日本女性对春说，她同我琴瑟和谐，外出旅行时影形不离，这给她们留下了深刻的印象。

在任期的最后一段日子里，我们得到的关注并非全都是令人愉快的。左翼杂志把我的离任引起巨大反响称为"如同赞美一个刚刚死去的民族英雄"，认为这反映出日本公众的不成熟和美国人以恩人自居的姿态。这话也有一定的道理。事实上，我们辞职的基本理由之一就是希望通过我们的离去能够使日美之间不对称的关系继续得到改善。也有的杂志歪曲我的讲话，断章取义，进行攻击。还有一件留在记忆中不愉快的事发生在应邀参加外国记者俱乐部的欢送宴会时。这次欢送宴会并不是为我举办的，为离任大使举办欢送宴会是没有先例的。欢送宴会的主宾是春，因为她是原俱乐部的管理层人员，我只是作为配偶陪同她参加而已，但主要的致辞却是由我来作的。这本来是一个很愉快的晚上，但是在俱乐部的入口处聚集了一群年轻的美国人和日本人，他们大声地呼喊着，抗议美国的对越政策。在这群人中，我看到了一张来自波士顿的熟悉面孔，那就是波士顿大学的霍华德·津恩（Howard Zinn）教授，早些时候他曾拜访过我，我们进行了长时间热烈的讨论。我绝不会忘记他为了要破坏这次为春送行的宴会疯狂地敲打着鼓的样子。

举办为数不多的告别宴会和无数的辞行拜访是不可或缺的。到皇宫向天皇、皇后两位陛下的辞行是在舒缓、宽松的气氛中进行的。天皇笑着对我说，你现在不当政治上的美国驻日本大使了，往后就作日本驻美国的文化大使。当时这成了一个传得很广的笑话，但也很符合实际，因为我回到哈佛后又开始了讲授有关日本的老本行。

我们先是举办了正式的外交告别招待会，之后又举办了规模更大的招待会，邀请诸如政治家以及官界首脑、财界人士、大学校长、知识界人士、艺术家、媒体人士等没有参加外交招待会的人士。九百位客人分为三批，每一小时换一批。大使馆内部人员的招待会也照此法进行，大使馆工作人员以及使馆美方工作人员的夫人总共有一千两百人，分成三批，每隔四十五分钟一批。所幸的是，我们离开日本时正值盛夏，很多人去海外旅行或正在暑期休假，参加招待会的人数已经是大大地减少了。

8月19日晚，我举行最后一次大型记者会。记者会结束后，我们驱车去羽田机场。那里已经为我们以及一些特殊的朋友预订了 VIP 房间。在电视台的闪光灯的闪烁中，我宣读了告别致辞。然后我们登上飞机。从登上飞机的那一刻起，我们开始了普通人的生活。第二天早上，在报纸上看到了一幅政治漫画，画中的我正在空中飞翔，漫画说明文字是"再见了，赖肖尔先生"。再往后一天的报纸上又刊载了一张我在洛杉矶机场上的照片，照片中的我正在往妻弟的车上搬行李。大使的荣光已成为过去。

回首往事，春和我对出使日本的这段生活和这段生活的结束都感到满意和欣慰。我们牺牲了六年快乐而宁静的学院生活，我奉献了学者生涯中最宝贵的一段时光和自己的健康，但这是值得的，因为我们所留下的成果是日美关系的改善。在我离去之后，越南战争使日美关系恶化，后来日本经济上的巨大成功又导致两国之间不断产生摩擦。但是毫无疑问，我们在任期间曾竭尽绵薄之力建立起来的两国政府与两国国民之间的互相理解已成为当今世界上这种最重要、最不等寻常的国际关系的坚实基础。回顾这段逝去的岁月，我们对出使日本这六年间所作的一切至今没有感到丝毫的缺憾。众所公认，我们发挥了异乎寻常的作用，其远远超过了通常意义上大使和大使夫人所应该肩负的责任，这是时代和我们共有的文化背景对我们的召唤。我们得到了非同一般的宽容和信赖，从而得以相对自主地采取了许多行动，通常在绝大多数情况下这是不允许的。我们回应了时代的感召，但这种行事方式并不能长此以往，是到了退出公职生活的时候了，我们对自己所作的一切无怨无悔。

第六部

踏上归途（1966—　　）

与大平正芳前首相去世前的最后一次会面（1980.6）

41　回归学界

从地位很高的公职回到普通市民的生活，这一过程常常被人称作"回归"。这犹如一艘正在"政治"的宇宙空间航行的飞船突然回到普通人生活的大气层，必须要做紧急而带有危险性的减速，我所置身的状况与此非常相似。几年之后，由于年龄和疾病，我不得不要做更大的减速。在这部回忆录的最后部分，我就来谈谈我自己的"回归"。

从日本回来时，春五十一岁，我五十五岁。在我们的前面还有很长的一段人生之路要走。在位高权重的人中，有些人一旦要回到其生活的原点就会变得极不情愿，他们会千方百计去寻求新的充满刺激性和挑战性的职业。但我们都一直渴望尽早地回到一如既往的那种恬淡、闲适的生活中去，继续专注于对东亚的了解，推进日美两国之间的相互理解和合作，在我看来，哈佛是一个最为理想的地方。虽然我再也不能像大使时期那样直接参与可以影响国家政策的活动，但我可以面对更广大的人们更为坦率、有效地谈论更为广泛的问题。

我在海外的这些年，日美关系已经取得了长足的发展，事实上可以说逾越了一座高峰。很多学者日益成熟起来，他们对于信息的获取非常敏感，在这种情况下，尽管我当大使的这段经历给我的意见增添了一定的砝码，但已经不像以往那样举足轻重了。从外交官的纷繁中解脱出来，我得以从更广阔的视野观察世界的问题。我开始认识到，在这个世界复杂、多变的时代，人类要摆脱我们自身制造出来的可怕的杀伤性武器的威胁，知识的共享和相互理解、合作不仅仅是美国和日本的需求，而且已经成为全世界范围内的需求。

1966年8月下旬，我们从东京回到了美国。在华盛顿办理相关手续出乎我们意料非常顺利，只举行了一个简单的仪式，国务卿腊斯克向我赠送了一面很大的大使旗。这面大使旗是在东京大使馆我的办公室桌子后面与美国国旗并排插放着的。没有要求我做一个述职报告，我已经从东京发回过大量详尽表达我观点的报告，显然已经没有这个必要了。我很高兴地得知我赴日本就任时负责国务院日本部的理查德·斯奈德又重任旧职。斯奈德告诉我说，为了研究处理琉球群岛问题，国务院已同国防部国际安全事务部联合成立了专门委员会，得知自己最初提出的把冲绳归还日本的主张已经开始结果，我感到十分欣慰。由于在东京遭遇的暗杀未遂事件以及后来的血清肝炎，我的健康状况一直欠佳，我期望能做一次彻底的健康检查，但回到波士顿后，只是在切尔西海军医院做了一次简单的体检。因为我要在8月28日参加哥伦比亚广播公司（CBS）的"面对国家"节目的制作，我们在华盛顿只待了一周。

我们回到了坎布里奇，正巧加尔布雷斯夫妇住在佛蒙特他们的别墅里，我们又一次住进了他们舒适的房子。我们打算在他们夫妇回来之前能买到一所合适的房子，于是煞费苦心，到处寻找，但一切努力都归于失败，我们中的任何一方所看中的房子都会遭到另一方的否决，所以最后我们只能在贝尔蒙特租了一所房子，并决定花功夫去寻找一个我们俩都能称心如意的永久性的住所。在过渡了一年之后，我们的愿望终于实现了。尽管这所房子很小，也不十分舒适，身高一米九的儿子鲍勃上二楼还不得不弯腰。我的父亲和妹妹、女儿安和琼、安的丈夫以及他们三个男孩子都住在父亲的那所房子里，那是一套可供两个家庭居住的房子。每到星期天聚餐时，他们都会涌到我们这所小房子里来，鲍勃和他的妻子有时也会从纽约赶过来。全家人围坐在一起，其乐融融。我们担当起祖父母的角色，幼小的孩子们在地上嬉闹着，也不必费心去照看他们，这也就是常言所说的儿孙绕膝的乐趣吧。

由于有过埋身于行政工作的经历，我决定回避一切行政管理工作，集中精力致力教学、著述或作公共讲演。我谢绝了哈佛的一切职位，也推却了担任艾略特楼主管的邀请。如果就任该楼主管的话，可以有机会深入了解大学生的生活，大学生是大学的主体，所以这个职位并非没有吸引力。但如果那样的话，就会远离我的兴趣所在"日本"，而被一些事务性的工作，尤其是写没完没了的推荐信而搅得心烦意乱。我同亚当斯楼恢复了联系，我还发觉自己仍然是历史系和东亚语言文明系（原为远东语言系）的成员，但过了不久，我就决定不参加这两个系的任何会议。

在大学校内校外，我成了各种委员会的成员，但我始终拒绝担任主席之类的职务。有时是大学校长出面邀请，其中包括几个著名大学的校长，但我还是毫不犹豫地谢绝了。从日本回国后，我始终处于一种迷茫的状态。我不能不感谢我命运中的幸运之神，使我在这条充满诱惑的路上没有迷失自我。

回归之路并非一帆风顺，其伴随着艰辛和痛苦，我突然发觉自己常常在繁琐的生活小事上耗费大量时间，诸如为寻找一个停车车位而不断地转着圈子，在银行或购物时要排很长的队等候。我办事的效率下降到只有在东京时的百分之一或百分之二。我很清楚，这是因为以往我的那些干练的助手和官邸工作人员都不在了，当时为了节约我的时间和协助我的工作，很多人做出了无私的奉献。纵便如此，昔日猎犬一般的速度变为如今蜗牛似的步子还是让我感到难受。所幸的是，春在大使馆时期的生活仍然与日常的实际生活密切相关，所以她完全没有我那样的挫折感，顺利地完成了家庭主妇与一家女主人这一角色的转换。

令我失望的是哈佛的东亚研究这一专业已经没有 1961 年我离开时

的那种让人感到温馨的氛围，这是其规模扩大带来的后果。年轻教授队伍里我一个人都不认识，研究方向不同的学者之间也互不交流。研究生也只是人数徒增，他们心浮气躁，抱怨美国的对中国和越南政策，对自己的前途感到忧虑，只是为了分数而在竞争。从事日本研究的教授们对费正清只是加强中国研究而冷落日本研究愤愤不平。他们的指责当然同费正清的做法不无关系，但他们把恢复学科之间的平衡，为日本研究争取更多预算的希望寄托在我的身上。总而言之，东亚研究这一专业曾经有过的家庭般的气氛现在已荡然无存了。

回到教学岗位上也遇到一些困难，因为在过去的六年间，我没有发表过带有学术意义的论文，无论是精神上还是肉体上都很疲劳，对马上站立在讲坛上讲课缺乏足够的自信。所幸的是，学校曾任命过七八名教授为自由职位，我是其中的一员，如果要做研究，那就全职去做研究，如果要去上课，也可到大学任何一个专业选择其所喜欢上的课程，可以说这是大学里最为理想的一个职位。但当人们问我："是的，我知道你是大学教授，具体你是干什么的？"这时我就会十分困窘，不知如何作答。我决定在回到哈佛的第一年学术休假，给自己"充电"，一年以后，在余下的留在哈佛大学的绝大部分时间里承担所有可以担当的课程。在这一"充电"期间，我的日程排得满满的，除了读书和出席各种会议外，还参加课程以外的讨论会。我的兴趣已从古代日本和中国转到现代日本，尤其是行政学系要求我开讲"现代日本的行政与政治"课程，所以我的阅读也集中在这一方面。

在东京我们受到众人瞩目，这种笼罩在头上的光环似乎很难一下子消退。在有些人眼里我们依然还是名人，我们的电话、信件还是不断，来访的客人络绎不绝。我们常常被邀请赴宴，也有的是东京的招待会或其他招待的回请，但是由于我们即使受请也不回请，久而久之，同这些人的关系就渐渐疏远了。我们也期盼成为沉重负担的社交生活尽早画上句号。

　　我还被授予了许多名誉学位，获得了诸如"年度人物"之类的荣誉。1967年6月，哈佛大学授予我名誉学位，原来预定在毕业典礼上发表讲演的人突然来不了了，校长普西请我救场。我自感没有能力担当这一大任，但还是勉为其难地接受了下来。当我想到马歇尔将军就是在与此相同的场合首次提出了马歇尔计划时，就感到自惭形秽，当然最后还是不辱使命，尽了最大的努力。这一年春天，我先后被耶鲁大学、芝加哥大学以及其他大学授予了名誉学位，在第二年即1968年的毕业季节里又出现了同样的情况。其间，在1967年10月，我接受了密歇根大学授予的名誉学位，时值该校庆祝建校一百五十周年，与我同时被授予名誉学位的还有迪安·艾奇逊，我一直以为他是最后一位伟大的国务卿。在同一个讲坛上，我同艾奇逊分享了这一荣誉。一年以后，春被俄亥俄州的西部女子大学授予名誉学位，这所大学后来不久并入了毗邻的迈阿密大学，但人们告诉我春的学位依然有效。

　　两年间，在经受了一番授予名誉学位的攻势之后，我开始意识到，这并不是具有创造意义的活动。大多数场合，一旦被授予名誉学位，就必须在毕业典礼上发表讲演。在听众中为祝贺儿子和女儿顺利毕业而来的家长以及亲戚朋友居多，他们对我的讲演并不感兴趣。为了节约自己的时间和精力，我决定谢绝做纪念讲演和接受名誉学位。这么一来，各种邀请就不像以前那样，少了许多。但还是有无法回绝而不得不接受的。粗算一下，我被授予的名誉学位已远远超过了二十个。

　　除了名誉学位外，我还获得了其他各种荣誉，收到了镌刻着奖赏名称的时钟、奖牌和斯图本水晶艺术品。1966年，从事东南亚难民救助活动的托马斯·A.多雷基金会（Thomas A. Dooley Foundation）将"杰出美国人"奖授予了我和丹尼·凯耶。11月30日，在纽约的一家大饭店举办了正式晚宴，有一千多位宾客出席了这次晚宴，当晚预定担任宴会主持的雪莉·麦克莱娜（Shirley Maclaine）不知道何故去了巴黎。宴会上丹尼·凯耶和我都讲了话，令人意想不到的是雪莉从巴黎打来了电话，扩音器向全场播送我们在电话里同雪莉的通话，这成了当晚活动的高潮。我认识雪莉，我们第一次见面是在东京。"亲爱的，你好吗？"这一问候立刻被扩音器送到了在场每个人的耳朵里，随之出现的场面显然我是不能适应的，当时困窘得恨不得地上有个洞钻进去，让自己也变成一个好莱坞的"杰出美国人"。

回归普通人的生活最好的一点就是有了休闲、可以做同工作无关的事的机会。回国后的第一个冬天，朋友们借给我们位于格林纳达岛海岸的别墅。多年以前，这个小岛曾因光荣的美国军队没有遇到任何抵抗而一举收复的"伟大胜利"而闻名，在此之前其是小安德烈斯群岛中最为遥远、鲜为人知的贫困地区。从 1968 年 1 月开始，大约在十年中我们几乎每年都会同春童年时代的笔友普雷斯特律·布莱克乘坐柚木双桅船在佛罗里达的海中游览，那艘双桅船船身长达约 14 米，是布莱克在香港定制的。有一年我们仍然坐的是布莱克的船，从安提瓜岛航海去了维尔京群岛。那艘船是仿照 19 世纪中叶的"美洲号"建造的，美洲杯的名字也源自"美洲号"。1971 年，布莱克同春唯一寡居的弟媳节结合。显然这段婚姻没能够维持多久，但却使布莱克同我们的关系更为密切，他现在仍然是春唯一的侄子尚的监护人。

回归时期的结束必须要有一个安定的居所。由于找不到两人都能够满意的房子，最后我们决定建造一所新的房子。贝尔蒙特山丘上的大片树林地带已归属奥杜邦协会①，被定为鸟类保护区域，只是在其周围一

---

① 亦称奥杜邦学会（National Audubon Society）。奥杜邦（John James Audubon, 1785—1851）是美国著名的画家、博物学家，也是最早的自然保护倡导人，为了纪念他，1886 年美国成立了环境保护组织奥杜邦协会。它的机关刊物《奥杜邦》也是一个著名的自然杂志，迄今已有百年历史。——译者

个狭长的地带画出两英亩左右的土地允许建造一些房子，我们很幸运地得到了首选权。这里的环境非常优美，沿着坎布里奇一直绵延至康考德的大道，这条历史悠久的大道两旁的市街地区在这里突然变为树林，道路也成了田间路。昔时在新英格兰居住的农民在迁徙去肥沃的中西部地区之前曾用石墙围起农地和牧场，透过林木间可以看到那弯曲成弧形的石墙。1931 年，我在第一次去马萨诸塞时曾对这里的景色赞叹不已。如果没有邻人卡尔·托比亚森的帮助，我们是绝不可能有勇气在这里建造自己的房子的，有着丰富经验的托比亚森和他雇佣的能工巧匠们为我们建造了这座简约而又非常美丽的房子，后来我们一直居住在那里并以此为豪。房子使用的是加利福尼亚红杉，建造在山丘的斜坡上，房后是成片的树林，与周围的景致非常协调，建筑物线条也显得简洁明快，来访的日本客人都赞叹不已，称是"现代日本式建筑"。室内的装饰以宽大的窗户为中心，烘托出周围的树林映入室内的效果。在冬天，如同日本的房子一样，屋内洒满了温煦的阳光。

春天到了，但积雪还没有融化。开工一直拖到1967 年5 月上旬。由于托比亚森的努力，比预定计划提前完工，到9 月就可以搬进去了。但接下来的工作以及必须做出的决断远远出乎我的预料，整理收拾花园的工作也是没完没了。春利用其在二战期间掌握的农活技艺承担了大部分的工作。她给房子周围贫瘠的土地施肥，栽上了杜鹃、月桂、连翘、映日红、日本枫、山茱萸，还有松树、杉树、枞树以及各种花草，甚至还辟出一小块地做我们的菜园。我同她配合，在树林中挥动斧子砍柴，为家中的火炉取暖准备了足够烧用几年的柴火。

我们建造的房子连同周围的土地对于我们夫妇两人来说有点过于大了。我决定把楼下划出一半作为独立的一套房子让父亲和妹妹费丽希亚住。但是妹妹因为神经衰落，没能搬入为她准备的新居。费丽希亚双耳失聪，很难同朋友们沟通，似乎已经习惯于生活在其自己所幻想的世界里。于是我又在附近为她找了一套独立的公寓，费丽希亚很满意，就住在那里。1983 年，我的健康状况恶化，所以把她转移到洛杉矶的一家专为听觉障碍老人开设的养老院里。在那里费丽希亚显得很开心，女儿安就住在邻近的圣地亚哥地区拉由拉市，她承担起照看费丽希亚的任务。费丽希亚现在过着宁静的生活，父亲在我为他准备的房间生活了三年，其间他还在我们房子周围用斧头砍柴，清理小树林，为我们准备柴火。后来由于明显地衰老，1970 年 2 月，我们把父亲送入洛杉矶地区一家为原传教士开设的敬老院里。第二年，在他九十二岁生日临近前，父亲在那里平静地去世。

父亲去世后，我们把房子无偿地借给一些年轻夫妇，他们通常都是在研究生院学习的已婚学生。这样增加了这所林中孤零零的房子的安全度，他们有时也帮我们干点花园里的活。同这些年轻人相处在一起，我们非常愉快，他们的年龄在我的儿子与孙子之间，这也有助于我们了解年轻一代的想法，许多年轻夫妇就像我们自己的孩子一样。

搬入新家和 1967 年 9 月开始重新走上大学的讲坛意味着过渡时期的结束和家庭生活已安顿就绪。琼在哈佛找到了一个合适的职位。在这一期间，安的一家迁往加利福尼亚州帕罗奥图，她的丈夫斯蒂芬在斯坦福大学做了几年博士后，后来迁往拉由拉市，在加州萨克研究院担任实验室主任。春早已回到了操持一个普通的美国家庭的角色中，而我也最终作为哈佛大学的教授重回讲坛。

42 重操旧业

1967 年我重回哈佛后担任的教学工作与去东京前大致相同，不同之处是不必再上日语精读课程，也不再担任日本史近代以前部分的高级课程教师了。取而代之的是要讲授现代日本行政与政治以及美国与东亚的关系。最令我高兴的是又可以重新开讲过去的"稻田讲座"了，与当年有所不同的是现在的课程分为中国与日本两部分，各为一个学期。起先两个课程的人数大致相同，都超过了一百人，但渐渐地选修日本课程的人数增加，占了总人数的一半以上，这反映出日美关系的日益密切。到了 1985 年，申请选修这一课程的学生人数达到七百多人，由于教室座位的限制，只能把人数限制在四百八十人。

"现代日本的行政与政治"是我新开的课程，所以事先必须要做大量的准备工作。选修这门课程的学生人数也在四十人到一百人之间变动。"美国与东亚"也是一门新的课程，我只承担日本的部分，余下的部分由几个教师分担。我还同吉姆·汤姆森（Jim Thomaso）一起开设了以本科生为对象的研究会，主题是美国的东亚政策。后来彼得·斯坦利（Peter Stanly）也加入了进来。吉姆·汤姆森是与我同时从政府机关回到大学里来的，彼得·斯坦利则后来担任了卡尔顿大学的系主任。研究会的人数始终控制在二十人，参加研究会的学生都必须读好几本书并进行讨论，还要写出一篇较长的学期报告。我还经常应其他教授的邀请在他们担任的课程里客串讲课。1976 年秋，在亚当斯楼的协助下，我同加利福尼亚大学圣地亚哥分校的创办者罗杰·里维利（Roger Revelle）开设了本科生均可自由参加的研究会，当时罗杰·里维利还在哈佛任教，我们把研究会的主题定为"世界的未来"，这个主题使研究会大受学生们的欢迎。我们从众多的报名者中挑选了六十名学生。但由于研究会的内容安排有点凌乱，缺乏系统性，只办了一学期，后来就没有继续下去。

进入1970年代后期，由于专业研究学者的就业前景严峻，研究生的数量也随之明显减少。但是日本作为美国的伙伴和竞争对手，伴随着其经济力的急速增强，对东亚研究的关注普遍升温。在我的热心鼓励下，我们开设了面向本科生的东亚研究重点课程，这个课程立即吸引了学生，不仅仅是有志于专攻东亚研究的学生，一般学生中间也有很多人非常重视，他们把东亚研究如同古典或美国历史一样视作教养科目。在哈佛，现在东亚研究已经成为学生们主要关注的研究领域之一。在这种情况下，在对人数减少的博士课程研究生进行指导的同时，本科四年级学生的毕业论文指导和阅读课程等占去了我更多的时间。对于这一显著的变化，我满心喜悦，我觉得在本科生教育上所作的一切努力更具价值，因为这样可以激发学生的兴趣，引导他们把精力集中在应该要学习的地方而不偏离方向，而研究生目标已经确立并能够较好地掌控自己。

我的授课日程安排是很灵活的，可以根据校外的活动随时调整。事实上，我的大部分时间都花费在各种团体举办的公共讲演上，这些团体分布在全国各地，甚至从蒙特利尔到墨西哥城。为作讲演和出席各种会议，我接连不断地出差，奔波于各地，出差的次数已难以计算。最多时一周要去纽约两次，去华盛顿、芝加哥的次数也不亚于此。去电视台做节目也成了家常便饭。最初是去纽约或华盛顿，后来开始去波士顿的电视台演播厅或在我自己的家里进行录像，录像采访大多是日本的电视台。再到后来，英国广播公司（BBC）、加拿大广播公司（CBC）、西德以及欧洲其他各国的电视广播网也纷纷要求采访，接受采访的次数多得令人吃惊。起初我所做的讲演以及参加制作的电视节目都是以日本为中心，后来渐渐地对一切有关中国的政策、越南问题也成了关注的焦点。再到后来，我谈的主题就变成了未来的国际关系以及加深了解世界其他国家的必要性。

我参加的几个委员会或多或少也要出席一些他们的会议。在哈佛，一个是规划进一步发展东亚研究的委员会，另一个就是研究创办政治学研究会并予以指导的委员会。后者最终成了研究行政学的肯尼迪政府学院的一部分。我还是国际研究中心执行委员会成员，并参加其中研究日本防卫问题的小组。这个小组在本·布朗（Ben Brown）的领导下，经常去日本同日本方面的学者共同研讨问题。对于我来说，更为重要的是，在去东京赴任前我已是哈佛燕京学社的理事，这一职务在我一生中具有极为重要的意义。我是 1968 年成为理事会成员的，两年后的 1970 年就任理事长。在担任理事长期间，约翰·佩泽尔和阿尔伯特·克雷格给予了我很大的协助，使我的工作进行得十分顺利。两人的行政能力极强，1963 年，约翰·佩泽尔在我之后担任社长，他之后又由阿尔伯特·克雷格继任。

在哈佛大学之外，我参加了美中关系全美委员会的工作，并在 1969 年 3 月于纽约举行的大型会议上担任会议主席。在日美文化会议及相关组织中担任美方的常任委员，出席了先后在华盛顿、夏威夷等地举行的会议。1972 年，日本政府为了促进在各国的日本研究创建了国际交流基金会，我破了为自己定下的戒律，担任了美方咨询委员会主席。该委员会定期在华盛顿举行会议，对在美国的活动和对资助美国从事日本研究的人文学科学者提出建议。我参加的另一个委员会就是日本研究委员会，这个委员会隶属社会科学研究委员会和美国学术团体联合会。该委员会在主席杰克·豪尔（Jack Hall）的主持下，定期在诸如落基山埃斯蒂斯国家公园这一类观光胜地举行会议。

在回到哈佛以后，对我进行采访或要求咨询的来访客人络绎不绝。不知何故，在第一年还比较少，但到第二年人数激增，这种访客盈门的情况一直持续了数年。很多日本学者、年轻的政治家或商界人士都来哈佛学习，少则数月，多则一年以上，其中在我记忆中印象最为深刻的就是东京大学年轻的教授佐藤诚三郎，他后来成为中曾根康弘私人智囊团中的著名人物。当时日本驻美大使是春的表兄牛场信彦，自然我们同他们夫妇多次会过面。1970 年 10 月，哈佛来了一位不等寻常的人物李光耀。李光耀是城市国家新加坡的总理，是一个极具才能、铁腕而又坚决捍卫民主的人。1977 年 10 月李光耀再次进行他的"哈佛休假"。这两次访问哈佛，我们都设宴款待了他。

韩国的客人中，最令我好奇不解的人是文鲜明，他是著名的统一教的教主，人称"明师"。文鲜明曾先后两次拜访我，我总觉得他与其是一个宗教领袖，倒更像是一个退役的将军。在从汉城飞往东京的飞机上我第一次看到他时就有这么一种感觉。民主政治的领导人金泳三也多次来访。韩国主要报纸《东亚日报》经常会采访我，并向我约稿。我在想，这是在还不能畅所欲言的时期，他们想通过一种方式来明确表达对韩国的民主和人权的观点。

我会见次数最多也最令我关注的韩国客人是金大中。1971 年金大中同现职的军人独裁者朴正熙竞选总统，获得了百分之四十六的选票。1971 年到 1973 年间，我同金大中就如何在韩国建立起民主的政治制度商议过很多次，我提出安排金大中在哈佛住上一年，让他专心于研究与著述，但他考虑的却是应该回到那个回去后就会被投入监狱并处以死刑的韩国，还是应该在国外继续为民主而战斗的问题。站在自己没有任何危险的立场上去劝说一个为事业而视死如归的人士是很难奏效的。最终金大中为了与他的支持者商议回到了日本。在我会见他的第二天，金大中就在东京的饭店里被人绑架到了韩国，这件事很明显就是韩国的中央情报部干的。金大中在日本的国土上被外国机构绑架，而且日本政府一声不吭，不做任何交涉，我一直觉得，日本政府应该为自己的软弱感到耻辱。

后来在去日本旅行期间，我曾抽出一天时间专程去汉城探视金大中。此时他已被软禁在家中，但还是获准同他的支持者到机场迎接我。我们在机场见了面，当时被蜂拥而至的记者和欲加阻拦的警察挤得动弹不得。汽车从机场开往汉城市区，在车上我们终于有了交谈的机会。到他家后，为了防止窃听，我们是在把收音机的音量开到最大的状态下进行谈话的。因为我的到访，他家周围增配了大量警员。这样行色匆匆的旅程，几乎无活动可以安排，但我的目的很清楚，要向韩国军事独裁政权表示美国人对金大中命运的关注。1982 年 12 月，金大中终于结束了漫长的监狱生活。为了医治在监禁期间所患上的疾病，他被获准来美，尽管此时对他的死刑判决依然没有失效，但 1985 年初金大中仍回到了汉城。

在教学之余，我接待了无数的来访客人，作了数不清次数的讲演，参加哈佛大学校内校外的各种会议。超乎寻常的繁忙使我没有时间从容地阅读自己所喜爱的学术著作，做一些学术研究，但我仍撰写了大量的文章。1967 年春天，我开始动笔写作《超越越南——美国与亚洲》，当年秋天，克诺夫出版社出版了这本书。这本书在吸收了在越南的痛苦教训的基础上再次论述了我曾在《寻求：亚洲政策》一书中所表达的理念。这个理念就是，我们应该首先依助欠发达国家自身的民族主义和我们自身所怀有的国家独立及民主理念的魅力，其次是依靠经济开发，军事力量只是最后的手段。在这本书的最后，我分析了制定亚洲政策的问题所在，强调了美国公众应该进一步加强对亚洲的了解，在学校教育中应该充实有关亚洲及其他地区的知识教育。在我后来的著述中，我进一步扩展、充实了这个主题。

在某种意义上说，这本书应该再稍晚一些时间动笔，因为当时的我还是受到了长期担任大使这一政府公职的影响。虽然我认为越南战争是一场错误的战争，但我还是深信不疑美国会最后取得胜利。后来没过多久，我就完全改变了这个观点。我的这本书的写作确实有点操之过急，不过对于许多出版社的竞相约稿，他们要求我写有关大使时期的经历，我还是顶住了压力，保持了淡定和理智。那段大使经历的时期太近，还无法选择准确的角度来进行观察，况且在我的经历中出现的许多人物更是当今政治生活中的主角，相关那一时期的问题也是极其微妙，这使我无法论述许多最为敏感而有趣的问题。

43　不解之缘

　　在这些年里，我曾多次应邀去华盛顿在国会就日本、中国、韩国等问题发表意见。还有一次约翰逊总统邀请我和其他三四位学者去白宫商议、探讨有关对中国的政策。我们在白宫围坐在内阁成员开会使用的圆桌边讨论，看得出总统是希望得到学界的理解。当然会议不会有任何成果，而且还发生了一件令人窘迫的事。约翰逊总统把自己的担当东亚事务的顾问当成了请来的学者中的一员，由此不难看出总统平素是如何同顾问商谈相关问题的。

　　威廉·邦迪本来在国务院成立了一个有关东亚事务的咨询委员会，但几乎是完全失败了。该委员会仅仅在 1968 年 4 月 26 日至 27 日召集过一次会议，我受委托担任会议主席，但竟然没有参与会议的任何准备工作。会议的目的似乎是希望委员们对政府已经做出的决定予以支持，而不是听取他们的建议。《纽约时报》的总编辑阿贝·罗森塔尔是少数来自学界外的与会者之一。他很聪明，在参加了第一天的会议之后就打道回府了。但是，可以说该委员会还是做了一件很有意义的事。当得知把小笠原群岛归还日本时，美国将还保留硫磺岛①，这是虑及一些美国老兵对激战地硫磺岛的感情，对此委员会全体成员一致反对，他们认为如果那样作的话，只会在日美双方之间留下相互仇恨的根源。国务院似乎也赞同这一主张，到那一年年末，硫磺岛与小笠原群岛一揽子归还给了日本，也没有出现任何抗议之声。

我参加过许多次由华盛顿布鲁金斯学会以及其他组织举办的会议，与会者都是学者、参众两院议员、政府官员和军界首脑。1968 年年末，布鲁金斯学会举办一系列会议，其目的是要编一本书，为将在翌年 1 月起步的尼克松政权进行政策指导。布鲁金斯学会主席克米特·戈登（Kermit Gordon）担任主编，亨利·基辛格也参与了该书的编撰。这本书的书名是《国家日程》，我撰写了其中的一章《太平洋地区关系》。

我还分别会见了许多在担任大使期间认识的民主、共和两党参议院议员，他们都成了我的朋友，其中就有爱德华·肯尼迪。在一个下雪的冬日，他到哈佛我的办公室来看我。哈佛大学法学院的杰罗姆·科恩（Jerome Cohen）常常会在他家里召开"战略会议"，参加者都是哈佛的教师，在科恩的家里也会见到爱德华·肯尼迪。

1968 年 1 月 21 日，在华盛顿哥伦比亚广播公司同议员罗伯特·肯尼迪一同参加完电视讨论的节目录制后，罗伯特·肯尼迪带我到他在弗吉尼亚麦克林的家吃午饭。饭后，罗伯特·肯尼迪邀我同夫人埃塞尔、原参谋长联席会议主席麦克斯韦尔·泰勒将军一起打网球。我已经将近十年没有握球拍了，但球技并没有大的退步。在肯尼迪议员的劝说下，我决定再次开始恢复打网球。正巧贝尔蒙特俱乐部刚刚建立，其离我的新居步行只有五分钟的距离，那里设有室内、室外球场和泳池。在后来的几年里，我每周都会去打两次网球。也许是过于热衷于这项运动，还一度因打球右腕骨折，绑了近一个月的绷带。还有一次令我困窘的事发生在去得克萨斯州讲演之前，在网球上同一个身高马大的球伴冲撞，眼

---

① 硫磺岛是一个位于西太平洋小笠原群岛的火山岛，面积约 21 平方公里，因岛上覆盖着一层由于火山喷发造成的硫磺而得名。第二次世界大战尾期，1945 年 2 月 16 日至 3 月 26 日，美军为攻占硫磺岛同固守该岛的日本军队进行了一场激战，史称硫磺岛战役。在这场战役中，双方伤亡惨重，固守硫磺岛的 23 000 名日军中，只有 1 083 人生还。美军则有 6 812 人战亡，19 189 人负伤。硫磺岛战役是太平洋战争中唯一一场美军登陆部队伤亡人数大于日军守军人数的战役。——译者

圈撞得满是淤青，登上讲坛，看上去不像一个教授，倒更像一个职业拳击手。

3月31日，我去洛杉矶在"现代论坛"做讲演。这一天的活动恰巧是安排在预定去中央谷地的弗雷斯诺、莫德斯托、萨克门拉托与圣地亚哥大学做讲演的中间，当我把饭店房间的电视机打开时，画面上出现了约翰逊总统，他正在向国民宣布将不参加下一届总统选举。因为听总统讲话，到达讲演的会场迟了一会，当然当天讲演的内容也同预先准备要讲的有了很大的不同。

这一时期，围绕越南问题的争论存在着激烈的对立，约翰逊退出竞选，我觉得此时有力量能够把整个美国凝聚在一起的非罗伯特·肯尼迪莫属。我知道国内也有一些人对他抱有很深的成见，但只有罗伯特才能唤起激进的青年人和对现政权心怀不满的人们的共鸣，并以其极富魅力的感召力聚合起绝大多数的坚实的力量支持其开明的反越战政策。因此我同许多人一样，是极力主张罗伯特出马参加总统竞选的。

我从未想过要介入政治，所以也没有涉身于罗伯特·肯尼迪的竞选活动。但是当罗伯特面临最后的也是最为关键的加利福尼亚的预选时，他突然把我叫去，并对我说："你不是一直鼓动我参选吗？现在该你做出实际行动了。"预选是在6月4日，我6月2日在康涅狄格大学有个讲演，4日和5日在芝加哥大学还有个学术会议。我在6月2日做完讲演后当晚搭乘飞机抵达旧金山，第二天早上在作完支持罗伯特的讲演后，当晚又出席了在洛杉矶举办的晚餐会。晚餐会有点与往常不同，就像是个三人辩论宴会。首先是艾伦·克兰斯顿（Alan Cranston）站起来，他为自己参加参议院议员选举作了讲演。后来克兰斯顿成功地当选，获得了尊贵的地位。接着站起来讲演的是我青年时代崇拜的电影明星玛娜·洛伊（Myran Loy）。玛娜·洛伊是为共和党做讲演，虽然美人迟暮，但风韵犹存，玛娜·洛伊的话语真挚感人，洋溢着爱国之情，给人以深刻的印象。但她在政治辩论中显然不是我的对手。无须赘言，我当然为支持罗伯特·肯尼迪作了讲演。

第二天就是预选日，因为不允许进行竞选活动，我直接去芝加哥大学参加会议。大约在次日凌晨5时左右，饭店房间的电话铃响了，传来了罗伯特在洛杉矶被暗杀的消息，并请我对此发表评论。此刻我还是睡意蒙眬，这个消息不啻是一个晴天霹雳，当时自己说了什么一点也记不起了。后来听人说全国无线电广播反复播放我的评论。我不知道还有什么事件能如此让我感到沮丧和悲痛。芝加哥大学的会议按照预定计划举行，会场上笼罩着一片沉重压抑的气氛，我似乎觉得唯一的一艘能够穿越波涛汹涌的大海的和平之船消失了。

7月24日，我参加一个小组为已定为民主党总统候选人汉弗莱撰写关于越南问题的讲演稿。除此之外，我几乎没有再参加过竞选活动。当时我们完成了一篇很好的讲演稿，其明确地打破了约翰逊以往的政策，但又避免了从正面对其加以批评。我想这篇东西将会有助于汉弗莱赢得这次总统大选。汉弗莱读了这篇稿子后也很满意，但他沉思了片刻，问道："我想知道有谁能使总统理解这篇东西？"我的心顿时沉了下去。如果他自己都没有胆量和勇气去冒犯约翰逊的话，那么会有谁能那么作呢？这篇讲演稿后来没有用，而汉弗莱最终败给了尼克松。

离任大使在他们的继任者熟悉业务之前的一段时间内不访问他们曾经任职的地区，这是一条不成文的行规。春和我也恪守着这一条规矩，回到哈佛后的两年中我们一直没有访问日本。1968年夏，担当哥伦比亚广播公司特别节目的佩里·沃尔夫（Perry Wolff）要制作一小时有关日本的节目，提出请我们协助。这个节目的创意吸引了我们，从时间上说，我们也可以回日本看看了。就这样，从9月5日至17日，我们和沃尔夫夫妇、伊戈·奥加涅索夫（Igor Oganesoff）夫妇一同去了日本。

奥加涅索夫是我在东京时就认识的，当时他是《华尔街日报》特派员。这次他是在沃尔夫下面担任制作人，负责摄像工作。到日本之后，我们发觉走在街上还有很多人认得出我们。我们也有机会同许多老朋友见了面。大平夫妇请我们吃了饭，佐藤首相在他的官邸亲自授予我一等旭日大绶章，这是给予外国人的最高荣誉。在美国政府担任公职期间是不可接受这一勋章的。

这次从大使公务和外交礼仪中解脱出来之后的旅行非常愉快，我们辗转于日本各地，站在摄像机镜头前的拍片也并不感到辛苦。真正的工作是在冬天，我们回到美国之后开始的。我多次去哥伦比亚广播公司所在的纽约，在这一期间，我发觉在电视中画面远比台词重要得多。在沃尔夫写的脚本中，他从我的各种著作中引用了很多，读他的脚本，我觉得简直就是在为自己作解说。奥加涅索夫拍摄、编辑的大部分画面别出心裁，相当夸张，同我眼中所看到的日本完全不同。我感觉他的片子就如同一股汹涌的潮流，而我在其间奋力游水，要逆流而上，这使我产生了一种挫折感，所以我数次提出建议放弃这个节目的制作。沃尔夫不愧为善于搞平衡的高手，他很妥善地修改了脚本，扭转了局面，最后完成了这个也使我感到满意的节目。节目于1969年4月一个黄金时段播出，到年底又重播了一次。联邦通信委员会的一个成员对我说，在这一个小时的节目里，很多美国人了解了真实的日本，他们获得的知识远远胜过在此之前所有的讲演或学校里的授课。节目的反响很好，还得到了若干个艾美奖的奖项，我自己也获得了"文化·纪录片节目类"的解说奖。我依然没有摆脱担任大使期间不喜仪式的旧习，没有出席在纽约举行的颁奖典礼。那块不大的艾美奖奖牌现在还很神气地摆放在我的书房里，虽然周围都是我的学术研究书籍，显得有那么几分不协调。

坚冰已被打破，以制作这次电视节目为契机，后来春和我就以一年两次或更高的频率去日本旅行。1969年1月，我出席了在京都国际会议中举行的日美会议，日本政府间接地参与组织了这次会议。这次会议的目的是非正式地探讨美国归还冲绳的可能性。在日本，国民要求民族统一的感情日益高涨，已经到了不容政府无视的程度。但日本政府不敢公开提及这一问题，其担心美国政府拒绝。这个问题使日本政府左右为难，面对在野党主导的国民希望归还冲绳的强烈要求，其又唯恐触怒美国，同美国保持友好、合作的关系对日本来说是至关重要的。尽管就归还冲绳问题的暂时处置办法已经在华盛顿达成协议，但美国军方不认为有理由归还冲绳，除非日本政府提出归还，但日本政府又不敢提出这一要求。这一期间，事态逐步升级，已经临近爆发点。我曾不止一次地同日本方面的官员，其中包括大河原良雄（其后来任驻美大使）谈过，如果日本提出要求归还冲绳，我相信美国会按日本能够接受的条件答应下来，这就意味着像在日本的美国军事设施中的核武器撤出一样，冲绳美军基地的核武器全部撤出，使其如同"本土"，即与"其他主要岛屿同等水平"。

1969 年的京都会议由我和武内龙次共同主持，武内龙次同我很相熟，他曾任外务省次长、驻美大使等外务省高层职位。因为日本方面出席会议人员对我的观点都很了解，所以他们对我关于冲绳未来的看法并没有表示出很大的兴趣，而是对美方的两位退役的军方人物麦克斯韦尔·泰勒将军和前海军作战部长阿利·伯克（Arleigh burke）上将的意见相当关切，当了解到两人同美方出席会议的学者一样赞同归还冲绳时，日本人才放下心来。我相信，其结果就是促使他们终于有勇气正式提出归还冲绳的要求。1969 年 11 月，佐藤和尼克松在华盛顿举行会谈后发表共同声明，宣布将在几年之内即越南战争形势缓和之后归还冲绳。1972 年 3 月 15 日，冲绳终于以"等同本土"的地位归还给日本，成为日本第四十七个县。

1969 年 9 月初，我再次去日本，出席在伊豆半岛的下田举行的日美会议。下田是一个美丽的港口，1854年佩里就是在这里叩开日本国门的。因为第一次会议在这里举行，故被称为下田会议。这次会议的安排和讨论的内容都是非常令人满意的。

四个月后，即1970年1月，我作为经济合作与发展组织（OECD，即Organization for Economic Cooperation and Development）五人委员会的成员之一再次在日本考察教育问题。经济合作与发展组织的加盟国中，由五个或六个国家各选派一个组成委员会，定期对加盟国的经济、社会等问题进行调查，目的是交换看法，必要时提出报告。当时这个团队大家相处得非常融洽。OECD事务局的美国工作人员贝瑞·海沃德是个态度和蔼而又精明能干的人。我们选埃德加·福雷（Edgar Faure）为委员会主席。福雷曾两度担任法国总理，性格直爽开朗，不拘小节，同我们委员之间很快就互相以姓相称了，这在法国人中是极少见到的。据说福雷起初还怕我觊觎主席这个位置，这是完全不可能的，这个位置对福雷来说，显而易见还具有政治上的意义。我们的利益完全是一致的，因此这也使我们能够愉快地共事，加深了友谊。委员中最风趣的就是英国的罗纳尔多·杜尔（Ronald Dore）。杜尔是一个优秀的研究日本社会的学者，我认为在欧洲的日本学领域里他也是顶尖的学者。杜尔是一个和蔼可亲的人，这次旅行中同他结识是一件令人愉快的事。

1970年夏，纽约国际教育研究所按照先前美国与拉美国家大学校长交流的模式筹划第一届美国与东亚大学校长会议，他们邀请我担任这一活动的顾问并作为美方的成员与会。全体与会人员携夫人相聚在香港，在来自日本、韩国、菲律宾、越南、泰国、马来西亚、新加坡、印度尼西亚等亚洲各代表团中，有许多人是我的老朋友，我们在一起度过了一段愉快而有意义的时光。只是在遴选日本方面的人选时颇费周折，因为在日本一流大学的校长里能说英语的人很少，而且大部分人不像美国或东亚许多大学校长那样在大学里具有权威性。第一届在香港举办的会议是在 1970 年 6 月，后来又先后在奈良、印度尼西亚毗邻婆罗浮屠遗迹的日惹、泰国北部的清迈举行。参加在清迈举办的那次会议时我患上了疱疹，当时痛苦不堪。

1970 年 6 月，春和我作为大阪世博会的客人去日本四天，因为主办方要各国选派一名代表到世博会做讲演，我被指名为美国的代表。1972 年 11 月，我在神户笔会举办的大会上做了一次讲演，笔会是一个在日本非常引人关注的国际作家组织，我是在随意中允诺这次讲演的，实际上是有违自己意愿的，所以我决定尽快地了结这桩差事。我是星期五早上从贝尔蒙特出发的，到下周一晚饭时分我已经在家中了。这次旅行过于匆忙，甚至体内的生物钟都来不及调整，但我没有丝毫的时差感觉。

1971 年我在去日本时，以亚洲基金会理事的身份又去了韩国、马来西亚、新加坡，最后经由澳大利亚回国。因为参加会议，或往来于东亚各地需要转机，我们多次在夏威夷逗留。那时我们就会去探望住在拉由拉的安和她的全家。安生性不喜欢安分守己，1970 年夏她举家从斯坦福迁往拉由拉时是开着车从阿拉斯加那条路过去的。1971 年夏，当我们去看他们时，这家人刚刚把家安顿下来，包括她四个儿子内森、丹尼、泰德、艾迪和女儿昆汀。

我们多次去日本，春和我都发现我们在日本呆的时间越长就会变得越忙。我们抵达日本时，除了同我们访日目的相关的人外不被人注意。但一旦我们来日的消息传开后，接触的人就会每天在增加，各种约会和活动纷至沓来，每天从早到晚忙得不亦乐乎，离开日本之日才是我们得以解脱之时。但就在离开前的几个小时依然会忙得不可开交，如同打仗一般，直到人坐上飞机才能喘一口气。很长一段时间我们甚至都想再也不来日本了。在我们卸甲归田之后，曾经担任过大使的这段经历的影响还久久没有散去。

44 学潮时期

1970年1月，当时我还在日本，春从贝尔蒙特打来电话，说有几个哈佛大学的教授要推举我当教授评选会选举的候选人，当时教授评选会还刚刚成立。从我内心来说，对这类事我是想回避的，但当时大学正面临着由于学生和教员的骚乱带来的一系列严峻问题，在这危急时刻我无法断然拒绝。我以为在任何情况下自己都不会被选上的，所以就不假思索地答应了下来。不幸的是，事情并非如想象的那样。我并不知道当时哈佛的大多数教授已分成过激派和保守派，我已被当成了保守派手中的一张可以确保当选的王牌。后来我被告知，我的名字是第一个通过繁杂的候选人推举手续的。

我于1967年9月重归学校后不久，同全美各地一样，哈佛的形势恶化也开始初露端倪。在反对越战的主要潮流之外，又兴起了争取公民权、反对征兵、妇女解放等运动，还有的呼吁黑人的教育问题、修正历史以及向所有的权威和现存的各种"体制"挑战。1969年9月，当时骚动还没有激化，我参加了在华盛顿举行的美国政治学年会关于越南问题的分组讨论，讨论中争辩激烈，我强烈主张反对继续进行战争。1971年3月，同样在华盛顿，在"共同事业"委员会举办的主旨相同的会议上，我和该委员会的创始人约翰·W. 嘉德纳（John W. Gardner）和詹姆斯·加文（James Gavin）将军讲了话，詹姆斯·加文将军在二战期间指挥了诺曼底的伞兵登陆。1969年10月，我参加了罗得岛州首府普罗维登斯州议会大厦前广场上的盛大集会。令人困惑不解的是在讲演者中竟有人煽动进行革命。在同我一起参加讲演的人中我看到了麻省理工学院的教务长杰罗姆·B. 威斯纳（Jerome B. Wiesner），他的出现给了我很大的激励。威斯纳后来作了麻省理工学院的校长。

第二年 5 月，在加利福尼亚大学伯克利分校的大礼堂里，面对把礼堂挤得水泄不通的人群我就越南问题发表了讲话。当时正值校园内学潮发展到最高潮时期，学校举办方非常紧张，唯恐有人会把扩音器的电线拉断，然而那天晚上一切顺利，会场上的人们始终保持着一种很好的气氛。在我的讲演中，唯有的一次不愉快的事件发生在纽约州斯克内克塔迪的尤宁学院，当时一个年轻的教师对我进行了粗暴无礼的个人攻击。

校园学潮最先是在哥伦比亚大学和伯克利分校爆发的。出乎人们预料，这股学潮扩展到了一向平静的哈佛大学。参加学生运动的人们占领了大学本部，进行了破坏。已搬入原闪族博物馆（Semitic Museum）的国际问题中心也遭到了破坏。国际问题中心（Center for International Affairs）因取其词首三个字母称作 CIA，被误以为同著名的 CIA（中央情报局）有关，该中心急忙改称 CFIA，这个称呼一直使用至今。大学的军事训练制度被废除了，非洲裔黑人学生招收计划也在教员会议上经过多次激烈争论之后被采纳了。我是赞成招收黑人学生的，但反对实施的具体做法。我认为对他们优先照顾的做法长此以往会导致专业教育质量的下降。欲速则不达，后来不出所料，我所担心的情况果然发生了。

我熟知日本的学生运动，所以目睹当时美国过激的学生运动感到非常痛心。由于日本的大学普遍无视人的个性，教育上以死记硬背为主的僵硬、不变的传统，社会和人们的心理正在经历着巨大变革，出现过激的反应是可以理解的。对在拉美和许多欧洲国家发生的过激的学生运动同样也可以这样解释。但是在美国，社会更为安定，教育的氛围更为自由，也更为尊重个性，就没有理由要搞过激的运动了。我认为，美国学生应该懂得，在美国这种相对比较自由的社会里，演进是比革命更为确实可行的进步之道，与改革相比，暴力只能导致混乱。越南战争的沉重压力显然已使美国人典型的温和与节制力荡然无存。这一代学生信奉的是，只要通过不妥协的努力，他们的理想之乡一定会很快出现。

学生时代总是短暂而易逝的。我很早以前就注意到，大学校园的氛围大约每隔六年回首再看，就此时非彼时了。越战时期发生的过激的运动也不会例外，如同我所预料的那样，随着战争日渐趋向衰势，校园内虽然还有极少数的残余势力，但哈佛已恢复了一如往昔的平静。不过有关学生生活的规则都已变得非常宽松，新的大学管理部门在做出各种决定时允许更多的学生可以参与。学生着装开始变得更加随意，矫枉过正，有的人不修边幅，甚至有点邋遢，当然这也反映出已经回到更为平和自然的状态了。学生所要求的"取消评分"也被证明是不可行的，这在当时我就提出了反对。如果那样做的话，不仅仅是对学业无法做出正确评定，而且还造成所有的学生就凭一次研究生升留级考试定终身，而把其他评定学力的途径全部堵死，就如日本实行的公司招聘考试制度，那种考试制度是遭到很多批评的。学生反对评分制度的斗争同那些害怕他们攻击的教授们长久以来乱打 A 或 B 的做法不无关系，成绩里会有水分，这是很不应该的。但是从整体上来看，当时政治上的过激主义犹如是在纠正一只向冷漠和保守主义方向摆动过头的钟摆时所付出的代价。

当时我最为遗憾和感到痛心的是学生与教师双方暴露出来的敌对情绪以及许多教师的麻木不仁和胆怯懦弱。亚当斯楼举办学生与教师讨论会时，令我吃惊的是，在参加的教师中主张同学生进行理性的对话的竟只有我一个人。令我更吃惊的是会后有几个同事还对我的"勇气"表示赞赏。学术上的不同见解是值得欢迎的，而且应该得到鼓励。但我发觉有些学生以刻毒的语言攻击他们的老师，这让人感到寒心。我记得当时有一个曾选修过"稻田讲座"中国课程的助教在最后的讨论中对教授们的课程以及他们的观点进行了非常情绪化的攻击，当场就有一个曾在北京留学数年的印度籍助教站起来进行义正词严的反驳，这才总算扭转了局面。

在我的现代日本史这一专业领域，过激派的运动也把以往的论述当作"旧思想"予以大肆攻击。但我对于自己在书中所表达的观点被嘲讽为"旧思想"倒并不在意。新的一代对他们前一代人的业绩进行批判、补充从而推动学术的进步是再正常不过的了。我遗憾的是，目睹了我的早期学生和我要努力改变的美国人对日本史的诠释却又要被拉回到马克思主义诠释形式的这一过程。但不出所料，这阵狂热不久就过去了，历史的阐述开始回归到较为平衡的状态，意识形态的作用已微乎其微了。

文理学院面对大量复杂难解的问题频繁地举行大规模的会议，会上争论愈加激烈。以指导委员会的形式设立教授评议会也正是出自这一原因。在此之前和以后，我在哈佛工作的大部分时期里，最难的问题就是如何能使广大教职员参与并享受平等的权利。而现在的问题是与会人员可以坐满一个大会场，意见纷纭，如何通过规章制度掌控这一局面也是势在必行的了。教授评议会的工作没有丝毫的乐趣，但既然自愿上了贼船，也就不能自怨自艾了。翻检当时的记录，第一次会议是在1970年3月25日，任期结束是在1972年夏。我坚决推辞了再次参选。我一生信奉自由，然而被当作"保守派"，这对我来说成了人生的一个新的体验。同日本的政治形势一样，在当时美国的政治氛围中，像我这样稳健类型的人当属保守派。后来因政治思潮的变化，又重把我列在原先我早已习惯的中间偏左的位置，我现在仍觉得这样更为合适。

担任文理学院院长的约翰·T. 邓洛普（John T. Dunlop）是全美著名的劳动谈判调停专家，在多事之秋的学潮时期，邓洛普在教授会中发挥了其高超的技巧和智慧。当时哈佛大学的高层也发生了变动，学生运动的最大目标校长内森·普西于1971年6月学年末辞职引退。在教授中有许多人批评普西的行事方式刻板僵硬，而对他为坚持自己的信念所做的不懈努力却视而不见，即使在5月8日普西担任会议主席的最后一次文理学院教授会上也完全没有借此机会向其表示感谢的迹象，有人建议我带头提出动议，虽然我不擅长于这类事情，但还是勉为其难地从命了。我希望借此表示我们中的许多人对普西所坚持的美好信念和高尚人格的赞赏。到了10月，法学院院长德里克·博克（Derek bok）被选为后任校长，他上任后，我的学生亨利·罗索夫斯基被任命担任文理学院院长。

当大学和整个国家都处于动荡不安之时，我们的家庭也经历了一段困难时期，由于在我担任大使期间的过度疲劳和紧张，特别是我遭遇的那次暗杀未遂事件对春是个重大打击，但其影响很晚才显现出来。1969年由于打理花园里的活过于劳累，春的病终于发作了。从1970年年初开始，三年间春一直为忧郁症所困扰，虽然接受了专业医生的治疗，但没有人能够理解其一生的生活背景和在东京那段时期的压力，所以治疗几乎没有效果。春的朋友中最理解她、给予她最大帮助的是爱德华·瓦格纳的韩籍夫人南姬，邀她去做陶艺的也是南姬夫人。但更为奏效的是我们为春在外面找的一份工作。约翰·佩泽尔和我说服了春去管理来哈佛燕京学社的客座教授的房子。这项工作包括从擦拭公寓内的地板等家政妇所做的琐碎杂务到商谈签订长期租借合同等管理业务。我担任学社的社长，位于这个研究机构的最高层，而妻子做的却是最低层的工作，她的工作报酬是计时工资，这真是一种很奇特的关系。但效果很好，春慢慢地恢复了，不久就又回到了原来那种处理事务手脚麻利、精神轻松愉快的状态。

到 1973 年夏天，春已经完全恢复。8 月，我们全家在避暑地马萨诸塞州的鳕鱼角团圆。凯蒂·洛凯姆在鳕鱼角最美的查塔姆有一所舒适的避暑别墅，我们共同的一个朋友与她住在同一地区，那个朋友也把其宽敞美丽的别墅借给了我们。别墅所在的那块土地达数英亩，位于一条河的拐弯处，房后是大块的湿地，那是凯蒂捐献给奥杜邦学会作为鸟类保护区的。房子建造已近两百年了，至今还是当年建造时铺的富有特色的宽条木地板。房子旁边后又增建了大厨房、仓库和帮佣用房，所以我们全家住进去也绰绰有余。安和斯蒂芬带着他们五个孩子是从加利福尼亚开着卡车过来的。鲍勃和他的全家以及琼也来了。

琼当时还住在坎布里奇，她塔夫茨大学毕业后在波士顿换了好几次工作，最后是在一家出版社做有关宣传方面的工作，因为住得很近，每年都能见上很多次。鲍勃一家也是一样。鲍勃在哥伦比亚大学取得博士学位后去华盛顿，在布鲁金斯研究所担任研究员。在他们离开纽约之前。1969 年鲍勃的妻子夏洛蒂生了一个女儿阿莉莎。1972 年，他们又收养了一个朝鲜男婴，第二年 3 月坐飞机到了美国。在飞机上，也许是婴儿的神态和眉毛引起了照看他的那些人的推测，男婴被称作"赖肖尔大使的宝宝"。几天以后，我到辛辛那提市作讲演，在讲演前用餐时恰巧同一个在飞机上照看婴儿的妇女毗邻而坐，她不断地追问我那个"赖肖尔大使的宝宝"是不是真的同我有关系。鲍勃和夏洛蒂给婴儿取了带有朝鲜传统风格的名字泰，但后来他们又把这个名字改为彼得，不论从哪一点上看，他现在已经完全是一个美国少年了。

安的一家七口、鲍勃一家四口，再加上我的妹妹费丽希亚，后来春的母亲又从日本赶来，总人数达到十五人，费丽希亚住了一个星期。这一个月是我们最幸福的时光。1974 年我们又借用了这所房子两个月。遗憾的是，翌年房主把房子卖了，1975 年的全家大团圆就没能实现。再往后一年，1976 年、1977 年，最后是 1980 年全家在贝尔蒙特我们自己的家里团圆。孙儿们在房后的树林中支起帐篷住在里面。再到后来，安的孩子中有的已长大成人，一家人同时聚到一起已经不可能了，但夏天的大团圆时至今日也是一段美好的回忆，当时所摄的全家福照片现在还贴在我们家厨房的墙壁上。

回到美国后的全家福（1966）

终生的朋友与同事休·博顿（1966）

在哈佛授予名誉学位的典礼上致辞，两旁是理事长沃尔佩与哈佛大学校长普西（1967）

孙儿们，身穿的衣服是春的母亲所送（1974，鳕鱼角）

在贝尔蒙特家中的花园里，孩子们身着春为他们购置的哈佛的 T 恤（1980）

与阿尔伯特·克雷格在哈佛大学办公室里

与琼的孩子们（1984）

45 新的起点

1970 年 10 月 15 日是我六十岁的生日。同事和同学中与我关系最为密切的四个人——哈佛大学的阿尔伯特·克雷格和唐·夏夫利、耶鲁大学的杰克·霍尔、普林斯顿大学的马里厄斯·詹森——发起为我举办了一个生日晚宴，这个生日宴会完全出乎我的意料。起初我被告知是在唐·夏夫利家的一个聚餐，但后来变成了在教授俱乐部的盛大晚餐会，参加者中许多人都是我过去的学生和朋友。

六十岁的生日在日本称为还历，意为传统上的一个人活动周期即六十年（一个甲子）的结束，在祝愿长寿的同时也意味着引退。叶理绥在还历那年为他出版了纪念文集。费正清还历时则为他举办了盛大的宴会，而现在轮到了我。我发觉这种场合很令人困窘，因为总似乎觉得有些人是碍于情面不得已而来的。当然我还是很感谢人们的好意，特别是还为此准备了精美的出版物，这就是那本题为《日本历史中的人们》的书，书由克雷格和夏夫利担任主编并亲自撰稿，我的许多学生也参与了撰稿。

这次生日活动意味着我的职业生涯已临近结束，但我发觉自己后来比以往任何时候都更忙碌，而且还增加了几个新的活动。我曾在 1968 年至 1969 年参加过一次电视节目的制作，进入 1970 年代后这种同电视台的合作就更加多了。1973 年 6 月，在夏威夷希洛召开的美日文化教育交流会议（CYLCON）上，美方代表团成员、内布拉斯加大学校长瓦纳（D. B. Varne）向我建议，希望我领衔为"美国中部地区大学"制作一套有关日本的电视教学课程，这是一个大平原地区州立大学的联合团体组织，专为偏僻地区的学校制作提供电视教材，他们在内布拉斯加州的林肯市有超一流的设施，但最初制作的教学教程并没有收到理想的效果。后来制作第二套有关大平原地区文化的课程时，他们请来了著名的美国历史学家亨利·斯蒂尔·康曼格（Henry Steele Commager），但也没有收到预期的效果。这次要制作的"日本"是一个很大的题目，虽然很有意义，但也是一个挑战，我同意接受这个任务，但作为条件，要求请印第安纳州里士满的厄勒姆学院的杰克逊·贝利（Jackson Bailey）给以协助。贝利是我教过的一个学生，当时他已经在中西部那个规模不大的私人大学制作有关日本的节目并做出了显著的业绩。贝利本人也很爽快地同意了。9月，全体制作人员汇集在林肯市讨论研究节目制作计划。我在飞往该地区的飞机中一直在思考这个问题，曾设想了大致的制作计划，拍一个十五集的系列节目，每集三十分钟。我把这个设想谈出来后，反应热烈，大家一致赞成。但是到后来，不知是谁的建议，节目变成了十五集，每集一小时，比原计划增加了一倍。

最初我们把问题考虑得过于简单了，事实上这件工作的难度远远超出了我们的预想，最终到完成竟花费了五年时间。在这一期间，我隔三差五就要去一趟林肯市，修改脚本，有时自己站到摄像机镜头前。但大部分工作还是贝利承担的。贝利和他聪慧的夫人卡罗琳兢兢业业，他们把大部分时间都投入了进去，有时甚至是整整一个学期。美国中部地区大学派出的导演和摄影师对日本的情况一无所知，贝利不断地同他们发生争执，不断地换人，而且还得为必要的资金担忧，资金大部分来自日本。贝利为这个项目制作成功所做出的贡献远远超过了我。整个长达十五小时的节目简明扼要地展示了日本的历史、灿烂的文化以及对当代日本状况的观察。前半部完成于 1976 年春，到 1978 年 9 月才全部制作完毕。节目首先在华盛顿和纽约试播，后来就作为高中和大学的教材被广泛采用，尤其在大平原地区和北卡罗来纳州的高中和大学，有时还在公共电视台播放。

1974年初，我又承担了一项电视台的工作。这项工作的规模不是很大。对日本电影情有独钟的谢尔登·雷纳（Sheldon Renan）要制作一套日本电影的系列节目，他希望我对十三部日本著名的电影进行解说，再配上英文字幕在公共广播公司（PBC）的节目中播放。这是类似明星阿利斯泰尔·库克（Alistair Cooke）的工作。这个项目的资金赞助方希望我这样的人担任解说者，以保证节目的知识含量，产生社会影响。日本电影不是我的专业所长，雷纳说他已请了著名的日本电影权威唐纳德·里奇（Donald Richie）写了合适的脚本，每次只要在电影开始之前和半途中断时在镜头前读就可以了。于是1974年5月和6月我开始出现在波士顿公共广播公司①的节目中。实际上，这项工作的难度也超出了我的预想。里奇准备的脚本篇幅很长，但很多地方结构松散，缺少连贯性，完全不适合于电视，最终每一集都必须我自己动手写，只是从里奇的本子里利用了一点。为了做这个节目的宣传，1975年1月初，我先后出席了在旧金山、纽约、华盛顿和芝加哥的开播式。这个项目获得了非常大的成功，节目通过PBS电视台在各地多次播放。在这一过程中，我学到了很多有关日本电影的知识，尤其是更深刻地理解了黑泽明的电影，我认为他的影片《生之欲》在我所看过的电影中是最令我感动不已的杰作。

同电影完全不同的工作是建立日美欧三极委员会，建立这个委员会的最初目的是要让日本更多地参与工业化的民主国家圈的活动以及强化其同西欧的纽带关系。美国同日本之间以及同西欧之间都保持着紧密而

---

① WGBH（波士顿）公司是美国公共广播公司黄金时段、少儿节目和在线内容的领先供应商。——译者

稳固的关系，但日本同西欧的关系就很薄弱了。推动建立这个委员会的是银行家戴维·洛克菲勒（David Rockefeller），杰拉德·C. 史密斯（Gerard C. Smith）担任美方实行委员会主席，杰拉德·C. 史密斯是美国参加削减战略性核武器谈判（SALT）的首席代表。兹比格纽·布热津斯基（Zbigniew Brzezinski）参与了该委员会的组建并担任首任秘书长，在其中发挥了重要作用，后来不久他担任了卡特总统的国家安全事务助理。当布热津斯基还是哈佛的学生时我就认识他了。布热津斯基对正在持续增大的日本的重要性很早就予以了关注，在这一点上他表现出的敏锐性给我留下了深刻的印象。1971 年布热津斯基在日本住了半年，他根据自己在日本生活的体验写了一本论述日本的书，书名为《易凋谢的花·日本》，这本书出版后得到广泛好评。我作筹备小组的成员以及美方执行委员会成员参与了日美欧三极委员会的工作，这一期间同我共事的有塞勒斯·R. 范斯（Cyrus R. Vance）和保罗·C. 沃奈克（Paul C. Warnake）。沃奈克后来担任卡特政府的参加削减战略性核武器谈判的美国首席代表。

这一年冬天，也就是在 1974 年末到 1975 年初，我应日本的一些知名人士的要求，写了一封支持提名授予佐藤荣作首相诺贝尔和平奖的信。在此之前，我曾为前首相吉田茂写过同样的信，但是没有成功。后来我被告知，这次促使和平奖委员会选择佐藤获奖有两封信起了至关重要的作用，我的信是其中之一。这个选择不仅仅是日本人，而且是使全世界的人们都感到困惑不解，如果该委员会的选择确实缘于我的推荐理由的话，那么其足可以为自己选择的正当性作辩护。我推荐的理由是，在第二次世界大战之后，全体日本人民一贯坚定地支持和平，如果无法向这一群体授奖的话，那么长期以来一直担任首相的佐藤荣作作为日本国民的代表接受这一奖项是当之无愧的。实际上我觉得把这项和平奖授予佐藤远比前一年授予基辛格和北越的黎德寿更富有意义。他们只是在战争升级和拉长之后达成了和平的谅解，而很显然那只不过是在最终军事解决之前的一个间歇而已。

1970 年代前期，最不轻松的新工作就是为哈佛的日本研究筹措资金，这项工作占用了我大量的时间。当时美国各地大学都面临着财政困难的问题。政府以及一些大的基金会对东亚研究这种特殊研究的资助开始减少，而当时的通货膨胀又使经费开支不断增长，尤其是哈佛的东亚研究学科有一个很大的图书馆，其经费开始剧增，情况显得更为严峻。学校当局的态度已经明确，为了维持、发展这一领域的学术研究，必须自寻新的财源。

为了应对这一挑战，我们设立了东亚研究评议会，在协调学科内工作的同时，努力开辟财源，筹措资金，评议会在协调方面并没有做太多的工作，但在寻找财源方面作了很多的努力，而且有了眉目。我早已决意回避所有的行政事务，但还是不得不在评议会的筹建和资金筹措方面全力以赴。费正清和我到美国各地去讲演，去所有可能提供资金的地方化缘，但效果甚微。就在此时，我听到一个消息，日本的三菱公司通过杰罗姆·科恩（Jerome Cohen）出乎意外给哈佛法学院一笔捐助，供他们开设日本法制研究讲座。这个消息给我一个启示，使我想到日本可以成为得到捐助的财源。当时日本正处于最景气的时期，有远见的日本人也清楚地认识到在美国民众中传播有关日本的知识是符合日本利益的。我预感到日本人会对哈佛日本研究希望得到资助的呼吁作出回应的。

为了能在日本更清楚地表明我们的目的，我们建立了日本研究所，我不得已出任所长，而实际上具体的工作都是由执行所长唐·夏夫利承担的。研究所筹划建立了图书馆日本图书室以满足不断增长的对有关日本研究的图书资料的需求，增设了数个教授职位，拓展了研究领域和其他相关活动的范围。我们把这些内容都编入了一本图文并茂的小册子里，文字部分使用了英日两种文字。我想西方人使用英日两种文字编成小册子并在日本人中散发可能这还是史无前例的。1973 年夏，我带着这本小册子在商学院麦克尔·Y. 吉野教授陪同下去了日本。当时我们遍访了日本著名企业的高管，拜访时情况的解释说明大多是吉野教授担任的。吉野教授还很年轻，但他对日本产业界的领导人非常熟悉，这使我大吃一惊。更为吃惊的是日本方面对吉野也很熟悉，这次旅行所取得的成果很大程度上要归功于吉野教授。

我们首先争取到经团联的强有力的支持。经团联即经济团体联合会，这是一个极具力量的组织，其间主要得助于负责经团联财务管理的花村仁八郎，花村为人随和，极具管理才能。大型汽车企业日产公司和丰田公司各自主动为我们捐献 100 万美元。我至今还记得当时的情景，日产公司的总经理把我叫到他的办公室，很不在意地随手递给我一张 100 万美元的支票。我们在日本筹措捐款共计 1 000 万美元，当时计划在美国筹措同样数额的捐款，但时至今日筹到的款项尚未达到预定的目标，这使我感到惭愧。

虽然日本方面允诺的 1 000 万美元基本上都已兑现，但日本以外的资金捐助就微不足道了，所以研究所计划中的活动还必须要紧缩。尽管如此，哈佛的日本研究在资金上一时得到了保证，这还是令人感到欣慰的。对于我来说，这次筹措资金并不是件很愉快的事，尤其在拜访那些产业界的大佬时，每次他们中的许多人都会说："赖肖尔先生，既然是你来了，我们当然会给。"他们的话让我感到有种低三下四的感觉。我心里暗暗发誓，今后再也不参与这种筹款的事了。

同我们一样陷入财政窘境的美国其他大学对哈佛的成功感到吃惊，他们为了寻找"金矿"也纷纷派使者前往日本，但他们搭的车晚了。因为不久世界就遭遇了第一次石油危机，日本的产业界也陷入了大混乱。美国的学界托钵僧到日本一家家企业去化缘的情景在东京并不鲜见，但他们的钵已经很少有被装满的了。

对哈佛进行捐助的日本捐助者都非常强烈地要求他们捐助的资金只能用于日本研究，不可使用于中国或其他东亚地区研究。他们还担心捐助的款项被当作日本研究的经常性经费使用，其结果就会使对中国及其他国家研究的有关预算变得宽松。这种担心不无道理，为了防止这种情况发生，我对资金的使用制订了严格的条件，这样一来，日本研究所在资金使用方面在哈佛大学内就有了相当与众不同的独立性。

这一时期对我来说完全是一项新的工作，就是开始参与一些企业的活动。最初是 1970 年秋天我成了 GRC（General Reinsurance Corporation，后改称为 GRE 公司）公司的管理层成员，该公司在纽约，后迁至康涅狄格州格林威治。同企业发生关系的利弊我并不是没有考虑过，但哈佛大学最大的资产运营机构哈佛公司的 R. 基思·凯恩（R. Keith Kane）竭力劝说我并给我介绍了第一家公司。一旦上了贼船就欲罢不能了，1974年，我又参加了芝加哥郊区斯科基的布隆斯维克（Brunswick Corporation）的高层管理。1976 年加入野村证券设立的一家规模不大的日本专业投资公司，野村证券是日本最大的证券公司，后来纽约的梅里尔·林奇（Merrill Lynch）公司也加入了我所任职的这家投资公司。

起初我对这三家公司究竟是从事什么商务活动一无所知。GRC 公司的再保险业务在我想象中是一种很神秘的艺术，至于股票的变化更是变幻莫测。只有布隆斯维克公司还比较好理解，其最早是一家保龄球设备公司，后来成为综合制造业公司。对于这三家公司，我几乎没有什么可给予他们的，只是每年在各家公司召开的董事会上露脸而已，每家公司一年大约开四次至七次董事会议，但我的收获却是很大的。我由此看到了在此之前从未看到的美国社会的一面，第一次得到了从大企业的立场上思考商务活动的机会。此时，我很后悔应该在更早一些时候，尤其是在担任驻日大使之前就应该有这样的体验。公司的职位带来的好处很多，董事会议常常是在诸如南卡罗来纳州希尔顿黑德岛和亚利桑那州的斯科特斯戴尔举行，赴会时可以由夫人陪伴，这些都是平时难得可以去的好地方。野村-梅里尔·林奇的董事会议每年都是固定在日本举行，所以去日本旅行对我来说已是家常便饭了。这些企业的薪酬待遇丰厚得令人吃惊，我个人对此当然心满意足，但想到其同公务员和学者的薪酬之间的巨大反差，我还是不由得感到惊悚。

在大学里连续七年不间断地教学之后，我决定在 1974 年学术休假。这一年 10 月，春和我去了日本。其间为参加第四次威廉斯堡会议我还去了一次香港。第一次威廉斯堡会议是由约翰·洛克菲勒于 1976 年 4 月组织在弗吉尼亚威廉斯堡召开的。后来就把这个系列会议冠以威廉斯堡之名。那次会议我也参加了，与会者来自西太平洋地区，从日本到澳大利亚，还有来自美国的知识界领袖。在日本逗留期间，我作了好多次的讲演，春和我还上了好几次电视节目。我们会见了许多老朋友，其中就有皇太子夫妇。皇太子夫妇邀请我们去他们居住的东京御所，在那里我们观赏了皇太子养的热带鱼和皇妃的爱物竖琴。皇太子夫妇名义上邀请我们去喝茶，但实际上我们在那里享用了一顿丰美的日式晚宴。

在 1974 年访日期间最有意思的是其恰巧同 11 月 18 日至 22 日杰拉尔德·福特（Gerald Ford）总统的访日日程相重合，那是美国现职总统首次访问日本。艾森豪威尔总统 1960 年预定访日最终没有实现而引起的感情纠结、越南战争都已成为如烟的往事。我被邀请参加在首相官邸举行的盛大午宴，当我看到应邀出席宴会的除总统随行人员和驻东京的各国使节外，我是唯一的外国人时非常感动，很显然我不是被当作外国人而是被当作半个日本人，是作为东京的名士受到邀请的。在入座前，唐纳德·拉姆斯菲尔德（Donald Rumsfeld）看到了我，他硬是把我拉到邻近的一个小房间，那里只有很少的几个人正在被介绍给福特总统。等我走进时，福特的身旁站着的竟是基辛格，他正以从未见过的可怕眼光盯住我。这是因为就在福特一行抵达的那天，报纸上以显著的位置刊载了我批评基辛格的外交政策的文章。实际上，上一次基辛格来访日本时也发生过类似的事情。这两次事件完全是出自偶然，我是一贯批判基辛格的做法的。基辛格似乎很生气，一个美国人，而且还是朋友，竟然跑到国外来批评他这个国务卿，这成何体统。但我的想法完全不同，我认为作为一个普通公民，如同在美国一样，可以自由地在日本批评美国政府。

1970 年代前半期，新的工作占去了我很多时间，但原有的工作仍如常进行。除教学和校外的讲演，我还写了很多东西，尤其是为在日本出版而写的东西。我大幅度地修改了旧著《日本的过去与现在》，1970年出版时改名为《日本，一个民族的物语》，1976 年又重加修订，对内容作了更新。我还把与费正清、阿尔伯特·克雷格共著的两卷本历史书《东亚》进行了修订，1973 年改为漂亮的单卷本再次出版，该书篇幅超过千页。

1968 年我受哈佛大学出版社的委托担任丛书《美国的外交政策》的编辑，我所著的《美国与日本》一书也被收入该丛书中。寻找丛书的撰稿者的工作我并不擅长，但是审读原稿，有时对撰稿者提出建议却是很愉快的工作。该丛书涵盖的国家和地区有德国、意大利、波兰、爱尔兰、斯堪的纳维亚半岛、巴尔干各国，还有拉丁美洲、中国、印度、缅甸、马来西亚、阿拉伯世界。我发觉在很短的时间内把自己关注的目光投向如此众多、千差万别的国家和地区充满刺激，为丛书的各卷作序也是一件令人愉悦的事。

这几年间我完成的新著只有一部，就是《面向 21 世纪：教育与变化中的世界》，这本书于 1973 年由克诺夫出版社出版。这一时期，我讲演的题目也逐渐转向对日趋紧张的国际间对立的分析，特别是对发达的工业化民主国家之间的摩擦或发达国家同社会主义国家以及欠发达的第三世界国家的摩擦作幅度更广阔的分析。我认为，如果这种状况长此以往，最终的结局完全可能演变成一场世界性的灾难。唯一解决的长期方策就是大力增进发达的民主国家之间的互相理解和合作，把社会主义国家和第三世界国家逐渐引入发达的民主国家正在建立的自由贸易圈内。

我在这本书里总结道，为了要实现这一目标，所有国家的人们都应以更为宽容的态度处理国际关系，必须具有世界公民的自觉。为此，必须从根本上重构现在的教育。教育的重点已经不只是传授自己国家光辉的传统和历史，而是要面向整个人类的发展。我认为，美国和日本这样的发达的民主国家作为经济大国同国际关系问题密切相关，他们有机会充分展示他们的领导作用，所以必须率先朝这个方向努力。我在难以计数的讲演中始终极力强调这一观点，在《面向 21 世纪：教育与变化中的世界》中仍概述了这一观点。这本书并没有引起太大的反响，只是有一些无关痛痒的书评。但从我自己后来感受到的反应来看，这本书在很多对教育和国际问题关注的人群中还是产生了相当广泛的冲击力的。

46　减　速

　　1966 年重回哈佛之后的那些年中，我生活中的每一天都非常充实，但也非常地忙碌。虽然早已过了花甲之年，仍觉得像三四十岁时那样精力充沛，这一点有时甚至连自己都觉得吃惊。不言而喻，任何事情都是有限度的，尤其是在 1964 年遇刺之后我染上了肝病。1975 年 2 月 22 日，意外终于发生了。那天我刚刚结束一天的旅行回来，在过去的一周里，我在西弗吉尼亚卫理公会学院作了讲演，这所大学的校长是杰伊·洛克菲勒。讲演之后又去内布拉斯加州，花费了两天时间制作电视节目。在芝加哥讲演完后又去华盛顿的国立国防大学发表简短讲话。在接下来的两周内，预定还要去外地作四场讲演，参加好几个会议。但就在 2 月 20 日午后人突然言语含糊不清，右腕失去了知觉，秘书赶紧把我送往医院，在医院被诊断为中风。

　　身体恢复得相当缓慢，几天后意识清醒了，但右半身麻痹，上次遇刺后右脚就不太灵活，留下了后遗症，现在又加上了右手也不能自由活动，秘书们本来就为我龙飞凤舞、难以辨认的字体受罪不少，现在又给他们添了新的麻烦。言语障碍成了更大的问题，无论想要说什么都要费很大的劲，如果稍许疲劳，说的话就会变得含糊不清。在后来的几年里，有些像"literature"这一类"l"和"r"较多的词几乎都发不出音，而且有些想说的姓名和单词从嘴唇里吐不出来，只能不得不结结巴巴绕圈子把意思表达出来，语速也明显地减慢了。以往同说话慢条斯理的人在一起时常常会不经意地插嘴，或许会使对方恼怒，现在这种情况倒过来轮到了自己，这当然是非常不好受的。在公众场合说话的能力最终没有能恢复到原来的样子，这原本是我的一个最大的法宝，而现在却不能发挥作用了，这使我感到十分地痛苦。同样让我感到痛苦的还有外语能力的减退，甚至连日语都不会说了。自己竭力想清清楚楚地发音，但所说的话已完全没有了节奏，这样不久就完全丧失了自信，虽然还保留着对日语的理解力，但已放弃了再说日语的努力。

在患病以后，我的工作量明显地大幅度减少。学期结束前的授课不得不全部停掉。只是在 4 月 30 日上了"稻田讲座"日本课程的最后一课。4 月之前的所有讲演以及要参加的会议也都全部取消。后来随着身体的逐渐恢复，才又开始打网球了，但已不能回到原先那种激烈的节奏中去了。我还辞去了若干个委员会的委员职务，中断了同各个机构团体的联系，以前的工作有相当的部分不得不中止。到了秋天，教学课程安排恢复到同原来一样，但是"现代日本的行政与政治"课程从这时开始与其他青年学者共同承担。头一年是在华盛顿的约翰·霍普金斯大学高级国际研究学院任教的纳撒尼尔·塞耶（Nathaniel Thayer）到哈佛来参与教学，塞耶是我在东京任大使期间的新闻发言人。在随后的那些年里，特里·麦克道格尔（Terry MacDougall）分担了我的课程，有几年肯特·考尔德（Kent Calder）也承担了这个课程。

1975 年 10 月初，天皇和皇后俩陛下访问美国，这是历史上日本在位天皇首次访美。当时我的状况还不稳定，身体相当虚弱。春和我接到了总统和天皇分别发出的邀请，参加他们各自举行的正式晚宴，这使我非常感动，我知道天皇和皇后陛下的访美是具有深远意义的事件。在去华盛顿之前，为面见天皇时表达自己美好祝愿还事先做好了用日语问候的准备。然而在会面时，天皇一见到我就满面笑容地说"久违了"，这是亲密无间的朋友之间在久别重逢时的一句极普通的寒暄语。在总统举行晚宴结束后，音乐响起，舞会开始了。春和我正在和着舞曲起舞时，发现基辛格就在我们边上，基辛格是一个善于临机应变的聪明人，他随口对我说了一句："怎么样，你又可以说今晚的客人名单不是我定的？"

我的状况慢慢地在恢复，不久就可以到外地旅行了。去外地主要是做讲演，有时也参加有关公司的董事会会议。1977年1月，我因参加会议在病后第一次去了夏威夷。那一年的5月，为了在名古屋做讲演，我还去了一次日本。

1978年12月，我的亲密的朋友大平正芳担任日本首相。翌年5月，大平正芳访问美国。由于担心卡特政权或许不十分了解大平的高尚的人品和其对美国所怀有的不渝的友情，我给副总统弗里兹·蒙代尔（Fritz Mondale）写了一封长信，介绍了大平的为人。蒙代尔是我表哥的女婿。信发出后虽然一直没有回音，但似乎还是被相关人士认真对待的。春和我为迎接大平并出席总统举行的宴会去华盛顿。我们人刚到华盛顿就接到通知，大平想在布莱尔国宾馆同我会面。布莱尔国宾馆隔着宾夕法尼亚大道同白宫遥遥相对。到了国宾馆后，大平告诉我卡特同他谈到了我写的那封信，他似乎觉得在华盛顿之所以受到热情接待多少同那封信有些关系。

1979年6月，春和我去日本，这次是应关西学院大学邀请在神户作讲演。这次旅行我们始终是在警察和警车的护卫之下，这是在我任大使时期都没有过的。记不清是这一次，还是第二年的5月再次去日本时，我曾专程去首相官邸拜访了大平。我曾坚信大平会有朝一日走进首相官邸，而且会在这个要职上占据一段时日，然而就在我第二次去日旅行之后不久，传来了大平突然去世的讣报，这简直就是一个晴天霹雳。大平是一个睿智、刚强、具有高超政治技巧的伟大的领导人，他的去世令人痛惜，对日本和世界都是一个重大的损失。

虽然这次生病严重影响了我的说话能力，但书写能力还是一如往常，并无大碍。哈佛大学出版社提出希望出《美国与日本》的修订本。这本书在1949年、1956年、1964年等日本发生重大变化的相关章节都已作过补写，已经变成了一个加层蛋糕。如果在此之上再增加一层，添写1970年代中期的话，就会显得前后不统一，说不定全书的整体结构变得支离破碎。于是我决定另起炉灶，写一本完全不同的新书。1974年夏天我开始动笔，起初由于写得过于冗长，又把写好的部分弃之不用，翌年夏天，在发病之后再次从头开始重写。

这本书的书名题为《日本人》，书名简洁明了，我自认为在自己所写的书中这本书是写得最好的。哈佛大学出版时也非常高兴，他们原打算把这本书列入丛书《美国的外交政策》，后来放弃这一计划，而是作为贝尔纳普出版社系列图书的一种单独出版，书印制得非常精美。《日本人》首先概述了日本的地理位置，接着用稍长的篇幅但仍很简明地介绍了日本的历史，再下来分三大部分论述日本社会的特征、日本人的思维方式和现代日本的政府及政治发展过程，最后以日本在国际社会中的地位收尾。《日本人》甫一出版，得到广泛的好评，卖得也很好，在华盛顿连续几周被列入畅销书排行榜中，而以同一书名出版的日文版卖得更好。

另一项写作就是为卡尔·W. 德义恰（Karl W. Deutsch）的《政治与行政：国民如何决定自己的命运?》撰写有关日本的一章，这项工作并没有花费太大的精力。这一章写得很长，原稿后来在他的《比较行政学：工业化国家与发展中国家的政治》一书中也被采用。在这一章中，我所特别强调的是，日本的政治制度在有些方面与主要的民主国家，尤其是与美国的总统制是不同的，但在政府的政策反映国民意志这一点上是民主的，而且在效率上毫无逊色。再就是我把费正清、克雷格和我共同编著的大部头著作《东亚》分为中国、日本两卷出版。1981

年春，我又对《日本，一个民族的物语》进行了彻底的修订，这本书最为完美地表达了我的日本史观。另一件与出版相关的工作就是，1983年讲谈社出版英文版《日本大百科全书》九卷，我作为美方顾问委员会主任参与此事，就任日方顾问委员会主任的是我的老朋友都留重人。

这一时期我参与最多的工作就是亨利·罗索夫斯基为哈佛本科生制订的核心课程计划。我是与该计划相关的包括几个部门的委员会成员，1976年11月我在该计划中心实施委员会里极力主张应在核心课程中加入国际化要素，这是该计划至关重要的部分。罗索夫斯基是日本经济史的专家，不言而喻，他的这一背景成了新制度得以实施的关键要素。在核心课程计划中，把那些特定国家的历史、社会、文化的学习即所谓的"外国文化"列为必修课程并占一半以上。英语圈国家由于同美国过于相似而被排除在外，渊源很深的欧洲国家则原则上要求用原语阅读取得学分必读的书目。这一做法的目的是，今后本科生在大学阶段如果不对与美国相当不同的异质文明有所接触、了解是不能从哈佛大学毕业的。这是我的职业生涯中的一个理想，虽然从一开始我就认为，在我有生之年实现这个目标几乎是不可能的。

1977年，我作为制定核心课程方案的夏季工作委员会的一员同另一位教授共同承担外国文化这一部分的工作。此时，我觉得"稻田讲座"可作为效仿的一个模式，那样的话，不仅仅是接触、了解外国文化，还可以成为历史学习的一环，是最为理想不过的了。因为这样做可以一石二鸟，主张设置必修课程的人都表示赞同，他们认为这样可以不过度加重学生的负担。整个方案得到了认可，这样我进入伊奇拉·沃格尔（Ezra Vogel）领导下的委员会，开始指导"外国文化"这一核心科目的实施工作。

当教授会对罗索夫斯基的核心课程计划进行最后投票时，罗索夫斯基委托我对"外国文化"这一部分做一介绍，在参加会议之前我已做好了充分的准备。但是会议上自然科学一派与人文社会科学一派始终围绕着各自的科目在核心课程中的比重争论不休。"外国文化"连谈都没有谈到。这时我才知道"外国文化"是学生们唯一没有反对的科目。把学习外国文化当作大学本科生的必修科目已经被理所当然地接受了。

1978 年，华盛顿希望我担任有关外国语·国际研究的总统委员会主席，我以健康上的理由谢绝了，但同意担任该委员会委员。首次会议于同年 10 月在华盛顿举行，具有才干、精力充沛的原康奈尔大学校长詹姆士·A. 珀金斯（James A. Perkins）担任主席，委员中有伊利诺伊州选出的参议员保尔·西蒙（Paul Simon），他是设置这一委员会的推动者，西蒙后来当了众议院议员。在会议的讨论中，如在《面向 21 世纪：教育与变化中的世界》一书中所写的那样，我提出要进行教育改革的建议，但是时机不对，当时政府正在为削减预算煞费苦心，要钱的事压根就不会考虑。该委员会虽然冠以总统的名义，但看来卡特总统本人并无太大的兴趣，他连第一次会议都没有出席，只是委派了布热津斯基代表其在会议结束时露了一下脸。我们多次聚在华盛顿开会，认真地讨论，并到全美各地举行听证会，最终于 1979 年 11 月提出报告书。这是一份归纳汇集了很多好的建议、想法的报告书，但在现实中几乎没有产生任何成果。

在这一期间，同以往一样，来访的客人络绎不绝，来哈佛的短期的访问学者人数也急剧增加。在我的记忆中，来访的客人中有作为日本社会党委员长初次访美的飞鸟田一雄，这个社会党访美代表团在华盛顿受到了冷遇。1979 年 11 月 18 日，我邀请代表团一行和一些哈佛著名的教授在我的家中举行了讨论会，据说这是他们访美期间最大的一个活动。

中风后经过几年的时间，我的工作节奏渐渐恢复到原来水平，再次回到超负荷运转的状态。1980 年 8 月初，在同三个孩子及他们的家人们聚会之后，春和我与以往一样去了鳕鱼角的查塔姆，打算在洛凯姆的避暑别墅住上几天。8 月 24 日，我在夏日灼热的阳光下打了很长时间的网球。第二天在当地的医生建议下很不明智地服用了大剂量的阿司匹林，在这之后，又为日本电视台进行了超长时间的电视录像。翌日早晨突然脑出血倒在厨房的地上。当地的消防署很快来了救护车把我送往海恩尼斯的一家小医院。到傍晚我的病情稳定后才被允许用救护车转往波士顿。我的病房很快就成了鲜花的海洋，以致使我产生一种错觉，以为我在出席自己的葬礼。

　　在同死神擦肩而过之后，我被授予了各种荣誉，这使我出席自己的葬礼的感觉更加强烈了。1957 年中风之后，我被选为日本学士院的名誉院士，该学士院外国名誉院士共有十名，其中美国人只有两名，大部分都是著名的自然科学家。这一年我还获得了国际交流基金会奖，是获得该奖的第四人。1973 年，我的恩师叶理绥首获此奖，在我之后，1976 年是杰克·霍尔，1979 年是伯顿·法思，1980 年是休·博顿，1983 年是唐纳德·金，他们都是我以往的同事或教过的学生，这让我感到十分地高兴和欣慰。1984 年，约翰·霍普金斯大学将其华盛顿高级国际研究学院（SAIS）东亚研究中心更名为埃德温·O. 赖肖尔中心，这是一份不等寻常的荣誉，该国际研究学院院长乔治·帕卡德是我在东京任大使期间的私人秘书，他在其间无疑起了推动作用。在此之后，我的哈佛大学的同事们仿效此做法，翌年把日本研究所更名为埃德温·O. 赖肖尔日本研究所。现在，当我走进两者之中的任何一个研究所时，都会觉得那张挂在墙上我身着黑色服装的照片远胜于现实生活中的我，同周围的场景更为匹配。

　　我所获得的这些荣誉使我不由自主地想到日本人所说的一句话"被

抬上神轿"①，这句话带有几分调侃，在日本，每当一个地方的民间祭日，就会有一群青年人簇拥着一个安放着神道牌位或神道崇拜物的轿子吆喝着行进在大街小巷。在日本，被称作"被抬上神轿"有点类似我们所说的"踢到二楼去"②，只是后者少了几分谦恭。我已经获得了太多的鲜花和荣誉，这令我感到受之有愧。我在自己的遗嘱中再一次表达了久已有之的心愿——"葬礼、追思仪式，一切均无必要"。

1980年脑出血之后，我迫不得已把原已减少的工作进一步减少。我的体力明显地衰弱下来，说话能力也在减退。也许是多年以来使用过度的缘故，声带也变得相当脆弱，再也不能像以前那样口若悬河、滔滔不绝了。这一年秋天，我请了一学期的假，有关日本政治的课程也延迟到下一学期，在2月初开讲。10月之前，只参加哈佛以及校外少量的会议，偶尔也做讲演或接受电视台的采访，工作量比第一次中风之后减少得更多，网球再也不打了，宴会应酬等几乎都不参加。所参与的委员会及其他机构组织的工作基本已退出，只保留了名誉会长、名誉主席、名誉理事之类的头衔。我的职业生涯显然已接近尾声。

---

① 日语中写作"御神舆"，意为捧人、戴高帽。——译者
② 英语中原词为"kicked up stairs"，意为明升暗降。——译者

47　解甲归田

1980 年 10 月 15 日，我七十岁。按照规定，翌年 6 月末我必须从哈佛大学退休。在最后的一个学期，我担任了比以往更多的课程。当这一天到来时，我似乎有一种如释重负之感。同事们为我举办了一个规模不大但很温馨的宴会。作为礼物，给了我一间可以终生使用的办公室并配有秘书，在我的感觉中，这是一份最为珍贵的礼物了。

同事和朋友旁听最后一堂课已成为哈佛大学的传统。实际上我的最后一课上了三次，美国与东亚关系论、现代日本行政和"稻田讲座"中的日本论课程。其中"稻田讲座"承载着我太多的回忆，虽然其在日程上排在最前面，但我还是决定把"稻田讲座"作为象征性的最后一课。令我感到意外的是，日本 NHK 电视台提出希望对这次课作全程录制，这在哈佛大学历史上还是第一次。4 月 22 日，在正式选修这一课程的学生进教室之前，座位基本被坐满了。有些人不得不坐在地上，他们似乎有些不满。教室的门口还有成群的没能进入教室的人。这一节课我没有带讲稿，课上我非常轻松、无拘无束地谈了自己所经历的事情，并就今后的日本研究以及日美关系谈了自己的期望。课讲完后，两个穿着美丽和服的日本小女孩捧着大束鲜花走上了讲坛。后来才知道，小女孩的父亲正在准备参加国会竞选，是一个很有希望的候选人，她们善意的举动也是作为其竞选活动的一部分。哈佛的最后一课于 5 月 26 日黄金时段在日本全国首播，后来到夏天又重播了一次。无论是出租车司机还是大学教授，当时这个节目受到了日本各阶层的广泛称赞，只是在一档节目里出现就受到如此好评在我还是有生第一次。

我的哈佛大学的职业生涯完美地落幕，但紧接着是一场很大的麻烦缠身。《每日新闻》记者古森义久当时正在对日美间战略伙伴关系作深度调查，他很久以前就计划要对我进行采访，但由于铃木善幸首相的访美、渥太华的七国峰会等原因一再推迟。5月9日，采访终于得以实现。在我们的交谈中，我发觉古森对我所谈到的1963年我同大平外相就进入日本领海的美国舰艇搭载核武器进行交涉这一件事表现出极大兴趣。当时我倒并不在意，因为在我刚刚出版的1981年版《日本，一个民族的物语》中已经写到这件事，虽然那只是概括性的论述。其他人士包括已经退役的海军司令吉纳·R. 拉罗奎（Gene R. Larocque）早在几年前也在公开场合透露过当时的情况。但是，此时恰好是日本公众因铃木首相在华盛顿就防卫问题所做的谈话刚刚受到极大刺激时，报纸对在十八年前发生的这个事件中我的作用又做了大肆渲染，于是"赖肖尔谈话"顷刻之间在日本成了人们关注的大问题，还出现了形形色色离谱的解释。实际上在这二十年间，关于进入日本领海的美国舰艇，日本政府对日本国民所做的解释好像就没有发生过搭载核武器这类事情似的，一直遮掩真相才是问题的所在，有些情况甚至连军事专家都难以置信，而我所说出的只是事实而已。日本公众对我所说的情况深信不疑，于是就对政府虚假的谎言感到愤怒。面对这种情景，日本政府对我表现出非常气愤。5月17日至18日，我们家的电话铃声不断，日本的记者也蜂拥而至。幸好乔治·帕卡德因出席哈佛燕京学社理事会议临时住在我家，他出面为我解了围。在18日理事会召开之前，乔治·帕卡德安排了一场所有日本报社和电视台记者参加的记者会，事情终于得以了结。围绕我的所谓"泄密"这桩轰动一时的事件后来很长一段时间内影响也没有消除，日本政府中还一直有一些人对我说三道四。最早报道此事的记者古森为平息事态，后来又写了一篇专稿，非常详尽地叙述了我当时那次谈话的来龙去脉。但日本公众对我的友善还是一如既往，没有变化。谈论哈佛大学最后一课的人要远多于谈"赖肖尔谈话"。在一切又重归于平静之后，我发觉自己在不经意之中化解了日美关系中的一个最为棘手的问题。

因为哈佛的退休和"赖肖尔谈话"这一件事的关系，5 月至 6 月期间，报纸、电视的采访如同洪水，使我陷入繁忙之中，其中以日本的媒体为主。进入夏季之后才稍许有了点空闲。因 1980 年 8 月我突然病倒而被迫中断的 NHK 的一个节目制作又得以重新开始。NHK 提出制作以我半生经历为主的纪录片系列是 1979 年我携春去日本时的事。第二年 5 月，纳谷祐二、堀田谨吾两位导演来贝尔蒙特呆了一周，录制了对我的长时间的采访，挑选了我家庭相册中的照片。这个节目的创意是纳谷提出的，他读过我的好几本书，纳谷想以我的传记为框架，介绍我对日本现代历史的解释，他认为日本人对日本现代历史是无知的，对其所作的解释也是混乱的，于是就这样把我的半生用糖衣包裹起来，而实质上展示的是历史。

1980 年夏，我们全家在贝尔蒙特团聚时，NHK 把我们在后院享受天伦之乐的情景录制下来。后来因我患病倒下，节目制作不得不中途搁浅。重新开始是在 1981 年秋，春和我去阿姆斯特丹，在那里同纳谷、堀田以及其他制作人、摄影师、录音师会合，然后先后去了莱顿、维也纳、萨尔茨堡、巴黎等我年轻时代在欧洲的游学之地。欧洲往昔的师友都已谢世，只有叶理绥最小的儿子瓦迪姆居住在巴黎，他是中国、日本美术研究的权威人物，电视台录制了我同瓦迪姆所做的长时间的对谈。我们同 NHK 的人员从欧洲又回到美国，他们在坎布里奇和华盛顿继续采访，录制了我同费正清的谈话，还录制了我在马萨诸塞州西部休·博顿的家中同他的谈话。其中最令我难忘的一个片断就是战争期间我在阿林顿楼所教过的六个学生来我家聚会的情景，现在他们大多数人都做了教授，这次相聚不期然成了一次回想战时往事的同窗会。

10月6日，我们去日本，一直呆到11月24日。其间，与NHK的工作人员去中国旅行一周，还去了冲绳三天。在中国，除了北京之外，我们还去了圆仁曾住过五年的古都西安。春是第一次去中国，我也是第一次去西安。在节目摄制的间歇，我们也随意到处转了转。在前面我也写到过，战前在中国，乞丐和因饥饿而奄奄一息的人随处可见，但现在已看不到这种景象了。与此同时，北京的城墙再也看不到了，古老中国的魅力也已消失殆尽。宾馆饭店和拔地而起的高层建筑透过笼罩的蒙蒙烟尘依稀可见，大马路上汇集着密密麻麻的自行车洪流，眼前的景象已经很难使你把其同曾经的北京联想到一起，一座宁静、节奏舒缓的城市的消失使我感慨不已。但看到人们已经衣食无虞、朝气蓬勃、充满活力而又感到十分欣慰。在日本和美国看惯了那些闪烁发光的新器物之后，中国古代文物的典雅给我留下了难忘的印象。所有人的服装都是令人压抑的蓝灰色，到处是灰尘污垢，同人们交谈你就会发现他们的生活是受到制约的。我们被允许借用了一辆红旗牌的汽车，其车型介乎于凯迪拉克与小型坦克之间，是中国最高等级的汽车。这次旅行也更坚定了我早已抱有的一个信念，正因为有着巨大的人口，中国将会继续进步，只是缓慢而充满波折。

在这一段长时间的共事过程中，我们同NHK的五人团队建立了深厚的友谊，他们热情开朗，专业技术很好。其间遭遇最大的困难就是在中风和1980年的脑出血之后，我的日语讲说能力大大减退，可以用日语讲的东西却不能很流利地表达出来，所以我决定大部分场合用英语讲，而且是当场即兴发挥，不使用讲词提示器。NHK方面也表示赞同，他们认为那样更具有说服力。整个节目用日语进行解说，我用英语就日本现代化的背景及其最近的发展所做的简要解说被译成日文打在字幕上。

每集一小时的五集系列节目就这样制作完成了。整个节目是以我在日本的童年时代、在欧洲和中国的游学（其中提供了历史的比较与同日本的比照）、战争期间的活动、驻日大使时期等为中心展开的。1982 年春连续五周在黄金时段播放，夏季又作了重播。就整体而言，可以认为是成功的，但我没有能够按照最初计划的那样全部使用日语，这是最为遗憾的。

这个节目的副产品是由日本放送出版协会出版的一本图文并茂的书。这个协会是 NHK 的附属机构，但与 NHK 不同，其是一个营利公司。该书的内容是以播出的节目与 1980 年 3 月所做的长时间采访中没有使用的材料为基础构成的，这本书我并没有动过笔，但其书名为《对日本的自叙传》，对此做法我曾提出过异议。他们说，因为从日语的角度来看，这个书名叫得响，是最适合不过的了。我最终还是被说服了。我细致地对初版校正稿作了校正，改正了许多错误，同时还指出了一些看似有自我炫耀之嫌的地方，出版方按照我的意见认真地做了修改。这本书是根据口头谈话的录音写成的，风格轻松随和，成了一本畅销书。

在 1980 年患病以后，我停掉了外面大部分的工作，但一个偶然的机会却让春和我开始了我们生活中更为重要的新事业。这件事的起因发生在 1978 年 5 月访问日本期间。我们在大仓饭店用早餐时，一个年轻貌美的日本女性走近我们，她自我介绍说她的名字叫伊津桃子，在一家生产能源转换器（ECD）的小规模的高新企业中担任副总经理，负责国际业务，她的公司在底特律郊区，总公司在密歇根州特洛伊。伊津桃子希望我能见见她公司的总经理斯坦福·奥夫辛斯基（Stanford Ovshinsky），我同意了。这样开始了我们之间的交往。11 月，奥夫辛斯基和夫人艾利斯以及桃子来我家。

奥夫辛斯基是使用廉价的非结晶材料而不是硅晶体把太阳光转化为电能的技术的开拓者。因为他连大学也没有读过，所以在业界长期受到冷遇。但奥夫辛斯基的发明成果不久得到承认，并被认为是最具商业价值的太阳能利用方法。奥夫辛斯基怀有一个强烈的愿望，要把其努力的成果推向世界上那些发展落后的国家，他坚信在这件事上日本可以成为一个好伙伴。桃子认为我在日本人脉广泛，我在国际事务上的眼光与追求同奥夫辛斯基的理想是吻合的，我可以给予他有效的支持。

我既非科学技术者，也非商人，所以起先是再三推辞，但一想到第三世界农村的人们可以使用电灯照明，收听收看广播电视，使用水泵灌溉，春和我就不由得心动了。最后春和我都担任了 ECD 的咨询顾问，我为董事会董事和日本 ECD 会长，春担任副会长。我们同奥夫辛斯基的友情不断加深，成为亲密无间的朋友，对桃子也视同春的妹妹一般，桃子后来离婚改回原姓佐藤。因为出席董事会议，我定期去底特律和纽约，因公司的工作还经常去日本。1981 年我辞去了绝大部分的工作，但还一直保持着同 ECD 的联系。

退休后，我的生活也发生了根本性的变化。1982 年以后，每年冬天 1 月至 3 月，我们都是在圣地亚哥郊外拉由拉买的小房子里度过的。1978 年从日本回来的途中，我们在安的家里住了三天。春提出无论如何想在附近买套房子，于是在回贝尔蒙特之前签了购买这套房子的合同。当时我认为没有必要这么着急要买这套房子，但春不听，她说这是一个特别好的投资，而且在我退休后还一定会派上用场。事实上果然被她说中了。房子买下后马上找到了借家，起初是一年合同，后来又是九个月合同。在冬天，这是一个非常好的退休后隐居场所。一年中，我们有九个月是在贝尔蒙特度过的，在那里我们享受着房子周围的树林在不同季节变化中的美丽景色。而到冬天，没有比那座小房子更适合我们的了。因为新英格兰地区的冬天漫长而多雪。在拉由拉，我们几乎每天都可以去海边享受日光浴，安和她的全家又住得非常近。鲍勃每次到西海岸讲演时都会来我们这里，他和琼还常常携全家来这里作短期休假。

鲍勃现住在华盛顿郊外的贝塞斯达，几年前他从布鲁金斯研究所调到国会预算委员会任第二把手，在艾利斯·里弗林（Alice Rivlin）手下工作，这是一个很重要的职位，他自己也很喜欢。后来鲍勃担任了厄本研究所副所长，厄本研究所是华盛顿的一个经济智囊机构。最后他又重新回到了布鲁金斯研究所。鲍勃能言善辩，非常风趣，经常到全国各地出席各种会议，发表讲演。琼在几年前去了纽约，在一家出版社工作，后来同一个年轻的律师威廉·西蒙结婚，婚后迁到韦斯切斯特郊外拉奇蒙特，1981年生了女儿卡蒂，1984年又有了儿子查理德·丹东。我养育了三个子女，他们让我对称地得到了九个孙儿，这令我感到十分地满足。

1982年8月，除了安的两个儿子外，我们全家在贝尔蒙特团聚。这一年3月、7月和9月春和我去日本，第二年即1983年4月又去了一次日本。这一次去日本是为了参加青年领袖联盟会议。春因为我的身体状况反对我去，我自己也颇感犹豫，但同包括许多美国人在内的青年领袖交流是一件很有吸引力的事情，我无法拒绝。春和我出席了长达四个小时的会议，并在会上很顺利地回答了人们提出的许多问题。这个活动对我来说显然是超负荷了，在会议结束的4月15日早上，我因再次脑出血被送往附近的医院，几天后转到东京大学附属医院。

我有一个多星期失去意识，意识恢复后仍然有好多天说不出话来，除了有时会含点碎冰，什么东西也不能吃。人依然是在一种恍惚朦胧的状态之中，不知自己是身处何地，一种幻觉似乎感觉是躺在中国哪个宫殿里的大理石长榻上，旁边有一条清澈的小河在流淌，窗外是广阔的绿色的稻田。有的时候感觉是乘坐一条石舫在浅浅的河流上航行，石舫从吴哥窟的塔下慢慢通过。据说有时候还会在无意识中伸出手来，用相当流利的日语谈世界的友爱，这让身旁的护士不知所措。有个值班的护士曾在萨哈林的集中营里度过好几年，遭受了不少折磨，对我所期望的世界友爱也许不会唤起共鸣的。

我得到了护士们无微不至的精心护理。我能保住一命也多亏了远藤康夫、井上升两位医生。我们是通过桃子的关系同这两位医生认识的，彼此相处得非常融洽。他们为了治疗我的肝病还使用了尚在开发阶段、没有上市的新药。到 5 月 4 日，我的意识完全清醒了，医生认为我可以安全地飞回美国。在远藤先生和另一位年轻医师的陪同下我们登上了飞机。我们一行四人加上担架和医疗器材占据了整个一等舱的座位。到达纽约后，在鲍勃的监护下我被救护车送往波士顿的医院，在那里一直呆到夏天。

有鉴于 1980 年那次生病引起巨大反响的教训，春在日本外务省和驻日美国大使馆的协助下使我这次病倒的消息一直没有走漏风声。转院到东大附属医院后，病房挂的病床牌子上写的是 "Edo Rai"，Edo 是江户一词的日语读音，江户是东京以前的称呼，Rai 是我在中国使用的姓名赖的日语发音。在离开日本的那一天，因为不能再完全保密，我发表了一个简短的声明。当我抵达机场时，已经有一群新闻记者和摄影师在那里等候了。1977 年以后一直担任大使的麦克·曼斯菲尔德和夫人莫琳陪送我们到成田机场。曼斯菲尔德极具才干，享有崇高的威望，他的此举表示出我们之间深厚的个人情谊。回到贝尔蒙特以后，春依然没有忘记 1980 年那段电话几乎把她淹没的经历，她更换了电话号码，还另装了录音电话。

1983 年秋天，我的健康渐渐恢复，到 1984 年初，同往年一样，我们去拉由拉住了三个月。春为了探视患重病的母亲，2 月至 3 月回了一趟日本，她的母亲已九十二岁了。6 月，因母亲去世又回去了一次。这两次去日本我都没有同行。这时我已很少外出，外面的工作几乎都已回绝，也不作讲演或参加社交活动。1983 年秋，我辞去哈佛燕京学社理事长的职务，接替我的是亨利·罗索夫斯基。翌年 6 月，罗索夫斯基也从哈佛大学退休，后来他成为哈佛理事会成员，罗索夫斯基是哈佛理事会一个世纪以来第一位教授出身的理事。

我把自己的活动只限定于一些个别的采访、电视台的节目制作（如果可以在家摄像的话）、接待少数来访的客人、ECD 的工作以及写作。在 1983 年病倒之前，我编写了一本纽约日本协会的简明历史，书名为《日本社会：跨越太平洋的伙伴（1907—1982）》，这是根据一位研究者提供的资料写成的。在这以后，我仍不时地写一些主要为在日本、韩国发表的文章。我帮助春完成了她记述其祖父、外祖父以及松方家族的一本著作（1986 年春这本书以《丝绸与武士》之名由哈佛大学出版社出版），这也是一件很重要的工作，这本书比我所写的任何一本书都有意思。1981 年我在哈佛大学的教学生涯终告结束，同那时相比，1983 年开始我的活动锐减，这时我才感到真正是退休了。

48 尾 声

　　从 1964 年遭遇暗杀未遂事件到 1975 年第一次中风，后来 1980 年、1983 年连续两次脑出血，我现在不仅是靠着"借来的血"，而且是靠"借来的生命"在生活着。根据医生的推算，1983 年仅在日本就输了 268cc 的血和血浆，回到美国后输的血超过了这个量。在日本住院期间所体验过的幻觉强化了我的再生的意识。无数人的奋力帮助和许多人的鲜血使我得以不止一次地从死神手里逃脱，仅此一点就使我强烈感到为日美合作和世界和平竭尽绵薄之力是我义不容辞的责任。

　　虽然现在已有一本书在我的脑海里酝酿，但必须得承认，在我这个年龄段可以完成的事已经是很有限的了。我仍希望自己的生命能够有所裨益于这个世界。就个人而言，我对自己的人生感到心满意足，我先后得到了艾德丽娜和春这两位完美无缺的伴侣，家庭生活无比地幸福美满。但我认为，我的经历远比个人和家庭更具广泛而重要的意义。我的一生起伏多变，甚至缺少连贯性，但始终围绕几个中心主题。在日本出生长大、学生时代到世界各地游学、三度在哈佛大学执教、在华盛顿政府里供职、在军队服务、到日本担任大使、撰写了很多著作、做了无数次的讲演，所有这一切都是以促进美国与日本以及东亚各国的理解为中心的。说得更广一点，我的一生所有篇章都是以世界和平与理解为焦点的。

　　任何人都不能否认，同我出生的 1910 年相比，当今的世界在许多方面变得更糟。人类自我破坏能力急剧增强是一个最大的现实问题，当然其也绝非是唯一的问题。世界人口的急剧增长、生存环境的恶化、日常生活的复杂化、混乱难以想象，为了人类能够生生不息，年青一代必须直面这些问题并加以解决。

我们仿佛已经听到了世界末日来临的足音，相比那些令人担忧的问题，在过去的七十多年间，在更多的方面，世界是在向好的方向发展。例如，在世界范围内的广大地区，人类的健康水平在提高，财富在增加。我最为关注的国际关系也有了相当大的改善，曾经被视作天经地义的帝国主义如今已不复存在，被似乎看作不可改变的人种歧视也已消退，全球化意识的传布和扩大已绝非可与往昔同日而语。在如此短的时间内，美国人对日本以及东亚地区的了解日益加深，对这些地区重要性的认识日趋广泛，这些都已远远超过了我的想象。1910 年，民主已经在一些国家实现，今天其变得更为强大，生机勃勃，不仅扩展到更多的地区，而且几乎在整个世界范围内至少得到口头上的普遍认可。日本业已成为有着坚固基础、健全的、完全平等的民主国家。在两次世界大战中，曾经成为敌人在战场上兵戎相见的日本以及其他发达的民主国家如今结成了紧密的贸易伙伴关系，战争已成为难以想象的事情。在不久的将来，现在的社会主义国家与混乱无序、不满现状的欠发达国家必然会顺应这个业已存在的贸易社会的呼唤加入其中，一个和平的全球化共同体必将会出现。

令我最为高兴的是日本与美国已结成了强有力的平等的伙伴关系。日本与美国作为世界两个最大的民主国家是民主国家共同体的中心。日本与美国的伙伴关系是超越了人种和文化巨大差异的伟大的联盟，其也将成为未来世界范围内共同体的典范。日本人仍然感到难以适应国际社会，尚没有充分发挥在国际社会中应有的作用，而强大的经济和先进的技术对其提出了这个要求，他们正在克服这个弱点。日美合作关系由于接连不断的经济摩擦而产生摇摆，但他们的联盟依然坚如磐石，世界的未来充满希望的主要理由之一就在于此。

今天，目睹我一生为之奋斗的事业取得如此巨大的进步，其速度之快远远超乎我的预想，而我曾以为在我有生之年是不可实现的，对此我已心满意足。但这绝不意味着一切万事大吉了。可怕的毁灭性核武器的竞争、所有复杂的现代国家面临的诸多国内问题，甚至在我们已经相当成功的领域也还都有众多尚待解决的问题。在美国、日本和其他所有的国家、地区还必须做大量的教育工作，引导人们参与到和平的国际社会的建设中去。越南战争并没有使美国足以汲取教训，使其避免对欠发达国家进行非明智的军事和政治介入。我们对人权问题的应对距理想仍然相当遥远，尤其是在诸如韩国那样的国家里，我们对其人权问题的存在负有重大的责任。

我个人也并非没有遗憾。由于涉身公务，有些早已决心要做的事无法得以实现。我曾以各种简明的形式编写过日本史，一直想撰写一部综合性的、完整的日本通史，但最终失去了完成这个抱负的机会。现在人们广泛阅读的依然是斯宾格勒①、汤因比②和威廉·H. 麦克尼尔③等人

---

① 斯宾格勒（Oswald Spengler, 1880—1936），德国历史学家。1918 年出版《西方的没落》，在这本书中，斯宾格勒阐述了其解释世界历史的理论，其反对将人类历史看作总是不断进步的这样一种直线型叙述历史的观点。斯宾格勒认为文化是循环的，文明在经历新生、繁荣之后，最终会没落衰亡，而西方文明正处于衰落之中。《西方的没落》出版后成为欧美畅销书，也引起了很大的争议。此外，斯宾格勒还著有《德国的重建》《决定时刻：德国与世界历史的演变》等。其著述在 1920 年代由欧美中国学人介绍到中国，在我国史学界产生一定影响。——译者

② 汤因比（Arnold Joseph Toynbee, 1889—1975），英国历史学家。毕业于牛津大学，曾到雅典求学。早年担任过记者，后任伦敦经济学院教授，并兼任伦敦皇家国际事务学会的研究部主任。汤因比的著作《历史研究》（12 卷）是一部在学术界产生广泛影响的巨著，在这部著作中，汤因比论述了世界 26 个主要民族文明的兴起和衰落。汤因比认为，人类各种文明最终都摆脱不了生命周期的逻辑，其中有些古代文明在衰落的同时，转化为了新的子文明，而且文明的核心主体国家今天已经不再单独构成一个文明了，如古希腊文明今天已转化成为现代西方文明，而希腊本身今天则是一个相对弱小而普通的国家。唯有一类文明经久不衰，文明的载体也始终如一，如中华文明，这样的文明在人类历史上是屈指可数的少数。皇皇巨著《历史研究》被誉为"现代学者最伟大的成就"，其思辨的历史哲学思想对当代历史学界产生重大影响。——译者

③ 威廉·H. 麦克尼尔（William H. Mcneil, 1917—2016 ），美国历史学家。（转下页）

的以西方为中心的世界史著作，编撰一部更为公允也更为理想的世界史我已是力不从心。我也没有能制作一部可以完美地展现日本、充分表达我的观点的电视片。但是我目睹了在自己毕生钟爱的领域内所取得的巨大进步，一支生机勃勃的青年学者队伍已经形成，他们基础扎实，训练有素，满怀信心地把这个事业推向以我个人有限的能力和精力都难以企及的高度，对此我感到心满意足，相形之下，个人的这些遗憾则是微不足道的了。

回首已经逝去的四分之三的世纪，我生命旅途上留下了漫长的足迹，其间也有过徘徊，但其犹如每一滴水珠构成的溪流，从未游离于世界主流之外。这段走过来的充满激情的旅程令我感到十分的欣慰，用佛教的隐喻来说，现在其犹如一条缓缓流动的河已临近入海口，即将汇入浩瀚的大海，如同所有的历史学家一样，我最大的遗憾就是无法让时间的车轮加速从而得以窥见未来，但对于未来，我毫不怀疑，日美关系将在共同利益和理想的坚固基础上继续向前发展，曾经使我的两个祖国卷入战争、互相视为仇雠的悲剧不可能重演了。

（接上页）出生于加拿大温哥华，曾先后就读于芝加哥大学和康奈尔大学，获哲学博士学位。后一直在芝加哥大学任教。早期世界史专著《西方的崛起》以不同文明之间的影响为主线书写世界史，尤其强调了西方文明在近五百年里对其他地域的冲击。此书的观念对历史研究产生重大影响，由此历史学家开始关注文化的融合。麦克尼尔除此之外写过多种产生深远影响的经典作品，如《世界史》《瘟疫与人》《权力竞逐》等，获得过美国国家图书大奖、伊拉斯谟奖、国家人文勋章等各类奖项。——译者

译后记

20世纪渐行渐远，时间的流淌无情地冲刷着人们的记忆。许多既往的人与事，不管在当时是多么地声名显赫或震天撼地，但最终都归于沉寂，悄然无息地融入历史，凝固在历史之中。历史是流逝的岁月，岁月无情，令人怅然而又无可奈何。当然偶尔也会或因事思人，或触景生情，一些久已淡忘的往事故人会攸忽之间凸现眼前，追昔抚今，面对当今的世界，又会令人平生出几番感喟。

三年前，我访学京都。在一次聚会上，席间不知怎地谈到了赖肖尔，"赖肖尔是谁?"在座的学生一脸茫然，这些以日本文化为专业，攻读博士学位的年轻学子竟无一人听说过这个名字，真是应了"今人不识前朝事""前朝事往云无迹"这两句古诗。须知1960年代，赖肖尔身任美国驻日本大使，作为一名外交官，光彩照人，他是媒体关注的焦点，在日本是个家喻户晓的人物。当然更重要的是，赖肖尔是哈佛大学著名的教授，是一位包括日本学在内的东亚研究领域的学术大家，其在学术界的影响至今不衰。这件事过后不久，我在图书馆不期然翻捡到美国哈珀·罗出版社的这部赖肖尔自传，我当下决意要把这部书译出。就个人而言，或因某种机缘，我对赖肖尔这个人物一直抱有浓厚的学术兴趣，但现在想来，当时起意翻译此书，可以说同那次聚会不无关系。不言而喻，作为东亚研究史上的一个无法回避的存在，把赖肖尔的这部自传介绍给我国读者无论从哪一点上来讲都是完全有必要的。

关于赖肖尔的传奇人生，读者当可以通过本书的阅读了解，无须译者在此赘述。概而言之，赖肖尔是一位造诣深厚的学者，同时又是一位卓有建树的外交家。20 世纪三四十年代，套用叶理绥的话来说，巴黎是东亚研究的麦加，而美国则是一片荒原。在赖肖尔攻读博士学位的哈佛大学，他的有关日本研究的学位论文竟然找不到答辩的教授，当时美国有关日本研究之贫乏由此可见一斑。世事有变，沧海桑田，大约到了1960 年代，西方东亚研究的麦加已从当年的巴黎转移到了美国，哈佛大学亦成了西方东亚研究的重镇。这一历史性的变迁无疑要归功于赖肖尔那一代学人，其中包括美国中国学的开创者费正清，当然还有西方东方学巨擘叶理绥，叶理绥是哈佛燕京学社的首任社长。正是这些学术精英在那片野草丛生、荆棘遍野的荒原上不辞辛苦，经年累月地辛勤开拓，筚路蓝缕，为今日的东亚学研究打下了坚实的基础。

在东亚学研究的谱系中，日本学（Japanolgy 或 Japan study）研究占有重要的位置。赖肖尔是哈佛大学日本学研究的草创者和奠基人，其研究领域涉及日本历史、政治、社会等诸多学科，尤以日本史研究用力最深，最为精湛，影响也最大，被称为"赖肖尔的日本史"。出自这位美国学者笔下的日本史在西方产生重大影响，史无前例，其本身就具有非同一般的意义。赖肖尔始终认为，以斯宾格勒、汤因比和威廉·H. 麦克尼尔等为代表的史学家笔下的世界史都是以西方为中心，其有失公允，并非完美。早在 1960 年代，赖肖尔与费正清在哈佛共同开设"东亚文明"课程，以"东亚"取代沿用多年、带有"西方中心论"色彩的"远东"，此为"东亚"一词使用之嚆矢。由此可见，"赖肖尔日本史"的产生是有其深刻的思想根源的。"赖肖尔的日本史"视角独特，邃密深沉，见解新颖，完全摆脱了西方史学理论的羁縻，彰显出作者作为史学家的非凡的洞察力与超强的理论建构能力，这就使"赖肖尔的日本史"有了别具一格的学术意义。这里不能不稍用一些篇幅谈一下"赖肖尔的日本史"以助读者诸君对这位东亚学研究大家的了解。

首先，赖肖尔通过对日本历史的考察研究认识到，日本的历史不同于东亚其他国家，包括其邻国朝鲜和中国，其有着自己的特点。古代日本积极地摄取中国文化，如同中国一样，日本把统一的政治制度视为高于一切，君主有着至高无上的权力。其中央集权的国家机构、复杂的等级制度、繁琐的土地制度和税收制度都是仿效中国，到 7 世纪后期，日本已建成以中国律令为主体的律令制国家。都城的建造更是仿照中国，在今日的京都，昔日长安的面影仍依稀可见。如此大规模地引进外来文化，这在西方历史上是找不到同样例子的。日本人虽然受到中国文化排山倒海般的影响，但他们依然能够保持着自己的特性。同样的状况还出现在 19 世纪即明治维新时期，当西方文化铺天盖地地涌入日本时，日本人同样清醒地固守着其本有的特性，没有被西化。在对这一现象进行解释时，赖肖尔认为，其主要是因为日本地处海岛，没有遭受过外来侵略，保持着强大的独立感，再则就是他们的语言没有被中国文化同化。语言对于维持一个民族的独立是具有至关重要的意义的，虽然日本人利用汉字创造出假名，但其不等同于汉语，他们口里说的话仍然是日语，也仍在用日语思维，日本人接受了中国的文化，并将其同本土的文化融合，创造出新的属于自己的文化。在日本文化中，虽然可以探寻、发现其同中国的渊源关系，但其完全不同于中国文化。尤其不容忽视的是，公元 8 世纪以后，日本曾经着力模仿的中国的经济和政治制度已经开始发生深刻的变化，逐渐远离中国文化的原型。对于这种变化，赖肖尔认为："也许只有在一个像日本那样孤立的岛国才能实行。从这一点上来说，日本人是一个富有创造性的民族。"在对日本封建制度的研究中，赖肖尔发现在长达七个世纪的日本封建制度所经历的各个阶段与 9 世纪到 15 世纪的西欧封建制度有许多惊人的相似之处，而且到 12 世纪，日本的发展已经远离东亚各国的发展模式，在许多基本方面反而与欧洲相似，当然两者之间根本不存在相互影响的可能性，这是赖肖尔在其日本史研究中极其重要的发现。赖肖尔把其归结为两者相似的社会与文化因素，也就是部落社会和相同先进的政治和经济制度在这两个不同地区结合起来的结果。但同中有异，日本的封建制度同欧洲的封建制度一样，是靠对个人的效忠维系的，但欧洲有罗马的法律为背景，领主和属民的关系事实上是一种契约关系，即法律性质的关系。在日本，源于中国的制度重道德而轻法律，法律必须从属于统治者的道德观，属民被要求对领主无限的和绝对的忠诚，而不止于双方的法律契约的关系。因此政治权利的观念就没有像西方那样的发展余地了，这是东亚国家普遍的现象。

中国的儒学思想对日本产生重要影响，是构成日本人传统道德观念的基础。在中国的儒学伦理关系中，对统治者的效忠是重要的，但对家庭成员的孝要超过对统治者的忠。忠君与孝道孰重孰轻，在这两个东亚国家里并非是完全相同的。在日本，对领主的效忠处于整个体系的中心位置，超过了对家庭成员的效忠。日本的封建社会制度一直延续到了19世纪后半叶，这一价值观念虽然经过一定的政治改造和变形，当今依然存在。由于这个缘故，在日本很早就已形成的超家族集团其重要性超过了家族。这在近代就很容易转化为对国家和其他非亲属集团的效忠。封建时代形成的诸如效忠、尽职、自我约束和自我牺牲的精神可以说至今仍是形成日本人性格的因素。

明治维新是日本近代历史的大事件，也是日本历史研究的重大课题。关于明治维新原因的探究，史学家众说纷纭，莫衷一是。赖肖尔主张要从日本内部去寻找，其根源是错综复杂的，如日本人基本为单一民族，有强烈的自我认同意识，他们抱有向西方学习的强烈愿望，甚至江户时代后期的社会状态也对面临历史变革的国家有利，而且日本虽然处于前工业时期，其政治结构是封建的，但经济和政治制度却非常复杂且具有现代社会的某些特征，国家的官僚统治无论在廉洁程度还是效率方面丝毫不逊色于西方国家，加之此时日本的文化教育水平在经历了锁国时期之后也达到了相当高的水平。当然，还有一个重要的因素就是，这次巨大的变革，在日本人的思想意识中是能够接受的，而且他们自古以来的天皇制度也能够接受这一变革。很多历史学家把明治维新看作是不可避免的历史发展过程，是所谓的历史规律的表现。实际上历史的过程无规律可言，它可以随意成型，热衷于寻找规律只是历史学家的一厢情愿。历史是由无数的点构成了其发展的序列，历史人物和历史事件只是序列中的一些点，并不带有根本性。通过历史人物和历史事件，透过历史的表面，由表及里，才能解释历史最本质的东西，这也是历史学家的责任和使命所在。赖肖尔对明治维新的解析鞭辟入里，切中肯綮，也体现了其作为史学家的责任和使命感。

1960 年代，日本经济急速发展，成为繁荣的经济大国。对于日本的崛起，国际上称之为奇迹。但在作为历史学家的赖肖尔眼中看来，日本自明治维新以后，在不到一个半世纪内就从成熟的封建国家转变为有坚实基础、行使民主职能的国家比其蔚为奇观的经济奇迹更令人惊讶和值得赞扬。赖肖尔认为，在江户时代末期结束闭关锁国、向西方开放之前，日本的政治形态缺乏民主思想和民主制度体制的基础，日本的领导人也没有想要创建一种民主制度的愿望，但为了建设一个强大的、能够对付西方军事和经济威胁的国家，日本人从他们的历史遗产中汲取了智慧，其中有些东西也为后来的民主发展起到了促进和激励作用。这些历史遗产中最为重要的就是强烈的统一意识。这种强烈的统一意识既有别于欧洲国家，也不同于其他东亚国家，其他东亚国家也都有政治上统一的传统。首先日本人自觉地与中国区别开来，江户时代本居宣长所主张的追求"大和之心"和菅原道真倡导的"和魂汉才"都体现了这种意识。历代中国王朝都把邻国看作隶属于其的藩属，中国的许多邻国如朝鲜就接受了这种对世界的看法。而日本不同，面对中国及其文化的强大影响，日本强化了自己的民族自我认同意识，日本人仍然认为日本从根本上说是与中国不同的。日本人的这种看法可以说更适合于西方的国际关系观念。日本的统一理想，中央集权的政治统治同地方自治与阶级划分的封建现实产生了剧烈的冲突，两者的对立造成了内部紧张的关系，在赖肖尔看来，这种日本社会内部产生的裂痕使在日本进行改革更为容易实现，也使民主观念的引进和民主实践的发展成为可能。19世纪的日本由于受到了西方的威胁，这使得被迫进行政治和经济的改革找到了充分的理由。这场伟大的改革可以令人信服地证明消除封建的政治和社会上的分裂以及实现经济现代化的必要性，这样也就自然而然为民主在日本的发展开辟了道路。而在中国，除了改朝换代找不到国内进行重大改革的正当理由，而改朝换代不能带来体制的改革。还有重要的一点就是，日本醉心于向西方学习，他们认为学习、借鉴西方新的科学文化、技术是理所当然的，是富国强兵的必由之路。而中国在这一点上态度却是相当消极甚至予以抵制，同日本形成强烈的反差，同为邻国的朝鲜则热衷于学习中国。

日本人在从过去的历史继承的政治遗产中还有一点就是对政府的坚定的伦理观念。与此密切相关的是，他们在制度的限度以内，几乎所有的行政官员（官僚）都绝对效忠于他们的上司，对他们诚实，对工作一丝不苟，用前工业化社会的标准衡量是高效率的。行政官员的这种忠诚、效率和诚实精神有很大的连续性，并世代相传，时至今日，这也是日本政府在服务方面保持高水平的一个原因。这样一种可靠的官僚政治的存在，也为国家政治（包括民主在内）的建设提供了强大的基础。

赖肖尔在对日本人历史遗产的整理中还有一个重要发现就是，日本人有着长期的由集体而不是个人领导的传统。早在13世纪的镰仓时期就已出现权力分享的倾向,这从当时镰仓时期的各种议事机构和制度已体现出来。到德川幕府时代,权力分享的情况更为明显。明治时期的领导人保持着集体领导的总机构,不同于其他许多国家,日本从未出现过独裁的领导者,也没有人企图攫取这样的权力。即便被称"明治三杰"的早期领导人大久保利通或是明治政府的首任首相伊藤博文,虽然地位显赫,但他们基本上都是作为集体一员行动的。20 世纪三四十年代日本的军方,尤其是陆军在一个时期内主导着国家的政治,在珍珠港事变前夕,东条英机手握重权,他比半个世纪以来的任何人都拥有更大的权力,但即便如此,其权力也是一个集体领导的权力,而不是像希特勒或是墨索里尼那样的独裁者的权力,当 1944 年战局趋于恶化,他就乖乖辞职了。对独裁政权,甚至对具有魅力的领导者的反感和对集体合作的强烈倾向是日本政治遗产的主要特征,无疑这也有助于民主制度的实现。对日本历史的遗产,诸如江户时代后期思想的多样性、教育的普及、近代的企业家精神等,赖肖尔在其研究中也作了深刻的剖析。赖肖尔抱着强烈的问题意识,他以历史学家敏锐的洞察力,对日本的历史归纳整理,条分缕析,从中得出自己独特的见解,且持之有据,言之成理。英国历史学家卡尔说过,"最好的历史学家是最有偏见的历史学家",其意为历史学家对历史的解读必须要有自己的见解,这就是所谓的"偏见",此偏见即主见,没有偏见,也就失去了历史学家对历史应有的担当。在这个意义上来说,赖肖尔是个对日本历史最有偏见的历史学家,也是一个最好的历史学家。

赖肖尔还是一位卓有成就的外交家。1960 年代,赖肖尔担任美国驻日本大使。从学者到大使,这一角色的转化对于赖肖尔来说,是一个将自己的信念与理想付诸实行的绝佳机会,也为其一生增添了传奇色彩。1960 年,约翰·肯尼迪当选为美国第 35 任总统。肯尼迪年轻气锐,蹰躇满志，他认为美国迎来了"责任与荣誉"的时刻，肯尼迪决意要在外交上开拓美国的"新边界"。对于 1960 年代的美国人来说，那是一段激情燃烧的岁月。"不要问国家为你做了什么，而要问你应该为国家做些什么？"，肯尼迪的就职演说曾经打动了千百万美国人，甚至连懦夫听了都会奋起。时至今日，肯尼迪的这句话还会不时被人提起，成为那一时代的经典语录。此时的赖肖尔已把其研究视角从日本史扩展到日美关系乃至美国的东亚政策，他发表了许多论著，批评美国的亚洲政策，提出了处理日美关系的方策。这一时期赖肖尔有关美国亚洲外交政策的论述观点新颖，颇有见地，受到了政界的广泛关注。也许是上天的眷顾，这位在日本出生长大并娶了日本女子为妻的美国人幸运地被肯尼迪政府遴选为驻日本大使，他也是历史上第一位驻日本的学者大使。为此赖肖尔还成了《时代》杂志的封面人物。当时已逐渐进入冷战时期，国际形势波诡云谲，日美关系也处于互不信任、极为困难的时期。战后美国占领时期，在盟军总司令麦克阿瑟的铁腕治理下，日本整个国家发生了翻天覆地的变化。麦克阿瑟无疑是个富有才干的领袖人物，他在日本推行的战后改革取得了巨大成功，书写下了一段堪称辉煌的历史。但麦克阿瑟以救世主自居，他盛气凌人，刚愎自用，随心所欲，处在战败国地位的日本人本来就对美国抱有一种极不平衡的心理，这样就更造成了对美国的误解，日本民众普遍充满对美国的猜疑、不信任甚至是敌意。赖肖尔赴任日本可以说如履薄冰，如临深渊。在长达将近六年的大使任期内，赖肖尔折冲樽俎，化解了日美关系中许多死结，最终成功解决了安保条约的修改问题，也为冲绳归还问题的解决打下了必要的基础。更为重要的是，赖肖尔始终不渝地坚持自己的理念，以传教士般的热情同包括在野党、群众团体在内的各阶层人士开展对话，在他认为，对话与沟通是化解矛盾、解决一切问题的关键。也正是运用这一手段，赖肖尔化解了日本人对美国人的疑虑，最终使曾经的敌国变为盟国，为日美之间建立伙伴关系打下了坚实的基础，这种伙伴关系一直延续至今。赖肖尔在驻日大使的任上供职长达将近六年，可以说没有哪一个外交官像他那样在两国关系史上留下如此难以磨灭的印记，其影响波及至今。赖肖尔的外交实践提供了一个通过对话与沟通化解矛盾、解决外交问题的范例，这也是他为后世留下的最富价值的外交遗产。

值得一提的是，作为一名外交家，赖肖尔具有广阔的国际视野和前瞻性眼光。在他任职驻日大使期间，早在尼克松访华之前，就一直力主改善同美国同中国的关系，开展同中国的交往。赖肖尔主张制定的《对华政策备忘录》在1968年2月12日上呈当时的林登·约翰逊总统，该备忘录被称为《赖肖尔备忘录》，至今保存在美国国务院。

1970年代后期，"文革"结束，已废止多年的大学招生考试制度恢复。当时身为老三届的我已在上海一家钢铁厂当了十年翻砂工，却因这一千载难逢的机遇得以进入大学学习。在学期间，适逢改革开放，国门初开，其时国人对外面的世界包括日本知之甚少，能够看到有关日本的资料、书籍极其有限。"十年动乱"造成文化的饥渴实非现在的年轻一代所能想象。一次偶然的机会，我在大学图书馆寻得一本新书，这就是赖肖尔的《日本人》。这本书的阅读让我眼界大开，得以从历史、社会、文化等诸多方面获得了许多同日本相关的新鲜知识，其就像一扇打开的窗户，从那里看到了那个与自己专业密切相关的东瀛岛国日本，当然也记住了赖肖尔这个名字。这就是当年一个年轻学子同赖肖尔的初次邂逅。

晦朔循环，时光如流，转瞬之间二十年过去了。2000年，我作为日本国际交流基金的访问学者访学日本，在东京女子大学比较文化研究所从事一个文化课题的研究。由于初来乍到，一时找不到房子，只能暂居旅舍。我的恩师大隅和雄教授见状颇为不安，于是同校方商量，看能否解决我的住宿问题。在他的斡旋下，我住进了已多年闭门谢客的赖肖尔馆。东京女子大学是赖肖尔父亲与新渡户稻造、安井哲等呕心沥血创办的一个教会学校，这所有着百年历史的学校如今已是日本的一所名牌大学。赖肖尔馆是一座漂亮的两层楼的建筑，这里是赖肖尔曾经的家，赖肖尔在这里度过了他的童年和少年时期，他就是从这里走出，走向了世界。多年以后，赖肖尔成为美国驻日本大使。成为大使以后，赖肖尔也曾多次回到过这里，旧情难舍，这幢墙面斑驳，古色苍然的老房子承载了他太多的回忆。绿树掩映中的赖肖尔馆在东京女大校园的一隅，宁静而略显得有些冷清。走进大门，底楼是客厅和厨房，客厅里摆放着一架三角钢琴，房内的家具摆饰一如当年。站在二楼窗前，可以看到一棵高大的柚子树，时值深秋，枝头上挂满了金黄色的果实。每到黄昏，衬着天际绚丽的晚霞，映入眼帘的景色就宛如一幅图画，美不胜收。我每天坐在那张留下昔日主人手泽的书桌前读书写字，时而会思绪飘扬，浮想联翩，想象着这幢房子曾经的主人当年在这里玩耍、生活的情景。白云苍狗，人生如寄，大自然的铁律已令一代风云人物相继凋零。岁月无痕，物是人非，睹物思人，令人感慨不已。我在赖肖尔馆一住就是大半年，如今这幢历经百年沧桑的老房子已作为历史文物保护起来，或许我也成了它最后的一位客人。这段经历使我难以忘怀，其也成了我对赖肖尔情有独钟的一个缘由。我后来一直想就赖肖尔写点什么，可是由于疏懒，最终没有写下片言只语。这次有机会把他的书翻译出来，当写完译稿最后一个字时，我如释重负，心里突然间感到一种满足，仿佛了却了多年盘踞、纠结在心头的一个愿望，我把这本书的翻译视作是对我的同行前辈、这位东亚研究的学术大师的致敬。

在这本书的翻译过程中，自始至终得到我姐妹和弟弟的关心和支持，至为珍贵的亲情一直温暖着我的心。刘一维君从遥远的大洋彼岸通过邮件为我释疑解惑，书中的许多注释也都是出自一维君之手。王新华先生是我多年的同事，新华先生温良敦厚，获悉译稿完成后，其把书的出版视为己任，劳心耗神，多方联系，其诚感人。李海英博士秀外慧中，我在大学供职期间，海英还是一名学生，如今这位医学博士已成为一本有影响力的杂志的掌门人，把刊物办得风生水起。海英古道热肠，为了这本书的出版也是四处寻访相关人士，竭尽己能。但书的出版并不顺利，颇费周章。为了解决版权问题，译者煞费苦心。原著初版于1960年代，距今已近一个甲子。岁月沧桑，世事播迁，当初设在纽约的出版社如今已无可寻觅，了无踪影。就在译者为寻找相关线索而一筹莫展时，我的姐姐刘克燕和她的女儿邬思绮施以援手，倾力相助。姐姐先在纽约寻访，后又去华盛顿，不辞辛劳，八方奔走。功夫不负有心人，最后终于寻找到了此书的版权持有人。徐炯先生十分关注本书的出版，倘若没有徐炯先生的鼎力相助，这本书的出版可能还要延宕多时。上海译文出版社是我心仪的一家出版社，期望在这家出版社出版自己的译作是我多年的夙愿，正因如此，我由衷地感谢总编辑史领空先生的厚爱，使我美梦成真。责任编辑张吉人先生恪尽厥职，一丝不苟，精益求精，为了本书的尽善尽美付出了辛勤的劳动，遇到一位如此睿智、敬业的编辑，对译者来说是一种幸运。全书的编排得到了我的学生肖巧莲的倾力协助，巧莲聪慧，心细如发，书中诸多细微之处无不融入了她的机杼绮思。在终稿编排时还得到了嘉应大学李青青、方泽玉、陈彦菁诸位同学的热心帮助，她们淳朴、热情、阳光，当时的情景已成为关于这本书的记忆中的一个令人感到温馨的片断。当然，必须要感谢的还有罗伯特·赖肖尔（Robert Reischauer）先生。罗伯特·赖肖尔先生对本书的版权使用慨然允诺是本书得以问世的必要前提，同其父亲一样，罗伯特·赖肖尔先生对中国满怀着美好的情感。虽然在这个网络无远弗届的时代，科技的进步已使地球变为村落，但大千世界，茫茫人海，要寻找一位素昧平生并不相识的人仍无异于大海捞针，绝非易事，所以因为此书的关系而同赖肖尔父子两代结缘于译者而言，不能不说是一件幸事。赖肖尔一生与之结下不解之缘的哈佛燕京学社对本书在中国翻译出版予以了关注，社长佩宜理博士在给译者的信中这样写道："赖肖尔教授自传的翻译出版不啻是个喜讯，时至今日他仍被人们怀念，让人感到温馨，在哈佛燕京学社，赖肖尔是个备受崇敬的人。"赖肖尔先生一生钟情于东亚研究，念兹在兹，青年时代他在中国生活过，赖肖尔曾动情地回忆过在北京度过的那些美好时光。在他职业生涯的最后阶段，当时中美关系尚处于隔绝的状态，赖肖尔仍期望着两国关系的解冻，并做出了殊为可贵的努力。倘若得知自己的这本书现在能够在中国翻译出版，作为作者，想必九泉之下赖肖尔定会感到欣慰的。

刘克申
2014 年冬于美国佛罗里达劳德岱堡
2019 年秋改于梅州嘉园亮湖楼

Edwin O. Reischauer
MY LIFE BETWEEN JAPAN AND AMERICA
copyright © 1986 by Edwin O. Reischauer
ALL RIGHTS RESERVED

图字：09-2020-399 号

图书在版编目(CIP)数据

我的两个祖国 / （美）埃德温・O. 赖肖尔
(Edwin O. Reischauer)著；刘克申译. —上海：上
海译文出版社,2021. 10
（译文纪实）
书名原文：My Life Between Japan and America
ISBN 978-7-5327-8669-5

Ⅰ.①我…　Ⅱ.①埃…　②刘…　Ⅲ.①纪实文学—美
国—现代　Ⅳ.①I712.55

中国版本图书馆 CIP 数据核字(2022)第 018703 号

我的两个祖国

［美］埃德温・O. 赖肖尔/著　　刘克申/译
责任编辑/张吉人　　装帧设计/邵旻　观止堂_未氓

上海译文出版社有限公司出版、发行
网址：www. yiwen. com. cn
201101　上海市闵行区号景路 159 弄 B 座
镇江恒华彩印包装有限责任公司印刷

开本 890×1240　1/32　印张 15　插页 2　字数 304,000
2022 年 4 月第 1 版　2022 年 4 月第 1 次印刷
印数：00,001-10,000 册

ISBN 978-7-5327-8669-5/K・286
定价：78. 00 元